本书得到中国海洋大学"古代文学与传统文化重点研究团队"经费资助

中国文学史新论

On the History of Chinese Literature

刘跃进　刘怀荣　⊙　主编

中国社会科学出版社

图书在版编目(CIP)数据

中国文学史新论 / 刘跃进，刘怀荣主编 .—北京：中国社会科学出版社，2021.11
ISBN 978-7-5203-9067-5

Ⅰ.①中⋯ Ⅱ.①刘⋯②刘⋯ Ⅲ.①中国文学—文学史—文集 Ⅳ.①I209-53

中国版本图书馆 CIP 数据核字（2021）第 184134 号

出 版 人	赵剑英
责任编辑	宫京蕾　周慧敏
特约编辑	李晓丽
责任校对	季　静
责任印制	郝美娜

出　　版	中国社会科学出版社
社　　址	北京鼓楼西大街甲 158 号
邮　　编	100720
网　　址	http://www.csspw.cn
发 行 部	010-84083685
门 市 部	010-84029450
经　　销	新华书店及其他书店

印　　刷	北京君升印刷有限公司
装　　订	廊坊市广阳区广增装订厂
版　　次	2021 年 11 月第 1 版
印　　次	2021 年 11 月第 1 次印刷

开　　本	710×1000　1/16
印　　张	29.5
插　　页	2
字　　数	499 千字
定　　价	168.00 元

凡购买中国社会科学出版社图书，如有质量问题请与本社营销中心联系调换
电话：010-84083683
版权所有　侵权必究

前　言

　　国别文学史最早出现于19世纪的西方，对我国文学史写作影响较大的代表性著作是法国学者泰纳（Hippolyte Adolphe Taine，1828—1893）的《英国文学史》（1864）。从19世纪中后期开始，欧洲学者率先开始了中国文学史的撰写。德国人肖特（Wilhelm Schott，1802—1889）的《中国文学论纲》（1854）、俄国人王西里（Vasilii Pavlovich Vasilev，1818—1900）的《中国文学史纲要》（1880）、英国人翟里斯（Herbert Allen Giles，1845—1935）的《中国文学史》（1901）、德国人葛禄博（Wilhelm Grube，1855—1908）的《中国文学史》（1902），[①] 是最早的一批中国文学史著作。明治时代（1867—1912）的日本，在引进西方文明的同时，也接受了这一全新的知识体系。19世纪末，日本学者也开始致力于中国文学史的撰写。如末松谦澄（1855—1920）的《支那古文学略史》（1882）、儿岛献吉郎（1866—1931）的《支那文学史》（第一编"上古史"1891—1892年连载于《支那文学》杂志）、古城贞吉（1866—1949）的《中国文学史》（1897）、笹川种郎（1870—1949）的《中国文学史》（1898）等，也是较早的中国文学史著作。这些著作，直接启发了我国的文学史编撰，窦士镛的《历朝文学史》（1906）、林传甲的《中国文学史》（1910）、黄人的《中国文学史》（1911）等面世较早的文学史，以及刘大杰的《中国文学发展史》（上卷，中华书局1941年版；下卷完成于1943年，中华书局1949年版），多受到日本学者文学史著作的影响。[②]

　　这种舶来的新知识体系，在20世纪以来的一百多年里，吸引众多的学者投入了大量的时间和精力，写出了数以千计的中国文学通史、断代史

[①] 王西里、葛禄博均为作者为自己起的汉名。
[②] 参陈广宏《中国文学史之成立》，"中国文学史著作编年简表"（1854—1949），上海古籍出版社2016年版，第321—360页。

及专题史著作。据统计，1949年之前出版的中国文学史著作已有300余部，① 从1880年至1994年，多达1606部。② 如果再算上1994年至今出版的文学史著作，这个数字肯定还要大大增加。之所以出现这么多的文学史著作，固然有大学中文教学需求的推动，但更多的还是与求真的学术追求密切相关。在中国文学史论著日渐丰富的前提下，文学史观的探讨及文学史写作学术史的研究，也逐渐受到学者们的关注。已出版的代表性著作，如戴燕《文学史的权力》（北京大学出版社2002年版），董乃斌、陈伯海、刘扬忠主编的三卷本《中国文学史学史》（河北人民出版社2003年版），陈国球《文学史书写形态与文化政治》（北京大学出版社2004年版），陈广宏《中国文学史之成立》（上海古籍出版社2016年版）等，均从不同角度对文学史书写的学术史进行了梳理。学者们已不满足于文学史的写作，而开始了理论层面的自觉反思和以文学史著述实践为探讨对象的文学史学研究。

在对百年来文学史著述的理论反思中，董乃斌先生的观点，很有代表性。他说："我们拟将这一百年文学史实践从范式演变的角度分为三个阶段。……我们姑且将这三个阶段、三种范式命名为泛文学观范式、纯文学观范式和新的大文学观范式。"③ 又说："我们还想强调范式本身也应该而且可能是多元的。当文学史范式真正多元化起来的时候，也就是我们的文学史研究繁荣、成熟的时候，那时文学史研究将迈上一个新的更高的台阶。"④ 董先生对文学史研究范式的概括，大致符合百年来文学史演进的实际。站在这样一个"多元化"的立场，来考量中国文学史一百多年的实践、来展望未来。毫无疑问，其中值得思考的问题还很多，因而不仅需要多元的范式，也需要多元的探索和尝试。

正是本着这样的思考，2018年11月，《文学遗产》编辑部与中国海

---

① 陈玉堂：《中国文学史书目提要·编写略例》，黄山书社1986年版，第1页。
② 黄文吉编：《中国文学史书目提要·自序》（1949—1994），台湾万卷楼图书有限公司1996年版，第5页；书中附《中国文学史总书目》，收录1880—1994年（含部分1995年）的中国文学史书目。
③ 董乃斌、陈伯海、刘扬忠主编：《中国文学史学史》第三卷《结束语》，河北人民出版社2003年版，第599页。
④ 董乃斌、陈伯海、刘扬忠主编：《中国文学史学史》第三卷《结束语》，河北人民出版社2003年版，第617页。

洋大学联合主办了"中国文学史观与文学史研究国际学术研讨会"。会议收到论文76篇，本书所收录的30篇论文，即是其中的一部分。全书按论题分为上下两编。上编12篇论文，重点讨论文学史观与文学史书写的相关问题，并兼及中国文学的海外传播史。其中有4篇论文分别从先秦文学、出土文献文本、历史文学、魏晋南北朝文学入手，阐述了作者的"大文学史观"。可看作是对董乃斌先生所说"新的大文学观范式"的呼应和进一步思考。另有4篇论文，分别以杜甫诗歌、古代西游戏、古代小说及近代文学为中心，虽跨度较大，关注的问题也不尽相同，但均以文学作品的文学史意义及文学史书写为讨论的重点。还有的论文则对中外文学史研究的代表性成果和学者做了理论剖析和反思，或就《红楼梦》在海外的传播史进行系统梳理。

下编18篇论文，主要从诗、赋、文等文体入手，对文学史研究的若干专题进行剖析。从文学史研究的实际来看，具体作品的重新解读、文体起源的探讨，乃至作品作年考证、作品域外研究和接受等，都属于文学史研究的有机组成部分。本编的专题研究论文，或以二重证据法重新考定"《商颂》五篇"的创作年代及功用，或对赋的渊源做出重新解说，或就曹植、杜甫、杜牧等大家的诗文作品提出新解。而有关明初僧人愚庵智及的诗偈、日本汉学家入谷仙介的王维研究、苏轼和江西诗派诗风在朝鲜时代的接受等论题的探讨，则对前人重视不够或忽略的作家和文学现象，做了新的开掘。

上述成果从不同侧面对中国文学史观及文学史的书写，提供了新的思考；或通过具体专题的深入考释，对文学史研究有所推进。这些探索和尝试，虽未必都能在学术界达成共识，但对于文学史研究的深化和发展而言，无疑是有益的，也是必要的。傅璇琮先生曾说过："任何一个时代的文学无不是其社会文学环境中的产物，对文学的研究都应在社会文化大背景之下来进行。"① 本书所收录的成果，不仅有"在社会文化大背景之下"展开的研究，也有微观的文献和文本分析。其多元化的特点是非常明显的，也肯定能对文学史的研究有所助益。

需要说明的是，一来因经费所限，二来也尊重学者们的意愿。提交会议的论文，这里只收录了不到一半，故卷末附以未收录的会议论文目录，

---

① 傅璇琮：《引言：关于重写文学史之我见》，《社会科学研究》2010年第2期。

以志纪念。由于出版周期拖得太长，这些文章其实大多均已正式发表，因此这次研讨会的成果其实已在更大的范围内产生了积极的效应。

　　本次会议得到中国海洋大学文科处"世纪先风"学术会议专项资助和文学与新闻传播学院的大力支持。孙少华先生在会议组织中付出了辛勤的劳动，《文学遗产》的同仁与中国海洋大学古代文学学科的老师和研究生们，承担了琐碎的会务工作。薛海燕教授和刘承智、孙丽、沈伟、路新杰等几位博士生，在本书编辑、校对中做了不少工作。本书的出版也得到了中国海洋大学文科处的支持。我们在此谨代表与会的各位专家，一并表达真诚的感谢！

刘跃进　刘怀荣

2019 年 12 月 16 日

　　在会议召开两年多之后，这个集子依然在等待，感觉非常对不起各位与会的学者。好在今年无论如何也可以印出来了，在此再次感谢各位的支持！

编者又及

2021 年 5 月 11 日

目 录

上 编

从"文学自觉"到"文化自觉"的"大文学"观
　　——兼论先秦文学的三大景观 ……………………… 赵　明（3）
出土文献"大文学"研究与坚定文化自信 ……………… 徐正英（14）
一种新文学史编写体例的尝试 …………………………… 杨树增（44）
魏晋南北朝大文学史的发展与特质 ……………………… 刘怀荣（66）
文章千古事——杜甫"集大成"说及其文学史意涵 …… 廖美玉（77）
论中国古代西游戏的发展历程及其特征 ………………… 周固成（106）
中国古代小说的历史嬗变与小说史的书写策略 ………… 熊　明（120）
中国近代文学研究寻找"自我"的历程（1980—2017） … 孙之梅（138）
袁行霈主编《中国文学史》（第3版）指瑕与思考 ……… 韩　元（158）
罗宗强先生文学史研究思想拾粹 ………………………… 刘　伟（174）
文化与文类之间：对文学史书写样态的省思
　　——以《剑桥中国文学史》和《哥伦比亚中国文学史》
　　"唐代"部分为例 ……………………………… 田恩铭（187）
马来亚"华文蛮荒"时代的《红楼梦》传播史 ………… 谢依伦（204）

下 编

武乙中兴与《商颂》作期 ………………………………… 张树国（225）
从先秦赋看赋的渊源及民间文艺性质 …………………… 韦春喜（252）
从三位皇帝的还乡诗看《大风歌》的经典性 …………… 刘锋焘（265）
武氏祠画像中神树的形成与"儒主道辅"思想 … 宋亚莉　殷仁允（275）

《洛神赋》：幻觉体验与赴水隐喻 …………………… 孙明君（288）
北朝五言诗雅俗观的变迁 ……………………………… 陆　路（302）
李白《蜀道难》与《文选》赋之关系 ………………… 张潇文（311）
杜甫的主体诗风是"沉郁顿挫"吗？……………………… 孙　微（325）
杜甫《潼关吏》中的"大城""小城"考证 ……………… 左汉林（337）
杜牧《阿房宫赋》异文辨证 …………………… 冷卫国　梁秋芬（348）
杜牧的古文创作与中晚唐儒学转向 ……………………… 李　伟（356）
经学、史学、文学的融合：欧阳修传记文特征初探 …… 柳卓霞（382）
《全宋诗》中吕祖谦诗作误收为张栻佚诗举隅 ………… 许　丹（394）
金代山水诗意象及其文化生成 …………………………… 孙　兰（398）
明初僧人愚庵智及的诗偈 ………………………………… 赵　伟（416）
清代王士禛诗歌选本及其诗学意义 ……………………… 贺　琴（426）
日本汉学家入谷仙介及其王维研究 …………………… 高倩艺（436）
从崔岦诗看朝鲜时代对苏轼、江西诗派诗风的接受 …… 张景昆（446）

附录：本书未收录的会议论文目录 ……………………………（462）

上 编

从"文学自觉"到"文化自觉"的"大文学"观
——兼论先秦文学的三大景观

赵 明[*]

摘 要：由"纯文学"观到"大文学"观的置换，反映了从"文学自觉"到"文化自觉"的时代要求。"大文学"观的提出缘于对中国古代文史哲兼容的文学特质的认识；"大文学史"观是"大文学"观的历史实践形态，中国先秦时代既是中国文化的源头，也是中国古代"大文学"生成和形成的起点。阐释和展示在"源头与高峰"中某些带有基因性或典范性的"大文学"景观，不仅有助于认识中国古代"大文学"的特色，而且，对于今人推助"大文学"观与"纯文学"观的对话和交流，以便更广泛地掘发与实现文学的价值和功能，都具有重要的意义。

关键词：文学自觉；文化自觉；纯文学；大文学；大文学观

一

在文学日益边缘化的现实中，从精英到大众，都以不同的表达方式对"纯文学"的理论和实践不断提出质疑。20世纪90年代以来，原有的"纯文学"观和文学价值观，终于在"内部危机"和"外部挑战"的双重窘困中发生了动摇："纯文学"观的封闭和狭隘，已经远远不能适应改

---

[*] 赵明，教授，先后执教于吉林大学、青岛大学，曾任青岛大学中文系主任、文学院院长等职。著有《道家思想与中国文化》《道家文化及其艺术精神》等，主编《先秦大文学史》《两汉大文学史》，曾获国家教委首届人文社会科学二等奖、山东省社科一等奖及二等奖多项，著作及核心论文多篇在《中国社会科学》、《文学遗产》、《中国图书评论》、《人民日报》、《北京日报》、《广州日报》、香港《大公报》等报刊见诸评介。

革开放以来人们思维、观念、需求所经历的重大变化；当今世界的经济发展与科技进步，已引起了人们对文化与"人文"的特别关注；而经济全球化的进程和因此带来的多种文化接触的大波动，更使"文化"成为世界性的一大"热点"问题。社会学家费孝通先生把这种反应概括为"文化自觉"的要求。这种要求是普遍而迫切的，它表现在经济、政治、文化所涉及的一切领域。正如费先生所说："人类发展到现在已开始要知道我们各民族的文化是从哪里来的？是怎样形成的？它的实质是什么？它将把人类带到哪里去？"[①] 正是这种"文化自觉"时代的来临也使文学研究者们得以站在比前人更高更广的平台上，思考文学的本质是什么，它和文化是一种什么关系，从而以文化视野来审视文学及其价值观。是的，如果文学不甘于走向边缘，她就不应孤芳自赏于所谓"文学的自觉""艺术的独白"，而必须回归于文化，并在文化深度与人类意识中发现自己的身份，证明自身的价值。诚然，文学是"人学"，是一种生命的"人学"表现，但是，当人由生物的人变成了社会的人，个体生命就处在由具体文化内容〔民族与时代的〕构成的人文世界之中。所以，我们需要在一种由"文学—文化"或由"文化—文学"的视界中揭示文学生命的秘密。而语言视界、生命视界、文化视界，三者统一起来才是完整而广阔的新视界：语言是生命的外化形式，而生命活动则是文学与总体文化建构间不可或缺的中介环节。"文化、生命、语言，只有构成三者彼此相互作用的张力场，方能真正深入地揭示文学的秘密。"[②] 近年"大文学"观和"大文学史"观的出现，恰恰反映了从"文学自觉"到"文化自觉"的时代要求，表现了学者们对文学与文化关系的深入思考和文学观换代过程中的视野拓展。

二

"大文学"观和"大文学史"观的出现，还内含了在中西比较中对民族文学特色、中国文化传统的历史反思和重新认识。

---

① 费孝通：《关于"文化自觉"的一些自白》，《学术研究》2003 年第 7 期。
② 公木：《〈两汉大文学史〉读后断想》，《公木文集》第三卷，吉林大学出版社 2001 年版，第 833 页。

我以为，"大文学"观和"大文学史"观乃是当代学者在"文化自觉"中对民族文学传统和民族文化特质的一种理论概括，也是对受西方影响而形成的"纯文学"观的借鉴和扬弃。与西方"纯文学"相对峙的"大文学"观，根源于对中国传统文化发展特殊道路以及中国古代文史哲因浑融共处而相互渗透这些特点的认识。

文化上的浑融性、综合性，曾是世界各民族远古时期的共性，如古希腊早期的"哲学"，便是全部知识的总称，而非专指"形而上"的学问。但是，知识的分化过程又是历史的必然，在这一点上，由于东西方社会历史条件不同，思维方式和价值观念也存在差异。在西方，知识与学科分化过程表现得较为疾速，而在古代中国，这种分化过程则表现得相对迟缓。知识分化的"疾"与"缓"，并不说明二者有优劣、高低之别，而是在"精审"与"渊博"上各有千秋，各自形成了自身"特色"。就中国古代情况来说，正是由于知识分化过程相对迟缓，它在某种意义上倒发挥了"综合""交融"固有的"优势"，它倒有利于文史哲之间的渗透由表及里，相互滋润，从而得以避免单科独进的偏执与蔽限，更有利于本身深入全面的发展。作为中国传统文化核心载体的文史哲，长期在互涵互摄中发展，文化上形成了由早期的文史哲不分，到后来的文史哲互渗。恰恰是这一特点，不仅保障了文学与整个文化浑融共处的自然生成形态不被割裂，而且使得文学从哲学、史学等领域吮吸了深刻的思想精髓和丰富的文化营养。文史哲的长期浑融共处和相互渗透，曾使中国古代文学在疆域广度、精神深度和文化厚度等方面，显示出自己凝重而丰厚、雄浑而绚丽的风貌。这就是我的"大文学史"观。

在文史哲互动的文学建构中表述的"大文学史"观，绝不是文史哲的杂凑，而是站在文学本位的立场上，以审美形象和情感表达为旨归的融化与整合、摄取与渗透，是文学价值与功能在文史哲兼容中的广泛掘发与实现。先秦时代，是中国文化和中国文学的开创期、奠基期，观察揭示这个时期中国文学所具有的"大文学"特质，对于理解"文学的文化本质"和救治"纯文学"的枯竭，具有寻根振叶、正本清源的意义。

三

在文史哲兼容的"大文学"中，不妨以《左传》《庄子》和"楚辞"

为范例,在举隅中一睹"大文学"雄浑的风貌和瑰丽的气象。其中,《左传》代表史学的文本;《庄子》代表哲学的文本;"楚辞"则代表文学的文本。这些文本不仅已经进入了"大文学史",成为先秦文学中的重要景观,而且它们作为原典作品,又以其原创性、典范性和奠基性,开创了不可动摇的文学传统。《左传》是一部从政治、经济、军事、文化诸多层面深刻反映中国古代社会大变革、大转型历程的历史名著,一向被史家视为记事客观,材料翔实,文笔生动,是先秦经典的"史学"文本,也是具有很高文学价值的历史散文巨著。在记写春秋列国史实中,作者不仅以民本主义的史学意识和广阔的历史视野,记录了"礼崩乐坏"的社会大变革中所发生的各种重大事件,以及和这些事件息息相关的历史人物,第一次以一种自觉的英雄史观观照历史政治舞台上英雄人物的活动,举凡各国君位的更替嬗变、执政者的谋权夺势、贵族内部的倾轧争斗、侯国之间的攻伐侵掠、战场荒原上的干戈相对,无不具现其史笔之下,而且书中对重大历史事件中历史人物精神性格入木三分的刻画和曲折跌宕的戏剧性情节的描述,更极大地增强了史笔的文学光彩。凡是读过《左传》的人,对书中某些历史人物栩栩如生的形象和那些悬念迭起、引人入胜的事件情节,都会深留记忆,终生不忘。

《左传》开启了中国史传文学的传统,也昭示了史传文学的一个明显特点:在叙述对民族生存发展具有重大意义的历史事件时,重视历史人物生气勃勃的创造作用,而且着重展示人物活动和揭示其精神世界,并通过他们独特的形象和鲜明的个性,反映了华夏民族根源于自己的历史文化特点而形成的民族精神和民族性格。这一特点无论是在后来司马迁的《史记》还是在班固的《汉书》中都得到了继承和发挥。可以说,运用文学手段和追求文学效果的《左传》,不仅是"无韵的史诗""历史形式的戏剧""史传文学"的开山祖,而且更从民族精神和文学传统两个方面,影响了中国后世传记文学、历史戏剧和历史小说的发展,范型着中国文学文史结合的轨迹和方向。这是史学向文学渗透、文学向史学拓展疆域的一个显例。

再说《庄子》。在"百家争鸣"中出现的《庄子》,已显示出的极高的思维水平和思辨能力,是先秦哲学的经典文本。但是,正是在《庄子》中,我们又看到哲学与艺术、哲学与"诗"发生联系的更为瑰奇的"大文学"景观。

庄子不仅是先秦诸子中最有哲学深度的思想家，同时，他还是当之无愧的艺术宗师，是一个才华谲奇、想象超拔、情感奔放的大文学家。一部寻幽探奥的哲学著作，充满了激情、想象和千汇万状的形象，这就是《庄子》。《庄子》33篇，除《天下篇》可作先秦学术史著作来看，其他32篇，篇篇的不同主旨都是借助一系列形象生动、妙趣横生的寓言加以表达，这就使全书的理论线索上缀满了形象的花结，散发出美的意绪，这岂不就是形象化了的思想、艺术化了的哲学吗？而事实上，庄子其人就是一身二任的哲学巨匠和艺术宗师。庄子论道，每每把得"道"的境界和艺术境界结合得浑然一体，如水乳交融，似天衣无缝。在广为传播的"庖丁解牛"的故事中，庄子所描述的庖丁解牛的全过程，就是极高超的艺术活动过程。庖丁所说的那种由"技"（艺）入"道"和"技"（艺）中见"道"的体验，绝不是普通人的感受，而是一种只有真正的艺术家才能得到的高级经验。在《庄子》中，举凡论"道"的寓言故事，如"痀偻承蜩""梓庆为鐻"等，其中都伴有高超的艺术活动，都表现出"道"和"艺"相互依存不可分割的联系："艺"赋予"道"以形象和生命，"道"给予"艺"以深度和灵魂。[①] 这就是《庄子》为中国艺术精神或中国艺术境界提供的经典示范，也是庄子哲学之所以能够涵盖整个中国艺术，衍射于古代美学、诗学、画论的基本原因。

前人评《庄子》，多将《庄子》中的艺术想象、浪漫情景、浓郁抒情三大特征与诗人屈原相比照。如明末的陈子龙、钱澄之等人都曾指出过"庄""骚"异中有同，陈氏于《谭子庄骚二学序》中即称"二子固有甚同者"，不仅"皆才高而善怨"，而且"所著之书用心恢奇，逞辞荒诞，其宏逸变幻，亦有相类"。与陈子龙同时且为其好友的钱澄之，也将"庄骚"并论，著有《庄屈合诂》，其旨意如《四库全书总目提要》所说"以《离骚》寓其幽忧，而以《庄子》寓其解脱"。也是出于类似情怀，清代学者龚自珍还写下了"文理孕异梦，秀句镌春心。庄骚两灵鬼，盘踞肝肠深"的诗章，表达了他对"庄骚"怀有一种特殊的情感。在明清时代某些学者当中出现的这种对"庄骚"的并论，虽然有着时代和个人境遇的原因，但它毕竟触及了"庄骚"之间所固有的联系，进而引起了

[①] 参见宗白华《中国艺术境界之诞生》，《美学散步》，上海人民出版社1981年版，第68页。

后来学者对这种文化现象进行更具学理性的思考和解释，其中最具代表性的就是刘师培。刘氏在《南北文学不同论》中指出："庄骚"之所以相近、相似，乃是缘于它们同出于"以楚为中心的南方文化系统"。应该说，这种从地域文化的角度来认识"庄骚"的共性有助于我们从文学的因素上理解庄子的特异之处。但是，哲学家的庄子为什么能够和大诗人屈原并列？被视作"奇书"的《庄子》"奇"在何处？在这个曾经使许多学者大感困惑的问题上，我最服膺诗人兼学者闻一多的一句解《庄子》："绝妙的诗"①。在"大文学史"观中，庄子和屈原有着同样的诗祖地位。其差别只在于：屈原是"诗之哲"，而庄子则是"哲之诗"。

《庄子》不仅体现了哲学与艺术，"道"与"艺"在最高灵境上是相通的，而且它又表明了"思"与"诗"、睿智与情感、审美与认知，在追求普遍性、深刻性、永恒性和富有意义的最深精神层次上，也是相通互融的。

"冷眼热肠"，使庄子一直在哲学与诗中间寻求美和自由的人生，从而使他的哲学洋溢着一种"诗意的光辉"，跳荡着浓郁的诗情。

思想家的"冷眼"，使庄子能够以深邃犀利的目光洞穿"神圣的丑恶""绚丽的卑鄙""热烈的冷酷""习惯性的伪善"。他发现了"人为物役"的历史悲剧，并勾画出人类困境中一幅令人不安且深思的图像。"热肠"，则使这位哲人喜怒哀乐毕现笔端：庄子谈人生，一则曰"不亦悲乎？"再则曰"可不哀邪！"这种悲悯情怀内含着远比一般诗人更为丰富、深沉的人生体验和情感。面对人所陷入的困境，他不能不从"诗意的超越""精神的游放""个性的逍遥""审美的生存"这些角度来思考人的价值和意义，他的人生哲学也因之而具有了诗意和诗性。

诗意与诗性，还特别表现在庄子"与天为徒""天人合一"的哲学中。在庄子看来，"道"的真谛就显现在"天地之美"、自然之美中。世界不仅以其无限的丰富性和深邃性成为美的化身、自由的象征、道的体现，而且人的生命也化入于自然之浩瀚流衍，达到与自然融通相与的境界。所以，"独与天地精神往来"的庄子，他的生命和精神就在自然山水中徜徉，"钓于濮水"，"游于濠梁之上"，在"得乎至美而游乎自乐"中，进入了人与自然默然两契的境界，发出了"山林与！皋壤与！使我

---

① 闻一多：《庄子编》，《闻一多全集》第九卷，湖北人民出版社1993年版，第13页。

欣欣然而乐与"的怡畅之情,把对人生、生命的深深眷恋,借助对自然的赞美而传递出来,而他对自然的深情呼唤,也得到了自然的深切呼应。你可以看到,畅游于自然的庄子,完全是个"诗人"的庄子。而这个"诗人"的庄子,在他"诗性"的思维中,则把天地万象当成生命的存在,并把自己的生命移植给它们。来源于中国古代神话思维的"天人合一"观念,本是华夏初民以童真意趣和诗性智慧凝结成的精神生产,而在哲学家的庄子这里,却以《逍遥》《齐物》的独特哲学,将其升华为人本体与自然(宇宙)本体同化为一的哲学思考,表达为富有诗意的"天地与我并生,而万物与我为一"的名言。庄子与惠施游于濠梁之上的"鱼乐之辩",庄周梦蝶,"不知周之梦为蝴蝶欤,蝴蝶之梦为周欤"的情境,都是通过悟性思维,在"以谙观物"而接通天人、物我之间内在的或精神渠道的过程中,获得了"与物有宜""与物为春"的应会感应,这时,摆脱物累的自由心灵就会与自然之道契合。在"吾丧我"的沉思中把握宇宙生命的律动,妙悟自然的底蕴与人生的真谛。正是庄子将人本体与自然本体同化为一的哲学思考和"天地与我为一,而万物与我并生"的悟性思维,在哲学高度上确认了"天人合一"的诗性思维,开启了"此中有真意,欲辨已忘言"(陶渊明)、"相看两不厌,只有敬亭山"(李白)、"好雨知时节,当春乃发生"(杜甫)那种睿智深情,人融于物,情蕴于境的诗意。以至后世许多诗人为进入一种思与道合、神与物游的状态,不能不像苏轼所说——"逍遥齐物追庄周"(《送文与可出守陵州》)。

于此,还应提及:"诗人"庄子不仅是语言大师,而且他对语言文字的认识,表现出惊人的穿透力!庄子也许是世界上最先解构事物本相的哲人,他揭开了符号游戏中所隐藏的事物真相,一个"轮扁斫轮"的故事和由此提出的"言不尽意","得意忘言"的命题,不知启发调动了多少诗论家和诗人去探索创造"言外之意""味外之旨""韵外之致"的意境。陆机的《文赋》,刘勰的《文心雕龙》,钟嵘的《诗品》,司空图的《二十四诗品》,严羽的《沧浪诗话》,这些具有代表性的文论诗学著作,都对庄子的上述命题作出了创造性的解读和发挥。

长时期来,治"庄"者曾从哲学和文学的多维角度解读《庄子》,在我看来,《庄子》既显示了文学可能臻抵的哲学深度,又显示了哲学可以采取的文学表现形式。

《庄子》所展示的"大文学"景观，涵盖了由哲学到艺术、由诗学到画论的整个文化领域。如果不了解《庄子》，我们就不可能真正把握什么是中国诗学思维方式，什么是中国艺术精神。在仿效西方的"纯文学"史中，庄子是被"肢解"了的，文史哲的交融是被"割裂"了的。只有在"大文学史"观中，庄子的作用和价值才有可能得到较全面的揭示，它的丰富多彩的文化景观才会显现出来。

最后再看"文学"经典文本的楚辞。楚辞是早已被文学史家和文化学家共同确认了的"大文学"，而且是"大文学史"中最为瑰玮奇谲、浑莽雄阔的景观。楚辞虽以"书楚语，作楚声，纪楚地，名楚物"而得名，同时它所带有的神巫气质也显示出鲜明的楚风特色。但是，屈骚的"奇文郁起"，不仅渊源于楚文化，更凭借了社会变革和文化转型的诸多条件，依托了"轴心突破"的高度。所以，以屈骚为代表的楚辞，它并非地域文化的"专利"，而是与表征"哲学突破"和显示整个华夏民族文化高度的诸子散文，在相同的精神氛围和思想潮流中产生的。与代表周文化的《诗经》相比，楚辞或楚骚是站在"神话时代"和"英雄时代"的冲突与交会处，因而有着更为纵深的历史继承和更为广阔的文化熔铸：荆楚神话的斑斓色彩，百家争鸣的思想潮流，华夷认同的历史要求，"轴心时代"的精神高度，这些，都在楚辞的诗美中留下了深深的印记。

楚辞无疑是根植于楚文化的沃土而绽开的文学奇葩，但是，屈原的出现，却不只使楚辞登上了先秦文学的高峰，而且在由智慧与情感、认知与审美所共同承担和开创的中国文化史上，为楚辞争得了与诸子哲学相媲美、互辉映的地位。正如在"哲学"的《庄子》中我们看到了"艺术的境界"或"诗意的光辉"，在"文学"的楚辞中，特别是屈原的作品里，我们则同样看到了伟大的艺术或诗离不开睿智与哲思，看到了情感的升华总要伴随着智慧的进步。而"诗哲"屈原正是立于"哲学突破"所达到的精神高度，把战国时代由"百家争鸣"在哲学与政治领域建立起来的理性精神，于巫术感性形式中加以展现，在"惊彩绝艳"的诗篇中，交织着神话幻想、英雄精神、历史意识和哲学思考；在楚文化的情结中表现出对华夏历史文化的深切认同；在"美政"的追求中注入了鲜明的恤民、变法、强国、统一的时代内容。所以，楚辞的"奇文郁起"，屈原之"名垂罔极"，与其说是得益于楚文化的沾溉，毋宁说是依托于"百家争鸣"的精神氛围，而达到了"轴心时代"的高度。具有大时空、大场景、大结构、大气势的巨诗《离骚》与《天问》的横空出世，不仅使屈原成为中国诗史上壁立千仞、俯视百代的"诗哲"，而且也使他得以跻身世界文化名人之列，成为"轴心期"的文化巨人。

卡尔·雅斯贝斯以世界历史的宏观视野审视人类文明和文化进程，发现了这一进程有其整体性的规律：即以"公元前500年为中心，约在800年至200年之间，人类精神的基础同时独立地奠定于中国、印度、波斯、巴勒斯坦和希腊。今天，人类仍然依托于这些基础"。[①] 约春秋战国时代，希腊、印度、中国这三大文化圈几乎同时独立形成，进入了"文化突破期"的"轴心时代"。"轴心时代"以哲学突破为引擎和先导，扩展和辐射到整个文化领域，打破了此前古代文化数千年长期的宁静，使精神领域喧闹沸腾起来。其特点是：一方面产生了激烈的精神冲突和思想分裂，另一方面则通过不断地争论、探索和相互交流，开始意识到整体的存在，树立起最高的追求目标。从人类文化的宏观视野来看，战国时代的文化氛围和"百家争鸣"的思想潮流，正是华夏民族在走向融合的过程中伴随制度发生的剧烈变迁，经由自己的历史发展道路，表现出了"轴心时代"的特点。这特点之一是表现在精神的觉醒和思维的跨越；另一点则是个人才华和个性的充分表现和张扬。开宗立派和"百家争鸣"的诸子哲学鲜明地表现了"轴心时代"的文化气质和精神风采，而屈原与楚骚，同样以其气势恢宏、气象万千、覃思深邃、激情喷涌的巨诗《离骚》和《天问》，显示出开创者呼风啸浪的精神风范和踔厉风发的个性气质。

《离骚》是自传体的巨型政治抒情诗，《天问》是一部具有哲学深度的兴亡史诗。这两部巨诗尽管体制不同，却"情""理"贯通，神联意会，把现实与历史、人事与天道联系起来，在古今之变的大场景和天人之际的大时空中，展示了诗人精神的广度和深度。波澜壮阔、激情炽烈、想象奇拔的《离骚》表现了诗人对现实、民生、族类、政治的深情关切；而寄思深远、设问百变、穷究天人的《天问》，则以问难的抒情方式，使这种深情关切达到了眺望"历史全景"的广度和仰叩"宇宙微奥"的深度。正是在这里，屈原以其颉颃诸子的诗作，把哲学突破的文化成果全面引入文学或诗的领域，成为令两汉赋家、唐宋诗人不可比肩的"诗哲"。

[①] ［德］卡尔·雅斯贝斯：《智慧之路》，柯锦华、范进译，中国国际广播出版社1988年版，第69—70页。

《离骚》与《天问》是构成屈原完整精神世界的不可分割的整体，是诗人情感与理智的互动，是"大文学"景观的生动展示，是时代风采与文化高度的个性体现，是"轴心时代"的艺术珍品。但是，屈原作品及其精神依托"轴心突破"而达到的眺望"历史全景"的广度和仰叩"宇宙微奥"的深度，近年却被某些热衷于"精神分析"的学者误读和曲解了。屈原作品所表现出的那种与众不同的思维方式，被看作与精神疾患有关，一位著名的学者，就在他的楚辞研究中，在有关"大文学"的讨论中，把本来是依情感流动而并非完全按历史逻辑来结构篇章的《天问》，说成是屈原处于神志恍惚时的"时空错乱"，是"精神世界中紊乱状态的一种天才的表现"[①]。这种天才与疯狂并存的观点即便能够找到一些例证，也决不具有普遍意义。因此，以这种观点解读屈原的作品，令我非常怀疑它的科学性和可信性。汉人王逸关于《天问》写作缘于诗人忧心愁悴，彷徨山泽，受到楚国庙宇壁画的启示而作此诗的猜测或许有一定的事实依据，即便如此，它也不可能是诗人写作《天问》的全部精神动因。诗中错简容或有之，这在古籍辗转流传中本属正常现象，怎可据此臆断它是"精神紊乱"的产品？《天问》整体布局相当完整，结构上先问天地开辟，次问人事兴亡，全诗层次清晰，问题逻辑井然有序，诚如清人蒋骥所评："首原天地，次纪名物，次追往昔，终以楚先。综其大指，条理秩然。"[②]珠联璧合的《离骚》与《天问》，不仅是屈原精神世界不可分割的整体，同时也是诗人精神生命和文化生命的有机结合，生命高度和历史高度的统一。《离骚》与《天问》达到的高度是难以简单地从个人才具与独特遭遇上说明白的。屈原在这两部诗中所显示的生命气韵和精神现象，恰恰让我们看到了诗人作为活生生的个体生命和整个民族与时代的文化生命间周流往复的生动联系：喧闹沸腾的"轴心时代"和"百家争鸣"的思想潮流激扬了屈原的精神生命，而"诗哲"又以自己在巨诗《离骚》《天问》中所创造的精神生命，参与并充实了"轴心时代"的文化建构。

总之，先秦时代，特别是在建立了"真正的起点"，具有开创与奠基意义的春秋战国时代，在文史哲的互渗中，以《左传》、《庄子》、楚辞为

[①] 舒晋瑜：《中国诗学的文化特质和基本形态——与杨义先生对话》，《中华读书报》2002年8月16日。

[②] （清）蒋骥：《山带阁注楚辞》，上海古籍出版社1984年版，第89页。

代表，展示了恢宏瑰丽的"大文学"景观和俯视百代的风采。这种景观和风采不仅对中国大文学史开启了先河，奠定了始基，提供了范式，确立了走向，有助于加深我们对中国古代文学大文学传统及其文化特质的认识，而且也将启发当代学者对西方"纯文学"观念和文学理论的再思考：人类文明的出现和发展经历了漫长的年代（包括史前时代），在一定时间和空间高度上形成的先秦大文学景观及其蕴含的深层智慧，作为"轴心期"人类的一份精神遗产，是否具有古今相通、中外共享的世界价值，从而使西方"纯文学"的精审和东方"大文学"的丰厚平分秋色，平等对话，相互交流？面对当代文学不断被边缘化的现状，我们能否从回溯"大文学"的历史中得到某种启示，并在理论探索和文学实践上，在文学与文化的天然联系和它们血肉交生的现象中，更广泛更深入地掘发与实现文学的价值与功能？

中华文明源远流长，几千年来，中国文化延续发展从未间断，其生生不息的源头在先秦，其俯视百代的高峰是建立了"真正起点"的"轴心时代"。通过对于"轴心时代"的历史回溯，可以发现其中某些深刻的、本源性的因素，从而"有助于我们重新点燃心灵的智慧之火，为未来的发展照亮前程"[①]。

[①] 范毓周、王志轩：《前轴心时代的中国与希腊》，《东方论坛》2004年第6期。

出土文献"大文学"研究与坚定文化自信

徐正英[*]

摘 要:"表现性"及"抒情性"是我国古代"大文学"区别于西方"再现性"文学的独特存在形态和文化优势。殷商甲骨刻辞、两周铜器铭文、战国秦汉简帛等出土文献"大文学"文本告诉我们,这一形态早在上古就已定型并固化,其表现得比传世文献更为显明,并且春秋时代已经获得这方面的理论自觉,从创作实践和理论建构两个方面更加充分地证明了其优势之所在,使坚定的文化自信更为坚定。

关键词:出土文献;大文学;表现性;文化自信

一

习近平总书记在党的十九大报告中指出:"文化是一个国家、一个民族的灵魂。文化兴国运兴,文化强民族强。没有高度的文化自信,没有文化的繁荣兴盛,就没有中华民族伟大复兴。"[①] 此前,他就已多次谈到坚定文化自信问题,称:"中国坚定的道路自信、理论自信、制度自信,其本质是建立在5000多年文明传承基础上的文化自信。"[②] "我们要坚定中

---

[*] 徐正英,男,中国人民大学文学院教授,出版过专著《先唐文学与文学思想考论——以出土文献为起点》等。本文为国家社科基金重大项目"唐前出土文献及佚文献文学综合研究"(17ZDA254)阶段性研究成果。

① 习近平:《决胜全面建成小康社会夺取新时代中国特色社会主义伟大胜利——在中国共产党第十九次全国代表大会上的报告》,人民出版社2017年版,第40—41页。

② 习近平:《第二届"读懂中国"国际会议期间会见外方代表发言》,2015年11月3日,人民网,http://world.people.com.cn/n/2015/1104/c1002-27775505.html。

国特色社会主义道路自信、理论自信、制度自信，说到底是要坚定文化自信。"① "我们要坚持道路自信、理论自信、制度自信，最根本的还有一个文化自信。"② 习近平总书记之所以反复强调坚定文化自信，就普遍性而言，他认为"文明特别是思想文化是一个国家、一个民族的灵魂。无论哪一个国家、哪一个民族，如果不珍惜自己的思想文化，丢掉了思想文化这个灵魂，这个国家、这个民族是立不起来的"③。就特殊性而言，他认为"在漫长的历史进程中，中华民族创造了独树一帜的灿烂文化"④，这一灿烂文化"体现着中华民族世世代代在生产生活中形成和传承的世界观、人生观、价值观、审美观等，其中最核心的内容已经成为中华民族最基本的文化基因。这些最基本的文化基因，是中华民族和中国人民在修齐治平、尊时守位、知常达变、开物成务、建功立业过程中逐渐形成的有别于其他民族的独特标识"⑤，"积淀着中华民族最深层的精神追求，代表着中华民族独特的精神标识"⑥，"有其独特的价值体系"，"植根在中国人内心，潜移默化影响着中国人的思想方式和行为方式"⑦ 为中华民族生生不息、发展壮大提供了丰厚滋养。不仅如此，他认为中华民族五千多年的独特灿烂文化也"为人类文明进步作出了不可磨灭的贡献"⑧，"为人类作出了卓越贡献"⑨。因此，作为传统文化的研究者，我们有责任按照习总

---

① 习近平：《在哲学社会科学工作座谈会上的讲话》，人民出版社 2016 年版，第 5 页。

② 颜晓峰、杨志国编：《学习贯彻习近平同志"七一"重要讲话精神建党 95 周年读本》，人民日报出版社 2016 年版，第 8 页。

③ 颜晓峰、杨志国编：《学习贯彻习近平同志"七一"重要讲话精神建党 95 周年读本》，人民日报出版社 2016 年版，第 8 页。

④ 习近平：《在中共中央政治局第十八次集体学习时的讲话》，2014 年 10 月 13 日，新华社，http：//www.gov.cn/xinwen/2014-10/13/content_2764226.htm。

⑤ 习近平：《在中共中央政治局第十八次集体学习时的讲话》，2014 年 10 月 13 日，新华社，http：//www.gov.cn/xinwen/2014-10/13/content_2764226.htm。

⑥ 习近平：《在中央政治局第十三次集体学习时的讲话》，2014 年 2 月 24 日。中央政府门户网站，http：//www.gov.cn/ldhd/2014-02/25/content_2621669.htm。

⑦ 习近平：《在北京大学师生座谈会上的讲话》，2014 年 5 月 4 日。中央政府门户网站，http：//www.gov.cn/xinwen/2014-05/05/content_2671258.htm。

⑧ 习近平：《在第十二届全国人民代表大会第一次会议上的讲话》，人民出版社 2013 年版，第 2 页。

⑨ 习近平：《决胜全面建成小康社会夺取新时代中国特色社会主义伟大胜利——在中国共产党第十九次全国代表大会上的报告》，人民出版社 2017 年版，第 40—41 页。

书记的要求"讲清楚中华文化的独特创造、价值理念、鲜明特色,增强文化自信和价值观自信"①。

作为中华民族传统文化核心组成部分的中国古代文学,更是取得了独立于世界之林的辉煌成就,其成就的辉煌不只是表现为"大文学"作品数量众多体裁丰富水平高超经典化程度强,更表现为其富于民族特色和中国气派,代表了远早于并且完全不同于西方思维方式和话语体系的东方精神生产。简言之,就是为人所常提起的,中国是"表现文学",西方是"再现文学"(或称"叙事文学")。中国是一个"诗""文"的国度,就传世文献而言,早期的"大文学"主体文本大体上可以化归"诗"和"文"两大类。不难发现,这两大类文本多重在表达作者的内心思想情感,而不是西方的史诗、戏剧、小说重在叙事,这是中西文学性质的根本不同之所在,而表现人的内在精神本就应该是文学的本质品格。所以,由传世文献"大文学"文本而坚定我们的文化自信是不言而喻的事情。即便到了近古以后"叙事性"的戏曲、小说与传统诗文平分文坛,其戏曲唱词、小说章首章中章末诗词穿插仍是以抒情言志为其基本特征。

尽管上古中古时期"叙事性"历史散文和志人志怪小说先后产生,但并未进入当时及后代文学理论家的视野。《典论·论文》讨论文体不及史传,《文心雕龙》虽论及史传名著《史记》《汉书》却重在其"表""书""赞""序",《文选》不选《史记》《汉书》正文而仅选《汉书》之"史述赞",只讨论五言诗的《诗品》更不必说,如上各名家标志性理论著述和选本皆不涉及《世说新语》《搜神记》等小说名著,足以说明时人的文学观念。这一文学观念一直延续到近代之前。如,北宋初年李昉等人奉旨所编代表当时官方"大文学"观的《文苑英华》收文35大类435小类,细化到无所不包的琐屑地步,但同样没收如上史书和小说。姚铉、吕祖谦先后所编断代之文总集《唐文粹》和《宋文鉴》,收文分别达23大类和58大类,同样没收唐宋史书和唐传奇及宋话本。至元明清,戏曲小说占领文坛,但苏天爵编《元文类》收文43大类,徐师曾编《文体明辨》撰《文章纲领》收文及论文93大类127小类,同样未收未论元明史书和元曲及明代小说。而历代较有代表性的"文论"著述,如宋陈骙

---

① 习近平:《在中央政治局第十三次集体学习时的讲话》,2014年2月24日。中央政府门户网站, http://www.gov.cn/ldhd/2014-02/25/content_ 2621669.htm。

《文则》、朱熹《论文》、吕祖谦《古文关键》、孙奕《文说》、谢枋得《文章轨范评文》、金王若虚《文辨》、元陈绎《文说》、明宋濂《文原》、吴讷《文章辨体序说》、杨慎《论文》、徐师曾《文体明辨序说》、王世贞《文评》、朱荃宰《文通》、清顾炎武《日知录》、魏禧《日录论文》、刘大魁《论文偶记》、焦循《文说》、梁章钜《退庵论文》、包世臣《论文》、刘熙载《艺概》等也无一论及如上戏曲小说等"叙事性"文学。更有甚者，无所不包的《四库全书》不仅未收关汉卿、王实甫等人戏曲名著和"三言二拍""四大名著"等小说名作，甚至这些作品连进入《四库全书总目》之"存目"及"未收书目提要"的资格也没有。由此可见，"叙事性"的戏曲、小说，在古代始终未能进入传统文人士大夫的"大文学"视野和理论视野，这就是中国古代文学观念的客观存在。

古人所创作和所讨论的"文"，包括有韵之"文"和无韵之"笔"，多指文学性之文和广泛的应用文体，从未涉及西方文艺学所最为看重的核心命题"典型人物""典型形象"之类，其关注的点重在"文"的思想表述和语言美。古人所创作和讨论之"诗"，也重在其思想情感抒发和韵律美。这是中国古代"大文学"固有的民族特色和"独特的精神标识"，也是对世界文学宝库的独特贡献。因此，在中国建构马克思主义文艺学思想体系，必须尊重这一客观存在，建构起来的必然是"有中国特色的"马克思主义文艺学思想体系，这是由几千年中国传世文献中的"大文学"文本和古代文艺学文本的固有特征和话语体系决定的，是中国固有传统文化的必然要求，不是靠外力就能随意改变的，这就是我们的文化自信！

研究出土文献之"大文学"文本，则当更加坚定我们的这一自信。

二

广义的"出土文献"是指地下（也包括地面）发现的文字资料，现有发掘成果依时序主体当有殷商甲骨刻辞，两周铜器铭文，战国秦汉三国简帛及漆器文，秦石鼓文，汉代镜铭，汉晋出土纸质文献，汉魏六朝唐宋元明清地下地上石刻，唐宋及以后瓷窑瓷器诗文，等等。因"敦煌学"早已成为专门学问，"敦煌文献"业已独立为专门的特大型文献，其对文化自信的证明力和说服力早已无须重复，故叫暂不计入本文所说的出土文献之列。据粗略统计，目前整理出版的各种载体出土文献，去其重复后总字数业已突破3500万（含整理中的阐释文字），虽远不能和《四库全书》《续修四库全书》22亿字的传世文献规模相提并论（两书"金石部"也收有少量出土文献，可忽略不计），但确实是传世文献的重要补充，并且越往前推移，出土文献在总文献中所占比重就越大、地位就越重要，其对我国"大文学"形态特征的代表性、对文化自信的证明力和说服力就越强。

1. 殷商甲骨刻辞

惜代表殷商时代主流文献载体的简帛至今未能发掘到，容量有限的甲骨只是当时文字载体的一种，且仅用于宫廷占卜的刻写，局限性明显。即便如此，16万片100余万字出土甲骨是原汁原味未经后人改动过的最早可靠文本，不仅规模巨大，而且很可能是现存商朝唯一的文献，无疑对商朝"大文学"表现形态有一定代表性。即便传世文献《诗经》之《商颂》5篇、《尚书》之《商书》17篇真的创制于商朝，总共才5000余字，无论如何都不可能与甲骨刻辞的规模相提并论，更何况其生成时代一直是未能定谳的悬案。因此，以甲骨刻辞文本形态窥测我国"大文学"的早期存在形态是科学的。通览搜集整理摹释最完备的陈年福撰10卷本《殷墟甲骨文摹释全编》，除少量记事刻辞和表谱刻辞外，基本都是占卜刻辞。记事刻辞带有"叙事性"，表谱刻辞为天干地支排列。还有一点需要说明，甲骨文中凡是刻写重要内容的占卜刻辞，都一定是刻写在龟甲重要的中间位置，凡是记录各方国进贡龟甲数量的记事性刻辞都是固定刻写在不重要的甲桥或甲尾位置（如"㐺入百""唐入十"之类），这也可间接说明时人对记事刻辞的不大重视。完整的占卜刻辞，包括叙辞、命辞、占辞、验辞四项内容，其中记录占卜时间和占卜人的"叙辞"为叙述性文字，事后补记应验结果的"验辞"则"叙述性"文字略强于"表现性"文字（先用表现性文字称"果然吉利"或"果然不吉利"，再接续用一至二句记述应验结果），占卜内容的"命辞"和占卜结果的"占辞"则为表现性文字。需要注意的是，每一版占卜刻辞的"叙辞"都很简略，多数情况下"验辞"并不出现，"占辞"出现也不太多，而"命辞"则是刻辞的主体，这就大体确定了甲骨刻辞的基本形态是"表意性"而非"叙事性"的。不妨随手拈出几例：董作宾《小屯·殷墟文字·乙编》3394版收早期卜刻辞"丁丑卜（丁丑日占卜），宾贞（宾问道）：父乙允述多子（父乙允许使诸子的行为有所遵循吗）？贞（又问道）：父乙弗述多子

（父乙不允许使诸子的行为有所遵循吗）？"①《甲骨文合集》6322 版收前中期卜辞"己酉卜，贞：王征邛方（商王征伐邛方），下上若（地天皆顺），受我佑（授予我福佑吗）？二月（时间在二月）。贞：勿征邛方（不要征伐邛方），下上弗若（地天不顺），不我其受佑（大概不允许我接受福佑吧）？"② 28466 版收中期卜辞"戊午卜，大犬贞：王其田往来亡灾（商王外出打猎，往返该不会有灾祸吧）？戊辰卜，大犬贞：王其田往来亡灾（商王外出打猎，往返该不会有灾祸吧）？壬午卜，大犬贞：王其田往来亡灾（商王外出打猎，往返该不会有灾祸吧）？"③ 30401 版收中晚期卜辞"癸丑卜，何贞：其祐于夔（该向帝喾祭祀求福吧）？癸丑卜，何贞：于河（该向河神［祭祀求福吧］）？［癸丑日占卜，何问道：该向岳神祭祀求福吧？］"④ 36487 版收晚期卜辞"癸亥卜，黄贞：王旬亡祸（商王在以后的十天里会不会遇到灾祸）？在九月征人方（在九月间征伐方人）。在雇（是在雇这个地方占卜的）⑤"，等等。如上所列，都是商朝各个历史时期较有代表性的占卜刻辞，不难发现，贞人代商王表达诉求的"命辞"内容均为文本主体。

甚至有的刻版，诉求就是刻辞的全部内容。如为人熟知的《小屯南地甲骨》42 版："弜田，其遘大雨。自旦至食日不雨？食日至中日不雨？中日至昃不雨？"⑥全篇既无"叙辞"也无"验辞"，直接刻写占卜结果，称不适合狩猎，原因是可能要遇到大雨，此"占辞"是表意性的。但是贞人明知道占卜的结果是可能要下雨，但又期待不下雨，所以连用二个"不"作疑问口气刻写"命辞"，称从日出到吃早饭时该不会下雨吧？从吃早饭到中午该不会下雨吧？从中午到太阳偏西该不会下雨吧？可见全部"命辞"都是针对"占辞"表达的个人心理期待，希望不要下雨，全版刻辞自然都是"表现性"文字了。此类例子俯拾皆是。据大致分类统计，在拼接出的约 5 万条较为完整的刻辞中，占卜刻辞约 4.5 万条，其中以

---

① 董作宾：《小屯·河南安阳殷墟遗址之一·第二本 殷虚文字 乙编》，国立"中央研究院"历史语言研究所，1948—1949 年，第 232 页。
② 胡厚宣：《甲骨文合集释文》，中国社会科学出版社 2009 年版，第 1 册，第 346 页。
③ 《甲骨文合集释文》第 3 册，第 1411 页。
④ 《甲骨文合集释文》第 3 册，第 1496 页。
⑤ 《甲骨文合集释文》第 4 册，第 1801 页。
⑥ 中国社会科学院：《小屯南地甲骨》第 9 册，中华书局 1980 年版，第 4824 页。

"命辞""占辞"为主体的约 4 万条，所余 5000 条则全部为"命辞""占辞"内容或全部为"命辞"内容，其"表现性"文本所占比重之大由此可见。

就行文形式而言，不论占卜刻辞还是记事刻辞，甲骨文基本为无韵散文。细读这些最早文本，已发现里面孕育有占体、令（命）体、册体、祝体、诰体、谱体雏形，这些文体都是当时殷商统治者政治生活中的常用公文，其中除排列商王世系及个别贵族世系的谱体为叙述性文字外，其他各体多可视为表现性文字，限于篇幅不再举例。而常为人提起的《甲骨文合集》14294 版"东方曰析风曰协，南方曰因风曰凯，西方曰丰风曰夷，北方曰伏风曰冽"[①]；14295 版"禘于东方曰析风曰协，禘于南方曰凯风曰囗，禘于西方曰夷风曰丰，禘于北方曰伏风曰冽"[②]，36975 片"己巳王卜，贞：今岁商受年（今年商朝获得大丰收吗）？王占曰：吉。东土受年吉。南土受年吉。西土受年吉。北土受年吉"[③]，则是少有的几篇韵文，可以分别视为七言诗雏形和五言诗雏形。如果说前两首还属于武丁时期人们对四方神名和风神名的有序排列，表现为一定叙述性的话，后一首就是殷纣王强烈期待四方大丰收好兆头出现的情感表达了，其"表现性"不言而喻。同时，三版刻文韵律较为和谐，第一首诗句为四三结构，第三首诗句为二三结构，与后代标准七言诗和五言诗的诗句结构自然切合，所以称其为我国五言诗和七言诗创作的滥觞并不为过。

综上所述，不难作出基本判断，以"诗""文"为主要形式、以"表现性"为主要形态特征的中国"大文学"，在殷商甲骨刻辞时代就已具雏形，之后各个时代是不断发展成熟固化的过程。

2. 两周铜器铭文

虽然铜器铭文也和甲骨文一样生成于殷商中期，但铭文开始仅用于或器主或族号或用途说明或铸造地点的标识，多字不成文，商末虽已出现了 44 字《小子䲖卣》及几篇 20 余字至 30 多字铭文，但毕竟仅此数篇，不足以抗衡甲骨刻辞的代表性，不过其用途说明铭文的"表现性"特征已初步得到彰显。两周尤其西周是铜器铭文鼎盛期，据粗略统计，中国社科

[①] 《甲骨文合集释文》第 2 册，第 749 页。
[②] 《甲骨文合集释文》第 2 册，第 749 页。
[③] 《甲骨文合集释文》第 4 册，第 1831 页。

院考古所编8卷本《殷周金文集成》(修订增补本)名为"殷周",其实所收1.3万余篇铭文几乎都是两周的,90万字的总规模比同时代传世文献规模不小多少,其中西周占去三分之二,是传世文献的数十倍。两周30字以上铭文文本近6000篇,50字以上者近800篇,100字以上长文近400篇,甚或150字以上长文也不在少数,表现力大为增强。同时,相对于殷商时代,两周的青铜器不仅是国之重器,也成为贵族们的日常生活用品,其铭文也已走出宫廷,走向社会,反映的生活面颇为宽广。因此,铜器铭文的文本形态,足以能够代表两周尤其西周"大文学"文本的基本形态特征。

众所周知,表面"千篇一律"和程式化是两周尤其西周铜器铭文的基本特征,常常以"×年×月××(天干地支计时日)……于子孙孙永宝用"为全文的开头和结尾,这种程式化确实制约了文学性的有效展现,但其又恰恰促使人们从表面相似而实则各有差异的同类铭文中,发现不同文体的发源及流变轨迹。目前,我们从中发现了十余种应用文体,这些文体有的是甲骨刻辞时代的进一步发展,有的则是周朝产生的新文体。限于篇幅,仅依时序对西周某些文体实例作些摘引,以管窥见豹。

"祝辞体"是统治者祭祖或祭祀其他神灵的祷告语。周人如商人一样重视祭祀,周代铭文"祝辞体"当由甲骨文"祝辞"发展而来,惜甲骨刻辞屡见其名而未见其文本,不难想象是祭祀时的祈福祷告语,其"表意性"不言而喻。铭文"祝辞体"周初即已有存,武王时期《天亡簋》载:"乙亥,王有大丰,王泛三方。王祀于天室,降。天亡佑王,殷祀于王丕显考文王,事糦上帝。文王囗在上。丕显王乍省,丕囗王作庚,不克乞殷王祀。……①"除开头简叙武王祭祀时间和行为外,"天亡佑王"以下都是祭辞文本,叫见表达的是周武王求保佑、崇文王、续殷祀的多种愿望,其"表意性"显而易见。之后各王时期均有类似铭文保存,有60余篇,并且祝祭辞在逐渐延长,而记叙语在逐代精简,可忽略不计。

"诰体"多为最高统治者或诸侯王对臣下的嘱诰。没有文字之前的远古时代,它应该就已是高层应用频繁的文体,《文心雕龙·诏策》所谓

---

① 中国社会科学院考古研究所:《殷周金文集成》(修订增补本),中华书局2007年版,第4册,第2589页。

"'诰'以敷政"① 即是。相关信息甲骨刻辞已有透露，只是称"告"而尚未称"诰"，至西周铜器铭文，已明确用"诰曰"或"王若曰""王曰"等标识。作为典型的"诰体"铭文，周初成王时期的《何尊》已存，云："佳王初雝宅于成周，复禀武王礼福自天。在四月丙戌，王诰宗小子于京室，曰：'昔在尔考公氏克弼文王，肆文王受兹大令。佳武王既克大邑商，则廷告于天，曰："余其宅兹中国，自之乂民。呜呼，尔有虽小子无识，眂于公氏有恪于天，撤令敬享哉。'唯王恭德裕天，训我不敏。王咸诰，何赐贝卅朋，用作唯公宝尊彝。佳王五祀。"② 通读文本，开头叙成周落成祭祀追念武王，成王借机召诰小宗子孙；接录诰语称颂他们的父祖辈辅佐文王武王有功，并引用武王灭商后的告语，进而批评小宗族子孙未能深知天命，同时表彰其父祖辈敬达天命；诰语之后，录小宗族子孙感谢成王训诫之语；文末记叙小宗族子孙接受成王贝壳赏赐，制作宝鼎，落款时间。不难发现，除开头四句和结尾四句具有叙事性质外，作为文本主体的"诰语"和"谢语"都是态度和情感的表达，可见"诰体"铭文的整体表意性质是没问题的。最为人们称道的宣王时期497字《毛公鼎》长文，更是突破铭文古板程式，开篇即用"王若曰（王这样说）"发布诰语，通篇都是宣王对其叔父毛公歆的嘱诰，核心为天命在周，居安思危，嘱竭诚辅佐，保江山稳固，除最后罗列赏赐物品外，全文无一句"叙述性"言论，并且通篇以四字句为主，朗朗上口，颇有亦散亦韵亦文亦诗之趣。

还有一种颇为别致的"诰体"铭文，不用"诰"字而记录长辈对晚辈的嘱诰语，其"表意性"体现得更为鲜明。如昭王时期的《叔走蘁父卣》云："叔走蘁父曰：余考不克御事，唯汝焂其敬乂乃身，毋尚为小子，余贶为汝兹小鬱彝，汝其用飨乃辟軝侯逆受，出入事人。呜呼！焂，敬哉！兹小彝末堕，见余，唯用其□汝。"③ 这是一篇叔走蘁父对小儿子焂的临终嘱托文字，大意是说，我年老不能做事了，唯期望你能敬德立身，不要再以为自己还是小孩子了，我赠予你件彝器，以供你尽心祭飨，方便事人。哎！焂呀，你要虔敬上心啊！不要将这个小酒器弄丢了，看见

---

① 范文澜：《文心雕龙注》，人民文学出版社1958年版，第358页。
② 《殷周金文集成》第5册，第3703页。
③ 《殷周金文集成》第4册，第3405页。

它就像看见了我,由它陪你共饮吧。父子相托,真可谓是情意深长,感人肺腑,此别致小文,其抒情达意特征昭然,只是句首没有冠以"诰"字而已。两周"诰体"铭文存有 100 余篇,主要在西周,其中康王时期《小盂鼎》、穆王时期《走毁鼎》、恭王时期《乖伯簋》、懿王时期《师询簋》、孝王时期《师克盨》、厉王时期《叔向父禹簋》、宣王时期《师袁簋》等都比较典型。

"令(命)体"是最高统治者或诸侯王对下级发布的命令,商周"令""命"同字,隶定多以"令"行,《文心雕龙·诏策》所作"'命'喻自天"之解颇有启示意义。"令(命)体"在甲骨刻辞中就已属"占体"之外的大宗文体,被发现了 290 余条,只是极为简短。而商末《小子䍙卣》《戍𠬝方鼎》《四祀邲其壶》铭义中的"令(命)体"就已较为完整,其标志是有"王令"或"令曰"等行文标识,并且录有具体的"令"文。至西周,"令(命)体"铭文数量暴涨且体量大增,数量居于各体之首,现存不下 800 篇,至东周才因王权衰微而骤减,但各诸侯"令(命)体"铭文仍延续未绝。

统览西周"令(命)体"铭文,可分为三种情况:一是凡记周王命令臣下做具体事者,其铭文多为"叙述性"文字,但行文很简短,如《保卣》《保尊》重文"乙卯,王令保及殷东国五侯(成王命令太保逮捕殷之东国五侯),诞荒六品(废亡六国)"①,《作册旗觥》《作册旗尊》《作册旗方彝》重文"佳五月,王在岸(昭王在岸地),戊子(五月二十四日),令作册旗贶望土于相侯(命令作册旗把望这块地方赠送给相侯),赐金赐臣,扬王休(称扬昭王的美命)"②,《堇鼎》"匽侯令堇饴大保于宗周(燕侯命令堇去宗周向太保赠送物品)"③,等等,此类铭文篇数当过总数之半。二是凡过录周王命令原话的铭文,其原话前后多有"叙述性"文字介绍时间地点前因后果,但周王原话乃为铭文主体,并且多"表现性"文字,表达感慨之情或情况紧急或提严格要求之意,此类铭文当占总篇数近半,但篇幅较长,总体量远超过第一类。如,《宜侯夨簋》录康王令辞

---

① 《殷周金文集成》第 4 册,第 3387 页。
② 《殷周金文集成》第 6 册,第 5202 页。
③ 《殷周金文集成》第 2 册,第 1384 页。

"王令虞侯曰：'猷（哎）！侯于宜（应改迁封地到宜）……'"①；《师旗鼎》录懋父令辞"懋父令曰：'宜播（应该流放）！……'"②；《录冬戈卣》录穆王命辞"王令冬戈曰：'叡（哎）！淮夷敢伐内国（淮夷竟敢攻打内地）！……'"③；《询簋》录恭王令辞"王若曰：'询（询呀）！丕显文武受大令（我文王武王接受上天大命）……'"④；《师嫠簋》录夷王令辞"王若曰：'师嫠！在昔先王小学，汝敏可使，既令汝……'"⑤；《康鼎》录厉王令辞"王命：'死嗣王家，令汝幽黄……'"⑥，等等。在此类铭文中，《兮甲盘》更具代表性，所录宣王五年派兮甲去南淮夷征收贡赋的命令，除第一句"令甲征治成周四方积至于南淮夷"交代具体任务属于"叙述性"文字外，其全部令文成了"局势评估书"和震慑檄文："淮夷旧我帛贿人！毋敢不出其帛其积其进人！其贝宁毋敢不即次即市！敢不用令？则即刑扑伐，毋敢或入□□贝宁则亦井！"⑦ 派人去经常反叛之地去征收贡赋本就有可能激变送死之险，令文却自信地认为淮夷从来就是应该向"我"缴纳贡赋的臣民，又连用三个"毋敢"评估形势，声称谅他们也不敢不出贡赋委积和劳役，谅他们也不敢将财货逃避关市之征，谅他们也不敢违抗命令！凡违令者盗物者立即抓捕。可谓一篇简洁有力而充满自信的王者之"论"。宣王十八年《驹父盨盖》所录宣王卿士南仲邦父再次命父驹去南淮夷收取贡赋的口气大体相近。

三是有一类特殊情况，周王的令辞、册封赏赐文本、诰白嘱托之语依次全部录入铭文，其"表意性"更为凸显。如，为人熟知的长文《大盂鼎》所录康王对盂的辞令就颇有代表性，节录如下："王在宗周令盂：盂！丕显文王受天佑大令，在武王嗣文王祚邦……汝昧晨有大服，余佳即朕小学，汝勿尅余乃辟一人。今我佳即型于文王正德，若文王令二三正，今余佳令汝盂召荣敬雍德经敏朝夕入谏，享奔走，畏天威……"⑧ 一份命

---

① 《殷周金文集成》第4册，第2695页。
② 《殷周金文集成》第2册，第1478页。
③ 《殷周金文集成》第4册，第2746页。
④ 《殷周金文集成》第4册，第2746页。
⑤ 《殷周金文集成》第4册，第2701页。
⑥ 《殷周金文集成》第2册，第1453页。
⑦ 《殷周金文集成》第7册，第5483页。
⑧ 《殷周金文集成》第2册，第1516页。

令竟洋洋洒洒250字，所表达的意思无非天命归周，盂受自己重用要知恩图报，自己承文王之德而受命，盂要竭尽忠诚辅佐、勤勉戒惰敬天威等等，命令成了帝王倾诉书，情感表达淋漓尽致。之后，册封赏赐曰："赐汝……"所赐各物铺排有序而简略。赏赐之后又诰嘱曰："盂，若敬乃正（谨慎地履行职责），勿废朕令（不要辜负了我的期望）。"① 谆谆叮嘱，语重心长。统览全篇，除简略赏赐文字具"叙述性"之外，其就是一篇成熟的"陈情"文学散文。此类铭文虽然不多，有10余篇，但篇幅巨长，均在200字以上，因此其"表现性"体量不容忽视。

"册体"是统治者对臣下任命官职和赏赐的公文。依生活经验，册封赏赐之制周前自当已有，《文心雕龙·诏策》认为秦统一之前册封赏赐统称为"命"，汉初才将"命"分为"策书""制书""诏书""戒敕"四体，并解"'策'封侯，'策'者'简'（简册）也"，其对"册体"正式命名时间的确认太晚了，其实西周铜器铭文中就已保存了大量名实相符的册封赏赐性质的"册体"文本，只是这些出土文献刘勰没能见到。两周存有"册体"铭文200余篇，比重居中，"册命（宣读册封赏赐之命）"是其行文标识。统览各文，其突出特点程式化最为典型，基本固化：开头往往作"唯×年×月××（干支）"以记时间，结尾往往作"×拜稽首，对扬天子丕显休命，用作××，子子孙孙永宝用"以表受封者的感激之情及铸器造铭永存之意；正文也往往开始写"王在×宫，×呼×入×门，立中廷，×受王令（命）书，王乎×册令（命）书"以介绍地点、人物、封赏仪式；然后宣读的"王曰：……"才是简册上书写的"册封辞"。可见，"册封辞"前面的行文属于"叙述性"文字，比重较大，"册封辞"后面的结尾行文也属于"表意性"文字，比重稍轻。其"册封辞"则有三种类型，数量占主导的一类是直言所封职务、所赐物品，第二类是先言册封赏赐理由再言所封职务所赐物品，第三类是或直叙封赏或言理由后再叙封赏，而后接言对受封者的要求。不言而喻，第一类型属于"叙述性"文字，第二类型中的理由、第三类型中对受封者的要求属于"表意性"文字。第二类型的封赏理由又分三种，一种是表彰受封人的美德，《师訇鼎》所录恭王对师訇的册封辞"师訇！汝克尽乃身臣朕皇考穆王（你能奋不顾身地臣事于我的家父穆王），用乃孔德王孙屯（以你的美德和谦

---

① 《殷周金文集成》第2册，第1516页。

逊），乃用心引正辟安德（用心智来保持你主人的安和之德）"① 等篇可为代表；一种是言受封人的先人事周有功，庇荫于己，《师克盨》所录孝王对师克的任命辞"则繇佳乃先考有恪于周邦（昔日你的先祖先考敬事周室），扞闲王身作爪牙（护卫王身作防卫武臣）"②"今乃令汝"等篇可谓代表；一种是称赓续先王封赏而封赏，如《谏簋》所录孝王对谏的册封辞"先王既命汝报嗣王囿（先王既然已命你管理游园），汝某不有昏（你有智谋不会不明事理），毋敢不善。今余佳或嗣命汝此（今天我又赓续先王之命册封你）"③ 等篇可为代表，西周中期《善鼎》、夷王时期《蔡簋》也有代表性。很明显，三类理由皆说理性强。第三种对受封者所提要求同样属于"表意性"文字，如《牧簋》录懿王对牧的最后提醒"敬夙夕勿废朕令"④，《大克鼎》孝王对克的最后提醒"敬夙夜用事，勿废朕令"⑤，等等。由上可见，相对于"祭辞""诰体""令（命）体"而言，"册"这一文体整体上更趋于"记述性"，其"表述性"相对稍弱，这是需要我们客观体认的。

"训诫体"是统治者对臣下或上级对下级或长辈对晚辈的训导告诫之体。文字产生之前"训诫体"应该就已产生，《文心雕龙·诏策》所谓"禹称'戒之用休（美德）'"⑥ 就客观上揭示了这一事实，但目前发现的相关出土文献文本自然没有夏禹时代的，也没有殷商甲骨刻辞，只有晚出的西周铜器铭文。就西周铜器铭文文本来看，这一文体当时也还没有定型，一是其不像上面的"诰体""令（命）体""册体"那样已分别用"诰""令（命）""册"字予以标识，其尚没有明显标志；二是其内容与诰体、令（命）体还没有明确的分界，没有完全独立；三是文本数量还不够多，总计40余篇。各文文体之间边界不清晰既是文体早期发展不成熟的自然特征，也是程式化的铜器铭文自身特色留有的印记，因此，探讨我国早期的文体，紧紧抓住其各自最本质特征是有效方法。据此，"训诫体"与"诰体""命体"的大体分界应该是，"训诫体"重在告诫不能

---

① 《殷周金文集成》第2册，第1502页。
② 《殷周金文集成》第4册，第2872页。
③ 《殷周金文集成》第3册，第2451页。
④ 《殷周金文集成》第3册，第1809页。
⑤ 《殷周金文集成》第2册，第1514页。
⑥ 范文澜：《文心雕龙注》，人民文学出版社1958年版，第358页。

怎么着,"诰体"重在嘱咐应该怎么着,"令(命)体"则重在要求必须怎么着。

最早"训诫"铭文应是周公旦之子伯禽所作《禽簋》"王伐奄侯,周公某禽祝,禽有脤祝"①,记成王讨伐奄侯叛乱时,作为军师的周公训诫掌管祭祀的儿子伯禽不许对祭祀懈怠,伯禽接受训诫后以脤器致祭。可惜铭文未录周公训诫原话,致使三句铭文呈现出"叙事性"特征。较典型的"训诫体"文本首见于西周中期懿王时的《牧簋》,该铭文实由"册体"和"训诫体"两部分组成,前半以"王若曰"开头的一段文字是内史代懿王宣读的对牧的册封任命书,后半以"王曰"开头的一段文字应是任命书宣读后懿王对牧亲自所作训诫语,云:"牧,汝毋敢勿帅先王作明型用,零乃讯庶右□毋敢不明不中不型,乃敷政事,毋敢不尹其不中不型。"② 先告诫牧个人不能轻视先王所规定的贤明法律,次告诫其所任用的官员不能不明智、不公正、不依法办事,末告诫其推行政务不能出现有失公正的情形。三重训诫,口气可谓严肃。而西周晚期《蔡簋》所录夷王对蔡的册封文,后半虽未独立成文,但也可视为"训诫体",因为夷王任命蔡作的是他宫中的管家,因而"训诫"特征更为典型:"家外内(王宫家里家外的事情),毋敢有不闻(不允许有不及时禀报的情况发生)。司百工出入姜氏令(管理百工和传递姜太后的命令),厥有见有即令(有觐见和来听候命令的),厥非先告蔡(若未先禀告你蔡),毋敢疾有入告(绝不允许急着禀告内宫)。汝毋弗善效姜氏人(你要严加管教姜氏族人),勿使敢有疾止纵狱(绝不允许他们惹是生非,操纵刑狱)!"③ 与上文相比,其训诫语气更加严厉,凸显的是"不能怎么着"。《㝬盨》所录宣王对㝬所作训诫是一篇完整而简洁的"训诫体"文本,云:"王曰:'㝬!敬明乃心,用辟我一人,善效友纳辟,勿使暴虐纵狱,援夺叡行道。厥非正命,乃敢疾讯人,则唯辅天降丧!不□唯死。'"④ 大意为㝬!用你虔敬之心辅佐我,管好你的同僚遵纪守法,不许他们暴虐操纵刑狱,更不许他们劫夺行道之人,没有正式命令,若胆敢任意严刑审人,就是帮

---

① 《殷周金文集成》第 3 册,第 2216 页。
② 《殷周金文集成》第 4 册,第 2748 页。
③ 《殷周金文集成》第 4 册,第 2740 页。
④ 马承源:《商周青铜器铭文选》第 3 册,文物出版社 1988 年版,第 312 页。

助上天降下灾祸！不只是自己找死。其"训诫"的严厉程度已近乎震慑了。所以，仅从尚未完全走向独立成熟的西周"训诫体"铭文文本看，该文体的"表意性"特征是不言而喻的。

"颂体"是下对上之美德及恩情进行歌颂的一种文体。该文体起于西周，但未必如《文心雕龙·颂赞》借助《诗大序》之解所说起于《诗经·周颂》祭祖舞容，其应该就是起于西周铜器铭文，众所周知，歌功颂德本就是西周铜器铭文的核心功能。由前引铭文实例可知，尽管诰、令、册、训诫各体铭文过录的都是统治者对臣下的文辞，但铸造保存器皿和铭文者却并不是辞令的发布者而恰恰是辞令的接受者，铸器的目的既有保存家族荣耀激励后辈奋进之意，也有靠铭文或攀附或炫耀或护身的潜在心理，因此，在所谓"郁郁乎文哉""礼乐文明"盛世的西周，借铜器铸造大兴歌功颂德之风是必然的，歌功颂德也就成了西周铜器铭文的基本特性。研读其铭文不难发现，凡"令（命）体""册体"铭文，在记器主接受命令或封赏后几乎每篇都接续刻有感恩颂德表决心内容，甚至这部分内容比重有的超过了前面正文字数。如，记西周早期康王赏赐邢侯的68字《邢侯簋》，仅颂德谢恩表忠心的文字就44字；西周中期毛班为其先父先母所铸《班簋》，铭文长达197字，仅后半感谢穆王擢拔之恩、先父蒙周王庇荫之恩、个人立志修德遵天命的表态性文字就95字；记穆王时伯犀父赏赐县改的《县改簋》88字，后面感谢表态之辞达52字；记恭王赏赐师𩷒的《师𩷒鼎》196字，仅师𩷒颂德谢恩表决心内容就占去113字；记恭王赏赐乖伯的150字《乖伯簋》，答谢颂德文字占去75字；记懿王赏赐盠的《盠驹尊》94字，盠颂德谢恩之辞65字；孝王时期58字《伯克壶》伯克的谢恩颂德辞38字，107字《克盨》克的颂德感恩辞75字；记西周晚期宣王封赏颂的151字《颂鼎》、152字《颂簋》、151字《颂壶》，颂的颂德感恩辞分别是67字、74字、70字；等等。这类铭文不下1000余篇，名为"令体"或"册体"，却实为"颂体"，而需要确认的是，这些颂德感恩表决心部分全为"表意性"行文。为人所熟知的遍及西周铜器铭文的"敢对扬王休（冒昧地感谢和称扬周王美命）"一类习用结语强化了这部分"表意性"铭文的情感抒发。

除上述外，"颂体"单篇铭文也在西周大量出现。按歌颂对象，"颂体"铭文大致分为两类，一类是歌颂活人，另一类是歌颂死人，前者是因事而发，后者是宗庙祭祀。宗庙祭祀之文确实有些与《诗经·周颂》

相仿，只不过一为"四位一体"的诗乐歌舞，一为颇带情感的散文罢了。前者如康王时期《献簋》"㯤伯于遘王（㯤伯朝见康王），休亡尤。朕辟天子、㯤伯令厥臣金车，对朕辟休，乍朕文考光父乙。十世不忘献身毕公家，受天子休"①。这篇西周早期的简短"颂体"文，除第一句叙㯤伯朝见康王、第三句叙天子与㯤伯共同赏赐自己外，余皆为献本人的颂德表忠内容。先颂㯤伯朝觐之礼美善，次谢天子㯤伯赏赐是对自己和父辈的表彰与鼓励，再表"十世"不忘为国献身之决心，最后感恩天子之美德。此类铭文300余篇。后者最典型的就是广为学界关注的恭王时期的《史墙盘》了，这篇284字长铭1976年出土后，唐兰、徐中舒、李学勤、裘锡圭等一大批著名专家都及时发表过重要研究文章。通读不难发现，这是一篇突破惯用程式的标准化歌功颂德"颂体"文，从文王、武王、成王，到康王、昭王、穆王，依次歌颂，对每人丰功伟业的歌颂都高度凝练概括，且凸显各自特色，而与伟业之"颂"相比，全文更重在美德之"颂"，故该铭基本没有呈现"叙事性"特征，彰显出的主要是其"表意性"和"抒情性"。此前康王时期的《沈子也簋盖》则有更为广泛的代表性，云："也曰：拜稽首，敢腕昭告：朕吾考令乃嬗沈子乍□于周公宗，陟二公，不敢不□。休同公克成绥吾考以晏晏受令。呜呼！隹考□又念自先王先公，乃末克衣告烈成功。叡！吾考克温克，乃沈子其鸟页怀多公能福。呜呼！乃沈子末克蔑见厌于公，休沈子肇豕又贮积……"② 这篇祭庙长文是鲁国大夫沈子也在周公庙祭鲁公伯禽和考公酉的"颂文"，大意是我大胆地拱手昭告，我遵从先父之意在周公庙祭祀二公，不敢懈怠，二公美德使我先父安然接受美命。啊！我先父追念先公伟大勋业的成功。啊！我先父能秉持温和美德，我沈子怀念先公先考带给我的福分。啊！我沈子也受到先公眷顾，一定不辜负管好封地粮仓的美命。后面省略部分是说自己以祭飨感念多位先公，并希望自己的子孙也效法先人赓续祭飨。全文的"抒情性"和"表意性"昭然若揭。此类铭文200余篇。当然，还有一类特殊情况，就是活人死人一并赞颂，如，穆王时期《冬戈方鼎二》开篇即为"冬戈曰：呜呼！王唯念冬戈辟烈考甲公，王用肇使乃子冬戈率虎

---

① 《殷周金文集成》第3册，第2403页。
② 《殷周金文集成》第3册，第2716页。

臣御淮戎"①，感恩穆王皇恩浩荡，发现自己能显扬先父之德而派自己统率大军抵御淮夷入侵。态度虔诚，感情激荡，好像该鼎是为歌颂当朝天子而铸。但紧接则为"冬戈 曰：呜呼！朕文考甲公文母日庚，式休则尚，安永宕乃子冬戈 心，安永袭冬戈身，厥复亭于天子，唯厥）使乃子冬戈万年辟事天子，毋又目叉于氏身"②，径直改用第二人称的口吻大段感恩先父先母用美德为法则熏陶您的儿子，使得您的冬戈 儿胸怀宽广、影响终身，得以久事天子而无过失。感情更为真切，行文更为暖人，显然其铸鼎的真实目的又是纪念已亡父母，追思父母美德。活脱一篇典雅抒情散文。此类铭文50余篇。还有的先王、今王、先祖、先父一起歌颂，如《师望鼎》省略铭文惯用程式，全篇直录师望的"颂辞"，先颂亡父美德，再颂先王用先祖，再颂当今恭王重用自己，进而表感恩。此类铭文30余篇。

由上可见，不论献的颂活人，还是沈子也的颂古人，抑或冬戈、师望的活人亡人一起颂，其"颂体"铭文都是以情感表达为基本特征的。当然，还有更特殊的情况，是将两种文体实两篇铭文拼铸在同一器皿上，如孝王时期著名的290字《大克鼎》长文，前半所录是器主克对祖师华父的颂文，后半所录是孝王对克的册封文，两篇各自独立的不同性质铭文，仅靠先祖华父积德致克受庇荫被重用的内在意脉联结。克的"颂体"文，依次颂华父寡欲谦逊之德、善美明智之德、谨敬仁爱之德，该文无疑是典型的"表现性"文本，而后半"册体"文则就更偏向"叙述性"了，不过这类"拼接"文本不多，10余篇。

"誓体"是对某种承诺的宣誓词或签订盟约、契约之后承诺信守该约的宣誓词。既是宣誓，自当是表态，故其为"表意性"文体自不待言。《文心雕龙·祝盟》称"在昔三王，诅盟不及，时有要誓，结言而退"③是对的，从铜器铭文看，西周时期确实只发现了个人之间的"约誓"而尚未发现官方之间及诸侯国之间的"盟誓"，"盟誓"是东周时期王权衰落诸侯结盟且相互缺乏信任的产物。不过，从恭王时期《卫盉》对一桩土地买卖事件的记录、《五祀卫鼎》政府与厉进行土地交换事件的记录、

---

① 《殷周金文集成》第2册，第1494页。
② 《殷周金文集成》第2册，第1494页。
③ 范文澜：《文心雕龙注》，人民文学出版社1958年版，第175页。

《人朋生鼎》对人朋生与格伯以马匹交换土地事件的记录,懿王时期《曶鼎》对曶与效父用马换奴隶诉讼案件记录看,西周已有了个人不守信誉的苗头发生,所以如上几文或有在众人监督下迫使当事人"起誓"守信的记录,或有当事人欲毁约而吃官司被强制重新起誓的记载,只是可惜这几篇铭文没有记录"誓词"原文。

首篇"誓词"存于西周中期懿王时的《𰯌匜》中,仅一句:"牧牛誓曰:'自今敢扰乃小大事?!'"① 到厉王初年,《鬲攸从鼎》所录誓词发展为三句:"乃使攸卫牧誓曰:'敢弗具付鬲舜从,其沮厌、分田邑,则惩!'"② 厉王晚期的另一器皿《散盘》铭文又发展为五句:"鲜、且、□、旅誓曰:'我既付散氏田器,有爽,实余有散氏心贼,则爰千罚千,传弃之!'"③ 第一篇"誓词"是牧牛因违约与上司争财产被法官判罚后在监督下所起之誓,称以后绝不敢再因大小事打扰法官,也就是不再违约;第二篇"誓词"是攸卫牧与鬲舜从土地交换违约不交给胆鬲舜从土地被告到厉王处,厉王命查办人强制攸卫牧所发之誓,称胆敢不把土地付与鬲舜从,违背契约而私自将田邑分掉,将受到惩罚。第三篇"誓词"是西周方国之矢国几家贵族将临界土地赠予散国的散氏,勘界之后几家共同所起之誓,称我既然将种田的农具交给了散氏,若有差池,就说明我对散氏心怀歹念,甘愿缺多少罚多少,并被逮捕流放!将三篇"誓词"合而并观不难发现,一则"誓体"在西周尚处于起步阶段,多存于纠纷事件记录中而未独立成篇;二则越往后约束力越强,从第一篇不敢违约,到第二篇违约受惩罚,再到第三篇违约被流放,说明违约现象在滋长,因而遏制违约现象蔓延的守誓手段在强化,客观上促使"誓体"在发展;三则简短干脆应该是"誓体"行文的普遍特点,以后发展成熟也应该不会太长。《文心雕龙》所单独提到的另一种军队出征前鼓舞士气的集体宣誓,估计其誓词会更短。但最为重要的是,无论篇幅长短,"誓词"作为一种文体在西周形成,"表意性"是其最基本的形态特征,到了东周诸侯蜂起时代,此类铜器铭文就大行其道了,总数不下300篇。

"哀祭体"是对早亡者表达哀痛之情的一种文体。《文心雕龙·哀吊》

---

① 《殷周金文集成》第7册,第5541页。
② 《殷周金文集成》第4册,第1488页。
③ 《殷周金文集成》第7册,第5486页。

将"哀辞"的起源上溯至哀悼"三良"的《诗经·秦风·黄鸟》实在太晚了，甚至将"哀祭文"以"文"的形式出现确定在东汉和帝时期，更是完全不符合历史实际。其实"哀祭文"早在西周早期就已产生，并且文本保存至今，只是刘勰未能见到罢了。如《作册嗌卣》云："不禄嗌子，彳止先■死亡，子子引有孙，不敢矢弟贝兄铸彝，用作大御于厥且厥父母多神。毋念哉！弋勿卜引嗌鳏寡。"① 尽管短文因诸多难字识读不出影响了对文意的理解，但大意还是清楚的，是嗌哀祭他的亡子引之文，痛惜他儿子短命先死，留下了孙子，不敢不铸造器皿纪念他，同时隆重祭祀祖辈父母及诸神。借机嘱托亡子，千万不要忘记自己的父亲，使父亲在阳间孤独。悼念亡子不追忆其德其事而重在诉痛惜之情，倾思子之念却嘱亡子别忘记思念自己，既符合刘勰对哀祭文"情主于痛伤，而辞穷乎爱惜"② 基本特征的概括，其抒情方式的巧妙又能更增其悲切，仅此一例就意味着抒情散文在西周早期就已有了基础。此类铭文在两周虽仅发现20余篇，但对我国早期"大文学"的"表现性"及"抒情性"基本形态特征却有不可忽视的证明力。

"判辞"就是法官的"判决书"。依今天的生活经验推断，其"判词"应该由"叙述性"和"表现性"两部分文字组成。前面对案件来龙去脉予以介绍，后面作出裁决，整体应属于"叙述性"文体，但是我们发现西周铜器铭文所录"判词"却并非如此，其往往只有判决结果而没有案情介绍，是比较明显的"表现性"文体。如《牧簋》所录判词："伯扬父乃成劾（作出判决），曰：'牧牛！贄乃苛甚，汝敢以乃师讼，汝上听先誓。今汝亦既有御誓，薄格啬睦，授亦兹五夫，亦既御乃誓，汝亦既从言辞从誓。式苛，我宜鞭汝千、□□汝，今我赦汝……'"③ 判词大意是：牧牛！哎，你应受到很重的责罚！你竟敢与你的上司争夺财产，你既然向上报告了你的约誓，今天就要践约，就要去与格啬和好，归还他的五个奴隶。若能践约，就说明你服从本判决。依法，我应判你千鞭□□之刑，今天我赦免了你。可见，全篇"判词"几乎就是一篇恩威并重说教文，几无叙述性语言。这应该是西周以德治国风尚的折射，也应该是那

---

① 《殷周金文集成》第4册，第3404页。
② 范文澜：《文心雕龙注》，人民文学出版社1958年版，第190页。
③ 《殷周金文集成》第7册，第5541页。

个时代"判词"的一种常规行文模式。两周此类"判词"有50余篇，其对当时"文"的"表意性"形态特征也具有较强说服力。

"对话体"。西周铜器铭文还实录了一些重要议事内容，是珍贵的历史资料，但议事本身是各抒己见，故保存下来的对话却都是"表现性"而非"叙述性"文字。此类文本有十余篇，如孝王时期《五年王周生鼎》记王周生、余献妇氏、召伯虎的对话比较有代表性。

西周铜器中有不少乐器钟也应注意，虽然上面所铸铭文有长有短，但都与音乐有关，多是对器皿接受者美德的赞颂，同时表达了以音乐快乐其身心之意，故多为"表意性""抒情性"文字。

另外，研究殷周铜器铭文不应忽视一种现象，铭文越是简短，其"表意性"往往越强，三言两语甚至一句话，恰恰揭示出了铸器目的，为谁而作，为何而作，或为"追孝"，或为"享祖"，或为"享孝于皇祖考"，或为怀德，或为感恩，或为"厚友"，或为"祈多福"，或为"万年眉寿"，或为"万年无疆"，或为"祈多福眉寿"，或仅仅为了该器皿能够"万年永宝用""某某永宝用""子子孙孙永宝用"等，但正是这批不成"篇"的铭文，几乎都是表现性"散文"而非叙事性"散文"。问题是这类铭文篇数最多，总数不会少于2000篇，对我国早期"文"的"表现性"形态特征有很强的说明作用。

"契约体"本应该是契约条款的实录，其属于"叙述性"还是"表现性"文本，应该视具体的契约内容本身而定，但是，统览两周"契约"铭文，其并非仅仅过录契约条款，而是全程记录事件发生过程，如此，则该文体就主要属于"叙述性"文本了。如恭王时期《卫盉》对一桩土地买卖过程及契约原文的保存，《五祀卫鼎》对国家为了兴修水利与厉进行土地交换事件及契约原文的实录，《人朋生鼎》对人朋生与格伯以马匹交换土地事件及契约原文的实录，厉王时期《散盘》记矢国几家贵族将临界土地赠予散氏的勘界、签约、起誓情况及契约实录，等等。此类铭文在两周铜器中虽不多，有近20篇，但篇幅较长，故所占"叙事性"文本的比重也不应忽视。

"记体"是记事体。铜器铭文中记载了不少历史事件，是珍贵的历史资料，记事具体客观，不少篇章生动形象，从一个侧面展示了当时的文学书写水平。依时序，如西周早期《中方鼎》《中甗》记讨伐南部方国虎方时昭王让中作先导打通道路之事，《员方鼎》简记员牵狗随昭王狩猎之事，西周中期《静簋》记静受穆王之命任大学射礼教职之事，《冬戈簋》详记冬戈受穆王之命帅军征伐淮夷的战争过程，恭王时《九年卫鼎》对两方国来周朝觐过程的长篇记录，懿王时《曶鼎》记曶与效父用马换奴隶、曶被匡季偷禾两起诉讼案件详情及判词，西周晚期厉王时著名的《禹鼎》记禹率军南征生擒鄂侯之役，著名的《多友鼎》记多友讨伐玁狁大获全胜之役，著名的《叔向父簋一》记叔向父伐淮夷大获全胜之役，宣王时期《不口簋盖》记伐玁狁之役，等等。如上铭文无疑都属于"叙述性"文本，两周总计有50余篇，因为是记事，篇幅多比较长，因此有一定体量。不过，需要注意的是，这些"叙事性"文本在记事过程中，记下了不少人物对话，而人物对话的多数内容则是谈对问题的见解，是"表现性"的，同时记事过程中也有议论成分。因此，在整体确认"记体"叙述性特征的同时，也不应忽视其"表现性"的一面。

综观如上两周尤其是西周铜器铭文中的十几种文体形态特征，纯粹"表现性"文本有祝辞体、诰体、训诫体、颂体、誓体、哀祭体、判辞体、对话体、乐器铭文、短文，"表现性"强于"叙述性"的文本主要是令（命）体，以"叙述性"为主的文本有册体、契约体、记体。再统观各文体的大致篇数和文字总体量，"叙述性"文本内容毕竟仅能占得总文本内容的百分之二十左右，百分之八十的主体内容都是"表现性"形态的。因此，殷商甲骨刻辞时代初步形成的中国"表现性"特征的"大文学"传统，到西周铜器铭文时代就已基本定型固化了，为以后的进一步固化和彰显奠定了坚实基础。

3. 战国秦汉简帛文献

简帛是出土文献中的特大宗，就已整理出版的中国简牍集成编辑委员会编20卷本《中国简牍集成》、马承源主编9卷本《上海博物馆藏战国楚竹书》、李学勤主编已出7卷本《清华大学藏战国竹简》、陈伟主编6卷本《秦简牍合集》、朱汉民陈松长主编4卷本《岳麓书院藏秦简》、裘锡圭主编7卷本《长沙马王堆汉墓简帛集成》、北京大学出土文献研究所编5卷本《北京大学藏西汉竹书》，以及单册如商承祚编《战国楚竹简汇编》、荆门市博物馆编《郭店楚墓竹简》、荆州博物馆编《张家山汉墓竹简》、银雀山汉简整理小组编《银雀山汉墓竹简》（壹）、《银雀山汉墓竹简》（贰）、湖北省文物考古研究所编《江陵凤凰山西汉简牍》、定州汉简整理小组编定州汉简相关篇目等来看，总计已达1700多万字（含整理阐释文字），纯简牍文本亦当不少于350万字。综观如上庞大规模的出土简帛文献，其内容基本可分为三大类：一类是传世文献本原有的古代典籍，如《周易》文献、《诗经》文献、《尚书》文献、《逸周书》文献、《春秋》文献、《左传》文献、《国语》文献、《老子》文献、《论语》文献、《仪礼》文献、《大戴礼》文献、《礼记》文献、《说苑》文献、《新序》文献、《搜神记》文献等。将这类或全或残的文献与传世文献对读，可互证补阕，校勘异文，有助于理清早期文本的生成流变形态及确认祖本，但其不具备也没必要取代已有传世文献对"大文学"文本存在形态的说明意义。一类是遣册（随葬物品清单）、签牌（标签）、官员吏员当值日时表、历谱（干支日志）、年表、吏员兵员集簿、档案表格、货物簿籍、衣物疏、神龟占、博局占、各种地形图、数学算题等文献，因其形不成完整书写意义的篇籍表达，故这类文献皆可排除在"大文学"文本之外；一类则是体量最大的佚文献，这类简帛文献的主体，正是我们从事"大文学"研究的对象，其又可分为三小类：一是"古佚诗"，二是"古佚文"，三是"古佚书"。

"古佚诗"指亡佚的古代纯文学作品诗歌辞赋及韵文。已发现的有上博简《采风曲目》（仅《硕人》见于《诗经》）、《交交鸣鹥》、《多薪》、《凡物流形》（甲、乙）、《有皇将起》、《李颂》、《兰赋》、《鹠鹢》，清华简《周公之琴舞》组诗、《芮良夫毖》、《祝辞》，阜阳汉简《辞赋》、《相狗经》（残简），银雀山汉简《唐勒赋》、《相狗方》，马王堆帛书《相马经》（又题《相马赋》）、《天下至道谈》，尹湾汉简《神乌赋》，居延汉简、阜阳汉简、玉门花海汉简、北大简《仓颉篇》，北大简《妄稽》、《反淫》等。

"古佚文"指亡佚的古代单篇之文或现存古书之佚文。其文按性质又可细分为"诸子散文""历史散文""故事题材""应用公文"等。

先看"诸子散文"。儒家佚文有郭店简《穷达以时》、《五行》、《唐虞之道》、《忠信之道》、《成之闻之》、《尊德义》、《性自命出》（上博简《性情轮》内容相近）、《六德》，上博简《从政》（甲、乙）、《三德》、《天子建州》（甲、乙），定州汉简《儒家者言》等；道家佚文有郭店简《太一生水》，上博简《恒先》、《慎子曰恭俭》等；法家佚文有睡虎地秦简《为吏之道》等；阴阳家佚文有北大简《阴阳家言》等。更多诸子佚文是以"问答体"形式出的，如郭店简《穆公问子思》，上博简《鲁邦大旱》、《中弓》、《子羔》、《彭祖》、《相邦之道》、《曹沫之陈》、《竞竞建内之》、《季康子问于孔子》、《君子为礼》、《弟子问》、《鬼神之明》、《孔子见季桓子》、《庄王既成》、《申公臣灵王》、《平王问正寿》、《平王与王子木》、《子道饿》、《颜渊问于孔子》、《成王既邦》、《王居》、《志书乃言》、《举治天下》（五篇）、《史蒥问于夫子》，清华简《厚父》、《管仲》、《郑文公问太伯》（甲、乙）、《子仪》等。

次看"历史散文"。有上博简《容成氏》、《柬大王泊旱》、《融师有成氏》、《吴命》、《灵王遂申》、《陈公治兵》、《邦人不称》，清华简《程寤》、《系年》、《良臣》，睡虎地秦简《编年纪》，阜阳汉简《大事记》，《居延汉简》存边塞屯戍日常生活档案部分内容，定州汉简《六安王朝五凤二年起居记》，尹湾汉简《元延二年日记》等。

再看"司法案例文书"和"故事题材"佚文。前有岳麓秦简《为狱等状四种》等，后有上博简《正子加丧》、《灵王遂申》、《邦人不称》，清华简《赤鹄之集汤之屋》，放马滩秦简《墓主记》（又题《志怪故事》或《丹》）等。

后看"应用公文"。这类文体涉及面很广，文本较多的有："训诫体"，如上博简《昔者君老》，清华简《保训》、《郑武夫人规孺子》，北大简《周驯》等。"论说体"，如睡虎地秦简《语书》，岳麓秦简《为吏治官及黔首》，北大简《赵正书》等。"格言体"，如郭店简《语丛》，上博简《曰用》等。"规谏体"，如上博简《鲍叔牙与隰朋之谏》、《景公瘧》等。"政令文书"简帛中很多，如清华简、睡虎地秦简、龙岗秦简、里耶秦简、岳麓秦简、居延汉简、武威磨子嘴汉简、楼兰汉晋简牍残纸都有不少"文书"文本。"律令"，睡虎地秦简、龙岗秦简牍、郝家坪秦木牍、岳麓秦简等都有《秦律》《秦令》杂抄或汇编，银雀山汉简有《守法守令十三篇》等。"日书"更为普遍，睡虎地秦简、周家台秦简牍、岳山秦木牍、放马滩秦简牍都有《日书》，上博简有《卜书》，清华简有《筮法》，岳麓秦简、马王堆帛书有《五星占》、《出行占》，后者又有《天文气象占》、《木人占》，银雀山汉简有《阴阳时令占侯》，北大简有《揕舆》、《楚诀》、《六博》，等等。"医方"有周家台秦墓简牍《病方》，马王堆帛书《足臂十一脉灸经》、《阴阳十一脉灸经》（甲、乙）、《脉法》、《阴阳脉死侯》、《五十二病方》、《疗射攻毒方》、《胎产书》，武威旱滩坡东汉《武威药简》等。"房中养生术"有马王堆帛书《去谷食气》、《养生方》、《房内记》、《十问》、《合阴阳》、《杂禁方》等。

"古佚书"指亡佚的书籍,目前整理出来的有马王堆汉墓帛书《春秋事语》、《战国纵横家书》(27章中16章为佚书)、《五行》(规模是郭店简《五行》规模数倍)、《九主》(又题《伊尹》)、《明君》、《德圣》、《经法》(又题《黄帝书》)、《十六经》、《称》、《道原》,银雀山汉简《孙膑兵法》等。

通过如上简单胪列,我们至少可以发现三大问题:

其一,战国秦汉简帛表意性、说理性及抒情性"大文学"文本的数量和体量远远大于记录性、叙事性文本。如上文本,除"历史散文""司法案例文书""故事题材"佚文主体为叙述性质外,其他各类整体上都可归入"表现性"或以"表现性"为主之列,当然,"历史散文"中的人物对话、"司法案例文书"中的裁决理由也有说理成分。其中,诗歌辞赋韵文体量虽不算大,但其是出土文献中抒情性纯文学作品的代表,《神乌赋》虽是讲述一对乌鸦夫妻遭盗乌欺凌的故事,但鸟儿对话尤其两乌夫妻之间的深情表达毕竟将叙事冲淡了不少,其他作品的言志说理与抒情则自不待言。而33篇"问答体"诸子散文基本属于儒家文献,虽各有微量对话背景人物叙述文字,但都被问答说理文字所淹没,几可忽略不计。另18篇分别宣扬儒道法阴阳各家思想之文则更是典型的哲理或思想专论,更无一言叙述文字。其应用文中的"训诫体""论说体""格言体""规谏体"自不必说,就"政令文书"而言,有任命公文,有奖惩公文,有裁决公文,有吏员的各色陈情之文,系统研读发现,虽各有叙述成分,但都是以陈述理由为主体的文本。而作为秦代各种律令和法令条文的"律令体",为了强化震慑作用,每条律令或法令基本都以"毋敢"做什么冠于句首,如此,则绝大多数条文都改变了叙述性质,成为警示文本。比较而言,"日书""医方""房中术"文献作为应用性文体,其叙述性相对更强一些,但"日书"是为婚丧嫁娶、生儿育女、出行谋事、种植安宅等日常生活推测吉日规避禁忌而著的。浏览其文本,择日多有理由说明和依违态度,更有"日书"本就是概括归纳预测方法的,如《筮法》、《楚诀》,所以"表意性"仍是其基本特征;"医方"虽然所开具体药方不少,如《五十二病方》,但也有不少内容是讲病理或各味草药药性和功效的,故整体而言"表意性"内容仍多于记述性内容;"房中术"也是讲养生理论与男女生活具体操作方法文本并存,后者篇目多于前者,但是理论文本篇幅巨大，如著名的《十问》通篇用形象比喻及韵文形式借黄帝等问答探讨阴阳和合理论，可谓一部"辞赋体"哲理专书，其体量超过几篇具体方法文本之和，《天下至道谈》也可作如是观。因此，综合审视此类文献，仍属于"表意性"文本。11部古佚书中，《春秋事语》之外都是子书，其形态特征不言而喻，而《春秋事语》则是一部春秋"时事评论"集，每章针对一事，皆涉诸侯王，全是批评，先三言两语简记事件，随之过录时人大段评论，或独语，或对话，揭其谬，陈其弊，意在规谏，形态特征同样不言自明。通过简析不难发现，战国秦汉简帛文献中的"叙述性"文本与"表现性"文本比重不可相提并论。

其二，战国秦汉简帛贡献的基本都是汉代之前的文献，并且是诸子文本及应用文文本，将大大改变汉前之"文"的现有存在形态。战国和嬴秦简帛自不必说，而出土于汉墓中的文本也多是抄写的先秦文献。如，作为文献大宗的马王堆汉墓简帛下葬于公元前168年，阜阳汉墓简牍下葬于公元前165年，银雀山汉简下葬于武帝初年，分别距汉代建国才34年、37年、60余年，依生活常识，墓主人生前喜读伴其一生而又随葬的书籍和单文，其至迟抄写于汉初是不成问题的。各文献整理专家依上列各主要佚文佚书文本抄写字体或避讳情况，多考证出了诸文诸书的大体抄写时间，依次确认有的抄写于战国末，有的抄写于秦火前，有的抄写于秦火后，有的抄写于汉初。即便抄写于汉初的文本，其文献也是源于先秦。同时，规模较大的"北大简"也被整理专家逐篇考证确认多为先秦文献。就"大文学"研究而言，正是这些划归先秦的成篇成书文本，形成了先秦"大文学"的核心内容，而没能划归先秦的其他汉代简牍如《居延汉简》及全国各地的散简，又恰恰多是些"非文学化"的或不成篇的边缘化内容，无关文学研究大体。这样，战国秦汉简帛客观上已为先秦贡献了体量甚巨的"大文学"及纯文学文本，弥补了秦火后传世"大文学"文本的严重不足。不仅如此，战国秦汉简帛的另一重要贡献还在于，其对春秋战国"大文学"文本形态特征的证明起到了同时代传世文本无法起到的作用。就传世文本而言，春秋战国之"文"的体量乃是诸子散文与历史散文并存而又以诸子散文为重，但是，由上列简帛文本可知，简帛贡献的几乎是先秦及嬴秦诸子散文和应用文，将之汇入先秦"文"的总量，即便不将同时代铜器铭文计算在内，春秋战国及嬴秦"表现性"之文和"叙述性"之文的比重业已发生了巨大变化。将传世之"文"与出土之

"文"合而并观，其整体呈现出的形态则是"表现性"之"文"独家主导的新局面。这才更接近该时期我国"文"的客观实际。

其三，战国秦汉简帛还为不少被定为伪作的先秦传世"大文学"文本的真实性提供了佐证。纯文学的辞赋，如收入《文选》署名宋玉的《风赋》《高唐赋》《神女赋》《登徒子好色赋》《对楚王问》5篇作品，自清人崔述提出质疑后，今人已将其定为伪作，并写入游国恩先生全国统编文学史教材，其基本理由则是作品体制风格和语言都与楚辞迥异，宋玉时代不可能出现散体赋。而马王堆帛书散体赋形式《十问》、银雀山汉简散体《唐勒赋》残简、北大简长赋《妄稽》等的出土，都为宋玉时代能够产生散体赋提供了实证，颠覆了否定者的核心理由，印证了《史记》宋玉"好辞而以赋见称"及《汉志》对宋玉赋著录的不虚。廖名春、徐少华、廖群、谭家健等学者又先后借包山楚简从地理方位和地名沿革方面正面提供了《登徒子好色赋》为战国末期楚人之作的证据。致使此5篇作品正式进入袁行霈先生新著面向21世纪全国统编教材，原教材修订本也重新注释予以说明。诸子散文，如今本《六韬》《尉缭子》皆被学术界视为汉以后的伪书，但银雀山汉简出土了这几部书的部分章节，证其并非后人伪作。因如前述竹简下葬于西汉建国60余年的汉武帝初年，在交通不便偏僻的山区，文献从都市流传至此，需要时间，墓主人因生前喜欢阅读陪伴一生而死后陪葬，又需要几十年时间，故其汉初抄自先秦典籍是正常的。又如《汉志》著录《孔子家语》27卷，未注明作者，三国魏王肃曾为其作注，故从唐颜师古至清四库馆臣均定其为王肃伪作，遂成定论。而阜阳汉简的木牍录有同于《孔子家语》体例的四十八篇孔子与弟子言行篇题，定州汉简《儒家者言》（题目为整理者所加）更有与《孔子家语》相同的内容，因此被李学勤先生视为"《孔子家语》原型"，王肃伪作说不攻自破。目前学术界的共识是，随着西汉初年孔子受到重视，其本人及弟子言行也开始被广泛传抄传播，后孔安国汇集各家传抄本而成《孔子家语》，阜阳汉简和定州汉简即为其汇集前的部分内容。如此，则《孔子家语》虽编定于西汉，其所录孔门之言则是原始的，至于流传过程中被不断增益改易则是古代典籍都普遍遭遇过的经历。再如《鹖冠子》，其在《汉志》中被归入道家类，自柳宗元斥其为好事者伪作后，晁公武、陈振孙、王应麟等遂确认其伪书。而马王堆帛书《黄帝书》即《汉志》所著录"《黄帝书》四篇"的出土，证实两书有不少相类内容和文句，不论两书谁引录谁,当都是先秦古书则是毫无疑义的。由上可见,出土文献至少帮助我们为先秦增补了5篇传世辞赋作品和4部传世诸子著作,而这些文献又恰都是以"表现性"为主要特征的文学文本,其对我们更客观地体认先秦"大文学"的形态特征具有不可或缺的作用。

综观如上对殷商甲骨刻辞、两周铜器铭文、战国秦汉简帛文献的分析,并综合先秦传世文献,不难得出这样的结论:如果说以"诗""文"为主要形式、以"表现性"及"抒情性"为主要形态特征的中国"大文学",在殷商甲骨刻辞时代已具雏形,到西周铜器铭文时代已基本定型的话,那么,到了春秋战国及嬴秦简帛时代,这一中国"大文学"形态特征则已完全定型和固化了,以后各代的"大文学"主要是对这一形态特征的延续与丰富,如汉代镜铭诗歌作品的抒情表意化,汉魏六朝隋唐五代宋元明清石刻的逐渐记事表意并重化,唐宋瓷窑瓷器诗歌完全抒情化,都是传世文献之外的出土文献"大文学"文本对汉前已固化的中国"大文学"表现性形态特征逐代延续丰富的实例展现。

三

更为令人自豪的是,我们的先人不但通过"大文学"创作实践早在上古时代就创立并固化了完全不同于西方"再现性"文学特征的"表现性"文学形态,而且早在那个时代他们对这一"大文学"形态特征同样有了理论自觉。先人们在归纳提炼创作实践的基础上创立出了表现性"大文学"形态特征的东方理论,这一贡献给人类文明的东方智慧也同样出现在出土文献之中,这就是上博简《诗论》。尽管学界对《诗论》的创作时代和作者有着诸多不同意见,或谓孔子,或谓孔子弟子或再传弟子,或谓孔门后学,或谓孔子曾孙,或谓接受春秋官学《诗》学的人,或谓战国专治《诗》学的南楚儒学经师。但这里要说的是,不论这篇理论名著出自春秋时代还是战国时代,也不论其出自何人之手,都不妨碍我们对其理论价值的体认,因为其都属于上古时代,此其一。据《诗论》整理者通过高科技碳十四检测实验和树木年轮测算,都确认书写文字的竹简材料生成于战国中期稍微偏晚之时,那么《诗论》亦当抄写于这个时期,其理论的创制时间则自当在上至孔子下至此一时期的时间段之内。其二,不论《诗论》整篇创制于该时段之内的何人之手,都不影响我们对篇中

"大文学"形态特征理论创立者的确认,该理论框架的建构者就是孔子。因为《诗论》中阐发这一"大文学"理论的三句话本就标明是"孔子曰",即便是后人创制《诗论》时在这里征引孔子之言用以讨论问题,这三句话还是孔子的。其原话为,《诗论》第一简云:"孔子曰:诗亡隐志,乐亡隐情,文亡隐意。"①

所谓"诗亡隐志,乐亡隐情,文亡隐意",就是说诗歌的本质是言志的,音乐的本质是抒情的,"大文"的本质是表意的。很显然,这是孔子在系统全面总结归纳有史以来至他所处时代已生成的所有文体创作实践基础上作出的理论概括,这一理论涵盖了当时"大文学"的所有文体,既是对其各体本质特征的分类揭示,也是对我国上古时期"大文学"基本形态特征的整体提炼,又是对我国民族特色"大文艺"或称"大诗学"思想体系框架的宏观建构,因为三句话既是分开阐发的,也是整体观照的,更是一个内在彼此相连、不可分割的完整的有机整体。

其中"诗亡隐志",既包含了作诗言志的诗歌创作论,又包含了观诗观志的诗歌功能论,还包含了赋诗言志的诗歌应用论,也同样包含了评诗论诗的诗歌批评论。尽管学界对《尚书·尧典》"诗言志说"产生时代的判断差别很大,甚至相去甚远的"西周初年说"和"战国末期说"同时写进不同的统编教材,但是对我们认识孔子"诗亡隐志"的理论意义不仅没妨碍,反而有帮助,两者不论谁早谁晚,谁影响了谁,都是上古先人的理论结晶,起到了相辅相成、相互发明的作用;同样,从《诗大序》、孔颖达至当代学者对其"志"之含义即是否含"情"的争论延续至今,其对"诗亡隐志"的理解也同样无妨而有益。因为《尚书·尧典》对诗的本质是孤立揭示的,所以其"志"是否含"情"很难说清楚,而孔子是作为一个系统思想体系阐发的,所以边界颇易说清楚。"诗亡隐志"之"志"就是指人的思想感情,孔子认为诗歌的本质特征就是表达人的思想感情,其自然是理性的思想为主而感性的情感为辅,作诗者作诗的出发点如此,"观志观风"之统治者观诗的出发点如此,外交场合赋诗的外交官赋诗的出发点也是如此,诗学批评者的评诗标准同样如此,就是看通过作

---

① 李学勤:《〈诗论〉简的编联与复原》,《中国哲学史》2002年第11期;对"文亡隐意"的字体隶定和补充考证又见徐正英《上博简〈孔子诗论〉"文亡隐意"说的文体学意义》,《文艺研究》2014年第6期。

诗赋诗表达什么样的思想愿望和感情诉求。这一揭示不仅是孔子对诗歌之抒情成分还不够充分、抒情诗还不够发达的《诗经》时代的文本实际体认的必然结果，是其对交场合赋诗言志的"用诗"之风盛行的时代现实体认的必然结果，同时也是他对当时诗乐一体而又各有表达方式之客观实际准确体认的必然结果。因为有"乐亡隐情"，以"声"为用的"乐"靠优美的旋律宣泄情感、感染听者，以"义"为用的"诗"则自然不宜也难以逾越音乐之界全然进行情感宣泄，其需要发挥文字的表意功能表达作者赋者的思想愿望。但是，如果作诗者借助诗歌所言之"志"全然不含情感，孔子认为那就应该去写"文"，用"文亡隐意"之"文"的形式去表达，这就是孔子所建构的"诗""乐""文"三位一体中国"大文学""表现"及"抒情"理论的要义之所在。《诗大序》"诗者志之所之也""情动于中而形于言"和孔颖达"志情一也"之论，是抒情诗发展成熟之后的理论产物，应视为孔子"诗乐"理论发展丰富的自然结果。恰恰说明先人在上古时期就已创立的中国"表现文学论"一直在赓续绵延并不断丰富着。

相对于"诗亡隐志"或可能有稍早的《左传·襄公二十七年》"赋诗以言志"、《尚书·尧典》"诗言志"作理论资源，或可能两者书写于孔子之时是与孔子的时代共识，或可能书写晚于孔子是对孔子观点的呼应，又相对于"乐亡隐情"或可能有春秋《纽钟》铭文"我以雅以南，中鸣媞好，我以乐我心"[①]的"乐心"观念作资源，"文亡隐意"则先秦独见于孔子，既未见于先秦传世文献，也未见于汉代以后文献，这就更凸显了该理论的独特理论意义。"文亡隐意"是说"大文"是用来表达思想内容的。这既是孔子对除诗歌之外包括口头讲章在内的所有文体本质特征的揭示，只要是"文"，不论什么文体，其本质就是将意思表达清楚；也是对"大文"创作者的要求，既然写"文"或讲"文"，就要将内心的想法或道理表述清楚，越简洁、越精准、越条理越好，从甲骨文到铜器铭文，再到诸子，各种公文，甚或先秦"日书""病方"无不如此，一部孔子口头讲章的《论语》更是如此；同时也是确立的以思想内容表达为主的"大文"评价标准，评价一篇"文"的优劣，其标准就是看其思想内容表达清楚与否。这就说明，孔子"大文"理论的根本旨归就在于从理论层面

---

① 商志醰：《江苏丹徒背山顶春秋墓出土钟铭文释证》，《文物》1989年第4期。

固化我国"大文学"的"表现性"特征。他区分"大文学"之"文"与纯文学之"诗"及艺术之"乐"的边界标准是含情成分的多少,"乐"全然抒情,"诗"思想为主抒情为辅,"文"思想内容表达,这是先秦应用文文本和诸子散文文本繁盛,抒情的文学散文未尚未走向独立时代所做理论概括的自然结果。还有一点尤为重要,综观先秦尤其是春秋战国时代的传世文本和出土文本,是诸子散文、历史散文、应用文体三者并存而又以诸子和应用为主的,传世文本和出土文本在孔子时代是都能见到的,即便《尚书》《春秋》《左传》《国语》等历史散文如有些学者所说其成书晚在战国甚至汉代,但是其单篇肯定在孔子时代是流传着的,即便体量相对较小,孔子也无疑是读过到的。因为《论语》中孔子曾言及《书》《传》之类,甚至历代主流看法都认为《春秋》本就是孔子根据鲁国史料整理编纂而成,不可能不重视。并且以今天的纯文学眼光看,反而是历史散文对故事情节和人物形象的生动描述更具文学性。但是孔子在建构"大文学"理论体系时竟然将历史散文的"叙述性"特征有意忽略不计了,这应该是以他的体认标准,认为历史散文的言说和书写形式不能代表"大文"最为本质的特性。当然,还有一种可能,在孔子看来,历史散文言说和书写目的根本目的是吸取历史经验教训,表达作者的历史观,因此"一字褒贬"的表现性"春秋笔法"就成了他对历史散文书写的本质要求,若如此,寓褒贬于历史事件记录之中的"表意"方式,则就成了孔子为历史散文制定的基本标准了。这不能不说其"大文"理论的深邃与周全。不管后人受没受到过孔子这一理论和思维方式的影响,历代著名文学理论家和历代文学理论名著都未将"叙事性"文学纳入评论视线之内,客观上就是对孔子这一"表现文学论"的不断固化,也正因为此,中国的古代文学理论和文学思想才完全异于西方,也才独具民族特色和民族优势,也才贡献了中国智慧。因为"文"说到底就是为了传达对人类对世界和自身的深刻认识,为了传达"意义"的需要。

通过对出土文献尤其出土上古文献的"大文学"创作文本和"大文学"理论文本的研究,解决了传世文献自身难以解决的部分学术问题,从创作实践和理论建构两个方面更加充分地证明了我国古代"表现性""大文学"的特色优势,自然使本就坚定的文化自信更加坚定。

一种新文学史编写体例的尝试

杨树增[*]

摘　要：中国人从 20 世纪初开始编写文学史，有通史、断代史、地域史、民族史和文体史，甚至还有以语言、作品的作者类型为特征的专门史。其实，还可以文学的主题或题材的演变为其体例，如以各种文体历史题材的演变为体例，也就是"中国历史文学史"。中国历史文学史可以把中国历史文学的发展划分为四个阶段：先秦至两汉文隐于史的阶段、魏晋至两宋文史分流的阶段、元至清史隐于文的阶段、民国初至今文史兼容的阶段。《中国历史文学史》（先秦两汉卷）作为国家社科规划基金项目成果已经出版，先行做了尝试性探索，其阐述的就是文隐于史的阶段。这种历史文学史体例，对于中国文学发展史研究来说，是一种新开拓。

关键词：文学史；体例；分期；历史文学；先秦两汉

一　文学史体例的主要标志

研究每个学科，往往都重视研究其学科的发展史，尤其是人文社会科学。因为一切事物都处于一个不断运动的过程中，只有从其发展变化的过程中，才能认识其各种变化的形态，揭示其本质特征、变化规律。我国素以文明古国著称，其文明发达的标志之一，就是文字、历法产生得很早，全民的历史意识早熟，史官建制健全而历史悠久，史籍浩如烟海。但令人遗憾的是，几千年以来的史籍多集中于书写社会变迁史，即史学家多是研究人类社会的发展过程及其规律。对于文学，虽有文学理论的著述，注重研究和探讨文学的基本原理和一般规律，也有文学批评的著述，即注重研

---

[*] 杨树增，曲阜师范大学孔子文化研究院教授，博士生导师。

究和评价具体的作家作品，然而真正成系统的文学史研究却是晚至百年前才出现的。文学作为人类观念形态之一，同其他事物一样，其一切本质特征与表现形式，都是在其不断发展、变化的过程中显现的，只有从其发展的过程中，才能更好地总结文学发展的规律，其中包括探讨文学产生的社会背景与文化氛围、各种文学作品的内容与形式、文学思潮和文学流派的产生和发展演变，探寻文学的美学价值、历史地位、各体文学的承传沿革嬗变，揭示文学的发展与政治、经济、军事、哲学、宗教、道德、艺术等各种因素的关系，以及各民族文学与各体文学相互交流、影响的关系，评述各个时期重要作家作品在文学发展中的历史地位和作用等。

20世纪初，中国人受日本、俄国学者编写的中国文学史的影响，参照《四库全书总目提要》对有关作家、作品进行评价，或采用编年体、纪传体，按时间顺序叙述作家及其作品，或采用纪事本末体，以文体为单位，分篇叙述，拉开了中国人自己编写中国文学史的序幕。如1904年有了林传甲的教授讲义印本《中国文学史》，在1905年前后，有了黄人的大学教材本《中国文学史》。如果说黄人的《中国文学史》因不能确定准确的出版时间，不好确立其编写中国文学史历史上的第一部地位，那么脱稿于1897年，出版于1906年的窦警凡的铅印本《历朝文学史》，应是中国人自撰并正式公开出版的第一部中国文学史，它标志着中国文学研究者找到了这条历史科学研究的途径，中国文学研究从此便开辟出一个崭新的领域——文学史研究。中国文学研究队伍中便涌现出了一支生气勃勃的新生力量——文学史家，文学史的研究与编写便很快发展成为一门重要的独立的学科，从根本上改变了中国长期以来的文学研究旧格局，从过去静止而孤立地研究个别作家、个别作品而转向系统地研究整个中国文学发展的全过程，把中国文学放在中国文学的运动中来考察，来认识文学发展过程中所蕴含着的各种规律。在这一前提下，再来重新认识具体作家与作品，就会得到许多从未有过的新发现，获得对具体作家与作品的许多新认知，从而能够更深刻而清晰地阐明各文学流派及其代表作家的文学作品的特点及各种文学现象间的互相影响，更准确地评价其在文学史上的作用与地位。通过对文学发展历程的回顾，描述其发展的轨迹，阐释其源流及宏观走向，揭示其演变的规律及其价值意义。

从中国人自己编写文学史以来，通行的文学史编写有以下几种体例：有的以地域、国别为限，如有《欧洲文学史》《日本文学史》《中国文学史》《内蒙古自治区文学史》等；有的以民族为限，如有《白族文学史》《蒙古族文学史》等；有的以一国或一个民族全部或断代分期为限，如有《中华文学通史》《宋代文学史》《中古文学史》等；有的以文体为限，如有《中国小说史略》《中国古代散文史稿》《中国诗史》《宋元戏曲史》等；有的以文学作品创作者身份为限，如有《中国妇女文学史》《中国僧伽之诗生活》等；有的以读者群为限，如有《中国儿童文学史》《昆曲简史》等；有的以语言的雅俗为限，如有《白话文学史》《中国俗文学史》《说书小史》等。

文学史既是研究文学发展的历史，它同一切历史著作一样，必以时间为序，来阐述文学内容的演变发展。时间推进便是它的形式，文学演变就是它的内容。但由于文学史编写者考察文学的角度和研究出发点不同，文学史观念与编写方法也各有不同，描述、总结、阐释、揭示、说明各种文学问题的出发点与角度也同样不同，可以说，有多少文学史观与编写方法，就可以编写出多少内容与形式上各有不同的文学史著作来。

文学史作为一种史著体，虽然要以时间发展为序，但以什么时间标准来划分或安排"史"体的各部分，也就是依据什么时间标准来确定文学发展的分期，或者说以什么时间标准来划分文学发展的各个历史阶段，这是判别文学史编写体例的主要标志，它不仅关系到各自文学史编写体例的确定，也涉及人们对文学史内在脉络的把握。

从中国人开始编写中国文学史那时起，对于文学史的分期，就存在两种不同的主张：一是主张以社会发展的历史阶段为文学史分期的依据，二是主张以文学自身演变的历史阶段为文学史分期的依据。前者便于说明该时期的文学与该时期的社会经济基础以及社会政治生活的种种关系，并以此来认识、揭示该时期文学特征、运动机制及其发展规律。当然，以社会发展的历史阶段为文学史分期依据的体例，也不能脱离对各种体裁文学作品风格、艺术形式的分析研究，也不能不顾及各种体裁文学的历史承传与流变，而只对该历史时期文学现象作孤立的考察。以文学自身演变的历史阶段为文学史分期的体例，仍要重视一定历史阶段的社会经济、政治、文化等对文学演变的作用以及它们互相之间的关系。但由于文学史分期的标准不同，不仅形成了不同的编史体例，也造成了编史内容的各有侧重。以社会发展的历史阶段为文学史分期标准的文学史，是以朝代为经，以文学为纬，按照历史时代的顺序依次叙述，而以文学自身演变的历史阶段为文学史分期标准的文学史，则以文学为经，以朝代为纬，按照文学演变的顺序展开阐述。相比之下，以社会发展的历史阶段为文学史分期标准的体例，比较简单明了，因为以社会历史阶段即以主要朝代更替来分期，史的线索清晰，阶段划分显见易明，容易得到人们的认可。

　　以社会发展的历史阶段为文学史分期标准的体例，主要从社会发展演变的角度来把握文学运行的轨迹，通常以社会学的角度来说明文学与社会生活的关系，容易揭示文学的本质。长期以来，大多数文学史著作，特别是较有影响的几部文学史著作，如郑振铎的《插图本中国文学史》（1932）、刘大杰的《中国文学发展史》（上卷，1941；下卷，1949）、王瑶的《中国新文学史稿》（1951）、中国社会科学院文学研究所中国文学史编写组编写的《中国文学史》（1962）、游国恩等主编的《中国文学史》（1964）、袁行霈主编的《中国文学史》（1999）等，都是以中国社会发展的特定历史阶段作为文学史分期的标志，于是这种体例似乎逐渐成为文学史编写的一种固定模式，编写者习惯于这种体例，习惯于偏重史的描述和分别对某一历史时期作家作品的评论。以社会学作为一种观察文学现象的方法论，本身是唯物的、科学的，但如果对这一方法论把握得不准确，就会对文学现象产生教条主义、绝对化、简单化、片面化的理解，反映在文学史编写中，就存在着脱离中国文学发展实际的情况。朝代更替是历史变革的标志，然而其变革并非一定都带有社会形态质的变革的性质，所以就反映文学自身发展和逻辑联系来说，和朝代更替也并非都有实质性变化的必然联系。再说，文学除了与社会生活有密切关系，它又有相对的独立性，具有自身运动的轨迹与特点，如果看不到文学自身的发展特点，而把文学视为社会生活的简单反映，如同镜子映照外物那样简单，用社会发展阶段生硬地套用作文学史的分期，就把社会学这一本属科学的思想方法僵化、庸俗了。加上中国古代社会的历史分期，特别是奴隶社会与封建社会的分期，至今仍是一个有争议的问题，也给以社会发展历史阶段为分期的文学史编写带来难以回避的难题。

　　随着文学史编写的深入，以及对文学史有关问题研究的拓展，越来越多的文学史编写人员对以社会发展历史阶段为文学史分期体例的一些弊端开始有所认识。他们认为这种体例虽然适用于以社会学的方法来研究文学史，便于阐明社会经济、政治与文学的关系，但又容易忽视文学自身发展的规律，就文学自身演进的历史轨迹与逻辑发展而言，和朝代的更迭并非一定有必然的联系，这要看朝代更迭后社会生活是否发生了质的变化，如果无视文学自身的发展变化，而单纯的用朝代更迭来划分文学的发展阶段，就难以显示文学自身的特征变化，也难以揭示文学发展的内在本质。因此，以社会发展历史阶段为文学史分期的体例，并不是唯一可行的、完美无缺的体例。于是，一些文学史编写人员就自然而然地、明确地提出了以文学自身演化阶段为文学史分期的主张。其实，在中国文学史编写的初期，就有人侧重从文学自身演化的特点上来考虑文学史发展阶段的划分。如胡适依据文学语言逐渐白话化的演变特点，编成了那部著名的《白话文学史》。胡适尽管只从语言形式着眼，但不失为一部创新的文学史体例。其他注重文学自身演化的文学史家，多表现为注重某种文学体裁的发展与流变，并以此编写出各种文学体裁的发展史，如王国维的《宋元戏曲史》（原名《宋元戏曲考》，1915）、鲁迅的《中国小说史略》（上卷，1923；下卷，1924）、陈柱的《中国散文史》（1937）等。这里特别要提一下1939年3月长沙商务印书馆出版的陈安仁的《宋代的抗战文学》。这部文学史产生于抗日战争期间，当时日寇在中国大地上横行肆虐，全国人民奋起反抗，卖国投降派却推行攘外必先安内的不抵抗政策，这一切与宋代的历史有多么相似。作者就是带着这样的危机感和以古鉴今的目的编写了《宋代的抗战文学》。《宋代的抗战文学》不仅其强烈的现实针对性在所有文学史中是罕见的，而且其编写体例也是特殊的，它打破了以文体或语言等形式的变化为线索的体例，而以文学的主题或内容来编排叙述。虽是纲要式的小册子，但它在文学史编写上具有开拓创新的意义。其后依据这种体例编写的文学史长时间未见，但时隔半个世纪后毕竟又出现了《桂林抗战文学史》《中国军事文学史》之类的作品。

20世纪八九十年代，主张以文学自身演化的特点为文学史分期标志的文学史家渐多，他们绝不是对二三十年代诸如《白话文学史》《中国小说史略》等体例的简单继承，他们认为中国文学的演化，不只是语言形式的变化，且文学体裁的演化也绝不是单线性的发展，应从更为宏观的角度来审视中国文学的发展。他们认为中国文学是由各种文体构成的，中国文学的历史就是各种文体兴衰嬗变的历史。各种文体互相渗透、互相影响，其运动轨迹就像一条条抛物线，这些众多的抛物线起点不同，构成一个交错排列的多维立体形的文学大系。他们主张的新的文学史体例，不是以往单一的文体史，而是以各种文体兴衰嬗变的特点为文学史分期标志的文学史，如袁行霈的《中国文学概论》（高等教育出版社，1990）把中国古典文学的发展划分为四个时期，即诗骚时期（先秦时期），诗赋时期（大约从秦汉到唐中叶），词、曲、话本时期（大约从唐后期到元末），传奇与长篇小说时期（从明初到"五四"运动前夕）。袁行霈认为某一时期文学的繁荣，往往是和某一文体的成熟相联系着的，并以它为标志。占据主导地位的某一文学体裁，在很大程度上决定着这个时期文学的面貌，诗之于唐、词之于宋、曲之于元就是例证。文学是语言的艺术，文学体裁是语言形式的凝固，抓住文学体裁演化这个环节，就抓住了文学自身演化的重要方面。

以各种文学体裁演化为依据来划分文学史的分期，揭示了文学自身发展的进程，同时也并不妨碍从文学自身演化的角度或侧面来反映社会的变化，揭示社会经济、政治、文化与文学的关系。这种体例比无视文学自身发展的实际状况，生硬地以社会历史发展阶段为界限考察文学的发展，似乎更合乎文学发展的规律。

还有一种以文学自身演变的特点为文学史分期的体例，其视域更为宏观。它不是以各种文体兴衰嬗变的角度来审视中国文学的发展，而是以文学性质的演变来划分文学史的发展阶段，即参照比较其他民族文学（主要是西方文学），进而从整个文学系统的体例、功能、内核、外观、思维方法、演化轨迹等处着眼，来全面探讨中国文学的民族的质性。通过比较，认识到：在世界诸民族中，中国传统文学的最根本的质性是"美善相兼"，"美善相兼"标志着整个中国传统文学系统的价值导向和总体功能。如陈伯海先生主张：考察中国文学发展的历史要把握中华民族文学的基本质性，以文学基本质性的演化来寻找文学史发展的轨迹。站在这种文学视角上编写文学史，就可以不用社会发展史或一般文学文体进化史的分期方法，而是以中国文学的基本质性的形成、演进以至蜕变的历史进程来考察中国文学的演变。按着这种体例，陈伯海把中国古代文学的发展划分为三个大的时期：第一个时期为先秦两汉时期，这是中国传统文学的质性与形体由非独立逐渐走向独立的形成期；第二个时期为汉魏至隋唐时期，这是中国传统文学质性的演进发展期；第三个时期为宋元明清时期，这是中国传统文学质性的蜕变期。这种文学史编写体例以中国文学基本质性的形成、演进与蜕变，概括了我国传统文学的基本发展史。

文学史分期是文学史体例的主要标志，它体现了文学史编撰者考察文学历史发展的基本视角与出发点，显示了他们对文学史资料的排列逻辑，同时也决定了他们编写文学史的体例。如前所述，从林林总总的文学史著作来看，有的以社会历史发展阶段为文学史分期的标志，有的以文学自身演变的历史阶段为文学史分期的标志。在以社会历史发展阶段为文学史分期标志的体例中，有的以朝代的更迭为分期标准，有的以社会形态的变化为分期标准。如有的将中国历史划分为：原始社会时期（公元前170万年至前2070年）、奴隶社会时期（公元前2070年至前476年）、封建社会时期（公元前476年至1912年）三个时期，有的将中国历史划分为：原始社会时期（夏朝之前）、先秦时期（夏、商、周至秦帝国成立之前）、帝制时期（秦帝国建立至1840年鸦片战争）、近现代时期（1840年后至1949年中华人民共和国成立）四个大的时期，也有的以上古、中古、近世来分期。在以文学自身演变的历史阶段为文学史分期标志的体例中，有的以文学语言的演进为文学史分期的标准，有的以文学体裁的嬗变为文学史分期的标准，有的提出以文学质性的发展来分期，但仍属一种文学史编写理论的提出。究竟哪一种体例更好更合理呢？经过互相比较，能得出这样的结论：各种文学史著作自有其观察文学发展现象的角度，也有其存在的理由与价值，并各有其优劣与长短处，究竟采用哪种体例，也就是说采用哪种文学史的分期法，要视所阐述的重点与所要解决的学术难点来确定。总的来说，不仅不必强求一致，也不应该对众多的体例抑此扬彼，更反对不考虑自己的写作目的而盲目、生硬地套用某种分期模式。文学史体例的多样化可以从不同角度来观察文学的历史进程，阐释各自所理解的文学的内在发展逻辑。正因为存有各种不同的分期，文学史编写的体例才会有许多新颖的展示，文学发展的历史才会得到多角度的折射。

二 一种新文学史编写体例的尝试

"在中华民族的文化传统中，历史与文学始终有着不解之缘……它们的内容是历史的，形式是文学的，文与史在它们身上如水乳交融一般，永远也不可能分开，这无疑是一种重要的中国文化现象。遗憾的是，多年来我们虽然在断代文学史和分体文学史的研究中不断地涉及这种现象，其中一些作品，也是传统文学研究的重要对象，可是我们并没有把它们当成一种特殊的文化现象来认识,自然也没有人来揭示它的艺术特质,对它的发生、发展过程进行详细考察。这对于全面地认识中国文学传统来讲,不能不说是一个缺陷。"[1] 受各种体例的文学史的启发,从20世纪90年代初,笔者就思索着一种新文学史编写体例,它不是通常以社会历史发展阶段为文学史分期的体例,而是注重文学自身演变的阶段,但又不属于以文学体裁演化过程为文学史的分期,而是以历史题材的文学演变的阶段为文学史分期的体例,它突出的是文学的题材,而不是文学的体裁。它不属于某一文学体裁的发展史,在其发展过程中,它呈现出众多的文学形态,即具有多种文学体裁,甚至可以说,它具备了文学的所有体裁,它有诗歌的体裁,如史诗;有散文的体裁,如史传、传记、回忆录;有小说的体裁,如历史小说;有戏剧的体裁,如历史剧;有曲艺形式,如变文、评书等,甚至还有历史题材的影视文学。它不属于各种文学体裁的演变史,因为它仅以历史题材的文学发展为线索,而以不同形态(体裁)历史文学的成熟为标志,并以此作为文学史的分期标准,我们称之为"历史文学史"。这种体例与以文学质性演变划分文学发展阶段的体例也有区别,文学质性就是高度抽象的文学精神,它反映着整个民族文化乃至民族社会生活的特质,它标志着整个文学系统的价值导向与总体功能,它须从整个文学系统的体制、功能、内核、外观、思维方法、演化道路等大处着眼,而历史文学史仅从历史题材与内容处立论,所以与以文学质性演变来分期的文学史体例相比,以文学质性演变为分期的文学史属于"宏观文学史",历史文学史则属于"微观文学史",它只从历史题材与内容这一个角度来说明文学质性演变的特点。从内容来说,它只是中国文学史的一个方面,从文体来说,它几乎涉及了所有文学的文体,它注重历史文学本身内在生命的演进过程,注重考察历史文学中民族精神的内蕴,同时也牢牢把握历史文学各种文体的兴衰嬗变,注重阐释这些文体演进过程中各种文学现象,所以,从这一意义上讲,历史文学史的视角也是一种宏观与微观相结合的新视角。

中国历史文学在萌芽状态时,其文体就不是单一的。在以后的演化过程中,历史文学又产生了不少新的体裁,这些不同体裁的历史文学互相联

---

[1] 赵敏俐:《序言》,杨树增《中国历史文学》(先秦两汉),远方出版社2003年版,第1—2页。

系又互相交叉重叠，而不是各自简单地传承，当一种体裁的历史文学达到成熟并占据历史文学的主导地位时，它就在很大程度上决定了这个时期历史文学的面貌，并往往给历史文学带来一个时期的繁荣局面。从历史文学的角度来研究中国文学史，是一种全新的视角，从这一新视角来观察中国文学发展的历程，肯定会对中国文学发展的规律有新的认识。历史文学史新的分期方法为中国文学史编写提供了一种新的体例，也为深入认识中国文学发展规律提供了一种新的方法。

顾名思义，历史文学是既有历史的成分又有文学的成分，具有身兼二职的特性。从文学的角度看，它是以历史事件为题材、着重刻画历史人物形象的文学作品；从史学的角度看，它是运用文学艺术的手段，来表述历史进程的社会现象及表达一定历史观的历史著述。历史科学与文学艺术在这里"合二而一"，既是形象化的历史科学，又是表现历史的文学艺术。

历史文学本来早已是文学发展过程中客观存在的重要现象，独具民族特色的中国历史文学演变史本应是中国文学研究的重要领域，但是长期以来，人们习惯于从文体的特征及其变化来认识文学的类型及其源流演变。久而久之，形成了一种基本的思维定式：编写文学史，不是偏重对于各个历史时期具体作家各种体裁的作品分别论述，就是偏重对某一时期的某一文体的发展作全面的概括或历史的描述，不论是文学通史，还是文学断代史，都很难突破这种思维模式。至于各类文体史，更是以文体的演变为其叙述的线索，因而往往忽视了从主题、题材方面观察文学演变的现象，忽略了对中国历史文学这一重要文学现象的研究。"历史文学"一词，不仅不见于极有影响且又属新编或新修订的《汉语大词典》《辞海》，就是专门的文学辞典，例如《中国大百科全书》的中国文学卷、外国文学卷等，也不设这一词条，更缺乏研究中国历史文学的专门著作，说明"历史文学史"的体例还未得到社会的广泛了解和认可。

不过，早在中国初期的文学史著作中，"历史文学"这个词汇已经出现，大约是在黄人的《中国文学史》中。黄人（约1868—1913）字慕韩，一字慕庵，号摩西，江苏常熟人，1900年与章太炎同时被聘为苏州东吴大学文学教授，他的《中国文学史》是为该校编写的教材，印于1905年前后。在该书第一编总论中，已有探讨"历史文学与文学史"关系的内容。谭丕模在20世纪50年代初编写的《中国文学史纲》（商务印书馆上海厂，1954）中，还专门设置了《历史文学的产生》和《历史文学的发达与衰落》的章节，其中《历史文学的产生》一节是这样开头的：

> 西周初年的《尚书·周书》篇，由于文字简古与幼稚，还不能运用它来写历史文学，即是说，那时代的历史，还不能把政治事件的演变和人物的活动很生动地写出来。到了春秋战国以后，由于散文与韵文的分工，历史家往往以形象的描写，开始作历史的写真，表现历史上的人物，就产生几部优秀的历史文学作品。①

谭丕模提出中国文学中存在"历史文学"，并认为中国的历史文学产生于春秋战国以后。后一观点着实不敢苟同，但他较早地把历史文学的特质基本表达出来，他所理解的历史文学，就是用"形象化的描写"，来"表现历史上的人物"。也就是说：历史文学的内容是"历史"的，历史文学的形式是"文学"的。

依据古希腊亚里士多德关于文学类型的理论，从西方文艺观念的角度来评判历史文学，则一般要把历史文学划于叙事类文学，如果划得更细一些，则称为"历史体裁"。如果用我们中国现代常用的文学分类法来判断历史文学，则很难把它划入哪一类的文体之中。因为历史文学可以采用文学的多种艺术形式，在体制、结构、语言、手法等方面，没有什么限制，只要能反映"历史"，在"文学"的具体形式上是不拘一格的。凡是表现"历史"内容的各种文学的体裁都属于历史文学，它主要包括历史散文、史诗、历史小说、历史剧、历史题材的影视文学等。

历史科学要求真实，不真实，就谈不上展示历史的本来面目，更谈不上总结历史的客观规律。而文学艺术却需要想象与虚构，没有想象与虚构，就谈不上文学艺术的巧妙构思与引人入胜的情节，也谈不上塑造生动的形象。一个求实，一个讲虚，二者合在一起岂不是矛盾的吗？历史文学是历史与文学的结合体，它是如何处理这二者的矛盾呢？或者说历史文学中的真实与虚构是如何并行不悖的呢？

历史文学同其他任何事物一样，这一矛盾统一体中的真实与虚构既相互排斥又相互关联，看似水火不容，但在一定条件下，恰好相反相成。历史文学中的真实与虚构之所以能互相协调与均衡发展，是因为各自能恪守

---

① 谭丕模：《中国文学史纲》，上海商务印书馆1954年版，第92页。

一定的"度",这个"度"就是各自以对方为依存条件,自己的特性又因依存条件而受到一定的制约,历史的真实与文学的虚构各自都能较好地控制,就决定了历史文学的特质。

历史文学既然恪守历史的一定的"度",则它所描写的主要历史事件与主要历史人物必须是真实的;历史文学既然恪守文学的一定的"度",则其想象与虚构必须建立在基本历史依据的基础之上,以虚补实,使历史事件增添生动的情节,使历史人物具备生动的语言与形象。这不仅无损历史真实,反而更加增强了历史的真实感,这种想象与虚构,也就不是远离历史真实的凭空杜撰和编造。但如果离开了历史基本真实这一前提,突破了历史基本真实的制约,仅为了艺术审美这一头,而去进行违反历史基本真实的想象与虚构,就会"以文害史",造成历史文学创作上的失败。同样,如果仅仅因为强调史实而抹杀了作家艺术的想象力,没有作家对历史的各种史实加以选择与调整,并想象、虚构出一些史料所没有的又合情合理、为典型化所需要的情节、语言甚至次要人物,从而使历史事件与历史人物不具备典型意义与审美效果,就会导致"以史害文",也会造成历史文学创作上的失败。构成历史文学的前提是既不能以文害史,又不能以史害文,而是文史融合,二者相辅相成。既尊重客观历史事实,又遵循文学艺术规律,在客观历史事实的基础上,尽量发挥作者的想象能力进行虚构。但若违背历史基本真实,虽然想象奇特、虚构精妙,也不为历史文学所取;同理,若违背文学艺术规律,有损于历史事件的典型意义和历史人物的典型形象,虽是确实发生过的史实,历史文学也不足取。历史文学要求:一方面,让历史基本真实在作者遵循艺术规律的写作中得以充分体现;另一方面,让艺术规律在不违背历史基本真实的阐述中得到充分运用,它的基本特质就是历史真实的叙述与文学形象的描绘兼顾并存,历史科学与文学艺术在其身上达到了有机的结合。也就是说,历史文学的基本特质是既有历史科学的真实性与概括性,又有文学的典型性与艺术性。它是艺术的表现历史,同时又在表现历史的过程中体现作者对历史以及现实的思想感情与审美观。它与历史科学一样,以历史生活为反映对象,所不同的是可以根据塑造历史人物形象的需要,自由地选择史实。它不仅仅以叙述、说明的方式来展现历史事件的进程及历史人物的各种活动,还要对历史事件做具体描述,对历史人物进行生动刻画,甚至对所描述的事件与所刻画的人物给予一定的评价,表达出一定的作者感情,以形象与感情来反映历史生活。它同历史科学一样，也要给人提供历史借鉴，但它与历史科学不同的是它不靠用史学范畴的种种概念对历史现象作抽象的概括，从而揭示某些历史发展进程中的规律，而是根据作者对历史生活的感受，向人们再现所感受到的历史人物形象，在形象地反映历史现实中使人们得到历史发展真谛的启迪。历史文学同一般文学艺术一样，把想象和虚构当作自己的一种重要艺术手段，但它的想象与虚构又同一般文学艺术的想象与虚构有所不同，它所想象与虚构的某些情节和细节是建立在不违背历史事件基本性质与过程的基础之上的，想象与虚构的某些人物的语言和形象特征，不违背真实的历史人物的基本性格特征。历史文学借历史人物的形象艺术地再现历史社会生活，但它不像一般文学艺术通过对历史生活进行概括、提炼，进而创造出典型环境中的典型人物来反映社会、人生及作者的审美意识，而是对已发生的主要历史事件与存在过的主要历史人物作生动的刻画，基本上在真人真事的范围内从事形象创作，来塑造典型人物形象。总之，历史文学是以历史真实为题材的文学作品，其特质就是历史的真实性与文学的艺术性二者高度统一。

三 《中国历史文学史》的编写及其意义

基于上述分析，我们认为有必要编写《中国历史文学史》。编写《中国历史文学史》，必须把握住中国历史文学发展的内在脉络，也就是把握住中国历史文学特质形成及其演化的轨迹，只有把握住这一点，才能找到合乎中国历史文学内在的发展逻辑，才能建构出清晰的中国历史文学史的框架。当我们将中国历史文学特质的形成、演化置于中国社会发展进程中去加以考察时，便会发现：中国历史文学特质的形成与演化不仅与社会的发展相联系，也与中国文学形体的演进相联系。依据中国历史文学特质的变化历程，我们可以把中国历史文学的发展大致划分为四个大的历史发展阶段。

第一个阶段，上古至汉，或称为先秦两汉时期。这是一个漫长的历史阶段，它包括了中国的原始社会、奴隶社会和封建社会的初级阶段——封建领主制社会以及封建地主社会的创建时期。这个阶段的历史文学从主体上来说以实用为主，以审美为辅，除口头传诵的神话、传说、史诗外，其余大部分赋以史籍的形式，如史传、传记、杂史杂传等。我们把这一阶段中国历史文学的发展称为文隐于史的阶段。

第二个阶段,魏晋至两宋时期。基本上是中国封建社会的高度发展时期,出现了政治、经济、文化高度发达,为亚洲乃至世界各国所向慕的唐宋盛世。这个阶段的中国历史文学出现了两极分化的倾向。文学与史学高度结合的《史记》之后,以《汉书》为圭臬的历朝正史逐渐加大史学的成分,强调实用性,体现了史胜文的特点。而与此相反,轶事类笔记小说、历史题材的变文、人物传奇、讲史话本等历史文学作品,却发展了汉代杂史杂传的虚构与夸饰,突出了审美观赏性,进一步增强了文学性,呈现出文胜史的特点。我们把这一阶段中国历史文学的发展称为文史分流的阶段。《史记》是信史与文采完美结合的典范,在它之后,没有哪一部正史在文学性上能够超越它,所以再去探讨汉代之后的正史的文学性,已无多少价值。从文学作品这一角度出发,这个阶段应该将那些文胜史的历史文学作品作为关注的重点。

第三个阶段,元至清。这一历史阶段,虽然政治上进一步加强了秦汉以来的中央集权制,经济有了较大的发展,后期还产生了资本主义生产关系的萌芽,郑和七次下西洋,加强了中国与亚非各国的友好关系和经济文化的交流,但统一的多民族国家和封建制度却呈现出逐渐衰落的趋势。这个阶段的中国历史文学以审美观赏为主,以实用为辅。以历史事件为素材的文学作品层出不穷,文学的主要样式皆可成为历史文学的形式。如流传久远,在这一阶段日臻完善,并形成多种手抄本的中国少数民族的三大英雄史诗——藏族民间说唱体长篇英雄史诗《格萨尔》、蒙古族英雄史诗《江格尔》和柯尔克孜族传记性史诗《玛纳斯》,还有历史演义、章回小说、大鼓、弹词等曲艺形式及各地的历史剧地方戏等。我们把这一阶段称为史隐于文的阶段。

第四个阶段,民国初至今。这是中国新民主主义革命、社会主义革命及社会主义建设的时代,无产阶级登上历史舞台与人民大众当家做主的时代,是人民大众新文化取代封建社会旧文化主导地位的时代。新时代赋予这个阶段的历史文学以鲜明的新思想,而为广大群众所使用的白话则成为这一阶段文学的语言表达形式。这一阶段除了白话的历史戏剧、历史小说、历史题材的说唱,还产生了四史(工厂史、乡村史、部队史、家史),革命回忆录,历史题材的影视作品等。这些历史文学作品一方面加强了信史的成分,另一方面又加强了文学特性,所以我们把这一阶段称为文史兼容的阶段。

中国历史文学发展阶段的划分，是以中国历史文学的特质变化为内在依据的，而在外观上，则体现为文学形体的变化，这种变化不仅与其特质的变化相联系，而且又与社会发展阶段相联系。所以，我们也可以以历史文学形体的变化作为划分中国历史文学发展期的依据，以某一成熟形体的历史文学作为一个时期历史文学发展的标志。但这并不等于说在此时期社会上唯有这一种形体的历史文学存在，也不等于说这一种形体的历史文学只存在于这个时期，即前代既没有雏形，后代又没有延续。之所以把不同形体的历史文学作为划分中国历史文学发展的标志，是由于这种形体的历史文学在某个历史时期或产生或成熟，成为这个时期历史文学的显著特征，从而以这一形体的历史文学的特点来区别于其他时期的历史文学。

20多年前，笔者主持国家"九五"社科基金项目（97BZW010），完成了《中国历史文学》（先秦两汉）的编撰工作。《中国历史文学》（先秦两汉）阐述的就是中国历史文学发展的第一个阶段，即文隐于史的阶段，其基本框架，就是用上述设想的体例来构筑的。《中国历史文学》（先秦两汉）将这阶段的中国历史文学的发展分为三个时期：第一个时期从上古至商代，这个时期的历史文学以神话、传说和史诗为代表；第二个时期从西周至战国，包括西周与东周在内的整个周代，这个时期的历史文学以史传文学为代表；第三个时期为秦汉时期，这个时期的历史文学以传记文学为代表。

第一个时期是我国由野蛮逐渐进入文明的时期，即由原始人群、氏族公社逐渐进入国家确立的时期，或者说是由上古原始社会逐渐进入奴隶社会的时期。这个时期长期以来没有文字，后来出现图腾一类的图画，并向文字雏形缓慢地演化，直到公元前2070年夏朝国家机构确立，才开始出现极简略的文字公文。至商朝（公元前1600年至前1046年），文字的构造体系日趋成熟，史官"作册"，即简册行文已经普及，可惜我们现在能见到的当时的文字遗存，仅是刻在龟甲和兽骨上的"甲骨文"。但从文字使用的历史来看，这个时期还处于文字普遍使用的初级阶段，广泛使用文字还受到种种条件的限制，许多重大的历史事件、历史人物故事仍不是由文字来记载，而是主要以人们口头传说的形式来流传。这个时期的生产力水平特别低下，整个社会的认识水平还处于人类"幼年"的阶段。人们认识自然与社会，往往主观地推己及物，把客观环境中的各种事物看作与人一样具有精神活动能力，从而形成这个时期的基本社会意识——万物有灵的观念。在这种观念的支配下，他们幻想出了自然神、英雄神、创世神，创造了丰富多彩的神话故事，如女娲造人、补天，夸父逐日，后羿射日，精卫填海等。神话虽然是这个时期人们对现实的虚妄反映，但对当时的人来说，这些神话故事并不是他们的胡言乱语，而是他们眼中看到又经心中想象到的实实在在的现实存在，是他们对现实的自然与社会的"真实客观"的认识，在虚妄的神话中还确实曲折地反映着一定真实的现实。

神话是先民基于自己有限的感性认识而形成的一种主观的想象。神话虽然借助想象，但归根到底仍以现实生活为基础，神话中有着历史的影子。神话中的神是夸张了的人力和形象化了的自然力，神话中有些神的原型是古代民族的首领或英雄，如黄帝、鲧禹、后稷等。这些神化了的人后来逐渐历史化，有关他们的神话故事成了"传说"，但传说仍同神话有着密切的联系，传说中的英雄人物仍带着某些神性，他们的经历与业绩仍带着强烈的主观幻想色彩而被过分地夸张。神话与传说属群体创作的口头文学，它的产生时间是很早的，在漫长的流传过程中不断加以修饰，最后被文字记录写定那是很晚的事了。

现在能见到的最早记载神话、传说的书籍，当数《左传》《山海经》《楚辞》，这说明产生于上古原始社会与奴隶社会的神话、传说，其文字定型已晚至春秋战国时期了，即已经晚至进入了封建领主社会的末期。《左传》《山海经》《楚辞》等书，并不是神话专著，中国的神话、传说散见于各种图籍之中，且大多数为零星片断，中国的神话、传说规模远不能与古代希腊繁荣的神话、传说相比肩。

古代的口头文学除了神话、传说，还有一种形式，这就是古代歌谣。古代歌谣从产生那天起，就具有了抒情与叙事的功能，叙事性的歌谣本可以发展为史诗，但由于中国古代诗歌没有繁荣的神话、传说作基础，即不能像古代希腊那样充分利用繁荣的神话、传说的"武库"，大力开发神话的资源而产生出如《荷马史诗》那样的史诗，而是如同零星片断式的中国神话、传说一样，只产生了一些篇什短小的史诗，如记载于《诗经》中的《玄鸟》《生民》《公刘》等。从现有资料以及语言表达的发展逻辑来看，中国古代史诗的产生应晚于中国古代神话、传说。中国古代史诗尽管基本具备史诗的性质与特征，但与体制宏大的《荷马史诗》不可同日而语。

带有先民种种幻想与古老民族发展信史的中国古代神话、传说和史诗，与古希腊的神话、传说和史诗相比，也显得很不成熟，这种不成熟主要是由于中国古代社会的"早熟"造成的。中国在青铜器时代已由原始氏族社会进入了文明的时代——奴隶社会，而古希腊迟缓到铁器时代才跨入文明时代。中国随着文明时代的早来过早地结束了大力开发神话的时代。中国的奴隶社会又是在未完全成熟的情况下，经过周武王灭商而步入封建领主社会。早熟的封建领主制从一开始就把礼法的观念作为社会统治的主导思想，并以此来逐渐取代传统的神主宰一切的观念，随着理性主义的不断觉醒，神话、传说不仅逐渐失去了产生与发展的社会条件，而且原有的神话、传说也不断得到理性化与历史化的改造，使中国古代史诗的产生与发展失去了肥沃的艺术土壤。

中国古代史诗不成熟的社会原因除古代社会"早熟"外，还有中国古代社会走了一条"维新改良"路子的缘故。任何文学艺术的产生都要以一定的社会生活为基本条件。古希腊从原始氏族部落制向奴隶制的城邦联合帝国过渡时，各部落之间经历了长久而激烈的战争，战争中产生了许多关于战争的歌谣与战斗英雄的颂歌，为内容宏富、规模庞大的史诗的产生提供了丰富的素材和可以借鉴的艺术形式。然而在中国，由原始氏族制向奴隶制的转变，是通过废禅让、承世袭的"和平过渡"方式来实现的。后来长期比较稳定的宗法式农业经济结构的社会，并没有给诗歌提供集中描写社会广泛斗争的题材，平稳的历史过程只给抒情、短小的诗歌提供了社会生活内容。中国古代历史上大规模的战争是发生在春秋战国时期，它向人们展示的战争比希腊半岛上发生的战争还要剧烈、持久，但这时中国的诗歌已经形成了抒情的传统，语言简短、节奏较少、惯用比兴手法。具有相当规模的中国史诗，到唐代的变文、俗赋才具雏形，经过宋金诸宫调、搊弹词，发展到元明的鼓书、弹词以及大约15世纪出现的藏族英雄史诗《格萨尔》的最初写本，都标志着中国史诗的完全成熟。

古希腊不仅有繁荣的神话，而且能有效地利用神话，将祖先和英雄颂歌、抒情牧歌等加工发展，成为鸿篇巨制的史诗。并进一步吸收史诗的艺术营养，在颂歌、合唱的基础上进一步发展，产生了歌剧性的悲剧、喜剧，成熟的神话、史诗、悲喜剧组成了古希腊辉煌的古代文学。相比之下，我国的古代神话、传说与史诗就显得很不成熟。然而它毕竟又是中国历史文学的初级形态，是中国历史文学的萌芽。这与其说是我们民族文化的"短处"，不如将其视为我们民族文化的一个特点。中国文学有自己独特的发展道路，中国不曾发展出繁荣的神话，在荷马史诗的同一时期也没有产生出具有规模宏大的叙事诗，但中国在春秋战国时却找到了一种新的表现形式，其全面、详尽地反映历史大变革的能力，甚至超过了荷马史诗，这就是我们所称谓的先秦史传文学。

中国历史文学发展的第一个阶段的第二个时期，恰是我国的封建社会初期——封建领主制的周代。周代是公元前1046年周武王灭商后建立的，建都于镐（今陕西长安沣河以东），至公元前770年周平王向东迁都于洛邑（今河南洛阳），这一阶段史称西周。平王东迁后至公元前256年周被秦所灭，史称为东周。周代共历时近八百年。东周又分为春秋与战国两个阶段。春秋战国时期是中国封建领主制向封建地主制"转型"的时期，"早熟""维新"的中国古代社会终于进入了一个前所未有的大变革的历史时期，我们所说的先秦史传文学，大部分就产生于这一历史时期，其著名的代表作是《春秋》《左传》《国语》《战国策》等。"先秦"即秦之先，从字面上应理解为秦统一中国以前的中国的全部历史社会，这是广义的理解。狭义的主要指春秋战国时期，因为现在能见到的中国早期的史籍主要产生于春秋战国时期，我们所说的先秦史传文学作品，即是从狭义出发的，而我们所说的先秦历史文学则又是从广义出发的。

中国古代社会的"早熟"，促进了中华民族历史意识的早熟，我们的先人很早就意识到利用历史知识来认识并把握社会的发展趋势，所以记史一直是国家的重大政事。中国记史，历史悠久，大致从文字产生便开始了。东汉班彪曾据前史作《史记后传》数十篇，其《略论》说："唐虞三代，《诗》《书》所及，世有史官，以司典籍"。（《后汉书·班彪传》）认为尧舜时代即有记史之官。刘勰在《文心雕龙·史传》中更认为记史始于轩辕黄帝，史著体例成熟于《尚书》、《春秋》："史肇轩黄，体备周孔。"因《尚书》中多载周公言，《春秋》为孔子所修，故刘勰在此以"周孔"来称这二部史籍。太古的史书因皆佚阙，实情渺难追寻，仅以具备了记言记事史籍体例的《尚书》与《春秋》来说，就比古希腊"历史之父"希罗多德的《历史》（即《希腊波斯战争史》）要早，我国记史之早，典籍之博，可谓世界第一。

中国历史文学发展的第一个阶段的第一个时期，如果说神话、传说和史诗基本是以口头形式传诵的历史文学,是中国历史文学的萌芽,那么第二个时期的史传文学则赋予了文字的形式,具备了以时为序来记事的史籍编纂的基本体例,它能比较详尽地记载中国历史上所发生的大小事件,并具有撼动人心的艺术魅力,标志着中国历史文学的高度发展。史传文学是在口头历史文学,即神话、传说、史诗的基础上发展起来的,当一部分神话、传说、史诗被视为"荒诞不经"而被摒弃时,另一部分却被经过改造而作为史料保存在史籍之中。这一部分虽经历史化的改造,但还留存着神话、传说、史诗的重要特征——丰富的想象力,构成了历史文学艺术创作一种原动力。文字表述一般停留在直观与形象的层面上,叙述起来生动逼真、有声有色,增添了想象的有趣情节和生动的细节,于是历史事件的叙述就故事化了,具有了引人入胜的艺术魅力。

先秦历史文学的作者,并不是自觉地以史籍的写作来塑造典型人物形象,但在叙史过程中,注重记述人物的语言和行动,在人物语言与行动的描述中,自然显示了人物的性格特征,使历史人物的记载具有了一定的艺术形象性。并且在记载史实时表达了作者强烈的感情,这些感情有的寓于叙事的文字之中,有的借他人之口,或利用典籍或民间俗语来间接表达,有的直接抒发作者感情,对所叙史实或人物进行褒贬评价,使历史记叙具有了抒情色彩。先秦史籍的书面语,善于吸收口头文学的表述特点,讲究语言声调的不同情调,追求语言节奏韵律的和谐悦耳,从而使其叙述语言声情化。

古希腊在发达的神话基础上,产生了颇具规模的史诗,并在史诗的基础上又产生了比较成熟的悲喜剧。而在世界东方的中国,大部分神话被失传或被改造为历史,自然失掉了繁衍繁荣史诗的条件,从而也没有发展出成熟的悲喜剧。就在古希腊以成熟的史诗、悲喜剧向人类做出贡献时,古老的中国向人类奉献的是另外一种文学样式——史传文学。史传文学形式上不同于史诗、悲喜剧,但它的社会功能一点也不弱于古希腊的史诗、悲喜剧,甚至它自由、娴熟地反映历史生活的能力、深刻反映社会生活的深度和广度,是艺术手法相当成熟的古希腊史诗、悲喜剧所难以达到的。从反映社会历史生活的功能看,先秦史传文学完全可以弥补中国当时没有宏大规模的史诗、悲喜剧的遗憾;从艺术的社会功能角度看,先秦史传文学堪称中国的"无韵之史诗","史著形式的悲喜剧"。中国的史传文学足可以与古希腊的史诗、悲喜剧相媲美,它以中华民族特有的表达方式,采取中华民族喜闻乐见的艺术形式、艺术风格,反映了中华民族的形成与发展的历史,体现了中华民族先民的审美心理。中国的文学走着自己的独特的道路,对中国后世文学的发展有着深远的影响。

第三个时期是我国封建地主阶级中央集权制的初创时期,即秦汉时期,从公元前221年秦始皇统一中国到公元220年东汉灭亡,历时四百多年。秦始皇吞并六国,结束了春秋战国以来诸侯纷争的混乱局面,建立起大一统的帝国,尽废西周以来的诸侯分封制,实行统一区划的郡县制,这一重大改革举措,标志着封建领主制的基本完结与封建地主制的主体确立。秦王朝建立后,在社会制度的各个方面,包括文化方面,实行了一系列的改革,如推行"书同文"的统一文字制度,极大地推进了中国文化建设,为后来中国封建社会文化的发展奠定了基础。但秦王朝为了巩固统治,采取与依靠的是残酷的暴政,为了控制思想舆论,消除一切反抗意识,制造了骇人听闻的"焚书坑儒"事件,这是中国历史上的一次大规模的文化浩劫,加上秦王朝短命,秦朝在文学上谈不上有什么建树。《吕氏春秋》虽较有影响,组织编纂者是秦相吕不韦,但它的成书实际在战国末,学者常把它放到秦王朝来叙述,是为了便于历史的衔接。这一时期的历史文学基本上产生于西汉、东汉,即两汉时期。秦顺应历史潮流,建立起第一个封建地主阶级的中央集权制的大一统帝国,但立国之后,仍以兼并六国的态度对待国人,与广大的人民为敌,激化阶级矛盾,这样就又违背了历史潮流。当众叛亲离、民怨沸腾时,几个普通的戍卒振臂一呼,天下便闻风响应,强大的秦帝国顷刻土崩瓦解。秦王朝灭亡后,群雄逐鹿,经过楚汉相争,最后由汉高祖刘邦建立了新的封建王朝——汉帝国,史称西汉。西汉王朝一方面继承秦帝国所创立的封建地主中央集权制的一系列典章制度,另一方面吸取秦帝国灭国的教训,采取休养生息的待民政策,缓和阶级的对立与矛盾,逐渐使国家达到空前统一,国力达到空前强大,迎来了我国封建地主阶级社会的第一个盛世。社会的巨大变化必然要引起社会意识的变化,以主人翁的态度来总结整个民族产生、发展的过程,探索国家兴亡盛衰的历史缘由,为大一统的封建盛世提供新的社会意识,已成为当时一种历史的要求。

随着中央集权制的巩固与发展,一个呼唤并产生历史巨人的时代应运而到来,各种有利的主客观因素,使司马迁成为一个总结历史的巨人,他能"究天人之际,通古今之变,成一家之言",以纪传体《史记》的撰述承担起时代赋予的艰巨使命。

司马迁的《史记》是对先秦史传文学的重大发展。司马迁在以往史著编年体形式的基础上，又找到了一种新的表述各种历史现象的形式，这就是将历史现象的发展过程分门别类地加以归纳的新体例，新体例分别由本纪、世家、列传、书、表五种体例构成。其中本纪、世家、列传对各种历史代表人物作分类排比记叙，是展示历史发展的主要线索。书是对有关经济、文化、天文、历法等方面的专门论述。表是以表格为形式，以时间发展为顺序，来记载排列帝王侯国间的历史重大事件。书、表从更广泛的角度，补充了本纪、世家、列传的相关内容。"五体"各有区别，又相互配合，构成一个完整的有机整体。其中本纪、世家、列传三种体例就是人们常说的人物传记。它开创了我国纪传体史学，确立了我国后世正史的体例，又开创了我国传记体文学，《史记》以完全成熟的传记文学，把中国的历史文学推向一个新高度，开辟了中国历史文学的新纪元。

《史记》人物传中，从帝王到农民，人物具有广泛的代表性。司马迁能够把每个人的一生视为活生生的生命运动过程，注意从人物生活的多方面、生命的全过程来揭示人物性格的本质特征，并以生动鲜明的人物个性来充分体现其社会关系与时代特征的普遍性，以及历史发展的趋向性。为了使历史人物形象化，司马迁对历史事实进行了选择、提炼、集中和概括，运用那些最能显示历史人物特征的材料来表现人物在历史变革中所扮演的角色。在历史真实的基础上进行了必要的情节、细节、人物语言等方面的合理想象与虚构，在历史事实的描述中，渗透或抒发了作者强烈的感情。《史记》结构宏大雄伟，有包罗古今、总揽宇宙之势，气势豪迈雄浑，有褒贬百代的胆识与气魄，题材多是惊天动地的奇人异事，感情深切，寓意深刻，语言简洁明快，笔力刚健醇厚，富有表现力，描摹人物能穷形尽相而传神，为中国后世文学提供了塑造典型人物形象的一系列成功经验。

《史记》之后，汉代还有纪传体史著《汉书》、《东观汉记》及编年体史著《汉纪》等，其中《汉书》《东观汉记》在纪传体例上虽有某些创新，《汉纪》的编年体体例也在《左传》的基础上有所突破，但在文学性上就都比不上《史记》了。

《史记》《汉书》中虽也有虚构，但基本属于纪实性的，而杂史杂传虽采用了史籍的形式，却大大增强了虚构夸饰，成为历史文学的另一支流。杂史杂传的目的不在于修史，而在于以异闻逸事而炫新奇。马端临《文献通考》卷一九五引《宋三朝志》："杂史者，正史、编年之外，别为一家，体制不纯，事多异闻，言过其实。"《隋书·经籍志》认为杂史所记"大抵皆帝王之事"，杂传则记帝王以外的各种人物的事迹，有似于《史记》的本纪与列传。从人物传记的角度看，杂史与杂传实际没有什么区别。远在先秦，史著中已衍出杂史杂传一类的作品，如《穆天子传》《晏子春秋》等。在汉代，杂史杂传的著者更吸收了成熟的传记的艺术特点，撰写出了远比先秦杂史杂传更为成熟、更为生动丰富的历史文学作品来，如袁康、吴平的《越绝书》，赵晔的《吴越春秋》，刘向的《列女传》《新序》《说苑》，佚名的《汉武帝故事》《蜀王本纪》等。汉代的杂史杂传的艺术水平虽不及《史记》传记，但由于淡化了纪实性而增强了虚构与夸饰，从而使其更近于小说，或可以说这种体例就是汉代的小说。

中国历史文学发展史研究是一项比较大的系统工程，《中国历史文学》（先秦两汉）研究的范围仅限于上古至汉这一阶段，重点放在先秦史传和汉代传记上，把史传文学的形成原因，史传发展过程中的多种形态，史传文学的演进过程以及传记文学的体例，传记文学的艺术构思与创作方法，传记文学为什么是中国文学自觉塑造典型人物的开始，史传文学和传记文学对后世散文、小说的影响，等等，作为研究的热点，力争使叙述尽可能的符合历史实际，所得出的结论尽可能准确、科学。赵敏俐教授这样评价该书：

> 中国历史文学是中国历史与文学的完美结合，它既是以文学的笔法书写的历史，又是以历史事件、历史人物为题材的文学作品。它在先秦时期就达到了相当的高度，这正体现了中华民族的文化特征。……才使得先秦的历史文学成为中国后世小说、戏曲等的重要文化源头，使历史文学成为中国文学的一种主流。我以为，树增教授以此为切入点来研究中国文学，其意义是相当重要的。他不仅为中国历史文学的本质给予定性，写出了第一部具有开创意义的中国历史文学史，而且还从一个新的角度揭示了中国文学独特的发生过程、发展规律，有利于从世界文化的范围内来更好地认识中国文学的内容、形式

以及其鲜明的民族特色，确立中国文学在世界文学中的独特地位。①

历史文学是文史融为一体的综合形态，它包含着蓄积久远的文化内容，从而决定了历史文学史的研究要从民族文化体系这一宏观角度出发，从文化建构的总体去着眼，从文学与史学及其他意识形态的网状联系中去审视，然后从文化切入文学，运用以文化学为基础的系统论方法，阐述历史文学的发生及其在中国文化发展史中的地位与价值，揭示它的文学本质特征、发展规律及其形成的文化原因。对历史文学的其余方面，如与其他文学体裁的联系及互相影响等，也给予客观的历史评价。国内外对中国上古神话、传说、先秦史传文学、汉代传记文学、唐传奇、宋话本、元杂剧、明清历史演义小说等均有专题研究，但把它们视为一种文学主流的不同发展阶段的不同形态，并把它们互相紧密地联系起来，进行整体的、全面的探讨，《中国历史文学史》还属新的尝试。从学科来说，历史文学属于历史学与文学两个学科交叉的新学科，《中国历史文学史》的编写，是对中国文学认识的进一步深化，对于中国文学发展史研究来说，也是一种新开拓。不仅开辟了中国文学史研究的新领域，而且提供了运用新理论、新方法撰写文学史的一种新体例。

---

① 赵敏俐：《序言》，杨树增《中国历史文学》（先秦两汉），远方出版社2003年版，第2页。

魏晋南北朝大文学史的发展与特质

刘怀荣[*]

摘　要：自20世纪初日本学者儿岛献吉郎提出"大文学史"的概念以来，中国学术界对"大文学史"从理论和实践两方面做了很多有益的探索。赵明先生主编的《先秦大文学史》《两汉大文学史》即是立足于大文学史观，进行实践尝试的代表。《魏晋南北朝大文学史》接续两部大文学史，对魏晋南北朝大文学的发展有一些新的思考和探索，并对魏晋南北朝大文学的几个重要特质做了初步的剖析。

关键词：文学史观；大文学；大文学史；社会功能；大文学特质

"大文学史"这一概念，最早出现于20世纪初日本学者儿岛献吉郎的《支那大文学史·古代篇》（迄六朝）[①]。此后，谢无量于1918年出版《中国大文学史》，再次用到这一概念。但早期文学史写作中所说的"大文学史"，因过于驳杂而不可取。20世纪80年代以来，不少学者尝试以"大文学观"开拓文学史研究的新路子，建构一种新的"大文学史观"。经过三十余年的探索，"大文学观"和"大文学史观"已为较多的学者所接受，并有了颇为可观的研究实绩。"大文学"研究也可看作立足中国文化本位的中国文学和文学史研究的一种选择。我们对魏晋南北朝大文学史的探讨，即是在这样的学术背景下，在断代文学史方面所做的一种尝试。而赵明先生主编的《先秦大文学史》和《两汉大文学史》，则是我们开展

---

[*] 刘怀荣，中国海洋大学文学与新闻传播学院特聘教授，中国古代文学学科带头人。本文为作者主持的教育部后期资助重点项目（结项证书号：JHQ20151042）《魏晋南北朝大文学史》前言节选，高等教育出版社2019年版。

[①] 该书于明治四十二年（1909）三月由富山房刊行，参见陈广宏《曾毅〈中国文学史〉与儿岛献吉郎〈支那文学史纲〉之比较研究》，韩国岭南中国语文学会《中国语文学》第42辑，2003年12月；戴燕《文学史的权力》，北京大学出版社2002年版，第208页。

这一课题的重要前提。

一 "大文学"概念的再辨析

笔者曾对中国大文学研究的发展演变做过初步的梳理,[①] 近百年来学者们对这一问题的思考,对本书的撰写具有重要的启发意义。其中,以下的几点是我们在写作过程中反复思考、高度重视的。

一是对传统文学史观缺陷的省察。如以董乃斌、杨义和陈伯海为代表的几位学者,都一致认为,"纯文学"和突出"一代之胜"的文学史观,使得不少重要的文学样式、文学史料,乃至作家,被排斥在文学史之外,因而人为地割裂了文学与民族文化之间的关系,使民族文学被扭曲,甚至残缺不全。杨义对这一问题的看法尤具代表性。他认为"纯文学观念"不可避免地存在三大缺陷:

> 一在本体论。当人们引进他者眼光对文学进行提纯处理时,它很可能把一些历史学、文化学的知识排除在文学体验的边缘或圈外。二在功能论。西方观念源于西方文学经验,往往与中国经验存在错位。小说、诗词、戏曲,更不用说骈文、辞赋,中西方都存在着叙事学、诗学原理原则和智慧方式的偏离与歧义,在发生学、形态学和源流学上都有各具千秋的历史发展系统。不经辨析、校正和融合,就轻易地套用西方观念,也就很难回到中国文化的原点,很难从本源上发挥中国文学思维和理论概括的优势。三在动力学。从西方引进的五花八门的文学思潮,包括现代主义、后现代主义思潮,是具有提供世界视境的巨大启迪作用的,但它们与中国社会发展、人生方式和文化现实之间存在着许多距离与脱节。单纯追慕新潮而忽略中国经验和生命神韵,是很容易产生类似于邯郸学步的负面影响的,这也许是一些不乏才华的创作缺失大家风范和传世素质的一个原因。[②]

[①] 刘怀荣:《近百年中国"大文学"研究及其理论反思》,《东方丛刊》2006年第2期;人大复印资料《文学理论》2006年第10期。

[②] 杨义:《认识"大人文学观"》,《文史哲三家畅谈·二十一世纪中国文化》,《光明日报》2000年12月27日,又见杨义《京派海派综论(图志本)》"附录",中国社会科学出版社2003年版,第540—542页。本文以下所引杨义观点均见此文。

杨义对20世纪"纯文学史观"之缺失的认识,是与他立足中国文化本位分不开的,"中华五千年和多民族的文化,是具有充分的魄力和元气涵养自己的文学之大家风范和大国气象的"。同时,他还认为,信息化和全球化时代,文学普泛化、快餐化、通俗化和个人化的现实背景,使文化成了"文学参与全球流通和竞争的身份证"。这是重构"大文学史观"的历史背景和现实前提。也与中国学术体系、话语体系的重建密切相关。

二是对民族本位的坚守。多数学者认为不能轻易套用外来的文学观念,必须坚守中国文学和文化的本位立场。具体做法应是在突出中国特色的前提下,在划定大文学疆界时,把"文学性"作为重要的标准。如陈伯海先生认为,"如果说,杂文学体制的缺陷在于混淆了文学与非文学的界限,使得近代意义上的文学史学科难以建立,那么,纯文学观的要害恰恰在于割裂文学与相关事象间的联系,致使大量虽非文学作品却具有相当文学性的文本进不了文学史家的眼界,从而大大削弱乃至扭曲了我国文学的传统精神,造成残缺不全的文学历史景观。要在两难之间寻求折中的大文学史观,除了取宏大的视野以提升文学研究的历史、文化品位,还必须在文学文本与可能进入文学史叙述的非文学文本间找到结合点,那就是通常所说的'文学性',因为只有这种性能才有可能将纯文学与非纯文学绾接起来而又不致于陷入'杂'的境地,它突破了纯文学的封闭疆界和狭窄内涵,又能给自己树立起虽开放却非漫无边际的研究范围,这才是'大文学'之所以为'大'的合理的归结点"①。

三是对大文学特质的认识。这方面主要有两种不尽相同的观点。第一种观点以赵明先生为代表,他以先秦两汉文学为例,把文史哲的互涵互动及由此带来的深厚而丰富的文化内容作为大文学最重要的特点,并认为魏晋之后的文学仍"与哲学、史学保持着密切的联系"②,因而具备大文学的特质。第二种观点可以中国古代文学以外的其他学科的一些学者为代表,他们把向美学、文艺学、民俗学、心理学,乃至社会学、政治学的扩展,作为大文学的特征之一。

对上述第一、二两点,我们完全赞同。不过我们认为,把握魏晋南北

---

① 陈伯海:《杂文学、纯文学、大文学及其他——中国文学传统中的"文学性"问题探源》,《红河学院学报》2004年第5期。
② 赵明等主编:《两汉大文学史·导论》,吉林大学出版社1998年版,第89页。

朝大文学的特质,需要有三个基本的原则。一是必须立足这一特定的时代,不能不加限制地用现代观念去阐释这一时期的文学;二是既要注意与先秦两汉文学一脉相承的若干共性,又需高度重视魏晋南北朝大文学的独特之处;三是既要关注文学向其他学科的扩展和与其他学科的相互渗透,也应充分考虑文学在特定文化时空中的类型化走向与不同文体、不同类型间跨界发展和破体扩展的新动向。

二 魏晋南北朝大文学史的新探索

本书即在上述三个基本原则下,以大文学史观作为指导思想,努力将文学置于社会、政治、文化、宗教、艺术等立体交叉的生态背景中,探讨受各种社会文化要素影响的魏晋南北朝大文学的发展问题。在吸收《先秦大文学史》、《两汉大文学史》优长的同时,从体例到研究内容,都作了较大的调整,全书按照文体排列,分为七编[①]:一诗歌,二辞赋,三骈文,四散文,五史传文学,六小说戏曲,七文学思想。

与以往文学史著作主要以朝代为序,从作家、作品入手展开文学史叙述不同,本书在立足大文学史观的前提下,充分考虑魏晋南北朝文学的实际特点,把文学与社会、文化、政治、宗教、艺术等的相互关系,纳入文学史研究中来。在叙述方式上,重点关注的不是单个的作家、作品,而是从各体文学与文化—文学专题发展的角度,以文体为经,以相关的专题为纬,把对某些专题的深入探究作为突破点,在每一种文体下,以该文体发展历史中的一系列重要专题为研究重点,更多地考虑在同一专题的发展序列中,作家、作品的特点及其与社会文化之间的关系,不求面面俱到。因而研究的重点问题也有别于传统文学史。比如从地域文化与诗歌这一专题切入,探讨的是不同地域背景下诗人创作各自的特点,以及同一地域环境中诗人创作的共性等;又如从佛教与辞赋这一专题切入,则重点关注僧人之赋与佛教题材的赋作以及佛经传译对辞赋的影响等;再如从史传文学与政治制度之关系出发,史传文学受士族政治影响而形成的人物选择范围与

[①] 原分八编,第二编为"歌诗编"。因具体写作中,根据魏晋南北朝歌诗发展的特点,其体例有较大变化,字数较多(40余万字),故未收入,拟单独出版,与本书形成另一种方式的呼应。

类型缩小，以及家谱家传兴盛等特点，就进入我们的研究范围。诸如此类的一些拓展，都与本书体例的变化有直接的关系。

以往的文学史受西方文学观念影响，把诗歌、散文、小说、戏曲四种体裁作为构建文学史的四大板块，相关的论述也主要围绕着这几种文学体裁展开，并习惯于把作家、作品置于具体的文学史背景下，讨论其特点、地位等。因而有些文学作品未能得到重视或者被忽略，本书则对以往魏晋南北朝断代文学史一带而过、很少进行系统论述的骈文、散文、史传文学等给予高度重视，各自独立为一编，从不同的专题出发，进行了系统全面的讨论。如"骈文编"，不仅对作为"一代之文学"的魏晋南北朝骈文从先秦到南北朝的发展，做了非常系统的考察，从汉语语音、语法及文字特点及阴阳对举、尚古尊经等民族文化心理的角度，分析了骈文的产生及其民族文化特点，并对骈文与其他问题的关系、徐庾体及魏晋南北朝骈文的文学史地位做了深入的探讨。又如"散文编"，详细讨论了魏晋南北朝散文写景纪游功能的拓展与抒情性的强化，很好地揭示出这一时期散文与诗歌发展的同步性；还对奏议文、论体文、子书著述做了深入的探讨，其中对论体文的研究尤具特点，不仅考察了史论、理论、政论、杂论等各类论体文，还立专节对嵇康、慧远、僧肇三位论体名家做了专门的研究。特别是对慧远、僧肇两位高僧论体文所做的专论，在以往的文学史中很少被提及。而"史传文学编"中对史传文学个性化减弱、叙事性增加，以及官方控制与史传情感的减弱、语言学发展与史传语言的变化等问题的探究，在以往的文学史中，大都没有给予足够的重视，或未做深入探究。

本书的其他几编，也对不少以往文学史著作忽略或者深入不够的问题，做了专门的探讨，有新的推进。如"诗歌编"的"文人生活方式与诗歌"、"佛道思潮与诗歌"，"辞赋编"的"魏晋南北朝辞赋与艺术"、"魏晋南北朝的特殊赋体"（七体、设论、连珠），"散文编"的"魏晋南北朝散文写景纪游功能的拓展与强化"，"小说编"的"小说娱乐性的发现和谈嘲之风"、"志人小说与六朝社会"及"魏晋南北朝戏剧"等章节，大都是以往文学史因体例方面的原因不必关注，或者偶有涉猎却只是一带而过，并不进行深入细致的论述。此外，"文学思想"编还注意将文学思想的讨论与大文学史观的思考、"文的自觉"的反思结合起来。对这些问题进行系统深入的思考，使本书在研究内容上比以往文学史更为丰富。对以往文学史已经注意到的一些问题，如文学与宗教，文学与艺术（音乐、舞蹈、书法等）及不同文体之关系等，本书也从魏晋南北朝时期的实际情况入手，做了更为深入的研究，在某些方面有所推进。

三 魏晋南北朝大文学的几个重要特质

就本书所做的工作来看，我们认为，这一时期的文学在多方面体现了大文学的品格。这在书中各具体章节中已有相应的论述，我们在此不拟详述，而只想就如下的几个方面，对魏晋南北朝大文学的几个重要特质做一点剖析。

一是文学与历史、玄学、宗教、艺术等的互涵互动。在先秦两汉文学、史、哲互涵互动的基础上，宗教、艺术和民俗等文化要素，在中华文明发展的进程中进一步成熟、独立和壮大，并从作家思想、文学题材、文学创作动力、文学传播、读者和观众群体等多个方面，与文学有了更多的互涵互动、互相渗透和互相支撑促进，因而在文学特征形成的过程中，发挥了更为重要的作用，更深入地影响了文学的建构。

如学术史上玄学取代经学的变化，不仅影响到文人的清谈，催生出玄言诗，也在"以山水喻道"的前提下，刺激并促成了山水文学的繁荣，而且还对民族思维方式的发展走向起到了决定性的作用。比如魏晋玄学的"言意之辨"通过对先秦以来言意大讨论成果的深化，深刻地影响了尚简的民族思维，确定了民族艺术思维发展的大方向。之后各种体裁的文学和艺术作品，其民族审美特点和审美趣味几乎都与此有着深层的联系。再如这一时期道教、佛教都发展迅速，信徒遍及社会各阶层，其中不乏能文之士。两大宗教新鲜的思想，从长生不老到因果报应，从美妙的仙界到阴森的地狱等，都以神奇的想象，在儒学的天地之外，向当时的世人展示了另一个全新的时空，极大地拓展了人们的精神世界。在此前提下，文士与僧人、道士之间的交往也非常频繁，或一起谈玄、修仙、畅游山水，或共同研习佛经、道经，参与佛事及道教活动。由此，在诗、赋、文、小说等多种体裁中，都出现了一批宣扬佛道教义，辩说佛理道法，歌咏佛寺道观，表现佛道仪式活动，借佛道义理表达人生感慨的文学作品。这些作品从题材、思想内容、故事情节及艺术构思等多方面，都打上了鲜明的宗教印记。又如音乐与文学的互涵互动，在这一时期也始终保持着强劲的势头。即使立足整个中国文学史来看，这一时期音乐文学的发展，从相和歌到吴声西曲，从民间说唱到宫廷乐舞，都是非常兴盛的。参与其中的帝王、贵族、文人、艺人，以及社会各阶层的观众，其数量也极为惊人。其间，还有宫廷雅乐与民间俗乐的相互交融、华夏正声与外来胡乐的相互吸收等。音乐文化日新月异的巨变，为文学的发展提供了前所未有的广阔空间。使得这个乱世居然成了歌诗艺术发展的高峰期，不仅为后来唐诗宋词的繁荣奠定了坚实的基础，也成为我国成熟较晚的说唱文学和戏曲绝对不可忽视的重要源头。再如在史学与文学相互渗透的总体氛围中，咏史诗逐渐成熟，成为一个独立的诗歌类型。这些文学新主题、新思想和新变化，与先秦两汉大文学都有很大的不同，是魏晋南北朝大文学特有的或进一步强化的特质。

二是制度风俗、社会政治变化中的娱乐化走向与大文学的相互影响。与汉武帝"独尊儒学"的国策相表里，经学在汉代本是士人的"禄利之路"[①]。但是，从东汉中后期以来，党锢之祸、黄巾起义前后相继，朝廷逐渐丧失政治权威，进而引发了汉末大乱，下层士人入仕之路被切断，经学衰落，儒学权威地位及其传统价值观受到严重的挑战，其独尊的地位大大动摇。接下来发生的一系列重要历史事件，如玄学取代经学兴盛一时，道教迅速崛起，佛教广泛传播，朝代频繁更迭等，使得魏晋南北朝时期成为中国历史上思想解放、价值多元的一个特殊时期。就大文学的发展而言，社会政治的巨变加快了制度风俗的演变，进而对文学提出了更多的要求，使文学作品更加丰富多彩。而文学的娱乐特质就在儒家伦理教化思想松弛的背景下，显露出其蓬勃旺盛的生命力来。

虽然制度决定文学的情形在先秦文学中就很明显，如《诗经》中数量众多的怨刺诗，本是先秦进谏制度和进谏活动的产物，后者不仅直接决定了怨刺诗的内容，也影响到怨刺诗温柔敦厚、委婉曲折的艺术表达方式，形成了对中国文学影响甚大的"诗教"传统。[②] 但到了魏晋南北朝时期，类似的文学现象更为普遍，并更多地表现出消解"诗教"的娱乐化倾向。如从上古三代就极受重视，以《云门》《咸池》《大韶》《大夏》《大濩》《大武》六大乐舞为代表的雅舞，原本用于朝廷大典，极为庄重。汉代将《巴渝舞》作为武舞列入雅乐，魏晋南北朝朝代更替频繁，武舞变

[①] （汉）班固：《汉书》卷88《儒林传赞》，中华书局1992年版，第3620页。
[②] 刘怀荣：《先秦进谏制度与怨刺诗及〈诗〉教之关系》，《文学评论》2011年第3期。

化迅速,在曹魏《俞儿舞歌》的基础上,出现了一大批与之相配的武舞歌辞。这些作品其实是雅舞的副产品,没有朝廷大典的需求,根本不可能产生。更值得我们注意的是,自汉代就开始的《巴渝舞》的娱乐化趋向,在魏晋南北朝时期,得到了进一步的发展,庄重典雅的武舞歌逐渐发展出与俳儒合作的表演艺术,并堂而皇之地列入朝廷的三朝乐。①

又如挽歌,也是一种非常典型的文学类型。从汉武帝时代起,就被朝廷正式纳入葬礼中,成为葬礼的重要组成部分。到魏晋南北朝时期,根据死者地位来确定如何使用挽歌早已有了定制。因此,挽歌的创作都有着极为具体的实用目的。有不少挽歌是遵奉皇命而作,如北齐文宣帝高洋驾崩后,朝廷让"当朝文士各作挽歌十首,择其善者而用之",卢思道被选用八首,因此获得了"八米卢郎"的赞誉②,就是非常典型的一个例子。假定当朝文士有百人左右,那么这一次葬礼创作的挽歌就在 1000 首左右。"是不是每位皇帝驾崩都会有这样的挽歌创作活动,我们不得而知,但我们知道贵妃和郡王妃去世,也有人敬献挽歌。因此,朝廷文士奉旨创作或主动敬献挽歌的现象,在当时应该是很普遍的。从此我们也可以看到,为皇帝或皇室成员所创作的挽歌,有着怎样丰厚的生长土壤。可以推知,文献所保留下来的那些挽歌,只不过是九牛一毛而已。在上自皇帝,下到民间对挽歌普遍重视的文化背景下,挽歌在魏晋南北朝的流行也就不足为奇了。"③ 没有挽歌制度,当然也就没有挽歌这种诗歌类型。但值得注意的是,挽歌也像《巴渝舞》一样,大约在东汉时期即已被用于娱乐。大将军梁商就喜欢"酒阑倡罢,继以《薤露》之歌"④,这种娱乐方式不仅在当时的京师成为一种风尚,在魏晋南北朝更进一步蔓延开来,"从现有的史料来看,在整个中国诗歌历史上,在非葬礼场合歌唱挽歌,即挽歌的娱乐化,主要集中在汉魏六朝。还没有那个朝代像这一时期一样,上至皇室显贵,下至一般文士、平常百姓,有如此众多、身份各异的人都参与到挽

---

① 关于《巴渝舞》及其在魏晋南北朝的发展演变,请参见刘怀荣《〈俳歌辞〉的发展源流及表演方式》,《文学遗产》2016 年第 1 期。

② (唐)魏征《隋书》卷 57《卢思道传》,中华书局 1994 年版,第 1397 页;又见《北史》卷三十《卢玄传附卢思道传》,中华书局 1974 年版,第 1075 页。

③ 刘怀荣、宋亚莉:《魏晋南北朝乐府制度与歌诗研究》,商务印书馆 2010 年版,第 185 页。

④ (南朝·宋)范晔《后汉书》卷 61《周举传》,中华书局 1993 年版,第 2028 页。

歌的歌唱中"①。还有起于先秦时代的道神祭祀,本是为远行者举行的祭祀仪式,目的在祈求道神护佑,确保旅途平安。早期的祖道仪式更重视的是道神祭祀,祭祀结束后的饮酒饯别,反倒像是祖道的附庸。但是到了魏晋南北朝时期,祭祀逐渐退出历史舞台,宴会饯别成为主要的内容,歌舞赋诗也成为宴席上主要的节目,因而也具备了一定的娱乐色彩。

而从作家队伍来看,儒学权威下降和社会动乱频仍带来的价值多元化,也使得文人把目光从仕途经济投向更广阔的世界,或沉迷于佛陀的天地,或徜徉于仙道的世界;或游历山水名胜,或欣赏歌舞美人;或自娱于琴酒书画,或自得于田园林下;或崇尚博闻广学,或醉心滑稽谈嘲……作为文学创作的主体,文人们心灵的自由构成了文学多姿多彩、蓬勃生长的必要前提。他们重趣味、重娱乐的审美取向,更是文学娱乐化发展的主要动力。

在上述例证中,儒学衰微、佛道并兴与社会政治巨变带来的思想多元化和文化世俗化,无疑对大文学起到了直接的催化作用。而用于葬礼的挽歌诗,以及从祖道仪式脱胎出来的祖饯别情诗,其发展成熟与古老的巫术宗教仪式的世俗化进程也有着非常重要的关系。这两种类型的大文学演进之路在魏晋南北朝时期绝不是特例,而是有着一定的普遍性。其中,尤以歌诗最为突出,我们曾指出:"娱乐实际上就是魏晋南北朝歌诗主要的功能,或者说歌诗本是社会娱乐活动的产物。而源于娱乐动机、用于娱乐场合、最后在反复表演的娱乐节目中定型的歌诗,自始至终都是以娱乐为本质的。教化、劝世的崇高目的是它不愿担当,也担当不起的。大分裂的魏晋南北朝之所以成为歌诗发展的一个全盛期,与社会各阶层普遍的娱乐需求是分不开的。"② 所以,世俗化的歌舞娱乐的需求,其实为我们理解魏晋南北朝大文学提供了一个独特的视角,与学术界传统所谓的"文的自觉"相比,世俗化的娱乐性走向也许更接近真实的魏晋南北朝大文学。

三是不同文体间的破体拓展与文学类型趋于定型的双向驱动力对大文学的制约。以往的文学史似更强调魏晋南北朝的"文笔之辨"和对文体的辨析,但实际上,"所谓文体辨析,其所辨所析并不专是文章的体裁即

---

① 刘怀荣、宋亚莉:《魏晋南北朝乐府制度与歌诗研究》,商务印书馆2010年版,第292页。

② 如魏晋南北朝时期歌诗的发展也是如此,关于这一问题,不拟在此展开,读者可参见刘怀荣、宋亚莉《魏晋南北朝乐府制度与歌诗研究》中的相关论述,商务印书馆2010年版,第312—313页。

形式，而常常在于区分文章的社会功能"①。这是非常中肯的说法，因为当时的所有"文章"（包括各种文体），都是为适应某种社会实际需求而作，具有很强的应用性，其体裁、形式都明显受到"社会功能"的制约。因此，我们在此更愿意使用文学类型的概念。所谓文学类型趋于定型，指的就是原本附属于某一特定"社会功能"的文学类型，在经过长期的发展演变之后，积累了大量的同类作品，在事实上已形成相对独立的一种类型，《文选》的分类即是基于这样的一种文学史现实，所以才会出现不同类型相互交叉重合。对此，本书"诗歌编"第一章第三节"多种诗歌类型的出现"已做了辨析。我们在此只想指出，这种在"社会功能"制约下出现的文学类型趋于定型的现象，正是大文学的特点之一。更重要的是，不仅从先秦至魏晋南北朝是这样，而且之后的中国文学依然是在这样的基础上进一步发展的。

而与这种文学类型定型相反的另一种文学现象，则是不同文体间的跨界发展和破体拓展。这似乎又可以分为两种情况，一种是不同的文体在同一主题或题材领域开疆辟土，以同时跨界的行为显示出某种程度的趋同性，从而呈现出对文学类型定型的反动。如诗与赋在魏晋南北朝时期就具备这样的特征。我们在本书的"辞赋编"论及"辞赋与诗歌的关系"时曾指出："魏晋六朝辞赋的题材、风格与当时的诗歌创作情况基本一致。无论是咏怀诗之深邃悲凉，玄言诗之淡远超逸，山水诗之精工富丽，宫体诗之香艳细腻，都能在辞赋中找到相应的篇目。只不过诗歌受篇幅限制，叙事析理总不及辞赋淋漓尽致。"

另一种是无视文体疆界的"破体为文"。如辞赋中叙事、想象的笔法，与晚出的小说在技法上有如出一辙的相似性；又如"以赋为诗"的文学现象，则是诗歌借用了赋体铺叙的优长，以"破体为文"的姿态来改造自身，求奇求变。与之相对，赋也学习诗歌的抒情技法，在写景状物中蕴含无穷的韵味。这在魏晋南北朝的抒情小赋中表现得尤为突出。至于诗歌以小说笔法塑造独特的人物形象②，骈文与辞赋相互结合产生出骈赋，小说诗意化及采用骈文的手法叙事写人等，都无不以"破体为文"，

---

① 曹道衡、沈玉成，《南北朝文学史》，人民文学出版社1998年版，第229页。
② 参见刘怀荣、苑秀丽《破体为文与别情文学的艺术突破——以李颀〈送陈章甫〉为例》，《中南民族大学学报》2015年第3期。

推倒文体间壁垒为旨归。

这两种做法，看似与文学类型的定型走着完全相反的道路，但这种对文体"规矩"的有意突破，与依照"社会功能"确定文学类型一样，体现的都是大文学观的观念，而与纯文学有着不同的旨趣。

以上三点，是我们对魏晋南北朝大文学特质的一点粗浅理解。更具体的思考，在书中相关章节都有详细的论述，在此不拟展开。

魏晋南北朝是中国历史上社会政治发生巨大变化的时期，这些变化对文人和文学产生了重要的影响，甚至直接改变了文学关注的话题及文学的表现方式。但由于文化有其运行的惯性和特定规律，而不会因为政局的变化而马上改变。比如朝廷郊庙祭祀制度、乐府制度、挽歌制度，以及祖道饯别和上巳节等社会礼俗的变化，都是比较迟缓的。因而，魏晋南北朝大文学仍有不少是承接先秦两汉文学而来，在后者基础上持续发展渐变的。

自从唐代以来，对于魏晋南北朝文学，尤其是南朝文学，多从"诗教"的立场给予诸多的否定。本书通过一系列具体问题的研究发现，这一历史阶段脱离"诗教"的那些诗歌、辞赋、小说等，如果从娱乐和游戏的角度来观照，实有其独特的意义和价值。这些游戏娱乐之作，不仅开启了后来的说唱文学、戏曲，也提示我们对中国文学在"诗教"之外的文化功能、文学与娱乐的关系，以及娱乐对文学的积极影响等问题，都需要进行重新的思考，以使我们的认识更接近中国文学的实际。

按照学术界传统的观点，如果把"文的自觉"理解为向纯文学的迈进，那么，从魏晋南北朝文学发展的整体走向来看，我们发现文学与社会文化各种表现形态融为一体、难以分开的现象还是如此普遍。离开了后者作为生长母体赋予文学的特定"社会功能"，要想对很多文学现象和文学特征做出合乎历史实际并有一定深度的阐释，几乎是不可能的。而本阶段文学思想发展的实际状况，与传统"文的自觉"说也有诸多不尽相合之处，其实际的发展情形更为复杂，用"文的自觉"来概括或有失简单。因此，对这一流行已久的学术命题，站在大文学的立场，做一些新的探讨，也许并不是不可能的。

文章千古事——杜甫"集大成"说及其文学史意涵

廖美玉[*]

摘　要：就文学史的建构而言，多从反思、批判、变革、转型等视角，着重在一代或一家的新变与开创之功。创新不易，传承更难，杜甫论诗有"不废江河万古流"、"文章千古事"之觉知，知天命之年更以"法自儒家有"、"诗是吾家事"自许，都可见杜甫回归经典而又能转益多师的诗学主张，至宋乃有"集大成"与"开诗世界"两种诠释杜诗视角。本文乃以杜甫"集大成"说为考察点，尝试结合思想与文学，溯源孟子提出"集大成"的典范意义，疏理杜诗文本及历代学者的诠释与传衍，重新省思"集大成"说的奥义及其文学史意涵。

关键词：集大成；杜甫；儒学；诗学；文学史

一　前言

最早提出"集大成"一词的，是孟子在《万章》篇论"圣"而提出"伯夷，圣之清者也；伊尹，圣之任者也。柳下惠，圣之和者也；孔子，圣之时者也。"并归结出"孔子之谓集大成"[①]，成为思想史上的核心论述。而后人使用"集大成"一词，大抵从孔子"述而不作"说，结合

---

[*] 廖美玉，台湾逢甲大学中国文学系特聘教授。曾任成功大学中国文学系教授兼主任、逢甲大学人文社会学院院长、台湾"中国唐代学会"理事长，现任台湾中文学会常务理事、东方诗话学会理事、乐府学会境外理事等职务。

[①] （汉）赵岐注，（宋）孙奭疏：《孟子注疏》（《十三经注疏》本）卷10，艺文印书馆1982年版，第176页。

《礼记·中庸》所云"仲尼祖述尧舜，宪章文武"①，总黄帝、尧、舜、禹、汤、文、武、周公而集中华文化之大成。更细致的讨论，如清章学诚（1738—1801）在《原道上》提出"周公集群圣之大成，孔子学而尽周公之道，斯一言也，足以蔽孔子之全体矣"、"周公集其成以行其道，孔子尽其道以明其教"②，把"集大成"归于周公而非孔子，因所集之对象与形态的差异，形成不同的阐释脉络。

在文学发展上，先秦《诗》《骚》是诗歌的两大源头，汉武帝独尊儒术，汉人以《诗经》检视《离骚》，乃有义兼《风》《雅》与非经义所载的争论。从六朝至唐初，《诗》《骚》成了经学与文学交会的重要诗学论题。杜甫在天宝十四载（755）《夜听许十一诵诗爱而有作》提出"陶谢不枝梧，风骚共推激"③，融摄《风》、《骚》、陶、谢的异质交错，开启创作新境地。上元二年（761）在成都草堂作《戏为六绝句》，提出"不废江河万古流"、"递相祖述"与"转益多师"等具文学史观的见解；大历元年（766）居夔州西阁作《解闷十二首》，分别点出建构文学史的几个关键；同年秋移居东屯茅屋作《偶题》，首揭"文章千古事"而自陈"法自儒家有"，持续关注诗学史论题。后世多从其继承《风》、《雅》、《诗》、《骚》传统论之，如清冯班《钝吟杂录》以为"子美中兴，使人见《诗》《骚》之义"④，王夫之则以"《风》《雅》罪魁，非杜其谁邪？"⑤同时而异见并陈，生发出更多讨论空间。

学者们的相关研究，如程千帆、莫砺锋《杜诗集大成说》从时代精神、家庭传统与个人禀赋阐释杜甫承担集古典诗歌之大成的历史使命，更重要的意义"不在于承前而在于启后"，认定"只有杜甫"能戴上"集大成"的桂冠而不被认为僭越⑥。葛晓音《从诗骚辨体看"风雅"和"风

---

① （汉）郑玄注，（唐）孔颖达疏：《礼记正义》（《十三经注疏》本）卷53，艺文印书馆1982年版，第899页。

② （清）章学诚著，叶瑛校注：《文史通义校注》，中华书局2005年版，第122页。

③ （唐）杜甫撰，（清）仇兆鳌注：《杜诗详注》卷3，里仁书局1980年版，第247页。

④ （清）冯班：《钝吟杂录》卷3："子美中兴，使人见《诗》《骚》之义，一变前人，而前人皆在其中。惟精于学古，所以能变也。此曹王以后一人耳。"台湾商务印书馆1970年版，第1页。

⑤ （清）王夫之著，陈新校点：《明诗评选》卷5，文化艺术出版社1997年版，评徐渭《严先生祠》，第243页。

⑥ 程千帆、莫砺锋、张宏生：《被开拓的诗世界》，上海古籍出版社1990年版，第1—24页。

骚"的示范意义——兼论历代诗骚体式研究的思路和得失》指自汉到唐，"风骚都被看成汉赋到建安以后绮丽和哀怨文风的源头"，而初唐四杰和李白都以"大雅"、"正声"相号召，陈子昂所说的风雅传统主要取其比兴的示范意义①。郁白《悲秋：古诗论情》在第一章《病秋与圣人的漠然》中具体指出"《诗经》和《楚辞》对于宇宙中之个体地位问题的处理方式截然不同"，认定从《诗》《骚》开始就存在着激烈的相互冲突②。王文进《陶谢并称对其文学范型流变的影响——兼论陶谢"田园""山水"诗类空间书写的区别》指出："陶谢并称作为一组文学史的复合形式，本身即为一牵涉多元质构交缠的有趣现象。"③ 都可见《诗》、《骚》、陶、谢的异质性，是文学史上的重要论题。本文拟回归杜甫晚年自明的"法自儒家有""文章千古事"，结合思想与文学，先交代孟子集大成说的提出与解释，主要聚焦在杜诗文本的诠释，再疏理后人试图透过对"集大成"的再诠释，提出反思并开展出新论点，以呈现"集大成"所映现的丰富多元观点，及其所反映的文学史意涵。

二 "集大成"的典范：量时适变，金声玉振

从德性讲"大成"，可从《易·井》谈起，"凿井而饮"是人类安居生活的指标，卦辞的"改邑不改井"，说明人类生活与社会可以有所变迁，而井则是不变的存在。孔颖达取法井体的有常不变，以此为"修德之卦"，疏云：

> 井者物象之名也。古者穿地取水，以瓶引汲谓之为井。此卦明君子修德养民，有常不变，终始无改，养物不穷，莫过乎井。故以修德之卦取譬名之井焉。改邑不改井者，以下明井有常德，此明井体有

---

① 葛晓音：《从诗骚辨体看"风雅"和"风骚"的示范意义——兼论历代诗骚体式研究的思路和得失》，《中华文史论丛》总第83辑，2006年9月，第99—125页。

② ［法］郁白：《悲秋：古诗论情》，叶潇、全志刚译，广西师范大学出版社2004年版，第2页。

③ 王文进：《陶谢并称对其文学范型流变的影响——兼论陶谢"田园"、"山水"诗类空间书写的区别》，《东华人文学报》2006年第9期。

常，邑虽迁移，而井体无改，故云：改邑不改井也。①

井水养物养民，是人类生存所必需，井水不因人的汲取与否而减少或满溢，更重要的是常保澄澈洁净的水质，才能"养物无穷"。孔颖达更以"五谷之有收"解释"上六"爻辞"井收勿幕"的"收"，强调"井功已成，若能不擅其美，不专其利，不自掩覆，与众共之"，自然就能"有孚元吉"，由此而有《象》辞的"元吉在上，大成也"②。可见井功的大成，乃建立在井水养人润物的不专擅，为而不有，养而不穷，具备无私与众的开放性。

孟子的"集大成"说，是建立在比较伯夷、伊尹、柳下惠与孔子四圣差异之后，凸显孔子"圣之时"而提出的。兹将《孟子·万章下》所阐述的四圣言行择要列表如下③：

典型	立身	处世	行事	影响
伯夷/清	非其君不事，非其民不使	治则进，乱则退	居北海之滨，以待天下之清	顽夫廉，懦夫有立志
伊尹/任	何事非君？何使非民？	治亦进，乱亦进	思天下之民匹夫匹妇有不与被尧舜之泽者，若己推而内之沟中	自任以天下之重
柳下惠/和	不羞污君，不辞小官	进不隐贤，必以其道。遗佚而不怨，厄穷而不悯	尔为尔，我为我，虽袒裼裸裎于我侧，尔焉能浼我哉？	鄙夫宽，薄夫敦
孔子/时	可以速而速，可以久而久，可以处而处，可以仕而仕		去齐，接淅而行；去鲁，曰：迟迟吾行也，去父母国之道也	集大成

孟子从事君使民的角度，归纳出伯夷、伊尹与柳下惠的三种立身原则，连带而有进退出处的三种类型，乃至有伯夷的非其君而退处以待天下

---

① （魏）王弼、（晋）韩康伯注，（唐）孔颖达疏：《周易正义》（《十三经注疏》本）卷5，艺文印书馆1982年版，第109页。
② （魏）王弼、（晋）韩康伯注，（唐）孔颖达疏：《周易正义》（《十三经注疏》本）卷5，艺文印书馆1982年版，第111页。
③ （魏）何晏等注，（宋）邢昺疏：《孟子注疏》（《十三经注疏》本）卷10，艺文印书馆1982年版，第176—177页。

之清，伊尹的积极为天下人民谋福利，柳下惠的随缘自在，形塑出有所不为的"圣之清"，勇于承担的"圣之任"，以及宽厚诚笃的"圣之和"。至于孔子则不能单纯从事君使民的角度来看，因而先从去齐去鲁的行事谈起，得出"可以速而速，可以久而久，可以处而处，可以仕而仕"的立身处世原则，同时赋予"圣之时"与"集大成"的双重特性。先从"时"义来说，《易·随》《彖》辞云：

> 随，刚来而下柔，动而说，随。大亨贞无咎，而天下随时。随时之义大矣哉！①

随卦乃上兑下震，震刚在下，兑柔在上，孔颖达疏解指出："震动而兑说，既能下人，动则喜说，所以物皆随从也。"至于"天下随时"，强调要"以正道相随，故随之者广。若……以邪僻相随，则天下不从也"。而特云"随时"者，乃在强调"随其时节之义""当须可随则随，逐时而用，所利则大"②，可见天下随时的终久意义，就在刚者喜随，具有"正道"与"可随则随，逐时而用"的原则性与变动性。再就孟子所列举的伯夷、柳下惠，也出现在《论语·微子》论逸民，把伯夷归于"不降其志，不辱其身"，把柳下惠归于"降志辱身，言中伦，行中虑"，孟子的伯夷清、柳下惠和，宜自此出。孔子很清楚表达"我则异于是，无可无不可"③，可与不可原本是对立的，孔子以"无"凸显个人自主性的判断空间。又见《论语·里仁》子曰："君子之于天下也，无适也，无莫也，义之与比。"④ 恰是绾结正道而有天下随时之义。因此，孟子标举孔子的可速可久可处可仕而提出的"圣之时"，就有指向终久广大的意义。

再从"集大成"的释义来看，孟子以"乐"为喻，"成"是古乐用语，一变为一成，《尚书·益稷》《皋陶谟》有"箫韶九成"，汉唐经学

---

① 《周易正义》卷3，第56页。
② 《周易正义》卷3，第56页。
③ （魏）何晏等注，（宋）邢昺疏：《论语注疏》（《十三经注疏》本）卷18，艺文印书馆1982年版，第166页。
④ 《论语注疏》卷4，第37页。

家注疏都以乐一终为一成，每一曲终必变更奏①，即孟子"大成"一词所从出。古代乐曲由金、石、土、革、丝、木、匏、竹八物各出其音，称为八音。《尚书·虞书·舜典》记载帝命夔典乐，云：

> 夔！命汝典乐，教胄子，直而温，宽而栗，刚而无虐，简而无傲。诗言志，歌永言，声依永，律和声。八音克谐，无相夺伦，神人以和。②

明白揭示以乐为教的特质，固然要教导行事庄严谨肃的刚直简栗，但也要济之以温和宽弘的性情，还要有无虐无傲的自我节制力，如孔颖达疏所称"正直而温和，宽弘而庄栗，刚毅而不苛虐，简易而不傲慢"③，更具体表现在可以言志的诗，有个人深刻的见解，在表达上要是具声律节奏的长言咏歌，换言之，要能以美好如歌的声音，表达最深远而真切的意见，有如八种各有特性的不同乐器，共同演奏出来的乐曲，彼此各自精彩而又能相应和鸣。乐教就在于发挥个体特质而又能够与众协调，道理如此，神与人自然也就能够借由敬事与降福，相互成全而使天下太平。孟子提出的"集大成"，即由伯夷的有所不为，伊尹的承担所有，柳下惠的无有所择，清、任、和各有所长，也各有所执，凸显出孔子的惟时适变，如邢昺疏所云"可以清则清，可以任则任，可以和则和"④，行所当行，无可无不可，如乐之相赞相节而不相夺，乃能八音克谐，由此推衍出"集大成"的理论建构：

> 集大成也者，金声而玉振之也。金声也者，始条理也；玉振之也者，终条理也。始条理者，智之事也；终条理者，圣之事也。智，譬则巧也；圣，譬则力也。由射于百步之外也，其至，尔力也；其中，

---

① （汉）孔安国传，（唐）孔颖达疏：《尚书正义》《益稷·皋陶谟》有"箫韶九成，凤凰来仪"。孔颖达疏引郑玄注云："成谓乐曲成也。郑云：成犹终也，每曲一终，必变更奏。故《经》言九成，《传》言九奏，《周礼》谓之九变，其实一也。"（《十三经注疏》本）卷5，艺文印书馆1982年版，第72—73页。
② 《十三经注疏》本卷3，艺文印书馆1982年版，第46—47页。
③ 《十三经注疏》本卷3，艺文印书馆1982年版，第46—47页。
④ 《孟子注疏》卷10，第177页。

非尔力也。①

金与玉属于八音中的金、石，金声坚实洪亮，有如智者的善于引导发扬；玉声清脆温润，有如圣者致力于浸润涵容。以射为喻，力能达于百步之外，中的与否则有赖于巧智，要能百步中的，必须同时具备力与巧。金声玉振，始终条理，兼具智巧与圣力的乐理，乃有乐教的直温并济、宽栗相成、可刚可简、无相夺伦的谐和感，具体实践在孔子见诸行事的可速可久可处可仕，由此而以孔子为"集大成"，正在于兼容并蓄与量时适变，故能坚实如金，温润如玉，极广大而致中和，所以能集先圣之大成而为万世师表。

三　随时敏捷：杜甫述作所关注的诗义与政事

唐代儒学的施行，以太宗李世民命孔颖达集博学群儒之力而编纂《五经正义》，于贞观十六年（642）成书，高宗李治永徽四年（653）颁行，更与科举考试结合，促成儒学的普及化，深入士人生命与生活。杜甫远祖杜预撰有《春秋经传集解》，开元二十九年（741）杜甫正当而立之年，以"十三叶孙"的身份写下《祭远祖当阳君文》，极力摹写杜预的事功与学问②，而"奉儒守官"更成为杜甫念兹在兹的家族绪业，即使以诗名家，晚年自陈依然是"法自儒家有"③，由此来看杜甫的诗人自觉与诗歌创作，恰可进一步发明并印证"集大成"的文化创作力。

天宝九载（750），杜甫年近不惑而依然无闻，乃希"述者之意"而进《朝献太清宫》《朝享太庙》《有事于南郊》三赋，有《进三大礼赋表》言："沉埋盛时，不敢依违，不敢激讦，默以渔樵之乐，自遣而已。"④犹以"不敢"依违激讦，守分待命自许。至天宝十一载（752）作《敬赠郑谏议十韵》，已能双抬事功与学问，隐然与杜预遥相呼应，诗云：

---

① 《孟子注疏》卷10，第176页。
② 笔者撰有《杜甫家族记忆中的两性典范与牛存感知——兼论父党、母党与妻党的大家族观》，《成大中文学报》2014年第44期，第1—42页。
③ 《杜诗详注》卷18，第1542页。
④ 《杜诗详注》卷24，第2103页。

谏官非不达，诗义早知名。破的由来事，先锋孰敢争。思飘云物外，律中鬼神惊。毫发无遗憾，波澜独老成……①

在谏官的与闻政事之外，首度提出的"诗义"一辞，要从"作诗之义"来理解，孔颖达疏《毛诗·序》的"一国之事"与"天下之事"，乃在采诗与赋诗者之外，从"作诗者"的角度言《风》、《雅》之别，指明《风》的作诗之意在"一国之政事善恶"，《雅》的作诗之意在"言道天下之政事"，两者都着眼于"政事"，直指作诗者的"取义"，在变雅为"王政得失"，在变风为"时政之疾病"，更直接提出"诗人之四始六义，救药也""诗人救世"的创作观。② 由此来看杜甫的"诗义"，有回归《诗经》四始六义，以诗义与谏官并置，同具有针砭时政的救世功能。因此，杜甫紧接着拈出"破的"与"先锋"，恰与孟子的"射于百步之外"相呼应，除了要有百步中的所需之力与巧，更增加了置死生于度外的勇气。由此开拓的创作，乃能思出云物，巧夺化工，既精微又老成。言虽美郑，实为自许自重，杜甫虽有志未伸，事功难期，仍积极深化言道政事的诗义，以待时之心减却寒蹇之态。

殷璠《河岳英灵集叙》说明唐诗发展从贞观末的"标格渐高"，至开元十五年（727）后而"声律风骨始备"，选开元二年（714）至天宝十二载（753）共计24位诗人、234首诗，所收以五古为主，更于《论》中标举选诗标准的超越性：

璠今所集，颇异诸家：既闲新声，复晓古体，文质半取，风骚两挟，言气骨则建安为传，论宫商则太康不逮，将来秀士，无致深惑。③

---

① 《杜诗详注》卷2，第110—112页。
② （汉）毛亨传、郑玄笺，（唐）孔颖达疏：《毛诗正义》《十三经注疏》本卷1，艺文印书馆1982年版，孔颖达疏引郑玄答张逸问"一人作诗"云："作诗者，一人而已。其取义者，一国之事。变雅则讥王政得失，闵风俗之衰，所忧者广，发于一人之本身。"又疏云："变风所陈，多说奸淫之状者，男淫女奔，伤化败俗，诗人所陈者，皆乱状淫形，时政之疾病也，所言者，皆忠规切谏，救世之针药也。《尚书》之三风十愆，疾病也。诗人之四始六义，救药也。"第17—18页。
③ （唐）殷璠：《河岳英灵集》，收入李珍华、傅璇琮《河岳英灵集研究》，中华书局1992年版，第119页。

综观殷璠论诗，"风骨"固然从建安诗来，更与齐梁以来讲究的声律相结合，使古体的雅调与近体的新声同时并存，文与质兼具，《风》与《骚》双拮，处处展现的异质共构、相互包容，激荡出更为壮阔而多元的创作力道。如傅璇琮分析所云：

> 与建安不同的，盛唐人所要求的风骨，不是一般意义上的力，而是一种表现民族自信心和创造性的精神力量，是一种冲破传统、要求创新的激情，这是盛唐的时代精神，是那一时代国力恢张的表现。①

这种不为传统所拘限的自信心与创造力，恰是盛唐国力恢张的激情表现。值得注意的是，《河岳英灵集》所选诗人大抵高才无贵仕，却丝毫不减其昂扬志气，虽未选杜甫诗，与杜甫的沈埋盛时，诗中依然展现出思律兼至、波澜老成，实可相互呼应，亦可见《随》卦"刚来下柔"的随时之义，与孟子论"集大成"兼具巧力的谐和感，共同体现出由兼容并蓄而大放异彩的创新力。由此来看天宝十三载（754）杜甫的《进雕赋表》，有云：

> 自先君恕、预以降，奉儒守官，未坠素业矣。……臣幸赖先臣绪业，自七岁所缀诗笔，向四十载矣，约千有余篇。……臣之述作，虽不能鼓吹六经，先鸣数子，至于沈郁顿挫、随时敏捷，而扬雄、枚皋之流，庶可企及也。②

杜甫除了申明承继"奉儒守官"的家族素业，更进一步阐述具开创性的个人志业，合述、作而言，志在"鼓吹六经"，也能发扬言道政事的作诗之意，虽不竟于先鸣，如晚年作《秋兴八首》所云"刘向传经心事违"③，自省不免有未能如刘向专积思于经术的遗憾④，亦可见青壮之年杜

---

① 李珍华、傅璇琮：《河岳英灵集研究》，第54页。
② （唐）杜甫著，（清）仇兆鳌注：《杜诗详注》卷24（里仁书局1980年版）指出：黄鹤注以为作于天宝九载，朱鹤龄注以为"应是天宝十三载所作"，仇注取朱说。第2172—2173页。
③ 仇兆鳌注：《杜诗详注》卷17，第1487页。
④ （汉）班固：《汉书》卷36，鼎文书局1983年版，《楚元王传·刘向传》："向为人简易无威仪，廉靖乐道，不交接世俗，专积思于经术"，第1963页。

甫乃积极致力于累积学养、加强表达能力,年近四十已有千余篇有韵的诗与无韵的笔。更从历史上找出同样以述作应世的士人,如扬雄(前53—前18)、枚皋等,探寻其指标性意义。史传称扬雄:"实好古而乐道,其意欲求文章成名于后世,以为经莫大于《易》,故作《太玄》;传莫大于《论语》,作《法言》……赋莫深于《离骚》,反而广之;辞莫丽于相如,作四赋:皆斟酌其本,相与放依而驰骋云。"① 扬雄好古乐道而能斟酌其本,又具创新性思维而欲自成一家,有近于述的仿拟,也有反而广之的创作,既能与经典著作相放依,又能纵笔驰骋而挥洒自如。刘向子刘歆(前50—前23)《与扬雄书》即以《法言》一书为例,指"非子云澹雅之才,沈郁之思,不能经年锐精以成此书,良为勤矣"②。《法言》虽属仿拟之作,却丝毫不掩其澹雅之才与沉郁之思,终能自致精彩。至于枚皋,善诙谐,才思敏捷,史传称其"上有所感,辄使赋之。为文疾,受诏辄成,故所赋者多"③。扬雄曾有"军旅之际、戎马之间,飞书驰檄,则用枚皋"④。都显示枚皋善于应事临场的应用文书。

孔子论《诗》,有《阳货》篇的学诗"可以兴,可以观,可以群,可以怨。迩之事父,远之事君。多识于鸟兽草木之名"⑤。着重在个人的德性修养与知识学习;也有《子路》篇的"诵诗三百,授之以政,不达;使于四方,不能专对;虽多,亦奚以为?"⑥ 着重在参与政事的临场反应。杜甫由扬雄好古乐道的沉郁之思,与枚皋应事临场的敏捷才思,提出"沉郁顿挫,随时敏捷"的论述,即建立在创新知识与建立事功的志业上。经学对文学创作的影响,陆机《文赋》专论创作,既有"倾群言之沥液,漱六艺(经)之芳润"的类"集大成"体认,也有因应不同场合、主题、功能与文类的纷纭殊状,如具社会和伦理关怀的"诗缘情而绮靡",具有攻疾和防患功能的"箴顿挫而清壮"⑦,前者着重在情志深邃,

---

① 班固:《汉书·扬雄传》卷87下,第3583页。
② (清)严可均辑:《全上古三代秦汉三国六朝文》,中华书局1991年版,《全汉文》卷40,第349页。
③ (汉)班固:《汉书·枚皋传》卷51,第2367页。
④ (汉)佚名:《西京杂记》(《四部丛刊》本),台湾商务印书馆1979年版,卷3,第6页。
⑤ 《论语注疏》卷17,第156页。
⑥ 《论语注疏》卷17,卷13,第116页。
⑦ (晋)陆机撰,张少康集释:《文赋集释》,汉京文化公司1987年版,第25、71页。

后者要能转折明快。杜甫一则心许于"陆机二十作文赋"(《醉歌行》),再则赞扬李白的"敏捷诗千首"(《不见》)①,都可见杜甫的述、作双拈,兼具传经与事功,又特别着重在敏捷应世的随时能力表现,如《进雕赋表》所揭示的鸷鸟殊特性,有"搏击而不可当"的英雄之姿,更是"大臣正色立朝之义"②,借帝王所爱的雕,阐扬正色立朝的大臣之义。再如宝应元年(762)作《说旱》,面对冬麦黄枯的旱象,提出"谷者百姓之本,百役是出",以决狱释囚为"众人之望也,随时之义也",进而推阐出"至仁之人,常以正道应物,天道远,去人不远"的结论,强调随时之义就在正道而行。可见杜甫的沉郁顿挫、随时敏捷,建立在积学穷理的学问基础上,关切时事且对问题有高度敏感性,再以创造性的开放思维,尊重不同甚至相反的特质,找出彼此的联结,才能打破常规与界限,跳脱既有框架,重新演绎,呈现具多元价值的创造性作品。

四　异彩兼容:陶、谢、《风》、《骚》的枝梧与推激

　　孔子有言"后生可畏",又说"四十五十而无闻焉,斯亦不足畏也已"③。对士人而言,四十岁是一个自我肯定与行事立功的关键。天宝十一载(752)到天宝十四载(755),恰是杜甫四十岁前后,进三大礼赋虽曾"一动人主",却依然"沉埋盛时",深恐"无补于明时"、"役役便至于衰老",而"日夜忧迫"④,积极求全而一再受挫,看杜甫在献赋中一再自揭"行四十载"(《进三大礼赋表》)、"年过四十"(《进封西岳赋表》)、"向四十载"(《进雕赋表》),可知其四十焦虑,乃更聚焦在传经与事功。唯在"经典"之后,士人如何再见锐精而成名传后?除了首度从作诗者的角度提出"诗义",更向历史寻求支撑的力量,从"正色立朝"的角度,提出扬雄与枚皋,将自我与古代典范人物合一,以沉郁之思,熟谙六经群言之要义,又能贵切时务,攻疾防患,适时作出迅速而合于正道的应对,切中事务的要点而发挥成效,展现出才人志士在应世时的

---

① (清)仇兆鳌:《杜诗详注》卷3,《醉歌行》,第241页;《不见》卷10,第858页。
② (清)仇兆鳌:《杜诗详注》卷24,《醉歌行》,第2173页。
③ 《论语注疏·子罕》卷9,第80页。
④ (清)仇兆鳌:《杜诗详注》卷24,分见《进三大礼赋表》(第2103页)、《进封西岳赋表》(第2158页)、《进雕赋表》(第2172页)。

多方面能力表现，同时也是对儒学精神的理解与实践。

更重要的，如何借由对经典作品的反复思考与重新诠释，探索不同的经典在当时的政治与社会上有何意义，又反映了什么样的价值观与社会现实？由此来看天宝十四载（755）杜甫《夜听许十一诵诗爱而有作》提出的"陶谢不枝梧，风骚共推激"，自有其重要意义。诗云：

> 许生五台宾，业白出石壁。余亦师粲可，身犹缚禅寂。何阶子方便，谬引为匹敌。离索晚相逢，包蒙欣有击。诵诗浑游衍，四座皆辟易。应手看捶钩，清心听鸣镝。精微穿溟涬，飞动摧霹雳。陶谢不枝梧，风骚共推激。紫燕自超诣，翠驳谁剪剔。君意人莫知，人间夜寥阒。①

五台，天宝时属雁门郡（今山西代县），为佛教名山。许十一当是居五台山石壁佛寺的学佛修行者。杜甫当时，融合外来佛教而丰富了本土思想文化的禅宗，已有长足发展②，以儒学为家族素业的杜甫，见到学佛的许十一，牵引出自己学禅的体验，是杜甫与佛学研究的公案的一个关键点③。

杜甫在诗中特别拈出的粲、可，指禅宗二祖慧可（487—593）与三祖僧粲（又作僧璨，—606），活动于北周武帝（560—578在位）灭佛期间，依唐道宣（596—667）《续高僧传》所载，慧可"外览坟素，内通藏典"，师事天竺僧达摩，从学"理事兼融，苦乐无滞"，而"就境陶研，净秽埏埴"，讲究在尘俗中的禅定智慧工夫。由于当时"滞文之徒是非纷举"，慧可深受"魔语"之谤，悟"一音所演，欣怖交怀"，乃能"从容顺俗，时惠清猷，乍托吟谣；或因情事，澄汰恒抱，写割烦芜"，因应不

---

① （清）仇兆鳌：《杜诗详注》卷3，第246—249页。
② （五代）刘昫：《旧唐书·方伎》记载后魏末有天竺僧达摩，赍衣钵航海而来，"达摩传慧可，……慧可传璨，璨传道信，道信传弘忍"。粲可之后，四祖道信（580—651）、五祖弘忍（601—674）卒后，六祖慧能（638—713）为南宗。神秀（606—706）为北宗，传普寂（651—739），号七祖，盛极一时。鼎文书局1985年版，卷191，第5109—5110页。
③ 陈弱水：《唐代文士与中国思想的转型》引杜甫诗"潇洒共安禅"（《陪李王苏李四使君登惠义寺》）、"身许双峰寺，门求七祖禅"（《秋日夔府咏怀》），以"双峰寺"指四祖道信、五祖弘忍所驻蕲州（今湖北蕲春）双峰山东山寺，七祖指北宗普寂。台大出版中心2016年版，第206—208页。

同的对象与情事，善用"吟谣"或"奋其奇辩"①，开示禅法清净之道，剖析世俗烦芜之见。由于慧可能够"自我调心"，居不择地，随缘化众②；僧璨有"谁缚汝""无人缚"的公案③，应机施教，不受拘限，恰是禅宗发展初期的随时之义。杜甫所称"禅寂"，语出鸠摩罗什译《维摩经所说经·方便品第二》的"一心禅寂，摄诸乱意"④。杜甫以儒者自许的锐意精进，志切时务而依然沈埋盛时，四十无闻的焦虑，借由慧可、僧璨的随缘方便，努力要让自己能够超越现实的纷扰与挫折，以获得心灵的澄明定静。杜甫诗中又引《易·蒙》的"九二，包蒙"，孔颖达疏云："九二能含容而不距，皆与之决疑"，又疏"上九，击蒙"云："处蒙之终，以刚居上，能击去众阴之蒙，合上下之愿，故莫不顺从也。"⑤阐明处微昧闇弱之际，要能含容不距，而最终则要能以刚击去众蒙，自能欣然和顺。亦可谓善于自我调理。

　　杜甫以禅理与《易》学带引出与许十一的相逢，乃能相匹敌且相推许，成为"知音"，赞扬许十一诵诗，用《诗·大雅·板》的"昊天曰明，及尔出王。昊天曰旦，及尔游衍"形容，昊天广大，曰无不照，孔颖达疏"游衍"一辞为"游溢相从，终常相随"⑥，可想知许十一诵诗的浑然天成，优游缭绕，洋洋盈耳，听者无不倾倒叹服。又以《庄子》论"捶钩"者的澄心凝虑，自然能够得心应手，不失豪芒⑦，比喻许十一诵

---

① （唐）道宣：《续高僧传·释僧可传》，收入［日］高楠顺次郎、渡边海旭等监修《大正新修大藏经》第50册，新文丰出版社1983年版，卷16，第550—552页。

② （五代）静筠编，张华点校：《祖堂集》《第二十九祖慧可禅师传》记其"或在城市，随处任缘；或为人所使，事毕却还彼所。有智者每劝之曰：'和尚是高人，莫与他所使。'师云：'我自调心，非关他事。'"中州古籍出版社2001年版，卷2，第74页。

③ （宋）道原：《景德传灯录》《第三十祖僧璨大师》记载："有沙弥道信，年始十四，来礼师曰：'愿和尚慈悲，乞与解脱法门。'师曰：'谁缚汝？'曰：'无人缚。'师曰：'何更求解脱乎。'信于言下大悟，服劳九载。"收入《大正新修大藏经》第51册，卷3，第221页。

④ （姚秦）鸠摩罗什译《维摩经所说经》，收入《大正新修大藏经》第14册，《方便品第二》，第539页。

⑤ 《周易正义》卷1，第24页。

⑥ 《毛诗正义》卷24，第636页。

⑦ 庄子撰，钱穆笺：《庄子纂笺·知北游》记捶钩者的巧与道，云："年二十而好捶钩，于物无视也，非钩无察也。是用之者，假不用者也以长得其用，而况乎无不用者乎！物孰不资焉！"三民书局1974年版，外篇，第180页。

诗功夫纯熟，由巧而进于道。又以军事用途的"鸣镝"为喻①，具有发号施令的功能，迅捷而严明，令人屏息谛听。接着"精微穿溟涬，飞动摧霹雳"二句，摹写出诵诗的极精微而又妙入造化，既迅疾而又力压雷霆，精微的感染力与磅礴的摧折力，不可思议地同时具现在许十一的诵诗中。杜甫由此脱口而出的"陶谢不枝梧，风骚共推激"，乃合陶渊明、谢灵运、《诗经》、《楚辞》而言创作理念，四者各有所诣，而彼此非但不相枝梧，更能相形而激扬出各自的特色。

先就"风骚"来说，汉武帝独尊儒术，《诗》成为经典，汉人对《楚辞》的评论，是与《诗经》联结在一起，淮南王刘安《离骚传》以《离骚》义兼《风》《雅》，班固《离骚序》直指屈原"皆非法度之政、经义所载。谓之兼《诗》风雅，而与日月争光，过矣"，另外许为"其文弘博丽雅，为辞赋宗"②。王逸于《楚辞章句》直称《离骚经》，其《离骚经序》指屈原放逐离别、中心愁思而"犹依道径，以风谏君"，是以"《离骚》之文，依《诗》取兴，引类譬喻"，又于《离骚经后叙》指明屈原"独依诗人之义而作《离骚》"、"《离骚》之文，依托五经以立义焉"③，学者称此为汉代一场重要的争论④。降及六朝，梁沈约《宋书·谢灵运传论》论汉魏四百余年的文体，有云："一世之士，各相慕习，源其飙流所始，莫不同祖《风》《骚》。徒以赏好异情，故意制相诡。"⑤ 虽以《风》《骚》为创作的共同源头，仍因赏好不同而在创制上出现"相诡"的现

---

① （汉）司马迁：《史记·匈奴传》："冒顿乃作为鸣镝，习勒其骑射，令曰：'鸣镝所射而不悉射者，斩之。'"鼎文书局1985年版，卷110，第2888页。

② （汉）班固《离骚序》："淮南王安叙《离骚传》，以《国风》好色而不淫，《小雅》怨诽而不乱，若《离骚》者，可谓兼之。蝉蜕秽浊之中，浮游尘埃之外，皭然涅而不缁，虽与日月争光可也。……今若屈原，露才扬己，竞乎危国群小之间，以离谗贼。然责数怀王，怨恶椒、兰，愁神苦思，强非其人，忿怼不容，沉江而死，亦贬絜狂狷景行之士。"虽不合经义，"然其文弘博丽雅，为辞赋宗，后世莫不斟酌其英华，则象其从容。"（清）严可均校辑：《全上古三代秦汉三国六朝文·全后汉文》，中华书局1991年版，卷25，第611页。

③ （汉）王逸章句、洪兴祖补注：《楚辞补注》，大安出版社1995年版，第2、3、68页。

④ 廖栋梁在《忠诚之情，怀不能已——论班固的〈楚辞〉观》指出："汉代有过一场重要的争论，是由东汉年间班固（32—92）的一篇《离骚序》引起的，《离骚序》批驳了淮南王刘安（前179—前122）《离骚传》对屈原和《离骚》的评价，这又引起了后来学界的批判，尤其在王逸（生卒年不详）的《楚辞章句》中遭到了严厉的驳斥，从而成为两汉文学批评史上的大事。"收入氏著《灵均余影：古代楚辞学论集》，里仁书局2010年版，第2页。

⑤ （梁）沈约：《宋书》，鼎文书局1984年版，卷67，第1778页。

象。梁刘勰《文心雕龙》特立《辨骚》篇，归纳各家论《骚》或"方经"或"不合传"的"褒贬任声，抑扬过实"，虽肯定《楚辞》乃"体宪于三代，而风杂于战国；乃《雅》、《颂》之博徒，而词赋之英杰也。观其骨鲠所树，肌肤所附，虽取熔经旨，亦自铸伟辞"。但仍有"模经为式者，自入典雅之懿；效《骚》命篇者，必归艳逸之华"的分辨①。至于钟嵘《诗品序》虽以四言诗"取效《风》《骚》，便可多得"，其论诗人体源，仍以源于《诗》或《骚》作分别，计出于《国风》者有14家，出于《楚辞》者有21家，而出于《小雅》者只阮籍一家②。都可见《诗》《骚》的判然分野。

唐初祖尚"风雅""大雅"，如陈子昂《与东方左史虬修竹篇并序》直言"文章道弊五百年"，感叹齐、梁诗"彩丽竞繁，而兴寄都绝"，乃"常恐逦逶颓靡，风雅不作"③；张九龄《陪王司马宴王少府东阁序》有云："《诗》有怨刺之作，《骚》有愁思之文，求之微言，匪云大雅"④；李白《古风》于天宝九年（750）反复唱叹"大雅久不作"、"正声何微茫，哀怨起骚人"、"大雅思文王，颂声久崩沦"⑤，不取怨刺愁思的变风、变雅与《骚》，独以大雅正声为尚。至于屈原《楚辞》，乃如王勃《上吏部裴侍郎启》所云："自微言既绝，斯文不振。屈宋导浇源于前，枚马张淫风于后。"⑥以及卢藏用《右拾遗陈子昂文集序》所称"孔子殁二百岁而骚人作，于是婉丽浮侈之法行焉"⑦。楚骚的华美文辞成了大雅不作、正声崩沦的罪人，而杨炯《王勃集序》所云："仲尼既没，游、夏光洙泗

---

① （梁）刘勰撰，周振甫注：《文心雕龙注释》，里仁书局1984年版，第63—65页。
② （梁）钟嵘撰，王叔岷笺证：《钟嵘诗品笺证稿》，"中央研究院"中国文哲所，1992年版，第69页。廖蔚卿《六朝文论·诗品析论》第三章《体源论的探讨》分析钟嵘的分体源流与分品关系，乃"上品以国风一支为主，中品以楚辞一支为主，下品则为流俗艳冶的新体余风。"《国风》一支代表文字雅丽内容含蓄而有风力之诗，《楚辞》一支代表辞藻绮丽而感情凄怨之诗。联经出版事业公司1978年版，第293—296页。
③ （清）彭定求等编：《全唐诗》，中华书局2003年版，卷83，第896页。
④ （清）董诰等编：《全唐文》，上海古籍出版社1990年版，《张九龄八》卷290，第1302页。
⑤ （唐）李白撰，安旗、薛天纬等笺注：《李白全集编年笺注》，中华书局2015年版，《古风》其一，卷9，第885页；其三十五，第890页。
⑥ （清）董诰等编：《全唐文·王勃四》卷180，第806页。
⑦ （清）董诰等编：《全唐文·王勃四》，《卢藏用》卷238，第1061页。

之风；屈平自沉，唐、宋宏汨罗之迹。文儒于焉异术，词赋所以殊源。"①更把儒学经典与屈原《楚辞》作了切割，李白虽另有"屈平辞赋悬日月"的赞叹，毕竟难与风雅匹敌。因此，杜甫提出"风骚共推激"，就更显得难能可贵。

再来看"陶谢不枝梧"，陶渊明与谢灵运同处南朝晋、宋易代之际，行事作风迥异，彼此诗文未见有往来之迹。沈约《宋书·谢灵运传论》论及诗歌发展，至南朝宋而"颜谢腾声，灵运之兴会摽举，延年之体裁明密，并方轨前秀，垂范后昆"②。以颜、谢并举，略过陶渊明。刘勰《文心雕龙·时序》有"颜谢重叶以凤采"，《明诗》论及近代的山水诗"俪采百字之偶，争价一句之奇，情必极貌以写物，辞必穷力而追新"③，也指谢诗，同样不涉及陶渊明。钟嵘《诗品》评谢灵运"尚巧似"、"颇以繁芜为累"、"兴多才高，寓目辄书，内无乏思，外无遗物，其繁富宜哉"④；评陶渊明"文体省净，殆无长语。笃意真古，辞兴婉惬。每观其文，想其人德。世叹其质直"⑤；可见陶、谢属于完全不同的类型。入唐而有陶、谢的相互对举，如：

> 于是藉织草，挹清樽，咀芝树，浮兰桂，同谢客之山行，类渊明之野酌。(宋之问《宴龙泓诗序》)⑥

> 陶公愧田园之能，谢客惭山水之美。佳句籍籍，人为美谈。(李白《早夏于将军叔宅与诸昆季送傅八之江南序》)⑦

> 谢氏寻山屐，陶公漉酒巾。(杜甫《寄张十二山人彪三十

---

① (清)董诰等编：《全唐文·王勃四》，《杨炯二》卷191，第851页。
② (梁)沈约：《宋书》卷67，第1778—1779页。
③ (梁)刘勰撰，周振甫注：《文心雕龙注释》，《时序第四十五》，第816页；《明诗第六》，第85页。
④ (梁)钟嵘撰，王叔岷笺证：《钟嵘诗品笺证稿》，第196页。
⑤ (梁)钟嵘撰，王叔岷笺证：《钟嵘诗品笺证稿》，第260页。
⑥ (清)董诰等编：《全唐文·宋之问二》卷241，第1076页。
⑦ 安旗、薛天纬等笺注：《李白全集编年笺注》卷18，第1817页。

韵》)①

初盛唐出现的陶谢并举，以山行、山水、寻山屐形容谢灵运，以野酌、田园、漉酒巾形容陶渊明，着重在对比的差异性极为分明。因此，杜甫提出的"陶谢不枝梧"，以斜生而相互抵触的枝条为喻，说明陶、谢并无扞格、违和之处。杜甫于肃宗乾元二年（759）作《石柜阁》有"优游谢康乐，放浪陶彭泽"，于代宗上元二年（761）作《江上值水如海势》有"焉得思如陶谢手，令渠述作与同游"，优游养志与放浪不拘，自是两种不同的生命情态，在述作上也各异其趣而自成一家，却在杜甫的想象中成为乐与数晨夕同游伴侣，预期可在彼此激荡中生发出更丰富的创作异彩。回到听许十一诵诗所归结的"紫燕自超诣，翠驳谁剪剔"，以骏马紫燕、翠驳比喻许十一，赞许其诵诗的独能腾逸远造而不烦改削。杜甫在一首即事吟咏的诗中，用了佛教的业白、禅寂、方便等专有词汇，同时也用了儒学包蒙、击蒙、游衍等词汇，又用了《庄子》的搥钩、军事用途的鸣镝来摹写诵诗，既精微又飞动所形成的张力，乃能超越古来论述而使《诗经》、《楚辞》、陶渊明、谢灵运得以相激相成，则"紫燕自超诣，翠驳谁剪剔"既是比喻许十一，也是杜甫的体悟与自许，结语的"君意人莫知，人间夜寥阒"，诵者听者同有的寂寥之感，显得阒若无人而益见恢宏。中晚唐之后，佛教与儒学双修，风骚与陶谢并举，造诣虽殊而能不枝梧，相互激扬，形塑出异彩纷呈且绵延不绝的创作长流，大抵可见杜甫的影响力。

五　文章千古事：杜甫的文学史意识

杜甫诗最吸引人的特质之一，是对论题的持续性关注。以诗学观点而言，首创"论诗"并呈现滚动式诗学论题，特别是弃官赴秦入蜀，已与京城主流创作拉开距离，在生活方式又逐渐向"农"靠拢而展开与"仕"的对话，乃至不避论争而开启更大的创作空间②，故能跳脱宫廷与京城主

---

① （清）仇兆鳌：《杜诗详注》卷8，第655页。
② 笔者持续关注相关论题，参见廖美玉《杜甫"归田意识"的形成与实践——兼论越界的身份认同与创作视域》，收入《杜甫与唐宋诗学》，里仁书局2003年版，第419—487页；廖美玉《杜甫在唐代诗学论争中的意义与效应》，《中华文史论丛》总第94辑，上海古籍出版社2009年版，第37—72页。

导的诗歌潮流，逐步形塑具文学史观的诗学论述。尤以上元二年（761）、宝应元年（762）之间在成都草堂作《戏为六绝句》，除了从"庾信文章老更成，凌云健笔意纵横"（其一）、"杨王卢骆当时体"、"不废江河万古流"（其二）展现述作的文学发展史观，提出"看翡翠兰苕"与"掣鲸鱼碧海"两种创作观，而有"不薄今人爱古人，清词丽句必为邻"的体悟，卒章乃云：

未及前贤更勿疑，递相祖述复先谁。别裁伪体亲风雅，转益多师是汝师。①

从学习的角度来看，"递相祖述"固然具有文学发展中的传承性，惟若不能探源经典，则无法取法乎上而不免每况愈下。因此，杜甫提出"风雅"的经典性，并以此作为去伪求真的判别指标。又取《论语·述而》记孔子自言："三人行，必有我师焉。择其善者而从之，其不善者而改之"，以及《子张》子贡对"仲尼焉学"的回应所指出："文、武之道，未坠于地，在人。贤者识其大者，不贤者识其小者；莫不有文、武之道焉。夫子焉不学，而亦何常师之有？"②可知孔子以善、不善、识大、识小皆有可师，学无常师，所以能集其大成，因而归结出"转益多师是汝师"的论述。兼顾经典指标与多元学习，才能使文学发展在传承中有所增益，也唯有不断创新的典范，才能开创出源远流长的文学发展史③，在继承典范中注入新的创作生命。

至大历元年（766）居夔州西阁作《解闷十二首》，前三首以"山禽引子哺红果，溪女得钱留白鱼"（其一）、"为问淮南米贵贱"（其二）、"今日南湖采薇蕨"（其三）开端，多写僻远地区生活细节。最后四首写炎方进献荔枝，乃取张九龄《荔枝赋》所称"物以不知为轻，味以无比

---

① （清）仇兆鳌：《杜诗详注》卷11，第898—902页。
② 《论语注疏》，《述而》卷7，第63页；《子张》卷19，第173页。
③ 徐复观《从文学史观点及学诗方法试释杜甫戏为六绝句》从文学与时代关系谈四杰的文学史地位，指出治文学史者应该留意："大乱之后，政治统一，天下太平，一般人的生命，因得到了新的生机，新地希望，而富于乐观的气氛，由此所酿出的文体，总是偏于富丽宏阔这一面……此类文体，和仅以流靡见称的末世纪文学，貌似而实不同。"收入氏著《中国文学论集》，台中：中央书局1966年版，第140—176页。

而疑。远不可验，终然永屈；士无深知，与彼何异"之意旨，以新摘荔枝的"红颗酸甜只自知"[1]，对照出劳人害马而远入京的荔枝，因过时而失去红艳成了"无颜色"，仍以僻远而导致传闻谬误，以见"知"之难。杜甫的巴蜀农耕经历，细数山禽、红果、溪女、白鱼、米、薇蕨与贡品荔枝，贴近农民生活与时新物产，因而能跳脱主流观点，关注"局外"与偏远的人事物。是以中间五首分咏文学事，其四写薛据的昔为部郎、今客荆楚，有"沈范早知何水部，曹刘不待薛郎中"，以建安曹植、刘桢的好尚文学推奖文士，南朝范云、沈约纯以诗文赏爱何逊，对比出唐代文士由中央到僻远的两样情，政治影响凌驾在文学专业之上。其五写孟云卿："李陵苏武是吾师，孟子论文更不疑。一饭未曾留俗客，数篇今见古人诗。"从历时性的视角，孟云卿论文上追苏李，因而能超越时俗，与"古人诗"相续而成为文学史长流。其六写孟浩然的"清诗句句尽堪传"，感慨孟浩然死后已成绝响："即今耆旧无新语，漫钓槎头缩颈鳊"，凸显创作来自真实的生活体验，才能有与之相应的创造性诗语，具有流传价值的"清诗"，为文学史增添活水。其七自叙："陶冶性灵存底物，新诗改罢自长吟。熟知二谢将能事，颇学阴何苦用心"。诗歌创作不能无学，杜甫自述对谢灵运、谢朓、阴铿、何逊的"熟知"与"颇学"，"学"在于得其能事与用心；诗歌创作又不能无自家性情，陶冶性灵与反复推敲，尤不能忽略诗的口语性与音乐性。其八写王维，"不见高人王右丞"、"最传秀句寰区满"，而王维诗必需摆在蓝田丘壑，又有王缙表章雅集，才得以见"高人""风流"之全貌[2]，使王维的高华精微成为文学史上的盛唐诗代表。五首诗分别点出建构文学史的几个关键：一是文学的超越性，不受政治与地域的影响；二是文学的历时性，古今相续才能汇聚成文学长河；三是文学的创新性，结合生活体验才能创新诗语；四是文学的专业性，要能学也要有自家性灵与辛苦琢磨；五是文学的时代性，不同生活境遇与时代风气形塑一代诗风。

由此来看大历元年（766）秋夔州东屯茅屋作五言排律《偶题》，开章即是具文学史意识的"文章千古事"，全诗四十四句，前二十句为理论建构，云：

---

[1] 简宗梧主编：《全唐赋》，里仁书局2011年版，第1册，第589—593页。
[2] （清）仇兆鳌注：《杜诗详注》卷17，第1513—1516页。

文章千古事,得失寸心知。作者皆殊列,名声岂浪垂。骚人嗟不见,汉道盛于斯。前辈飞腾入,余波绮丽为。后贤兼旧制,历代各清规。法自儒家有,心从弱岁疲。永怀江左逸,多病邺中奇。骐骥皆良马,骐驎带好儿。车轮徒已斲,堂构惜仍亏。漫作潜夫论,虚传幼妇碑。①

开端"文章千古事,得失寸心知"二句,揭示文学的特质,在于前有古人、后有来者,以文学作品为载体,向所有阅读者开放,借由后来者的不同阅读视角与个人体会,引发出的叹赏、品评、拟作或后续创作,形成历时性对话的机制,进而形塑出具有批评性与原则性的理论建构,由此浮现出具典范性的作品,汇聚而成千古共有的文学史长河。"得失寸心知"是"诗无达诂"的创作体验,作者把独得之见锻炼成诗歌语言,一则向古人作品致敬并作出响应,二则跟自己的前作对话并作反刍,三则向后来者传递讯息并寻觅知音,古今相续而汇聚成文学史的长河。接着"作者皆殊列,名声岂浪垂"二句,即是肯定作者的独创性与经典性,才能在文学史上占有一席地位。由此检视文学史上的作者,创作《离骚》的屈原之后,汉代佚名诗人群留下五言古诗的最高典范,魏晋名家辈出,至南北朝的益加绮丽,从文学流变的视角,才能掌握一代有一代的文学发展与特质,由此提出"后贤兼旧制,历代各清规",取法前贤与创新典范,才能延续传统并且开创一代风气,成为兼具集大成与自成一家的作者。接着从学习者的视角提出"法自儒家有,心从弱岁疲",杜甫既以儒家学者自许,又于开元十九年(731)以弱冠之年壮游吴越,乾元元年(758)作《送许八拾遗归江宁觐省甫昔时尝客游此县于许生处乞瓦棺寺维摩图样志诸篇末》,犹有"看画曾饥渴,追踪恨森茫。虎头金粟影,神妙独难忘"之记忆,杜甫以"饥渴"形容曾当年肆力于多元学习的悸动,把顾恺之神妙画作与南朝风流逸兴镌刻成永恒的意象。由江左之"逸"上溯建安之"奇",用一"病"字,有《论语》孔子"患不知人"、"患其不能"意②,韩愈《原毁》取以论古之君子责于身云:"不如舜,不如

---

① (清)仇兆鳌注:《杜诗详注》卷18,第1541—1545页。
② 《论语注疏》,《学而》子曰:"不患人之不己知,患不知人也。"(卷1,第9页);《宪问》重申:"不患人之不己知,患其不能也。"(卷14,第128—129页)

周公，吾之病也。"① 有苦于无法达到建安文学之奇的创作焦虑，以騄骥騏驎形容曹氏父子与建安七子的纵辔骋节、望路争驱②，又引《庄子》论斲轮"得之于手，应之于心"，虽父子之间亦不能喻与受③，以及《书》的父作室而子弗肯堂、构④，更进一步以王符《潜夫论》的不欲彰显其名，蔡邕题邯郸淳《曹娥碑》而有杨修与曹操解读的迟速，都在阐释文学创作与诠释的独特性与丰富性。杜甫从长时段观察文学发展，古来立言者虽多，可以流传千古的文章与作者，既要有作者独特的苦心孤诣，也要有能获得读者共鸣的实质内涵，可见名声的流传，一在文论家的品评，一在后学诗人的祖述，乃能有传承也有创新。在文学史中显影的旧制与清规，对建安诗人的任气使才，有虽未能至而向往之心，也时时记忆着南朝诗人的飘逸出尘，这两者对杜甫而言，都有着增益其所不能的互补与相成作用。后二十二句乃从个人的创作体验说，云：

> 缘情慰漂荡，抱疾屡迁移。经济惭长策，飞栖假一枝。尘沙傍蜂虿，江峡绕蛟螭。萧瑟唐虞远，联翩楚汉危。圣朝兼盗贼，异俗更喧卑。郁郁星辰剑，苍苍云雨池。两都开幕府，万宇插军麾。南海残铜柱，东风避月支。音书恨乌鹊，号怒怪熊罴。稼穑分诗兴，柴荆学土宜。故山迷白阁，秋水忆黄陂。不敢要佳句，愁来赋别离。⑤

陆机提出"诗缘情而绮靡"创作观，以抒情主体不能自已的身世之感，形塑出诗的抒情传统。杜甫更进一步提出"经济"，关注诗歌的现实性与社会性，即使漂荡客夔之一隅，仍是心怀唐虞、楚汉之治与乱，辨明中央与地方的不同问题，乃至内乱与外患的国防议题，都可见杜甫对经济

---

① （唐）韩愈撰，马其昶校注：《韩昌黎集·韩昌文集校注》，河洛图书出版社1975年版，卷1，第13—14页。

② （梁）刘勰撰，周振甫注：《文心雕龙注释·明诗》："暨建安之初，五言腾踊，文帝陈思，纵辔以骋节；王徐应刘，望路而争驱。"共同以"慷慨以任气，磊落以使才"成就一代的精彩。第83—85页。

③ 钱穆笺：《庄子纂笺》外编《天道》，第111页。

④ （唐）孔颖达疏，《尚书正义·周书·大诰》："若考作室既厎法，厥子乃弗肯堂，矧肯构。"卷13，第193页。

⑤ （清）仇兆鳌：《杜诗详注》卷18，第1541—1545页。

长策的宏观见解。此外,也还有个人的经济问题,"稼穑分诗兴,柴荆学土宜",离乡屡迁移的漂泊之感,因异地学土宜、稼穑谋生计,在创作上自然不以缘情绮靡为限,以贴近农民的生活琐事与质朴语言,创作出迥异于王维山水田园诗的秀句高华,使土宜、种稻、树果、时蔬等农事成为关注的创作主题之一,把躬耕自得的田园欣豫拓展成忧生忧时的社会议题,入宋而有王禹偁许为"开新世界",也有杨亿不喜杜诗而直呼"村夫子",即是"得失寸心知"的最好脚注。王嗣奭《杜臆》评此诗云:

> 此公一生精力,用之文章,始成一部《杜诗》,而此篇乃其自序也。《诗三百篇》各自有序,而此篇又一部《杜诗》之总序也。"文章千古事",便须有千古识力为之骨;而"得失寸心知",则寸心具有千古。此乃文章家秘密藏,而千古立言之标准。从此悟入,而后其言立,可与立德、立功称三不朽,初无轩轾者也。①

以文章为千古之业,千古文人之寸心皆有独知在,旧制清规共同形塑的诗统源流,即使柴荆稼穑而不以佳句胜,仍是千古事。参照杜甫作于同时的《宗武生日》有云:"诗是吾家事,人传世上情。熟精文选理,休觅彩衣轻。"② 以诗传家,却不必拘泥于父作,另以"熟精文选理"开创更丰富多元的诗风。杜甫从不惑之年提出"风骚共推激",到知天命的"亲风雅""法自儒家有""诗是吾家事""熟精文选理",都可见杜甫回归经典而又能转益多师的多元学习,继述与开创兼具的文学史观,是杜甫既能集诗歌之大成而又自成一家的关键。

六 典范再新:杜甫"集大成"的文学史意涵

孟子论孔子"集大成"而有"金声玉振"说,杜甫夜听五台僧诵诗,一诗而兼摄合儒佛、风骚与陶谢,既蕴含以"集大成"为典范的意涵,又纳入禅理的随缘方便、定慧禅寂。由佛教的声闻妙谛,开启了梵呗与声律的联结,如宋·郑樵《通志·六书略·论华梵下》分辨华、梵有重字

---

① (清)王嗣奭:《杜臆》,台湾中华书局1970年版,卷8,第261—262页。
② (清)仇兆鳌:《杜诗详注》卷17,第1477—1478页。

与重音之异所云：

> 梵人别音，在音不在字；华人别字，在字不在音。故梵书甚简，只是数个屈曲耳，差别不多，亦不成文理，而有无穷之音焉。……华书制字极密，点化极多，梵书比之实相辽邈。故梵有无穷之音，而华有无穷之字。梵则音有妙义，而字无文彩；华则字有变通，而音无锱铢。梵人长于音，所得从闻入……华人长于文，所得从见入。①

佛教传入中国，因梵书甚简所侧重的音有妙义，而对比出华书的制字密、点化多，乃各有所长，从而结合梵人的无穷之音与华人的无穷之字，发展出兼具闻与见的感知能力。近代域外学者梅祖麟、梅维恒即指出唐代近体诗律的演变，很可能受到佛经翻译中"偈颂体式"的启迪，对汉语诗律造成革命性的影响②。蔡瑜《永明诗学与五言诗的声境形塑》即从汉梵文化交流、音韵知识发展等历史因素，探讨永明诗律从呗赞、转读的曲折、韵逗获得启发，首开诗歌史上诗律和翻译互动的先声，认为理想的声律即是心声的外显③，都可见佛教的转读讽诵对近体诗格律形成的影响。

至于《风》《骚》与陶、谢的相互涵融，《风》的北方民间性，《骚》的士人理想性，陶渊明的结庐人境，谢灵运的赏心山水，异质交错所绽放的异彩，更展现出多元的诗歌创作力与诗学意涵。试以具陈情告诉性质的《奉赠韦左丞丈二十二韵》为例，诗云：

> 纨袴不饿死，儒冠多误身。丈人试静听，贱子请具陈。甫昔少年日，早充观国宾。读书破万卷，下笔如有神。赋料扬雄敌，诗看子建亲。李邕求识面，王翰愿卜邻。自谓颇挺出，立登要路津。致君尧舜上，再使风俗淳。……④

---

① （宋）郑樵：《通志二十略》，中华书局1995年版，卷31，第351页。
② ［美］梅祖麟、梅维恒："The Sanskrit Origins of Recent Style Prosody"（HJAS（51.2），1991，pp. 375—470.）中译本收入氏著《梅祖麟语言学论文集》，商务印书馆2000年版，第498—509页。
③ 蔡瑜：《永明诗学与五言诗的声境形塑》，《清华学报》2015年第1期。
④ （清）仇兆鳌：《杜诗详注》卷1，第73—80页。

杜甫志切"奉儒守官"的家族绪业,却一再见阻明时,乃以儒冠误身的偏激语,凸显学优才敏的能力,诗赋可上与扬雄、曹植相匹敌,述作近得时人肯定,有可自得自重者。尤以"读书破万卷,下笔如有神"二句,正见其学养深厚与才思敏捷,仇兆鳌注解特别指出:"胸罗万卷,故左右逢源而下笔有神。书破,犹韦编三绝之意,盖熟读则卷易磨也。张远谓识破万卷之理,另是一解。"① 以孔子晚年好《易》而"韦编三绝"为喻,杜甫读书既是知之、好之且乐不知疲者,又能识破万卷之理,又能左右逢源而下笔有神,即是读书多而能不拘泥、不枝梧,志切时事而能随时敏捷。由此拈出"致君尧舜上,再使风俗淳",正是儒者志业,可谓驰骋古今,词气磊落,一扫儒冠误身的感愤,在转折中益显纵横壮阔。

　　由此来看杜诗的"文章千古事",元稹《唐故工部员外郎杜君墓系铭并序》已称杜甫"上薄风骚"而能"尽得古今之体势,而兼今人之所独专"②,论杜甫诗已具有"类集大成"的见解。北宋王禹偁《日长简仲咸》直称"子美集开诗世界,伯阳书见道根源"③。以杜甫与老子并称,相较于老子书的见根源,杜甫诗的开世界,具有时代开创性的意义。而宋祁《新唐书·杜甫传赞》针对唐兴诗人"人得一概,皆自名所长"的现象,特别标举杜甫的"浑涵汪茫,千汇万状,兼古今而有之,它人不足,甫乃厌余,残膏剩馥,沾丐后人多矣"④。从诗歌发展的源流,阐扬杜甫的博大无穷。至于苏轼《书吴道子画后》(1085),以杜甫诗、韩愈文、颜真卿书、吴道子画都属于"古今之变、天下之能事毕矣"⑤。从"变"与"能"提出具时代性的新典范。秦观《韩愈论》乃推衍其义而首度以"集大成"论诗文,云:

　　　　杜子美之于诗,实积众家之长,适其时而已。昔苏武、李陵之

---

① (清)仇兆鳌:《杜诗详注》卷1,第74页。
② (唐)元稹撰,冀勤点校:《元稹集》,汉京文化公司1983年版,《唐故工部员外郎杜君墓系铭并序》云:"至于子美,盖所谓上薄风、骚,下该沈、宋,古傍苏、李,气吞曹、刘,掩颜、谢之孤高,杂徐、庾之流丽,尽得古今之体势,而兼今人之所独专矣。"卷56,第601页。
③ 傅璇琮等主编:《全宋诗》,北京大学出版社1991年版,第二册,《王禹偁七》卷65,第737页。
④ (宋)宋祁:《新唐书》,鼎文书局1985年版,卷201,第5738页。
⑤ (宋)苏轼撰:《苏东坡全集》,中国书店1992年版,前集卷23,第306页。

诗,长于高妙;曹植、刘公干之诗,长于豪逸;陶潜、阮籍之诗,长于冲淡;谢灵运、鲍照之诗,长于藻丽。于是杜子美者,穷高妙之极,极豪逸之气,包冲淡之趣,兼峻洁之姿,备藻丽之态,而诸家所作不及焉。然不集诸家所长,杜氏不能独至于斯也。岂非适当其时故耶?孟子曰:"伯夷,圣之清者也;伊尹,圣之仁者也;柳下惠,圣之和者也;孔子,圣之时者也。孔子之谓集大成。"呜呼,杜氏韩氏,亦集诗文之大成者欤![1]

秦观从"积众家之长"与"适其时"两个视角论述杜甫诗的集大成:前者强调能集诸家之长,自然能超越诸家而自成一家、卓绝千古。后者更引孟子以孔子为"圣之时"而集大成之说,认定杜诗、韩文为集大成。可见秦观是以孟子"集大成"之说为指标,先有各有所长、各自名家的诗人,才有兼备众美的集大成诗人,开创出"适当其时"的时代新典范,既能符应时代需求、体现时代精神,也能开展出生生不息的创作脉动,就此而言,文学与思想是一致的。

另一位合孔子、杜甫而论集大成的是(清)叶燮《原诗》内编上论诗之源流、本末、正变、盛衰,认为作诗者必先有"诗之基",即诗人"胸襟",有胸襟才有性情智慧、聪明才辨,然后才能"随遇发生,随生即盛",并推举杜甫诗"随所遇之人之境之事之物,无处不发其思君王、忧祸乱、悲时日、念友朋、吊古人、怀远道,凡欢愉、幽愁、离合、今昔之感,一一触类而起,因遇得题,因题达情,因情敷句,皆因甫有其胸襟以为基"[2]。叶燮从"胸襟"谈随遇发生、触类而起,因遇得题达情,由此生发忧生念乱、忧国忧时的才情见识,正是杜甫"沉郁顿挫,随时敏捷"的具体实践,亦即孟子所称"圣之时"的具体表现。叶燮由此提出:

> 变化而不失其正,千古诗人,惟杜甫为能。高、岑、王、孟诸子,设色止矣,皆未可语以变化也。夫作诗者,至能成一家之言足矣。此犹清、任、和三子之圣,各极其至;而集大成,圣而不可知之

---

[1] (宋)秦观:《淮海集》,上海古籍出版社1994年版,卷22,第751页。
[2] (清)叶燮:《原诗》,收入丁福保编《清诗话》,木铎出版社1988年版,第572页。

之谓神,惟夫子。杜甫,诗之神者也,夫惟神,乃能变化。①

　　以"胸襟"为基的"随遇发生",才能变化而不失其正,这正是杜甫超越其他诗人的关键。高、岑、王、孟四位诗人,犹如伯夷、伊尹、柳下惠三圣,各有其极至专诣,却未可语以变化。因此,叶燮以"圣而不可知之"的"神"来诠释"圣之时",与杜甫听许十一诵诗而引《庄子》捶钩的"无不用"来解释"道",有异曲同工之妙,都在于"变化而不失其正"的随时之义。经由历代诗论家的诠解,集众家之长与适时能变而不失其正,使杜甫以诗与孔子共同成为"集大成"者,也未尝不可视为"不枝梧"与"共推激"的创作表现。

　　宋人以杜甫与孔子的连结,如王得臣以杜甫诗有"周情孔思,千汇万状,茹古涵今,无有涯涘"②,黄庭坚以杜甫诗为"大雅之音",作《大雅堂记》,认为杜诗妙处,乃在无意于文而意已至,必须"广之以《国风》、《雅》、《颂》,深之以《离骚》、《九歌》",才能"升子美之堂"③,不同于秦观、叶燮论"集大成"在合诸圣众家之长,黄庭坚强调绾合《诗经》《楚辞》才能增加创作的深广度。姜夔《白石道人诗话》也从经典学习的角度作推阐:

　　　　诗有出于《风》者,出于《雅》者,出于《颂》者。屈、宋之文,《风》出也;韩、柳之诗,《雅》出也;杜子美独能兼之。④

　　相较于钟嵘《诗品》源出体系着重于《国风》与《楚辞》,姜夔除了新增源出于《颂》,也点出唐代诗人源于《雅》者,特别是把屈、宋的《楚辞》纳入《风》的体系,而以杜甫由兼备《风》《雅》《颂》而能兼及《楚辞》。至于元明之际的杨维桢(1296—1370),于元顺帝至正八年

---

① (清)叶燮:《原诗》,收入丁福保编《清诗话》,木铎出版社1988年版,第574页。
② 华文轩编:《古典文学研究资料汇编·杜甫卷(唐宋之部)》,中华书局1982年版,第95页。
③ 华文轩编:《古典文学研究资料汇编·杜甫卷(唐宋之部)》,中华书局1982年版,第119页。
④ (宋)姜夔:《白石道人诗话》,收录于(清)何文焕编《历代诗话》,木铎出版社1982年版,第680页。

(1348)作《李仲虞诗序》,有云:

> 观杜者不惟见其律,而有见其《骚》者焉;不唯见其《骚》,而有见其《雅》者焉;不唯见其《骚》与《雅》也,而有见其史者焉。此杜诗之全也。①

杨维桢从"全"的角度论杜诗,以《雅》取代《风》而与《骚》并置,显然更侧重在诗的政治性,因而具有反映时代的"史"的特性,再结合近体诗的"律"来看,说明具备经典性根源而又能适当其"时",是杜诗创作之所以能"全"的关键。凡此大抵由发明杜甫"风骚共推激"之意,以见杜诗兼擅能全,在推衍孟子"集大成"说以论杜诗之外,更增添杜甫诗意的阐发。

更有把杜甫诗提高到"经"的地位者,如陈善《扪虱新话》已提出:"老杜诗当是诗中六经,他人诗乃诸子之流也。"② 而曾噩《九家集注杜诗·序》(1225)更指明:"独少陵巨编,至今数百年,乡校家塾,龆龀之童,琅琅成诵,殆与《孝经》、《论语》、《孟子》并行。"③ 以杜诗与儒家经典并列为学子必读书目。至于金人元好问《杜诗学引》(1225)所云:

> 窃尝谓子美之妙,释氏所谓"学至于无学"者也。今观其诗,如元气淋漓,随物赋形;如三江五湖,合而为海,浩浩瀚瀚,无有涯涘;如祥光庆云,千变万化,不可名状,固学者之所以动心而骇目。及读之熟,求之深,含咀之久,则九经百氏,古今精华,所以膏润其笔端者,犹可仿佛其余韵也。④

元好问在宋人的儒家经典之外,增加了佛学的"学至于无学",因而扩大到九经百氏,使杜甫诗具有海涵地负、风起云涌之气象,浩瀚无涯而

---

① 陶秋英编选:《宋金元文论选》,中国人民大学出版社1999年版,第580页。
② 陶秋英编选:《宋金元文论选》,中国人民大学出版社1999年版,第334页。
③ 陶秋英编选:《宋金元文论选》,中国人民大学出版社1999年版,第788页。
④ (金)元好问撰,姚奠中等编:《元好问全集》卷36,山西古籍出版社2004年版,第750页。

不可名状，虽不言"集大成"而实有过之者。清黄生《杜工部诗说·杜诗概说》开端即以"入杜诗如入一处大山水"为喻，以见其大；再以唐诗"一读了然，再过无异解"，对比出读杜诗乃"屡进屡得"、"未易遽窥堂奥"①，以见其深，进而从"集大成"说杜诗，云：

> 杜诗所以集大成者，以其上自《骚》《雅》，下迄齐梁，无不咀其英华，探其根本。加以五经三史，博综贯穿。如五都列肆，百货无所不陈；如大将用兵，所向无不如意。材之所取者博，而运以微茫窈渺之思；其力之所自负者宏，而寓以沉郁顿挫之旨。以言乎大，则含元气；以言乎细，则入无伦；以言乎天地之间，则备矣。此所以兼前代之制作，而为斯道之范围也与。②

杜甫的"集大成"，由以人为主的"集众家之长"，纳入杜甫"风骚共推激"的《骚》《雅》，而"陶谢不枝梧"也扩大到齐梁，更益以五经三史，而以"英华"、"根本"与"博综贯穿"加以连贯，阐扬了杜甫融摄经学、文学、史学而为一的诗歌造诣。因此，杜甫诗既有列肆百货的民生日用性，也有大将用兵的防卫廓清力。杜甫的卓绝诗艺，又表现在平凡事物中蕴涵深微的道理，更以杜甫自许的"沉郁顿挫"来形容针砭时事所具有的张力。由此肯定杜甫集大成的制作，乃把"道"的范围推展到大含元气、细入无伦而充满天地之间。黄生对"集大成"的奥义，可谓推阐至极。

七　结语

孟子论孔子"集大成"而有"金声玉振"说，正在于兼容并蓄与量时适变。唐代儒学的施行，孔颖达奉诏集博学群儒之力编纂的《五经正义》，更与科举考试结合，促成儒学的普及化，深入士人生命与生活。杜甫四十岁前后，虽曾"一动人主"，却依然"沈埋盛时"，乃更聚焦在传经与事功。除了首度从作诗者的角度提出"诗义"，更向历史寻求支撑的

---

① （清）黄生：《杜工部诗说》，中文出版社1976年版，第7页。
② （清）黄生：《杜工部诗说》，中文出版社1976年版，第10页。

力量，从"正色立朝"的角度，提出"沉郁顿挫，随时敏捷"，展现出才人志士在应世时的多元能力表现，同时也是对儒学精神的理解与实践。杜甫夜听五台僧诵诗，提出的"陶谢不枝梧，风骚共推激"，一诗而兼摄儒佛、风骚与陶谢，既蕴含以"集大成"为典范的意涵，又纳入禅理的随缘方便、定慧禅寂，由佛教的声闻妙谛，开启了梵呗与声律的联结。而杜甫不惑之年提出的"风骚共推激"，到知天命之年乃有"亲风雅"、"法自儒家有"乃至"文章千古事"、"诗是吾家事"等觉知，都可见杜甫回归经典而又能转益多师的多元学习，继述与开创兼具的文学史观，是杜甫能集诗歌之大成而又自致千古的关键。

　　杜甫首开论诗诗风气，对论题又有持续性关注，学者已注意到杜甫论诗的文学史观。宋人对杜甫诗已有"集大成"与"开诗世界"两种诠释视角，更以杜甫与孔子的连结，把杜甫诗提高到"经"的地位，以杜甫诗与儒家经典并列为学子必读书目。在历代有关杜诗"集大成"的诠解，有从"积众家之长"与"适其时"两个视角论述；有以"胸襟"为基的"随遇发生"，论析杜甫诗的变化而不失其正；更有纳入杜甫的"风骚共推激"、"沉郁顿挫"，把"集大成"的奥义推阐到极致。观察后人试图透过对"集大成"的再诠释，在前人的诠释基础上，提出反思并开展出新论点，形构出更为曲折、也更多元的观点。就文学史的建构而言，多有从反思、批判、变革、转型等视角，着重在一代或一家的新变与开创之功。疏理杜诗文本及各家的不同论述，呈现"集大成"所映现的丰富多元观点，有助于探索"文章千古事"的奥义及其文学史意涵。

论中国古代西游戏的发展历程及其特征

周固成[*]

摘 要：中国古代西游戏的发展经历了宋金元明清各个时代，具体表现为宋杂剧、金院本、宋元戏文、元杂剧、明杂剧、明传奇、清杂剧、清传奇以及宫廷大戏以及民间戏剧等。本文从历代宋元西游戏杂剧与戏文、明代西游戏演出与剧本、清代西游戏的巅峰发展三个发展阶段进行梳理，考证出各个时代现存的西游戏剧目，并概括出中国古代西游戏的发展脉络与时代特点及其意义。

关键词：中国古代西游戏；发展脉络；时代特点；意义

一 宋元西游杂剧与戏文

宋元是中国古代戏剧形成发展的重要阶段，也是西游戏诞生演出的初级阶段。宋元戏剧的多种形态如宋官本杂剧、金院本、宋元戏文和元杂剧都有西游故事的演出和剧目。

宋官本杂剧中存有一些西游戏剧目，剧本俱亡佚，宋代周密《武林旧事》卷十"官本杂剧段数"中著录《二郎神变二郎神》《鹘打兔变二郎》《二郎熙州》《宴瑶池爨》，这些剧目中的"二郎神"与"王母"只是属于后世西游戏中的人物，这些剧目的西游戏只是为后世西游戏提供了原始材料而已。

金院本中保留一些西游戏剧目，但此时的部分西游戏与宋官本杂剧西游戏一样，只是人物属于后世西游戏中的人物，未必有西游戏的情节，陶宗仪《南村辍耕录》收录的西游戏存目有：诸杂大小院本《瑶池会》《蟠

---

[*] 周固城，南京师范大学博士，淮海工学院讲师。

桃会》；诸杂院爨《四诺大提猴》《四酸提猴》《食店提猴》《调猿卦铺》《调猿香字爨》《王母祝寿》；冲撞引首《净瓶儿》；和尚家门《唐三藏》；诸杂砌《水母》。这些只存院本名称，已无具体内容记载。关于院本的演出形式，陶宗仪云：院本则五人，一曰"副净"，古谓之"参军"；一曰"副末"，古谓之"苍鹘"，鹘能击禽鸟。末可打副净，故云；一曰"引戏"，一曰"末泥"，一曰"装孤"。又谓之五花爨弄。……其间副净有散说，有道念，有筋斗，有科泛。①

院本的脚色有副净、副末、引戏、末泥、装孤五种，其中大小院本《瑶池会》《蟠桃会》当演王母祝寿之戏，诸杂院爨《四诺大提猴》《四酸提猴》《食店提猴》《调猿卦铺》《调猿香字爨》当属于演员扮猴之戏；冲撞引首《净瓶儿》中的"冲撞引首"在胡忌《宋金杂剧考》中有所解释，其云："'冲撞引首'即是以冲撞来引做开场的含义。"② 赵兴勤《关于金院本著录的思考》云："无论是'冲撞引首'，还是'打略拴搐'，都很难称得上独立意义的戏曲。在演出时，很可能是或用于前（类似于宋话本的'入话'或'头回'），或置于后（相当于宋杂剧的'纽元子'），而'诸杂砌'，则或是剧中穿插表演以弥补剧情不足的'小玩意'。"③ 可见这里的冲撞引首《净瓶儿》与诸杂砌《水母》都不算完整的戏曲，属于杂耍表演或者添加的戏曲片段。最后和尚家门《唐三藏》中的"和尚家门"在王国维《宋元戏曲史》中有所阐释，其云："今'打略拴搐'中，有《和尚家门》《先生家门》《秀才家门》《列良家门》《禾下家门》各种，每种各有数本，疑皆装此种人物以资笑剧，或为杂扮之类；而所渭杂砌者，或亦类是也。"④ 同属于《和尚家门》下的还有《秃丑生》《窗下僧》《坐化》，皆属于出家僧人，其表演风格属于插科打诨，"实综合当时所有之游戏技艺，非纯粹之戏剧也"⑤。由此可见，金院本中的西游戏的内容没有成熟，和尚家门《唐三藏》只是演绎唐僧西天取经的故事，推测内容简单，以幽默诙谐为主，以供观众笑乐，与后世西游戏的庞杂内容相差甚远，金院本中的几部西游戏只是提供了简短的材料

① （元）陶宗仪：《南村辍耕录》，中华书局2004年版，第306页。
② 胡忌：《宋金杂剧考》，古典文学出版社1957年版，第246页。
③ 赵兴勤：《关于金院本著录的思考》，《井冈山大学学报》（社会科学版）2015年第1期。
④ 王国维：《宋元戏曲史》，上海古籍出版社1998年版，第54页。
⑤ 王国维：《宋元戏曲史》，上海古籍出版社1998年版，第57页。

而已,只能属于"戏弄",还不是"戏曲"。

钱南扬《宋元戏文辑佚》中辑录的西游戏有《王母蟠桃会》《陈光蕊江流和尚》《鬼子母揭钵记》《陈巡检梅岭失妻》四种,不过都残缺不全,只存佚曲若干支。洛地《戏剧三类——戏弄、戏文、戏曲》云:"我国民族戏剧成熟的标注是'戏文'的出现、完成。"① 宋元戏文中这四部西游戏属于成熟的戏剧,而"敷演话文"而为"戏文"②,即一些演员装扮成人或神或鬼的模样,模仿其言语、动作、形态等来表演一出有矛盾冲突、人物性格、故事情节、发展高潮、开端结尾的戏剧的主体,正如王国维所云:"然后代之戏剧,必合言语、动作、歌唱,以演一故事,而后戏剧之意义始全。故真戏剧必与戏曲相表里。"③ 虽然宋元戏文中这四种西游戏只存佚曲,但也能粗略窥探出其整体风貌,每一种也影响到了后世西游戏。《王母蟠桃会》存佚曲三支,众仙为王母祝寿之戏,在吴本小说《西游记》以及朱有燉《诚斋乐府》中也有过类似的戏文情节;《陈光蕊江流和尚》演绎洪州知府陈光蕊携眷赴任,途中遇水贼刘洪将其推入江中至死,且霸占其妻殷氏,冒名顶替,往洪州赴任。时殷氏已有身孕,不久生一子,恐刘洪加害,不得已将此子投入江中。陈子漂流至金山,为寺僧所救,取名江流儿。十年后,其子为父报仇,陈光蕊也被昔日放生的鲤鱼即龙王所救,最后一家团圆。其中人物形象众多,有陈光蕊、母亲张氏、妻子殷氏、恶人刘洪、岳父殷开山等,各自性格鲜明,矛盾冲突来源于刘洪贪恋张氏俊美与钱财段匹,才对陈光蕊下毒手;同时后世的明杂剧《西游记杂剧》、小说《西游记》、清代宫廷大戏《昇平宝筏》以及清传奇《江流记》等都对其人物形象、故事情节进行改编;《鬼子母揭钵记》存佚曲二支,鬼子母源于佛经《根本说一切有部毗奈耶杂事》《佛说鬼子母经》《鬼子母经》《杂宝藏经》等,佛经中的鬼子母的性格特点是戾气十足、凶狠无比,最终因爱子心切而有所顿悟,最终皈依佛门的形象,佚曲二支属于宴赏之辞,表现为鬼子母夫妻的恩爱之情。鬼子母在古印度佛经中的人物性格、个人遭遇以及命运结局、家庭关系四个方面直接影响了《西游记》中铁扇公主的形象塑造;《陈巡检梅岭失妻》存佚曲三十五支,

---

① 洛地:《戏剧三类——戏弄、戏文、戏曲》,《南大戏剧论丛》2014年第2期。
② 洛地:《戏剧三类——戏弄、戏文、戏曲》,《南大戏剧论丛》2014年第2期。
③ 王国维:《宋元戏曲史》,上海古籍出版社1998年版,第32页。

演绎的是猿精白申公抢亲的故事，申阳公在此剧中是好色之徒，抢夺陈巡检妻子如春，如春摄入洞府，立志不从，最后陈巡检与道人紫阳、罗童捕捉猿精，夫妇团圆。猿精表现出的神通广大、变化多端的本领已经初步具备孙悟空的个性特点。

元杂剧西游戏可分为以下两类，第一类，现存有剧目但剧本已经亡佚的有元代高文秀《泗州大圣锁水母》，简名《锁水母》，天一阁本《录鬼簿》著录剧名。元末明初须子寿《泗州大圣淹水母》，《录鬼簿续编》著录剧名。吴昌龄《哪吒太子眼睛记》《鬼子母揭钵记》，曹本《录鬼簿》著录剧名。无名氏《哪吒神力擒巡使》，《宝文堂书目·乐府》著录剧名。钟嗣成《宴瑶池王母蟠桃会》，《录鬼簿续编》著录剧名。杨显之《刘全进瓜》，《录鬼簿》著录剧名。第二类，元杂剧西游戏现存有剧目的，并存有剧本的有吴昌龄《唐三藏西天取经》，贾本、曹本《录鬼簿》《也是园书目》《今乐考证》《曲录》《太和正音谱》《元曲选目》著录剧名，仅存《回回》《北饯》二折。吴昌龄《二郎神收猪八戒》，《古今名剧合选》收录，现有明崇祯刊本。无名氏《二郎神醉射锁魔镜杂剧》《今乐考证》《远山堂剧品》《也是园书目》《曲录》著录剧名，现存有脉望馆校《续古名家杂剧》本、脉望馆钞校本、《孤本元明杂剧》本。无名氏《龙济山野猿听经》《今乐考证》《也是园书目》《曲录》著录剧名，现存有脉望馆《古名家杂剧》本、《孤本元明杂剧》本、《元曲选》本。这些元杂剧西游戏无论是存本还是广佚本，从剧名中能判断大致的主要内容，在题材方面继承了宋官本杂剧本与金院本等，现列表统计如下：

类别	宋官本杂剧	金院本	宋元戏文	元杂剧
二郎神故事	《二郎神变二郎神》、《鹌打兔变二郎》、《二郎熙州》			无名氏《二郎神醉射锁魔镜杂剧》
王母故事	《宴瑶池饔》	《瑶池会》《蟠桃会》《王母祝寿》	《王母蟠桃会》	钟嗣成《宴瑶池王母蟠桃会》

续表

类别	宋官本杂剧	金院本	宋元戏文	元杂剧
猴类故事		《水母》	《陈巡检梅岭失妻》	高文秀《泗州大圣锁水母》、须子寿《泗州大圣淹水母》、无名氏《龙济山野猿听经》
唐三藏故事		《唐三藏》	《陈光蕊江流和尚》	吴昌龄《唐三藏西天取经》
哪吒故事				吴昌龄《哪吒太子眼睛记》、无名氏《哪吒神力擒巡使》

由此可见元杂剧西游戏在题材内容方面继承了宋官本杂剧与金院本等,但对后世小说戏曲也有所影响,如杨景贤《西游记杂剧》剧中第一出《之官逢盗》、第二出《逼母弃儿》、第三出《江流认亲》与小说《西游记》中的第九回《陈光蕊赴任逢灾　江流僧复仇报本》以及张照《昇平宝筏》甲下第廿一出《掠人色胆包天大》等,这些戏曲都涉及陈光蕊人物形象、殷氏人物形象以及情节的改编如"刘洪同伙""婆孙相认""殷氏命运"等;杨景贤《西游记杂剧》中的第十二出《鬼母皈依》受宋元戏文《鬼子母揭钵记》的影响。总体上来看,宋元西游戏尚处于起步阶段,只是为后世西游戏提供人物原型和简短的故事情节而已。

二　明代西游戏剧本与演出

西游戏经过宋元的酝酿准备至明代得到长足的发展与流传,其中小说《西游记》诞生于嘉靖年间,可分为在小说诞生之前的西游戏与小说诞生之后的西游戏。明代西游戏的演出情况可分为宫廷演出与民间演出,二者的特点也不尽相同。

明代西游戏主要分为两类,小说诞生之前的西游戏与小说诞生之后的西游戏。小说诞生之前的西游戏有明代无名氏《观音鱼篮记》戏文,《曲录》《曲海总目提要》著录,现存明万历间金陵"文林阁"刊本,《古本戏曲丛刊》二集影印。无名氏《时真人四圣锁白猿》杂剧,《今乐考证》《也是园书目》《曲录》著录剧名,现存有脉望馆抄校本,《孤本元明杂剧》本。无名氏《猛烈哪吒三变化》《今乐考证》《也是园书目》《曲录》著录剧名,脉望馆钞校本、《孤本元明杂剧》本。无名氏《灌口二郎斩健蛟》,《今乐考证》《也是园书目》《曲录》著录剧名,现存《孤本元明杂剧》本。无名氏《二郎神锁齐天大圣杂剧》《今乐考证》《也是园书目》《曲录》著录剧名，现存有脉望馆抄校本、《孤本元明杂剧》本。朱有燉《文殊菩萨降狮子》杂剧，《今乐考证》《宝文堂书目》《也是园书目》《曲录》均著录剧名，现存有明初《古今杂剧残存十种》刊本。杨景贤《西游记杂剧》《录鬼簿续编》著录剧名，现存《古本戏曲丛刊》初集本。明代万历年间的民间西游戏主要集中于《迎神赛社礼节传簿四十曲宫调》中的西游戏。小说诞生之后的西游戏有明代王昆玉《进瓜记》传奇，《远山堂曲品》著录，其云："从《西游记》截出一段，曲亦亲贴。李翠莲借魂成婚，恰得结体。"① 有旧抄本。明代陈龙光《唐僧西游记》戏文，《南词叙录》《远山堂曲品》著录，谓"将一部《西游记》，板煞填谱，不能无其所有，简其所繁云，只有才思庸浅故也"②。剧本亡佚。明代夏均正《西游记》传奇，《曲海总目提要》有此本题材，并云："相传西游记小说，乃元丘处机所作。……相传夏均政撰，今此刻曰陈龙光撰，或当有二本。演义诸妖，已具大略，可谓简而该矣。"③ 剧本已经亡佚。

明代西游戏主要分为王府演出、宫廷演出与民间演出，二者主要区别于创作群体、体制格律、戏曲观众、戏曲功能等方面。现以王府演出的西游戏朱有燉《文殊菩萨降狮子》杂剧为例。

（一）达官贵族的参与

元杂剧作家群普遍处于社会下层。王国维《宋元戏曲史》云："元初名臣中有作小令套数者，唯杂剧之作者，大抵布衣，否则为省掾令史之属。蒙古色目人中，亦有作小令套数者，而作杂剧者，则唯汉人（其中唯李直夫为女真人）。"④ 可见元代杂剧作家多是汉人布衣身份，鲜有达官贵族者参与，此种境况到了明代发生改变，曾永义《明杂剧概论》论述：

---

① （明）祁彪佳：《远山堂曲品》，俞为民、孙蓉蓉编《历代曲话汇编·明代编》第三集，黄山书社2008年版，第608页。
② （明）祁彪佳：《远山堂曲品》，俞为民、孙蓉蓉编《历代曲话汇编·明代编》第三集，黄山书社2008年版，第607页。
③ 董康编著，北婴补编《曲海总目提要》（下），卷三四十二，人民文学出版社1959年版，第1938—1941页。
④ 王国维：《宋元戏曲史》，上海古籍出版社1998年版，第77页。

"原来发生在庶民之间的戏曲,到了明代便移入古典文学修养较高的贵族和士大夫之手了。"① 其中明代西游戏《文殊菩萨降狮子》为朱有燉所作,钱谦益《列朝诗集》云:"宪王遭世隆平,奉藩多暇,勤学好古,留心翰墨,制诚斋乐府传奇若干种,音律谐美,流传内府,至今中原弦索多用之。"② 身为明太祖第五子周定王的长子,在戏剧史上地位崇高,其诚斋杂剧在当时颇有盛名。朱有燉属于富贵之人,虽然崇信佛道,但"进退周旋,雅有儒者气象"③。朱有燉戏曲《文殊菩萨降狮子》以佛教故事作为题材,却以儒家思想作为底本,如《文殊菩萨降狮子》中末唱:"〔油葫芦〕自蓬莱至弱水,自南洲至北极,子这锦江山十万里华夷地,将我佛谁敢不皈依。"④ 一方面宣言佛国景致与佛教的法力无边;在降服青毛狮子之后,探子唱:"〔尾声〕文殊师利把真言诵,降伏得驯良不猛,后载菩萨四方道,常子是镇中华万年永。"⑤ 另一方面是对大明王朝的千秋万载的祝愿,体现了儒家思想中的家国情怀,西游戏杂剧中表现为儒释道三教合一的观念。

(二) 体制规律的突破

元杂剧体制谨严,规矩严正,王国维《宋元戏曲史》云:"元剧每折唱者,止限一人,若末,若旦;他色则有白无唱,若唱,则限于楔子中;至四折中之唱者,则非末若旦不可。而末若旦所扮者,不必皆为剧中主要之人物;苟剧中主要之人物,于此折不唱,则亦退居他色,而以末若旦扮唱者,此一定之例也。"⑥ 明代西游戏在体制规律方面有所突破,不再局限于一人独唱,如《文殊菩萨降狮子》四折,由末扮山神唱〔楔子〕中的〔赏花时〕〔么〕;末扮哪吒唱〔仙吕宫〕中的〔点绛唇〕〔混江龙〕〔油葫芦〕〔天下乐〕〔寄生草〕〔么〕〔赚尾〕;〔黄钟宫〕中的〔醉花

---

① 曾永义:《明杂剧概论》,商务印书馆2015年版,第105页。
② (清) 钱谦益:《谦益撰集》,许逸民、林淑敏点校《列朝诗集》(第1册),中华书局2007年版,第47页。
③ (明) 朱睦㮮纂修:《开封府志》卷六,《原国立北平图书馆甲库善本丛书》第三、四、五册,国家图书馆出版社2013年版,第721页。
④ (明) 朱有燉著,赵晓红整理:《朱有燉集》,齐鲁书社2014年版,第478页。
⑤ (明) 朱有燉著,赵晓红整理:《朱有燉集》,齐鲁书社2014年版,第484页。
⑥ 王国维:《宋元戏曲史》,上海古籍出版社1998年版,第95页。

阴］［喜迁莺］［出对子］［么］［刮地风］；大末唱［四门子］［水仙子］［尾声］；四将同唱［正宫］中的［端正好］［滚绣球］［倘秀才］［货郎儿］；神唱［塞鸿秋］［逐木儿煞］；五个探子唱［越调］中的［斗鹌鹑］；探子唱［紫花儿序］［小桃红］［调笑令］［秃厮儿］［圣药王］［黄蔷薇］［庆元贞］［尾声］。① 元杂剧限定一人独唱折，而朱有燉改为十二人唱，其唱法独唱之外，有双唱、四人合唱、轮唱、接唱等，使其他角色也有表演的机会，同时舞台上人数众多，场面宏大，具有宫廷大戏的气势规模。

（三）说教向娱乐的转变

明代王府西游戏的上演除宪王府上演朱有燉《文殊菩萨降狮子》之外，明代内务府中也上演过西游戏，并具有教化的色彩，西游戏在宫廷中受到青睐，与明代法令政策有一定的关系。《禁止搬做杂剧律令》云："凡乐人搬做杂剧戏文，不许妆扮历代帝王后妃忠臣烈士先圣先贤神像，违者杖一百；官民之家，容令妆扮者与同罪；其神仙道扮及义夫节妇孝子顺孙劝人为善者，不在禁限。"② 其中"其神仙道扮，及义夫节妇，孝子顺孙，劝人为善者，不在禁限"类似禁令还出现在明太祖朝《洪武三十年五月禁搬做杂剧》③、明成祖朝《永乐九年七月禁词曲》④，西游戏恰好需要神仙妖魔搬演，无损帝王君主的形象，所以一再搬演，明中后期的熹宗朱由校又创立了木偶戏，据刘若愚《酌中志》记载上演"孙行者大闹天宫"⑤ 的木偶戏，朱由校十六岁登基，二十三岁离开人世，《苏谈》云："明熹宗天性极巧，癖爱木工，手操斧斤，营建栋宇，即大匠不能及。"⑥朱由校一生酷爱木工，通过木偶来表演大闹天宫的剧目，实属木匠才艺的展现，况且朱由校对政治也无兴趣，"或有急切本章，令左右读之，一边手执斤削，一边侧耳注听。读奏毕，命曰：你们用心行去，我知道了。所

---

① （明）朱有燉：《朱有燉集》（赵晓红整理），齐鲁书社 2014 年版，第 477—485 页。
② 王利器辑录：《元明清三代禁毁小说戏曲史料》，上海古籍出版社 1981 年版，第 11 页。
③ 王利器辑录：《元明清三代禁毁小说戏曲史料》，上海古籍出版社 1981 年版，第 13 页。
④ 王利器辑录：《元明清三代禁毁小说戏曲史料》，上海古籍出版社 1981 年版，第 14 页。
⑤ （明）刘若愚：《酌中志》卷一六，北京古籍出版社 1994 年版，第 108 页。
⑥ （清）赵吉士：《寄园寄所寄》，黄山书社 2008 年版，第 404 页。

以太阿下移"①。明代后期宫廷西游戏在天启时期已经呈现出游戏的性质，毫无教化的色彩。

（四）民间神庙西游戏的演出

明代山西地区神庙中有不少西游戏的传播，1986年在山西省潞城县崇道乡南舍村曹占标家发现的《迎神赛社礼节传簿四十曲宫调》②中记录了一些西游戏剧目。《礼节传簿》抄录时间是"万历三年正月十三日抄立"③，其演出时间大约在明前期。共记载歌舞、队舞、队戏、院本和杂剧等名目达二百四十五个之多，从这个剧目可以看到明代前期的民间戏曲的演出活动是很兴盛发达的，笔者查录《迎神赛社礼节传簿四十曲宫调》④中的西游戏有供盏队戏《鬼子母捧钵》、供盏队戏《雄精盗宝》、供盏队戏《猿猴脱甲》，正队戏《唐僧西天取经舞》、哑队戏《唐僧西天取经》、哑队戏《王母娘娘蟠桃会》、哑队戏《泾河龙王难神课先生》、哑队戏《齐王乐·鬼子母揭钵》、哑队戏《文殊菩萨降狮子》共9部戏曲，这种民间戏曲的演出与当时民间的宗教祭祀、原始风俗活动休戚相关，在表现样式上，也使原来局限于台上台下交互表演的乡队戏，进而增加了宋、金杂剧、院本的演出，从而也促进了民间西游戏的发展。明代民间西游戏的演戏目的已经不同于明代王府、宫廷的西游戏或者属于教化或者属于娱乐的性质，民间西游戏具有祭祀祖宗与天地神灵的目的，民间宗庙上演的西游戏还延续到清代，清嘉庆年间产生的《唐乐星图》⑤中也记载了类似的西游戏，民间西游戏逐渐成为民间百姓的信仰力量与精神支柱，带有原始宗教的性质。明代西游戏演出出现兴盛局面，从宫廷到民间，从城镇至乡村，无论是宫廷杂剧、木偶戏，还是民间的供盏队戏、正队戏等都

---

① 王利器辑录：《元明清三代禁毁小说戏曲史料》，上海古籍出版社1981年版，第404页。
② 寒声、栗守田、原双喜、常之坦：《迎神赛社礼节传簿四十曲宫调》注释，《中华戏曲》（第三辑），山西人民出版社1987年版，第1页。
③ 寒声、栗守田、原双喜、常之坦：《迎神赛社礼节传簿四十曲宫调》注释，《中华戏曲》（第三辑），山西人民出版社1987年版，第2页。
④ 寒声、栗守田、原双喜、常之坦：《迎神赛社礼节传簿四十曲宫调》注释，《中华戏曲》（第三辑），山西人民出版社1987年版，第85—115页。
⑤ 李天生：《唐乐星图》校注，《中华戏曲》（第十三辑），山西古籍出版社1993年版，第31—98页。

有演出。其中明代宫廷西游戏的思想教化、娱乐欢心与民间西游戏的祭祀神灵二者共同发展，并行不悖，共同造就了明代西游戏曲的繁荣局面。

三 清代西游戏的巅峰发展

西游戏发展到清代处于高峰阶段，无论是宫廷大戏的上演还是文人传奇的创作，张照的《昇平宝筏》是清代宫廷大戏的代表作之一；同时各种声腔、剧目与剧种也频繁地出现在戏曲舞台上；此时文人剧作也处于巅峰阶段。

清代西游戏主要分为三类，第一类是现存有剧目，且留有完整剧本的西游戏，有清代张彝宣《钓鱼船》传奇，《今乐考证》《新传奇品》《曲考》《曲海目》《曲录》著录剧名，《曲海总目提要》有此本题材，现存《古本戏曲丛刊》三集影印本。明清佚名《后西游》传奇，又名《阴阳二气山》，有雍正二年"咏风堂"沈氏抄本。张照《昇平宝筏》，《曲录》著录，有昇平署抄本、《古本戏曲丛刊》九集本。金兆燕《婴儿幻传奇》，旧抄本。清阙名《莲花会》传奇，傅惜华藏古典戏曲珍本丛刊。清阙名《黄袍郎》传奇，傅惜华藏古典戏曲珍本丛刊。清阙名《莲花会》，傅惜华藏古典戏曲珍本丛刊。《无底洞》，《明清传奇综录》著录，有郑振铎藏本。《莲花会》，《明清传奇综录》著录剧名，有古吴莲勺庐钞存本。《金钱豹》，《明清传奇综录》著录剧名，现有抄本。第二类是现存有剧目、但只留有残缺剧本的西游戏，有清佚名《江流记》传奇，有清内务府朱丝栏写本，仅十八出，似清代内廷根据当时昆腔、弋阳腔常演出的一些单折戏整理加工而成。明清佚名《慈悲愿》传奇，《今乐考证》《曲考》《曲海目》《曲录》均著录剧名，《曲海总目提要》有此本题材，今存《撇子》《认子》。明清佚名《俗西游》传奇，《今乐考证》著录，叶怀庭《纳书楹曲谱》录有《思春》一出。《芭蕉井》《今乐考证》《曲录》均著录剧名，《新定九宫大成南北词宫谱》存残曲八支。第三类是现存有剧目、但剧本已经亡佚的西游戏，有叶承宗《猪八戒幻结天仙偶》杂剧，叶氏《泺函》第十卷《乐府》著录剧名，剧本已经亡佚。清佚名《盘丝洞》杂剧，《今乐考证》著录剧名，剧本已经亡佚。

（一）宫廷大戏的隆重推出

清代宫廷西游戏的代表作是张照的《昇平宝筏》，"乾隆初，纯皇帝以海内升平，命张文敏制诸院本进呈，以备乐部演习，凡各节令皆奏演。……演唐玄奘西域取经事，谓之《昇平宝筏》，于上元前后日奏之。其曲文皆文敏亲制，藻词奇丽，引用内典经卷，大为超妙"[①]。从其中的"近日海清"来看，这道谕旨的下旨时间大约在康熙二十年（1681），也就是平定历时8年的三藩之乱以后。《昇平宝筏》规模宏大，气势雄伟，全剧共10本，总共240出，笔者统计《昇平宝筏》中涉及脚色13种，总共有900余人物出场，戏衣有84件，冠戴有144个，面具有26副，道具有167个，笔者首先查阅王芷章《清升平署志略》、朱家溍、丁汝芹《清代内廷演剧始末考》等，再核对周明泰《清昇平署存档事例漫抄》统计出《昇平宝筏》在清代的演出情况，详见列表：

演出时间	演出地点	演出剧目
嘉庆七年十二月二十日		《昇平宝筏》
嘉庆二十三年三月二十一日		《昇平宝筏》
嘉庆二十三年十月二十四日		《昇平宝筏》
嘉庆二十四年九月十七日	同乐园	头本《昇平宝筏》
嘉庆二十四年九月十八日	同乐园	二本《昇平宝筏》
嘉庆二十四年九月十九日	同乐园	三本《昇平宝筏》
嘉庆二十四年九月二十日	同乐园	四本《昇平宝筏》
嘉庆二十四年九月二十一日	同乐园	五本《昇平宝筏》
嘉庆二十四年九月二十二日	同乐园	六本《昇平宝筏》
嘉庆二十四年九月二十三日	同乐园	七本《昇平宝筏》
嘉庆二十四年九月二十四日	同乐园	八本《昇平宝筏》
嘉庆二十四年九月二十五日	同乐园	九本《昇平宝筏》
道光五年六月四日		《昇平宝筏》
道光五年九月十五日		《昇平宝筏》

---

① （清）昭梿撰，冬青校点：《啸亭杂录续录》，上海古籍出版社2012年版，第267页。

续表

演出时间	演出地点	演出剧目
道光五年十月初八、初九、十一、十二日	同乐园	《昇平宝筏》
道光十八年四月二十八日	同乐园	《昇平宝筏》
道光十八年九月二十六日	同乐园	《昇平宝筏》
道光十九年正月十五日	恒春堂	头段《昇平宝筏》
道光十九年二月十五日	恒春堂	二段《昇平宝筏》
道光十九年二月二十八日	恒春堂	三段《昇平宝筏》
道光十九年七月二十九日	同乐园	五段《昇平宝筏》
道光二十年六月十五日	同乐园	十段《昇平宝筏》
道光二十年七月初一日	同乐园	十一段《昇平宝筏》
道光二十年七月十四日	同乐园	十二段《昇平宝筏》
道光二十年八月十五日	同乐园	十三段《昇平宝筏》
道光二十年九月初一日	同乐园	十四段《昇平宝筏》
道光二十年九月十五日	同乐园	十五段《昇平宝筏》
道光二十年十月十五日	同乐园	十六段《昇平宝筏》
道光二十年十一月初一日	同乐园	十七段《昇平宝筏》
道光二十年十一月十五日	同乐园	十八段《昇平宝筏》
道光二十一年正月十六日	同乐园	十九段《昇平宝筏》
道光二十一年二月十五日	同乐园	二十段《昇平宝筏》
道光二十一年三月初一日	同乐园	末段《昇平宝筏》
道光二十六年四月初一日	同乐园	三段《昇平宝筏》
道光二十六年四月初八日	同乐园	四段《昇平宝筏》
道光二十六年四月十五日	同乐园	五段《昇平宝筏》
道光二十六年四月十六日	同乐园	五段《昇平宝筏》
道光二十六年五月十一日	同乐园	六段《昇平宝筏》
道光二十六年闰五月初一日	同乐园	七段《昇平宝筏》
道光二十六年闰五月十五日	同乐园	八段《昇平宝筏》
道光二十六年七月十五日	同乐园	九段《昇平宝筏》
道光二十六年九月初一日	同乐园	十段《昇平宝筏》
道光二十六年九月十五日	同乐园	十一段《昇平宝筏》
道光二十六年十月十五日	同乐园	十二段《昇平宝筏》
道光二十六年十一月初一日	同乐园	十三段《昇平宝筏》

续表

演出时间	演出地点	演出剧目
道光二十九年九月初一日		《昇平宝筏》
咸丰三年七月十二日	重华宫	二段《昇平宝筏》

《昇平宝筏》演出朝代跨越嘉庆、道光、咸丰三个朝代，嘉庆演出 12 场，道光演出 38 场，咸丰演出 1 场，总共 51 场，剧本从头本上演到九本，从头段上演到二十段，几乎跨越了整个剧本，可见当时《昇平宝筏》在皇家贵族心中的显赫地位。

（二）声腔剧目的百花齐放

清代的西游戏除宫廷大戏《昇平宝筏》之外，还涉及《清车王府藏曲本》与《故宫珍本丛刊》中所收录的西游戏，其中《清车王府藏曲本》中藏有 16 个西游戏剧目，剧本类别有昆曲、高腔、乱弹三类；《故宫珍本丛刊》中藏有 33 个西游戏剧目，剧本类别有昆腔、乱弹、昆弋腔、新派弋腔、外派弋腔、昆腔弋腔等；清代乾隆五十五年（1790），原在南方演出的三庆、四喜、春台、和春，四大徽班陆续进入京城，他们接受了昆曲、秦腔的部分剧目和曲调以及表演方法，不断地交流融合，最终形成京剧。京剧形成后在清朝宫廷内开始快速发展，甚至同一剧目也会有不同的声腔相互匹配，如《请美猴王》有昆腔、有京剧、有高腔等，由此可见，清代的西游戏在声腔方面已经相当全面，在清代宫廷大戏中上演的腔调剧中已经有昆腔、乱弹、弋阳腔，以及京剧等，但清代宫廷西游戏的传播仍然是以昆腔为主。

（三）文人剧作的异军突起

明末清初的传奇戏曲的体制、风格已经不同于金元明初时代的戏曲，郭英德《明清传奇戏曲文体研究》论述道："从成化、弘治年间开始，文化格局逐渐发生了划时代的转型：文人阶层从依附皇家贵族转向倾慕平民百姓，……促成了不可抑止的文化权力下移的趋势，以文人阶层为主角的社会文化模式逐渐压倒并取代了以皇家贵族为主角的社会文化模式。"[①]

[①] 郭英德：《明清传奇戏曲文体研究》，商务印书馆 2004 年版，第 19 页。

西游戏因为是神魔题材的戏曲，在明代文化转型中还不是太明显，但到了清代时期，文人自我意识的觉醒在戏曲中得到反映，同时戏曲剧本都采用长篇体制，笔者查阅尚且保存完整的清传奇西游戏剧本，其中《后西游记》有12出；《莲花会》分为卷上与卷下，上卷有11出，下卷有12出；《江流记》有18出、《进瓜记》有18出、《钓鱼船》有30出、金兆燕《婴儿幻》分为上、中、下三卷，每卷有10出，共30出。都是鸿篇巨制且有分卷排列，分卷正是传奇戏曲剧本特有的结构体制，可见西游戏剧本结构逐渐趋向定型化，同时剧本的主题也不再是依附小说《西游记》的主题，如金兆燕《婴儿幻》虽然取材于红孩儿题材，但主题表现的是道家精神上的逍遥自在与儒家追求的人伦之乐、以家为本之间的矛盾；张大复《钓鱼船》中进瓜者刘全，虽是渔户出身，却是生扮，并且唱词文雅，雪中沽酒，性情潇洒，颇有魏晋士大夫之风；其妻陶氏是旦扮，暗合陶渊明《桃花源记》的意蕴，夫妻二人情投意合，山盟海誓，颇有才子佳人的人生况味。由此可见，清代传奇西游戏已经摆脱之前西游戏的或为官方的歌功颂德的御用性质，或为民间的宗教祭祀性质，或为单纯的游戏娱乐性质，而变为剧作家创作的主观感情、主体精神的彰显。

余论

中国古代西游戏的发展经历了宋官本杂剧、金院本、宋元戏文的萌芽阶段，此时的西游戏尚未成型，只是处于"戏弄"阶段。元杂剧在此基础上有所发展，元杂剧中的西游戏在题材内容方面继承了宋官本杂剧与金院本等，但对后世小说戏曲也有所影响，如提供基本的人物原型和简短的故事情节。明杂剧杨景贤《西游杂剧》问世，已经初步具备西天取经中的主要人物与情节结构，为小说《西游记》的到来做好了铺垫。小说之后的西游戏已经处于明末清初阶段，此时的西游戏受到明清传奇体制风格的影响，文人自我情怀与诗词才华在西游戏中得到尽情抒发，同时清代的宫廷西游戏也得到蓬勃发展，在戏曲演员的表演水平、舞台美术的华丽奢侈、砌末道具的精良逼真等方面达到了前所未有的程度。西游戏属于神魔题材的戏曲，在发展演变的过程中，除了遵循戏曲史的规律，自身也会受到诸多因素的影响，这些因素的影响也促成了西游戏在戏曲史上的独特意义。

中国古代小说的历史嬗变与小说史的书写策略

熊 明[*]

摘 要：中国古代小说有广狭二义，一是广义的中国古代小说，即作为文类的小说；二是狭义的中国古代小说，即通常所谓的中国古代小说。在走向现代的进程中，文类小说逐渐与通常意义上的小说重合，走向同一。与此同时，中国古代小说也必然要面对处于同一历史层面的人文生态中其他学科，如史传、诸子、诗歌、散文等，并与它们发生或多或少的各式各样联系，既有冲突与对抗，也有交流与对话，中国古代小说艺术也就是在这样的历史人文生态环境中，实现自我存在与发展。然而，自梁启超发起的"小说界革命"以来，在现代学术视阈下完成的中国古代小说史著，却没有反映或体现中国古代小说的这一历史嬗变过程。中国古代小说史的书写应该突破固有书写模式，以实现对中国古代小说发展嬗变的准确呈现。

关键词：中国古代小说；中国古代小说史；书写策略

一 中国古代小说的广狭二义

中国古代小说，实际上有两个层面的含义，一是广义的中国古代小说，即作为文类的小说，无论是在子书身份之下，还是在史流身份之下，抑或是在亦子亦史的双重身份之下，它都是一个涵纳甚广的文类集合，是自然历史状态的中国古代小说；二是狭义的中国古代小说，即通常所谓的中国古代小说，是综合考虑中国古代小说的特殊性，依据小说之所以为小

---

[*] 熊明（1970—），四川南充人，文学博士，中国海洋大学文学与新闻传播学院特聘教授，博士生导师。

说的本质属性,按照叙事性原则、传闻性原则或虚构性原则、形象性原则、体制原则等遴选出来并符合作为文艺学意义上的文学文体概念的小说,是取舍之后、纯净化了的中国古代小说。

小说一词在先秦出现,如前所言,是指与当时所公认的能够治国平天下的大道不一致的言论或见解,或可说是与主流思想不相一致的另类思想。但具体哪些被确认是小说,则无法确认,且如鲁迅先生所言:"孔子、杨子、墨子各家的学说,从庄子看来,都可以谓之小说;反之,别家对于庄子,也可称他的著作为小说。"[1] 被称为小说者,在当时应该具有相对性,与所持立场有关。直到两汉时期,班固在刘向、刘歆父子《七略》的基础上作《汉书·艺文志》,在诸子略中设小说家一类,并著录十五家小说,才有了正式被确认的小说。《汉书·艺文志》诸子类中的小说家类序:

> 小说家流,盖出于稗官,街谈巷语,道听途说之所造也。孔子曰:"虽小道,必有可观焉,致远恐泥,是以君子弗为也。"然亦弗灭也,闾里小知者之所及,亦使缀而不忘。如或一言可采,此亦刍荛狂夫之义也。[2]

此外,桓谭《新论》中亦有"小说家"一词,其云:"若其小说家,合丛残小语,近取譬论,以作短书,治身理家,有可观之辞。"[3] 以班固《汉书·艺文志》为代表的小说,就是广义的小说,因其在目录学中作为诸子的一个类别出现,又有文献分类的含义,也就是说,小说不仅指一种思想,还指一类文章,这样,小说就从言论、思想发展到了指称表述或承载这一类言论或思想的文章,故称文类小说。通过班固的总结和归纳以及桓谭的言说,此时人们眼中的小说即文类小说也大致清晰起来:

首先,关于小说类著述的材料和结构方法。桓谭所说的"丛残小语",及班固所说的"街谈巷语,道听途说"、"刍荛狂夫之议",即点明

---

[1] 鲁迅:《中国小说的历史的变迁》,《鲁迅全集》第九卷,人民文学出版社2005年版,第311—312页。
[2] (汉) 班固:《汉书·艺文志》诸子略小说类序,中华书局2011年版,第1745页。
[3] (汉) 桓谭:《新论》,(南朝·梁) 萧统编,(唐) 李善注《文选》卷三一《李都尉陵从军诗》,中华书局2005年版,第444页。

了小说所用的材料。很显然,小说类著述中的材料,都是一些不被主流重视、被主流蔑视、为主流鄙弃的,是与经典、圣人的言论不一致,或出自民间鄙野之人之口或干脆来源于传闻的言论。然而,这些材料又不是毫无道理,所以桓谭又称其"有可观之辞",班固说它"如或一言可采",才把它们附于诸子之末。小说家们得到这些材料后,把它们制作成小说,其方法就是"合""譬论""造"以及《庄子》所言的"饰"。小说家们从民间得到材料后,经过他们的整理(合)、组织(造),并贯以自己的观点,以一定的文法(饰、譬论),最终结构成篇,就成了小说。不过,这些结构方法并不是在每一篇中都加以使用。从班固著录的小说来看,亦可得知。所以,这种材料来自民间,经小说家们以不同方法加工而成的小说,反映的主要是民间的观点和看法,其与主流思想或有不同,被视为另类也就不难理解了。

其次,关于小说的体制和形制。小说在体制、形制上是"短书",汉制,儒家经典用二尺四寸的简牍,其他书籍用一尺左右的简牍,称为短书。短书亦有歧视之意,王充《论衡·谢短》篇云:"二尺四寸,圣人文语,朝夕讲习,义类所及,故可务知,汉事未载于经,名为尺籍短书,比于小道,其能知,非儒者之贵也。"《论衡·骨相》篇又云:"在经传者,较著可信,若夫短书俗记,竹帛胤文,非儒者所见,众多非一。"[①] 所以,短书指非经典的小道之类的文字。也就是说,短书不仅记录的是属于另类的见解和观点,从体制、形制上看,亦很短小。

再次,关于小说的渊源。"盖出于稗官",班固此说,是第一次对小说渊源的推想。考察《汉书·艺文志》我们不难发现,班固在论及儒、道、法、墨等各家时,都有这样的追溯源流之语,如"道家者流,盖出于史官","法家者流,盖出于理官",他这样说,并不能因此认为史官就是道家的起源,理官是法家的起源。同理,"小说家者流,盖出于稗官",也不能因此认为稗官就是小说的起源。综合班固的此类推本求源的论说看来,班固的这种追溯或联系,似仅仅是说明道家与史官、法家与理官、小说家与稗官存在某种相通之处,李忠明认为,它们之间的相通之处就是某

[①] (汉)王充著,黄晖校释:《论衡校释》卷一二、卷三,中华书局1990年版,第557、112页。

种"精神"①，也就是说，小说家的小说与稗官职责中收集到的街谈巷语的性质相类，而且考察所谓的史官、议官、理官、礼官、羲和之官、农稷之官，大都并非实实在在的官名，而有类称的性质，即是某类官职的性质属性。稗官也应与此相类，只是类称。

《汉书·艺文志》小说家所录十五种书，为诸子九家之外的子书杂著，"或托古人，或记古事"。② 都是言辞议论、杂考杂事之书。至唐，刘知几作《史通》，以具体详尽的理论阐释，将小说纳入史类，称为"偏记小说"，并将其分为偏纪、小录、逸事、琐言、郡书、家史、别传、杂记、地理书、都邑簿十种类型。③ 这样，作为文类的小说所包括的范围，就由《汉书·艺文志》仅包括言辞议论，杂考杂事的子部杂著，拓展到一切史类杂著。

总之，广义的中国古代小说，即作为文类的小说，是一个涵纳甚广的杂著文类集合。其间，既有我们所说的狭义的中国古代小说，即通常意义上的古代小说，也仍然存在无法被认定为通常意义上的小说的各种杂著。但毫无疑问，中国古代小说研究，基本上都是针对狭义的中国古代小说，即通常意义上的小说。这就需要确立一个科学的，既切合中国古代小说的实际，又与现代小说观念相协调的评判话语体系，从广义的小说即文类小说中把狭义的小说即通常意义上的小说甄别出来。

伊恩·P.瓦特曾说过一句话，值得我们参考。他说："为了完成这项考察研究，（他所指的'这项'是指现代小说兴起的历史），我们首先需要一个关于小说特征的行之有效的定义，这个定义既要狭窄得能将先前诸种叙事文学拒之门外，又要宽泛得适用于通常归入小说范畴的一切文体。"④ 对于研究中国古代小说，也需要这样一个行之有效的关于中国古代小说的"定义"。

伊恩·P.瓦特认为，在小说的"定义"中，需要描述的是关于小说的"特征"。显然，我们建构评判中国古代小说的话语体系，确立的界定标准，首先要抓住小说最基本的特征。

---

① 李忠明：《汉代小说家考》，《南京师范大学学报》1996年第1期。
② 鲁迅：《中国小说史略》，《鲁迅全集》第九卷，人民文学出版社2005年版，第8页。
③ （唐）刘知几撰，（清）浦起龙释：《史通通释》卷一〇《杂述》，上海古籍出版社1978年版，第273页。
④ ［美］伊恩·P.瓦特：《小说的兴起》，生活·读书·新知三联书店1992年版，第2页。

董乃斌认为，在界定和确认中国古代小说时，必须注意两个具有特殊性的问题，即"中国古代的小说观"和"古典小说的实际"，并指出，在研究中国古典小说时，还应考虑并尊重目前通行的关于小说的最基本概念以及相应的定义范畴等。① 董先生的意见是有见地的，只有这种既考虑中国古代小说实际、又尊重现代小说基本概念的方法下总结出的特征，才会是合理和行之有效的。李剑国先生对这一问题的看法则更为具体，他说："按照历史主义的原则和发展的辩证观念，我们不能完全抛开古人，但又不能完全依从古人；我们不能完全以现代小说观念作为衡量尺度，又不能完全以古代的小说概念作为衡量尺度。笔者认为，应当采取不古不今亦今亦古、古今结合的原则。所谓古，就是充分考虑古小说的特殊形态；所谓今，就是必须以科学的态度确定小说之为小说的最基本的特质。"② 并提出了四条原则，即叙事性原则，传闻性原则或虚构性原则，形象性原则，体制原则。而徐定宝提出了界定和确认中国古代小说的具体标准，较为具体，他认为应有三个标准，一是创作主体，最根本的特质是自觉的创作意识；二是文体特质，以人物或人的模拟物为叙述主体的形象性，以细节为结构本位的故事性，以散化语言为表叙方式的通俗性；三是接受主体，接受主体的群体特质主要表现在对象的文化性、分布的广泛性与层次的复杂性之上。③ 相较而言，李剑国先生之论，既考虑了中国古代小说观念和小说的具体状况，也兼顾了现代关于小说的普遍认识，所提出的原则十分切合中国古代小说实际，并具有可操作性。

狭义的中国古代小说，即通常所谓的中国古代小说，正是综合考虑中国古代小说的特殊性，依据小说之所以为小说的本质属性，按照叙事性原则、传闻性原则或虚构性原则、形象性原则、体制原则等遴选出来并符合作为文艺学意义上的文学文体概念的小说。其历史形态包括志怪小说、志人小说、传奇小说、杂事小说、话本小说、拟话本小说、章回小说等类型。

考察中国古代小说的理论观念与小说实践的发展历程，不难发现，作

---

① 董乃斌：《现代小说观念与中国古典小说》，《文学遗产》1994年第2期。
② 李剑国：《文言小说的理论研究与基础研究——关于文言小说研究的几点看法》，《文学遗产》1998年第2期。
③ 徐定宝：《试论中国古典小说的三个标征》，《宁波师院学报》1996年第4期。

为广义的小说即小说文类，在走向现代的进程中，其涵纳"范围由广而狭，大大缩小了"①，逐渐与狭义的小说即作为通常意义上的小说重合，走向同一。在这一历史过程中，中国古代小说中的非小说性因素逐渐被剥离，而小说性因素如叙事性、虚构性、形象性以及文体的独特性逐渐获得、被承认，进而成为共识、被强调和突出。最终，小说由文类转变为文艺学意义上的文学文体概念，也就是小说成为与诗歌、散文、戏剧等并列的文学文体之一。

二 中国古代小说历史发展的人文生态

中国古代小说从一种另类的观念或思想到一个文艺学意义上的文体概念的转变，从广义小说即作为文类的小说到狭义小说即通常意义上的小说重合与同一，这一历史发展过程并不是孤立发生的。在这一历史发展过程中，中国古代小说必然要面对处于同一历史层面的人文生态中其他学科包括史传、诸子、诗歌、散文等，并与它们发生或多或少的各式各样的联系，既有冲突与对抗，也有交流与对话，中国古代小说艺术也就是在这样的历史人文生态环境中，实现自我存在与发展。

中国古代小说与史传之间有着极为深刻而复杂的联系，这种联系源于中国古代小说在史传中孕育，并在史传的分流中诞生的特殊关系，这就决定了中国古代小说与史传的联系是天然的。这种天然联系，使中国古代小说得以方便地不断从史传中获得滋养，在各方面得以迅速发展。比如，多样化的史传形态和体制，就为中国古代小说准备了充足的文体样式。董乃斌在《中国古典小说的文体独立》中讲道"中国的古史著作是后世小说最初也是最根本的寄生地，小说的原始胚基，就附着在古史著作身上"②。毫无疑问，上古以来数量众多的各类史书以及多样化的体制，启发并孕育了中国古代小说的文体形制。唐传奇的大量出现标志着中国古代小说文体的真正独立，而汉魏六朝蔚为大观的杂传在文体方面就为唐传奇提供了基本范式，传奇文体与杂传文体关系密切。③ 明清章回小说的成熟也是借鉴

---

① 马振方：《小说艺术论》，北京大学出版社1999年版，第7页。
② 董乃斌：《中国古典小说的文体独立》，中国社会科学出版社1994年版，第101页。
③ 熊明：《从汉魏六朝杂传到唐传奇》，《社会科学辑刊》2005年第5期。

了诸如《通鉴纪事本末》等纪事本末体史书的体制。另外,中国古代小说文备众体也与史传不无联系。因此就中国古代小说的文体而言,中国古代小说渊源于史书。文体之外,中国古代小说的叙事建构、人物形象塑造等,也都从史传那里获得过滋养。当然,中国古代小说与史传的联系,除了这种直接的、看得见的联系,还有精神的、看不见的联系,比如史传的实录精神,就对中国古代小说影响深远。实录精神一方面为中国古代小说实现艺术的真实发挥了重要作用,但另一方面,它也成为中国古代小说认识自身本质属性的障碍,对中国古代小说正确处理虚构与真实的关系产生了消极影响。而中国古代小说要获得对自我本质属性的正确认识,完成作为一门虚构艺术本质属性的自我确认与塑造,就要正确认识与处理实录精神。在这一过程中,必然引发中国古代小说自身理论观念、理论观念与创作实践之间、中国古代小说与史传之间的矛盾与冲突,交流与对话,中国古代小说就在与史传矛盾与冲突中,交流与对话中沥青了二者的关系,认识了自我,从而完成自我嬗变。

中国古代小说与诸子的关系,起于"小说"一词的诞生,小说一词在《庄子·外物》篇中出现,是指与当时所公认的能够治国平天下的大道不一致的言论或见解,或可说是与主流思想不相一致的另类思想。如鲁迅先生所言:"孔子、杨子、墨子各家的学说,从庄子看来,都可以谓之小说;反之,别家对于庄子,也可称他的著作为小说。"[①] 是在与诸子的对比中出现,并由此开始了中国古代小说与诸子的漫长的关系与纠葛。这种纠葛包括两个方面,一是子书身份。在先秦历史语境中小说,作为一种另类思想存在,子书性质似乎理所当然。故而在后来班固在刘向、刘歆父子《七略》基础上作《汉书·艺文志》,小说就被列于诸子之末,正式被赋予子书身份。中国古代小说的子书身份,从此被固定下来。随着小说内涵的迁移,小说逐渐成为涵纳甚广的文类,且在历史演进中,走向具有文学本质属性的小说,但子书身份却从未改变。在这一历史嬗变过程中,必然引发中国古代小说对自身身份的怀疑、探究,必然引发中国古代小说摆脱子书身份与对真实身份的追寻,必然引发中国古代小说外在身份与本质属性之间的矛盾与冲突、交流与对话。二是边缘地位。作为另类思想,小

[①] 鲁迅:《中国小说的历史的变迁》,《鲁迅全集》第九卷,人民文学出版社2005年版,第311—312页。

说一出现，就形成了与诸子进行比较的关系，而且处于这种比较体系的边缘。这种边缘定位，同样在后来班固《汉书·艺文志》中被确认，"诸子十家，其可观者九家而已"①，对中国古代小说的边缘定位，可以说是固化的，在以后的历史进程中，无论将中国古代小说置于何种体系，边缘定位总是不变的。面对这种定位，中国古代小说必然提出质疑，提出平等诉求，引发中国古代小说与诸子以及与史传、与诗文之间的交流与对话。

中国古代小说与诗文之间的关系，体现在多个层面，而在众多层面的关系中，有一种关系需要特别注意，那就是作为中国古代正统的文学样式——诗歌、散文与被排除在正统之外的小说之间关于文学身份的交流与对话。中华民族是一个浪漫而诗意的民族，浪漫的先民首先在日常生活中用诗赋表情达意，创作出了最初一批诗赋。其中的诗歌经过孔子的整理集而为《诗经》，而辞赋经过屈原的吟唱，形成以《离骚》为代表的经典。而这些最初的经典，又成为培养民族诗意气质的活水之源。孔子即云："《诗》可以兴，可以观，可以群，可以怨，多识草木鸟兽之名。远之事君，迩之事父。""不学《诗》，无以言。"班固《汉书》载，古人"断章取义"以"赋诗言志"，将诗歌运用在邦国大事之中："古者诸侯卿大夫交接邻国，以微言相感，当揖让之时，必称《诗》以谕其志，盖以别贤不肖而观盛衰焉。"② 也正是这种对《诗经》的学习运用中，我们民族浓郁的诗意气质得到了持续的滋养，并最终成为流淌于民族血液中的基因。诗歌与辞赋特别是诗歌也成为中华民族表情达意的首选。也正因为如此，诗与赋也是民族文学中最早出现与成熟的形式。曹丕《典论·论文》首先将诗赋并论："诗赋欲丽。"陆机《文赋》同样并举诗赋："诗缘情而绮靡，赋体物而浏亮。"特别是诗歌，也一直是文学的主流与中心。

中国古代小说，在班固《汉书·艺文志》中首先被赋予了子书身份，刘知几又以严密的理论阐释，赋予了小说史流身份。在中国传统的经典分类体系中，文学类属大致与集部相当，作为传统文学形式的诗歌和散文，都在集部。而中国古代小说从未被置于集部之下，因而无论是子书身份、史书身份，还是亦子亦史的双重身份，都与其本质属性不符。中国古代小说在其成长嬗变的历程中，随着对自身本质属性认识的深入，必然提出文

---

① （汉）班固：《汉书·艺文志》诸子略总序，中华书局2011年版，第1746页。
② （汉）班固：《汉书·艺文志》诗赋略总序，中华书局2011年版，第1755—1756页。

学身份的要求，必然引发与诗歌、散文等传统文学主流样式的交流与对话。同时，传统诗文的尊崇地位导致了诗骚情结的蔓延，必然形成其无处不在的影响，当然也包括对中国古代小说的影响，比如小说中诗文的引入、对诗意的追求以及抒情寄托的运用等就是显著体现。这也必然引发小说对自身品格的纯洁性的捍卫，因而在这一层面，中国古代小说与传统诗文之间也存在矛盾与冲突、交流与对话。

在中国古代小说生存发展的历史人文生态中，当然不仅仅有史传、诸子、诗歌、散文等与之共生共存，除此而外，不同历史阶段中特殊的社会、政治、经济、文化等制度如史官制度、科举制度、文馆制度等也是不可忽视的重要因素。只不过这些方面学术界已多有专文或专著论及，故此从略。

三　现代学术视阈下的中国古代小说史书写

中国古代小说在经历了漫长的从孕育、兴起到兴盛、衰落的历史过程，最后在晚清维新人士倡导的"小说界革命"中走上现代转化之路，并最终随着五四新文化运动的兴起、现代小说的出现而走入历史。按照历史时空的自然流动，中国古代小说几乎在不同的历史发展阶段，都产生了一种具有时代标志性意义的特殊类型，即所谓魏晋南北朝志怪、志人小说，唐五代传奇小说，宋元话本小说，明清章回小说。而在每一个时代具有时代标志性意义的特殊类型小说繁荣的同时，此前时代产生并兴盛的小说类型并没有消失，如最早出现的志怪小说，在魏晋南北朝繁荣以后，在后来的小说历史中，虽然不再是主角，但它却始终作为一种类型存在，历代都有新的作品产生。志人小说虽然是魏晋特殊时代的产物，后代不再有志人小说之名，但其变体——杂事小说却源远流长。明清时期白话体的章回小说兴盛，而作为古老类型的志怪传奇却在蒲松龄"用传奇法而以志怪"的创新中焕发出耀眼的生命活力，产生出不朽的作品。直到"小说界革命"前夕，中国古代小说的各种类型可以说基本都是具有生命活力的存在。

随着中国古代小说现代转化的完成，"在主题、文体、叙事方式等层面全面突破传统小说藩篱"的现代小说成为小说家小说创作实践的主体，[①] 中国古代小说也就走入了历史，成为一种文学遗产而存在。相应

---

① 陈平原：《中国小说叙事模式的转变》，北京大学出版社2003年版，第6页。

地，在现代学术视阈下试图建构中国古代小说史的努力也随之展开了。

在现代立场上对中国古代小说发展进行宏观观照的，天僇生（王锺麒）应是先驱者。其《中国历代小说史论》颇有新见，惜其所编之史不见。由于"新小说"的过渡性质，因此在"小说界革命"前后的一段时间，对中国古代小说的标本化还没有成为学术界的关注重心。但随着鲁迅先生在1918年《狂人日记》的发表、现代小说的勃兴，中国古代小说彻底走入历史，中国古代小说标本化因此也具有了必然性和紧迫性。因此，我们看到，"五四"以后中国古代小说史的撰作才有了实质性的突破。据胡从经所说："'五四'以后，中国学术界打破了小说自来无史的局面，自二十年代初到四十年代末，共出现了十五种中国小说史专著。"① 除此而外，如马廉、俞平伯、许寿裳、台静农、傅芸子等都在大学讲授过中国小说史课，可惜他们的讲义均未留存，而论及小说的文学史也没有计算在内。不难看出，在中国古代小说刚刚走入历史的"五四"之后的一段时间，编纂完成一部中国古代小说史，成为一时学者的共识。

第一部相对成型的中国古代小说史是张静庐的《中国小说史大纲》。1920年6月20日由上海泰东图书局出版，共五卷，这是作者计划写作小说史的第一编总论部分，计划本还有四编，但后四编未见刊行。1921年3月修订后再版，改为十章。包括：第一章小说名称之由来，第二章小说之由来，第三章小说之定义、诗赋与小说，第四章小说之创始时期，第五章小说之演进时期，第六章小说之发达时期，第七章欧美小说入华史，第八章现代之小说潮流，第九章小说进化的历程，第十章传奇与弹词略言。由于这只是计划中的小说史的总论，因而只是一个概述，且从其内容看，明显表现出撰者准备的不足。首先，撰者没有形成成熟的对中国古代小说历史发展的宏观认识，而是仅仅套用西方小说发展模式，对中国小说发展的历史分期显得更是十分草率，时间断限主观随意，比如对近二十年竟然分为四个时期而此前的小说历史却只有五个时期。其次，撰者对中国古代小说重要作品的考察和了解也十分有限，出现一些常识性的错误，如把唐代崔令钦《教坊记》、明代杨慎的《杂事秘辛》当成汉代的"海淫类"小说。当然，张静庐的《中国小说史大纲》的价值不在学术知识层面，而在于是其作为第一部小说史的开创性意义。

---

① 胡从经：《中国小说史学史长编》，（香港）中华书局1999年版，第417页。

继张静庐的《中国小说史大纲》之后，是郭绍虞编译的日本学者盐谷温所著《支那文学概论讲话》下编第六章"小说"，郭绍虞将其析为四章，包括"神话传说""两汉六朝小说""唐代小说""诨词小说"等，命名为《中国小说史略》，1921年5月由上海中国书局出版。

张静庐的《中国小说史大纲》与郭绍虞编译的《中国小说史略》是鲁迅先生《中国小说史略》之前的两部中国古代小说史著作，[①] 张静庐所著《中国小说史大纲》粗疏简率且识见有限，而郭绍虞所编译《中国小说史略》乃出自日本学者文学史著书中的小说部分，局限也显而易见。鲁迅先生的《中国小说史略》才可以说是具有学术价值的第一部中国古代小说史。

鲁迅先生《中国小说史略》是鲁迅在为北京大学讲授中国古代小说史课程的讲义基础上撰定的。北京新潮社1923年12月印行了上卷（第一篇至第十五篇），1924年6月印行下卷（第十六篇至第二十八篇）；1925年，北京北新书局印行合订本，内容上略有修订；至1930年，又在修订后重印。此后印行均为此本。

鲁迅先生《中国小说史略》的杰出成就，深为时人及后学推崇。胡适曾说："鲁迅先生之说，很细密周到，我很佩服，故值得详细征引。"1936年12月致苏雪林函中又说："鲁迅自有他的长处，如他的早年的文学作品，如他的小说史研究，皆是上等工作。"[②] 郑振铎说："鲁迅的《中国小说史略》乃是这时期最大的收获之一，奠定了中国小说研究的基础。"[③] 钱杏邨说："在中国的小说研究、整理及其影响上看，却是最有成就的一个。中国的小说，是因他而才有完整的史书，中国小说研究者，也因他的《中国小说史略》的产生，才有所依据的减少许多困难，得着长

[①] 鲁迅《中国小说史略》刊行之前，卢隐于1923年6月开始，在《晨报副刊》的《文学旬刊》第3—11号上连续刊载《中国小说史略》，不过，卢隐听过鲁迅讲授中国小说史的课程，且其著带有明显的鲁迅影响的痕迹。故不应算是鲁迅《中国小说史略》前著作。

[②] 胡适：《百二十回本忠义水浒传序》，《胡适文存》第三集卷五，亚东图书馆1930年版，第411页；胡适：1936年12月致苏雪林函，《胡适往来书信选》中册，中华书局1979年版，第339页。

[③] 郑振铎：《文学论争集·导言》，《中国新文学大系·文学论争集》，良友图书印制公司1935年版，第17页。

足的发展。"① 胡从经在其《中国小说史学史长编》中总结了鲁迅先生《中国小说史略》"在中国小说史学这一二十世纪新兴学科建设中所作的贡献":"首先,中国小说自来无史的万马齐喑局面被轰然打破,初步磊筑了中国小说史的体系";"第二,强调'史总须以时代为经',在对小说艺术与现实生活的审美关系的处理上,在对小说艺术发展史与社会发展史关系的处理上,表现了卓越的史识";"第三,将中国小说的历史发展置于中国历史环境和民族文化传统的背景来考察、阐释与论述,从而探求中国小说的独特的'演进之迹'";"第四,重视艺术独创性,视其为衡估或一作家作品在小说史上地位的重要标尺";"第五,鲁迅在小说类型研究方面的开山作用"。②

正因为鲁迅先生《中国古代小说史略》较为真实而清晰的呈现了中国古代小说的历史面貌,可以说,《中国小说史略》是第一部成功的中国古代小说史著。

首先,鲁迅先生的《中国小说史略》以进化论思想为基础,梳理和呈现中国古代小说发展的历史脉络,以类型的演变为重点勾勒出中国古代小说的清晰流变。鲁迅先生《中国小说史略》将整个中国古代小说的发展看作一个持续不断的演进过程,在这一认识的基础上,按照历史时空的自然顺序,梳理出中国古代小说从萌芽到兴起到兴盛发展到走向现代的历史过程。同时,对中国古代小说每一个具体的历史阶段,鲁迅先生《中国小说史略》又精准地把握了每一个独特的历史阶段中最突出的小说类型,串联出一条清晰的文章代变的中国古代小说嬗变的历史轨迹,上古"神话与传说"——"汉人小说"——"六朝之鬼神志怪书"——"唐之传奇文"——"宋之话本"——"宋元拟话本"——"元明传来之讲史"——"明之神魔小说""明之人情小说"——"清之拟晋唐小说及其支流""清之讽刺小说""清之人情小说""清之以小说见才学者""清之狭邪小说""清之侠义公案小说""清之谴责小说"。在主要呈现每一个历史时期主要类型的同时,对其时的其他类型,特别是此前历史时期的小说类型在这一历史时期的延续与新变,也同样加以关注,从而形成完整的

---

① 钱杏邨:《作为小说学者的鲁迅先生》,1936 年 11 月 25 日《光明》半月刊第 1 卷第 12 号。
② 胡从经:《中国小说史学史长编》,(香港)中华书局 1999 年版,第 448—475 页。

不间断的小说发展的历史线索。鲁迅先生在《中国小说的历史的变迁》的引言中曾说："许多历史家说，人类的历史是进化的，那么，中国当然不会例外。但看中国进化的情形，却又两种很特别的现象：一种是新的来了好久之后而旧的又回复过来，即是反覆；一种是新的来了好久之后而旧的不废去，即是羼杂。然而就并不进化么？那也不然，只是比较慢……文艺之一的小说，自然也如此。"[①] 鲁迅《中国小说史略》及后来的《中国小说的历史的变迁》的全书写作的逻辑基础，应都是以这一思想为基础建构起来的。另外，鲁迅先生在《中国小说史略》中对一些小说类型的命名，往往是结合历史实际的精辟总结，如魏晋时期志怪小说、志人小说的命名，唐代新体小说传奇小说的命名，清代讽刺小说、谴责小说的命名等，都为后来者所继承。而《中国小说史略》的这种在进化论基础上以类型的演变为重点勾勒出中国古代小说流变的方式，也成为后来中国小说史写作的基本形式。

其次，鲁迅先生的《中国小说史略》以乾嘉之学的方法遴选和确认中国古代小说的重要代表性作品，并以超迈的识见对其艺术成就与历史地位做出判断。鲁迅先生《中国小说史略》在清晰呈现中国古代小说历史发展的整体脉络之外，还遴选出每一个时代的代表性小说作家与作品，而对这些作家与作品的确认与批判，则是建立在严格的考证、分析基础上的。中国古代小说作品浩如烟海，然而，却又散佚零落，特别是上古及中古时代的许多作家与作品。鲁迅先生运用乾嘉考据之学的方法，在全面深入考订的基础上，确认、评判。鲁迅先生辑录古小说及相关资料，成《古小说钩沉》《唐宋传奇集》《小说旧闻钞》《小说备校》以及未刊稿《明以来小说年表》。其中，《古小说钩沉》主要辑录先唐古小说，《唐宋传奇集》辑录唐宋传奇小说，而《小说旧闻钞》则主要是汇集宋元明清小说及小说相关资料。不难看出，其中国古代小说文本的第一手资料的范围涵盖整个中国古代小说，而这些资料的收集整理，都是在浩瀚的文献中爬梳、甄别出来的。最后呈现在《中国小说史略》中的这些历代小说实例，在很多年后的今天，我们已经掌握了比鲁迅多得多的资料的情况下来审视，无一例外仍然还是恰当的。且鲁迅先生对这些作家作品艺术成就与

---

① 鲁迅：《中国小说的历史的变迁》引言，《鲁迅全集》第九卷，人民文学出版社 2005 年版，第 311 页。

历史地位的论断，也都十分精审，往往成为经典之论，后来论者言及这些作品，无不加以引用，体现出鲁迅先生的超迈识见。

1924年7月，鲁迅先生在西安讲学，其记录稿后整理成为《中国小说的历史的变迁》，1925年3月收入西北大学出版部印行的《国立西北大学、陕西教育厅合办暑期学校讲演集》二，是鲁迅先生的又一部中国古代小说的简史，其中一些观点，较《中国小说史略》又有所修正。

鲁迅先生《中国小说史略》及《中国小说的历史的变迁》之后，20世纪"自二十年代初到四十年代末，共出现了十五种中国小说史专著"中的其他十二种，[①] 大多因袭鲁迅先生之作，创获甚少。中华人民共和国成立以来，对中国古代小说的研究取得了许多新的进展，在研究的角度与方向上，取得了许多突破，比如，宏观研究方面，中国古代小说通史之外，小说断代史、小说类型专门史的撰作产生了许多新成果，文本文献研究方面，中国古代小说史料的整理包括小说文本、小说作者、小说传播等也取得了很大成就。文化研究方面，中国古代小说与社会人文生态的其他学科之间以及社会政治经济制度等的互动与关系的梳理等，也都实现了新的突破。

四 中国古代小说史的书写策略

在中国古代社会特殊的人文生态环境中诞生、发展的中国古代小说，在由广义而狭义的演进过程中，不仅在小说内部即小说的理论观念中、小说的创作实践中以及在小说的理论观念与创作实践之间，必然存在许多的矛盾和冲突、交流和对话，在漫长的历史进程中，小说也必然与其共生的其他人文学科形态存在许多的矛盾和冲突、交流和对话，特别是与小说有着千丝万缕联系的史传、诸子、诗歌、散文之间更是如此。而正是在这样的各种矛盾和冲突中，在反复的交流和对话中，中国古代小说实现了从胚芽到雏形的发展，从幼稚到成熟的发展，从依附到独立的发展，从兴起到繁荣的发展，并在经历辉煌之后，直面衰落的历史必然，艰难但却坚定地迈出了现代转型的脚步。

然而，学术界对中国古代小说的研究，无论是微观的古代小说文本研究、小说家研究，还是宏观的古代小说通史研究，断代史或分体史研究，

[①] 胡从经：《中国小说史学史长编》，（香港）中华书局1999年版，第417页。

小说流派研究以及小说理论或理论史研究，都很少关注并呈现中国古代小说发展进程中广狭二义的演变以及小说与史传、诸子、诗歌、散文之间的矛盾和冲突、交流和对话。所以，重新返回中国古代小说发展的历史现场，还原中国古代小说孕育、生长、发展、嬗变的具体社会人文生态环境，在历史现场中审视中国古代小说由广而狭、由文类而文体的过程，以及小说与史传、与诸子、与诗文及其他相关的社会、政治、经济、文化等各种制度之间的矛盾与冲突、交流与对话，爬梳、整理、分析、研究中国古代小说在这些矛盾和冲突、交流和对话中的立场和选择以及最终的历史走向，这应当是一种值得尝试的中国古代小说史的书写策略。

这种中国古代小说史的书写策略，实际上与傅璇琮先生所称赏的法国文学研究学者朗松所提倡的"文学生活史"的书写理念是一致的，即"将文学研究置于更为广阔的文化与生活空间中"进行观照。[1] 由于这种观照是立体与多维的，它不仅要纳入中国古代小说自身发展中理论观念、创作实践以及二者之间的矛盾和冲突、交流和对话，而且要充分考虑中国古代小说发展特殊的人文生态环境，重视中国古代小说与史传之间，中国古代小说与诸子之间，中国古代小说与诗歌、散文等传统文学体裁之间，甚至中国古代小说与特殊的社会、政治、经济、文化等制度如史官制度、科举制度、文馆制度等之间的矛盾和冲突、交流和对话。更为重要的是，还应该客观、充分辨析在这些矛盾和冲突、交流和对话中，中国古代小说自身可能的理念立场和最终的立场选择，以及由此而造成的中国古代小说独特的历史走向和发展模式。因而采取这一书写策略，必然将更加接近在中国特殊历史人文生态环境中的中国古代小说发展历史的本来面貌。

当然，重返中国古代小说发展的历史现场，在"广阔的文化与生活空间中"中观照中国古代小说的同时，结合中国古代小说发展的特殊性，应当特别关注与小说文体以及中国古代小说特殊品格相关的基本要素。即要特别关注中国古代小说在其历史发展中小说性特殊品格如叙事性、传闻性或虚构性、形象性以及文体体制等，关注中国古代小说作为小说的特殊品格的发生与演变，也就是说，在中国古代小说"生活史"的书写过程中，中国古代小说自身小说性特殊品格的发生与演变应该是一条贯穿始终

---

[1] 傅璇琮：《我写〈唐代科举与文学〉的学术追求》，《中华读书报》2016 年 1 月 13 日第 09 版。

的主线,唯其如此,生活史的书写才不至于散乱与无序,才能准确反映和呈现中国古代小说由广而狭、由文类而文体的特殊嬗变历史。窃以为,结合小说文体的普遍性与中国古代小说的特殊性,这条主线应该包括以下几个方面的内容:

一、中国古代小说的渊源问题。从古至今,出现过多种对中国古代小说渊源的推想,我们认为,中国古代小说的渊源包括两个层面:一是观念与理论层面,二是创作实践层面。二者存在相通与差异。在观念与理论层面,"小说"一词最早见于《庄子·外物》篇,是指与当时所公认的能够治国平天下的大道不一致的言论或见解,或可说是与主流思想不相一致的另类思想,且包含轻视态度。在小说的这一原始本意下逐渐形成的小说,是文类小说,属于广义小说范畴,其最初一批作品见于《汉书·艺文志》小说家类著录,共十五篇。在创作实践层面,即通常意义上的中国古代小说,属于狭义小说范畴,有两个源头,一是叙事渊源——故事,一是文体渊源——史传。它在上古以来浩博而充满原始朴素气质的神话传说等故事与系统而多样的史书母体中,经过漫长的孕育,真正意义上的小说在先秦至于两汉时期终于破壳而出。其最初形态从杂史杂传中孕育并分离出来,故称为杂史小说或杂传小说,《汲冢琐语》《穆天子传》《山海经》等即是。

二、中国古代小说的身份问题。在中国古代经、史、子、集的四部分类法中,集部基本可以和文学类相对应。但我们知道,从《汉书·艺文志》将小说类置于诸子略以降,子书成为小说的基本身份,至唐,刘知幾通过严密的理论论述,又赋予小说史流身份,从此,小说大致处于亦子亦史的身份标签之下。这种本质属性与外在身份的错位,对中国古代小说影响巨大。一方面,双重身份给中国古代小说带来了许多发展机遇,另一方面,也给中国古代小说带来了较大的发展困境。同时,对自身真实身份归属的寻找、论证与争取,也成为中国古代小说发展过程中的重要任务。具体过程是,作为广义的小说即文类小说,在走向现代的进程中,其涵纳"范围由广而狭,大大缩小了",逐渐与狭义的小说即作为通常意义上的小说重合,走向同一。最终,小说由文类转变为文艺学意义上的文学文体概念,也就是小说成为与诗歌、散文、戏剧等并列的文学文体之一,这一转变在晚清"小说界革命"中得以实现。

三、中国古代小说的虚实问题。虚构是小说艺术的本质特征。但中国古代小说在史传的母体中孕育，并在历史的发展中深受史传的影响，因而，史传的实录精神成为中国古代小说艺术完成自我塑造面临的巨大难题，中国古代小说在历史的发展中逐渐获得了对自身属性的清晰认识，并在与史传的冲突与对话中，形成了正确的虚实观。从志怪志人小说的着意实录，到唐人传奇小说的有意虚构，到宋元明清小说的虚实各半以及对艺术真实的追求，对小说虚构与真实的关系的认识不断深化。随着"小说界革命"的兴起，在对西方文艺思想的接受中，小说本体的身份得到了确立，人们对小说的虚构性特征已达成了共识，同时，对小说中虚构与真实的关系，也有了更为全面系统的认识和把握。

四、中国古代小说的功用问题。作为文艺学意义上的小说，审美创造是其最重要的功能，然而，由于中国古代小说特殊的身份与定位，因而就相应地产生了特殊的功用期待。归纳起来，中国古代小说在历史的发展中，主要承担了以下功能：一是思想的承载与知识的记忆，包括"明神道之不诬""有补于人心世道""以备史官之阙"以及其他种种主题思想；二是故事的讲述与生活的演绎，故事的讲述是中国古代小说一个非常重要的功用，而鲜明的故事讲述传统与标识，一直是中国古代小说的重要特色。三是人物的塑造与性格的凸显。四是"著文章之美，传要妙之情"的审美追求与创造。

五、中国古代小说的地位问题。中国古代小说始终处于边缘地位，无论是在思想知识体系还在历史知识体系中，都是如此。因而，即使将其纳入中国古代文学生态体系之中，依然如此。造成中国古代小说边缘地位的原因，与"小说"一词出现时的原始本义有关，与班固权威的历史置评有关，与刘知几的理论论述有关。在漫长的历史发展中，中国古代小说通过比附史传、比附诗文以及小说评点等理论形式，提出平等诉求，进行了不懈的抗争，并最终在"小说界革命"中获得文学中心的地位。

六、中国古代小说的民族性问题。中国古代小说作为世界小说文学的一部分，与世界其他各国的小说一样，具有许多共性。但由于中华民族社会历史人文生态的特殊性，中国古代小说艺术又有着独特的民族性。具体表现在以下几个方面：一是在史传传统影响下形成的独特叙事艺术，二是在诗骚传统影响下形成的独特抒情品格，三是文言与白话二水分流交汇与雅俗相斥相融的历史发展形态，四是发展的阶段性与类型的多样性。

对于以上几个方面的问题，这里我们仅仅是提出了思考的大致方向，毫无疑问，以上每一个问题，在中国古代小说的发展进程中，都因为各种内外因素的纠葛，往往呈现出复杂的历史状貌，比如中国古代小说的虚实问题，虽然在历史的进程中有一条主线，从志怪志人小说的着意实录，到唐人传奇小说的有意虚构，到宋元明清小说的虚实各半以及对艺术真实的追求，对小说虚构与真实的关系的认识不断深化。但其间虚与实的纠缠实际上却远非如此简单，包括对虚与实的内涵认识在内，每一个阶段甚至在某一个历史时期，他们之间的碰撞都是激烈的，比如在明清历史小说的兴盛时期，虚与实内涵与观念、如何对待真实与虚构，即使在历史小说家内部，也有着巨大的分歧。

也正因为如此，在"生活史"的视阈下，书写立体、多维的中国古代小说史，必须把注意力集中于中国古代小说的理论与实践中以及理论与实践之间、中国古代小说与史传、诸子、诗文以及其他相关的社会、政治、经济、文化等各种制度之间的矛盾与冲突、交流与对话，通过将这些矛盾与冲突、交流与对话置于具体的历史人文生态环境的细致考察，才能准确地揭示中国古代小说的历史嬗变。因而这样的考察在一定程度上无疑更加接近历史"生活"中的中国古代小说，也因此必将突破对中国古代小说艺术的许多固有认识。

中国近代文学研究寻找"自我"的历程（1980—2017）

孙之梅[①]

摘　要：回顾1980年到2017年近40年的中国近代文学研究，在中国改革开放的历史背景下，学术思维的转变并非一蹴而就，而是伴随思想解放的程度而渐进，这个过程大致以2000年为界，之前还较多地承续着20世纪80年代前的理论方法，之后逐渐放弃二元对立的思维路数，进入多元与学术本位的研究状态。关于近代文学的性质、特点、分期，40年间从新旧民主主义理论和进化论的羁绊中走出来，自觉地去追寻近代文学研究之"自我"。在研究领域的开拓方面尤为引人注目，20世纪80年代以前批判、否定的文学流派以及它们的文论得到了客观系统的研究，如道咸年间宋诗派、同光体、桐城文派等；过去研究薄弱的理论现象得到了深入的研究，得出新的认识，如南社的文学思想；还有过去的研究结论，在新时期由于理论角度和认识水平的差异，进行了纠正，如对王国维美学思想的研究。近40年的近代文学研究发生的变化以及当下的学术繁荣，证明了改革开放、思想解放给中国思想文化带来的活力。

关键词：近代文学研究；概论；文论

1983年，中国社会科学院文学研究所近代文学组编选了《中国近代文学论文集》，收录1949年至1979年30年间近代文学研究论文二百余篇，对新中国成立以来近代文学研究的成果作了一次阶段性总结。此后，近代文学研究沐浴着中国改革开放的春风秋雨，又走过了近四十年，中国近代文学学会决定接续上一次的论文编选，回顾1980—2017年近40年来

[①] 孙之梅，文学博士，山东大学文学院教授，博士生导师。

的近代文学研究的轨迹，为近代文学研究的学术史做一点继往开来的工作。从学术史的角度看，这四十年，研究队伍既有20世纪二三十年代出生的老一辈研究者，也有高考恢复后进入高等院校的新生代学者；研究重点与所使用的理论，既有前三十年的影响与延续，更多的是在改革开放背景下，思想解放不断深入，多元思想研究逐渐成为主流；高校硕士博士招生制度的恢复和完善，近代文学研究从业队伍得到急遽扩张与研究成果成倍数地增加。观念与对象、理论与方法、研究主体都发生了很大的变化。笔者负责近代文学研究有关概论与文论两部分论文的编选，为了反映近代文学研究相关领域的学术进程，尽可能搜集相关论文，在数百篇中选文四十余篇，选文基本根据三个原则：一是尽可能反映学术史的步履；二是关注研究对象的开拓与深化；三是注意研究理论与研究成果的创新。由于成果多，入选有限，很多选文不得不割爱，比如有的研究者在某一领域建树较多，只能选其中一二；有的论文在某一问题有真知灼见，然囿于覆盖面不足而不能入选，如此等等，甚为遗憾。

一　近代文学研究关于自身存在的合理性追问

文学史的研究基本是分段分专题研究的，古代文学研究者很少关注各朝代文学的名分与性质，也很少有人去质疑其存在的合理性，而近代文学则是在受近代史的被重视而衍生出来的学术领域，因此在相当长的时间内近代文学研究领域在为自己的"名正言顺"而发声，通过名分的确立和性质的界定，加强自己存在的合理性。这种声音一直延续到20世纪八九十年代。任访秋发表于1984年的《关于近代文学研究的我见》一文，可以看到这种痕迹。此文界定近代文学的上下限：

> 近代文学，是中国文学发展史上的一个重要阶段。上限开始于1840年的鸦片战争，而其下限为1919年的五四运动。[①]

这80年间的文学史具有怎样的性质，是研究者们喜欢追问的问题，任先生的观点代表了当时比较流行的认识："中国近代史既是中国人民反

[①] 任访秋：《关于近代文学研究的我见》，《文史知识》1984年第9期。

帝反封建的历史,那么这一时期的文学主流,也必然是反帝反封建的文学。从创作思想上,它既不同于鸦片战争前的古代文学,也有别于五四后的现代文学,而是有其独具的创作特色的文学。"① 这个时期"文学一方面继承了中国古文学的传统,同时也受到西方的进步思想与文学的影响,因而形成了一个文学史上的转折时期与蜕变时期,从而为五四文学革命开辟了先路"②。从政治上讲是"反帝反封建",从地位上讲"为五四文学革命开辟了先路",为近代文学的存在找寻依据。

在文学史研究队伍中,近代文学研究者们似乎存在很重的自卑感,古代文学是经典,独立自主,不需证明;而五四以后的新文学,地位高尚,同样不容置疑,近代文学则不同,要把自己的身段放低,即近代文学是过渡文学。吴组缃、季镇淮、陈则光《向"五四"新文学过渡的近代文学》③一文,三位先生都在近代文学某个领域积学有成,文章的视野宽,对问题的把握能抓住肯綮。他们把中国近代文学放在世界近代史的范围内考察,认为中国近代文学是"顺乎世界的时代思潮,适应'世情'和'时序'嬗变的要求而萌生、滋长、茁壮的"。其特点是"求新,求变,求用",而这些特征正体现了"近代意识"。由于中国文学进入世界体系,"西方的哲学、美学、文学也被引进过来"。因此,此文对西方文学与文学思潮的东渐、翻译文学的高涨、报刊业对于近代文学的影响对给予特别的关注。难能可贵的是三位先生关注到了近代多民族文学的现象和俗文学高涨的现象,"各民族大都有自己的语言文字,也有自己的文学艺术"。"由于蒋智由、梁启超、黄遵宪、狄平子等相继介绍西方民间文艺理论,俗文学和民间文学亦有很大的发展,品种繁多,题材、主题、形式、语言,都发生了变化,出现不少新的曲艺、山歌和民间故事。"在此基础上,得出了这样的结论,"从宏观来考察,中国近代文学的主流大致是由封闭型思维体系向开放型思维体系转化,亦即自我完善、自我调节,自我延续向面对世界、面对新潮、面对社会人生转化。"20世纪转型的文学的论题在这里呼之欲出。认识的进步常

---

① 任访秋:《关于近代文学研究的我见》,《文史知识》1984年第9期。
② 任访秋:《关于近代文学研究的我见》,《文史知识》1984年第9期。
③ 吴组缃、季镇淮、陈则光:《向"五四"新文学过渡的近代文学》,《中国文学研究》第1期。

常只隔着一层纸,由于此文理论模式与20世纪80年代前相差不远,对于近代文学的定位,该文认为"承担着承上启下的重任",是过渡性质的文学。之所以是"过渡文学",其原因是"中国近代文学不是纯粹的成熟的资产阶级文学,而是一种含有资产阶级文学性质的过渡形式的文学"。这种定位代表了老一代研究者普遍的认识,应该说也是一种时代的认识。近代文学研究者这种低人一等的心理原因,来自毛泽东关于新旧民主主义的一系列文章,五四以后是新民主主义革命,五四以前是旧民主主义革命,旧民主主义时期问题很多,有所谓的"妥协性""反动性"等,都有待新民主主义时期解决。因此五四以后的新文学地位不容置疑,而之前的近代文学就变成了文学史中"妾"的地位。

20世纪八九十年代关于近代文学性质、特点、分期的讨论很热烈,1985年9月15日曾在中山大学召开专门会议,讨论"急需解决的问题"①,结集为《中国近代文学的特点、性质和分期》②。这个集子里的论文多数表现出较突出的二元对立的思维方式,充斥着浓烈的阶级斗争的火药味。期刊发表的论文也大致如此,如管林《论中国近代文学的特点》③、钟贤培《再论中国近代文学思想的衍变及其流向》④ 二文时代特征比较明显,管林先生认为近代文学的主要特征是反帝反封建、多样性、复杂性、过渡性,其观点具有相当的代表性。钟贤培先生的论文,其基本理论是:"一个时代的文学思想,就其思想倾向来说,具有二种相互对立的文学思想存在。在封建社会,文学思想的双向性,一种是代表着社会发展的方向,反映着进步的社会思潮的要求,导引着文学向前发展的文学思想,一种是与此相对立的,体现封建政权的需要,反映封建统治阶级的统治意识的文学思想,这种文学思想对文学发展起着一种消极的阻碍作用。"义章认为反面的文学思想——"产生于中国近代的具有封建性、半封建性或殖民性的文学思想",有"宋诗运动"、桐城派、湘乡派、同光体、鸳鸯蝴蝶派。作者有扎实的学术功力,但是受当时理论模式的影响,所贴标签

---

① 张海元:《编就琐言》,参见中山大学中文系主编《中国近代文学的特点、性质、和分期》,中山大学出版社1986年版,第302页。

② 中山大学中文系主编:《中国近代文学的特点、性质、和分期》,中山大学出版社1986年版。

③ 管林:《论中国近代文学的特点》,《海南大学学报》1989年第4期。

④ 钟贤培:《再论中国近代文学思想的衍变及其流向》,《广东社会科学》1991年第1期。

不免简单武断。

20世纪80年代末随着思想解放的展开，关于近代文学的存在、性质也开始出现了别样的声音，1987年王永健《关于"近代文学"的深刻反省》① 一文，明确提出"对按社会形态从清代文学中划分出'近代文学'，作为中国文学发展的一个独立的阶段，持怀疑的态度"。主张取消"近代文学"概念，恢复"晚清文学"概念，并按传统观念把它归入清代文学的范畴。王永健的观点否定近代文学的存在，其学术观点有待探讨，但其文所表现的个性思维体现了新时期以来人们对于意识形态强加于文学研究的不满，以及对文学研究回归艺术本身的强烈渴望。

在思想解放的时代脉动中，文学史观也悄然发生着变化，王飙发表于1989年的《近代文学研究应当有自己的面貌》② 一文当是其力作。作者认同研究者们把近代文学作为一门学科来对待的意见，但同时，提高近代文学研究的学科整体水平，是近代文学研究领域迫切需要正视的问题，王飙是这样认为的：

> 每门学科都有自己的对象，而且这个对象具有区别于其他学科对象的特质，否则这门学科就没有存在的必要。而这一对象的独特性质、独特地位及其中包含的特殊规律，就是它作为科学研究对象的价值之所在，也是这门学科研究目标之所在，并且是其他学科所不能取代的优势之所在。一门学科的水平，主要取决于它与自身研究目标的距离。只有（也只要）研究对象的独特价值为我们充分认识，并且在研究成果中体现出来，这门学科才能（也就能）确定自己的学术地位并且真正成熟。而这恰恰是以往近代文学研究所没能解决，至少没能很好解决的问题。③

近代文学是从古今文学分割出来的一部分，其背景正如王飙先生所言，"最初并不是对文学史本身充分研究的结果，而很大程度上是接受了来自政治和历史学的现成划分——根据新民主主义理论，这一阶段属于旧

---

① 王永健：《关于"近代文学"的深刻反省》，《江苏社联通讯》1987年第5期。
② 王飙：《近代文学研究应当有自己的面貌》，《文学遗产》1989年第2期。
③ 王飙：《近代文学研究应当有自己的面貌》，《文学遗产》1989年第2期。

民主主义革命时期"。因此近代文学作为文学史一个段落，存在先天不足、后天困扰的烦恼。其研究方法或者用古代文学的路子，或者用现代文学的眼光，而忽视了对近代文学独特性的认知。那么近代文学作为一个学科呈现怎样的形态，王飚用了一个比喻，是其化蝶之前的"毛毛虫"。这就决定了"近代文学特殊研究价值，决定了近代文学研究有其独特的主题：正确说明传统的古代文学向新文学演化的具体行程、特殊规律和类型特征。……它不是同一文学体系范围内的兴衰、承创、延展、成熟等，而是一种旧文学体系向新文学体系的演变。所谓文学体系的变革，即它不只是文学的某些方面，而是包括文学的社会属性、社会内容、文化内涵、文学观念、文学结构、艺术思维方式和表达方式、语言符号系统，作家队伍和读者对象，乃至文学的存在方式（出版发表）等各个方面的整体性变革。这一变革虽然到五四后才进入完成期，但变革却在近代已经发生。因此，具体地描述出文学的各个方面变革、演进的轨迹，亦即中国文学近代化的轨迹，是近代文学研究的首要课题"。王飚先生意识到近代文学研究整体的独特性，他更关注近代文学研究中的理论问题，即"一种文学体系向另一种文学体系演变的问题"，"近代化"的问题。这种思考反映了他多年来的研究被"进步还是反动，是洋务派还是改良派还是革命派，艺术成就是高还是低，哪些是成功的失败的"等二元对立问题的围困后的挣脱。但是，"毛毛虫"的比喻实质上还是"过渡"文学的另类表述，并无新意，其实质仍然是站在新文学立场对近代文学的"亲身"的表述。文学史是动态的过程，每个时代都有"毛毛虫"现象，而以之定性近代文学则不妥。王飚关注"演变"，但支撑这个命题要依靠大量坚实有力的个案研究，这些个案研究要根据不同的研究对象确定不同的理论路径与操作方法，关键是研究者不再被一种理论意识所拘囿，而能本着学术询问的理念，尽可能地探寻文学史的本真，提出可行的理论方法，烛照历史，也能烛照当下。

进入21世纪，关于近代文学多元化的认识成为趋势，2000年张宜雷《价值与反思——近代文学变革的历史遗憾与负面影响》[①] 则从反思与批评的角度审视近代的文学变革，其中批评的对象有"文学救国论""工具

---

① 张宜雷：《价值与反思——近代文学变革的历史遗憾与负面影响》，《天津社会科学》第5期。

论"、不注意形式的变革、缺乏对文学审美价值的认识。张宜雷站在新文学的立场对近代文学变革的批评既有合理因素，也有偏颇之处，但无论如何，学术不是一家言，见仁见智正是改革开放给学者们带来的学术语言。

郭延礼先生从20世纪50年代大学毕业就从事近代文学研究，是该领域目前从业时间最长，且卓有成就的学者。对近代文学的分期、特点、性质这些问题同样十分关注，先后发表了《中国近代文学史的分期——兼与几部中国文学史的编者商榷》《中国近代文学史的起讫年代——再论中国近代文学史的分期问题》《五四这块界碑不容忽视——三论中国近代文学史的分期问题》《中国近代文学鸟瞰》《中国近代文学特点初探——在中山大学一个专题讨论会上的发言》等文，这些文章或篇章、观点大多出现在郭先生《中国近代文学发展史》中，形成了近代文学研究界郭先生关于性质、特点、分期的一家之言。但随着学术观念的改变，郭先生对早年的观点进行了修正，于是产生了2011年发表的《中国近代文学的历史地位——兼论中国文学的近代化》[①]一文。此文所讨论的问题基本上是关于近代文学的性质与分期问题，所不同的是在21世纪近代文学的存在受到了更大的挑战，那就是学术界重提"20世纪文学"说、以古代文学与现代文学蚕食近代文学说、民国文学说三种文学史观。郭文对三种文学史观一一进行了批驳，力证近代文学存在的合理性："近代文学是中国文学史中一个独立的发展阶段，它是指鸦片战争（1840）至五四运动（1919）这八十年间的文学；这八十年是中国文学由古典向现代的转型期，这个转型期也就是中国文学近代化的历程。"关于近代文学的定位郭先生用到了"转型期"文学，而不是过去所用的"过渡"文学。转型期理论来源于近代史与近代思想史研究领域，受其影响，近代文学研究者也提出了转型文学的论题，2000年《文学遗产》第4期发表王飙、袁进、关爱和《探寻中国文学从古典到现代的转型历程——中国近代文学研究的世纪回眸与前景瞩望》一文，其说得到了同行不同程度的认同。此外，郭先生重提他的近代文学三段分法，但又有所变化，第一，将分期模糊化，即萌生期（19世纪40—70年代）、发展期（19世纪70年代—19世纪末）、完成期（20世纪初—1919年），改变了以前的以某年为界断的分

[①] 郭延礼：《中国近代文学的历史地位——兼论中国文学的近代化》，《文史哲》2011年第3期。

法；第二，改变了过去依据社会思潮分期的理论依据，提出："中国文学近代化的过程，也就是中国文学学习西方，以及西方文化的撞击下求新求变的过程。"也就是说把西学东渐的程度作为近代文学分期的主要依据。

长期来制约近代文学研究的一是二元对立的理论，二是进化论。改革开放以来，随着学术队伍的换代，前者被新生代学者所放弃，而后者被重新审视则是近年来的事。在进化论的指导下，学术界高度评价新文学，近代文学就成为由古典文学到新文学的"过渡"文学，但凡与新文学有关的，都是近代文学的成就，与新文学关系远的就是保守、落后甚至反动的文学。2013年左鹏军《近代文学研究中的新文学立场及其影响之省思》[1]，是一篇关于近代文学研究的学术反省的论文。作者回顾近代文学的研究史，认为一直存在"从新文学立场出发、以新文化的价值尺度为标准进行近代文学研究"。新文学立场主要表现为"持续进化、崇尚变革、向往西学、否定传统的单一化、主观化"的价值观，宁新勿旧、宁西勿中、宁俗勿雅的叙述套路，造成对文学传统的遮蔽疏离。文学史叙述"在内容取舍、叙述框架和价值评判对与新文学相应相关的文学现象、作家作品给予高度评价甚至过度阐释"，而对与新文学矛盾对立的文学现象和作家作品视而不见，甚至否定、抨击、批判。新文学的立场与方法，在近代文学的研究史造成了极其严重的负面影响，"在数十年来出版的多种近代文学史著作、近代文学研究论著或相关研究领域的大量著述中，这种新文学立场先入为主式的深刻影响或从新文化立场出发进行研究和评价而遗留的痕迹几乎随处可见"。这个估计一点也不过分，因此它不无痛心地诘问近代文学研究是否找到自己。

2016年孙之梅的《对中国近代文学上下限、分期的反思》[2]一文，表现了对近代文学研究寻求自我的企图。文章对之前所有上下限与分期问题进行了回溯，并沿波讨源，寻求这些分期方法的历史学根据，得出这样的结论："中国近代文学研究长期以来过分依赖历史学科，突出地反映在关于近代文学上下限与分期问题上。"文章认为，"近代文学的上限依据近代史确定为鸦片战争发生的1840年，这一上限导致两方面的弊端：一是近代文学研究范围不明确，为了实现文学史家的叙述目的，策略性地挪

---

[1] 左鹏军：《近代文学研究中的新文学立场及其影响之省思》，《文学遗产》2013年第4期。
[2] 孙之梅：《对中国近代文学上下限、分期的反思》，《山东师范大学学报》2016年第1期。

移作家位置，如龚自珍；二是有重要地位的文学现象、文学流派被割裂，如宋诗派、桐城派。近代文学的分期也是如此，目前的几种观点无不是近代史或依据社会思潮或历史大事件分期的翻版。作为文学史，放下自己的文学立场，把文学现象的选择、描述、解释作为贯彻其历史学科政治判断与价值取向的过程"。有鉴于此，文章认为："前人关于近代文学上限为'嘉道之际'的观点值得重提，近代文学的分期，依据文学演进的历程，分为道光、咸丰、同治半个世纪为前期，光绪、宣统、民初半个世纪为后期。近代前期经世派、宋诗派和以梅曾亮曾国藩为代表的桐城派得到完整展现；近代后期，一方面是传统文学的结穴，另一方面则是新文学的萌生，二者的消长预示了文学的走向。"

关于近代文学的性质、特点、分期等问题，不过是学术史上的"务虚"研究，本应是建立在充分的个案研究基础之上的概括，但是长期来近代文学研究缺乏对"自我"的自信，被二元对立的理论思维所制约，习惯于站队、贴标签、定性，似乎这些问题不搞清楚，就不知道自己研究工作的方向和动力。改革开放，思想解放，激活了近代文学研究的活力，理解同情的人文情怀，文学本位、求真创新的学术理念使学者们冲决思想上的藩篱，对近代文学的总体面貌出现了多元的认识。

二 近代文学的专题性研究

在对近代文学的整体把握也包括部分专题性研究，概括起来有关于审美、西学东渐、尚武精神、语言变革、稿费制度等方面的论题。

陈永标认为探讨审美观念与思维方式有益于"加深理解近代文学的性质和特点"[1]。近代文学的审美观念与思维方式主要有几点：首先是文学与现实的审美关系。作者按照道咸时期、甲午以后、辛亥革命前后的顺序，缕述社会、学术思潮与文学之演进，论述近代文学审美观念、思维方式与现实的直接关系。这一部分的论述社会思想史的色彩更多，而关于审美、思维的分析不够突出。其次，主理的知性分析向艺术审美分析的转化上。作者认为，"近代理论家在论述文学与现实的审美关系时，十分注重

---

[1] 陈永标：《试论近代文学审美观念和思维方式的演变》，《华南师范大学学报》1986 年第 3 期。

对理学和以考据学问为诗的批判,对艺术把握世界的规律和方式作过不同程度的论述"。其中有"文学情感论""文学形象性和意境论的扩展""文学审美心理分析理论的广泛运用"。再次,"中西文化的融合,也带来了近代文学理论的发展和文学审美观念和思维方式的变化",例如通过西方小说的介绍,进一步提高对通俗文学美学意义的认识;通过作家作品评价,开启了中西比较文学的研究;通过吸收、借鉴西方美学,扩大了对审美范畴的探讨,扩大了新的审美理论范畴诸如美和美学范畴、悲剧的范畴、理想派和写实派创作范畴的研究。作为一篇理论研究文章,此文论述存在一些问题,其认识论表现出较重的时代理论色彩,但是这种从思维、美学层面关照近代文学的尝试是难能可贵的。

西学东渐、中西文化的碰撞融合是近代文学的独特风景,各种概论性的论文、著作无不涉及这一问题。牛仰山连续发表了《欧风东渐对近代文学的影响》与《再探讨》[①] 两篇文章,认为近代文学迥然不同于古代文学是西学东渐使然。在作者的眼里,西学完全被视为一种先进正确的资源:"近代文学在封建复古主义与拟古主义风气笼罩下,勇敢地冲决封建'文网'的藩篱,大胆地吸取和借鉴外国思想与文艺的营养改革自己,在创作上产生的新变与特色,不但使近代文学得到了发展,而且为五四新文学借鉴外国文化创造更新颖的文学开辟了道路。"[②] 对西学接受的程度决定了文学的新旧,西学不仅影响了文学纵向发展的方向,而且还从深层次影响了近代人对文学的认识,引发了近代作家重新认识和估价文学的地位与作用,其中如梁启超的工具论;引发了"近代文艺家对文学特征的探讨"和近代文人对现实主义和浪漫主义两种创作方法的探讨;此外还影响了近代文人提倡文学的通俗化。这些分析虽然不免粗疏,判断价值牵强,但涉及问题较多,大纲领、大关目几乎尽在其中。

与牛仰山论文一样关注西学东渐的是谢飘云《西方哲学对近代文学思潮的影响》[③] 一文,其中重点论述了两个问题:其一,进化论对甲午以后文学思潮的影响;其二,西方哲学对王国维美学思想形成的影响。他认

---

① 牛仰山:《欧风东渐对近代文学的影响》,《浙江学刊》1985年第4期;《再探讨》,《社会科学辑刊》1985年第4期。

② 牛仰山:《欧风东渐对近代文学的影响》,《浙江学刊》1985年第4期。

③ 谢飘云:《西方哲学对近代文学思潮的影响》,《学术研究》1991年第4期。

为进化论"变"的观点,"帮助人们彻底地打开了久闭的眼界,看清了在这个光怪陆离的世界上,新旧事物和新旧思想在迅速地交易着和交替着。许多原来被认为亘古不移的观念,这时却分崩瓦解了"。"对中国士大夫阶层传统的思维模式产生有力冲击"。进化论直接促成了戊戌变法与梁启超所倡导的文学革新运动和鲁迅文学思想的形成。王国维超功利的美学思想,"对美的非功利性与独立价值的维护,也可视作中国第一代资产阶级知识分子对初步觉醒的个性的维护",能对王国维唯心主义美学作出正面评价,在当时已是大胆之论。

尚武是近代文学的一大主题,赵慎修《近代文学的尚武精神》[①] 考察了近代尚武主题与古代文学尚武精神比较,认为近代文学中,"不仅在一定时期内出现了较多的作品,而且和社会思潮、文学思潮的变迁有着密切的联系,呈现出鲜明的时代特征"。近代之所以出现这一现象,是因为进化论、革命思潮的催化。尚武成为一种精神共识发生在戊戌变法以后,到革命思潮兴起成为"近代中国的一股社会思潮",这一时期的文学作品表现尚武精神达到高潮。

马亚中《近代文学的非过渡性与近代歌词创作》[②],以近代歌词为例,探究近代文学在中国文学发展史中的地位。作者认为"文学作为一种审美对象,无论是旧形式、旧体裁,还是新形式、新体裁,只要是成熟的、优秀的作品,它们之间就不存在高低、优劣之别"。因此作者跳出了新文学立场,不同意把近代文学称为"过渡"文学,古代文学、近代文学、现代文学属于同一层次的文学,无所谓轩轾,无所谓优劣。就近代歌词而言,历来研究者都认为是"诗界革命"的硕果,标示着诗歌通俗化、大众化的方向,而作者认为"近代歌词创作是受海外歌词的启发而出现的一种歌唱体的改良",但近代歌词创作"并没有发生本质性的突变,更没有改变其作为歌词的体裁性质,它仍然是中国歌唱文学之一种"。以此将近代歌词放置于中国歌唱体文学的发展体系,进而纠正为实现文学"进化"而强行将近代歌词纳入新诗系统的研究模式。由此及彼,得出结论:"现代文学既非中国传统文学自然发展的结果,又非西方文学的简单复制品,而是中西两种不同文化性质的文学基因重新组合而产生的新生儿。近

---

① 赵慎修:《近代文学的尚武精神》,《文史知识》1984 年第 9 期。
② 马亚中:《近代文学的非过渡性与近代歌词创作》,《苏州大学学报》1993 年第 1 期。

代本身并非古典文学与现代文学之间的过渡,它不过是中国传统文学发展过程中的最后一驿,它与整个中国传统文学一起构成了现代文学的一个亲本,而西方文学则是另一个亲本。"此文表现了作者打通古今的学术视野、扎实的文学史功底。

袁进《试论中国近代文学语言的变革》[①] 深入文学的本体——语言的研究。由黄遵宪、裘廷梁、梁启超等人的语言变革观念入手,分析近代报刊的出现与西方传教士翻译活动对于近代语言变革的推动作用,进而探究中国近代语言变革的动因:其一,中国近代的语言变革不是语言发展自发产生的变革,而是社会政治变革带动下的变革;其二,中国近代语言变革客观上顺应了近代都市形成,市民阶层崛起,社会由封建形态转向资本主义形态发展的社会需要。由近代的言文合一,到五四白话文运动,论文进行了系统的梳理与公允的评价,认为五四时期以文言、白话判定文学的"死""活",失之于粗暴。

与袁进的本体研究不同的是对于近代文学所赖以产生传播的制度研究,这种制度研究不是一般意义上所关注的政治社会层面的制度,而是与文学直接发生关系的出版传播制度,郭浩帆《近代稿酬制度的形成及其意义》[②] 一文无疑是一篇具有较高学术价值的论文。文章回顾古代酬劳、馈赠、润笔的种种情形,说明古代"作文取酬远未成为一种普遍、规范的社会行为",并不属于现代意义上的稿酬制度。作者考察近代报刊史,认为1902年11月梁启超在日本横滨创办我国第一份近代小说杂志《新小说》首开明码标价的稿酬制先河,此后产生的小说刊物在征文广告中纷纷标明小说稿酬,如《月月小说》《小说林》《小说月报》等。在报刊上发表小说诗文,报社给予稿酬,虽然在当时尚未成为一种社会条律,但却是行业内普遍认同执行的"制度"。这种制度对近代文学产生怎样的影响?作者认为:第一,吸引了大批文人投身于文学创作事业,作品数量激增;第二,促成了我国第一批职业作家的产生;第三,助长了创作中的媚俗倾向和粗制滥造的作风。总之稿酬制度的形成,是文人职业化、文学商品化的表现。文学的近代化,概括为爱国主义、反帝反封固然不错,但是让人感到正确而隔膜,如此切实可感的历史变迁,正是文学现代化过程中

[①] 袁进:《试论中国近代文学语言的变革》,《上海社会科学院学术季刊》1997年第4期。
[②] 郭浩帆:《近代稿酬制度的形成及其意义》,《山东大学学报》1999年第3期。

不可忽视的现象。

　　近代文学研究的长足进步，一要解放思想，二要加强文献的整理发掘工作。20世纪八九十年代的学者，似乎对这一问题缺乏紧迫感，进入21世纪随着研究工作的拓展与深化，文献成为学术事业发展的瓶颈，老一辈近代文学研究者郭长海敏锐地注意到这一问题，其《中国近代文学文献整理的几点想法》①一文，对文献整理工作进行了回顾和要求。他认为"从事近代文学本身研究的人较多，而从事近代文献的搜集与整理工作的人较少"。"近代文学文献资料的收藏较为分散，借阅不易，尤其一些资料国内没有收藏，而在外国图书馆里却有相当规模的收藏"，因此，"中国近代文学文献的整理工作，有很大难度"。他充分肯定鲁迅、陈衍、郑振铎、阿英、魏绍昌、梁淑安、樽本照雄等人在代文学文献方面作出的重要贡献，同时认为"需要继续不断的发掘"，提出了编选《维新变法文学集》《辛亥革命文学集》，与阿英的《鸦片战争文学集》《中法战争文学集》《中日战争文学集》《庚子事变文学集》和《反美华工禁约文学集》形成系列。另编一套《维新时期诗辑》和《辛亥革命时期的诗辑》，补充钱仲联、严迪昌先生的《近代诗钞》之缺；编几本近代人的文集。近代文学的文献很多保存在报刊上，郭先生主张编辑整理出《中国报刊诗辑》；编辑一套近代报纸篇目索引，与已有《中国近代期刊篇目汇录》配合，方便读者查找文献。郭先生的这些建议，有的正在实现，例如上海古籍出版社陆续出版的《近代文学丛书》目前已出版二十多家诗文集，多数作家是第一次整理出版。科技昌明，近代报刊数据库与扫描技术所提供的咨询非老一辈学者可想象的。

三　由泛而专的近代文论研究

　　文学与文论是文学史研究者必须兼顾的学术视野，缺一不可。近代是文论高涨时期，不仅是清代文论繁荣的继续，同时又受到了西方哲学、美学思想的影响，产生了具有近代特色的文论。20世纪80年代前，近代文论研究相对薄弱，在文献上多依赖于舒芜所编《中国近代文论选》；80年代后，近代文学文论研究成绩斐然，许多空白得到填补，许多问题得到澄

---

① 《中国古典文献学丛刊》第3卷，国际炎黄文化出版社2004年版，第353页。

清,许多现象重新认识与评价。研究者不再被"进步文学"与"反动文学",或者"资产阶级新文学"与"封建主义旧文学"的简单模式所困扰,而更多地关注文学现象的背后的学理,与之相应的文论研究产生了许多成果。本书选文24篇,以期尽可能反映近四十年各体文论研究的步履。

徐中玉《中国近代文学理论的发展》[①]一文综观近代百年的文论,分门别类,既抓主题,又论现象。"变"是近代文论的主旋律,近代文论面临的主要问题有:(1)"文体的由古奥日趋简易,由难懂到要明白晓畅"。(2)"近代文学理论在新旧交替、救亡图强的大变革世运中,对充满封建专制思想内容的旧文学、传统文学进行了很多批判,这是要求改良、变革的一种进步表现"。(3)"在近代文学随着时代发展而进行的变革活动中,必然会产生很多新的问题,做出各种不同的探讨和回答"。徐先生还对近代散文理论、诗歌理论、词学理论、小说理论、戏剧理论进行提纲挈领式的概述。此文概览式的论述方式,正反映了当时文论研究水平。

黄霖1993年出版了《中国近代文学批评史》,全方位地展现了近代文论的内容,具有很高的理论价值。随之黄先生发表了《中国近代文学批评的几个问题》[②]一文,就近代文论研究提出具有针对性的问题。首先是近代文论的"基本品格"是什么?黄文放弃了当时流行的理论观念,力图从文学本体、作者主体、服务对象三个方面阐述近代文学批评的"品格"。认为近代文论品格的形成经历了以维新运动前的渐变和以后突变两个阶段。其次是西学东渐的问题。黄文认为:"中国近代的文学变革就是西与中的碰撞、交融后的产物。"是"传统改造了西学"。再次是关于评价标准的问题。针对研究界以政治立场作为评价标准的简单化处理,提出了"人品不等于文品"的观点。所谓人品还上升不到这个层面,其实就是政治立场,把政治立场作为文论评价的准则,脱离了文论本体,其荒谬不言而喻。由于黄先生对近代文论的全面深入的研究,新的时代又给了他理论勇气,其见地值得关注。

进入21世纪,近代文论研究成果多起来,概括为几方面:(1)鸦片战争时期;(2)宋诗派与同光体;(3)桐城派与白话文;(4)梁启超与文学"革命";(5)南社;(6)小说戏曲与词学;(7)翻译文学;

---

① 徐中玉:《中国近代文学理论的发展》,《社会科学战线》1992年第1期。
② 黄霖:《中国近代文学批评的几个问题》,《文学评论》1994年第3期。

(8) 王国维。

近20年近代文学研究的学术热点集中于曾被否定批判的宋诗派、同光体与桐城派。王澧华在曾国藩研究、宋诗风研究积学有年,其治学路数从文献整理入手,其文扎实有见地。《近代"宋诗运动"考辨》[1] 是较早的关于宋诗派的论文。古代的诗文流派,从未有冠以"运动"者,王文考证近现代人喜欢使用的"运动",乃是从日本舶来的词语,而将之形容诗歌流派,始作俑者是梁启超与陈子展。文章考察宋诗派的重要人物程恩泽、祁寯藻、郑珍、何绍基、曾国藩各自的作用与影响。曾国藩《题彭宣坞诗集》一诗,向来迷惑后学,王文发微索隐,指出其与诗史不合之处,见出文学史研究者之史识史断。贺国强是研究宋诗派的年轻学者,其《"学问"与"性情"的诗学同构——道咸宋诗派诗论》[2] 一文打通古今,上溯有清一代学宋的倾向如何逐步走向道咸年间的宋诗派的逻辑过程,改变了过去孤立评判的思维方式;作者从宋诗派诗论述中拈出"学问"与"性情"两个命题,论证二者由严羽的异质而到道咸年间的同构,分析其间的学理路径。同治光绪年间接续宋诗派的是同光体,20世纪80年代前同光体研究基本没有展开,之后也成为研究领域的热门。研究同光体的诗论,离不开对陈衍的研究。胡晓明教授《唐宋诗之争:陈衍诗说的近代转义》[3] 一文,从陈衍入手观察同光体诗学思想的形成过程与基本观点,敏锐地指出陈衍标举学宋的理由:一曰贵创新,二曰崇尚真实本领,三曰重思想。贵创新,即崇唐祧宋,而上达风雅,自具面目;"真实本领",即"深苍也要取材坚","须内材充实,语义坚确",从而达到"诗以骨力坚苍为一要"的审美境界。说到底"真实本领"即学问。"取材坚"不仅是材料的扩大,还涉及"语言的真实可靠",为此陈衍提出诗歌语言"称"的范畴。"重思想",陈衍说:"道光之际,盛谈经济之学","诗学乃兴盛","是时之诗,渐有敢言之精神"。经济之学与诗学之盛相表里,诗有"敢言之精神",即"诗要从美学俗调的沉睡之中醒来,思想从政治高压中渐渐苏醒,作时代思想的良知"。陈衍的胡文概括陈衍诗论,具有

---

[1] 王澧华:《近代"宋诗运动"考辨》,《社会科学研究》2005年第3期。
[2] 贺国强:《"学问"与"性情"的诗学同构——道咸宋诗派诗论》,《苏州大学学报》2006年第3期。
[3] 胡晓明:《唐宋诗之争:陈衍诗说的近代转义》,《古代文学理论研究》第19辑(2001),第382页。

"明确的写实倾向；理性优位的文学观；关怀世道人心的使命感和贤人志士情怀，以及转学古而面向生活世界的文学观"。概括具精湛之思，论述有透辟之力，不可多得。张煜《同光体与桐城诗派关系探论》① 一文探源析流，从诗学上源流上梳理桐城诗派与宋诗派、同光体之间的源流关系，纵横沟贯，思路缜密，也是一篇有价值的论文。

关于桐城派与白话文的研究同样取得了前所未有的成绩。五四运动中恶谥为"谬种"的桐城派，几乎成了文学史被贬抑的对象，在近代的发展情况或言之不详，或人云亦云，鲜有系统深入的研究。新时期以来，一批研究者系统研究了近代桐城派，打开了坚冰，激活了这一学术领域。彭国忠《真：梅曾亮文学思想的核心——兼论嘉道之际桐城文论的发展》② 勾勒嘉道之际桐城派的文论，认为梅氏文学思想的核心在一个"真"字，约略言之，文章要"景境真""情事真""时代真""性情真"，认为梅曾亮"崇真"的理论是对桐城文论的补充，反映了嘉庆道光之际桐城派文论的发展。梅曾亮何以能做到这一点，主要归结于他对归有光"以真情为文"的发现，而这一发现正与他所主张的"真"相发挥，对桐城文发展补上了一个重要环节。柳春蕊是近年来研究桐城派有成就的年轻学者，其《论晚清古文理论中的声音现象》③ 一文考察桐城派和湘乡派关于古文声音理论，指出"因声以求气"是这两个古文流派的重要理论成果。因声得义，因声求气，是古文的传统修养方式与表达环节，诵读和摹拟也成了古文写作的必经之路。晚清古文的声音现象进一步被强化是古文成为美文的重要前提，也势必导致古文实用性的减弱，在文学功利性高涨的时代，成为新文学攻击的对象，良为肯綮之论。

近年集中研究白话文的胡全章教授成果斐然，其《清末白话文运动之理论建设》④ 一文，主要论述了维新派黄遵宪、裘廷梁的白话理论与白话报的兴盛，刘师培的白话理论，梁启超的白话理论。清末之提倡白话，逐渐从启蒙教育扩大到文学革新领域，俗语文学不仅获得了与文言作品并驾齐驱之资格，而且被越来越多的有识之士目为文学进化发展的必由之

---

① 张煜：《同光体与桐城诗派关系探论》，《苏州大学学报》2015 年第 2 期。
② 彭国忠：《真：梅曾亮文学思想的核心——兼论嘉道之际桐城文论的发展》，《文艺理论研究》2007 年第 2 期。
③ 柳春蕊：《论晚清古文理论中的声音现象》，《文艺理论研究》2008 年第 3 期。
④ 胡全章：《清末白话文运动之理论建设》，《山西师范大学学报》2011 年第 5 期。

路。文章以无可辩驳的事实说明一个道理：五四的白话文运动实源于近代的白话文启蒙，正所谓没有晚清，何来五四？

梁启超与"文学革命"一直是近代文学研究关注的课题，前辈学者张永芳先生经年研究，其《试论晚清诗界革命的发生与发展》[①]一文，从"新诗"的产生，到"诗界革命"展开，作者认为，"诗界革命没有创造出能够取代旧诗形式的新诗体来，并不在于它起初主要表现为向西方学习，对民歌养料吸收得不够，恰恰在于它实际上对西方文学的养料吸收得太少，而对民歌的摹拟痕迹则太重了"。这种通俗的歌唱体，后被称为"新体诗"，"并不能简单看作古典加民歌的结果，而主要是接受了外来影响的产物；在思想内容上，受尚武精神的激励；在艺术形式上，受德日爱国歌曲的启发"。这一观点在20世纪80年代初还是有见地的。马卫中、张修龄《"诗界革命"新论》[②]概括"诗界革命"的特征："革新图强的思想性"，"堪称史实的纪实性"，"求用于世的功利性"，"眩人耳目的新奇性"，"明白易传的通俗性"，由此达到对诗界革命的全面把握。2006年关爱和《梁启超与文学界革命》[③]在中国人文社科最高刊物《中国社会科学》发表，结合社会变革、开通民智的社会文化背景，分析梁启超所倡导的文学革命的过程及意义，认为"文学界革命借助西方异质文化的撞击力量，打破了中国文学的因循死寂，勉力担负起民族精神革新、民族文明再造的重任，并在历史的废墟上，初步构建新文学的殿堂。……文学革命的支架建立在新民救国的思想基础之上。而当社会政治发生急剧变革，迫使维新家退出政治与思想的中心舞台时，他们在文学革命中的地位也被边缘化，历史合乎逻辑地把思想启蒙与文学革命的接力棒传给了后来者"。此文将文学界革命定义为"20世纪中国文学自我更新、艰难变革的起点"，对于之后发生五四新文学运动有着筚路蓝缕的意义。此文在关于梁启超与文学革命所产生的文化意义，阐释出新义理，达到了新高度。

21世纪以来南社是近代文学的研热点之一，孙之梅《南社研究》与相关论文不无带动之作用。南社的诗学，以前的研究者或从政治倾向着手，或从其与诗界革命诗歌创作倾向的类似处概括，称前者为"诗歌革

---

① 张永芳：《试论晚清诗界革命的发生与发展》，《社会科学辑刊》1984年第2期。
② 马卫中、张修龄：《"诗界革命"新论》，《苏州大学学报》1994年第2期。
③ 关爱和：《梁启超与文学界革命》，《中国社会科学》2006年第5期。

命"，后者为"革命诗歌"。孙之梅《南社与"诗界革命派"的异同》①一文比较二者诗学的同与不同处，认为其在强调诗歌的社会功用方面，南社与"诗界革命派"取得了共识，创作上南社依然保留着"挦扯新名词以自表异"的痕迹。但这只是表面现象，更重要的是二者存在深层的差异。对诗学传统的体认，"诗界革命派"是在西学东渐的文化背景下，在否定了旧有文化传统基础的同时企图以新学为根基的诗歌尝试，并把诗歌也作为输入西学的工具；而南社接续的是"大雅""小雅"的诗学传统和"夷夏之辨"的民族主义，继承明清之际几社复社的文化精神与诗学，以"几复风流"为其诗学核心。因此南社的文学思想不是诗界革命的继续，而是与明清之际遗民文学遥相呼应的文学观。

21世纪以来近代小说、戏曲、词学研究异常活跃，但是文论性质的成果并不是很多，但我们仍能看到研究思路的活跃。林纾由于与新文化运动的冲突，一直是被批判嘲讽的对象，林薇《论林纾对近代小说理论的贡献》②虽然发表较早，但是一篇学术观念开通的论文，文章从"中国小说理论从封闭性体系向开放性体系转变的角度来探讨林纾所做出的贡献"，断言："他是资产阶级革命潮流中的先驱者、启蒙者。当19世纪末至20世纪初，在从中国古代文学走向现代文学的大转折的历史进程中，'林译小说'以及林纾为它写的大量序跋，曾经起过不可低估的作用。""林纾在一种封闭、凝固的民族文化心理结构中开始探索中国文学和世界文学潮流联系，筚路蓝缕，其功不可埋没。"林纾对中国文学的贡献，具体言之如下：（1）在反奴性的同时，力图改造民族文化心理的构型；（2）讴歌英雄精神，甚至呼唤野性，追求阳刚之气；（3）林纾是将西方近代的批判现实主义引进中国的第一人；（4）林译序跋集中于对小说艺术规律的探索；（5）第一代中西文学的比较研究者。概括相当全面，论述相当深入客观，表现了作者求实的学术态度和深厚的学术功力。

陈平原《清末民初小说理论概说》③以"20世纪文学"说为理论支点，分析"新小说"理论，认为其不可避免地带有明显的过渡性质，其理论既是中国古典小说理论的终结，也是中国现代小说理论的开端。从命

---

① 孙之梅：《南社与"诗界革命派"的异同》，《山东师范大学学报》2000年第5期。
② 林薇：《论林纾对近代小说理论的贡献》，《中国社会科学》1987年第6期。
③ 陈平原：《清末民初小说理论概说》，《中国现代文学研究丛刊》1988年第3期。

题本身，到论证方法及至理论成果，这一时期的小说论无不体现其新旧交替的特性。虽然西方小说理论还没有较系统的介绍到中国来，但某些概念范畴以及某些表现技法却已随着西方小说的翻译介绍而逐步为中国读者所理解、接受，有的甚至已经进入小说批评领域。比如梁启超关于"写实派小说"与"理想派小说"的区分。谢晓霞《论民初小说理论的转型期特征及其价值》专论民初小说理论，认为民初小说理论从重视文学之用到关注文学之体的转型；它也给困扰着中国现代小说家的"体用之辨"和"雅俗之争"问题拉开了序幕，为"五四"文学革命的发生进行了知识背景和理论资源上的准备。

近代的戏剧，无论是创作还是理论，都受到了西方文化的影响，前者表现为新剧种的产生，如话剧；后者是王国维戏剧理论的产生。梁淑安《近代戏剧变革与外来影响》[①]探讨的就是这一问题。梁文将西方文化的介入视为近代戏剧变革的重要推动力，时间上选取"鸦片战争""十九世纪末二十世纪初"两个节点，梳理近代戏剧在剧本层面的变革历程。舞台层面的变革则选取地方戏曲与早期话剧两个视角进行论述。此外，作者并未将近代戏剧的变革完全归因于外来文化的刺激，而是认为："中国戏剧之所以在近代接受外来影响，发生划时代的变化，是以其内在的变革要求为先决条件的。"避免了将近代戏剧单纯视为外来文化产物的片面论断。近代词学研究方兴未艾，陈水云教授《常州词派与近代词学的解释学思想》[②]，论述常州词派说词法在近代的反响，其中涉及谭献、严既澄、王国维、谢章铤等人，提出作品与接受会出现的偏差问题。

大量文学作品译介进入中国，加深了近代的西学东渐，随着翻译文学的兴盛，翻译理论也兴起。但是关于翻译理论的论文较少。郭延礼先生的《中国近代文学翻译理论初探》[③]是难得的一文。郭先生曾著有《中国近代翻译文学概论》，其文搜集文献全面，集中论述了严复提出的信、雅、达、雅的问题，意译与直译的问题。

王国维是近代文学批评评价轩轾较大的对象，20世纪80年代前，讲民初的理论家，众口一词讲鲁迅的《摩罗诗力说》，批判王国维的唯心主

---

① 梁淑安：《近代戏剧变革与外来影响》，《新疆师范大学学报》1989年第3期。
② 陈水云：《常州词派与近代词学的解释学思想》，《求是学刊》2002年第5期。
③ 郭延礼：《中国近代文学翻译理论初探》，《文史哲》1996年第2期。

义哲学与唯美主义美学。80年代后，王国维成为清末民初最重要的学问家、美学家，研究成果较多。赵民利教授《王国维悲观主义人生观成因新探》[①] 认为已有的研究论著在论及王国维悲观主义人生观及其悲剧观念时，忽视了他的矛盾文化心态对其悲观主义人生观所产生的影响，而这正是揭开王国维自杀原因的关键。王国维的矛盾文化心态主要表现在三个方面：传统思想观念与资产阶级启蒙思想观念的矛盾；对西学本身所具有的矛盾态度；对社会现实政治认识上的矛盾心理。它们都对王国维悲观主义人生观的形成产生了直接的影响。文章以扎实的资料与客观求实的态度，深入分析王国维的悲观主义的形成理路，有较高的学术价值。

从学术史上看，四十年不过短暂的一段，但对中国思想文化而言，这四十年放给学术研究带来勃勃生机，新理论、新方法、新的研究领域让近代文学研究领域的观念发生了沧海桑田般的变迁，回顾这一段学术史，感慨良多。

---

① 赵民利：《王国维悲观主义人生观成因新探》，《文史哲》1999年第3期。

袁行霈主编《中国文学史》(第3版)指瑕与思考

韩 元[*]

摘 要：袁版中国文学史不但体大思精，而且在不断的修订中历久弥新。但其中也存有一些疏误，比如在文献的征引上，讹、脱、倒、衍的情况都有存在；部分章节在前后的论述中相互矛盾，观点未能统一；部分语辞的使用在统稿中也未尽完善。此外，在对个别诗文的解读上，有些论述仍然可以优化、具体化，不宜一概论之；书中所附的部分"研修书目"也应及时修订，采用最新版本。

关键词：文学史；文献；论述矛盾；统稿；研修书目

袁行霈主编的《中国文学史》（下文简称"袁版文学史"）既专且博，而且编者也以"既是高校教材，又是学术研究著作"为初衷。从教学效果来看，它显然已经达到了这个目标，在名目众多的各类文学史中，袁版文学史独占鳌头、独领风骚。之所以能取得如此成就，我想原因无非两点：一是每位执笔者都是相关领域的顶级专家；二是编写者一直保持着谦虚谨慎、与时俱进的态度。如果此书有再次修订的话，希望本文能够提供一些微薄的建议，献上自己的一瓣心香。

袁版文学史自1999年初版以来，已经修订过两次：2005年7月出版了第2版，2014年6月出版了第3版。新版改正了旧有的错误，新增了一些内容，这对全书质量的提升无疑是大有帮助的，但笔者在学习和教学中，也偶然发现了袁版文学史中一些明显的讹误，这些讹误促使笔者对此书进行了更为仔细的阅读和思考，积累了一段时间之后，便不揣冒昧，写下了这篇浅薄的文章。虽然这些讹误不必苛责，也不应苛责，但它确实能

---

[*] 韩元（1987— ），男，河南信阳人，文学博士，现为泰州学院人文学院讲师。

反映一些共性的问题，比如：

第二卷第三编第一章第三节引钟嵘《诗品》（上）论刘桢，曰："雕润很少。"① 按，"很"乃"恨"之误。引钟嵘《诗品》是第3版文学史新增的材料，这对论述刘桢的诗风自然极有帮助，但在新增的这段仅有四字的材料中出现了讹误，且意义相差较大，这是应当改正的。再比如：

第二卷第四编第二章第一节引张九龄诗，题作"《送窦校尽收眼底见饯得云中辨江树》"②。按，"尽收眼底"当改为"书"字，致误之由未详。和第2版文学史相比，论张九龄诗歌的部分是新增的内容，这对论述盛唐初期的诗歌创作有重要的补充意义，正如书中所言"在王维、孟浩然诗人群落出现之前，有一位诗人值得注意，他就是张九龄"。但这个错误比较明显，应当改正。再比如：

第二卷第四编第十一章第一节引李商隐《赠刘司户蕡》曰："江风吹浪动云根，重碇危墙白日昏。"③ 按，"墙"乃"樯"之误④，与"碇"皆船事之具。和第2版相比，第3版虽然仍然使用了《赠刘司户蕡》这首诗，但"江风"云云是新增的内容，这显然是一个笔误。再比如：

第四卷第七编《明代文学》第三章第二节举李东阳《茶陵竹枝歌》（其二）曰："刲刲羊击豕禳瘟鬼，击鼓焚香赛土神。"⑤ 按，"刲刲羊"当作"刲羊"，后一"刲"字为衍文。但这个讹误在第2版的文学史中是没有的⑥，这可能是排版上的错误，但它也需要改正。

除了在新版过程中出现一些新增的讹误，还有一些沿袭的错误，这些错误也比较明显，比如：

第二卷第四编第五章第一节，评韦应物《滁州西涧》曰："在宁静的诗境中，有一重冷落寂寞的情思氛围。"⑦ 按，"有一重"当是"有一种"之讹。在第2版文学史中即是如此，至第3版时并未改正。因为这一类的问题较多，所以一并放在下一节专门讨论。

---

① 袁行霈：《中国文学史·第二卷》（第3版），高等教育出版社2014年版，第30页。
② 袁行霈：《中国文学史·第二卷》（第3版），第198页。
③ 袁行霈：《中国文学史·第二卷》（第3版），第357页。
④ 刘学锴、余恕诚：《李商隐诗歌集解》（增订重排本），中华书局2004年版，第768页。
⑤ 袁行霈：《中国文学史·第四卷》（第3版），第63页。
⑥ 见袁行霈《中国文学史·第四卷》（第2版），高等教育出版社2005年版，第62页。
⑦ 袁行霈：《中国文学史·第二卷》（第3版），第248页。

此外，卷末的"研修书目"中也存有少量讹字，比如第四卷研修书目"《珂雪斋集》附《游居柿录》"①，按，"柿"当作"柿"，指削下来的木片，削去木简上的错误，与"柿"自是两字。又如将"《三国志演义》六十卷120回"的评点者写作"毛伦、毛宗岗"②，而"伦"应该是"纶"的笔误。

要求一本著作毫无瑕疵是很困难的，而一部材料丰富、成于众手的巨著出现一些小的讹误也在所难免，但这些问题的发现，说明这版文学史还有可以完善的地方，于是笔者便积累了一些材料（本文所论"文献征引之讹误"以袁版文学史第二卷的第三、四编为例）和浅薄的看法，这便是选题缘起。

一 文献征引之讹误

在古籍校勘中，按照错误的类型，一般可分为讹、脱、倒、衍四种，现笔者亦以此为序，各举数例以示说明；此外，有些文献在征引时有两种或以上的错误类型，笔者将其置于"综合性错误"一类。

（一）讹

1. 第三编第六章第二节引《宋书·刘义庆传》，曰："爱好文艺，才词虽不多，然足为宗室之表。"③ 按，"文艺"原作"文义"④，此或音近而误，当据改。

2. 第三编第八章第二节引《梁书·王筠传》曰："筠皆击节称赏。约曰：'知音者稀，真赏殆绝，所以相要，政在此数句耳。'"⑤ 按，"称赏"原作"称赞"⑥，此或因涉下文之"赏"字而误，故当据改。

3. 第四编第一章第一节引李谔《上隋高帝革文华书》曰："于是闾

---

① 袁行霈：《中国文学史·第四卷》（第3版），第496页。
② 袁行霈：《中国文学史·第四卷》（第3版），第497页。
③ 袁行霈：《中国文学史·第二卷》（第3版），第111页。
④ （梁）沈约：《宋书》，中华书局1974年版，第1477页。
⑤ 袁行霈：《中国文学史·第二卷》（第3版），第143页。
⑥ （唐）姚思廉：《梁书》，中华书局1973年版，第485页。

里童昏，贵游总卯，未窥六甲，先制五言。"① 按，"总卯"当为"总丱"之误。丱者，儿童束发为两角之谓也。颜之推《颜氏家训》："梁朝皇孙以下，总丱之年，必先入学。"梁武帝《拟长安有狭邪》："小息尚青绮，总丱游南皮。"并是此例。李谔此文亦载《隋书》本传②。此或为形近而误，当据改。

4. 第四编第二章第一节引王维《献始兴公》诗，曰："感激有公议，曲和非所求。"③ 按，"和"，《王维诗集》作"私"④，与"公议"之"公"相对，当据改。

5. 第四编第四章第四节论杜诗渊源，引何逊《入西塞示南府同僚》"薄云岩际出，初月浪中生"⑤，以合杜诗"薄云岩际宿，孤月浪中翻"之句。按，何诗下句"浪中生"原作"波中上"⑥，与杜诗相合者仅一字，而非两字，当据改。

（二）脱

1. 第三编第六章注释［2］引钟嵘《诗品》曰："故三祖之词，文或不工，而韵入歌唱。此重韵之义也，与世之言宫商异矣。"⑦ 按，"重"字下脱一"音"字⑧，当据补。

2. 第三编第七章第三节引刘熙载《艺概》曰："庾子山《燕歌行》开初唐七古，《乌夜啼》开唐七律，其他体为唐五绝、五排所本者，尤不可胜举。"⑨ 按，"五绝"之下，尚有"五律"二字，当据补。

3. 第四编绪论第四节论唐中宗立文学馆对文学创作的影响时，引有"于是天下以文华相尚"⑩之句，按此文当出自《资治通鉴》卷二〇九，

---

① 袁行霈：《中国文学史·第二卷》（第3版），第183页。
② （唐）魏征：《隋书》，中华书局1973年版，第1544页。
③ 袁行霈：《中国文学史·第二卷》（第3版），第198页。
④ 陈铁民：《王维诗集校注》，中华书局1997年版，第113页。
⑤ 袁行霈：《中国文学史·第二卷》（第3版），第244页。
⑥ 李伯齐：《何逊集校注》，中华书局2010年版，第121页。
⑦ 袁行霈：《中国文学史·第二卷》（第3版），第117页。
⑧ 曹旭：《诗品集注》，上海古籍出版社1994年版，第332页。
⑨ 袁行霈：《中国文学史·第二卷》（第3版），第130页。
⑩ 袁行霈：《中国文学史·第二卷》（第3版），第175页。

"以"字前有"靡然争"① 三字，增之则文意更足，故当据补。

4. 第四编第五章第二节引李端诗"重露湿苍苔，明灯照黄叶"，题曰"《过谷口元赞所居》"②。按"赞"字下脱一"善"字③，"赞善"为职官名，唐时始置，见《旧唐书》卷四四，故当据补。

5. 第四编第十二章注释［5］引《朱子语类》卷一四〇曰："古乐府只是诗，中间却添许多泛声，后来人怕失了那泛声，逐一添个实字，遂成长短句，今曲子便是。"④ 按，"逐一"下，《朱子语类》原有"声"字⑤，当据补。

（三）倒

1. 第三编第一章第四节引王粲《从军诗》："服身事干戈，岂得念所私。"⑥ 按，"服身事干戈"，《文选》及诸书所引皆作"身服干戈事"⑦，当据乙。

2. 第三编第九章注释［8］论《搜神后记》之作者旧题陶潜时，引《四库全书总目》卷一四二曰："《隋书·经籍志》著录，已称陶潜，则赝撰嫁名，其来久矣。"按，"久矣"原作"已久"⑧，此当是倒文之后又缘其音近而讹。

3. 第四编绪论注释［2］引《新唐书·食货志一》曰："四年，斗米四五钱，外户不闭者数月"⑨ 云云。按，"斗米"，《新唐书》原作"米斗"⑩，当据乙。

4. 第四编绪论注释［2］引《新唐书·食货志一》曰："是时，海内

---

① （宋）司马光：《资治通鉴》，中华书局1956年版，第6622页。
② 袁行霈：《中国文学史·第二卷》（第3版），第252页。
③ （清）彭定求等编：《全唐诗》，中华书局1960年版，第3233页。
④ 袁行霈：《中国文学史·第二卷》（第3版），第379页。
⑤ 黎靖德编：《朱子语类》，中华书局1986年版，第3333页。
⑥ 袁行霈：《中国文学史·第二卷》（第3版），第33页。
⑦ （梁）萧统编：《文选》，上海古籍出版社1986年版，第1271页。
⑧ （清）永瑢：《四库全书总目》，中华书局1965年版，第1208页。
⑨ 袁行霈：《中国文学史·第二卷》（第3版），第178页。
⑩ （宋）欧阳修：《新唐书》，中华书局1975年版，第1344页。

袁行霈主编《中国文学史》(第 3 版)指瑕与思考　　163

富实,斗米之价钱十三"① 云云。按,"斗米",《新唐书》原作"米斗"②,亦当据乙。

5. 第四编第七章第一节引胡震亨《唐音癸签》卷六,曰:"雅道大坏,由老杜启之也。"③ 按,"老杜",原作"杜老"④,当据乙。

(四) 衍

1. 第四编绪论引窦蒙《述书赋》论贺之章书法,曰:"忽有好处,与造化相争,非人工所能到。"⑤ 按,"所能到",《全唐文》及诸书所引皆作"所到"⑥,故"能"为衍文,当据删。

2. 第四编第三章第三节引许学夷《诗源辩体》曰:"太白七言绝句,多一气贯成者,最得歌行之体。"⑦ 按,"七言绝句",原作"七言绝"⑧,"句"为衍文,当据删。

3. 第四编第八章第一节引韩愈《与孟尚书书》曰:"使其道由愈而粗传,虽灭死而万万无恨。"⑨ 按,后"而"字为衍文,今本韩集作"虽灭死万万无恨"⑩,故当据删。

4. 第四编第十一章注释 [4] 引《旧唐书·李商隐传》曰:"茂元虽读书为儒,然本将家子,李德裕素厚遇之。"⑪ 按,《旧唐书》无"厚"字⑫,当据删。

5. 第四编第十二章注释 [10] 引《四库全书总目·钦定词谱》:"自《啸馀词谱》以下,皆以此法推究,得其崖略,定为科律而已。"⑬ 按,引

---

① 袁行霈:《中国文学史·第二卷》(第 3 版),第 178 页。
② (宋)欧阳修:《新唐书》,中华书局 1975 年版,第 1346 页。
③ 袁行霈:《中国文学史·第二卷》(第 3 版),第 278 页。
④ (明)胡震亨:《唐音癸签》,上海古籍出版社 1981 年版,第 57 页。
⑤ 袁行霈:《中国文学史·第二卷》(第 3 版),第 169 页。
⑥ (清)董诰编:《全唐文》,中华书局 1983 年版,第 4572 页下片。
⑦ 袁行霈:《中国文学史·第二卷》(第 3 版),第 226 页。
⑧ (明)许学夷:《诗源辩体》,人民文学出版社 1987 年版,第 206 页。
⑨ 袁行霈:《中国文学史·第二卷》(第 3 版),第 300 页。
⑩ (清末民初)马其昶:《韩昌黎文集校注》,上海古籍出版社 2014 年版,第 241 页。
⑪ 袁行霈:《中国文学史·第二卷》(第 3 版),第 366 页。
⑫ (五代)刘昫:《旧唐书》,中华书局 1975 年版,第 5077 页。
⑬ 袁行霈:《中国文学史·第二卷》(第 3 版),第 380 页。

见《四库全书总目》卷一百九十九,"啸馀词谱"原作"啸馀谱"[1],"词"为衍文,当据删。

(五) 综合性错误

1. 第三编第一章注释 [4] 引《晋书·乐志上》曰:"及魏武平荆州,获汉雅乐郎杜夔,能识旧法,以为军谋祭酒,使创定雅乐。时又有散骑侍郎即静、尹商善咏雅乐。"[2] 按,"杜夔"前,《晋书》原有"河南"二字,当据补;"咏"原作"训"[3],当据改正。

2. 第四编第四章第四节引庾信"绿珠歌扇底,飞燕舞衫长",以合杜诗《艳曲》"江清歌扇底,影旷舞衣长"[4] 之句。按所引庾诗、杜诗皆有误。庾诗《和赵王看伎》,"底"原作"薄"[5],作形容词,与"长"相对。所引杜诗见《数陪李梓州泛江有女乐在诸舫戏为艳曲二乎赠李》(其一),"影"原作"野",与"江"相对;"长"原作"前"[6],与"底"相对,并当据改。

3. 第四编第四章第四节引秦观之言,曰:"于是杜子美者……备藻丽之态,而诸家之所不及焉。然不集众家之长,杜氏亦不能独至于斯也。(《论韩愈》)"[7] 按,"众家"原作"诸家",与上文相接;"论韩愈"原作"韩愈论"[8],当据乙。宋人好发议论,各家别集论体颇多。其中似有体例存焉:论六经、史实之类,"论"字有居前者,如苏轼《论郑伯克段于鄢》《论会于澶渊宋灾故》等,此类自撰之文,体式自如,文律较宽;"论"字有居末者,如苏轼《儒者可与守成论》,秦观《君子终日乾乾论》等,此类多如策试之体式,措辞雅正,文律较严;至于论历史人物,则"论"字统居末位,如《淮海集》卷一九至卷二二之《晁错论》《韦玄成论》《石庆论》,如《苏轼文集》卷三至卷四之《宋襄公论》《秦

---

[1] (清) 永瑢:《四库全书总目》,中华书局1965年版,第1827页。
[2] 袁行霈:《中国文学史·第二卷》(第3版),第39页。
[3] (唐) 房玄龄:《晋书》,中华书局1974年版,第679页。
[4] 袁行霈:《中国文学史·第二卷》(第3版),第244页。
[5] 许逸民校点:《庾子山集注》,中华书局1980年版,第341页。
[6] (清) 仇兆鳌:《杜诗详注》,中华书局1979年版,第995页。
[7] 袁行霈:《中国文学史·第二卷》(第3版),第243页。
[8] 徐培均:《淮海集笺注》,上海古籍出版社2000年版,第751页。

始皇帝论》《汉高帝论》，如《张耒集》卷三九至卷四一之《汉文帝论》《汉景帝论》《唐代宗论》等皆是如此。

4. 第四编第十章第二节引方回《瀛奎律髓》曰："晚唐诗多先锻炼颈联、颔联，乃成首尾之以足之。"① 按，"锻炼颈联"，《瀛奎律髓》原作"锻景联"②，故"炼"字衍，当据删；"景"与"颈"词义相同，非方氏误用。"景联"多见于南宋诗话之中，如《吟窗杂录》《诗人玉屑》《齐东野语》等。方回论诗好言"景联"，《瀛奎律髓》用"景联"共九处（卷三、一二、一三、一六、一六、二〇、二九、四七、四七），用"颈联"则无有也。

5. 第四编第十章注释［4］引《唐会要》卷二十九曰："开元十七年八月五日，左丞相源乾曜、右承相张说等上表以是日为千秋节。著之甲令，布于天下，咸令休假。"③ 按，"右承相"当作"右丞相"，"上表"后脱一"请"字④，当据补。如此则文意方足，于理方合。

二　前后表述的统一性可再加强

袁版文学史成于众人之手，亦采众家之所长，所以全书的统稿部分就显得比较重要。在这方面，袁版文学史很好地统一了风格，让读者拥有一种非常舒适的阅读体验。但在一些细节上，比如小到语辞的使用，大到观点的整合，或许仍存有一些可以完善的空间。

比如第二卷第三编第一章第一节论曹操之诗，曰："陈祚明评其诗'跌宕悲凉，独臻超绝'（《采菽堂古诗选》卷五）"⑤ 陈祚明是清人，《采菽堂古诗选》也较有名气，其姓名前不冠以朝代也似无大碍，但在后文第二章论两晋诗坛潘岳之悼亡诗时，又说："清人陈祚明……《采菽堂古诗选》卷十二"⑥ 云云，按照一般的著书或注释体例，都是在第一次出现某个词语时进行详细的解说，第二次出现时便可以省略，这个体例应

---

① 袁行霈：《中国文学史·第四卷》（第3版），第344页。
② 李庆甲：《瀛奎律髓汇评》，上海古籍出版社2005年新1版，第476页。
③ 袁行霈：《中国文学史·第二卷》（第3版），第352页。
④ （五代）王溥：《唐会要》，中华书局1955年版，第542页。
⑤ 袁行霈：《中国文学史·第二卷》（第3版），第24页。
⑥ 袁行霈：《中国文学史·第二卷》（第3版），第45页。

该统一起来。再比如:

第二卷第三编第一章第二节论曹植《七哀》诗,曰:"刘履评此诗"① 云云,刘履是元代人,《四库全书》集部收录其《风雅翼》一书,其《选诗补注》在"文选学"中也占有一定的地位,但对多数读者而言,这个名字或许还是陌生的,最好在前面加上"元人"二字。而文学史显然也考虑到了这一点,在第二节评论刘桢之诗时,便写道"元人刘履说"② 云云,前后相差仅有3页,显然应该在前文之中就加上"元人"二字。这些当然都是一些无关紧要的小细节,不足为病,但涉及一些文学史观念的表达时,袁版文学史前后文有时显得却不太统一,这是应当加以注意的,比如:

第三卷第六编绪论第二节论元代叙事文学的兴盛时,对元代叙事文体诸如话本小说、戏剧的产生背景作了简要的分析,文中写道:

> 元代商业经济在宋代的基础上有了新的发展,城市人口集中,而一般侧重于表现作者个人意趣胸襟的诗词,不易符合市民的需要。为了满足市民群众在勾栏瓦肆中的文化消费,演述故事的话本、说唱便得到进一步的繁荣。③

从以上的表述中,我们大概可以得出如下推论:商业经济的繁荣导致城市人口的集中,这些集中生活的市民群众更喜欢话本、说唱之类的文学样式,而诗词侧重于表现作者的个人意趣胸襟,因而不合要求,不受喜爱。在这种语境下,我们可以理解为商业经济的发展、城市人口的集中,使传统的词作不能满足市民的要求,故而限制了词的发展和繁荣。但是袁版文学史在论述宋词的繁荣时,却存在恰恰相反的表述,第三卷第五编绪论第四节的题目便是"城市的繁荣与词的兴盛",在具体论述中,教材提到:

> 由于都市的繁荣,"新声巧笑于柳陌花衢,按管调弦于茶坊酒

---

① 袁行霈:《中国文学史·第二卷》(第3版),第27页。
② 袁行霈:《中国文学史·第二卷》(第3版),第30页。
③ 袁行霈:《中国文学史·第三卷》(第3版),第193页。

肆"(孟元老《东京梦华录·序》),民间的娱乐场所也需要大量的歌词,士大夫的词作便通过各种途径流传于民间。……社会对词作的广泛需求,刺激了词人的创作热情,也促进了词的繁荣和发展。①

这段表述显然和上一段存在较大的分歧:一者认为城市的繁荣限制了(或不利于)词的发展,另一者认为城市的繁荣促进了词的发展。同一本文学史在展现两种不同的观点时应该加以简要的说明,否则会让读者产生疑惑,难以选择。其实从文学史的发展来看,一般认为城市的繁荣有利于词的兴盛,但元代商业经济在发展时,城市的繁荣确实没有使词这一文学样式继续兴盛,原因何在?笔者认为可以从以下角度进行解释:

  在论述元代文学的社会背景时,作者将"诗词"并列起来,但诗与词有时并不能完全等同,只是宋词在发展时,已经逐渐成为与诗一样的雅文学,这种形势在宋末之时已经积重难返,但由于文体毕竟不同,诗词也各有其适宜的描写范围,如果从城市繁荣之下的文化消费来看,词无疑是更为合适的文体,而且也出现过一些表现城市繁华、市民生活的词作,柳永的一些都邑词、爱情词就是这方面的代表,它们同样描写了作者的"个人意趣胸襟"。所以就描写的范围和表达的功能而言,词这一文体完全可以表现元代商业经济的发展和城市的繁荣,而不应该仅仅以"个人意趣胸襟"为由将其排除在外,还应该寻找其他新的解释。而这个新的解释其实并不难于理解,"元代科举考试时行时辍,儒生失去了仕进机会,地位下降"②,上层政治结构和社会制度的变化导致了接受群体的改变,这才是其最根本的原因。试想,如果元代的科举制度没有中断,儒生的社会地位没有下降,他们大多不会为了谋生而创作迎合下层民众口味的杂剧、话本等,词的发展至少不会像元代那样如此凋零。科举制度的中断,这属于蒙汉民族冲突下的政治产物,即便是我们用"经济基础决定上层建筑"来比附的话,那么元代商业经济的发展,城市的繁荣也不可能是元朝统治者中止科举制度的原因,这主要是一个民族冲突和压迫

---

① 袁行霈:《中国文学史·第三卷》(第3版),第11页。
② 袁行霈:《中国文学史·第三卷》(第3版),第192页。

的问题。

上面这个例子出现在不同时段的文学史内,此外也有出现在同一时段文学史的不同表述,比如第三卷第五编第六章第五节论周邦彦词的章法结构时,指出周词"主要是从柳永词变化而来",并着重分析道:

> 柳词善铺叙,但一般是平铺直叙,为时空序列性结构,即按事情发生、发展的时空顺序来组织词的结构,明白晓畅,但失于平板单一而少变化。周词也长于铺叙,但他变直叙为曲叙,往往将顺叙、倒叙和插叙错综结合,时空结构上体现为跳跃性的回环往复式结构,过去、现在、未来和我方、他方的时空场景交错叠映,章法严密而结构繁复多变。①

从以上的表述中,我们大致可以得出一个主要结论:周词的铺叙错综结合,体现出时空上回环往复式的结构,而柳词的结构则平板单一少变化;周词在章法上能够结合过去、现在、未来和我方、他方,时空场景交错,而柳词不能。这样表述不但指出了周词与柳词的联系,更重要的是揭示了二者的区别,这个结论确实富有启发性,但是否有另外一种可能呢?请看同一卷同一编第二章第三节"柳永词的新变"中的相关内容:

> 他(柳永)善于巧妙利用时空的转换来叙事、布景、言情,而自创出独特的结构方式。词的一般结构方式,是由过去和现在或加上将来的二重或三重时空构成的单线结构;柳永则扩展为从现在回想过去而念及现在,又设想将来再回到现在,即体现为回环往复式的多重时间结构……在空间结构方式上,柳永也将一般的人我双方互写的双重结构发展为从自我思念对方又设想对方思念自我的多重空间结构。②

从以上表述中,我们可以得出如下结论:柳词体现出回环往复式的多

---

① 袁行霈:《中国文学史·第三卷》(第3版),第98页。
② 袁行霈:《中国文学史·第三卷》(第3版),第37页。

重时间结构，改变了单线式的结构；在空间结构上，既写到我方，又写到他方，体现出多重的空间结构。

如果将这两个结论做一个对比，自然就可以发现其中的不和谐之处：在论及周邦彦之时，教材认为周词的结构"回环往复"，柳词"单一少变化"；但在论及柳永时，教材又认为柳词的结构"回环往复"，具有"多重空间结构"。那么"回环往复"这个词是周邦彦的独享，还是可以和柳永共享？从其叙述来看，多半是可以共享的。那么从章法结构上看，周词与柳词的区别到底在哪里，其文学史意义究竟该怎样划分？柳永词的结构到底是"单一"的，还是"多重"的？这些问题的回答似乎并不是很清楚。而且，教材在论述柳词的多重结构之后，明显地提到了一句："后来周邦彦和吴文英都借鉴了这种结构方式而加以发展变化。"① 只是在论述这个"发展变化"时，教材采用了相似的语言，导致读者难以区分。至于柳词与周词的异同该如何理解，这可以属于单独的学术讨论，不一定非要在这篇文章中给出答案，故此问题至此而止。

除了前后表述的矛盾，袁版文学史在论述一个中心问题时，前后表述的位置有时可以变动，而且变动之后的效果或许会更好一些，比如：

> 第二卷第三编第一章第四节论"建安诗歌的时代特征"时，分了"政治理想的高扬""人生短暂的慨叹""强烈的个性表现""浓郁的悲剧色彩"四个方面来讨论，并且在正文中给予相应的四个段落来说明。最后一段用一句话对全文进行概括："以上所举各点，就是'建安风骨'这一美学范畴的主要内涵。"② 全文厚积薄发，举例翔实，层次分明，一目了然。但其所举的各点，在顺序上可以稍微调整一下。正是由于"建安文人饱受乱离之苦"，所以"也激起他们的政治热情"③，社会的动乱，导致"生灵涂炭，疾疫流行，人多短寿"，自然会有"人生短暂的慨叹"。至此，教材中所列的前两点已经结束，其衔接也很自然，但第三点出现了"强烈的个性"这个中心，但全文并没有至此终结，第四点又回到"世积乱离"导致的

---

① 袁行霈：《中国文学史·第三卷》（第3版），第37页。
② 袁行霈：《中国文学史·第二卷》（第3版），第35页。
③ 袁行霈：《中国文学史·第二卷》（第3版），第33页。

"浓郁的悲剧色彩"中来,这个安排便略显突兀,不如将第四点衔接在第二点之下:正是因为在乱离中慨叹人生之短暂,所以在其诗文中才会体现浓厚的悲剧色彩,这是一个比较完整的逻辑结构,而"强烈的个性"完全可以置于最后一点讨论,对全文的结构也没有不良的影响。

三 有关文学史写作的零星思考

(一) 论述细节的优化

第二卷第四编第十章第三节论晚唐诗人唐彦谦时,举其《离鸾》"下疾不成双点泪,断多难到九回肠"之句,认为其"风格和写法即介乎温、李之间"[1]。这里我们不妨列出唐诗全文:

> 闻道离鸾思故乡,也知情愿嫁王昌。尘埃一别杨朱路,风月三年宋玉墙。下疾不成双点泪,断多难到九回肠。庭前佳树名栀子,试结同心寄谢娘。[2]

诗歌的内容大概与爱情有关,写失去意之中人的惆怅与落寞,这种朦胧哀婉的风格确实与李商隐相近,但其写法上恐怕更多地是学杜而非学李。教材所举为唐诗的颈联,其实颔联和颈联一样,最突出的艺术手法是语序的使用,也可以简单地谓之倒装。"下疾"二句的正常语序应该是"泪疾下不成双点,肠多断难到九回",是因果关系——因为眼泪疾下,所以并无点滴之状;因为肝肠多断,所以难有九回之曲;也是重点强调——非有泪流疾下,不足以言其情之难忍;非有断肠之痛,不足言其伤心之剧。颔联也是倒装,语序亦可作"一别尘埃杨朱路,三年风月宋玉墙",将"尘埃""风月"前置,显然是为了强调。但与颈联的因果强调不同,它更像是主题强调:"尘埃"和"风月"分别是三、四句的主题。

---

[1] 袁行霈:《中国文学史·第二卷》(第3版),第347页。
[2] (清)彭定求等编:《全唐诗》,中华书局1960年版,第7693页。

和情人分别后各自异途，音信绝隔之下唯见尘埃飞扬；三年之中互传情思，陡然分别之时风月亦不堪谈论矣。如果单从艺术层面来考察这首诗，语序的使用无疑是最大亮点，而这种"写法"与杜甫明显接近，而非"介乎温、李之间"。

杜诗的典范意义虽然从宋代才被最终确立，但自韩愈、元稹等人开始，就已经对杜诗大加赞扬。而杜诗的艺术，很大程度上便体现在其句律上，所谓"拾遗句中有眼"（黄庭坚《赠高子勉四首》其四），而杜诗在语序的使用上更是取得了极大的成功。① 在这方面，唐彦谦学杜更甚于学李，所以教材在表述时应该是过于注重风格，而顺便将创作手法纳入其中，然而这是不尽准确的。此外，教材在注释中对唐诗此二句另有论述：

> 李商隐《无愁果有愁北齐歌》："秋娥点滴不成泪。"《和张秀才落花有感》："回肠九回后，犹有剩回肠。"所引唐彦谦两句，即从李诗化出。②

教材认为唐诗从李诗化出，多半是从词汇使用的角度观察的。比如李诗"秋娥点滴不成泪"与唐诗"下疾不成双点泪"有三个字的匹配，但如果不以李商隐为搜寻对象，则可以找到更多的匹配，比如晚唐鲍溶《留辞杜元外式方》有"泪下不成珠"③一语，而方干《别殷明府》亦有"空垂双泪不成珠"④之句。以鲍诗而论，五字之中与唐诗有四字匹配（泪、下、不、成）。⑤ 鲍溶、方干与唐彦谦、李商隐为同时代之人，而鲍溶为元和四年（809）进士，比李商隐（812—858）的时代更早。至于"九回肠"之句则有更多例证，唐诗亦未必即从李诗化出。

---

① 有关杜诗语序之研究，可参见王力《汉语诗律学》（《王力全集》第十七卷），中华书局2015年版；孙立尧《杜甫七律语序阐微》，《文学遗产》2018年第4期。
② 袁行霈：《中国文学史·第二卷》（第3版），第353页。
③ （清）彭定求等编：《全唐诗》，中华书局1960年版，第5506页。
④ （清）彭定求等编：《全唐诗》，中华书局1960年版，第7502页。
⑤ 按李诗《无愁果有愁北齐歌》"秋娥点滴不成泪"下句为"十二玉楼无故钉"，两句结合对读，似谓宫娥已老，虽是泪眼，却未能点滴而下，与文中所举鲍溶、方干诗相类，而唐彦谦诗则谓泪疾而下，尤复点滴之貌。所以从诗意上看，李诗与唐诗亦不相类。下句"九回肠"一典，李诗谓犹剩有回肠，唐诗则谓肠断，已无回肠，诗意亦相离。

(二)"研修书目"的修订

袁版文学史修订了 2 次,前后相跨 25 年,在这二十余年间,学界的研究现状都被及时地吸收在了相应的论述和注释之中,但卷末"研修书目"的修订却相对显得迟缓。从理论上讲,新修订的古籍对旧版而言都有不同程度的提升,理应替换掉原有的版本。所以,在不改变原有研修书目数量和名称的情况下,笔者以一己所见之版本为范围,对第 3 版文学史的研修书目做一个简单调查,如下表所示,而教材中原注明某某刻本者,则一仍其貌,不在讨论之中。

卷次	书名	整理者	出版社	旧版	新版
1	山海经校注	袁珂	北京联合①	1980 年	2014 年
1	史记	赵生群等	中华书局	1959 年	2014 年
2	何逊集校注	李伯齐	中华书局②	1989 年	2010 年
2	陈子昂集	徐鹏	上海古籍③	1960 年	2013 年
2	嵇康集校注	戴明扬	人民文学	1962 年	2014 年
2	孟浩然诗集笺注	佟培基	上海古籍	2000 年	2013 年
2	高适集校注	孙钦善	上海古籍	1984 年	2014 年
2	韦应物集校注	陶敏、王友胜	上海古籍	1998 年	2011 年
2	元稹集	冀勤	中华书局	1982 年	2010 年
3	乐章集校注	薛瑞生	中华书局	1994 年	2012 年
3	山谷词④	马兴荣、祝振玉	上海古籍	2001 年	2011 年
3	李清照集笺注	徐培均	上海古籍	2002 年	2013 年
3	放翁词编年笺注	夏承焘、吴熊和	上海古籍	1981 年	2012 年
4	张岱诗文集	夏咸淳	上海古籍	1991 年	2014 年
4	夏完淳集笺校	白坚	上海古籍	1991 年	2016 年
4	纳兰词笺注	张草纫	上海古籍	1995 年	2003 年

---

① 袁珂:《山海经校注》1980 年初版于上海古籍出版社,修订本于 2014 年在北京联合出版社出版。
② 李伯齐:《何逊集校注》1989 年初版于齐鲁书社,修订本于 2010 年在中华书局出版。
③ 徐鹏:《陈子昂集》1960 年初版于中华书局上海编辑所,修订本于 2013 年在上海古籍出版社出版。
④ 初版时题为《山谷词》,修订再版时题为《山谷词校注》。

续表

卷次	书名	整理者	出版社	旧版	新版
4	聊斋志异会校会评会注	张友鹤	上海古籍	1979 年	2011 年
4	儒林外史汇校汇评	李汉秋	上海古籍	1999 年	2010 年
4	散原精舍诗文集	李开军	上海古籍	2003 年	2014 年

此外，学界的一些新的古籍整理成果亦应该引起注视，可以考虑给予适当的体现。比如以下几例：

杨明：《陆机集校笺》，上海古籍出版社 2016 年版；

郁贤皓：《李太白全集校注》，凤凰出版社 2015 年版；

萧涤非等：《杜甫全集校注》，人民文学出版社 2014 年版；

张草纫：《二晏词笺注》，上海古籍出版社 2010 年版；

揭傒斯：《揭傒斯全集》，上海古籍出版社 2012 年版；

以上是笔者对袁版文学史中一些细微问题所提出的浅薄思考，限于篇幅与自身学力，问题的讨论至此收束，不当之处，还望各位专家、同行不吝指教。

罗宗强先生文学史研究思想拾粹

刘 伟[*]

摘 要：罗宗强先生是古典文学研究界知名学者，他善于思考，敢于创新，多年的勤奋耕耘形成了自己独特的学术思想体系。笔者认为，罗先生的文学史研究思想精粹在于四个方面：投入深厚的情感进行研究，强调文学本位的学术理念，倡导端正的学术风气，注重理论思辨的养炼。

关键词：情感；文学本位；学风；理论思辨

罗先生著作颇丰，思想深邃，从《李杜论略》《唐诗小史》，到《玄学与魏晋士人心态》《魏晋南北朝文学思想史》，再到《明代后期士人心态研究》《读文心雕龙手记》，尤其是《隋唐五代文学思想史》，陈允吉认为此书是自"五四"以来中国文学理论批评研究中最具特色的新成果。[①] 罗先生文学素养深厚，理论思维闳阔，研究方法独特，其学术思想与研究方法在泡沫学术泛滥的今天，有必要得到弘扬与推广。所以笔者爬罗剔抉，分析撰文，以供有志于古典文学的研究者分享借鉴。

一 投入深厚的情感进行研究

罗先生热爱古典文学，对古代文人及古典文学作品都充满情感感悟并怀有无限崇敬之意，他真正践行了陈寅恪所讲对古人要抱有一颗"了解之同情"的心的立论。由于感情的投入，每每与古人产生共鸣。他说：

---

[*] 刘伟，男，1977年生，文学博士，内蒙古师范大学文学院副教授，硕士研究生导师，主要从事古代文学教学与研究。

[①] 陈允吉：《中国古代文学理论批评研究中的新收获》，《中国社会科学》1987年第2期。

"我有个体会，人文学科的学术研究，特别是文学研究，里面包含着很多人生感悟的东西，含有对人性的理解在里面。真切的人生体验对文学研究很有好处。人生多艰人生不易！但是多艰的人生也让人对生命有更深沉的感悟。理想和向往，受到挫折以后的感慨，各种各样的生存境遇和体验，使人对文学作品可能会有更真切的感受，对人性也会有更深的体悟。所以我后来在文学研究中，特别重视人性的把握、人生况味的表述；当然，古人与今人的思想观念距离很远，但是人性中总有相通的地方，对人生的体悟也有相通的地方。"[1] 罗先生看待文学作品往往以己度人，做到"了解之同情"。在他看来，一个善良的人，必定是个感情丰富的人，既有欢乐，有上进的要求，也有失败的痛苦，也有感伤、也有悲哀，这是正常的。罗先生认为中国古代诗歌中充满人文精神的关怀，诗歌教育对于青少年时期人格塑造、感情熏陶非常重要。古代诗歌可以教会孩子如何对待人生，如何看待生命，怎样才会胸怀坦荡，不过于计较个人得失。通过学习古代诗歌，可以让孩子们知道应该热爱故乡，热爱家园，要有亲情、友情、爱情，把我们青少年一代培养成人格健全的、感情丰富健康的人，是有人性的人，而不是有动物性的人。他在《诗的人文传统问题——关于选诗和解诗的一些问题》一文中说："以上谈到了感悟人生、家国情怀和亲情在我国古代诗歌中的一些表现，这些正是我国古代诗歌中有着浓郁的人文精神的地方。这并不是说我国古代的诗歌中，人文精神只表现在这些方面。之所以要来单独的谈这些方面，是有感于当前青少年中的一些不好的状况，于是想起了我们古代诗歌中所反映出来的珍爱生命、热爱生命、热爱故土故国、重视亲情的这些可贵情思。这是作一个善良的人，作一个有人性的人，作一个真诚的人的最为起码的要求。"[2]

罗先生在如何写文学史，如何讲授文学史，如何编选中国古代文学作品选等问题上都强调文学作品具备情感的重要性，他指出："文学作品是我们民族各个时期的精神风貌的某种反映，或者说，至少是一部分人的内心世界的呈现。其中有家国情怀、乡土情结、亲情友情、爱情，有对生命

---

[1] 罗宗强、张毅：《"自强不息，易；任自然，难。心向往之，而力不能至"——罗宗强先生访谈录》，《文艺研究》2004年第3期。

[2] 罗宗强：《诗的人文传统问题——关于选诗和解诗的一些问题》，《忻州师范学院学报》2002年第2期。

的关爱,有人生感悟,有对于黑暗现实的愤慨不平,有对于美好人生的祝愿,有对于善良人性的赞美,也有对于丑恶人性的揭露与抨击。它们对于民族精神的承传、善良人性的张扬、完美人格情操的熏陶培养,都有着其他意识形态所无法代替的作用。"[1] 罗先生认为作品的选择,不仅要考虑知识的传授,而且要考虑对优秀民族文化、民族精神的理解,注重作品在反映上述种种思想感情时的真诚、深刻程度,注重它是否以真歌哭动人情怀。带着情感进行研究可以消解学术固执,避免思维僵化。由于对古人及其作品充满情感,罗先生的古典感悟十分灵活。他在《讲授文学史的一些思考》一文说:"我们讲文学史的时候,不要对学生说,李白是这样,杜甫是这样,这就是真理!最好是说,李白可能是这样,杜甫可能是这样,但还有不同的看法。"[2] 由于情感的共鸣,罗先生对当代诗人海子亦情有独钟,认为海子的诗歌充满古典之美。他在《论海子诗中潜流的民族血脉》一文中称赞道:"海子作为一位必将传世的诗人,除了受到外国文化的影响,他的诗歌中也潜流着民族文化的血脉。"[3] 由于情感的投入,罗先生的讲课或学术报告都十分精彩,社会精英、学术名流对罗先生的称赞表扬可谓夥矣。学生们往往有很深切的感受。2003年11月20日罗先生作了题为《从〈庄子·逍遥游〉注释谈经典的解读问题》的学术报告,一位听过此讲座的南开学子在网上发了一个帖子,诚挚而朴实地表达了对罗先生的敬仰之情,可以看出罗先生受学生受欢迎的程度,兹转引如下:

听了罗先生的讲座给我留下几点印象:第一,先生思路清晰。这几年的大学生活也算听了无数的讲座的,像先生这样不拿底稿而一气呵成又不失逻辑的却是不多。对一个年逾古稀的人来讲并不容易。(也许我们对先生要求太低了?但愿先生能一直这么睿智地讲下去)第二,发言简约而功力深厚。先生讲从古至今注庄者逾九百家。这些论断看似简单实则需要花费大量的时间和精力去查阅资料。先生的报告从头至尾经常有类似的论断。第三,先生年逾古稀而激情不减。每

---

[1] 罗宗强:《关于〈中国古代文学作品选〉编选的一点想法》,《中华读书报》2004年12月22日。

[2] 罗宗强:《讲授文学史的一些思考》,《中国大学教学》2000年第1期。

[3] 罗宗强:《论海子诗中潜流的民族血脉》,《南开学报》(哲学社会科学版)2002年第2期。

到动情处先生总是能够打动在场的听者。晚上躺在床上耳边想起先生吟诗时抑扬顿挫的语调，感动不已。还有很多印象，事关先生学术，后学之人无以评述。只报告结束后，东艺演播厅掌声经久不衰一事可明鉴矣！

罗先生多年致力于士人心态方面的研究，他自己坦言在研究中灌注了巨大的情感："心态研究面对的是人。面对人，就难免有是非褒贬，就难免带着感情色彩。"① 他这种情感投入是建立在科学考证材料基础之上的，是出于对古人的深刻理解与正确领悟，而非主观臆断率性而为。正是这种情感的投入，使得先生笔下的古人都是鲜活灵动的，充满生命情怀的。品读先生的几部著作，一种生气油然而生，促使我们与古人实现心灵的共鸣。

二 强调文学本位的学术理念

大约在20世纪80年代，古代文学研究界提出从广阔的文化背景研究古代文学的思路和方法。在这种学术思想的作用下，进行多学科的交叉研究成为一种学术时尚。多学科的交叉研究有它的优点，这种研究方式可以把研究对象放在广阔的历史平台上，有利于综合总体把握，我们原本就有文史哲不分的研究传统。但随着学术研究的发展，多学科的交叉研究的不专业性的弊端日益暴露出来。基于此，罗先生提出从多学科交叉回到本位的学术观念。他多次明确地谈及此问题：

> 多学科交叉的研究，如果没有用来说明文学现象，那就又可能离开文学这一学科，成了其他学科的研究，例如，成了政治制度史、教育史、思想史、民俗史、宗教史、音乐艺术史、社会生活史，或者其他什么史的研究。这些"史"的研究，研究古代文学的人可以用来说明文学现象，但是它的本身，并不是文学本身的研究。我们既然是研究古代文学，多学科交叉当然最终还是要回到文学本位。②

---

① 罗宗强：《关于士人心态研究》，《中华读书报》2002年12月4日。
② 罗宗强：《目的、态度、方法》，《天津社会科学》2002年第5期。

文学不是哲学，也不是历史。现在研究文学的人，有的光搞史料清理，或者光搞历史背景研究，历史背景的种种问题，当然对于全面了解当时的文学有必要，但是研究完这些问题以后，一定要回到文学上来。假如不回到文学本身，那就不是文学研究，而是历史学研究、社会学研究或别的什么研究。①

罗先生之所以提出多学科交叉研究而又回到文学本位，是有感于我们在古代文学的研究中似乎正在逐渐地忘记文学自身的审美特色。他举例说："研究一个作家，我们往往可以为他的生平、他的思想写上30万字，但是写到他的诗文，却只有几千字，而在这几千字里，他的最具魅力、最具代表性的作品一篇也没有引用，引用的多为他的失败之作，分不清作品的好坏。"② 左东岭十分赞成罗先生多学科研究而又回到文学本位的学术观点。他说："由于中国现代学术建立的过程中充满了各种复杂的政治纠缠与文化冲突，从而使得我们的历史研究存在着时代交叉与鱼龙混杂的局面。直至今日，还有相当一些人甚至拿政治代替历史，加之学术训练的不足，因而随意发挥、信口开河的现象便不免屡屡发生。从这个意义上说，傅斯年当初所说的'史学便是史料学'的话便依然拥有其价值。"③ 自然界中有一种鸟，专门喜欢为其他鸟孵卵，这是件费力不讨好的事。电视、报纸常有抱错孩子的报道，孩子养了很大，突然有一天被告知孩子不是他们的，这的确会给双方家庭都带来极大伤害。多学科交叉研究往往有搞错对象的"跑题"之嫌。罗先生提出多学科研究而又回到文学本位这一理论的贡献在于，它有利于廓清文学与其他学科的界限，有利于帮助了解文学独特的审美内涵。只有从文学自身出发，才能巩固自己的研究方阵，避免文学研究为其他学科研究打工。

要做到回归文学本位，审美能力十分重要，罗先生说："对于文学思潮发展的敏锐感受，在很大程度上，要求具备审美的能力。一个作家、一个流派的创作，美在哪里，反映了什么样新的审美趣味，乃是文学思想中

---

① 罗宗强、张毅：《"自强不息，易；任自然，难。心向往之，而力不能至"——罗宗强先生访谈录》，《文艺研究》2004年第3期。
② 罗宗强：《目的、态度、方法》，《天津社会科学》2002年第5期。
③ 左东岭：《罗宗强先生〈明代后期士人心态研究〉序》，《长江学术》2006年第4期。

最为核心的问题。如果这一点都把握不到，那写出来的就不会是文学思想史，而是一般意义上的思想史。如果把一篇美的作品疏漏过去，而把一篇并不美的作品拿来分析，并且把它说得头头是道，那就会把文学思想史的面貌写走样了。"① 文学研究过多介入其他学科势必影响其真实性，如果不运用自己的审美能力去感受作品，不设身处地感悟古人，就很难进入古人的心灵世界，就不能正确地把握作品的真实内涵。一个好的文学思想史研究者在面对古代作家作品时，理应能够既深入进去又退得出来，从而做到审美体验与理性思辨的协调一致。所以罗先生对文学思想史研究者提出了很高的要求，即必须具备国学基础、理论素养和审美能力。他说："没有必要的国学基础，就会陷入架空议论。没有必要的理论素养，就会把文学思想史写成资料长编。"② 而没有审美能力，正如上面所言，就会把文学思想史写成一般意义上的思想史。

文学史如何编写曾是学术界一个热门话题，许多学者参加了这场讨论，《江海学刊》的许总曾写信给罗先生，约其就如何建构文学史的问题写一篇文章。罗先生回信说："对于如何建构文学史，我并无一定的见解，不敢奉命。至于文学史应该怎么写，我的意见是爱怎么写就怎么写。"③ 他这个回答看似略带玩笑，实则有着深刻的思考。罗先生认为文学史的编写，不可能有一种理想的最佳模式，不可能有一种理想的建构。一旦规划出一种理想的不变的建构，大家都按这种理想的建构写，那我们的文学史领域，就会是一片单调的颜色。一种理想的文学史编写模式为大家认可之时，也就是文学史学科停止发展之日。对于文学史如何编写，罗先生从文学本位思想出发，提出了几条注意原则：文学史的编写目的和阅读对象；文学史真实反映文学史的面貌的可能性；文学史要否提供公认的结论与文学史编者的个人色彩问题；文学史编写的多样化。他指出，文学研究的最终的落脚点还在文学，文学要讲究自己的艺术审美特色，或在某种文体的表现方法上有所创新，或具独特之风格，或形式的华美，或技巧的纯熟，或取其简洁明约，或取其含蕴深厚，大抵重自然而轻伪饰，重厚

---

① 罗宗强：《我与中国古代文学思想史》，《学林春秋三编》，中华书局1998年出版，第124页。
② 罗宗强：《我与中国古代文学思想史》，《学林春秋三编》，中华书局1998年出版，第123页。
③ 罗宗强：《文学史编写问题随想》，《文学遗产》1999年第4期。

重而轻浅露。① 他说文学史"爱怎么写就怎么写"是建立在严肃的态度和严谨的学风的基础之上的。要不断积累材料，有了新的发现，有了认真准备、有了异于已有文学史的新的文学观念、新的发现、新的视角、新的叙述模式而需要写文学史时，再写也不迟。

三　倡导端正的学术风气

罗先生十分重视学风建设，无论在学术研究中还是在研究生培养教育中他都强调良好学风的重要性。当今的社会充满了急于求成之风，追求时尚，玩弄学术，有将学术庸俗化的倾向，罗先生对此深恶痛绝。他说："在古文论研究中，似乎还存在一个学风问题。大量的重复劳动，实在太无谓。举《文赋》为例，文章一堆，不重复的见解很少，十年前说了的，今天还在说。其他的课题也有类似的情形。重复他人之见解而又不注明出处，甚至有意抹杀，此种有损文德的举止，本应为学者之所耻而今日之学界，于此似漠然以对，习非为是。"② 他认为，若此风不改，则古文论之研究，难望有进一步之成就。他在《我们非常需要不尚空谈的书》一文中也说："在研究领域里，我以为我们应该多提倡扎扎实实的研究风气，而少发空议论。"③ 在罗先生看来，与其用大量精力去讨论用什么样的研究方法好，不如采用一种自己认为好的方法实实在在研究起来。但无论用什么样的方法，欲有所成，都必须实实在在。罗先生在研究生培养过程中，给学生上第一节课就一再告诫学生要端正学风，这是进行学术研究的基础，他说："博士生入学之后，我感到最重要的就是培养一个好的学风。什么是好的学风，我以为就是具有创造性思维而研究的过程始终严谨求实。"④ "在教与学的过程中，一方面要营造和谐的学术环境，建立和谐的教学关系，鼓励学生尽量发挥各自的特长，开创自己的研究领域，使论文有独特的创新见解；另一方面，要注重培养良好的学风，在扎实上下功夫，反对浮躁，注重论文的质量内涵。"⑤ 他在"全国古代文学古典文献

---

① 罗宗强：《文学史编写问题随想》，《文学遗产》1999 年第 4 期。
② 罗宗强：《近百年中国古代文论之研究》，《文学评论》1997 年第 2 期。
③ 罗宗强：《我们非常需要不尚空谈的书》，《文学遗产》1994 年第 5 期。
④ 罗宗强：《博士生培养过程中教与学的关系》，《学位与研究生教育》2000 年第 6 期。
⑤ 罗宗强：《博士生培养过程中教与学的关系》，《学位与研究生教育》2000 年第 6 期。

学博士点新世纪学科展望及信息交流座谈会"上发言亦强调：

> 我们培养的古代文学研究生，应该比我们更好。凡是我们缺乏的地方，也是他们应该加强的地方。他们应该直接王国维那些大师，具有坚实的国学基础。他们应该中西兼通，有更为广博的知识。他们应该是一些思想非常活跃、富于创造性思维的人。应该是敢与导师持不同意见，比导师高明的人。但最主要的一点，我以为他们应该是一些非常踏实的做学问的人，而不是一些空话连篇、靠说一些漫无边际的废话以猎取名誉的人。如果中文系培养古代文学研究生，都是一些这样的人，那才是中文系教育的最大失败。①

树立端正的学风首先要求真。他说："求真的研究，看似于当前未有直接的用处，其实却是今天的文化建设非有不可的方面。我们的文学创作、书法、绘画创作，无不与文化素养的深厚与否有关。"② 罗先生认为，求真就要有一个好的学术心态，他一再强调要有一颗平常心对待古典文学研究，心态健康才能求识历史之真，更好地了解传统，更正确地吸收传统的精华。进行求真研究还要注重所用材料的准确性。他说："从第一手材料出发，决不取巧，不相信和转引二手材料。当我没有看过大量原著的时候，在没有对大量原始资料进行认真梳理之前，我是不敢动笔的。对一些重大的文学事件，对一些重要的文学观念，对一些人和事，我尽力做到把它的来龙去脉理清楚。"③ 罗先生不但严格要求自己，而且殷切希望学生做学问要认真扎实。他说："我希望我的学生认真，是我七十多年来的一点人生感悟，要办成几件事，不认真是做不成的，但是认真之外，还要超脱，要拿得起，放得下，一切顺应自然。这恐怕就更难一些，能和认真结合起来，那就更好了。"④ 他十分注重"历史还原"，而求真精神无疑是

---

① 罗宗强：《全国古代文学古典文献学博士点新世纪学科展望及信息交流座谈会发言稿》，《文学遗产》1999年第2期。

② 罗宗强：《古文论研究杂识》，《文艺研究》1999年第3期。

③ 罗宗强、张毅：《"自强不息，易；任自然，难。心向往之，而力不能至"——罗宗强先生访谈录》，《文艺研究》2004年第3期。

④ 罗宗强、张毅：《"自强不息，易；任自然，难。心向往之，而力不能至"——罗宗强先生访谈录》，《文艺研究》2004年第3期。

"历史还原"的基础,一切学术结论都是以真实为根据。

罗先生认为树立端正的学风还要有耐得住寂寞的精神,学术研究要稳扎稳打,不能急于求成。他在《玄学与魏晋士人心态》的"后记"中说:"青灯摊书,实在是一种难以言喻的快乐。"① 以读书为乐,视荣华富贵如浮云,这样才能真正静下心来做一点学问,学者才能保持心的宁静而甘于寂寞。他说:"考虑到这些,我想,我们可用一颗平常心来对待这个问题。可能还会有一个六神无主的过渡期,那也不要紧。无望其速成,无诱于势利,只要我们以一种严谨的学风,一个问题一个问题扎扎实实地研究,我们就有可能更快地前进,更快地接近新理论创造的境界。我以为,妨碍我们达到这个目标的大敌,是我们自己。"② 罗先生对年轻一代充满殷切的期待,认为在古代文学研究日益边缘化的今天,要从事古代文学研究没有点个人爱好是不行的,你自己非常喜欢这个行当,非常喜欢这个事业,你才会专心致志地去研究它。如果著书都为稻粱谋,只是把学问作为一种谋生的手段,不但总会使自己有很大的压力,也容易把学问搞走样了,结果两败俱伤。如果你出于个人爱好,热爱学术研究,当你发现一条新材料,解决一个新问题,就会有无穷的乐趣,读书就不会感到有多少的压力。他说:"学者要能够真正坐下来,以平静的心态,凭自己的爱好不管外界的干扰,一心一意地做学问,这样才可能会有所成就,不只是浪得虚名而已。将来在古代文学研究领域真正有大成就的人一定是能够坐冷板凳的人,肯下笨功夫的人。五年、十年、二十年,能在某个领域孜孜不倦锲而不舍的人,必成大器。"③ 罗先生是一个十分认真的人,在学术上一丝不苟,常告诫学生:"出书要慎重,白纸黑字,是无法收回的。"④ 2007年11月20日,罗先生作了题为《创新·分寸感·研究心态——从"李白是唐代第一古惑仔"说起》的讲座,他语重心长地对目前学界一些人身上存在的浮躁风气进行了批评,对广大青年学生提出了殷切的期望,诚恳地寄语年轻学子,希望他们能够以严肃负责的态度投身学术研究,以严

---

① 罗宗强:《玄学与魏晋士人心态》"后记",天津教育出版社2005年版。
② 罗宗强:《中国四十年来古代文学理论研究的回顾》,《文艺研究》1999年第3期。
③ 罗宗强、张毅:《"自强不息,易;任自然,难。心向往之,而力不能至"——罗宗强先生访谈录》,《文艺研究》2004年第3期。
④ 罗宗强、张毅:《"自强不息,易;任自然,难。心向往之,而力不能至"——罗宗强先生访谈录》,《文艺研究》2004年第3期。

谨踏实的学风把握好学术创新的分寸感。罗先生提倡学风建设,言传身教,有着巨大的现实意义,诚如张峰屹所说:"与许多学者相比,先生的著作数量不是很多,但每出一种,便都是高水准的,具有典范意义的。这种追求精品的学术精神,在当前浮躁风气流行的学术界,更显其意义重大。"①

四 注重理论思辨的养炼

高起点的研究源于高起点的认识,罗先生十分重视理论思辨的培养与提高,强调在大量占有材料基础上进行"历史还原"。一是史料的还原,即对原文的正确解读;二是思想或思辨的索原,即发现史料间的内在逻辑联系,得出符合历史真实的新结论。后者是一种广义的、更高一层的"历史还原"。早在20世纪90年代初,罗先生就正式提出了"理论索原"的概念:

> 古代文学思想史研究的第一位的工作,应该是古代文学思想的尽可能的复原。复原古代文学思想的面貌,才有可能进一步对它作出评价,论略是非。这一步如果做不好,那么一切议论都是毫无意义的。我把这一步的工作称之为历史还原。……但文学批评、文学理论作为一种理论形态,它不仅仅涉及文字的训诂。有许多批评范畴,仅看文字训诂是无法正确解读的,如"气""风骨"等,它还有一个理论索原的工作要做。②

罗先生一再强调要在历史材料中进行理论索原,形成更高层次的理论阐释。他在《中国四十年来古代文学理论研究的回顾》一文中说:"古代文学理论本身是一种理论形态,对它的研究当然不能停留在史料的清理上,对它作理论的阐释与评估,应该是这一学科研究的最终目的。"③ 其《近百年中国古代文论之研究》一文亦说:"古文论是一种理论形态,仅

---

① 张峰屹:《罗宗强先生的中国文学思想史研究》,《中文自学指导》2003年第2期。
② 张毅:《宋代文学思想史·序》,中华书局1995年版,第7页。
③ 罗宗强:《中国四十年来古代文学理论研究的回顾》,《文艺研究》1999年第3期。

靠字词训诂是难以完全正确解读的。它还需要借助理论的阐释。这一点似乎常为部分研究者所忽略,往往字词之含义注出来了,而理论上的问题则说不明白。若风骨,若势,若神韵等,牵涉的更多的是理论的问题。可以说,古文论的研究除原作的训读之外,大量的是在原始资料的收集、整理、考辨、训读的基础上,描述古文论的原貌,作理论阐释和理论评价。"① "历史还原"与"理论索原"二者相辅相成,没有前者,研究缺乏根基;没有后者,学术难以创新、突破。与历史还原相比,思辨式的理论索原是一种索解史料间逻辑联系、构建新的学术体系的主动突破精神。笔者认为,这其中所反映的规律不仅适用于中古文学,对其他古典文化研究亦有借鉴意义。受罗先生的影响,刘畅提出了"二重还原法"(或称"二重思维法")的研究方法,认为刘师培的《中国中古文学史》、鲁迅的《魏晋风度及文章与药及酒之关系》、王瑶的《中古文学史论集》及罗宗强的《魏晋南北朝文学思想史》四本书对于中古文学研究有着巨大的方法论意义,"可以说从世纪初到世纪末,中古文学研究走过了一条从史料还原到思辨索原的道路"②。罗先生继承了诸位先贤"历史还原"的治学态度,明确提出了"理论索原"的概念,并付诸实施。从史料的还原到思辨的索原,可以看到这一领域研究方法、学术思想的进步。

那么如何才能提高理论思维水平呢,罗先生开出的丹方其实很简单,就是多学习、多思考、拓宽学术视野、培养学术胆识。罗先生学习之勤奋,非常人能比。左东岭回忆自己在获取博士学位后即将离开罗先生时,到恩师家中告别,"师生间讲了许多话,但最令我难以忘怀的是,当我表示自己基础太差,需要补的课太多时,宗强先生说:'岂但你们需要补课,我本人也要补课,而且是不断的补课。'我想,这不断补课的精神保证了宗强先生思维的新颖与理论的鲜活"③。罗先生决不陈旧保守,学习范围十分广泛,总是密切关注国内学术界与国际汉学界研究的新动向、新趋势,并同时了解文学理论界与史学界新的理论动态。这保证了他总是能够与学术界的最新发展水平保持一致,从而提出许多新的学术观点。罗先

---

① 罗宗强:《近百年中国古代文论之研究》,《文学评论》1997年第2期。
② 刘畅:《史料还原与思辨索原——中古文学研究的世纪回眸》,《天津师范大学学报》1999年第3期。
③ 左东岭:《学术理念与研究方法——罗宗强先生学术思想述论》,《文学评论》2004年第3期。

生自己说:"要建立有中国特色的文学理论,还有一个主观条件的问题。要担负建立此种理论的人,至少必须对古代文学、古代文论有深入的了解;对国内外文学理论的研究进展了如指掌;对我国当代文学创作实际、对当前的社会文化状况和需要有所研究。而我们现在从事这三个领域研究的人,大多独立于本领域之内,兼通者较为罕见。一种新的理论的建立,不是单靠技术操作所能办到的,它是对创造者学术水准的全面要求。"①罗先生强调合格的研究者应该是加深对于古文论和整个文化遗产的研究和了解,培养中西兼通、既有深厚国学根底、又有较高的理论素养、洞悉世界文学理论走向、又深切了解我国当前文学建设需要的高层次人才。罗先生认为,作为研究者光学习还不够,还要善于思考。理论建设的目的应该首先想到我们今天的现实需要什么,文学理论的建立是为了解决文学创作、文学批评中的现实问题。我们现在的文学创作处于一种什么样的状态,有些什么样的问题有待理论的探讨,我们现在的文学批评、文学理论探讨都有些什么问题需要解决,这才是我们的文学理论赖以建立的主要依据。罗先生认为,经过缜密的思考后还需具备开创的学术胆识,没有胆识,就难有创见。敢于革旧创新,具有卓然不群的见识,这对于一个学者来说至为重要。

罗先生学问渊博、声名远播,但对待学生总是和蔼可亲,平易近人。2003年11月20日,他在作《从〈庄子·逍遥游〉注释谈经典的解读问题》报告时说:"我不是什么学术大师,我就是一个老师。"罗先生一张口就博得了全场热烈的掌声。他的亲传弟子们对于恩师的学术精神和人格特点有更为特殊的感悟,在他们有关的文章中,或是回忆做学生时与先生交往接触的美好时光,或是表达对先生言传身教的感激之情,或是介绍先生的为学精神。总之都表达了一个共同结论:投师于罗先生是他们一生最正确的选择,也是最幸运的事。诚如左东岭在《历史研究中的文献阐释与文人心态研究》一文所说:"但令人汗颜的是,如今知道该干什么却偏偏干不了什么,整日处于忙忙碌碌与心情焦虑之中,真是虚掷了生命,使我们这些凡夫俗子在人生大化中连一点浪花都溅不起来!但是看看宗强先生的著作与治学精神,也许我不该如此心情灰凉。如果打起精神,说不定

---

① 罗宗强:《中国四十年来古代文学理论研究的回顾》,《文艺研究》1999年第3期。

也还能做点事情。"① 罗先生学术硕果累累，令后学高山仰止。心之所致，那种敬仰感激之情油然而生。作为南开学子，读先生文章著作，聆听先生讲座，笔者感受到先生的巨大学术魅力，从罗先生身上我们看到了老一代研究者优秀的学术品质。范文澜先生在自己书斋中悬有一联："板凳要坐十年冷，文章不写一句空。"这也正是罗先生对我们的殷切希望和嘱托。先生端正的学风、和蔼的面容如同一盏明灯，照亮了我们的研究旅途。

---

① 左东岭：《历史研究中的文献阐释与文人心态研究》，《长江学术》2006 年第 4 期。

文化与文类之间：对文学史书写样态的省思
——以《剑桥中国文学史》和《哥伦比亚中国文学史》"唐代"部分为例

田恩铭[*]

摘　要：《哥伦比亚中国文学史》以分体论述构成全篇，更注重个性化研究特征及学者独特的体悟，注重对文学史链条的连接则是书写的中心要点；《剑桥中国文学史》吸收了社会科学的研究方法，文化领航并以"混搭"的方式讲述文学的历史，文化传播理念贯穿始终。这两部文学史的共同点是很少以当代意识驱使文本，也没有让文学史成为本时代观点的注脚。自还原现场到回归当下，文学研究的价值显而易见，只有以学术研究成果为基石，文学史书写才会焕发光彩。沿此路径，文学史家仍在继续重写文学史，还会创造出面目形态各异的文学史文本。这些文本不分域内、域外，都会以独有的书写样态参与文学研究。

关键词：域外汉学；文学史；唐代；书写样态；文化研究

文学发展的长河苍茫浩瀚，究竟哪些文学家能够被写入文学史，他们在文学史谱系中的面貌与本时代评价是否具有密切的联系？这个问题看起来有些简单，或有人以为研究意义不大。但是从文学接受史层面来看，却是一个不能忽略的议题。命名为"中国文学史"的著作浩如烟海，经过大浪淘沙被继续传播开来的都是具有相关特质的"经典"文本，自林传

---

[*] 田恩铭，男，黑龙江德都人，文学博士，黑龙江八一农垦大学教授，主要从事中国古代文学研究。本文为国家社会科学基金一般项目"唐代胡姓士族与文学研究"（项目号：14BZW047）的阶段性成果。

甲以来，国人书写文学史在特定的时段形成了一些共生现象。从私人化写作到集体化写作，书写形态面目不一。某些特定时期，中国文学史的文本书写形态形成了与时俱进的演进轨迹，中国文学史文本书写亦呈现出并不相同的传播效果。

如果对20世纪中国文学史文本就书写形态以及考量因素展开探讨，以谱系生成、话语书写、身份认证等为关键词进行关联性研究，就会发现在传统与现代之间有很多变化，这些变化均与身份、文本有直接关联，与文学史中文学家地位之高下、文学史作为教材的引领传播、文本之价值与作品流传等因素息息相关。进入21世纪，国内外出版了多种文学史著作，影响较大的至少有四部：台静农《中国文学史》、龚鹏程《中国文学史》、孙康宜和宇文所安主编《剑桥中国文学史》、梅维恒主编《哥伦比亚中国文学史》。前两部是个人独立撰写的，后两部则是集体编撰的。以对唐代文学时段书写来说，台静农是以文化作为背景讲述唐代文学史的，他将科举、士风等因素融入文学史文本之中。龚鹏程则是将唐代文学分为十八个专题，分别按照时间段、文学家、文学风貌、文体等关键词将文学史连接起来。另两部域外学者所编撰文学史则各具特色，本文以中古为研究时段，以"唐代文学"为讨论范围，以两部域外文学史的书写样态为中心对文学史古今之变与书写样态的关系略陈浅见。

一 文本传播与文学史的文本样态

文学史是文学的发展史，与其他学科的发展史在书写性质上是相同的。台静农《中国文学史方法论》认为："文学史之作，不外乎以历史为经，以作家作品为纬，故文学史的方法应注意研究作家、分析作品。"[①]循此路径写出的成品如果有所不同，那就是因为这是"文学"的发展史。综观已有的文学史文本，如何处理"文学"的发展与"文学"发展史的关系还真是一个难题。文学史家颇为喜欢在文学史书写样态中加上文本艺术分析的内容，或者旨在突出审美风格的发展史。这样一来，当阅读者停留在文学欣赏的世界里，文学史的脉络就会被弱化了。文学史具备了选本、鉴赏、评价的功能，梳理发展线索、展示文学图景的一面就会在立体

---

① 台静农：《中国文学史》，上海古籍出版社2012年版，第659页。

化建构中迷失本质。

　　文学史研究始终是中国文学研究中的热点,"文学史学"作为专门的研究领域,在陈伯海、董乃斌等先生的倡导下作为学科的意义呼之欲出。① 可是,一部中国文学史还是在断代与地域之间徘徊,跨时期、跨地域就渐次构成了文学观念转型的有利时机。陈寅恪说过:"研究历史以地域、人事为关键要素。"把这两个要素放在文学研究的领域同样适用,空间与人物之间构成了对应关系,不同身份的人物在同一个空间的相遇,同一个人物在不同的空间出现都会引发文学经典的生成和传播。有些文本消失了,有些留下来了,消失的也许经过一段历史的沉积还会被发现,《秦妇吟》就是一个例子。留下来的也要经受时间的筛选,一旦阅读空间发生了变化,有些会沉入海底,有些会浮出水面,如《春江花月夜》的被解读就是一个例子。故而,宇文所安在《剑桥中国文学史》(上卷)的导言开篇就从作品的收集、保存、散佚等问题说起②,文本遗留与学术研究成果一起构成了文学史书写的凭借资料。近年来,大量出土文献的发现已经引领了文学与家族研究的热潮,胡可先《出土文献与唐代诗学研究》《新出石刻与唐代文学家族研究》等著作都是值得注意的成果③。这些成果对于文学史文本的重构会发生多大的作用虽然还是未知的,但是对于还原更符合原生态的文学图景则意义重大。

　　那么,我们有可能还原昔日的文学发展图景吗?求真是文学研究追求的目标,后人的文学史著作更像是文学传播史,立足其时代观念,在现存文献中梳理出来的文学史已经是新的文本了。曹操、陶渊明、徐陵、陈子昂、李商隐等文学家在本时代的地位各不相同,却均被文学史重新认定。文本遗留在一定意义上决定着文学家进入文学史的可能性。相当一部分文人在正史"文苑传"或者诗话、文话中都获得了较高的评价,可是作品并没有保存下来。这样就给文学史的重构带来了极大的难度。旧评价没有

---

① 董乃斌主编《文学史学原理研究》一书设有"文学史学的问题与方法"一节。参见《文学史学原理研究》,河北人民出版社 2008 年版,第 16 页。
② [美]宇文所安主编:《剑桥中国文学史》(上卷),刘倩等译,生活·读书·新知三联书店 2013 年版,第 12 页。
③ 胡可先:《出土文献与唐代诗学研究》,中华书局 2012 年版;胡可先、孟国栋、武晓红:《考古发现与唐代文学研究》,浙江大学出版社 2014 年版;胡可先:《新出石刻与唐代文学家族研究》,北京大学出版社 2017 年版。

文本的支撑很难符合当下的新标准,被记录下来的文学图景就会越来越走样。新旧之间,究竟哪一个更符合我们千呼万唤的"重写文学史"之初衷呢?文学史是会一直重写下去的,出土文献会对过去的文学图景进行"查缺补漏",遗留文本可供发掘的资源却是越来越少,研究视角千变万化也离不开文学的特质。

采摭文本入史是构成文学史风貌的一个影响要素,尤其是在以文类为划分的文学史中体现得更为突出。文本的流动性会对文学史书写样态发生作用,尤其是对史传文本的重构影响更大一些。被采摭的文本要与古今中外的研究成果汇于一身,经过文学史家的挑选而介入文学史文本之中。挑选文本就是要从能看见的文本中去粗取精,看起来取决于文学史家的文学史观,只是个人文学史观是一个纯粹的存在,很难摆脱时代、环境加之的外在因素。也就是说,挑选文本和处理文本都要受到书写空间的影响,如果仅仅是个人化行为就会容易得多,可惜总会有各种因素发生作用。现代时域意义上的文学史书写受教科书体例的影响很深,早期的林传甲、谢无量等人自不必说,胡适、郑振铎、刘大杰、林庚等人的著作尽管有各自的书写维度,还是很难摆脱既定模式的影响,即使在学术理念上的个性化特征非常明显。时代风气之移易不可忽略,非文学因素会融入进来,强制性的文本书写理念会让学者们将主观想法与客观环境结合起来,文学史的书写样态自然会融入现代意识。从"正史"中的史传文本就是如此,集体观念取代了个人意愿,关键是向后看更是如此。20世纪60年代进入高校的三种文学史都是这样,游国恩主编本[①]、社科院本、刘大杰本(修改版)都无一例外地受到意识形态的影响。刘大杰的文学史更是社会观念变化的一个倒影。集体化书写模式出现的各种文学史书写的极端化倾向让文本多多少少偏离了文学的本质。进入90年代以后,文学史编写出现了生机,知识性、审美性与思想性的交融与分野成为一个主体。以章培恒、骆玉明主编复旦版文学史为起点,文学史书写的多元化格局渐次形成,文学史学史的研究开始成为学术精英的议题。[②] 更有意味的是文学史重写也

[①] 游国恩主编文学史进入20世纪末也有过一次修订,采取的是减法规则,以增强作为教材的适用性。

[②] 如莫砺锋《"文学史学"献疑》,莫砺锋:《文学史沉思拾零》,中华书局2013年版,第1—5页。

成了一个有趣的话题，无论是林庚《中国文学简史》、章培恒主编《中国文学史新著》、袁行霈主编《中国文学史》都发生了补写或者重写的过程，人性中心观或者"三古七段双视角"各领风骚，均作为教本成为中文系大学课堂上飞扬的旋律。

　　补写或者重写《中国文学史》的原因很多，剥离浓重的旧痕迹，努力形成新样态是根本原因。时代观念在变，书写者的观念在变，审视文学史的角度也发生变化，多维书写空间也就此生成，但是以求真为目标的文学史究竟应该是何等尊容呢？至少要呈现两种风貌：一是复原文学发展史的文学史，即符合本时代文学观念的文学史；二是书写者笔下的文学接受史，即以我们自身的文化观念书写的文学史。后者更像是文学传播史，而不是原生态的文学史。从这个意义来讲，重写文学史也是文学研究的一个重要议题，研究成果就是文学史学史。无论何种书写样态的文学史对文学现象的分析能力是必备的，文学史家要从文学风貌中寻绎文学发展的规律，沿着规律行进就可能形成文学史的演进轨迹。我们完全可以就林庚重写文学史的审美解读，游国恩等人主编《中国文学史》重写中的减法规则，刘大杰重写文学史的影响因素考量分析[1]，章培恒主编《中国文学史》的文本生成与重构等议题展开系统的重写主题研究[2]。章培恒为《中国文学史新编》撰写的"原序"和"增订本序"将《中国文学史》到《中国文学史新编》的变化过程说得很清楚，从始作俑者到尘埃落定，这部文学史的重写行为完成了主编者心目中的文学史之建构，"人的文学"自是贯穿其中的主题。学术界的研究成果已经成为文学史书写的创新元素，只是如同照相机的选取角度摄影一样，新视角、新方法对于文学经典传播史来说算是扮了时世装，与"粗服乱头不掩国色"比起来未必有什么两样儿。

　　文学史是人所创造的文学的历史，无论是以人性论、文学本位观念、文学文化学、意识形态观念等哪一种主题为主线都展现的是文学发展变化

---

[1] 龚鹏程认为："以刘大杰《中国文学发展史》来看，第一版是'五四'新文化运动后启蒙型的产物，后来两次改写就显示了国家文学建构的过程。"龚鹏程《中国文学史》（上册）"自序"第3页，世界图书出版公司2009年版。

[2] 这类研究成果已经不少，如董乃斌对刘大杰《中国文学发展史》的论述、陈国球对林庚《中国文学史》的论述、戴燕对红皮本《中国文学史》的评论都有颇具影响。参见董乃斌《近世名家与古典文学研究》，上海大学出版社2005年版；陈国球《文学史书写形态与文化政治》，北京大学出版社2004年版；戴燕《文学史的权力》，北京大学出版社2002年版。

的图景，这个图景可能时而汇集时而分散，一旦从现象分析到总结概括就必然会有所忽略有所伸张。接近现场非常重要，彼时的文学环境才有特有的文学风貌，文学史家还要回到当下，受自身文化环境的影响。文学史的面相难以定稿，面目可能继续发生变化。沿此路径，文学史家还在继续重写文学史，还会创造出面目形态各异的文学史文本。这些文本部分域内、域外，都会以独有的形态参与文学研究。域外学者所撰著的"中国文学史"不会受中国本土诸多因素的影响，他们对中国文学史的阅读和研究相对较为纯粹，外来之观念与中国文学的历史融合起来，当有特别的发现，也许会给我们带来一些有益的启示。

二 《剑桥中国文学史》：唐代文学时段的文化书写

《剑桥中国文学史》是国内翻译出版的一部域外文学史，面对对象本是针对英文读者。这部文学史是以《哥伦比亚中国文学史》为参照系的，孙康宜在中文版序言中特意对于文化与文类的关系加以论述，认为："《剑桥中国文学史》还有以下一些与众不同的特点。首先，它尽量脱离那种将该领域机械地分割为文类的做法，而采取更具整体性的文化史方法：即一种文学文化史。这种叙述方法，在古代部分和汉魏六朝以及唐宋元等时期还是比较容易进行的，但是，到了明清和现代时期则变得愈益困难起来。为此，需要对文化史的总体有一个清晰的框架。当然，文类是绝对需要正确对待的，但是，文类的出现及其演变的历史语境将成为文化讨论的重点，而这在传统一般以文类为中心的文学史中是难以做到的。"①该书上卷由宇文所安主编，宇文所安的唐代文学研究在国内久负盛名，此书一出版即产生较大的反响。② 《剑桥中国文学史》中虽然依旧保留"唐

---

① ［美］宇文所安主编：《剑桥中国文学史》（上卷），刘倩等译，生活·读书·新知三联书店2013年版，"中文版序"第3页。

② 这些评论集中刊载于会议论文集、报刊杂志。主要有：蒋寅：《一个中国学者眼中的〈剑桥中国文学史〉》，《首都师范大学学报》2014年第2期；陈文新：《〈剑桥中国文学史〉商兑》，《文艺研究》2014年第1期；顾伟列、梁诗宸：《"文学文化史"〈剑桥中国文学史〉的编撰新范式》，《中国比较文学》2014年第4期；侯敏：《域外文学史观下的〈剑桥中国文学史〉》，《中国诗歌研究动态》2014年第6期；何李：《〈中国文学史新著〉与〈剑桥中国文学史〉比较》，《齐齐哈尔大学学报》2014年第5期；朱泽宝：《得失参半的创新之作〈剑桥中国文学史〉评议》，《哈尔滨工业大学学报》（社会科学版）2015年第2期。

朝"的概念,但是唐朝文学版图却被分开了。田晓菲撰写的"从东晋到初唐(317—649)"这一章将武后之前的初唐部分纳入进来。宇文所安曾经谈过这样书写的缘由,文化延续性问题是考虑的重要因素①,孙康宜在"中文版序言"称为"文学文化学"②。将文化与文学结合起来,国内也不乏成功的例子,如傅璇琮、蒋寅主编的《中国古代文学通论》,以划时段内的专题方式开展论述,再如龚鹏程《中国文学史》,文学文本不再直接介入文学史书写形态。《剑桥中国文学史》则采取的是文化融入文学史文本中去,落实到具体的书写方式,影响文学发展的文化元素占据了主要的书写空间,唐太宗及其之前的"唐朝"成为宫廷文化的组成部分与南朝组合起来,只有王绩作为可评议的文学家,其他人仅仅提到与文学发展的关系。第四章"文化唐朝"是由宇文所安亲自执笔的,"概述"中是简要的文学传承分析,"文学文化的唐代转型"是核心概念。之后就进入了"武后时期",文化政策与文学发展的关系仍然占据主体部分,"初唐四杰"、"沈宋"、陈子昂依旧是书写的主旋律。宇文所安将史学、类书、选本等文化元素融入进来,于炫人眼目中寻索走向盛唐的发展路径。走进盛唐,从唐太宗的文学集会开始,最先出场的人物是发挥过渡作用的张说,宇文所安并没有在他的身上多费笔墨,直接进入王维、孟浩然、李白的文学世界。为了"避免通过后世形成的诗歌经典来思考那个时代",他转向《国秀集》《河岳英灵集》与文学传播的关系,继续引入丝绸之路、对外关系、宗教等文化元素将主题导至边塞诗歌,王昌龄、杜甫、高适、岑参成为讨论的对象,盛中唐之交的萧颖士、元结、李华引领了"走出盛唐"的节奏。如何走出盛唐?中唐文学观念的生成研究是需要探讨的。安史之乱背景下的秩序重建与文学观念的生成的关系,士人群体的迁移与文学观念生成的关系,士庶身份的消解与文学观念生成的关系,从文士到儒士的身份认证昭示着士人品格的价值取向,以上种种都成为这部文学史以"安史之乱后"命名的部分。杜甫、刘长卿、"大历十才子"是主要涉及的人物,唐传奇也是宇文所安分析的内容。走进中唐是从"龙虎榜"

---

① [美]宇文所安:《史中有史——从编辑〈剑桥中国文学史〉谈起(上)》,《读书》2008年第5期。
② [美]宇文所安主编:《剑桥中国文学史》(上卷),刘倩等译,生活·读书·新知三联书店2013年版,"中文版序"第2页。

开始的，这是中唐文学观念的演进的关键环节。这一部分内容将中唐文学观念的演进按照历时性分成四个时间区段，即大历时期、贞元时期、元和时期、长庆时期。从大历时期到贞元时期形成了传统意义上的文道观，在这一过程中完成了文体文风改革的一次代群承传过程，这一过程与制度运作有着密切的关系。在大历时期、贞元时期的研究中主要关注这一方面。文学家的儒士身份与诗歌观念的形成也是一个需要探索的问题。自贞元时期至元和时期在"文"的领域则形成了古文运动；在诗的领域则完成了从因袭到新变的转型；在小说的领域完成了叙事观念从"琐语"向完整，从纪实向创作的转型。而这些与文学家自身的多种身份，本时代的思想转型都有着密切的联系。从元和时期到长庆时期又完成了文学观念的转变。有文学文本的多元功能向纯粹意义发生变化，这一变化被延续下去，逐渐步入了唐宋文学思想转型的低潮阶段。这样就以这四个区段构成了中唐文学观念的演进图景。以宏阔的视野形成了时间背景与空间视域上的联系。

  宇文所安是从贞元时期的文学观念与唐宋思想的转型开始进入文学史叙事空间的。学者们往往将这之前的大历时期作为研究主题，如蒋寅《大历诗风》《大历诗人研究》；或者将在贞元之后的元和时期作为主题，如曾广开《元和诗论》、胡可先《中唐政治与文学》等著作。其实，贞元时期的社会变动对文学观念的形成发生了很大的影响，而这一时期的文学观念与唐宋思想的转型关系甚深。这一部分主要探讨唐德宗与贞元时期文学观念形成的关系；贞元时期文学观念的基本内涵；贞元时期文学家的古文理念的形成等相关内容。叙事的重点确实元和时期的文学观念与唐宋思想转型的关系。元和时期的文学观念是唐宋文学思想转型的核心内容，因此必须形成文学史的一个核心内容。韩愈、柳宗元、刘禹锡、白居易都会出场。作为中唐文学的繁荣阶段，元和时期的文学观念有着重大突破。以韩愈、柳宗元为代表的古文领域的"文以明道"观念被确立下来并最大限度地传播开来，这其中的细部问题需要探讨，如韩愈、柳宗元与进士阶层的交流与古文观念的传播，他们形成的各自的文化圈与文学观念的关系。重大政治事件成为文学书写的必要背景，宇文所安以唐传奇为分析文本探讨故事与历史的关系。"思想的转向"是一个重要议题，如"韩孟""元白""刘柳"交往过程中形成的文学观念与唐宋文学思想转型的联系，"诗到元和体变新"与唐宋诗学的转型之关联，传奇的叙事观念与唐宋思想转型的关系等都是值得探讨而有富有启发性的研究内容。元和时期对"文学内涵"的确立与界定及其影响是研究中心议题，这部分内容将贞元时期与长庆时期连接起来，成为一个核心研究时段。

以笔者的浅见，唐宋思想转型背景下中唐文学家文学观念的个案研究成果是要融入文学史文本之内的。与唐宋思想转型具有直接联系的中唐文学家是韩愈、柳宗元和白居易。他们的文学观念是唐宋文学思想的转型过程中的理论资源，也是唐宋政治思想、哲学观念、社会观念的理论资源。个案研究的意义显而易见。可以集中探讨韩愈作为文坛领袖地位确立的过程分析，对于"韩门弟子"的基本内涵展开探讨，试图通过韩愈在文学史和思想史上的交叉意义有所发现。柳宗元与求教者之间的交流，柳宗元的贬谪生活与文学观念的形成，柳宗元的士族身份与文学观念的关系、他的无嗣之忧与文学创作的关系都是需要重点研究的内容，透过这些研究可以发掘出柳宗元的文学观念的思想内涵。白居易作为元和时期的"诗坛盟主"，在本时代以及唐宋之间都产生了很大的影响，我们主要探讨白居易诗歌观念的基本内涵与创作的多重意义；诗教说与他的社会身份所具有的联系；白居易文学观念与所处不同群体，如与元稹、刘禹锡等人对于文学观念的影响等。研究者将个案研究放在唐宋思想转型的大背景下，就具有了文学发生学、文学传播学的意义。袁行霈主编《中国文学史》就在两章关于中唐诗歌的分析和"散文的文体文风改革"一章中有所论述。章培恒、骆玉明主编《中国文学史新著》将中唐诗文列为中世文学分化期的开端。中唐文学观念的渐变与诗文分化成为主题，并且延续到"晚唐诗歌的演进与诗文分化的缓解"，这样就将文学史图景连接起来了。不过，作为一部写给英文读者的文学史，我们对《剑桥中国文学史》不可避免地过于苛求了。

相比之下，宇文所安更注重时代的延续性，过渡人物可以在不同时段出现并发挥作用。走向晚唐也就迎来了"最后的繁荣"，宇文所安从文宗时代说起，以白居易、刘禹锡、李绅等旧人物引出新话题，姚合、贾岛、刘蜕、许浑陆续登场，而占据核心位置的自然是杜牧和李商隐。李商隐之后，"三十六体"的另两位温庭筠和段成式也就出来了。逸事、传奇和关于李杨爱情的主题书写也都成为这个阶段文学史的一角。唐末五代北宋初期被宇文所安列在一起加以叙述，乱世的文学理念，词的兴起，"四大类书"的编纂都是宇文所安笔下连接文学史的纽带，他花费不少笔墨以文化发展论述文学史图景复杂性的一面。文化元素在文学史叙述中不断地介入其中，往往会割断文学的脉络，通观全书总觉得细碎之处不少。如蒋寅所说："这又不能不让我们反思全书立足的文化史方法，到底是将文学史作为文化史来写，还是将文化史作为文学史来写。其间的界限其实是不那么清楚的，换了我也觉得难以把握。"① 宇文所安主编的这部文学史特别注重文学传统与文学图景的关系，从广义来说，文学史其实就是文学接受史，文学史家往往根据自己的文学史观让作家、作品、读者、生活互相联系起来，形成纵向的叙述理路。如果将"唐代"部分与他的著作《初唐诗》《盛唐诗》《晚唐》加以比较，就会发现文本细读并没有纳入其中，文学史更注重通观意义上的叙述和分析。以《晚唐》为例，互文性贯穿叙述的过程中。"李贺的遗产"部分，宇文所安作为互文性研究的对象文本有两篇，《雁门太守行》和《苏小小墓》。对两者的解读策略并不一样，《雁门太守行》以逸事和选本的传播引出张祜的同题之作。认为："张祜采用了李贺并置的技巧，但是各景象之间更协调一致。……张祜有效地驯化了李贺。"② 张祜作品的系年具有不确定性，宇文氏认定张祜对于李贺的"互文"本身就难以成立。文体差别、语词差别非常明显，意境的营造有些类似却不能作为唯一的评判尺度。庄南杰对于李贺的互文则非常明显，宇文氏却简单放过。从《苏小小歌》到《苏小小墓》，从《苏小小墓》到《题苏小小墓》，宇文所安抓住"油壁车""结同心"等语词意象确认了彼此的承袭关系。以"张祜显然被李贺的鬼气所吸引，试图重现这种鬼气"③。作为互文性研究的坐标点，意在挖掘晚唐诗史的一个咏史图景。互文性研究作为一种手段发挥了重要的作用。"一篇文本不是单独存在，它总是包含着有意无意中取之于人的词和思想，我们能感到文本隐含的潜移默化的影响，我们总能从中挖掘出一篇文下之文。"④ 互文性是一把解读的钥匙，由此出发将选本、文论、文学史结合起来专门探讨其文学史观的选题还有继续研究的价值。作为一位美国学者，宇文所安对中国

---

① 蒋寅：《一个中国学者眼中的〈剑桥中国文学史〉》，《首都师范大学学报》2014年第2期。
② ［美］宇文所安：《晚唐：九世纪中叶的中国诗歌（827—860）》，贾晋华、钱彦译，生活·读书·新知三联书店2014年版，第167页。
③ ［美］宇文所安：《晚唐：九世纪中叶的中国诗歌（827—860）》，贾晋华、钱彦译，生活·读书·新知三联书店2014年版，第171页。
④ ［法］萨莫瓦约：《互文性研究》，邵炜译，天津人民出版社2003年版，第31页。

古典文学的研究非常全面。文学理论、文学史、文选、比较研究、文学经典研究均有所建树，如果加以整合从比较之视域形成全方位的融合研究，必然能够深入理解他对于文学史格局的建构过程。

宇文所安在文学传播的视域内对文学史完成了接近现场的认证，进而形成自家的判断力。他的"文化唐朝"构建以碎片化呈现出来，文学生产、文学批评。这部分内容贯穿全唐，构成文学传播史的几处景观，透过景观间的衔接，与文本、逸事结合起来，构成唐代文学史的基本轮廓。这部文学史给非专业英语读者的，故而芜杂些，如七宝楼台，炫人眼目。文学史家并不是将唐代文学作为一个专题展开研究，他们更多地站在中国文学宏观的发展视野下，充分吸收已有的研究成果，再加上了自己的研究经验和书写风格。因此所形成的阶段性文本样态势必要纳入整个中国文学史的体系之中，成为整体中的组成部分，至于个性化与视角的区别则各具面目。

三 《哥伦比亚中国文学史》：唐代文学时段的文类书写

宇文所安主编《剑桥中国文学史》是以文学发展线索为中心，更注重文化背景、文化传播对于文学发展的影响，对于文学史某些发展环节的论述精彩纷呈。最新翻译为中文版的《哥伦比亚中国文学史》则是另一种书写样态[1]，这部著作完成在《剑桥中国文学史》之前，孙康宜、宇文所安应该是读过的。该书是以文类为基础而展开书写，单看每一文类部分，则成文类发展史，组合在一起则为一部通观的全景文学史。

以文类而设章节则各章可独立成文类史，《哥伦比亚中国文学史》并非独有，此种写法国内已至少有两种[2]，德国学者顾彬领衔的一套文学史也是这种写法[3]。值得注意的是：《哥伦比亚中国文学史》中文版是通代的，从先秦到当代；《剑桥中国文学史》中文版则至近代而止，两书中文

---

[1] ［美］梅维恒：《哥伦比亚中国文学史》，新星出版社2016年版。本文之所以将对《哥伦比亚中国文学史》放在后面加以论评是以翻译为中文版的时间顺序进行的。

[2] 赵义山主编：《中国分体文学史》，上海古籍出版社2007年版。胡吉星：《分体文学史》，辽海出版社2011年版。

[3] 顾彬主编的这套《中国文学史》分为《中国诗歌史》《中国传统戏剧》《中国古典散文》《中国的美学和文学理论》《中国中短篇叙事文学史》《中国皇朝末期的长篇小说》《二十世纪中国文学史》等七卷，陆续由华东师范大学出版社出版。

版的容量并不一样。其实,如果细读即可感受到,这部文学史同样重视文化元素与文学的联系。《哥伦比亚中国文学史》从导论"文人文化的起源和影响"中就能窥知一二,第一编"基础"部分即是以文化体系分析文学规律及成就的典范,语言和文字、哲学、十三经、佛教、道教都被纳入到文学史的叙述理路中来。只是这部书成于众手,很难始终如一,具体到对唐代文学图景的把握,两书则各具一番风貌。这部文学史写及唐代文学的共有四章,我们分别叙之。

"诗歌"部分是唐代文学的核心内容,共有两处与之相关。开篇的第十二章"骚、赋、骈文和相关题材",其中有一节述及唐代骈文和唐赋的发展。这一节重点写了四位作家:张说、苏颋、陆贽和李商隐。康纳瑞对张说的重视算是独到之处,这位盛唐文章的大手笔在过去的文学史中往往与苏颋一起出现,时常被简单地一笔带过。[①] 康纳瑞认为陆贽是唐代骈文的最高峰,这是一种极为大胆的看法,他在评述中突出陆贽奏议文的"以散入骈"特征,认为"他对骈文之后发展的走向起到决定性的作用"[②]。这段评价极有见地,体现了作者的研究水准。康纳瑞认为李商隐等人继承了陆贽的精神,并影响到宋代骈文的发展。这一部分篇幅虽然不长,却提纲挈领,见解独到,确实精彩纷呈。

"唐诗"则是第二编"诗歌"部分的核心内容了,柯慕白先是探讨唐诗的分期、形式、相关文献及其局限等三个问题,然后以"世纪"为单位加以论述,打破了高棅《唐诗品汇》中的四唐说设计格局。七世纪、八世纪、九世纪的诗人分别登场,文化背景的介绍穿插其间。以七世纪为例,先从类书说到文学侍从,魏征、王绩、许敬宗、上官仪、"初唐四杰"、陈子昂等人相继被介绍,"初唐四杰"是重点书写的一个群体。"八世纪"则是唐诗的黄金时代,亦王朝起笔,张说、张九龄、孟浩然、王维、高适、岑参、李白、杜甫、萧颖士、李华、元结、韦应物、王梵志、寒山等人,李白、杜甫自然是重中之重。"九世纪"则直接点将,李益、孟郊、韩愈、柳宗元、刘禹锡、李德裕、贾岛、姚合、白居易、元稹、李贺、杜牧、李商隐、施肩吾、马戴、许浑、李群玉、薛涛、皮日休、陆龟

[①] 这一点熊飞在《张说集校注》"前言部分"(中华书局2013年版,第1—30页)有所申说,认为张说是一位被低估的文学家。

[②] [美]梅维恒主编:《哥伦比亚中国文学史》,新星出版社2016年版,第264页。

蒙、罗隐、贯休、韦庄等人,白居易是重点书写的人物。唐赋被纳入这部分内容中来,故而萧颖士、李华、李德裕被论及。论述中,《河岳英灵集》与八世纪文学的关系、九世纪诗歌与词体的关系都有所叙述。这部分内容的特色在于作者以自己的体悟和研究来理解作家及作品,往往体现了敏锐的观察力和感受力。如论孟郊的诗,云:"孟郊古体诗为主,大都带有悲愁郁堙之气,有意在遣词造句中极尽冷峭尖锐,有时甚至触及一种天地间的孤清感。孟郊诗歌中最独特的性格也是最烦扰读者之处。阅读他的诗,经常是一种紧张而非愉悦的体验。孟郊不是那种你想要邀请至家里的朋友,越是理解他的灰色基调,就越不愿意接近他。"确有此感才能出此言语,这也是唐代部分的整体特色,字里行间突出的正是文学家的个体创作特质,这些特定时段的特质组合起来,应该是文学特质的历史。柯慕白并不像我们,可以概括出几条共通的思想内容或者艺术特色,让这些诗人统摄其下。文字间往往有独到的体悟,如写到被流放的柳宗元就想到罗马诗人奥维德,这种跨文化的比较意识散布文中,这是建立在对作家及文本阅读研究基础上的准确把握。

"说明性散文"中叙述了唐代散文的发展,作者艾朗诺以骈散之分入手,主要论述了韩柳为主的"新文风"的出现。韩愈散文被分成弘道类论文、写生活空间的墓志序跋小品文和戏谑之作。柳宗元则主要是游记,还涉及寓言、论文和传记。这部分内容容量极小,意在以"古文复兴运动"将唐宋古文的发展连接起来,故而忽略其他,难以呈现唐文的丰富性,文学史的线索过于单一。"唐传奇"是"小说"类的开篇,由倪豪士撰写,倪豪士著有《传记与小说:唐代文学比较论集》等著作,对唐传奇有过深入的研究。本章则分为三个组成部分:一是"传奇"的含义,顺便简述志怪、逸事和寓言在唐代的发展;二是传奇的内容,他选了二十五部作品和一位作家;三是唐传奇故事的演化进程。第二部分是主体内容,介绍作品常常是讲述故事之后,三言两语道出这个故事的渊源、特色及其与唐传奇发展的关系。如《古镜记》言:"但作者试图编排成一个更长篇的作品,使用的人物角色也是真实的历史人物,这预示着唐传奇以后的发展方向。"[1] 沈亚之是倪豪士极为关注的一位唐传奇作家,花了大篇幅借此告知读者"沈亚之及其生平向我们展示了传奇作家是如何开创这

---

[1] [美]梅维恒主编:《哥伦比亚中国文学史》,新星出版社2016年版,第635页。

一新的文学体裁的"①。关于沈亚之主要讲述了他通过何种途径获得故事并完成创作的，涉及《异梦录》《歌者叶记》《湘中怨解》《冯燕传》《喜子传》《表医者郭常》《秦梦记》《谊鸟录》等多篇作品。或以真实人物写故事，或虚构人物写故事，倪豪士经过实在的记录方式指出这些作品或另有所指的不寻常之处。第三部分则将所划分的二个阶段加以分析，而后得出结论。如将《史通》与第一阶段的历史叙事规则结合起来申论，将复古运动与寓言文学的兴起加以联系。倪豪士高度评价了唐传奇的叙事水准，"假如这些传奇小说可以以其写作时的精神来予以解读的话，它们便不只是最好的文言小说作品，而且也是足以和唐代诗歌的丰富、复杂之遗产相匹敌的叙事文学作品"。② 分类可以使某一文体独立出来，具有相对完整的书写空间，却也有其弊端。那就是或多或少地忽略了文体之间的联系。以文类为中心往往会割裂文学发展的整体性特征，加大了将时代、文体与文化结合的书写难度。

总体说来，《哥伦比亚中国文学史》因各有分工而各具特色，更注重个性化研究特征及学者独特的体悟，注重对文学史链条的连接更是书写的中心要点。相比之下，回到当下的价值判断成为主要的考量因素，并没有体现接近文学现场的努力。以点将录的方式介绍文学家和经典文本也无法避免选择性书写，取舍之间会留下更多的书写空白。《剑桥中国文学史》吸收了社会科学的研究方法，以"混搭"的方式讲述文学的历史，文化传播理念贯穿始终，整体布局显得更加统一。《哥伦比亚中国文学史》则更符合中国传统意义上的文学史文本形态，就文学自身发言，抓住文类的主要特征呈线性发展延伸，文化背景与文学发展并没有完全融为一体，文学本位观念主导了文学史文本的生成过程。这两部文学史的共同点是很少以当代意识驱使文本，也没有让文学史成为本时代观点的注脚，对某些细部问题的分析更见特色。文学、文化是两个统领的关键词，只是设置的比例不同，文化元素承担的分量不同而已。

四　文学史风貌：文学精神与敞开的文学图景

对于学者来说，文学史是敞开的，可以按照自家观念书写出多种样态

---

① ［美］梅维恒主编：《哥伦比亚中国文学史》，新星出版社2016年版，第644页。
② ［美］梅维恒主编：《哥伦比亚中国文学史》，新星出版社2016年版，第649页。

的文学史文本。从两部域外文学史的体例及书写样态来看,文学史将时间段落与文体发展结合起来可以形成多元化的书写模式,文化元素是文学史中不可或缺的内容,写什么和用什么形式写成为文学史家考虑的核心议题。以时间推演为叙事进程、以文化与文学的关系为主线的文学史能够展现清晰的文学之历史。虽然往往以散点透视现象,却呈现出文学发展的复杂性。如果以文类为书写空间、按照时间顺序书写的文学史则呈现出单线叙事的架构,某些章节更像是点将录。这一点常常让我想到冯沅君、陆侃如合撰的《中国诗史》。

文学史首先要还原文学发展的文化图景。这个图景一定要尽可能还原文学现场,至少包括两个部分:一是文学史要包括作为艺术水平的"文学"发展史。文学史应有对文学演进规律的分析,只有如此我们才能看到文学艺术发展的过程。这个过程在时间长河中缓缓流动,随着浪花的翻动而不断变化。这个部分还应有对文学艺术品格生成的评述,这涉及艺术形式、作家个体、文学团体、文学运动以及文学观念与文学创作的关联等。二是文学史还要包括作为文化演进的文学"精神"史,文学文本是生命体的诗性思想,将情感融入美的形式中,迸发出兴发感动的力量。文学乃是人类精神生活的一部分,通过不同形式的文本在艺术表现与精神开掘方面均创造了伟大的成就。如谢思炜所说:"从'文学的精神史'来说,文学比其他思想文化形态似乎更适宜作为精神史研究的对象,是因为它几乎涉及了人类精神生活的所有方面。"[1] 一代又一代之文学,一代之文学以极具感染力的艺术形式展现精神生活之风貌。从这个角度来说,文学史是心灵的历史,"一部文学史就是人民的灵魂史,知识分子的灵魂史"[2]。艺术水准与灵魂书写相互依附,融为一体,方可催生文学经典。

其次,文学中应是对文学风貌的发展历程描述,以文学史家基于对文学发展图景的重绘形成论断。这一点,两部域外文学史处理得较为成功。《剑桥中国文学史》是以朝代与年代相结合,以文化连接并引领文学风貌,叙述极为流畅;《哥伦比亚中国文学史》则以点将录的方式按照时间段排列下来,文学风貌成为不可移易的叙述核心,尤其重视对文学家创作个性特点的抉发。

---

[1] 谢思炜:《唐代的文学精神》,河北教育出版社2014年版,第4页。
[2] 罗宗强:《隋唐五代文学思想史》,中华书局1999年版,第56页。

再次，文学史要与文学观念史结合起来。罗宗强提出将"文学批评、文学理论主张与文学创作倾向结合起来考察，了解文学思想的实际情况，它在各个时期的主要特点，它演变的轨迹，以及它的历史与理论的价值"[①]。这个设想也适用于文学史的编撰，文学史与文学观念紧密相连，文学观念对文学创作潜移默化地发生作用，对文学演进过程中时隐时现，文学史的发展轨迹借此清晰可见。既要抓住特定时段的文学特征又要将这个特征放在文学史的链条中去。骈体盛行，文学观念使然，古文运动只是在中唐的一个时段振起，随后在后人的生活中消退，任你几个古文家如何呐喊，士人依然用四六文解决生活和工作的事宜。我们在第一部分提到的同一部文学史的重写现象就是鲜活的例子，时代环境变了，附在文学史文本上的有些元素如同房间里的灰尘，把灰尘打扫下去才能符合当下读者的阅读习惯。后来的文化对文学史的影响是双面的，既有重新解读的动力，也易步入过度解读之误区。

文学文本的缺席是一个重要的关注点，作为教本的文学史是离不开文学文本的，而赋予个性化的文学史著作或者以外国读者为对象的文学史读本呢？两部域外文学史给我们的启示是多方面的，如何将文学与文化融合起来形成新的阐释视角，让文学史的演进过程浑然一体，这是值得思考的研究议题。《剑桥中国文学史》以文化传播为视角的分析范式有独到之处，值得借鉴，这方面已经有不少学者做了讨论。因为作为教材的缘故，国内的文学史将大量的文学作品嵌入其中，常常用作品分析以点带面，让文学史附加了过多的内容含量。经典文本自然是文学图景的组成部分，但文学史家的任务是呈现文学发展的历史，文学文本应发挥潜在的作用，在文学史中有所作为。龚鹏程所撰文学史就有所改变，对于叙述文学的历史而言，这一点或需要有所改观。自袁行霈主编《中国文学史》问世以后，引发重要反响的文学史已经不多见，以文学本位建构文学史已经成为共识，只是大家对此的理解并不一致。以文化建构文学史也好[②]，以文类统

[①] 罗宗强：《隋唐五代文学思想史》，中华书局1999年版，前言第1页。

[②] 林继中在论及"文学的文化建构"时认为："文化不仅是文学与客观世界或经济基础之间的中介，它与文学还是互涵互动的系统与子系统的关系。于是文学便具有系统的特性，即既受文化大系统的制约，服从文化的总体规律，与其他各文化要素交互作用而产生整体效应，同时又相对地独立，有自身的发展规律。"参见林继中《文学史新视野》，北京大学出版社2000年版，第141—142页。林氏的观点有其合理的一面，然而文学史偏偏要在"总体规律"以外找到自身的独立特质。

分文学史也罢，都只是尝试的样本。无论以何种方式形成文学史书写样态，我们都盼望建立在研究基础上的文学史既要尽可能地还原文学现场，也要回到当下，让文学史学渐具规模，呈现出百花齐放的缤纷光彩。文学是一面镜子，反映了人类所发明并独有的文化精神。

马来亚"华文蛮荒"时代的《红楼梦》传播史

谢依伦[*]

摘　要：关于《红楼梦》最早传入马来亚的记录，我们可以肯定的是，新加坡古友轩星报馆最迟于1893年已经在发售《石头记》；邱炜萲（菽园）的《红楼梦分咏绝句》初刻于光绪二十四年（1898）标志着马新红学的发轫。然而，西方传教士却早在19世纪20年代就在马新留下《红楼梦》传播的足迹。本文旨在考证《红楼梦》入境马来亚的时间和可能性，同时探讨《红楼梦》在中西方知识分子手上呈现出不同的运用价值。

关键词：红楼梦；传播；马来西亚；新加坡

最早期的中国人移民到马来西亚和新加坡（简称马新）可以追溯到15世纪的马六甲王朝。马六甲海峡地理位置的特殊致使马六甲港口成为中国、印度和东南亚群岛的货物交换转口港。它吸引了一批中国商人在此停留和进行贸易。这些商人大都来自福建省漳州，多属过客性质的。[①] 朱杰勤根据明代黄衷《海语》、达·阿尔布尔克《纪事》（1511）、伊里狄所绘的满剌加城市图（1613）等材料，认为十五六世纪马六甲确实有华侨存在，甚至建立了华侨区。[②]

16世纪，欧洲国家在东南亚势力逐渐扩展。英国势力于18世纪末渗透东南亚，并在槟城（1786）和新加坡（1819）建港，创造了转口贸易

---

[*] 谢依伦（1984—），男，马来西亚华人，祖籍广东潮州，山东大学中国古代文学博士研究生。

① 颜清湟：《华人历史变革（1403—1941）》，林水檺、何启良等：《马来西亚华人史新编（第一册）》，吉隆坡：马来西亚中华大会堂总会，1988年，第5页。

② 朱杰勤：《东南亚华侨史》，高等级教育出版社1990年版，第26—27页。

活动的新中心。英国在槟城、新加坡以及马六甲实施自由贸易的政策是吸引了华侨前来发展的主要原因。[①] 19世纪中期,中国因鸦片战争战败被逼开放五口通商以后,开启了另一波华侨大量移入马新地区的移民潮流,这些移民大部分是通过苦力贸易而来。[②]

马来西亚和新加坡早期同属英国殖民地,称为英属马来亚。[③] 在新加坡独立之前及之后的近十年,马新华社文学传播活动的开展其实是一体的,其发展中心从地理上区分的话,主要是以新加坡为基地,再推至马来西亚各地。

关于《红楼梦》最早在什么时候传入马来亚这一问题,我们需要关注马来亚与中国之间的交通、交流等国际关系是否有契机让《红楼梦》传入马来亚,同时得确认马来亚本土是否有让《红楼梦》传播的土壤。

在黄尧编的《星马华人志》中,有这么一段记载[④]:

> 他(辜礼欢)是在18世纪时清代的乾隆年间南来的,在他抵达这里"榕城"时,他实在是一位读书人,不说其他,且看他的行装吧,他能用三艘舯舡,载了眷属衣物之外,至少有大大的三个箱子,

---

① 颜清湟:《华人历史变革(1403—1941)》,林水檺、何启良等:《马来西亚华人史新编(第一册)》,吉隆坡:马来西亚中华大会堂总会,1988年,第11页。

② 颜清湟:《华人历史变革(1403—1941)》,林水檺、何启良等:《马来西亚华人史新编(第一册)》,吉隆坡:马来西亚中华大会堂总会,1988年,第23页。按:在18世纪末,中国已开始面对人口过剩的压力,同时屡遭受天灾诸如洪水和饥荒等祸害。1842年以后,中国因鸦片战争的失败而开放,这更削弱了农民经济地位,尤其是南方沿海各省。19世纪50年代太平天国运动的爆发和60年代所产生的社会和政治动乱使南方各省如福建和广东的经济情况恶化。这造成了一个特殊的局面:成千上万的贫穷中国农民寻求到外地谋生的机会。

③ 马来西亚和新加坡和的关系在历史上是密不可分的。在英属殖民地时期,1826年,新加坡、马六甲、槟城,合称为海峡殖民地(Straits Sattlements)。1895年,英国将霹雳、雪兰莪、森美兰、彭亨组成马来联邦(Federated Malay States)。1914年,英国将吉打、吉兰丹、玻璃市、丁加奴、柔佛组成马来属邦(Unfederated Malay States),与马来联邦和海峡殖民地合称为英属马来亚(British Malaya)。1946年,英国将霹雳、雪兰莪、森美兰、彭亨、吉打、吉兰丹、玻璃市、丁加奴、柔佛、槟城及马六甲等11州组成马来亚联邦(Malaya Union)。1948年,马来亚联邦改为马来亚联合邦(Federation of Malaya)。1957年,马来亚联合邦独立。1963年,沙巴(北婆罗洲)代表、砂劳越代表和新加坡代表与马来亚联合邦签字协定,以州的名义同马来亚联合邦合并组成新的联邦,称为马来西亚。1965年,新加坡退出马来西亚联邦,成立新加坡共和国。

④ 黄尧:《星马华人志》,吉隆坡:元生和黄氏联合总会,2003年,第29页。

里面装的完全是华文的书籍，可知当时南来的华人，除为谋生计的劳工以外，更有些是为了求生存意义的知识分子。

辜礼欢（Koh Lay Huan）是辜鸿铭的曾祖父，他1761年生于福建，1784年离开福建和中国。① 辜礼欢与暹罗王族有着极密切的关系，他从暹罗进入玻璃市而后又移居到吉打，被封为甲必丹。在吉打州备受人们的尊敬，大家都尊称他为甲必丹仄万（CAPTAIN CHEWAN）②，"Che-wan"，又被称为"Cheko""CheKay"。1786年（也就是莱特船长抵达槟榔屿时）辜礼欢随即也从吉打渡海峡到了槟榔屿。

这段历史说明了中国南来的读书人，随身带书或一箱箱地运书并不稀奇。而此时《红楼梦》刻印本程甲本尚未面世，我们也没法考究书箱里是否正好就藏有《红楼梦》手抄本。举此例主要是强调，知识分子对书籍的重视和依赖，华人深信"再穷不能穷教育""知识就是力量""书到用时方恨少"等观念，形成了读书、买书、藏书的习惯，自然也会把重要的书籍随身携带。

另外，明清时期出口到东南亚各国的中国书籍数量也相当可观。赴东南亚进行民间贸易中的商船中，经常载有一些中国书籍。除当地人外，当地华侨也是中国书籍的重要读者群，当他们在移民及往返中外时，自然也经常携带一些书籍。③

尽管了解各种管道都能让《红楼梦》入境，但我们始终无法明确知晓《红楼梦》传入马来亚的日期。

一 "华文蛮荒"的时代

清初推行海禁政策。顺治十三年（1656）谕示：今后凡有商民船只私自下海，将粮食货物等项与逆贼贸易者，不论官民，俱奏闻处斩，货物入官，本犯家产，尽给告发之人。其该管地方文武各官不行盘缉，皆革职

---

① 程巍：《辜鸿铭的"祖籍"及其槟榔屿祖先考》，《中华读书报》2017年7月5日。
② 郭瑞明：《祖籍同安的槟城辜氏家族》，中国人民政治协商会议福建省同安县委员会文史资料委员会，同安文史资料第12辑（内部发行），1992年，第144页。
③ 刘军：《明清时期海上商品贸易研究（1368—1840）》，博士学位论文，东北财经大学，2009年，第54页。

从重治罪。地方保甲不行举首，皆处死。直到康熙二十三年（1684）才诏开海禁。但对于华人出洋仍有诸多限制；雍正年间（1723—1735 年），曾禁止人民私自出洋，并不准从前逗留外洋之人回国；乾隆十九年（1754）才批准凡出洋贸易之人，无论年份远近，概准回籍。清廷有了这些限制，所以出洋之人为数不多。①

以马六甲而论，1750 年只有华侨 2161 人。1700 年，汉密尔顿（Alexander Hamilton）到过柔佛，他看到该地华人只有"约一千户"。又如新加坡，1824 年华人人口为 3317 人；1830 年为 6555 人，1836 年为 13749 人。②

早期南来的华侨虽不乏知识分子，但他们处境尴尬，难和中国联系，因为历年来清政府都严厉地实施海禁政策，视出洋华侨为"天朝莠民"，对居留海外的华侨采以漠视、离弃，甚至敌视的态度。在既得不到中国政府保护，也得不到殖民政府的扶掖的处境下，他们唯有靠本身团结的力量来自保自强。

华族向来重视孩子的教育，特别是移居海外的华侨，在没有任何支持下，财势强大的富商依然坚持延续中文教育。但当时的学塾有很浓厚的帮派色彩③，一般采用方言教授知识，学塾既有限制又排外④，只供同帮族人就读。在 1815 年，马六甲已有九间华文私塾，八间供福建学童升学，约学生 150 名，另外一间专供广东学童就学，有学生十几名⑤；槟城在 19 世纪 20 年代，据说有三间华文学堂和一间女校⑥，其中一间五福书院建立于1819 年，由客家人创办。⑦ 在 1829 年，新加坡有三间华文私塾，一间闽方言教学，学生 22 名，两间粤语教学。⑧ 这些私塾设备简陋，不是

---

① 朱杰勤：《东南亚华侨史》，高等级教育出版社 1990 年版，第 26—27 页。
② 朱杰勤：《东南亚华侨史》，高等级教育出版社 1990 年版，第 26—27 页。
③ 颜清湟：《新马华人社会史》，中国华侨出版公司 1991 年版，第 165 页。按：在华侨史范畴内，一个帮即是指一个方言集团，一个小社团。但实际上，一个帮就是方言、地区和职业组织的联合体。当时马新华人社会可分成五大帮：福建帮、潮州帮、广府帮、客家帮、海南帮。
④ 颜清湟：《新马华人社会史》，中国华侨出版公司 1991 年版，第 165 页。
⑤ 郑良树：《马来西亚华文教育发展简史》，柔佛：南方学院出版社 2005 年版，第 13 页。
⑥ 郑良树：《马来西亚华文教育发展简史》，柔佛：南方学院出版社 2005 年版，第 13 页。
⑦ 莫顺生：《马来西亚教育史（1400—1900）》，吉隆坡：马来西亚华校教师会总会，2000 年，第 13 页。
⑧ 颜清湟：《新马华人社会史》，中国华侨出版公司 1991 年版，第 283—284 页。

理想的学习环境。① 闽帮领袖陈金声于1849年在新加坡创办的崇文阁，附设私塾，五年后又创办萃英书院②。

这些学塾的教学内容乃沿袭清代制度，教授的科目不外《幼学琼林》《千字文》《三字经》《百家姓》以及比较浅易的经书，再加上尺牍及珠算等，学生所能获得的知识非常狭窄③。教学训练着重于背诵词句，对课文的意义完全不加解释，不求甚解，即使能熟背四书五经，也不能学以致用④。

当地华文学塾存在落后性与不普及性，因此远不及接受英文教育来的容易。在马新华文义学"独有萃英书院"之时，"西人义塾则有日起无疆之势"⑤，大部分华人"每喜其子弟诵习英文，而于华文一端，转而从略"⑥，加上身处殖民地，英文的实用价值也比中文来得重要，"近今时尚最重英文，况本坡地在外洋，为英所辖，则英文为尤重，此言是矣。但身为则华人当以华文为本，若舍此而但求西学，是弃本而逐末也⑦"。只有少部分华侨凭着"不忘本"的精神而坚持学习中文，保有中国的传统习俗。但时间日久，习俗变成习惯，中华文化也只是名存实亡。他们对中国也只有印象上的认识，没有沉厚的情感，在当地又受到西方和马来文化影响，与中国的关系就更为疏远了。

而在19世纪中期南来的华侨，主要是生长在中国南部的农民，大部分没受教育，知识及文化水平偏低，他们"中间目不识丁者，原来不少，可是略解之，无粗晓文字的，也多多呢！……十个九个是做苦工，或店

---

① 莫顺生：《马来西亚教育史（1400—1900）》，吉隆坡：马来西亚华校教师会总会，2000年，第13页。按：富裕之家聘请教师到家中教育其子弟，即所谓教馆和座馆；教师在家里招生传道授业，或为生计，即是家塾或私塾。一般这两种类型的学塾都统称为"私塾"。大部分私塾设备"因陋而简……课室只有一间，学生无论多少，拥挤一处，光线暗淡，空气污浊"。

② 郑良树：《马来西亚华文教育发展简史》，柔佛：南方学院出版社2005年版，第13页。

③ 颜清湟：《新马华人社会史》，中国华侨出版公司1991年版，第165页。

④ 周伟民、唐玲玲：《中国和马来西亚文化交流史》，海南出版社2002年版，第510—511页。

⑤ 《义学说》，《叻报》1892年3月19日。按：义学、义塾、书院则是公立的，由一些社群按章规创设的，公开给该社群成员子弟免费就读，经济则由社群承担。

⑥ 《义塾章程宜善为整顿说》，《叻报》1889年1月19日。

⑦ 《义塾章程宜善为整顿说》，《叻报》1889年1月19日。

伙，或贩夫，或木匠，或土工，或剪发，或洗衣，或粗咕哩，或挪车夫"①。因此，他们读阅书籍的可能性不大，更妄谈随身携带《红楼梦》了。

即如光绪七年（1881）七月，马建忠在槟榔屿与当地华商对谈时，有感"语言不通，以英文为问讯，伊等英语又不能深解"②，而需要加尔（人名）以闽广语来帮忙传达。问及他们"何无首丘之念？"，加尔回答"彼之祖父偷越至此，本干中国海禁，今则海禁虽驰，而彼等已半入英籍矣"。

可见，在清政府还没承认海外华侨地位以前，华侨无法随意出入中国，更难与中国亲属接触。马新华人失去了中华文化的源头，固有文化的传承亦受到当地文化强力的冲击。倘若马新与中国之间的关系没改善，中文教育落后的情况持续不发达，随后南来华侨（大部分是文盲）及其子孙始终会被当地文化给同化。我们将此情况称为马新"华文蛮荒"的时代。

二 马礼逊创建马六甲英华书院图书馆

在明末清初与清末民初两次西学东渐高潮之间，有一段时间，即从马礼逊来华到鸦片战争爆发，三十多年，西方传教士欲入中国而不能，弃置中国又不甘，于是在南洋一带活动，以作进入中国之准备。他们在马六甲、新加坡、槟榔屿等地，设立印刷所，出版中文书刊，建立中文学校，有时也到广州、澳门活动。这些活动的意义不容低估，是近代西学东渐的序幕。近代西学东渐史上的许多第一都产生于此时，诸如第一份中文期刊，第一家中文印刷所，第一所华人学校，第一部英汉字典，第一本石印中文书籍，等等。③

据目前学界研究可知，著名的清教传教士、翻译家、字典编纂学家、教育家、汉学家马礼逊（Robert Morrison，1782—1834）是西方人《红楼

---

① 啸岸：《通俗白话报亟宜倡办》，《新国民日报》1920年2月11日。

② 余定邦、黄重言：《中国古籍中有关新加坡马来西亚资料汇编》，中华书局2002年版，第299页。

③ 熊月之：《近代西学东渐的序幕——早期传教士在南洋等地活动史料钩沉》，《史林》1992年第4期。

梦》最早的倡导者。他笃信一点：劝服中国人信奉基督教的关键在于掌握中国的语言。因此，他撰写、出版了一部中文语法（1815）；编纂了一部六卷本的《华英字典》（*A Dictionary of the Chinese Language*），该字典直至20世纪初，都是同类书籍中不可超越的。①

马礼逊于1815—1823年出版的《华英字典》是世界第一部英汉—汉英对照字典，也是中国境内最早使用西方活字印刷术排印的中文书籍。马礼逊在《华英字典》第三部分《英汉词典》中收录了大量《红楼梦》词汇及长句，如"宝玉不待湘云动手"，"我是给老祖宗磕头请安来"，"好姐姐饶我这一遭儿罢"，"说毕，凤姐见无话，便转身出来"等。王雪娇统计了长句的引用情况。全书480页，引用《红楼梦》文句共215句，诠释了从"affect"到"youth"共187个英文词的中文释义。② 赵长江统计在马礼逊词典中，来自《红楼梦》及续书的句子近270句，数量之大远超中国任何一部小说。③

关于马礼逊对《红楼梦》的关注和翻译，兹整理如下：

1812年：翻译了《红楼梦》第四回，附于一封书信之后。该信未发表。

1816年：《中文会话及凡例》（*Dialogues and Detached Sentences in the Chinese Language*）由英国东印度公司资助出版，在澳门印刷，封面上没有中文书名，英文副标题是 Designed as an Initiatory Work for the Use of Students of Chinese，点明了该书的性质：一本供学习中文的学生使用的入门教材。该书正文262页，全部汉英对照。④

在该书中有两段对话涉及了《红楼梦》：一是第5篇，题目是"With an Assistant Learning the Language"。内容是马礼逊拟想了一段师生之间的对话。学生问："初学（中文）看甚么书为好？"先生回答说："先学

---

① 葛锐、李晶：《道阻且长：〈红楼梦〉英译史的几点思考》，《红楼梦学刊》2012年第2期。
② 王雪娇：《从马礼逊〈华英字典〉看〈红楼梦〉在英语世界的早期传播》，《红楼梦学刊》2013年第4期。
③ 赵长江：《〈红楼梦〉英译之嚆矢——马礼逊〈红楼梦〉英译研究》，《红楼梦学刊》2016年第5期。
④ 赵长江：《〈红楼梦〉英译之嚆矢——马礼逊〈红楼梦〉英译研究》，《红楼梦学刊》2016年第5期。

《大学》要紧。"学生说:"恐怕《大学》难明白。"先生说:"其次念《红楼梦》甚好。"学生又问:"《红楼梦》书,有多少本?"先生回答:"二十本书。此书说的全是京话。"①

另一段对话是第25篇,即宝玉和袭人的对话,在第194—200页,标题是 A Person Ill。这段对话来自《红楼梦》第三十一回,起句先说袭人的感受,之后便是宝玉和袭人的对话。②

1823:马礼逊携万卷中文图书返回英国。其中包括《红楼梦》的三种版本:1811年版、1818年版,另一种出版年份不明,后来散佚,还有《红楼梦》的三种续书,以及一种单卷本的戏曲改编作品,共16出。③

根据马礼逊笔记本中所记录的1114种藏书书目,有7种与《红楼梦》相关④:

1. 1811年出版的三卷本《红楼梦》,以程高本为底本。

2. 1818年出版的三卷本《红楼梦》,也是以程高本为底本。

3. 四卷本《红楼梦》,无出版时间。(此书后来散佚)

4. 1796年出版的《后红楼梦》,作者逍遥子,两卷本,共30回,《红楼梦》续书的一种。

5. 1805年出版的《红楼复梦》,作者陈少海,作于1799年,四卷本,共100回,《红楼梦》续书的一种。

6. 1805年出版的《续红楼梦》,作者海圃主人,两卷本,共40回,《红楼梦》续书的一种。

7. 1815年出版的《红楼梦散套》,一卷本,是从小说原著改编的戏曲脚本,共16出。

马礼逊点明了《红楼梦》的特点是北京话和口语化,完全是从语言学角度对《红楼梦》进行定位。马礼逊可说是第一个发现了《红楼梦》

---

① 王燕:《作为海外汉语教材的〈红楼梦〉——评〈红楼梦〉在西方的早期传播》,《红楼梦学刊》2009年第6期。

② 赵长江:《〈红楼梦〉英译之嚆矢——马礼逊〈红楼梦〉英译研究》,《红楼梦学刊》2016年第5期。

③ 葛锐、李晶:《道阻且长:〈红楼梦〉英译史的几点思考》,《红楼梦学刊》2012年第2期。

④ 葛锐、李晶:《道阻且长:〈红楼梦〉英译史的几点思考》,《红楼梦学刊》2012年第2期。

具有实用价值的外国人。①《红楼梦》音译为 Hung-low-mung。中国人初学时都是念《三字经》《大学》等蒙学读物，外国人没有接触过儒家思想，《大学》自然困难。《大学》用文言写成，在现实交往与沟通交流中用处不大，而《红楼梦》则是用北京话写成，白话较多，既好学又用得上，因此《红楼梦》作为学习中文的语料也就顺理成章了。②

从1807年抵达澳门到1834年病卒于广州，马礼逊在中国前后长达27年，其身份既是基督新教第一位来华的传教士，也是东印度公司广州商馆的翻译。其间，他仅离开中国两次：先是1823年1月前往新加坡与马六甲，同年8月回到中国后，随即在这年的12月返英，又两年多以后于1826年9月再度回到澳门，经过南洋时，没有前往马六甲，却在新加坡停留了半个月，实地了解新加坡书院与自己在当地产业的情形。马礼逊这两次离华的原因和离华期间的作为，与传教事业有直接而密切的关系，其中他第一次离华的南洋之行，是为了处理伦敦传教会（London Missionary Society）马六甲布道站和他自己的英华书院的问题而去。③

马礼逊与马来亚的关系匪浅。马六甲中华圣公会于1939年为他举办了"马礼逊先生逝世百年纪念大会"，启事中写道④：

> 马礼逊博士为西人往中国传布耶教的元勋，与马六甲的关系尤为密切，当日入华传教之初，因中国无活动立足地，特遣其助手米怜博士在马六甲设立对华布道会，苦心经营，树立今日耶教建大的基础，例如汉文圣经，传道人才的培养，文化事业的创办，无一非成于马六甲，是马六甲不啻中国教会最初之策源地也。马米两博士，均曾任职于马六甲基督堂，该堂尚有纪念物存在，该教中人甚珍视之。

由于马礼逊等新教传教士刚到达中国时，清政府正厉行闭关锁国和禁

---

① 赵长江：《〈红楼梦〉英译之嚆矢——马礼逊〈红楼梦〉英译研究》，《红楼梦学刊》2016年第5期。

② 赵长江：《〈红楼梦〉英译之嚆矢——马礼逊〈红楼梦〉英译研究》，《红楼梦学刊》2016年第5期。

③ 苏精：《马礼逊的南洋之行》，《国际汉学》2007年第2期。

④ 双环：《马六甲中华圣公会发起中国传教元勋马礼逊博士百年祭，同时举行复兴三周年纪念，藉申慕悼之忱——并寓策励之意》，《南洋商报》1934年7月27日。

止基督教传播政策，不仅无法居留，印刷出版宗教书刊及公开传教亦被严厉禁止。因此，马礼逊和米怜（William Milne，1785—1882）选中马六甲建立对华传教基地，传教基地的工作将以印刷出版和开办教育为主。① 从1815年5月21日米怜与梁发等印刷工人一行抵达马六甲开始，他们便着手出版刊物、建设印刷所、创办了汉语学校、传教。

1818年创建英华书院时，马礼逊除个人捐献1000英镑外，还捐献了大量藏书。英华书院很重视藏书建设。早在1811年，在马礼逊与米怜草拟的《筹组马六甲英华书院计划书》中就提到"书院开设一所广阔之中文图书馆，以及一所西欧文库，专集有关以上各民族之语言、历史、风俗之西书论著"。至1823年，书院图书馆藏书已达3380册，其中中文藏书2850册，其余均属欧洲或亚洲其他地方语文书籍。此外，英国外务圣经会（The British and Foreign Bible Society）又赠给书院一些经典古籍，其中有希伯来文、希腊文、阿拉伯文、芬兰文、葡萄牙文、荷兰文等36种文字。丰富多样的语文图书使英华书院成为当时东南亚第一个东亚研究中心。英华书院从1818年奠基到1843年迁港，其在马六甲的教育事业持续25年。②

马礼逊以其中文藏书编纂而成的《马礼逊手稿书目》（Morrison's Manuscript Catalogue By Robert Morrison），出版于1824年，距乾隆五十六年（1791）《红楼梦》程甲本的刊刻仅33年，是目前所发现最早著录《红楼梦》的西人书目，比中国最早著录《红楼梦》的《影堂陈设书目录》早近四十年。书内著录有2种《红楼梦》，编号分别为248与248 1/2，著入"Hung 哄"目之下。著录译名为：Dream of the red chamber，马礼逊认为《红楼梦》是叙写一个北京贵族家庭的传记。编号284之《红楼梦》，为二十四卷一百二十回本。扉页题"新增批评红楼梦"、"嘉庆辛未重镌，东观阁梓行，文舍堂藏版"。编号248 1/2之《红楼梦》，为一百二十回本。扉页题"新增批评绣像红楼梦"，嘉庆戊寅重镌，东观阁梓行。③

---

① 谭树林：《英华书院之印刷出版与中西文化交流》，《江苏社会科学》2015年第1期。
② 朱秀平、马明霞：《简论教会书目的产生及其影响》，《晋图学刊》2004年第3期。
③ 宋丽娟：《十九世纪西人所编中国书目中的〈红楼梦〉》，《红楼梦学刊》2017年第5期。

综上所述，我们不难联想到从 1812 年开始翻译《红楼梦》某章回，注意到《红楼梦》白话的实用价值适合初学中文的人学习，不远千里把 7 种有关《红楼梦》的书籍运送回英国，为《红楼梦》编纂书目的传教士，设立了一间以"交互培养中国和欧洲文学"为宗旨，"希望为恒河外方的各国培养欧洲和本地的传教士"① 的英华书院，书院向学生提供一所广阔的中文图书馆，里面收藏着一套《红楼梦》。

三 郭实腊《红楼梦》译介在南洋的传播

尽管马礼逊已在 1816 年出版的汉语学习教材《中文对话与单句》中提到过《红楼梦》；德庇时（John Francis Davis）于 1830 年在其论文《汉文诗解》（On the Chinese Poetry）中英译了《红楼梦》中的两首《西江月》，但是，清末从德国到中国去的传教士郭实腊（Karl Friedrich August Gutzlaff, 1803—1851）于 1842 年在《中国丛报》（Chinese Repository）第六卷第 266 页至 273 页上的文章"Hung Lau Mung or Dreams in the Red Chamber"才是真正意义上的《红楼梦》英语世界译介第一文。② 此文共七页。这是第一篇英文的《红楼梦》研究文章。作者也是西方首位公开发表作品的《红楼梦》评论者。文章批评性地概述了小说的情节，细节尚属丰富，但多处不够确切，并把贾宝玉错认成了女性③，称为"宝玉夫人"（The Lady Pauyu）。④

在郭实腊的眼中，《红楼梦》的作者"心灵粗俗"、《红楼梦》中的人物行为十分粗野、内容"枯燥无味，除了闺房琐谈，再无其他可读的内容"。他在最后一段对《红楼梦》的整体评价如下："我们可以说，该书使用的是北方上层阶级的口头语言，文体没什么艺术性可言。书中有些语言同日常语言意义有所不同，有些语言只是为了表达省府的口音。不

---

① 谭树林：《英华书院：近代教会学校之滥觞》，《聊城大学学报》（哲学社会科学版）2002 年第 2 期。

② 李海军、范武邱：《郭实腊对〈红楼梦〉的误读——论〈红楼梦〉在英语世界的首次译介》，《山东外语教学》2013 年第 3 期。

③ 葛锐、李晶：《道阻且长：〈红楼梦〉英译史的几点思考》，《红楼梦学刊》2012 年第 2 期。

④ 王丽娜：《〈红楼梦〉外文译本介绍》，《文献》1979 年第 1 期。

过，读完一卷后，我们将不难理解它们的含义。如果你想要熟悉北方官话的说话方式，可以仔细阅读这本书，这对你大有帮助。"他彻底否定了《红楼梦》的文学价值和艺术成就，仅仅把它当成了汉语学习教材。①

对于任何一个晚清来华的传教士而言，为了传教，当务之急主要是两件事：一是学好汉语；二是了解中国。郭实腊之所以关注《红楼梦》，和他学习汉语的功利性目的直接相关。② 郭实腊虽把《红楼梦》批得体无完肤，但却似乎没影响他把这部小说介绍给身边的人，曾经在大清国担任海关总税务司的英国人赫德在1855年6月8日的日记中说："汉语方面我现在正在读《红楼梦》，我并不觉得这书没有趣味。"当时郭实腊正担任他的汉语老师，这话显然针对郭实腊的观点而言，或许正是郭实腊建议他阅读《红楼梦》的。赫德对《红楼梦》颇感兴趣，仅半月，就说自己已经看完了半卷多。虽然郭实腊、赫德都不足以引导西方人欣赏《红楼梦》，但正是他们使这部小说站在了通向西方的路口上。《红楼梦》在西方世界的复活或再生，它的逐步被接受和被认可，就是从这里开始的。③

郭实腊是早期在南洋一带活动的最著名的传教士之一，青年时在德国教会学校读书，1823年到鹿特丹的荷兰传道会受训，1826年受派赴爪哇传教，翌年1月抵达巴达维亚，之后长期在东南亚和中国东南沿海一带活动。④

郭实腊于1827年到1831年都在南洋"等待中国"，在马新地区更是活动频密。他于1829年脱离荷兰传道会后成为独立传教士。之后应伦敦传教会传教士史密斯的邀请邀前往新加坡，又因马六甲无常驻伦敦会传教士，而被派往该地管理伦敦会事务。其间，郭实猎同一位伦敦会女传教士玛丽·纽厄尔（Mary Newell）结婚，婚后一同回到新加坡。1831年上半年，郭妻诞下一女后在曼谷去世，在郭实猎乘船前往中国途中，他襁褓中

---

① 李海军、范武邱：《郭实腊对〈红楼梦〉的误读——论〈红楼梦〉在英语世界的首次译介》，《山东外语教学》2013年第3期。

② 王燕：《宝玉何以被误读为女士？——评西方人对〈红楼梦〉的首次解读》，《齐鲁学刊》2009年第1期。

③ 王燕：《宝玉何以被误读为女士？——评西方人对〈红楼梦〉的首次解读》，《齐鲁学刊》2009年第1期。

④ 熊月之：《近代西学东渐的序幕——早期传教士在南洋等地活动史料钩沉》，《史林》1992年第4期。

的女儿也不幸夭折。①

1834年3月,郭实腊在马六甲与英国的一位沃恩斯托尔小姐(Miss Mary Warnstall,后任英国驻华公使巴夏礼的表姐)结婚。② 1849年,郭实腊的第二位妻子在新加坡去世,他决定回欧洲去"度假"。1850年,他与一位英国人加里布尔小姐结婚,这是他的第三位夫人。1851年2月,郭实腊带了新娘又回到香港,继续在殖民政府充当翻译。郭实腊婚后未及半年,突然在夏天得病去世,终年48岁,遗体葬在香港。③

郭实腊一生著有中、英、日、德文著作七十余部。他用中文笔名"爱汉者""善德者""善德"署名的著作,多出版于新加坡。④《中国丛报》的文章亦多在 The Singapore Free Press and Mercantile Advertiser (Weekly,《新加坡自由西报》)上有转载。⑤

在传教地域和路线上,以郭实腊为代表的早期来华传教士们都遵循着同样的三部曲进行:第一步南洋地区,包括马来半岛、爪哇群岛、遏罗、婆罗洲一带,尤其是马六甲、新加坡、巴达维亚等城市。这些地区有许多大大小小的华人聚集地,可以供传教士们学习汉语、熟悉中国文化,还可以通过华侨与国内的联系把基督教辐射到中国本土。最重要的是,这些地方处于西方商业扩张范围之内,西方列强殖民当局当然欢迎西方传教士的到来,各国政府、商人还很乐意为他们提供政治经济保障。⑥

《西行逐日记》中有这样的一段记载⑦:

> 有德经济博士土司邦者,自哥伦堡下船,赴槟榔屿,拟住暹罗,有所考察,其人能操北京话,又通日本方言,且深通汉文,能读诵四

---

① 夏瑛:《传教士汉学家郭实猎研究》,硕士学位论文,华东师范大学,2015年。
② 杨佳智:《郭实腊其人及其在早期对华传教活动中所扮演的角色和影响》,"传教运动与中国教会"学术研讨会,中国,2006年,第106页。
③ 顾长声:《从马礼逊到司徒雷登——来华新教传教士评传》,上海人民出版社1985年版,第60页。
④ 夏瑛:《传教士汉学家郭实猎研究》,硕士学位论文,华东师范大学,2015年。
⑤ 目前所见《新加坡自由西报》转载《中国丛报》文章约有14篇,包括《聊斋》。Liau chai I chai, or Extraordinary Legend from Liau Chai [From The Chinese Repository, April 1842] [N]. The Singapore Free Press and Mercantile Advertiser, 1842-07-07 (1).
⑥ 雷雨田:《近代来粤传教士评传》,百家出版社2004年版,第155页。
⑦ 叶夏声:《西行逐日记》,1935年,第379—380页。

书五经,及孙中山三民主义演讲集,就与余谈,大喜过望,亟出箧中所藏书,倩余指导,汉文经书中,经史外有小说《红楼梦》,据谓取其能熟悉中国方言,多识于中国声名文物,已乃取《石头记》中人物,与余评论,谓中国小说文学,皆描女子多情,鲜及男性,独此书则以贾宝玉为主,宝黛等女子为辅,是乃别生机轴,足与《茶花女遗事》并传,且在中国他书,处置宝黛二人,必仿娥皇女英故事,共效于飞而已,而此乃以莫能两大之故,至黛玉饮恨而死,使欧洲人视之,亦不能不挥同情之泪,尤为中国文学生色不鲜,余按土氏斯言,以傍观地位,所发评论,殊觉新颖,为中国人所不能道,故志于此。

叶夏声写于1935年的日记向我们说明了,从传教士开始以致后来的学者,西方人将《红楼梦》视为学习中文的教材似已成了传统,他们对于中国文学的鉴赏水平也在不断地提升。

海峡殖民地(马六甲、槟榔屿、新加坡)由于地理位置便利,是传教士活跃的地带,因此受到的影响更为显著,第一份华文月刊《察世俗每月统记传》,新教传教士首创的英华书院皆起源于此。

我们相信传教士以《红楼梦》为学习中文的教材,随身携入,乃至馆藏于英华书院图书馆中的机会是极大的。馆藏《红楼梦》版本则以马礼逊收录的嘉庆辛未(1811)重镌,文舍堂藏版,东观阁梓行《新增批评红楼梦》,以及嘉庆戊寅(1818)重镌,东观阁梓行《新增批评绣像红楼梦》为参考。

四 英国驻澳门副领事裘里的《红楼梦》英文节译本销售

《红楼梦》英译本的传播,目前我们能见到最早出现在英文报章的记载是1892年 The Straits Times(《海峡时报》)[①] Kelly & Walsh Ltd.(香港别发洋行)刊登的广告:

> Houng Lou Meng; or The Dream of the red chamber, a Chinese Novel; Part 1, translated by H. B. Joly,... $3.50

---

① Advertisements Column3: Kelly & Walsh Ltd [N]. The Straits Times,(3).

之后有 1894 年《新加坡自由西报》刊登的书评①：

REVIEW

Hung Lou Meng; or the *Dream of the Red Chamber*. A Chinese Novel, translated by H. Bencraft Joly, H. B. M. Consular Service, China. Kelly and Walsh.

书评详细介绍的是由英国驻澳门副领事裘里翻译的第一个较为系统的《红楼梦》英文摘译本②。第一、二卷分别由香港别发洋行（Kelly & Walsh Ltd.）及澳门商务排印局（Typographia Commercial）于 1892 年到 1893 年出版，共 970 多页。此译本完整翻译了原著前五十六回的内容。③

裘里翻译《红楼梦》的主要目的是给在华外国居民提供学习汉语的教材，使他们通过阅读译本更熟练地掌握汉语。④ 他曾计划译完整部《红楼梦》，但未能如愿，生前只译出前五十六回，译文几乎字字固守原文，没有任何删节。细读乔利的译本会发现程乙本原文的每一个字，基本都能在乔利译文中找到对应的翻译。译本虽然是以单行本的形式出版，读者却发现译文充满了括号，添加任何一个原文没有的词，都将其放入括号之中。⑤

这种直译的方式，于读者而言虽缺少趣味，但译者对原文理解和翻译的准确度，确实能"给现在和将来学习中国语言的学生提供某种帮助"，达到译者的目的。⑥

---

① REVIEW [N]. The Singapore Free Press and Mercantile Advertiser (Weekly), 1894-02-27 (123).

② 郑锦怀：《〈红楼梦〉早期英译百年（1830—1933）——兼与帅雯雯、杨畅和江帆商榷》，《红楼梦学刊》2011 年第 4 期。

③ 江帆：《他乡的石头记：〈红楼梦〉百年英译史研究》，博士学位论文，复旦大学，2007 年，第 21 页。

④ 江帆：《他乡的石头记：〈红楼梦〉百年英译史研究》，博士学位论文，复旦大学，2007 年，第 30 页。

⑤ 江帆：《他乡的石头记：〈红楼梦〉百年英译史研究》，博士学位论文，复旦大学，2007 年，第 42—44 页。

⑥ 江帆：《他乡的石头记：〈红楼梦〉百年英译史研究》，博士学位论文，复旦大学，2007 年，第 45 页。

从《新加坡自由西报》刊登的莱佛士图书馆新书书目①:

RAFFLES LIBRARY.
BOOKS ADDED SEPTEMBER 3RD, 1897
JOLLY, H. Bencraft, Hung Lou Meng, 2 Vols.

可以证实裘里的《红楼梦》节译本于1897年9月就被收录在图书馆里了。

五　中华文化的光复

在1881年以后，马来亚华人社会的多元化过程已经开始，不再纯粹是由商贾与劳工所组成的两极社会。华社中已有一批为数甚众的士人，其生活特征、思想形态和性格均与中国的文人相似，有专以教学及文字为业的，也有分散于不同行业之中，如医、艺、出版、印刷及其他文化行业等。他们和传统的中国士人一样喜欢集会结社，互为呼应，在社会上建立清誉，受到社会上其他阶层（包括商人阶层）的尊敬。②

梁元生根据部分的《会贤社课榜名录》和《会吟社联榜》的得奖人名单，估计这些得奖文人的数目有数百人或上千人之多，至于参加活动的人数则更加多了。③ 这些属传统"士"阶级的文人能写八股制艺，又能吟诗作对。这"士人社会"是已构成了《红楼梦》传播的最佳土壤。

马新文社之中，最早是左秉隆在1882年倡立"会贤社"，继之黄遵宪主持"图南社"，然后则为1896年菽园创立"丽泽社"和"会吟社"。左、黄乃以领事官训迪侨民，邱炜萲则纯以士人身份提倡文学。文社不仅切磋文字，以文会友，也能交流思想，激荡风气。在学校未发达、教育不

---

① RAFFLES LIBRARY [N]. The Singapore Free Press and Mercantile Advertiser, 1897-09-03 (2).
② 梁元生:《新加坡华人社会史论》,新加坡国立大学中文系、八方文化创作室,2005年,第2页。
③ 梁元生:《新加坡华人社会史论》,新加坡国立大学中文系、八方文化创作室,2005年,第22页。

普及的时代，文社对于社会群众颇能产生间接的影响。①

左、黄、邱作为文社领导者，既是文学传播受众，亦是传播主体，因此他们的文学品味与素养会对马新的"士人社会"带来直接的影响。黄遵宪②和邱炜萲对《红楼梦》的推崇，对马新文坛起着关键性的领导作用，而能读懂《红楼梦》的人，则首推文社成员。在20世纪初约28万华人的马新，我们估计《红楼梦》最多也仅传阅于几千位文人之中。③

无可置疑，左秉隆在马新《红楼梦》传播方面有开拓中华文化之功，黄遵宪是《红楼梦》传播的先驱者，而邱炜萲则可说是有实据证明，最先将《红楼梦》引进马新并传播开来的人，同时亦是马新题咏红学第一人（红学家）。

邱炜萲所著《红楼梦分咏绝句》一版再版，传播的范围并不局限于马新，甚至还扩展至日本、中国等地，影响之大虽不知是否如曾宗藻所言"不徒价重鸡林，传钞纸贵已也"④，但能引起"海内通人，邮赠题词，不远千里，相错于途"⑤，共收得三十六人题词、一人为跋、一人作序、一人署签⑥，其受欢迎的热烈程度可不能算小。正如吴盈静所言：东南亚红

---

① 杨承祖：《邱菽园研究》，《南洋大学学报》1969年第3期。
② 郑子瑜、实藤惠秀：《黄遵宪与日本友人笔谈遗稿》，1968年，第14—15页。按：郑子瑜谈及《黄遵宪与日本友人笔谈遗稿》的价值时，就指出"古往今来，文人所刊的集子，往往是先经过自己严格的删削，然后付梓的，尤其是像黄遵宪那样生活在旧礼教压迫的晚清时代的诗人，一些描写两性爱的诗篇，都不敢编入集中，所以我们只读文人的已刊集子，实在无法了解他思想行谊的实际情况"，"源桂阁君和他们笔谈让他们毫无拘束地畅所欲'谈'，留下笔谈的记录，使笔谈诸君的思想行谊（其中也有荒淫无耻的一面），都赤裸裸地呈现在我们的眼前。"黄遵宪在笔谈中留下了在日本推广《红楼梦》的种种记录，然而他在马新可用方言或华语进行口头交流，并没有必要"笔谈"，因此反而没能留下相关的记录，再者报章常刊登黄氏公开表扬孝子、竖立贞节牌坊等事，但却未见有记载黄氏对中国古典小说的推崇。这恐怕是因为黄遵宪作为领事官的身份和当时小说仍属不登"大雅之堂"的地位，只供文人私底传阅消遣的关系吧。
③ 麦留芳：《星马华人私会党的研究》，张清江译，正中书局1985年版，第62—64页；梁元生：《新加坡华人社会史论》，新加坡国立大学中文系、八方文化创作室，2005年，第22页。
④ 一粟编著：《红楼梦书录》（增订版），上海古籍出版社1981年版，第300页。
⑤ 一粟编著：《红楼梦书录》（增订版），上海古籍出版社1981年版，第299页。
⑥ 吴盈静：《清代台湾红学初探》，大安出版社2004年版，第322页。

楼文化圈的形成乃缘于邱炜萲诗作。①

然，我们相信他们的《红楼梦》传播个案并非孤案，只是极具代表性的。即如邱氏在1901年出版的《挥麈拾遗》中道："近四五年中，余所识能诗之士，流于星洲中，先后凡数十辈，固南洋荒服历来未有之盛也。"②

但在那个时代身处于马新，既有地位、才学又有经济能力，能被记载或将本身文学著作付梓以流传下来的文人，毕竟寥寥无几。文献记录的含量远远不及真实的历史，历史总比文字记载充实丰富得多。

随着时光流逝，大量的文献已再不复存，侥幸存留下来的文献，也因种种条件的限制，无法完全搜齐。目前在无更新的资料考证之下，我们对《红楼梦》在马新传播起始的论述或可备为一说。

小结

在中国未对华侨伸出关怀之手，华人社会处于"华文蛮荒"的时代之时，马来亚看似仍未具备传播《红楼梦》的条件。然而，西方传教士、领事却把《红楼梦》作为学习中文的工具带进来，此时他们以学习白话文功能为主，强调语言实用价值，还谈不上文学鉴赏。

而后清季驻新加坡领事官努力把当时被认为是处于"蛮荒之地"的化外移民"再华化"（re-sinolisation），形成了一个亲中国的华族社会③，为中国文学在马新的传播奠定了基础。1893年，清初以来实行二百多年的海禁政策，在黄遵宪、薛福成的推动下终被废除，④ 人民可以自由往来。

在中华人民共和国成立以前，马新华社与中国关系密切，当时民众的本地意识并不强烈，极大部分是依循着中国文化母体摄取文学养分，而文坛的重要人物，如各报章副刊的主编多来自中国，因此受中国文学思潮的

---

① 吴盈静：《清代台湾红学初探》，大安出版社2004年版，第322页。
② 王列耀、蒙星宇：《能将文化开南国　剩有诗情托国风——论新加坡华侨诗人邱菽园诗歌中的"古典中国"》，《汕头大学学报》2004年第5期。
③ 柯木林：《石叻史记》，新加坡青年书局2007年版，第80页。
④ 李思聪：《薛福成、黄遵宪与晚清海禁政策的废除》，《齐齐哈尔大学学报》（哲学社会科学版）2015年第7期。

影响极大，顺利推动了《红楼梦》的传播。

　　从传播的角度看来，《红楼梦》作为中国古典名著，其在海外传播的文学价值是多变的，既可用作学习汉语的教材，又可拉近中华文化与读者之间的距离；既能让才子读之感悟身世抒发情怀，亦能让文人从中学习文采。集典雅的娱乐性与深邃的哲理性于一体。

下编

武乙中兴与《商颂》作期

张树国[*]

摘　要：《天问》第 53 韵段"吴获迄古，南岳是止。孰期去斯，得两男子？"隐寓吴国于商王武乙时代创立的史实，太伯、仲雍遵古公亶父之命来到南岳衡山地区联络苗蛮集团，实施"翦商"计划，遭到商王武乙的讨伐，率荆蛮千家沿江千里大迁徙到长江下游吴地（今江苏无锡）建国。吴地为大禹之后古越族繁衍之地，太伯、仲雍为站稳脚跟向商王武乙上表称臣，这段罕为人知的历史隐含在《商颂》之中。《商颂·殷武》篇题"殷武"即生称"武王"的时王武乙，《商颂》五篇实际是时王武乙以其成功告神而创制的大型宗庙祭祀乐舞中的歌辞。从其内含史实来分析，将武乙时期至少 35 年的历史称为"武乙中兴"并不为过。

关键词：武乙中兴；《商颂》五篇；《天问》第 53 韵段

关于《商颂》作期，虽有多种说法，但大体归为商朝之诗与春秋宋诗两说。而《商颂·殷武》中的"殷武"究竟是谁，既是《商颂》二说分歧的关键，也是探讨《商颂》作期的关键。就目前研究状况来说，这两说都存在难以自圆其说之处。

一　《商颂》传统"二说"对本文的启迪

"商诗说"之代表即《毛诗诂训传》，于"挞彼殷武，奋伐荆楚"下

---

[*] 张树国，杭州师范大学人文学院教授，杭州市哲学社会科学重点基地"浙西学术研究中心"首席专家。本文为国家社科基金项目"出土文献与两周时期历史文学文本研究"（15BZW043）浙江省哲学社会科学项目"金文文献与西周—春秋历史文学研究"、杭州市哲学社会科学重点基地"浙西学术研究中心"项目成果。

云"殷武,殷王武丁也。荆楚,荆州之楚国也"。《诗序》云"殷武,祀高宗也",《正义》:"《殷武》诗者,祀高宗之乐歌也",认为是"高宗有德,中兴殷道,伐荆楚,修宫室,既崩之后,子孙美之,诗人追述其功而歌此诗也"①。但需注意,殷高宗武丁时代,楚国尚未立国。楚国初建于周初,《左传·昭公十二年》记楚灵王之语:"昔我先王熊绎与吕级、王孙牟、燮父、禽父并事康王,四国皆有分,我独无有。""吕级"为齐太公姜子牙之子丁公,"级"又作"伋";"王孙牟"即卫康叔之子康伯,"燮父"晋始封君唐叔之子,"禽父"即周公子伯禽。《史记·楚世家》:

> 熊绎当周成王之时,举文武勤劳之后嗣,而封熊绎于楚蛮,封以子男之田。姓芈氏,居丹阳。楚子熊绎与鲁公伯禽、卫康叔子牟、晋侯燮、齐太公子吕伋俱事成王。②

据上文记载,熊绎即楚国开国之君,在周成、康王时。西周甲文H11:4:"其微、楚人乎寮。"陈全方先生认为该卜辞属成王时,"微""楚"均古代方国名。③ 甲文H11:83云:"曰今秋楚子来告,父后哉。"陈全方释"楚子"为熊绎,"哉"通载,《尚书·舜典》"有能奋庸熙帝之载",孔传:"载,事也。""父后载"言能继其父身后事也。此卜辞亦为成王时物。④《清华一·楚居》简2—4记载,楚先公穴酓(即鬻熊)娶妣列为妻后,"生侸叔、丽季,丽不从(纵)行,渭自胁出。妣列宾于天,巫咸赅其胁以楚,氏今曰楚人"⑤,可见"楚人"之称始于楚先公穴酓(即鬻熊)。相传鬻熊曾为周文王师,《楚世家》"鬻熊子事文王,蚤卒",泷川资言《考证》:"《艺文类聚》引《史》,无子字。"⑥《楚居》"丽季""丽"即楚先公熊丽,其母妣列死于剖肋产,为楚开国君主熊绎

---

① (清)阮元编:《毛诗正义》卷二十四,《十三经注疏》(嘉庆本)第1册,中华书局2010年版,第1354页。
② (西汉)司马迁:《史记》(修订本)卷四十,第5册,中华书局2014年版,第2042页。
③ 陈全方、侯志义、陈敏:《西周甲文注》,学林出版社2003年版,第11、13页。
④ 《西周甲文注》,第61页。
⑤ 清华大学出土文献研究与保护中心:《清华大学藏战国竹简》(壹),中西书局2010年版,第118页。
⑥ [日]泷川资言:《史记会注考证》卷四十,第5册,文学古籍刊行社1955年版,第2477页。

之祖。楚之立国则始于熊绎,《国语·晋语八》:"昔成王盟诸侯于岐阳,楚为荆蛮,置茅蕝,设望表,与鲜卑守燎,故不与盟。"① 被封为子爵。从文献记载来看,"楚人""楚国"之名出于周初成王时,可见《毛传》《诗序》认为《殷武》中的"荆楚"是商朝武丁时代的"荆州楚国"之说与史料不合,是典型的时代错误。笔者认真查考当代《商颂》"商诗说"的一些重要论文②,或据甲骨文、金文等材料,或将传世文献搜集殆遍,虽有很重要的启示,但对《商颂·殷武》中"殷武""荆楚"的解释,还是梗格不通,这确实成了《商颂》"商诗说"通不过的瓶颈。

"春秋宋诗说"以司马迁《史记·宋世家》为代表,谓《商颂》创自宋襄公之时,其大夫正考父"追道契、汤、高宗,殷所以兴,作《商颂》"③。据《左传·昭公七年》"及正考父佐戴、武、宣,三命兹益共"④,正考父为两周之际宋国戴(前799—前765)、武(前765—前747)、宣(前747—前728)三朝卿士,不是宋襄公(前650—前636)时期人物。清代魏源《商颂鲁韩发微》为弥合戴、武、宣与宋襄公之间一百多年的代差,竟然说正考父活了160岁⑤,荒唐无稽。王国维《说商颂》认为:"《商颂》盖宗周中叶宋人所作,以祀之先王,正考父献之周太师,而太师次之于《周颂》之后。"⑥ 该文引《国语·鲁语》闵马父之语:"正考父校商之名颂十二篇于周大师,以《那》为首。"⑦ 王国维认为汉以前没有校书之说,于是训"校"为"效""献"意,这一说法过于穿凿,证据不足。王国维《殷卜辞中所见先公先王考》及《续考》多

---

① 《国语》,上海古籍出版社1988年版,第466页。
② 参见杨公骥《中国文学》(第一分册),吉林人民出版社1980年版;赵明《殷商旧歌〈商颂〉述论》,《文史哲》1992年第2期;江林昌《商颂的作者作期及其性质》,《文献》2000年第1期;陈桐生《商颂为商诗补正》,《文献》1998年第2期;刘毓庆《商颂非宋人作考》,《山西大学学报》1980年第2期;赵敏俐《殷商文学史的书写及其意义》,《中国社会科学》2015年第10期。
③ 《史记会注考证》卷三十八,第5册,第2374页。
④ 《春秋经传集解》卷二十一,《汉魏古注十三经》(四部备要本),中华书局1988年版,第322页。
⑤ (清)魏源:《诗古微》,《清经解续编》第13册,凤凰出版社2005年版,第6465页中。
⑥ 王国维:《观堂集林》卷二,《王国维全集》第八卷,广东教育出版社、浙江教育出版社2009年版,第63页。
⑦ (清)徐元诰:《国语集解》,中华书局2002年版,第205页。

引《商颂》诗句作为力证，不知为何又以《商颂》为宋诗。高亨认为《殷武》"是宋君祭祀宋武公的乐歌，宋为殷后，故称殷武"①，但没有任何史实依据。两周时期宋国亦称"商""殷"，如《左传·僖公二十二年》宋大司马公孙固云"天之弃商久矣"②，《宋公欒簠》铭文云："有殷天乙唐孙宋公欒乍其妹句敔夫人季子媵簠"，"天乙唐"，殷王汤之尊号。③《礼记·乐记》"肆直而慈爱者宜歌《商》"，郑笺："商，宋诗也。"④ 使学者对《商颂》时代属性产生了认识上的混乱，成了争论的焦点。

《商颂》是三代"商诗"还是春秋"宋诗"，争论的关键就是《殷武》"挞彼殷武，奋伐荆楚"这一关键句，知晓了"荆楚"自然也就解决了"殷武"究指商代还是春秋宋国的哪位名王问题。笔者研究《楚辞·天问》中关于春秋末期绝祀国家吴国的历史记载，偶然发现吴国建国史料与《商颂》存在密切关系，对解决《商颂》争议提供了一个很好的契机。这段史料见于《天问》第53韵段：

吴获迄古，南岳是止。孰期去斯，得两男子？⑤

王逸《章句》认为"两男子谓太伯、仲雍也"，是太伯、仲雍"阴避让王季，辞之南岳之下，采药于是，遂止而不还也"。⑥ "得两男子"之"得"当训为"投合""投契"，如《左传·桓公六年》"少师得其君"，《清华七·越公其事》简10"其邦君臣父子其未相得"，注谓"彼此投合"之意。⑦《字彙·彳部》："得，又合也，人相契合曰相得。"诗句大意为："吴太伯获知古公的心思，到了南岳衡山；谁料到会离开这里，（荆蛮）会跟着这两个男子？"那么太伯、仲雍之父古公亶父到底是什么心思？离开南岳衡山之后，荆蛮跟着这"两男子"又去了哪里？这一重大事件到底发生在什么历史时代？可见屈原对吴国先史的追问充满了好奇

---

① 高亨：《诗经今注》，清华大学出版社2004年版，第603页。
② 《春秋左传正义》卷十五，《十三经注疏》（嘉庆本），第3937页。
③ 马承源：《商周青铜器铭文选》（四），文物出版社1990年版，第506—507页。
④ 《礼记正义》卷三十九，《十三经注疏》（嘉庆本），第3349页。
⑤ 本文标注韵段依据王力《诗经韵读 楚辞韵读》，中华书局2014年版，第440页。
⑥ （东汉）王逸、（宋）洪兴祖：《楚辞补注》，中华书局1983年版，第104—105页。
⑦ 《清华大学藏战国竹简》（七），中西书局2017年版，第55、120页。

心。笔者在追溯太伯、仲雍南下之旅的过程中,发现与《商颂》中的诗句描述竟然存在着内在联系;并借助对《商颂》的考证,为被后世涂抹得一片漆黑的商代名王武乙及其时代敞开一扇窗口。

二 太王翦商与太伯、仲雍南岳之旅的大概时间

关于太伯、仲雍到荆蛮之地史事,《史记·周本纪》:"古公有长子曰太伯,次曰虞仲。太姜生少子季历,季历娶太任,皆贤妇人,生昌,有圣瑞。古公曰:'我世当有兴者,其在昌乎?'长子太伯、虞仲知古公欲立季历以传昌,乃二人亡如荆蛮,文身断发,以让季历。"这是《天问》"吴获迄古"诗义所在。"虞仲"即"仲雍"。太伯、仲雍从岐山到荆蛮所在南岳衡山,又从南岳衡山到吴地立国的经历,见于《史记·吴太伯世家》:

> 太王欲立季历以及昌,于是太伯、仲雍二人乃奔荆蛮,文身断发,示不可用,以避季历。季历果立,是为王季。而昌为文王。太伯之奔荆蛮,自号句吴。荆蛮义之,从而归之千余家,立为吴太伯。①

上述记载又见于《汉书·地理志》"吴地,斗分埜也"下,云:"大伯、仲雍辞行采药,遂奔荆蛮。公季嗣位,至昌为西伯,受命而王……大伯初奔荆蛮,荆蛮归之,号曰句吴。"②"归之"之"之"当指太伯。《吴越春秋·吴太伯传第一》记载,"古公病,二人托名采药于衡山(注云:南岳),遂之荆蛮","荆蛮国民君而事之,自号为句吴"。③据《吴越春秋》记载,"太伯祖卒,葬于梅里平墟",今江苏无锡。《天问》之"南岳"即《吴越春秋》之"衡山",这部类似"说部"的史书保存了这一真实的历史细节。先秦古书《世本·居篇》"吴孰哉居藩篱",宋忠曰:"孰哉,仲雍字……藩篱,今吴之余暨也。"《居篇》又云"孰姑徙句

---

① 《史记会注考证》卷三十一,第5卷,第2064页。
② (东汉)班固:《汉书》卷二十八下,第6册,中华书局1962年版,第1667页。王先谦:《汉书补注》卷二十八下,中华书局1983年版,第853页。
③ (东汉)赵晔:《吴越春秋》,(元)徐天佑音注,台湾世界书局1980年版(景明弘治覆元大德本),第35—36页。

吴",宋衷曰:"孰姑,寿梦也……句吴,太伯始所居地名。"①蒙文通《越史丛考》认为:"是太伯所奔之族虽为荆蛮,而所奔之地则句吴也。释者皆谓句吴在无锡,非楚地也,更不得在汉水流域也。"② 从目前研究来看,吴国族属问题很复杂,有古越族、荆蛮族、周部族以及"夷人"说等。③

但传世典籍如《世本》《史记》《汉书》叙述太伯之吴事过于平淡——太伯、仲雍到南岳衡山只是为了避位给王季而托"采药"之名,颇具民间传说色彩,启人疑窦之处甚多——距离周部族最近之秦岭"药"所在皆有,何必远去湖南衡山,岂不是天方夜谭?而且南岳衡山之地的原住民并非华夏族群,而是从远古夏商以来备受打压的苗蛮集团,其"断发文身"的风俗习惯与华夏族群的衣冠之民不同。后来这些"荆蛮千余家"竟然在太伯、仲雍率领下从衡山千里大迁徙到长江下游句吴(今江苏无锡)之地建立吴国,这在上古实在是一史诗性壮举,那么是什么原因导致了这次史诗性的大迁徙?由太伯、仲雍"采药"事件引发的上古部族大迁徙是怎样由可能变成了现实?这既是屈原《天问》第53韵段莫名惊诧之处,也是至今困扰学界的重大历史事件。传统史书如《史记》《汉书》已经难以解释这一大迁徙背后的复杂历史动因,但在上古文学作品中却有相关信息。笔者注意到《天问》记载的吴国开国史在《商颂》《鲁颂》中都有印证,同时也对解决《商颂》的创作时代从侧面提供了切实的证据。因此,本文从太伯、仲雍立国于东南写起。

据《史》《汉》记载,太伯、仲雍是在"太王"即古公亶父之时,为给太王治病,托名"采药"来到南岳衡山地区的。周初史诗只有《大雅·绵》记载了古公亶父的事迹,古公早期定居于"沮""漆"之地,"陶复陶穴,未有家室"。后来受戎狄压迫迁徙周原,在周原建立城市和宗庙,"乃召司空,乃召司徒,俾立室家。其绳则直,缩版以载,作庙翼翼"。《史记·周本纪》记载古公亶父受戎狄侵迫,"乃与私属遂去豳,度漆、沮,踰梁山,止于岐下",《集解》引徐广曰:"山在扶风美阳西北,

---

① (汉)宋衷注:《世本八种》,王谟辑本,北京图书馆出版社2008年版,第34页。
② 蒙文通:《古族甄微》,巴蜀书社1993年版,第303页。
③ 参见叶玉英《释"虞""虞"——兼谈春秋时期吴国国名》,载《古文字研究》第三十辑,中华书局2014年版,第208—210页。

其南有周原。"皇甫谧云："邑于周地，故始改国曰周。"在岐山下周原，"古公乃贬戎狄之俗，而营筑城郭室屋，而邑别居之。作五官有司"，《集解》引《礼记》"天子之五官，曰司徒、司马、司空、司士、司寇，典司五众"，① 见《曲礼下》。古公亶父建造城郭都邑，设置"五官有司"，表明当时周部族已经具备了国家制度的雏形。《鲁颂·閟宫》在追叙姜嫄诞生后稷"奄有下土，缵禹之绪"后，云：

> 后稷之孙，实维大王。居岐之阳，实始翦商。至于文武，缵大王之绪。致天之届，于牧之野。

此章叙述太王迁岐以后定下王业之基，开始"翦商"之事。"翦商"之"翦"，义同《召南·甘棠》"蔽芾甘棠，勿翦勿伐"即"剪枝"之意。徐中舒先生《殷周之际史迹之检讨》曾论及太王翦商与大伯、仲雍之君吴，认为吴地与周人所居之岐山相去遥远，太伯、仲雍何缘而至？徐先生推测说"疑大伯、仲雍之在吴，即周人经营南土之始，亦即大王翦商之开端。《史记》谓太伯、仲雍逃之荆蛮者，或二人所至，即江汉流域，其后或因楚之强盛，再由江汉而东徙于吴"，认为两人带了周人之"远戍军"以经营南土。② 傅斯年《与顾颉刚论古史书》认为"太伯入荆蛮，我疑心是伦常之变"，"太伯不得已而走，或者先跑到太王之大仇殷室，殷室封他为子爵，由他到边疆启土"③。《大雅·皇矣》："维此王季，因心则友，则友其兄"，对讲究仁爱礼让的西周贵族来说，傅说太富有颠覆性了。同样，徐先生所谓周人"远戍军"之说也是不合情理的猜测，没有什么史料依据。

原史时代的史诗往往时代模糊，"大王翦商"究竟发生在什么时代？顾炎武认为"太王当武丁、祖甲之世"。④ 张光直《殷周关系的再检讨》依据《今本竹书纪年》的说法，太王迁到岐周是在殷王武乙即位之后，

---

① 《史记》（修订本）卷四，第148、149页。
② 原载《国立"中央研究院"历史语言研究所集刊》第7本第2分，1936年版，收入《徐中舒论先秦史》，上海科学技术文献出版社2008年版，第224—228页。
③ 欧阳哲生编：《傅斯年文集》第一卷，中华书局2017年版，第554页。
④ （清）顾炎武著、黄汝成集释：《日知录集释》，河北花山文艺出版社1990年版，第136页。又见竹添光鸿《毛诗会笺》卷二十，凤凰出版社2012年影印版，第2283页。

武乙三年之后,"命周公亶父赐以岐邑",是正式地承认了周人的地位。这虽与《鲁颂》上所说"实始翦商"的精神不同,但都说明自此殷周正式交往。并引《今本竹书纪年》武乙二十一年"周公亶父薨"。[1]《今本竹书纪年》是否可信,学界持有怀疑心态。[2]《史记·殷本纪》叙述商代名王武丁至武乙世次,云:

> 帝武丁崩,子帝祖庚立。……帝祖庚崩,弟祖甲立,是为帝甲。帝甲淫乱,殷复衰。帝甲崩,子帝廪辛立。帝廪辛崩,弟庚丁立,是为帝庚丁。帝庚丁崩,子帝武乙立。殷复去亳徙河北。帝武乙无道,为偶人,谓之天神。与之博,令人为行。天神不胜,乃僇辱之。为革囊盛血,卬而射之,命曰射天。武乙猎于河渭之间,暴雷,武乙震死。子帝太丁立。[3]

据《殷本纪》,武丁以下商王,为祖庚、祖甲(祖庚弟)—廪辛(祖甲子)、庚丁(据甲文当作"康丁",廪辛弟)—武乙(康丁子)—太丁(武乙子)—帝乙(太丁子)—帝辛(帝乙子,即商纣王)。据研究,《殷本纪》所载包括武丁在内九位殷王的世次与行辈,与甲骨文显示的完全相同。[4] 值得注意的是《古本竹书纪年》记载:

> 三十四年,周王季历来朝,武乙赐地三十里,玉十瑴,马八匹。三十五年,周王季伐西落鬼戎,俘二十翟王。[5]

从武乙三十四、三十五年记周王季历史事来分析,《鲁颂·閟宫》所谓太王"翦商"当在商王武乙之世。"王季"又称为"王季历",《战国

---

[1] 张光直:《中国青铜时代》,生活·读书·新知三联书店1999年版,第142页。
[2] 程平山认为《今本竹书纪年》出于明代坊刻本,最早见于嘉靖时杨慎《丹铅录》引本、王世贞《弇州四部稿》引本,即雷学淇所获大字本,其后是范钦所校天一阁本,范本为今所见最早版本。参见程著《竹书纪年与出土文献研究之一:竹书纪年考》,中华书局2013年版,第142页。
[3] 《史记会注考证》卷三,第1册,第217—219页。
[4] 胡厚宣、胡振宇:《殷商史》,上海人民出版社2003年版,第18页。
[5] 王国维:《古本竹书纪年辑校》,《王国维全集》第5卷,广东教育出版社、浙江教育出版社2009年版,第166页。

策·魏策二》"昔王季历葬于楚山之尾"①可证，为太王古公亶父第三子。太王在太伯、仲雍出奔南岳后，传位给王季。而太伯、仲雍避让季历南迁荆楚之事自应在商王武乙之世。

《史记·殷本纪》论说武乙无道，最后被暴雷震死于河渭之间，此说又见诸《史记·封禅书》"（武丁）后五世，帝武乙慢神而震死"。《索隐》："谓武乙射天，后猎于河渭而震死也。"②"河渭"近周，丁山《武乙死于河渭之间》认为武乙"可能是去征伐周王季，兵败被杀，殷商史官乃讳言'暴雷震死'而已"。③这些传说故事可能有史实来源，也有可能是后起的西周对前朝名王武乙的缺席审判，这一"判词"很可能为后世史家采用。《殷本纪》记载武乙"射天"之事与战国宋康王偃相同，《宋微子世家》载宋王偃"盛血以韦囊，县而射之，命曰射天"，被当时诸侯称为"桀宋"，为齐湣王所灭。④《战国策·燕策二》"苏子"劝齐湣王伐宋，"今宋王射天笞地，铸诸侯之象，使侍屏偃，展其臂，弹其鼻，此天下之无道不义，而王不伐，王名终不成"。⑤《吕览·过理》："宋王筑为蘖帝，鸱夷血高悬之，射，著甲胄从下，血坠流地。"高诱注："宋王，康王也。蘖当作孽，帝当作台。"⑥《殷本纪》所谓武乙暴虐之事，很可能是因为战国宋康王的无道举措而为史家栽赃给商代名王武乙的，与商纣王一样被子贡称为居下流而众恶归之（《论语·子张》）的典型，但与周初文献记载龃龉。《酒诰》云："自成汤咸至于帝乙，成王畏相，惟御事厥棐有恭，不敢自暇自逸，矧曰其敢崇饮?"⑦《多方》："惟成汤克以尔多方，简代夏作民主……以至于帝乙，罔不明德慎罚，亦克用劝。"⑧《多士》："自成汤至于帝乙，罔不明德恤祀。"⑨武乙为帝乙祖父，上文对商代名王从成汤到帝乙都做了正面评价。值得重视的是，《逸周书·商

---

① （西汉）刘向辑录：《战国策》下册，台湾九思出版有限公司1978年版，第824页。
② 《史记》（修订本）卷二十八，第4册，第1633页。
③ 丁山：《商周史料考证》，国家图书馆出版社2008年版，第147页。
④ 《史记会注考证》卷三十八，第2372—2373页。
⑤ 《战国策》下册，台湾九思出版有限公司1978年版，第1114页。
⑥ 《吕氏春秋》卷二十三《贵直论第三》，《诸子集成》第6册，中华书局2006年版，第302—303页。
⑦ 《尚书》卷八，《汉魏古注十三经》（四部备要）上册，第52页上。
⑧ 《尚书》卷十，《汉魏古注十三经》（四部备要）上册，第66页。
⑨ 《尚书》卷九，《汉魏古注十三经》（四部备要）上册，第59页下。

誓》记武王之语：

> 在商先誓王，明祀上帝，□□□□，亦惟我后稷之元谷，用告和，用胥饮食，肆商先誓王，维厥故，斯用显我西土。

"誓"，朱右曾注云"读为哲"，阙文四字当为"社稷宗庙"。① 只有武乙这位"商先誓（哲）王"使古公亶父在岐下安居下来，即"显我西土"。从《商颂》对殷商名王如契（玄王）、相土、汤（武汤、武王）、武丁孙子（本文认为即武乙）的歌颂来判断，商代崇尚武勇精神，"武乙"之名与其武功关系之密切，自不待言。面对崇尚武勇的商王武乙的政治军事压力，在岐周稳住阵脚的古公亶父，可能意识到了未来的危险，派太伯、仲雍来到南岳衡山地区，联络在夏商王朝以来备受打压的苗蛮集团，来对抗商朝武乙的军事压迫。《左传·襄公四年》记韩献子之语"文王帅殷之叛国以事纣，唯知时也"②，可见这种兼弱攻昧之道是周部族长远的战略决策。

生活在南岳衡山的"荆蛮"基本上属于蒙文通《古史甄微》③、徐旭生《我国古代部族三集团考》④所谓远古"江汉民族"之"苗蛮集团"，其境遇悲惨，倍受中原正统王朝夏、商打压，《史记·五帝本纪》"三苗在江淮、荆州数为乱"，《正义》："淮，读曰匯，音胡罪反，今彭蠡湖也。"⑤《战国策·魏策一》"魏武侯与诸大夫浮于西河"章叙吴起之语云：

> 昔者，三苗之居，左彭蠡之波，右有洞庭之水，文山在其南，而衡山在其北。恃此险也，为政不善，而禹放逐之。⑥

其分布范围大致在今湖北、湖南、江西等地。《尚书·大禹谟》言大

---

① （清）朱右曾：《逸周书集训校释》，商务印书馆1937年版，第67页。
② 《春秋左传正义》卷二十九，《十三经注疏》（嘉庆本），第4192页。
③ 《蒙文通全集》三，巴蜀书社2015年版，第44页。
④ 徐旭生：《中国古史的传说时代》，广西师范大学出版社2003年版，第42页。
⑤ 《史记》（修订本）第1册，第34—35页。
⑥ 《战国策》下册，台湾九思出版有限公司1978年版，第782页。

禹初即位,"苗民逆命",于是"帝乃诞敷文德,舞干羽于两阶,七旬,有苗格"①。《吕刑》记载周穆王之训,"皇帝哀矜庶戮之不辜,报虐以威,遏绝苗民,无世在下。乃命重黎绝地天通,罔有降格","皇帝"即"皇天上帝"之意。这段重要历史记载透露了早在远古时代,华夏族就与以蚩尤为代表的东夷、以三苗为代表的苗蛮集团发生了剧烈的冲突,华夏族战胜后对苗蛮"绝地天通",取消了苗蛮祭祀天地的资格和生存的合法性,使其奉祀诸神不再下降,苗民的神巫也不能上天,再也得不到天地诸神的眷顾,彻底成了天地之间的弃儿,可以任人宰割了。这些苗蛮在太伯、仲雍率领下,实施古公亶父制定的"翦商"计划。但在殷商军队的武力征伐之下,迫于军事压力,太伯、仲雍率领荆蛮千余家实施千里大迁徙,在长江下游古越之地另觅新地,在吴地(今江苏无锡)建国,号曰"句吴"。古越族属滨海东夷部族,与苗蛮集团同受华夏集团打压,存在联盟关系。《左传·昭公四年》"商纣为黎之蒐,东夷叛之",《左传·昭公十一年》又云"纣克东夷而陨其身",②《战国策·魏策二》"五国伐秦"条记宋郭之语"禹攻三苗,而东夷之民不起"③,可见殷商是苗蛮与东夷的共同敌人。

  这段罕为人知的历史凝缩在《天问》第53韵段"吴获迄古,南岳是止。孰期去斯,得两男子",隐含了吴国创立的史诗性开端。据《史记·吴太伯世家》记载吴国世系"大凡从太伯至寿梦十九世",太伯卒后,传位给仲雍(孰哉),仲雍以下皆父子相传,经历仲雍2—季简3—叔达4—周章5,《吴太伯世家》云:"是时周武王克殷,求太伯、仲雍之后,得周章。周章已君吴,因而封之。"④据《古本竹书纪年》"西周二百五十七年""自武王至幽王二百五十七年"⑤之记载,武王克殷在公元前1027年。由周章上推四世到太伯之世。这个长时段按《御览》所载来推算,即文丁3+帝乙37+帝纣32=72(年),到商王武乙之世,也能基本合拍。《逸周书·世俘解》记武王克殷后祭祀列祖列宗,云:

---

① 《尚书》卷二,《汉魏古注十三经》(四部备要本)上册,第10—11页。
② 杨伯峻:《春秋左传注》第4册,中华书局1990年版,第1252、1323页。
③ 《战国策》卷二十二,台湾九思出版社有限公司1978年版,第830页。
④ 《史记会注考证》卷三十一,第2064页。
⑤ 方诗铭、王修龄:《古本竹书纪年辑证》,上海古籍出版社2005年版,第64页。

> 王烈祖自大王、大伯、王季、虞公、文王、邑考以列升，维告殷罪。

孔晁注："虞公，虞仲。邑考，文王子也。"朱右曾云："以列升，谓以王礼祀三王，以侯礼祀大伯、虞仲、邑考也。"[①] 若如徐中舒、傅斯年所云太伯、仲雍只是"避位"南下，或者因为"伦常之变"而投靠了商朝，就不可能侧身于从祀之列了。那么太伯之"句吴"是荆蛮或吴地拥戴而自号还是商王赐封？周章"君吴"是得到了商王的锡命还是自立为王？尽管这段发生在商王武乙时代的诗性历史尚无太多历史记载，但《商颂》则从文学角度印证了这段史实，同时对解读《商颂》作品的时代争议提供了重要参考。

三 《商颂·殷武》歌颂"武丁孙子"武乙征伐荆蛮的武功

笔者上文论证《天问》第53韵段太伯、仲雍率荆蛮千里大迁徙于长江中下游吴地立国，时间为商王武乙时期，这一重大事件对解决自古以来《商颂》争议提供了一个重要契机。在《商颂》中只有"武丁孙子"而没有提到商王武乙庙号，说明这组相传十二篇只剩五篇的"商之名《颂》"创自武乙还在世的时代。《古本竹书纪年》保存了一些商王名号，如外丙胜、沃丁绚、小庚辩、小甲高、祖乙滕、小辛颂、祖庚曜、祖甲载等，但却没有武丁、武乙之名，所以本文不得不以"时王武乙"这一别扭称号称呼《商颂》时代不但活着而且还创作这一颂歌的武乙本人了。在《商颂》文本中已明确传达出这是歌颂时王武乙战功的诗篇，《玄鸟》云：

> 天命玄鸟，降而生商。宅殷土芒芒。古帝命武汤，正域彼四方。方命厥后，奄有九有。商之先后，受命不殆，在武丁孙子。武丁孙子，武王靡不胜。龙旗十乘，大糦是承。

竹添光鸿认为这首诗讲的是商家"受命"之事："此诗颂契曰天命，

[①] （清）朱右曾：《逸周书集训校释》卷四，第55页。

颂汤曰帝命，颂太戊、盘庚统称'先后'，曰'受命不殆'，此下颂武丁，末节总结曰'殷受命'。"①"方命厥后"与"商之先后"之"后"均为君王、先王之意。王国维《殷卜辞中所见先公先王续考》"多后"条认为"商人称先王为后"，②《周颂》"昊天有成命，二后受之"，指文武二位先王。但《毛诗序》却说"《玄鸟》，祀高宗也"，于是学者受此影响，将"武丁孙子"理解为"武丁"即"孙子"的同位语，指武丁本人。实际上"武丁孙子"当指时王、死后庙号为"武乙"的武功，岂有"武丁孙子"指武丁的道理！类似句法如《大雅·文王》"陈锡哉周，侯文王孙子。文王孙子，本支百世"，郑笺："其子孙适（通嫡）为天子，庶为诸侯，皆百世。"同篇"假哉天命，有商孙子。商之孙子，其丽不亿。上帝既命，侯于周服"，③"侯文王孙子。文王孙子""有商孙子。商之孙子"与《玄鸟》"在武丁孙子。武丁孙子"句式一致，"武丁孙子"即"武丁之孙子"。从商王世系上说，武丁之子为祖庚、祖甲（兄弟相及），祖甲之子为廪辛、康丁（兄弟相及），康丁之子为武乙，武乙为武丁之曾孙，孙及曾孙统称"孙子"，亦犹王国维所说"商人自大父以上皆称曰祖"④。如帝乙、帝辛时卜辞称武乙为"武祖乙"，如

　　　　甲戌卜，贞：武祖乙升，其牢，兹用。（《合集》36105）⑤
　　　　甲辰卜，贞：武祖乙升，其牢。（《合集》36115）⑥

陈梦家认为："凡有武祖乙的称谓者是属于帝乙或帝辛的卜辞。"⑦帝辛即商王纣，为武乙之曾孙，可见"孙"与"曾孙"统称"孙子"于甲骨文有征。卜辞称武乙者只见帝乙、帝辛时期，除"武祖乙"外还有"武乙宗"即武乙之宗庙，可见"孙""曾孙"祭祀先祖之普遍。而《玄鸟》赞美时王武乙推美"武丁孙子"，亦禘其祖之所自出，即祖有功而宗

---

① ［日］竹添光鸿：《毛诗会笺》卷二十，第 4 册，凤凰出版社 2012 年版，第 2335 页。
② 《王国维全集》第 8 册，第 291 页。
③ 《毛诗正义》，《十三经注疏》（嘉庆本），第 1084—1085 页下。
④ 王国维：《殷卜辞中所见先公先王考》，《王国维全集》第 8 册，第 280 页。
⑤ 中国社会科学院历史所：《甲骨文合集》第 12 册，中华书局 1982 年版，第 4503 页上。
⑥ 《甲骨文合集》第 12 册，第 4504 页。
⑦ 陈梦家：《殷虚卜辞综述》，中华书局 1988 年版，第 135 页。

有德之意。

　　下文"武丁孙子，武王靡不胜"是《商颂》中的难句，从句式上来分析，"武丁孙子"即"武王"，郑笺："高宗之孙子有武功、有王德于天下者，无所不胜服。"① 此解不准确。《商颂》中"武王"共出现两次，除《玄鸟》外，另一处见于《长发》："武王载旆，有虔秉钺，如火烈烈……韦顾既伐，昆吾夏桀"，诗中"武王"指商汤是没有问题的。但商汤在《玄鸟》中则称为"武汤"，如"古帝命武汤"，与此相对又有"武王靡不胜"，《玄鸟》中的"武汤"指商汤、"武王"很明显指武乙。王国维《殷卜辞中所见先公先王考》认为"商于虞夏时已称王"，诸如玄王（契）、王亥、王恒等"自系当时本号"。② 则武乙称"武王"也应是当时"本号"。

　　"武汤"甲骨文作"武唐"，廪辛、康丁卜辞："惟武唐用，王受有佑。"（《合集》27151）③ 又有"成唐"之称，春秋时期《叔夷镈》"虩虩成唐，有敢（严）在帝所"④ 又作"唐"，《御览》卷82、912引《归藏》"昔者桀筮伐唐而枚占荧惑，曰：不吉"。王国维认为"卜辞之唐必汤之本字"。⑤ 商汤庙号为"大乙"或"天乙"，而《商颂》及甲骨文或称为"武汤""武王""武唐"，对此，竹添光鸿《会笺》认为："'武汤'以其有武德号之也。《书》曰：惟我商王，布昭圣武。《长发》曰：'武王载旆，有虔秉钺'，《史记》云：'汤曰：吾甚武'，故此称为'武汤'也。"⑥ "武"为商汤之号。清儒陈启源云"殷天子皆以号举"⑦，《史记·殷本纪》"子天乙立，是为成汤"句下，《索隐》引谯周云：

---

① 《毛诗正义》，《十三经注疏》（嘉庆版），第1344页上。
② 《王国维全集》第8册，第283页。
③ 《甲骨文合集》第9册，第3351页。胡厚宣主编：《甲骨文合集释文》，中国社会科学出版社2009年版，第1352页。
④ 郭沫若：《两周金文辞大系图录考释》，上海书店出版社1999年版，图版第240—244页，释文第203页。
⑤ 《观堂集林》卷九《史林一》，《王国维全集》第8卷，第277页。
⑥ ［日］竹添光鸿：《毛诗会笺》卷二十，第2334页。
⑦ （清）陈启源：《毛诗稽古编》，济南，山东友谊出版社据北京图书馆藏张敦仁所校清抄本影印，1991年版，第828页。

夏殷之礼，生称王，死称庙主，皆以帝名配之。①

盖谓生称其名，死则以其生之名为庙主，谯周之说已被证实是正确的。武乙之"武"为其生时名号或"王名"，"乙"则为其庙号。所谓"生称其名""殷天子皆以号举"是很有道理的。竹添光鸿认为"挞彼殷武"之"武""盖号也"②。《玄鸟》诗中作为"武丁孙子"的"武王"即武乙生时之"号"，即"殷武"，"武乙"为其死后庙号。为避免与《长发》诗中远祖"武王"商汤混淆，《玄鸟》将商汤称为"武汤"。清王引之将"商之先后，受命不殆，在武丁孙子。武丁孙子，武王靡不胜"改为"在武王孙子。武王孙子，武丁靡不胜"，认为"经文两言'武丁'，皆武王之讹；而'武王靡不胜'则武丁之讹"③，经过三次改字以证己说的做法被学界公认为是不妥当的，与史实相去甚远。

前文已考定太伯、仲雍率荆蛮千家东迁吴地，时间在武乙之世，与这一史实相联系，可以确定《商颂·殷武》篇中"奋伐荆楚"的"殷武"即时王武乙，"武"为武乙生时之"号"。"荆楚"并非西周成王时立国的楚国，而属于"苗蛮集团"。《殷武》诗首韵云：

挞彼殷武，奋伐荆楚。罙入其阻，裒荆之旅。有截其所，汤孙之绪。

韵脚武、楚、阻、旅、所、绪均为鱼部合韵。"荆楚"为古语"荆蛮""楚蛮"之省称，《史记》《汉书》习称"荆蛮"。学者往往认为"荆楚"即两周时期的楚国，如《毛传》"荆楚，荆州之楚国也"，但据出上史料，当时楚国根本没有立国。《殷武》中的"荆楚"不可能是两周时期的楚国而是尚代苗蛮集团的"荆蛮"，是很显然的。"罙（深）入其阻，裒荆之旅"之"裒"，《毛传》释为"聚也"，但语义难通。《易·谦》象传："君子以裒多益寡，称物平施"，王弼注："多者用谦以为裒，少者用

---

① 《史记》（修订本）第1册，第120—121页。
② 《毛诗会笺》卷二十，第2335页
③ （清）王引之：《经义述闻》卷七，江苏古籍出版社2000年版，第174页。

谦以为益。"① 《玉篇·衣部》："衰，扶沟、步九二切，减也，聚也。"② 《小尔雅·广诂一》："衰，略也。"③ "衰多益寡"即损有余以补不足之意。《殷武》"衰荆之旅"意为使荆蛮之军受到重创，人数大减；"有截其所"之"截"，《会笺》作"齐一"解，意为"尽平其地，使截然齐一"。"汤孙之绪"当指时王武乙继承了商汤的绪业，所以下文云"昔有成汤，自彼氐羌，莫敢不来享，莫敢不来王，曰商是常"，竹添光鸿《会笺》"此章纪高宗因荆旅听命而谕告之辞也"④，以"殷武"为高宗武丁，前文已辩其非，当为武乙谕告之辞。那么，这支被时王武乙大"衰"的"荆之旅"战败后跑到哪里去了？下文有论。

四　太伯"设都于禹之绩"与国号"句吴"

《殷武》第三、四、五章，根据韵脚，重新划分韵段如下：

天命多辟，设都于禹之绩，岁事来辟，勿予祸适，稼穑匪解。（锡支通韵）天命降监，下民有严（庄）。不僭不滥，不敢怠遑。（阳部合韵）命于下国，封建厥福。商邑翼翼，四方之极。（职部）

此段仍为时王武乙对战败逃到长江下游吴地的太伯、仲雍率领的"荆之旅"的谕告之辞。"天命多辟"与下文"命于下国，封建厥福"意思一贯，指封建诸侯之意。《尔雅·释诂一》："辟，君也。"⑤ 据胡厚宣《殷代封建制度考》研究，"殷代自武丁以降，确已有封建之制"，有诸妇之封、诸子之封、功臣之封、方国之封等。⑥ "岁事来辟"之"岁事"，《会笺》："《周礼》春朝、夏宗、秋觐、冬遇之属，正所谓述职也。""来辟"犹"来王"。"勿予祸適（适）"之"適（适）"与"从"通，《玉

---

① 《宋本周易注疏》，中华书局1988年版（据宋刻本影印），第239页。
② （南朝·梁）顾野王：《宋本玉篇》卷四百三十五，中国书店1983年版，第506页。
③ （秦）孔鲋：《小尔雅》卷一，《汉魏丛书》，（清）王谟辑，光绪乙未（1895）上海刻本，该卷第1页。
④ 《毛诗会笺》，第2356页。
⑤ 《尔雅》卷一，《汉魏古注十三经》（四部备要本），第5页。
⑥ 胡厚宣：《甲骨学商史论丛初集》，河北教育出版社2002年版，第60页。

篇·辵部》"適"条："又音滴，从也。"《左传·僖公五年》："狐裘尨茸，一国三公，吾谁适从？""勿予祸適（适）"即"勿与祸从"，即不要再造反招祸之意。

"设都于禹之绩"之"绩"与"蹟""迹"均精纽锡部通假。"禹迹"范围广大，《周书·立政》"以涉禹之迹"，《左传·襄公四年》记魏绛引《虞人之箴》："芒芒禹迹，画为九州，经启九道"，① 春秋晚期《秦公簋》铭文"不显朕皇且（祖）受天命，鼏宅禹蹟"，② 《叔夷镈》"咸有九州，处禹之堵"，③ 举天下九州之地，无不属于"禹迹"，"禹迹"成了泛称。但具体到《殷武》"设都于禹之绩"，则非泛称而是专有所指，即古越之地。荆蛮战败后，在太伯、仲雍率领下从《禹贡》"荆州"之域浮江顺流东迁，在古越之地吴地（今江苏无锡）设都，并臣服于商朝。《史记·吴太伯世家》："太伯奔荆蛮，自号句吴，荆蛮义之，从而归之千余家。"蒙文通《越史丛考》认为，既"自号句吴"，"是太伯所奔之族虽为荆蛮，而所奔之地则句吴也"，这些"文身断发"的荆蛮"固为越人，而其所居亦止句吴之地而已"④。古越族君长为大禹之后，《史记·越王句践世家》：

> 越王句践，其先禹之苗裔，而夏后帝少康之庶子也。封于会稽，以奉守禹之祀。文身断发，披草莱而邑焉。

《墨子·节葬下》："禹东教乎九夷（《北堂书钞》及《初学记》引此并作'於越'），道死，葬会稽之山。"⑤ 《史记·夏本纪》："帝禹东巡狩，至于会稽而崩"，《集解》："《皇览》曰：禹冢在山阴县会稽山上，会稽山本名苗山，在县南，去县七里。"⑥ 东汉初赵晔《吴越春秋》保存了许多古越之地的原始记忆，同时也保存了传说故事中的神话色彩，其《越王无余外传第六》云："（禹）周行天下，归还大越，登茅山（《史记》注：禹到大越，上苗山。《十道志》：会稽山本名茅山，一名苗山）

---

① 杨伯峻：《春秋左传注》，第938页。
② 王辉：《秦铜器铭文编年集释》，三秦出版社1990年版，第19页。
③ 郭沫若：《两周金文辞大系图录考释》，图版第240—244页，释文第203页。
④ 蒙文通：《古族甄微》，巴蜀书社1993年版，第303页。
⑤ 孙诒让：《墨子间诂》卷六，中华书局2009年版，第183—184页。
⑥ 《史记会注考证》卷二，第184、193页。

以朝四方群臣"，后来大禹崩而葬于会稽之山，其子启"使使以岁时春秋而祭禹于越，立宗庙于南山之上。禹以下六世，而得帝少康，少康恐禹祭之绝祀，乃封其庶子于越，号曰无余"①。又见诸袁康、吴平《越绝书》，其《越绝外传记地传第十》云："禹始也，忧民救水，到大越，上茅山……因病亡死，葬会稽。"② 据以上记载来分析，会稽所在古越之地为"禹绩"之终点。

古越之地为大禹治水最为困难之地，出土文献《上博二·容成氏》简22—28记载了大禹治水，简26云：

> 禹乃通三江五湖，东注之海，于是乎荆州、扬州始可处也。③

"三江五湖"即古越之地，《国语·越语下》记吴夫差战败请降，范蠡曰："与我争三江五湖之利者，非吴耶？夫十年谋之，一朝而弃之，其可乎？"《周礼·职方氏》："东南曰扬州，其山镇曰会稽，其泽薮曰具区，其川三江，其浸五湖。""三江"，孙诒让案即"北江、中江、南江也"。④《国语·越语上》记伍子胥对夫差之谏，云："夫吴之与越也，仇雠敌战之国也。三江环之，民无所移，有吴则无越，有越则无吴，将不可改于是矣。"徐元诰按："三江，宋庠本《注》作松江、钱塘、浦阳江。"⑤ 各时代及地区人们对"三江"的解释不一致。"五湖"即太湖，《国语·越语下》记句践"果兴师而伐吴，战于五湖，不胜，栖于会稽"，后来又"兴师伐吴，至于五湖"，⑥ 太湖古称"震泽""具区"，而扬州古称"扬粤"即"扬越"，《吕氏春秋·有始览·应同》："东南为扬州，越也。"⑦《史记·楚世家》记楚先公熊渠"乃兴兵伐庸、扬粤，至于鄂"。荆、扬二州毗邻，故太伯、仲雍率荆蛮千家从荆州之地沿江徙于吴地，即《禹贡》

---

① 周生春：《吴越春秋辑校汇考》，上海古籍出版社1997年版，第108页。
② 李步嘉：《越绝书校释》，中华书局2013年版，第221页。
③ 马承源主编：《上海博物馆藏战国楚竹书》（二），上海古籍出版社2002年版，图版第118页。
④ （清）孙诒让：《周礼正义》卷六十三，中华书局1987年版，第2641页。
⑤ （清）徐元诰：《国语集解》，中华书局2002年版，第568—569页。
⑥ 《国语》，上海古籍出版社2015年版，第643、652页。
⑦ 许维遹：《吕氏春秋集释》，中华书局2010年版，第278页。

扬州之域。

徐中舒《殷周史迹之检讨》认为太伯东迁是由于楚人的压迫，前文已辩其非；傅斯年《与顾颉刚论古史书》认为是太伯、仲雍因为继承权问题与其父古公亶父、其弟王季反目，而导致"伦常之变"，从而投靠了商朝。但据《殷武》篇可知，太伯、仲雍是在率领荆蛮集团反抗商朝失败以后，率荆蛮千余家沿江千里大迁徙来到吴地建国。同时出于自保，臣服商朝，争取了商王武乙的宽大处理，而被封在东吴之地，此即《殷武》"命于下国，封建厥福。商邑翼翼，四方之极"诗意所在。《吴越春秋》《越绝书》保存了吴地对春秋末期绝祀故国的一些记忆，《吴越春秋·吴王寿梦传第二》："十六年，楚恭王怨吴为巫臣伐之也，乃举兵伐吴，至衡山而还。"此事件见于《左传·襄公三年》"楚克鸠兹，至于衡山"，杜预注："鸠兹，吴邑，在丹阳芜湖县东，今皋夷也。衡山在吴兴乌程县南。"① 《越绝外传记吴地传第三》："吴古故祠江汉于棠浦东，江南为方墙，以利朝夕水，古太伯君吴，到阖闾时绝。"② "衡山""江汉"为荆蛮故地，《尚书·禹贡》"荆及衡阳惟荆州，江汉朝宗于海"，郑笺："北据荆山，南及衡山之阳，二水经此州而入海。"太伯、仲雍在迁徙到吴地以后，以"衡山"命名新地，在"棠浦东"祭祀江汉，表明族源所在，慎终追远之意。

那么，《史记》《汉书》所谓"句吴"是太伯"自号"还是商代"封建"的产物？传世典籍如《春秋》《左传》《国语》之中吴国国名多作"吴"，裴骃《集解》在"太伯之奔荆蛮自号句吴"句下，引宋忠曰"句吴，太伯始所居地名"③。司马贞《索隐》引《吴地记》曰："泰伯居梅里，在阖闾城北五十里许。"④《世本·居篇》"孰姑徙句吴"，孰姑即吴王寿梦，"句吴"为地名。《汉书·地理志下》"荆蛮归之，号曰句吴"句下，颜师古注："夷俗语之发声也，亦犹越为'於越'也。"⑤ 在传世或出土青铜器中，据曹锦炎先生《从青铜器铭文论吴国的国名》一文归纳，吴国国名多写作"工䱷"（者减钟）"攻吾"（光韩剑）"攻敔"（光

---

① 《春秋经传集解》卷十四，《汉魏古注十三经》（四部备要本），第216—217页。
② 张宗祥：《越绝书》卷二，商务印书馆1956年版，第11页。
③ 《史记会注考证》卷三十一，第5册，第4页。
④ 《史记会注考证》卷三十一，第4页。
⑤ 《汉书》卷二十八下，第6册，第1667页。

剑、夫差剑）"攻吴"（夫差鉴）"吴"（季子之子剑）等。① 王国维《攻吴王大（夫）差鉴跋》认为：

> 吴、歔同音，工歔亦即攻吴，皆句吴之异文。古音工、攻在东部，句在侯部，二部之字阴阳对转，故句吴亦读攻吴。②

因为上古拟音的表音字不同，吴国国名出现了不同写法。据叶玉英《释"虘""歔"——兼谈春秋时期吴国国名》一文论证，"虘"早见于《甲骨文合集》（18356、18358），可释为"橹"，本义为大盾。吴国国名在诸樊以前作"工歔"，诸樊时作"工虘"，《释名》："（盾）大而平曰吴魁，本出于吴。"与其邻国干、越一样，吴国人可能是以"虘（橹）"（大盾）这种兵器来为国家命名的。③ 可备一说。而《史记》《汉书》所说"句吴"为"太伯自号"的国名则很牵强，无论是方伯还是蛮夷君长都必须得到王朝的册封，才能获得存在的合法性，即使吴国的祖源国家西周也是得到殷商赐封才得以发展的。《古本竹书纪年》："（大丁即文武丁）四年，周人伐余无之戎，克之。周王季命为殷牧师。"（见《后汉书·西羌传注》）而《文选·典引》注则云"武乙即位，周王季命为殷牧师"，④ 与此异。作为生活在"波涛之间，峇生之邦"（《上博七·吴命》）⑤ 蕞尔小国的吴国也概莫能外。据曾宪通先生《吴王钟铭考释》研究，吴国一直奉行殷商正朔，即以建丑之月为岁首的殷历，而不是以建子之月为岁首的周历。⑥ 因此本文认为"句吴""攻吴"之类吴国国名及"攻吴王"之名当为商王武乙册封，即《殷武》"命于下国，封建厥福"，"命"即锡命之意，语见《易·师》九二"王三锡命"，齐思和《周代锡命礼考》认为锡命典礼"于封建制度所关极要"。⑦ "商邑翼翼，四方之极"，《毛传》："商邑，京师也。"郑笺："极，中也。"此句以"商邑"

---

① 曹锦炎：《吴越历史与考古论丛》，文物出版社2007年版，第1—4页。
② 王国维：《观堂集林》卷十八《史林十》，第3册，中华书局1959年版，第898页。
③ 叶文见《古文字研究》第三十辑，古文字学会编，中华书局2014年版，第206—217页。
④ 范祥雍：《古本竹书纪年辑校订补》，上海古籍出版社2011年版，第26页。
⑤ 马承源：《上海博物馆藏战国楚竹书》（七），上海古籍出版社2008年，图版第141页。
⑥ 曾宪通：《古文字与出土文献丛考》，中山大学出版社2005年版，第140页。
⑦ 齐思和：《中国史探研》，河北教育出版社2003年版，第80页。

与"四方"并举,表明"商邑"为王朝中央,即首都之意,甲骨文称为"中商",如"……勿于中商"(《合集》7837)①"戊寅卜,王贞:受中商年,十月"(《合集》20650)②"中商"今有二说:

(1) 董作宾《殷历谱·帝辛日谱三》云:"殷人以其故都大邑商所在地为中央,称'中商',由是而区分四方,曰东土、南土、西土、北土",又云"商即今河南商丘县,卜辞亦称大邑商"。③
(2) 陈梦家认为大邑商、天邑商、中商非一地,中商或是安阳。④

二说当以董作宾说为正。《殷武》卒章云:"陟彼景山,松柏丸丸",王国维《说商颂》认为:"惟宋居商邱,距景山仅百数十里,又周围数百里内别无名山,则伐景山之木以造宗庙,于事为宜。"认为"此《商颂》当为宋诗不为商诗之一证也"⑤。无论商朝还是宋国,景山恒处商丘即卜辞"中商"附近。前人往往将"商邑翼翼"二句属"赫赫厥声,濯濯厥灵。寿考且宁,以保我后生"(耕部合韵)韵段,但无论从韵部还是语义上来看都不正确。《史记·吴太伯世家》记太伯传位给仲雍,仲雍之后经历季简、叔达,到周章之世,"是时周武王克殷,求太伯、仲雍之后,得周章。周章已君吴,因而封之"⑥,周章作为吴地君主,在殷商卵翼之下,绝无可能自立为王,必须得到殷商王朝的赐封即"封建",才能存在下去。

五 《商颂》为"武乙中兴"而创作的乐舞歌词

据上文所论,《商颂》为武乙创作的大型宗庙祭祀乐舞,《商颂》毛

---

① 《甲骨文合集》第4册,第1187页。
② 《甲骨文合集》第7册,第2673页,《甲骨文合集释文》第2册,第1030页。
③ 董作宾:《殷历谱》下编卷九《日谱三·帝辛日谱》,巴蜀书社据秦始皇兵马俑博物馆藏董作宾手批史语所研究专刊1945年初版影印,2009年版,本卷第62页AB面。
④ 陈梦家:《殷虚卜辞综述》,第258页。
⑤ 王国维:《观堂集林》第1册,中华书局1959年版,第115—116页。
⑥ 《史记会注考证》卷三十一,第2064页。

传云："商者，契所封之地名，成汤伐桀，王天下，遂以为国号。后世有中宗、高宗中兴，时有作诗颂之者。"① "商"即"商"。《毛传》提出中宗、高宗"中兴"之语，本文认为，《商颂》五篇乃称颂商王武乙的武功，应称之为"武乙中兴"。

传统《诗经》学派毛传郑笺肯定《商颂》为商代创作的大型祭祀乐舞歌词，《毛诗序》云："《那》，祀成汤也"，"《烈祖》，祀中宗也"，"《玄鸟》，祀高宗也"，"《长发》，大禘也"，"《殷武》，祀高宗也"，但具体是商代哪位名王所作，以及这个祭祀乐舞是属于郊祀还是宗庙，毛传郑笺缺乏应有的历史感，其解释不能自圆其说。郑玄认为"中宗"是商王大戊，而实际上是祖乙，《古本竹书纪年》："祖乙滕即位，是为中宗，居庇。"② 廪辛、康丁卜辞有："其侑中宗祖乙，有羌。"（《合集》26933）③ 可见郑玄说是错误的。又如"《长发》，大禘也"，《毛传》："大禘，郊祭天也。《礼记》曰：'王者禘其祖之所自出，以其祖配之'，是谓也。"④ 需要明确的是，《商颂》五篇皆是宗庙禘祭乐舞歌词，并非郊祀祭天。"郊祀"主要在都城郊区举行祭祀自然神（包括天帝、五帝、日月、山川、祭地、封禅）活动，与"宗庙"祭祀列祖列宗同属五礼之中的吉礼，但祭祀目的、用途、场所则判然有别。郭茂倩《乐府诗集·郊庙歌辞》共分十二卷，收录汉初《安世房中歌》以至唐末的郊庙歌辞，前七卷为郊祀歌辞，八卷至十二卷为宗庙歌词，区分明确。《毛诗序》对《商颂》五篇的题解妄无故实，漏洞百出，造成了严重的误导。据前文探讨的结果，《商颂》五篇是商代名王武乙在位时期创作的大型宗庙祭祀乐舞中的歌辞，"殷武"即武乙之生称王"号"，在将太伯、仲雍所率"荆蛮"赶出《禹贡》荆州之域，逼迫其千里大迁徙，于《禹贡》扬州之域的句吴之地建国，并上表称臣。同时使西岐王季朝贡之后，时王武乙创作大型乐舞来纪念这一巨大军事成功，所以这五篇《商颂》实际上是完整有序的祭祀乐舞歌词，绝非五首"散歌"的汇集。

大型纪念性祭祀乐舞的创作在古代已经形成了悠久的传统。《吕氏春

---

① 《宋本毛诗诂训传》卷三十，第3册，国家图书馆出版社据国家图书馆藏宋刻巾箱本影印，2017年版，第193页。
② 范祥雍：《古本竹书纪年辑校订补》，第20页。
③ 《甲骨文合集》第9册，第3324页。
④ 《毛诗》卷二十，《汉魏古注十三经》（四部备要本），第166页。

秋·古乐篇》就记载了黄帝以降至西周初年的八种乐舞，如黄帝《咸池》（又名《大咸》）、颛顼《承云》、帝喾《九招》（又名《九韶》）、帝尧《大章》、大禹《大夏》（"夏籥九成"）、商汤《大濩》以及周武王《大武乐章》（"武乐六成"）及"三象"等。这些乐章基本上都是祭祀仪式乐舞，乐舞必有歌唱，除《大武乐章》歌辞如《我将》《武》《赉》《般》《酌》《桓》都保存在《周颂》之中外，① 其他如《咸池》之类乐舞都失传了。乐主降神并娱乐之，刘师培《舞法起于祀神考》认为古代以乐舞为最先，乐官大抵以巫官兼任，掌乐之官即降神之官，乐舞为降神之用。② 但《吕氏春秋·古乐篇》只提到商汤《大濩》，未提到《商颂》五篇。《礼记·乐记》"子贡问乐"章云："［肆直而慈爱］爱者宜歌商"，又云"故商者，五帝之遗声也"，"商之遗声也，商人识之，故谓之商"，③ 这里"商"是否指《商颂》无法确定，但郑玄以"商"为"宋诗"，也无实据。甲骨文有"奏商"卜辞，武乙、文丁卜辞有："……贞：祟鬼于凶，告……其奏商。"（《屯》4338）又有"商奏"卜辞，廪辛、文丁卜辞有："惟商奏，侑正，有大雨。"（《合集》30032）④ 又"有美奏。惟祁奏。惟商奏。"（《合集》33128）⑤ 又有"奏舞"卜辞，武乙、文丁时期卜辞有"壬戌卜，癸亥奏舞雨。甲子卜，乙丑雨。"（《合集》33954）⑥ "奏舞"主要用于祈雨卜辞，但商代宗庙祭祀乐舞的演出都称"奏舞"，如《商颂·那》"奏鼓简简，衎我烈祖，汤孙奏假，绥我思成"，郑笺："奏鼓，奏堂下之乐也。"诗中又云"於赫汤孙，穆穆厥声。庸鼓有斁，万舞有奕"，在宗庙中，被称作"万人"的舞蹈队踏着"奏鼓"的鼓声表演"万舞"，目的是降神。《商颂》中《那》《烈祖》二诗体现了商代降神仪式的本质特点。《礼记·郊特牲》云：

有虞氏之祭也尚用气，血腥爓祭，用气也。殷人尚声，臭味未成，

---

① 参见拙著《宗教伦理与中国上古祭歌形态研究》，人民出版社2007年版，第268—297页。
② 原载民国刊物《国粹学报》第三年第二十九期（1907）。
③ 《礼记》卷十一，《汉魏古注十三经》上册（四部备要本），第141页。
④ 《甲骨文合集》第10册，第3671页。
⑤ 《甲骨文合集》第11册，第4083页。
⑥ 《甲骨文合集》第11册，第4215页。

涤荡其声，乐三阕，然后出迎牲，声音之号，所以诏告于天地之间也。①

《那》诗体现了"殷人尚声"的特点，通过"奏鼓"表演"万舞"来"衎我烈祖"，召唤在天祖灵歆享人间的馨香，欣赏时王的武功。《烈祖》则以滋味降神，所谓"既载清酤，赉我思成。亦有和羹，既戒既平"，希望祖先神灵"降福穰穰"。需要注意的是，《那》"衎我烈祖"与《烈祖》"嗟嗟烈祖"，郑笺："烈祖，汤也。汤孙，大（太）甲也"，解释是错误的。"烈祖"即列祖，烈、列古今字，例句见《逸周书·世俘解》"籥入九终，王烈祖自大王、大伯、王季、虞公、文王、邑考以列升，维告殷罪"。②《商颂·长发》中的"烈祖"当指始祖契、相土、商汤（"武王""武汤"）。《那》《烈祖》结尾均为"顾予烝尝，汤孙之将"，"汤孙"是主祭君、被称为"武丁孙子"的时王武乙。国之大事，在祀与戎，祭祀权远比政权更重要，古代帝王在国家祭祀中一直充当着"主祭君"的角色。《国语·楚语》："圣王正端冕，以其不违心，帅其群臣精物，以临监享祀，无有苛慝于神者，谓之一纯。"③时王武乙作为主祭君主持降神仪式，是在宣扬"我受命溥将"（《烈祖》）的合法性。

前人已经注意到《商颂》歌颂武力征伐的创作倾向，杨公骥先生《商颂考》认为："在《商颂》所表现的思想情感中，并没有《周颂》《鲁颂》中所强调的德、孝思想与道德观念，而是对暴力神的赞美。"④《商颂》祭祀仪式上采用了音乐舞蹈"万舞"，表现商代名王开疆扩土暴力征伐的场面，《那》"庸鼓有斁，万舞有奕"，"万舞"之"万"多见于甲骨文，裘锡圭《释万》归纳"万"有三种用法：即（一）国族名或地名；（二）作动词用，类似祭名；（三）用为一种人的名称，比较常见，如"□乎（呼）万无（舞）"（《合集》28461)⑤ "□□卜，王其乎万奏□"（《合集》31025)⑥ "万其奏，不遘大雨"（《合集》30131)⑦，裘先

---

① 《礼记》卷八，《汉魏古注十三经》（四部备要本），第96页上。
② 黄怀信：《逸周书汇校集注》，上海古籍出版社1995年版，第450页。
③ （清）徐元诰：《国语集解》，中华书局2002年版，第520页。
④ 杨公骥：《中国文学》第一分册，吉林人民出版社1981年版，第464页。
⑤ 《甲骨文合集》第9册，第3505页。
⑥ 《甲骨文合集》第10册，第3782页。
⑦ 《甲骨文合集》第10册，第3681页。

生认为："从以上卜辞看，万显然是主要从事舞乐工作的一种人。"① 可见《商颂·那》中的"万舞"创自商代，并且流传下来。《逸周书·世俘解》是公认为可信的西周文献，在克殷"告以馘俘"之后——

> 甲寅，谒我（戎）殷于牧野，王佩赤白旂，籥人奏《武》。王入，进万，献《明明》三终。乙卯，籥人奏《崇禹生开》三终，王定。②

"万"即万舞。王维堤《万舞考》据传世文献《诗经》《左传》等资料，考定万舞在春秋时期齐、楚、鲁、卫等国还在搬演，具有武舞（干戚舞）和文舞（羽籥舞）两种，据《鲁颂·閟宫》"万舞洋洋"、《墨子·非乐》"万舞翼翼"以及《商颂·那》"万舞有奕"，可知万舞的场面是很盛大的。③《邶风·简兮》"简兮简兮，方将万舞"，《毛传》云："以干羽为万舞，用之宗庙山川。"④ 可知"万舞"施用于宗庙祭祀仪式上，在宗庙广场上模仿战争的舞蹈。而《商颂》五篇都是仪式过程中，表演万舞乐章时的唱辞，通过这一隆重宗庙祭祖仪式上的武功搬演，宣扬武乙（时称武王）"受命于天"，具有统治的合法性以及王朝世系的正统性和神圣性。

商代从"玄鸟生商"始祖契时代到武乙之世，已经历了14位先公、27位先王，⑤ 其"受命于天"看来已经是无须证明的宗教信仰和历史事实，除《烈祖》外，《玄鸟》"天命玄鸟""古帝命成汤""商之先后，受命不殆"，最后"殷受命咸宜，百禄是何"，"受命"贯穿全诗始终。《长发》首言"有娀方将，帝立子生商"，次云"帝命不违""帝命式于九围"，《殷武》是时王武乙"以其成功告于神明"的篇章，可以说宣扬商王世代"受命"于天就是《商颂》五篇创作的主题。那么，何以到了武乙时代重新提出"受命"话题？其原因是早在武乙之前商朝就已经衰落

---

① 原载《中华文史论丛》1980年第2辑，收入《裘锡圭学术文集1·甲骨文卷》，复旦大学出版社2012年版，第47—50页。
② 朱右曾：《逸周书汇校集注》，第454—455页。
③ 载《中华文史论丛》1985年第4期。
④ 《毛诗正义》卷二，《十三经注疏》（嘉庆本），第649页下。
⑤ 张光直：《商文明》，辽宁教育出版社2002年版，第4—6页。

了，四方诸侯对其世袭神性以及统治的合法性已经产生了广泛怀疑，而西周已经崛起，在密谋"改厥元子"（《尚书·召诰》）了。《国语·周语下》："玄王勤商，十有四世而兴。帝甲乱之，七世而陨。"韦昭注："帝甲，汤后二十五世也，乱汤之法至纣七世而亡也。"[①] 祖甲为汤后二十四世孙，韦注误。《史记·殷本纪》记"帝甲淫乱，殷复衰"[②]，祖甲为武乙之祖。因此商王武乙利用征服荆蛮的功绩，创作大型宗庙祭祀乐舞，大力宣扬"受命"之说来挽救四方诸侯对殷商王朝的敬畏与信仰。

《玄鸟》"大糦是承"，《毛诗会笺》云："大糦犹曰大祭，言天子宗祀也，此武丁孙子能绍大祭。"[③]《毛诗序》云："《长发》，大禘也。"《说文·示部》："禘，禘祭也。"段玉裁注云："禘与祫皆合群庙之主祭于大祖庙也。大禘者，《大传》《小记》皆曰'王者禘其祖之所自出，以其祖配之'。"[④]《长发》诗中的商代先公有玄王（契）、相土两位以及开国君主商汤，所谓"韦顾既伐，昆吾夏桀"，同时配祀的还有功臣"阿衡"即伊尹。《礼记·祭法》"殷人禘喾而郊冥，祖契而宗汤"，前者为郊祀，后者为宗庙祭祀，即"祖有功而宗有德"。但《玄鸟》除歌颂"武汤"之武功外，值得重视的是对"武丁孙子"的"武王"即时王武乙的赞美，从"四海来假，来假祁祁"的辉煌来看，与《殷武》一诗叙述对荆蛮的征服，本文将这段历史称为"武乙中兴"并不为过。但历代正史对武乙功绩曾无一字半句的记述，却将其描述为暴君的典型。周武王伐商之后，殷人在商王武庚率领下复叛被平定，周公对殷商多士训话："惟尔知惟殷先人，有册有典，殷革夏命。"（《尚书·多士》）孔传："言汝所亲知殷先世有册书典籍，说殷改夏王命之意。"[⑤] 但这些记载先代名王事迹的册书典籍在亡国灭家之后被毁掉了。比这更惨的是殷商民族也遭到了严重的肢解，类似于奴隶待遇。如《左传·定公四年》记载武王克商后，周公将"殷民六族"分给鲁公伯禽，其中"索氏"器已发现于兖州；将"殷民七族"分给卫康叔，将"怀姓九宗"分给晋唐叔等，目的在于消除殷商遗民的民族记忆，因此在西周正统史册中就只剩下对前朝名王武乙缺席

[①]《国语》卷三，上海古籍出版社1988年版，第145、147页。
[②]《史记会注考证》卷三，第218页。
[③]《毛诗会笺》卷二十，第2336页。
[④]（清）段玉裁：《说文解字注》，上海古籍出版社1988年版，第5页。
[⑤]《尚书》卷九，《汉魏古注十三经》（四部备要本），第60页。

审判的判词了。《商颂》五篇藏于殷商遗裔宋国，戴、武、宣时期宋国"三命卿士"正考父校"商之名颂"十二篇于周太师处，《左传》曾多次称引《商颂》，不出今《商颂》五篇的范围，不知何故何时遗失了七篇。

　　综上所述，《天问》第 53 韵段的设问实际上隐含了太伯、仲雍到南岳衡山联络荆蛮族群，实施古公亶父制定的"翦商"战略；被商王武乙暴力征伐以后千里大迁徙，沿江到长江下游吴地建国，并臣服商朝，受到"封建"而为"句吴"。时王武乙号称"武王"的这一军事成功使四方诸侯归附，从而开辟了"武乙中兴"的局面。为宣扬商王受命于天的合法性和神圣性，时王武乙创作了大型宗庙祭祀仪式乐舞，表演模拟战争的万舞舞蹈，《商颂》五篇就是这一祭仪上的唱词。

从先秦赋看赋的渊源及民间文艺性质

韦春喜[*]

摘　要：关于赋的渊源问题，古今都有一定的认识。但这些认识尚不能圆满地解答这一问题。根据先秦时期赋的实际创作情况与相关出土文献，我们认为赋的渊源比较复杂。它是一种综合性的民间文艺形态，以言辞娱乐为主要目的，主要包括隐语、成相说唱、嘲谐、大小言艺、说物等方式。就其本源性质而言，赋具有相当强的民间文艺性质。

关键词：赋；渊源；民间文艺

一　关于赋的渊源问题

关于赋的渊源，首先，影响最为久远的是《诗经》说。早在汉代时期，班固《两都赋序》就曾说过："赋者，古诗之流也。"[①]后世学者多继承这一观点进行发论，如皇甫谧《三都赋》也说："诗人之作，杂有赋体。子夏序《诗》曰：'一曰风，二曰赋。'故知赋者，古诗之流也。"[②]刘熙载认为："班固言'赋者古诗之流'，其作《汉书·艺文志》，论孙卿、屈原赋有恻隐古诗之义。刘勰《诠赋》谓赋为六义附庸。可知六义不备，非诗即非赋也。赋，古诗之流。古诗如《风》《雅》《颂》是也，即《离骚》出于《国风》《小雅》可见。言情之赋本于《风》，陈义之赋

---

[*] 韦春喜（1976—　），文学博士，博士后，中国海洋大学文学与新闻传播学院特聘教授。本文为国家社科基金一般项目《汉代仕进制度视域下的汉代文学研究》（项目编号：13BZW044）成果。

① （清）严可均：《全上古三代秦汉三国六朝文·全后汉文》，商务印书馆1999年版，第235页。

② 郁沅、张明高：《魏晋南北朝文论选》，人民文学出版社1996年版，第136页。

本于《雅》，述德之赋本于《颂》。"① 虽然在立论的着眼点方面有所差异，刘氏之论更全面深入一些，但赋源于《诗经》的意识则是一致的。其次，源于《楚辞》是另一相当盛行的学说。在《离骚序》中，班固认为《离骚》中"弘博丽雅，为辞赋宗，后世莫不斟酌其英华，则象其从容。"② 已指出了《离骚》对后世赋作的重大影响，蕴含了《楚辞》启源之意。其后，刘勰在《文心雕龙·诠赋篇》进一步提出："然则赋也者，受命于诗人，拓宇于《楚辞》也。"③《楚辞》已成为与《诗经》并列的源头。元祝尧《古赋辩体》则进而认为："自汉以来，赋家体制，大抵皆祖原意。"④ 形成了以屈原为赋祖的认识。现当代的一些学者多祖述刘、祝二说，进行论说。如丘琼荪《诗赋词曲概论》云："赋导源于古诗，然而汉魏人之赋，所涵诗的成分非常之少、其格调的大部分，都从《楚辞》（指屈原、宋玉二人之作，不限于《楚辞》一书）中来的。《楚辞》才是赋的真实的源泉。""赋的体制，十之八九得自楚辞。"⑤

当然，自清代、近代以来，随着研究的深入，学界也提出了一些新的看法。章太炎《国故论衡·辨诗》云："纵横者，赋之本。古者诵诗三百，足以专对，七国之际，行人胥附，折冲于尊俎间，其说恢张谲宇，绅绎无穷，解散赋体，易人心志。……纵横既黜，然后退为赋家，时有解散：故用之符命，即有《封禅》、《典引》；用之自述，而《答客》、《解嘲》兴。文辞之繁，赋之末流尔也。"⑥ 刘师培《论文杂记》也说："欲考诗赋之流别者，盍溯源于纵横家哉！"⑦ 二人都指出了纵横家与赋的关系，认为纵横之言为赋的渊源。而清末王闿运《湘绮楼论诗文体法》云："赋者，诗之一体，即今谜也，亦隐语，而使人谕谏。……庄论不如隐言，故荀卿、宋玉赋因作矣。"⑧ 朱光潜的《诗论》在谈论诗与"隐"关

---

① （清）刘熙载：《艺概》，上海古籍出版社1978年版，第86页。
② （清）严可均：《全上古三代秦汉三国六朝文·全后汉文》，商务印书馆1999年版，第250页。
③ 詹锳：《文心雕龙义证》，上海古籍出版社1989年版，第274页。
④ （元）祝尧：《古赋辩体》，《文渊阁四库全书》（上海古籍出版社1987年影印本）第1366册，第718页。
⑤ 丘琼荪：《诗赋词曲概论》，中国书店1985年版，第139、142页。
⑥ 章太炎：《国故论衡》，上海古籍出版社2003年版，第91页。
⑦ 陈引驰编校：《刘师培中古文学论集》，中国社会科学出版社1997年版，第247页。
⑧ 舒芜等编选：《中国近代文论选》，人民文学出版社1959年版，第334页。

系的时候，进一步指出："它（隐语）是一种雏形的描写诗。民间许多谜语都可以作描写诗看。中国大规模的描写诗是赋，赋就是隐语的化身。""隐语为描写诗的雏形，描写诗以赋规模为最大。赋即源于隐。"①

虽然以上诸说只是提出见解，缺乏详细的论证，但对学术研究而言，思想之识见是最重要的。目前学界对赋源的探析主要继承这些说法，进行详细辩解、发论。只不过，有的集中于某一说，如许结先生认为："明确辞赋源于诗而兴，变于诗而成，方能勘进于两千年赋史流变之讨论。"②巩本栋《汉赋起源新论》则认为"汉赋源于战国纵横家的游说进谏之辞"③。刘斯翰《赋的渊源》则从隐语角度进行详细论述④。有的则综合诸说，如龚克昌《汉赋探源》一文主要从赋与《诗经》、《楚辞》、纵横家等的关系进行分析⑤。

笔者认为，从文体学的角度讲，虽然各类文体之间有相互影响、渗透的现象，一种强势文体对另外一种文体有促进作用，但每一种文体的产生都有其独特的历史、文化成因。因此，无论是《诗经》之"诗"、《楚辞》之"辞"，还是纵横游说进谏之辞，都是先秦时期与赋共同生成、发展的，很难说是它们导致了赋的产生。作为一种文体类型，赋的生成最重要的是由当时的文化需求决定的。这样看来，赋源于《诗经》、《楚辞》、纵横家之辞都是值得反思的。在诸说中，隐语说很有价值。但以宋玉《神女赋》《登徒子好色赋》《大言赋》等为代表的作品，和隐语之间没有明显的联系。隐语说还不能全面解释先秦时期赋的渊源、产生等问题。

二 隐语、成相说唱与赋的渊源及民间文艺性质

由于目前所见到的赋论资料，多是出自汉代以后，是基于当时的文学知识谱系与文化需求而进行阐释的，反映的是汉代以后对赋的认识，因此不可能成为我们解决赋源问题的出发点。比较可行的方式与思路是依据先秦时期赋的实际创作情况与新发现的出土文献资料，进行探究。

---

① 朱光潜：《诗论》，上海古籍出版社2005年版，第29、33页。
② 许结：《中国赋学：历史与批评》，江苏教育出版社2001年版，第193页。
③ 巩本栋：《汉赋起源新论》，《学术研究》2010年第10期。
④ 刘斯翰：《赋的渊源》，《华南师范大学学报》1988年第1期。
⑤ 龚克昌：《中国辞赋研究》，山东大学出版社2003年版，第199—215页。

目前所能见到的先秦时期以赋名篇的作品，荀子的《赋篇》是较早的。荀子是战国后期赵人，著名的儒学家。他的贡献主要体现在思想领域，但其《赋篇》在古代赋史上有很重要的地位与价值。《赋篇》包括《礼》《知》《云》《蚕》《箴》等5篇。在此，仅以《礼》为例：

爰有大物，非丝非帛，文理成章。非日非月，为天下明。生者以寿，死者以葬。城郭以固，三军以强。粹而王，驳而伯，无一焉而亡。臣愚不识，敢请之王。王曰：此夫文而不采者与？简然易知而致有理者与？君子所敬而小人所不者与？性不得则若禽兽，性得之则甚雅似者与？匹夫隆之则为圣人，诸侯隆之则一四海者与？致明而约，甚顺而体，请归之礼。①

在内容上，该赋重在表达礼所具有的修养身性、治邦理国的价值与意义。但作者却隐去了"礼"名，借用君臣问对的形式，进行陈述，最后点明谜底，是典型的隐语、谜语。《文心雕龙·诠赋》篇云："观夫荀结隐语，事数自环。"② 明陈懋仁注梁任昉《文章缘起》云："荀况游宦于楚，考其时，在屈原之前。所作五赋，工巧深刻，纯用隐语，君子盖无取焉。"③ 都指出了荀赋与隐语的关系。

关于隐语、谜语，《文心雕龙·谐隐》篇云："讔者，隐也。遁辞以隐意，谲譬以指事也。""自魏代以来，颇非俳优，而君子嘲隐，化为谜语。谜也者，回互其辞，使昏迷也。或体目文字，或图象品物，纤巧以弄思，浅察以衒辞，义欲婉而正，辞欲隐而显。荀卿《蚕赋》，已兆其体。"④ 它重在隐去事物的名称，通过对事物特征的陈述，以激发人们对事物的求知欲望与兴趣，具有很强的娱乐功能，在先秦时期颇受欢迎。据《新序》卷二："楚庄王莅政，三年不治，而好隐戏。社稷危、国将亡。"⑤《史记·滑稽列传》载："齐威王之时喜隐，好为淫乐长夜之饮，

---

① （清）王先谦：《荀子集解》，中华书局1988年版，第472—473页。
② 詹锳：《文心雕龙义证》，上海古籍出版社1989年版，第289页。
③ （梁）任昉撰，（明）陈懋仁注：《文章缘起》，《文渊阁四库全书》第1478册，第207页。
④ 詹锳：《文心雕龙义证》，上海古籍出版社1989年版，第539、547—550页。
⑤ （汉）刘向编著，石光瑛校释：《新序校释》，中华书局2001年版，第66页。

沉湎不治，委政卿大夫。百官荒乱，诸侯并侵，国且危亡，在于旦暮，左右莫敢谏。淳于髡说之以隐曰……"又，《汉书·艺文志》著录"《隐书》十八篇"，列于"杂赋十二家"，当为先秦以来隐语的汇编。这些资料充分说明，隐语在先秦时期非常盛行，是深受社会欢迎与喜爱的文艺娱乐方式。荀子《赋篇》采用隐语的形式，一方面说明它背后有深厚的文体文化背景，另一方面，也说明隐语是赋的早期形态与渊源。

《汉书·艺文志》还载有"《成相杂辞》十一篇"，列于"杂赋十二家"。关于"成"字，明陈士元撰《论语类考》注解云："按：孔安国云：'成，乐曲终也。每曲一终，必变更奏。'故《书》言九成，《传》言九奏，《周礼》言九变，其实一也。"[①] 引申而言，"成"具有奏的意思。"相"是中国古代的一种乐器，又称"拊"。《礼记·乐记》载魏文侯向子夏咨询古、新乐问题时，子夏对曰："今夫古乐，进旅退旅，和正以广，弦、匏、笙、簧，会守拊、鼓，始奏以文，复乱以武，治乱以相，讯疾以雅。"郑玄注云："相，即拊也，亦以节乐。拊者，以韦为表，装之以糠，糠一名相，因以名焉。今齐人或谓糠为相。"[②] 应劭《风俗通义》云："相，拊也。所以辅相与乐。奏乐之时，先击相。"[③] 拊，也就是相，是用"韦"即熟牛皮为材料，里面用糠进行充实，奏乐时能够调整、协调节奏。它本用于庙堂雅歌当中，后来民间仿效，徒歌时击物作为节拍，也可称为"相"。《礼记·曲礼上》云："邻有丧，舂不相；里有殡，不巷歌。"郑玄注云："相，谓送杵声。"[④] 这样而言，所谓"成相杂辞"当时指用相、鼓或其他简单的击打之物作为节拍的民间讲唱之辞。

虽然《成相杂辞》十一篇已佚，但荀子有《成相篇》，对了解这种民间文艺形式有很大的帮助：

请成相，世之殃，愚暗愚暗堕贤良。人主无贤，如瞽无相何伥伥。

请布基，慎圣人，愚而自专事不治。主忌苟胜，群臣莫谏必逢

---

① （明）陈士元：《论语类考》，《文渊阁四库全书》第207册，第220页。
② （清）孙希旦：《礼记集解》，中华书局1989年版，第1013页。
③ 王利器：《风俗通义校注》，中华书局1981年版，第485页。
④ （汉）郑玄注，（唐）孔颖达疏：《礼记注疏》，《文渊阁四库全书》第115册，第69页。

灾。……①

此篇共五十六节，每节基本上五句，前二句各三字，第三句七字，第四句四字，第五句七字，注重押韵，极为流利。其中的"请成相"，实为开场词，很类似于现在的快板常用的开句"打竹板，响连天"，"打竹板，竹板响"等。而"请布基""请牧基"可能为转折词，多用于两节之间的文义转换，当属于套语或惯用表述。在先秦时期，作为一种民间讲唱艺术，"成相"可能有很大的社会影响。1975 年，湖北云梦县睡虎地发掘墓葬，11 号秦墓出土了大量竹简，经整理，内容共计十种，包括《编年记》《语书》《秦律十八种》等。其中，第八种《为吏之道》有韵文八篇。因形式与荀子《成相篇》很相似，有人称为《睡虎地秦简成相篇》。如其二云："凡戾人，表以身，民将望表以戾真。表若不正，民心将移乃难亲。"②在先秦时期，官、吏差别很大，吏地位卑微，大部分是在官府中服役的老百姓，文化水平很低，阅读能力较弱。而"成相"作为一种民间讲唱艺术，通俗易懂，因此，利用这种文艺优势，进行为吏之道的教育，自然成为可以理解的事情。

三　嘲谐、大（小）言艺与赋的渊源及民间文艺性质

宋玉是先秦时期的著名赋家，赋的创作很丰富，主要有《登徒子好色赋》《神女赋》《风赋》《高唐赋》《大言赋》《小言赋》《对楚王问》《讽赋》《钓赋》等作品。这些作品表现出更丰富的文化信息，反映了赋作更全面的文艺形态与目的。就《登徒子好色赋》而言，其题材以"好色"为重点。"好色"源于人的生理本能，反映了人对异性的生理、情感需求，无可厚非。但在强调伦理道德的正统文化下，此题材很少受到重视，但肯定是民间津津乐道的话题。可以说，宋玉以此为题是带有很强的趣味性、娱乐性的。《文心雕龙·谐隐》篇云："谐之言皆也，辞浅会俗，皆悦笑也。昔齐威酣乐，而淳于说甘酒；楚襄燕集，而宋玉赋《好

---

① （清）王先谦：《荀子集解》，中华书局 1988 年版，第 457 页。
② 睡虎地秦墓竹简整理小组：《睡虎地秦墓竹简》，文物出版社 1990 年版，第 173 页。

色》。"① 所谓"谐"实是指诙谐资笑之辞。刘勰以《登徒子好色赋》为例，恰恰说明了此赋题材选择的特点。特别是在人物描写方面："东家之子，增之一分则太长，减之一分则太短，著粉则太白，施朱则太赤。眉如翠羽，肌如白雪，腰如束素，齿如含贝。嫣然一笑，惑阳城，迷下蔡。然此女登墙窥臣三年，至今未许也。登徒子则不然。其妻蓬头挛耳，龋唇历齿，旁行踽偻，又疥且痔。登徒子悦之，使有五子。王孰察之，谁为好色者矣。"② 东邻之子如此之美，且登墙窥视，有投怀送抱之意，"臣"不为心动；登徒子之妻如此丑陋，他却"悦之，使有五子"。两种行为都违背了悦美厌丑的世俗心理，产生了很强的喜剧效果，在极度的对比夸张中，达到了博人欢笑的目的。

　　值得注意的是，宋玉对登徒子之妻丑状的刻画，带有很强的嘲弄色彩，深刻反映了民间"嗤戏形貌"③的娱乐之风。现在大家所喜闻乐见的小品，常常以瞎子、瘸子、口吃、侏儒等残疾异形之人为取乐对象，进行嘲讽，以获取观者、听者的欢笑。这种不当的文艺风气在古代社会也存在。《左传·宣公二年》载，郑、宋发生战争，宋华元吃了败仗被俘，后逃回。其后，"宋城，华元为植，巡功。城者讴曰：'睅其目，皤其腹，弃甲而复。于思于思，弃甲复来。'"杜预注云："睅，出目。皤，大腹。"④ 对于华元战败，宋人便借其眼睛凸鼓、大肚子进行嘲讽。又，《襄公四年》载："冬十月，邾人、莒人伐鄫。臧纥救鄫，侵邾，败于狐骀。国人逆丧者皆髽，鲁于是乎始髽。国人诵之曰：'臧之狐裘，败我于狐骀。我君小子，朱儒是使。朱儒！朱儒，使我败于邾。'"⑤ 又据《春秋穀梁传·成公元年》："季孙行父秃，晋郤克眇，卫孙良夫跛，曹公子手偻，同时而聘于齐。齐使秃者御秃者，使眇者御眇者，使跛者御跛者，使偻者御偻者，萧同侄子处台上而笑之。"⑥ 可以看出，春秋时期，无论在民间还是在上层社会，嘲讽人的形貌特别是残疾人的风气是比较流行的。《登徒子好色赋》对丑女的极度嘲讽实际上是源于这种嘲讽艺术

---

① 詹锳：《文心雕龙义证》，上海古籍出版社1989年版，第529页。
② 吴广平编注：《宋玉集》，岳麓书社2001年版，第80页。
③ 詹锳：《文心雕龙义证》，上海古籍出版社1989年版，第526页。
④ （晋）杜预：《春秋左传集解》，凤凰出版社2010年版，第276—277页。
⑤ （晋）杜预：《春秋左传集解》，凤凰出版社2010年版，第413—414页。
⑥ 承载：《春秋谷梁传译注》，上海古籍出版社2004年版，第438页。

的，同时也拉开了文人赋作描写异形残疾之人的序幕。其后，蔡邕《短人赋》、《瞽师赋》、繁钦《三胡赋》、刘思真《丑妇赋》等都延续这种嘲弄题材。

宋玉的《大言赋》《小言赋》也是值得注意的。前赋云：

> 楚襄王与唐勒、景差、宋玉游于阳云之台。王曰："能为寡人大言者上座。"王因称曰："操是太阿戮一世，流血冲天，车不可以厉。"至唐勒，曰："壮士愤兮绝天维，北斗戾兮太山夷。"至景差，曰："校士猛毅皋陶嘻，大笑至兮摧覆思。锯牙云，晞甚大，吐舌万里，唾一世。"至宋玉，曰："方地为车，圆天为盖，长剑耿耿，倚天之外。"王曰："未也。"玉曰："并吞四夷，饮枯河海。跂越九州，无所容止。身大四塞，愁不可长。据地分天，迫不得仰。"①

后赋云：

> 楚襄王既登阳云之台，令诸大夫景差、唐勒、宋玉等并造《大言赋》，赋毕而宋玉受赏。王曰："此赋之迂诞则极巨伟矣，抑未备也。……然则上坐者未足明赏，贤人有能为《小言赋》者，赐之云梦之田。"景差曰："载氛埃兮乘飘尘，体轻蚊翼，形微蚤鳞，聿遑浮踊，凌云纵身，经由针孔，出入罗巾，缥缈翩绵，乍见乍泯。"唐勒曰："析飞糠以为舆，剖秕糟以为舟。泛然投乎杯水中，淡若巨海之洪流。凭蚋眦以顾盼，附蟁蠓而遨游。宁隐微以无准，原存亡而不忧。"又曰："馆于蝇须，宴于毫端……"宋玉曰："无内之中，微物潜生。比之无象，言之无名，蒙蒙灭景，昧昧遗形，超于太虚之域，出于未兆之庭。纤于毳末之微蔑，陋于茸毛之方生。视之则眇眇，望之则冥冥，离朱为之叹闷，神明不能察其情。二子之言，磊磊皆不小，何如此之为精？"王曰："善。"赐以云梦之田。②

在楚襄王的倡议之下，楚国君臣进行了两次言艺竞赛活动。前者极言

---

① 吴广平编注：《宋玉集》，岳麓书社2001年版，第106—107页。
② 吴广平编注：《宋玉集》，岳麓书社2001年版，第110—111页。

其大，极尽奇伟壮观之能事。像宋玉描写的巨人形象，他以天地为车盖，所持的长剑倚靠于天外，口吞四夷，能够饮枯河海之水，身材巨大，无法在天地之间自由屈伸。形象刻画是极为离奇超绝的。后者极言其小，景差描写的小物驾乘尘埃，体轻蚊翼，形微蚕鳞，很形象具体。而宋玉则冥想于细微之境，描写出微生之物的存在形态。

据《晏子春秋·外篇》："景公问晏子曰：'天下有极大乎'晏子对曰：'有。足游浮云，背凌苍天，尾偃天间，跃啄北海，颈尾咳于天地乎！然而漻漻不知六翮之所在。'公曰：'天下有极细乎？'晏子对曰：'有。东海有虫，巢于蚊睫，再乳再飞，而蚊不为惊。臣婴不知其名，而东海渔者命曰焦冥。'"可以看出，"齐景公问天下有极大极细之事"与上述楚襄王的问对活动是很相似的，并相当成熟。而晏子卒于公元前500年，要比楚襄王（前298—前264）早200多年。这说明大、小言艺活动的产生可能颇为久远，在春秋时代已深受宫廷欢迎。

实际上，无论大言，还是小言，都是现在所说的吹牛，是典型的民间言语游戏活动。据《庄子·齐物论》："大知闲闲，小智间间；大言炎炎，小言詹詹。"[1] "炎炎"是指言辞猛烈，"詹詹"指言辩不休的状态，可见庄子对大、小言已有精辟的理论认识。《逍遥游》篇云："肩吾问于连叔曰：'吾闻言于接舆，大而无当，往而不返。吾惊怖其言，犹河汉而无极也；大有径庭，不近人情焉。'连叔曰：'其言谓何哉？''曰：'藐姑射之山，有神人居焉，肌肤若冰雪，淖约若处子。不食五谷，吸风饮露。乘云气，御飞龙，而游乎四海之外。其神凝，使物不疵疠而年谷熟。'吾以是狂而不信也。'"接舆是楚国的著名隐士，所言实为大言，惊奇恢诡，令人难以置信。"大而无当，往而不返"恰恰是对大言艺术特征的概括。这说明大言艺术在民间是广泛流传的。同篇又云："《齐谐》者，志怪者也。谐之言曰：'鹏之徙于南冥也，水击三千里，抟扶摇而上者九万里，去以六月息者也。'"《外物篇》云："任公子为大钩巨缁，五十犗以为饵，蹲乎会稽，投竿东海，旦旦而钓，期年不得鱼。已而大鱼食之，牵巨钩，錎没而下，鹜扬而奋鬐，白波如山，海水震荡，声侔鬼神，惮赫千里。任公得若鱼，离而腊之，自制河以东，苍梧已北，莫不厌若鱼者。已而后世辁才讽说之徒，皆惊而相告也。……饰小说以干县令，其于大达亦远矣，是

---

[1] （清）郭庆藩：《庄子集解》，中华书局1961年版，第51页。

以未尝闻任氏之风俗,其不可与经于世亦远矣。"可见,大鹏形象是典型的大言产物,并非庄子原创,实出自《齐谐》一书。这也说明了当时的大言艺术颇受民间欢迎,以至于出现了记载这种言艺的书籍。而由"后世轻才讽说之徒,皆惊而相告"任公子垂钓之事,以及"未尝闻任氏之风俗"之语,可见当时大言艺术已成为任国的民间风俗,颇受时人厚爱。了解了这种民间文化背景,我们才能够深入把握庄子特别善于大、小之物塑造的问题。同时,借此也可了解汉大赋以大为美艺术特征的产生,除了时代文化精神的影响,更和先秦时期大、小言艺的极度夸张艺术有着密切联系。

四 说物(事)与赋的渊源及民间文艺性质

1972 年,山东临沂银雀山一号汉墓发掘出土了一批竹简,其中包括《御赋》残简。由于首简背面的上端署有"唐革(勒)"二字,简中有唐勒的赋言,一些学者便称为"《唐勒》赋残简"。赋云:

> 唐勒与宋玉言御襄王前,唐勒先称曰:"人谓造父登车揽辔,马协敛整齐,调均不挚,步趋……"(宋玉曰):"……御有三,而王良、造父之御者,良御也。世皆以为巧,然未见其贵者也。……俗御不足道也,良御不足称也,虽神御,亦未可谓善御者也。臣所谓善御者,其车非木,其马非牡,其策非竹,其绳非麻。昔尧舜禹汤之御也,若然。彼以国家为车,贤圣为马,道德为策,仁义为辔,天下为路,万民为货。御术微矣,非圣人其孰察之。此义御也。……"[①]

中国古代有六艺之说,即礼、乐、射、御、书、数。《周礼·保氏》云:"养国子以道,乃教之六艺:一曰五礼,二曰六乐,三曰五射,四曰五驭,五曰六书,六曰九数。"据《周礼注疏》卷十四,所谓五驭是指鸣和鸾、逐水曲、过君表、舞交衢、逐禽左等五种驾驭方法[②]。在先秦时代,"御"已成为人们日常生活中的主要内容。《御赋》的创作就是基于

[①] 吴广平编注:《宋玉集》,岳麓书社 2001 年版,第 131—132 页。
[②] (汉)郑玄注,(唐)贾公彦疏:《周礼注疏》,北京大学出版社 1999 年版,第 354 页。

这种生活内容的,反映了当时以御为乐的娱游方式。在此赋中,唐勒重在表述造父等人高超的驾驭技术,而宋玉则更深入一层,以御术喻治国之道,提倡"义御",反映了他善于通过日常娱游之事规讽楚王的良苦用心。但在结构上,此赋呈现出鲜明的各说其事(物)的艺术特征。

这种特征在宋玉的《钓赋》中,也有鲜明体现。赋云:"宋玉与登徒子偕受钓于玄洲,止而并见于楚襄王。登徒子曰:'夫玄洲,天下之善钓者也,愿王观焉。'王曰:'其善奈何?'登徒子对曰:'夫玄洲钓也,以三寻之竿,八丝之纶,饵若蛆蚓,钩如细针,……及其解弛,因而获之。'襄王曰:'善。'宋玉进曰:'今察玄洲之钓,未可谓能持竿也,又乌足为大王言乎?'王曰:'子之所谓善钓者何?'玉曰:'臣所谓善钓者,其竿非竹,其纶非丝,其钩非针,其饵非蚓也。'王曰:'愿遂闻之。'玉对曰:'昔尧舜汤禹之钓也,以圣贤为竿,道德为纶,仁义为钩,禄利为饵,四海为池,万民为鱼。钓道微矣,非圣人其孰能察之?'王曰:'迂哉说乎!其钓不可见也。'宋玉对曰:'其钓易见,王不察尔。……其为大王之钓,不亦乐乎!'"虽然,登徒子所言为一般的"役夫之钓",而宋玉则蕴含治国大义,所言为"大王之钓",但各说钓事的结构特征则是极鲜明的。同时也可看出,《钓赋》的创作场境是一次很普通的垂钓活动,是典型的日常消闲场合,参加者有楚襄王、宋玉、登徒子等。另外,由"不亦乐乎"可知,言钓的目的主要在于娱乐。

人类所处的世界是一个事与物的世界。人类社会要发展下去,需获取人生智慧,把握处世之道与治国安邦的道理,离不开对事物的认识与理解,特别是在科学技术不是很发达的上古时代。老子云:"上善若水。水善利万物而不争,处众人所恶,故几于道矣。""三十幅共一毂,当其无有,车之用。埏埴以为器,当其无有,器之用。……故有之以为利,无之以为用。"① 可以看出,老子的哲学思想与处世智慧都是通过对事物的观察与言说表达出的。

在先秦时期,为充分把握物理人事,社会可能流行着一种观察事物进行言说陈述的活动,我们可以称为"说物(事)"。《孔子家语·三恕》载:"孔子观于东流之水。子贡问曰:'君子所见大水必观焉,何也?'孔子对曰:'以其不息,且遍与诸生而不为也,夫水似乎德;其流也,则卑

---

① 楼宇烈:《老子道德经注校释》,中华书局2008年版,第20、26页。

下倨邑必修其理，似义；浩浩乎无屈尽之期，此似道；流行赴百仞之嵠而不惧，此似勇；至量必平之，此似法；盛而不求概，此似正；……水之德有若此，是故君子见必观焉。'"① 这则故事较典型地体现了先秦时代的观物说物传统，而孔子所说的话则与赋有相似之处。《庄子》有《说剑》一篇，写赵文王好剑，日夜相击，"死伤者岁百馀人，好之不厌。如是三年，国衰，诸侯谋之"。庄子受太子之邀，对赵文王进行劝导：

> （庄子）曰："臣之所奉皆可。然臣有三剑，唯王所用，请先言而后试。"王曰："愿闻三剑。"曰："有天子剑，有诸侯剑，有庶人剑。"王曰："天子之剑何如？"曰："天子之剑，以燕谿石城为锋，齐岱为锷，晋魏为脊，周宋为镡，韩魏为夹；包以四夷，裹以四时，绕以渤海，带以常山；制以五行，论以刑德；开以阴阳，持以春秋，行以秋冬。此剑，直之无前，举之无上，案之无下，运之无旁，上决浮云，下绝地纪。此剑一用，匡诸侯，天下服矣。此天子之剑也。"文王芒然自失，曰："诸侯之剑何如？"曰："诸侯之剑，以知勇士为锋，以清廉士为锷，以贤良士为脊，以忠圣士为镡，以豪杰士为夹。……此诸侯之剑也。"王曰："庶人之剑何如？"曰："庶人之剑，蓬头突鬓垂冠，曼胡之缨，短后之衣，瞋目而语难。……此庶人之剑，无异于斗鸡，一旦命已绝矣，无所用于国事。今大王有天子之位而好庶人之剑，臣窃为大王薄之。"

在结构方式上，庄子的劝导采用了问对方式，说剑有天子、诸侯、庶人之剑等三种，对三种剑极尽铺陈描述之能事，与《唐勒》赋残简、《钓赋》等没有什么区别。我们甚至可以把《说剑》视为《剑赋》。作为民间隐逸之士的代表，庄子能得心应手地说剑，说明民间说物（事）之风是很成熟的。受这种风气影响，诸侯国君臣进行"说物"消闲娱乐自在情理当中，赋自然也就创作出来了。枚乘《七发》在描述"天下之靡丽皓侈广博之乐"时，云："既登景夷之台，南望荆山，北望汝海，左江右湖，其乐无有。于是使博辩之士，原本山川，极命草木，比物属事，离辞

---

① 王德明主编：《孔子家语译注》，广西师范大学出版社1998年版，第97页。

连类，浮游览观。"① 所谓"比物属事，离辞连类"，当是指观览游玩时，说物属辞，进行言辞娱乐。虽然枚乘所言，反映的可能是汉初时期的说物娱乐活动。但一种娱乐之风绝不是一朝一夕形成的，必然以先秦的文化风俗为基础。再联系宋玉的《风赋》："襄王游于兰台之宫，宋玉、景差侍，有风飒然而至。王乃披襟而当之曰：'快哉此风！寡人所与庶人共者邪？'宋玉对曰：'此独大王之风耳，庶人安得而共之？'王曰：'夫风者，天地之气，溥畅而至，不择贵贱而加焉。今子独以为寡人之风，岂有说乎？'"② 就典型反映了这种说物娱乐活动，"岂有说乎"中的"说"字实际上是就"说风"而言。理解了这种说物传统，我们才能够把握住民间咏物杂赋的盛行。《汉书·艺文志》就载有："杂鼓琴剑戏赋十三篇。""杂山陵水泡云气雨旱赋十六篇。""杂禽兽六畜昆虫赋十八篇。""杂器械草木赋三十三篇。"均列于"杂赋十二家"。

总之，无论是成相说唱、隐语、嘲讽，还是大（小）言艺、说物等，都是民间的言辞娱乐方式。在很大程度上，赋的创作和它们都有着密切的关系。可见，赋的渊源绝不是单一性的，而是一种综合性的民间文艺形态。这也决定了赋的民间文艺性质。同时，由于成相、隐语、嘲讽、大小言、说物等在民间广为流传，这可能也导致了赋在先秦时代已非常盛行。《史记·屈原贾生列传》载："屈原既死之后，楚有宋玉、唐勒、景差之徒者，皆好辞而以赋见称。"《汉书·艺文志》载："唐勒赋四篇。""宋玉赋十六篇。""孙卿（荀子）赋十篇。"这种事实所反映的，已不是赋的产生，而是赋的盛行问题。特别是，弄清楚赋的渊源问题与民间文艺性质，对于把握汉赋注重外部事物的描述、具有乐感、以问对为体、以大为美等特征，以及汉代以赋娱乐、注重俗赋创作等时代文化风气与赋家政治地位的低微，有很大的帮助作用。当然，这已不是本文所解决的问题。

---

① 费振刚等：《全汉赋校注》，广东教育出版社2005年版，第34页。
② 吴广平编注：《宋玉集》，岳麓书社2001年版，第43—44页。

从三位皇帝的还乡诗看
《大风歌》的经典性

刘锋焘*

摘　要：汉高祖刘邦的《大风歌》是一首广为人知的帝王抒怀之作。后世诸多"明君"亦有同类创作。本文对汉高祖刘邦、唐太宗李世民、金世宗完颜雍的几首同类诗作做一探析，赏其诗作，并借此审视《大风歌》的经典地位。

关键词：刘邦；《大风歌》；李世民；《幸武功庆善宫》；完颜雍；"本朝歌曲"；文学经典

汉高祖刘邦的《大风歌》，是一首广为人知的帝王抒怀之作。而此类诗作，在中国历史上并非绝无仅有，而且有一定的共性。这里，试就包括刘邦在内的三位"英明之君"的同类作品略作探析，并借此审视《大风歌》的经典地位。

一

先看刘邦的《大风歌》：

> 大风起兮云飞扬，
> 威加海内兮归故乡，
> 安得猛士兮守四方。①

---

* 刘锋焘，陕西师范大学教授，博士生导师。
① 本文为国家社科基金项目《关中诗歌图志》的阶段性成果。项目批准号：14BZW095。
（汉）司马迁：《史记》，中华书局1959年版，第389页。

这首诗，作于公元前 195 年，即刘邦称帝后第七年。其写作背景，《史记·高祖本纪》有具体的记载：

> 十一年，高祖在邯郸诛（陈）豨等未毕，豨将侯敞将万馀人游行，王黄军曲逆，张春渡河击聊城……豨将赵利守东垣……春，淮阴侯韩信谋反关中……夏，梁王彭越谋反……秋七月，淮南王黥布反……十二年，十月，高祖已击布军会甄，布走，令别将追之。
>
> 高祖还归，过沛，留。置酒沛宫，悉召故人父老子弟纵酒，发沛中儿得百二十人，教之歌。酒酣，高祖击筑，自为歌诗曰："大风起兮云飞扬，威加海内兮归故乡，安得猛士兮守四方！"令儿皆和习之。高祖乃起舞，慷慨伤怀，泣数行下。谓沛父兄曰："游子悲故乡。吾虽都关中，万岁后吾魂魄犹乐思沛。且朕自沛公以诛暴逆，遂有天下，其以沛为朕汤沐邑，复其民，世世无有所与。"沛父兄诸母故人日乐饮极欢，道旧故为笑乐。①

这一段记载表明，虽然此时天下已定，刘邦亦称帝有年，但仍有人对他不服气，叛乱不断。在写此诗之前的一年多时间里，他也一直在忙于应付一些握有重兵的人物及其部属的造反，这里提到的人物就有陈豨及其部将侯敞、王黄、张春、赵利，还有韩信、彭越、黥布等。而此时，虽然他将其大部分剿灭，但并未完全平息，如黥布，此时也只是败走他方，并未被消灭。而"高祖击布时，为流矢所中"②，此时，他派别将追击败走的黥布，自己"还归"，途经故乡沛地，设宴招待家乡的故交父老。席上有感而发，即兴而作。

这三句诗，历来颇多注解，如《六臣注文选》李善注曰："风起云飞，以喻群凶竞逐而天下乱也；威加四海，言已静也。夫安不忘危，故思猛士以镇之。"李周翰注曰："风自喻，云喻乱也，言已平乱而归故乡，故思贤才共守之。"③ 不管风、云等比喻或象征什么，这首诗是刘邦大功告成、做了皇帝后所写，自然有一种居高临下的霸气洋溢其中，也充满着

---

① （汉）司马迁：《史记》，中华书局 1959 年版，第 389 页。
② （汉）司马迁：《史记》，中华书局 1959 年版，第 391 页。
③ （南朝·梁）萧统编，李善等注：《六臣注文选》，中华书局 1987 年版，第 536 页。

他自己的真情实感，所谓真气弥满。同时，也饱含着中国人共同的对故乡的真实的感情，正如他接着所说的，即便将来死后魂魄也忘不了故乡。所以，他当即宣布免去了故乡人民的赋税。

然而，此时，他"威加海内"，本是踌躇满志甚至是志满意得、不可一世之时，却为何要发出"安得猛士兮守四方"的长叹？而且还"慷慨伤怀，泣数行下"！这除了对故乡的眷恋，当然有另外的原因。

清人沈德潜《古诗源》这样评此诗：

> 时帝春秋高，韩、彭已诛而孝惠仁弱，人心未定。思猛士，其有悔心乎？①

沈德潜所说的"悔心"，是指刘邦应当后悔诛杀了韩信、彭越等功臣。先师霍松林先生进一步分析道：

> 摆在他眼前的事实又是什么呢？帮他打天下的功臣诸如韩信、彭越等人都已经被他诛杀了；在破项羽于垓下的战斗中立下赫赫战功的黥布，因韩、彭被诛而惧祸及己，举兵反叛；刘邦在平叛中身中流矢（半年后疮口恶化致死），他是带着严重疮伤回到故乡的；这时候，他已经六十二岁，太子（后来的惠帝）懦弱无能，黥布之叛尚未彻底平定，而从吕后所说的"诸将与帝为编户民，今北面为臣，此常怏怏"来看，想反叛的还人有人在。明乎此，就不难理解这首起势雄壮的《大风歌》为什么以"安得猛士兮守四方"的感叹收尾，就不难理解他在唱歌的时候为什么"慷慨伤怀，泣数行下"。②

这一分析，讲清楚了此诗在慷慨跋扈之外慷慨伤怀的一面，很有说服力。二者合起来，正是此诗"慷慨悲歌"的特征。

二

自刘邦写《大风歌》800多年以后，又一英主唐太宗李世民也写过类

---

① （清）沈德潜：《古诗源》，中华书局1963年版，第34页。
② 霍松林：《唐音阁鉴赏集》，河北教育出版社2000年版，第21页。

似的两首诗，分别为《幸武功庆善宫》和《重幸武功》。诗曰：

> 寿丘惟旧迹，酆邑乃前基。粤予承累圣，悬弧亦在兹。
> 弱龄逢运改，提剑郁匡时。指麾八荒定，怀柔万国夷。
> 梯山咸入款，驾海亦来思。单于陪武帐，日逐卫文棷。
> 端扆朝四岳，无为任百司。霜节明秋景，轻冰结水湄。
> 芸黄遍原隰，禾颖积京畿。共乐还乡宴，欢比大风诗。
> （《幸武功庆善宫》）①

> 代马依朔吹，惊禽愁昔丛。况兹承眷德，怀旧感深衷。
> 积善忻馀庆，畅武悦成功。垂衣天下治，端拱车书同。
> 白水巡前迹，丹陵幸旧宫。列筵欢故老，高宴聚新丰。
> 驻跸抚田畯，回舆访牧童。瑞气萦丹阙，祥烟散碧空。
> 孤屿含霜白，遥山带日红。于焉欢击筑，聊以咏南风。
> （《重幸武功》）②

庆善宫，在武功（今属陕西省杨凌区），即李世民诞生之所，《旧唐书·太宗本纪》等史书有明确记载。宋人宋敏求《长安志·武功县》、王溥《唐会要》卷三十"庆善宫"等都明确记载唐太宗于贞观六年幸庆善宫，宴群臣，赋诗。这是上文第一首诗《幸武功庆善宫》的写作时间。对此，《唐会要·庆善乐》记载得更为具体：

> 贞观六年九月二十九日幸庆善宫（在武功县，即高祖旧宅也）。宴从臣于渭滨。其宫即太宗降诞之所。上赋诗十韵云：（诗略，个别字句有异文，如"日逐卫文螭"，"歌此大风诗"）赏赐闾里，有同汉之宛沛焉。于是起居郎吕才播于乐府、被之管弦，名曰《功成庆善乐》之曲，令童儿八佾皆冠进德冠、紫袴褶，为九功之舞。③

---

① （清）彭定求等编：《全唐诗》，中华书局1960年版，第4页。
② （清）彭定求等编：《全唐诗》，中华书局1960年版，第4页。
③ （宋）王溥：《唐会要》，中华书局1955年版。

《旧唐书·音乐志》所载，文字基本相同。《新唐书·礼乐志》文字稍有差异，而内容相同。

贞观十六年，唐太宗再一次到武功。《旧唐书·太宗本纪》载：

> 十六年……冬十一月……丁卯，宴武功士女于庆善宫南门。酒酣，上与父老等涕泣论旧事。老人等递起为舞，争上万岁寿。①

司马光《资治通鉴·唐纪十二》亦载：

> （贞观十六年）壬戌，上校猎于岐阳。因幸庆善宫，召武功故老宴赐，极欢而罢。②

这当是上述第二首诗《重幸武功》的创作情形。

前一首诗，《唐会要》《旧唐书》《新唐书》等都称其写作情形，犹如汉之宛沛（或作"沛宛"）。沛，即汉高祖刘邦之故乡；宛，指南阳，"世祖光武皇帝讳秀，字文叔，南阳蔡阳人"③。明确说明此诗与刘邦《大风歌》创作背景的相似性，即回到故乡的创作。还有一点相似性，刘邦创作《大风歌》时，动用"沛中儿得百二十人……自为歌诗……令儿皆和习之"；而李世民作诗后，被"起居郎吕才被之管弦，名曰《功成庆善乐》，以童儿六十四人（八佾），冠进德冠，紫袴褶，长袖，漆髻，屣履而舞"。

诗起四句，写自己降生于兹。寿丘，地名，故址在今山东曲阜，相传为黄帝出生地。酆邑，即丰邑，汉高祖刘邦的出生之地。此处以前代圣君出生之地衬写庆善宫。三四两句，谓自己承继历代圣君之光辉，降生于此。悬弧，典出《礼记·内则》："子生，男子设弧于门左，女子设帨于门右。"④"弱龄"以下十句，写自己的奋斗历程及功绩：用武力和怀柔兼济的方式，使得天下大定、万方来朝，又放任臣下治理，四海太平。"霜节"两句宕开一笔，写远近秋景。"芸黄"二句，既是写景，更是写秋日

---

① （五代）刘昫：《旧唐书》，中华书局1975年版，第54页。
② （宋）司马光：《资治通鉴》，中华书局1956年版，第6181页。
③ （南朝宋）范晔撰，李贤等注：《后汉书》，中华书局1965年版，第1页。
④ （清）孙希旦撰，沈啸寰、王星贤点校：《礼记集解》，中华书局1989年版，第761页。

之丰收，与前文"无为任百司"呼应。末二句写还乡之乐，明确与汉高祖《大风歌》相比，自豪、欣慰、欢愉之情，跃然纸上。

后一首，起四句写平日对武功的思念。前两句用典：《古诗十九首》有句："胡马依北风，越鸟巢南枝。"汉人《盐铁论·未通》亦有句："故'代马依北风，飞鸟翔古巢'，莫不哀其生。"① 此诗中"惊禽""昔丛"，与"飞鸟""古巢"意相近也。后两句直接点明"怀旧感深衷"之意。"积善"四句，谓自己承先人之荫德，武功文治，使天下大治。"白水"六句，写故地重到，设宴席，欢故老，抚农夫，访牧童。白水、丹陵、新丰，皆代指武功，再具体点是指庆善宫。白水，唐人李贤注《后汉书》曰："光武旧宅在今随州枣阳县东南。宅南二里，有白水焉，即张衡所谓'龙飞白水'也。"② 丹陵，相传为尧诞生之地。新丰，位于今陕西省西安市临潼区西北，汉高祖定都关中，其父思念家乡。高祖乃依故乡丰邑街里房舍格局改筑骊邑，并迁来丰民，改称新丰。"瑞气"四句，写宫内瑞气盈庭、阙外秋霜孤屿、远山红日。最后两句，写歌舞欢宴、咏诗抒怀。其实这两句也是用典：《史记》载"高祖击筑，自为歌诗曰：'大风起兮云飞扬，威加海内兮归故乡，安得猛士兮守四方！'"《礼记·乐记》记"昔者舜作五弦之琴，以歌《南风》"③。此处，作者显然以舜和刘邦自比，抒欢乐之情。

这两首诗，有对出生之地的眷念，有治理天下的感慨，有帝王特有的自豪和欢愉。这些，既有作者自己特有的体会和感情，又与刘邦《大风歌》有着某种相似或相通之处。有意思的是，创作之具体情形也与刘邦有着相似之处：刘邦是"发沛中儿得百二十人，教之歌"，"令儿皆习和之"；李世民诗是以童儿六十四人"为九功之舞"（当然稍有不同的是，前者是作诗之时，后者是作诗之后）。还有一点相同的是，刘邦作诗时"感慨伤怀，泣数行下"；李世民也是"与父老等涕泣论旧事"。刘邦之泣，前文已叙。而李世民此时此地，为何也要"涕泣"呢？

《新唐书·太穆窦皇后传》载："始，太宗生，有二龙之符。后于诸子中爱视最笃。后即位，过庆善宫，览观梗欷，顾侍臣曰：'朕生于此，

---

① 王利器校注：《盐铁论校注》，中华书局1992年版，第191页。
② （南朝宋）范晔撰，李贤等注：《后汉书》，中华书局1965年版，第35页。
③ （清）孙希旦撰，沈啸寰、王星贤点校：《礼记集解》，中华书局1989年版，第995页。

今母后永违。育我之德不可报。'因号恸，左右皆流涕。"① 这一记载，暂不清楚是哪一次过庆善宫，亦即不清楚是写哪一首诗之时，但在出生之地，想起了再也见不到的母亲，因而伤怀，这是他作诗时的一种心情，也是"流涕"的原因之一。

此外，见到了故乡父老，想起了以往的种种经历，对故土故人的特殊感情，在这特殊的时刻，情感难以自抑，自然也是"流涕"的原因。

同时，回到了故乡，面对着故人，有如漂泊的游子回到了母亲的怀抱，有一种难得的亲切和放松。于是，许多他人难以理解与体会、只有作者自己深理于心的感慨，包括创业与守成的艰难，那种特殊的酸甜苦辣，此刻都突然涌上心头。这，自然更是他流涕的原因之一。

三

自李世民作诗550年之后，金世宗完颜雍亦有类似的创作。其诗曰：

> 猗欤我祖，圣矣武元。诞膺明命，功光于天。拯溺救焚，深根固蒂。克开我后，传福万世。无何海陵，淫昏多罪。反易天道，荼毒海内。自昔肇基，至于继体。积累之业，沦胥且坠。望戴所归，不谋同意。宗庙至重，人心难拒。勉副乐推，肆予嗣绪。二十四年，兢业万几。亿兆庶姓，怀保安绥。国家闲暇，廓然无事。乃眷上都，兴帝之第。属兹来游，恻然予思。风物减耗，殆非昔时。于乡于里，皆非初始。虽非初始，朕自乐此。虽非昔时，朕无异视。瞻恋慨想，祖宗旧宇。属属音容，宛然如睹。童嬉孺慕，历历其处。壮岁经行，恍然如故。旧年从游，依俙如昨。欢诚契阔，旦暮之若。于嗟阔别兮，云胡不乐。②

其具体创作情形，《金史·乐志》记载如下：

> （大定）二十五年四月，幸上京，宴宗室于皇武殿，饮酒乐，上

---

① （宋）欧阳修、宋祁：《新唐书》，中华书局1975年版，第3469页。
② （元）脱脱等：《金史》，中华书局1959年版，第892页。

谕之曰："今日甚欲成醉，此乐不易得也。昔汉高祖过故乡，与父老欢饮，击筑而歌，令诸儿和之。彼起布衣，尚且如是，况我祖宗世有此土，今天下一统，朕巡幸至此，何不乐饮！"于时宗室妇女起舞，进酒毕，群臣故老起舞，上曰："吾来故乡数月矣，今回期已近，未尝有一人歌本曲者，汝曹来前，吾为汝歌。"乃命宗室子叙坐殿下者皆上殿，面听上歌。曲道祖宗创业艰难，及所以继述之意。上既自歌，至"慨想祖宗音容如睹"之语，悲感不复能成声。歌毕，泣下数行。右丞相元忠暨群臣宗戚捧觞上寿，皆称万岁。于是诸老人更歌本曲，如私家相会，畅然欢洽。上复续调歌曲，留坐一更，极欢而罢。其辞曰：（略）①

金世宗完颜雍，是金代的第五位皇帝。在他之前，完颜亮在位，常年发动对南宋的战争，征伐不断，国不安宁，内部矛盾亦相当严重。后完颜亮被部下谋杀于伐宋前线，完颜雍即位，是为世宗，改元大定。金世宗励精图治，多方努力，创造了金王朝的盛世时代。大定二十五年，亦即金世宗去世四年前，他回到日夜思念的东北故乡，设宴款待拥戴他起家的宗室故旧。面对着家乡父老，即席诵唱了这首自作的"本朝歌曲"。

这首诗，从语言方面讲，聱牙难懂；从体制上看，颇似《诗经·大雅》中几首述周室之兴的作品，且层次很清晰：先述国家开创，再说海陵无道，后叙自己"望戴所归"而即帝位，"兢业"治国二十四年，天下太平无事。于是回归故乡。到了故乡，见"风物减耗，殆非昔时"，但依然有一种回家的快乐，想到了祖宗的音容，想到了昔日伙伴的快乐相处。如今久别归来，"云胡不乐"？

此诗创作的前后情形，《金史·世宗本纪》所记，可与《金史·乐志》互为补充，亦可帮助我们具体地理解这首诗：

（世宗）曰："朕寻常不饮酒，今日甚欲成醉，此乐亦不易得也。"宗室妇女及群臣故老以次起舞，进酒。上曰："吾来数月，未有一人歌本曲者，吾为汝等歌之。"命宗室子弟叙坐殿下者皆坐殿上，听上自歌。其词道王业之艰难，及继述之不易，至"慨想祖宗，

---

① （元）脱脱等：《金史》，中华书局1959年版，第891—892页。

宛然如睹"，慷慨悲激，不能成声，歌毕泣下。……如私家之会……
己卯，发上京。庚辰，宗室戚属奉辞。上曰："朕久思故乡，甚欲留
一二岁，京师天下根本，不能久于此也。太平岁久，国无征徭，汝等
皆奢纵，往往贫乏，朕甚怜之。当务俭约，无忘祖先艰难。"因泣数
行下，宗室戚属皆感泣而退。①

这些记载，显示作诗时的一些具体情形与刘邦和李世民皆有相似之处，如刘邦是"沛中儿百二十人"伴歌伴舞，李世民是以童儿六十四人"为九功之舞"，而完颜雍则是"宗室妇女及群臣故老以次起舞"。就诗作者所要表达的意思而言：一，"久思故乡"；二，"慨想祖宗"；三，太平岁久，宗室故旧"皆奢纵"，令作者担忧；四，告诫众人"无忘祖先艰难"。这些，皆令作者动容："慨想祖宗，宛然如睹"，令作者"泣下"；对故乡的眷恋以及对宗室渐忘祖先艰难的忧虑亦令其"泣数行下"。《金史》同卷记载世宗对群臣说"上京风物，朕自乐之。每奏还都，辄用感怆。祖宗旧邦，不忍舍去。万岁之后，当置朕于太祖之侧，卿等无忘朕言"②。这一嘱托，与刘邦"游子悲故乡。吾虽都关中，万岁后吾魂魄犹乐思沛"的自述极为相似。可见，完颜雍的"泣下"，与刘邦、李世民有相似、相同之处。当然，亦有其不同之处。

此前，完颜亮在位期间，骄横残暴，猜忌宗室，远在东北的完颜雍如履薄冰，其夫人在被完颜亮召入中京途中，为保清白和尊严而自杀身亡。东京留守完颜雍，趁完颜亮领兵伐宋、无暇北顾之机在宗室贵族的拥戴下即皇帝位，所幸完颜亮在长江边为部下所杀，他才能安然称帝。这一经历，必定令他没齿难忘。即位二十余年，勤勉有加，努力改变内忧外患的政局，诸如笼络宗室、平衡贵族间的争权夺利，与南宋议和，对西夏、高丽和蒙古等周边国家也采取相应的政策以消除对金朝的威胁；与民休息，恢复生产，缓和社会矛盾，平息各族人民的起义，等等，取得了很明显的功绩。但依然存在不少矛盾和隐患。当时，女真族汉化的趋势已不可逆转，而观念相对守旧、一心想保存女真旧俗的完颜雍对此忧心忡忡。他作此诗的直接起因是不满于宗室故旧"未有一人歌本曲"，因此他才亲歌

---

① （元）脱脱等：《金史》，中华书局1959年版，第189页。
② （元）脱脱等：《金史》，中华书局1959年版，第188页。

"本曲"。此时，他年事已高（63岁），四年后便驾崩。还有一件他料想不到的事，两个月后太子病亡。凡此种种，感知到的和不能明确感知的各种感受，令他疲惫且忧虑。回到了故乡，面对故土故人，百感交集，不由得"泣下"。

四

以上三位诗作者，都是中国历史上著名的皇帝，刘邦是开创了汉室江山的"高祖"，李世民是开创了开元盛世的英主，完颜雍是开创了大定之治的少数民族皇帝，史称"小尧舜"。当他们回到故乡，面对故乡父老，回想创业守成之艰难而赋诗，都激动得"泣下"。

他们这几首诗，有其各自的个性，也有一定的共性。几首诗，也揭示了一些规律性的特点：作为皇帝，不管身处什么时代，都有着类似的创业与守成的感慨；故乡，永远是心灵的归宿，是永远的家，帝王也不能例外。同时也表明，《大风歌》，是一个文学上的经典，衍生了后世同类诗的传统：李世民诗，写"共乐还乡宴，欢比大风诗""于焉欢击筑，聊以咏南风"，明确表示对汉高祖《大风歌》的继承；而完颜雍亦明确说"昔汉高祖过故乡，与父老欢饮"，与刘邦相类比，甚至自以为优越于刘邦："彼起布衣，尚且如是，况我……"这都表明，李世民、完颜雍这些后世的作者，是自觉地继承了汉高祖《大风歌》的创作传统，从而形成了一个文学经典的延续；就诗意而言，几首诗都记述了还乡及写诗之由：刘邦诗述"威加海内兮归故乡"，李世民诗亦写"指麾八荒定，怀柔万国夷"后"列筵欢故老，高宴聚新丰"，完颜雍诗也是"国家闲暇"后"乃眷上都，兴帝之第"；都表达了回归故乡的欢乐：《史记》载刘邦作诗后与故旧"笑乐"，李世民诗直写"共乐还乡宴"，完颜雍诗更明确宣称"云胡不乐"；都慨叹创业与守成之不易：汉高祖诗喟叹"安得猛士兮守四方"，完颜雍诗亦是"道王业之艰难，及继述之不易"（这一方面，李世民诗倒更多的是述"欢""乐"）；刘邦诗"游子悲故乡"的主题，更被李世民和完颜雍所继承，于是，"泣数行下""涕泣""泣下数行"，也成了他们共同的真情表露。当然，就诗歌本身而言，后二首语言生硬，用典过多，影响了其感情的表达，也导致其可读性远不如《大风歌》，更引不起后世读者的多少共鸣，因此流传不广。这更突出了《大风歌》的经典地位。

武氏祠画像中神树的形成与"儒主道辅"思想

宋亚莉* 殷仁允**

摘 要：东汉鲁地武氏祠后壁中心图的树是集萃了前代精华的神树形象，其形成寓意至少有庇护灵魂树，通天（仙）树，长生树，驻日树，夫妻连理树，家族兴亡树，射侯得爵树等。本文尝试解析其构成过程，进而展示东汉鲁地风俗信仰与民间文化，诠释其中蕴含的"儒主道辅"思想。

关键词：武氏祠；汉画像；神树；儒主道辅

武氏祠画像石历来被中外研究者关注，其研究重点集中在祠堂后壁及小龛后壁的楼阁和人物拜谒的意义阐释等。[①] 本文关心的重点不在于众多专家所讨论的楼阁的建制和拜谒以及接受拜谒者的身份，而在于这棵树木的形象。笔者认为，这个树木造型，是东汉末之前神树形象的集萃。东汉鲁地武氏祠中现存三幅较为典型的神树画像图，分别位于武梁祠后壁中心楼阁侧边（此已漫漶不清）和前、左两石室小龛后壁中心楼阁侧边。画像图如下所示：

---

* 宋亚莉，（1982— ），山东青岛人，青岛大学文学院讲师。
** 殷仁允，（1987— ），山东滕州人，山东大学儒学高等研究院硕士。
① 如《金石索》中认为武氏祠楼阁"疑当日阿房宫之制"，楼阁上层的中心女性人物是皇后等贵族女性。20世纪初布歇尔（Stephen W. Bushell）提出，这一场景表现了"穆天子会见西王母"的故事；容庚提出其为记录祠主宴享之事；费慰梅指出，楼阁的拜谒场景和连理树均位于三座武氏祠堂的后壁中心，进而提出三座祠堂"是纪念死去家族成员的享堂，这个作为焦点的场景自然而然地是表现对死者的敬仰"。

图一															图二

图一为武氏祠左石室小龛后壁，约作于东汉桓帝建安二年（148）；[①]图二为前石室小龛后壁，约作于东汉灵帝建宁元年（186）。[②] 此二图，图二树木的造型更为圆润饱满，树干弯曲交错；树冠中心的连理枝交构而成的内含三叶造型圆枝由两个增至四个，展示了更为稳定的形态；经由四个圆枝而伸展出去的枝叶更为繁茂，形成一个和谐的为群鸟所环绕的近圆形树冠。从其创作年代和造型基本可以断定，图二是在图一基础上的着力润饰和修改之作。同时期山东地区出现了诸多类似的神树画像，据对《中国画像石全集》所载山东汉画像石统计，类似形象至少在武氏祠画像石[③]、嘉祥宋山小石祠画像石[④]、嘉祥南武山画像石[⑤]、微山县两城镇出土画像石[⑥]、临沂棉纺厂出土画像石[⑦]等中出现。这些画像的基本构图是神树均在楼阁一侧，树上群鸟停靠（有研究者认为是九鸟一凤），树下有马（鹅）、四维辂车，以及张弓仰射之人。据此基本可以推断，东汉末期，至少在山东地区，神树的这种形态已基本定型，形成了一种地区流行性的图像，展示了民间对此树的推崇。这种模式化、程式化的神树造型，不仅证明神树形象的刻画在当时已经发展为一种娴熟的技艺，而且说明神树在

---

① 朱锡禄编著：《武氏祠汉画像石》，山东美术出版社1986年版，第60页。
② 朱锡禄编著：《武氏祠汉画像石》，第21页。
③ 蒋英炬编：《中国画像石全集》（第一卷）《山东汉画像石》，山东美术出版社2000年版，图66、84，第45、61页。
④ 蒋英炬编：《中国画像石全集》，图92，第67页。
⑤ 赖非编：《中国画像石全集》（第二卷）《山东汉画像石》，山东美术出版社2000年版，第46页。
⑥ 赖非编：《中国画像石全集》（第二卷）《山东汉画像石》，图42，第33页。
⑦ 焦德森编：《中国画像石全集》（第三卷）《山东汉画像石》，山东美术出版社2000年版，图53，第44页。

画像石中占据的位置，已然为当世之人所坦然认可。而这个看似"毫无新意"的武氏祠堂后壁模式化神树构图，积淀着尚待发掘的文化内涵和历史寓意。下面尝试分析神树形象的集萃构成。

一

首先，树木是汉代人日常生活中的常见物和必需品。按照当时人"事死如事生"的观念，画像石常再现死者生前的生活场景，如图三为绥德四十里铺墓门右立柱画像；① 图四为靖边寨山墓门右立柱画像。② 展现的是人、马站立于树下和喂马图，树叶是当时民间种植树木如松柏、梧桐等的简化形态。现实生活中，松柏等因其具有常青等寓意被赋予神性，梧桐、银杏、桑树等也多被赋予理想寄托。古诗《孔雀东南飞》："两家求合葬，合葬华山傍。东西种松柏，左右种梧桐"，就将梧桐与松柏并举。

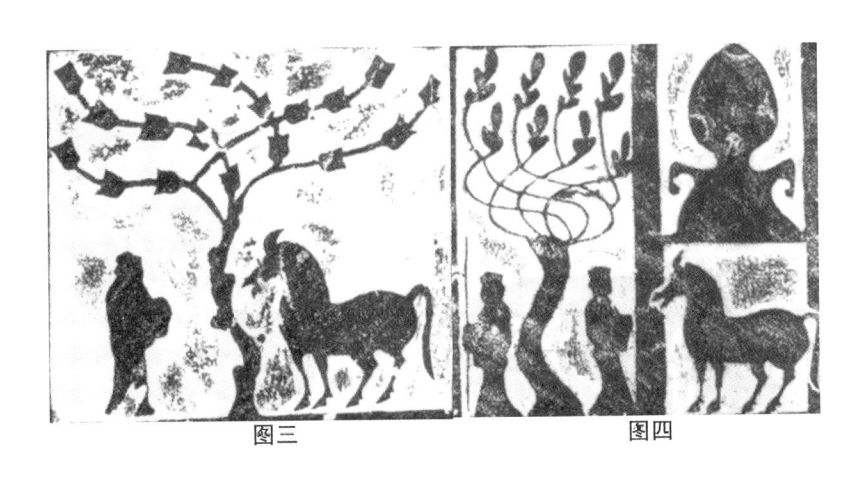

图三　　　　　图四

根据格式塔心理学的研究，人对外在世界的认识，总是遵循一个把复杂事物"简化"的原则。上二图中枝叶以近似圆长形和长方形的极简形状描绘，可能是现实梧桐、银杏、桑树之类的写照；而松柏则常被被简化成等腰三角形等。松柏等树木出现在陵墓附近，有庇佑灵魂之意。东汉应劭

---

① 汤池编：《中国画像石全集》（第五卷）《陕西山西汉画像石》，山东美术出版社2000年版，第133页。
② 汤池编：《中国画像石全集》（第五卷）《陕西山西汉画像石》，第178页。

《风俗通义》:"墓上树柏,路头石虎……而魍象畏虎与柏,故墓前立虎与柏。"①《续博物志》载:"秦穆公时,有人掘地,得物若羊。将献之,道逢二童子,谓曰:'此名为蝹,常在地中食死人脑。若欲杀之,以柏东南枝捶其首。'由是墓皆植柏。"② 认为柏树可以庇护死者,故而在陵墓周围种植柏树,用以辟邪护卫。汉代对柏树的推崇有增无减。《白虎通·崩薨》:"天子坟高三仞,树以松。诸侯半之,树以柏。大夫八尺,树以栾。士四尺,树以槐。庶人无坟,树以杨柳。"③ 规定了不同等级的人在坟墓上所种树木的差异。而到东汉末政权衰落,陵墓树木使用已不再遵循规范。《后汉书·王符传》:"今京师贵戚,郡县豪家,……造起大冢,广种松柏。"④ 贵族豪家亦可享用天子诸侯待遇,以珍贵的松柏庇佑灵魂。

庇佑灵魂,是武氏祠神树形象的早期构成,神树形象最先有庇佑灵魂的含义。但是,有一种图形似乎较少有人将其与神树崇拜相联系,即圆圈加交叉线的图示(如图五为约作于西汉元帝至平帝时期⑤)。这个图像,通常被研究者认为与画像石中的交叉线穿环的祥瑞图像相关,但如果其出现的位置不是陵墓外围的立柱而是陵墓中最为核心的棺木之内椁,如图六所示。此为约作于西汉武帝后期,临沂庆云山二号石椁西壁画像⑥,寓意就不会仅仅是表达幸福安康的祥瑞图而已了。

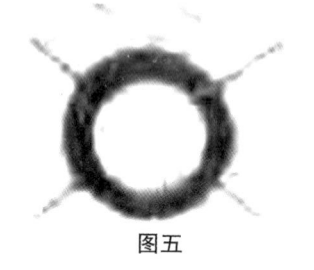

图五　　　　　　　图六

《史记·龟策列传》:"松柏为百木长,而守门闾。"⑦ 内椁尤其是头

---

① (汉)应劭撰,王利器校注:《风俗通义校注》,中华书局1981年版,第574页。
② (宋)李石撰,李之亮点校:《续博物志》卷六,巴蜀书社1991年版,第90页。
③ (清)陈立撰,吴则虞点校:《白虎通疏证》卷十一《崩薨》,中华书局1994年版,第559页。
④ (宋)范晔:《后汉书》卷四十九《王符仲长统列传》,中华书局1965年版,第1637页。
⑤ 赖非编:《中国画像石全集》(第二卷)《山东汉画像石》,第10页。
⑥ 蒋英炬编:《中国画像石全集》(第一卷)《山东汉画像石》,第72页。
⑦ (汉)司马迁:《史记》卷一百二十八《龟策列传》,中华书局1982年版,第3237页。

部挡板中刻有松柏和树木简化图，是死者灵魂出入的门户。按照古人天圆地方的观念，圆无疑是天之隐喻，又可认为是树、树干、树枝的极其简化形态，而这个交叉的直线形态，是否可以认为是通往理想境地（如仙境）的路？认为直线代表树和通往理想境地的路，并非凭空臆想。一方面以树为路，在汉代亦具有现实的可行性，伐树为路，于当时民间极为常见。而灵魂的出入口，也的确存在。"艺术史学者吴虹注意到一具四川的石棺，石棺的南向棺板上有一扇半掩着的门的浮雕，通过这扇门，灵魂可以进出棺材。"① 这扇门为灵魂出入之通道。将树视为通往理想世界通途的通天树从以下几例中亦得旁证，在传说中，树下发生过人与天地神仙交往的事情，如后羿射日、董永与七仙女等。神树能够成为沟通天地的途径，是一种通道，是进入理想王国如仙境的道路。树是垂直指向宇宙模式的中枢，实质将宇宙分为天、地和地下三界（有画像石表现其中二界，即天上和人间秩序）如下图所示：

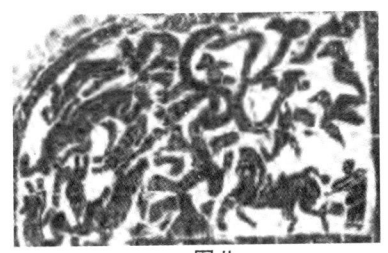

图七　　　　　　　　图八

图七为早年微山县两城镇出土，时间为东汉中晚期②，树下为庖厨，其中有烧火者、和面者、提水者、切肉者，猪腿悬挂在树枝上，树冠栖有神鸟，有神仙其上；图八为1988年山东临沂工程机械厂出土，时间约为东汉③，图中树左瑞兽翻腾相戏，树上有神鸟数对，树右却是一人一马，人手执工具正在拾粪，此画像中树已然是连接天地的灵树。同时，作为通天树的含义，也可在上古神话中得到印证。上古有神树扶桑、若木、建木等。太阳住在扶桑、若木之上，扶桑、若木是太阳所从出和太阳神鸟栖息的神树，而建木则是登天的桥梁：

---

① ［法］安娜·塞德尔：《西方道教研究史》，上海古籍出版社2000年版，第73页。
② 赖非编：《中国画像石全集》（第二卷）《山东汉画像石》，第15页。
③ 焦德森编：《中国画像石全集》（第三卷）《山东汉画像石》，第17页。

> 大荒之中，有山名曰孽摇頵羝，上有扶木，柱三百里，其叶如芥。有谷曰温源谷。汤谷上有扶木。一曰方至，一曰方出，皆载于乌。(《山海经·大荒东经》)①
>
> 有木，青叶紫茎，玄华黄实，名曰建木，百仞无枝，有九欘，下有九枸，其实如麻，其叶如芒，大皞爱过，黄帝所为。(《山海经·海内经》)②
>
> 扶木在阳州，日之所曊。建木在都广，众帝所自上下，日中无景，呼而无响，盖天地之中也。若木在建木西，末有十日，其华照下地。(《淮南子·地形训》)③

神树在天地之中，"众帝所自上下"，是天上神仙下界之路，然到了东汉，人神沟通加强，武氏祠堂的神树，更是世俗中人登天之路。此外，神树还可留日，《楚辞·离骚》中有系马扶桑下，折若木以挽留日之记载：

> 饮余马於咸池兮，总余辔乎扶桑。折若木以拂日兮，聊逍遥以相羊。前望舒使先驱兮，后飞廉使奔属。鸾皇为余先戒兮，雷师告余以未具。吾令凤鸟飞腾兮，继之以日夜。④

《楚辞·离骚》中这段引文，将扶桑树、鸟和马的形象定格，勾画了一幅天、人、神、怪相交的画面，扶桑树因之与生命树相联系，所以长生和生命的常在成为附着其上的一个含义。基于以上讨论，武氏祠的神树又蕴含了长生树、通天树、驻日树的含义。

二

如果说这些含义是富有神性的理想寓意，那么神树形象更具有扎根现

---

① 袁珂校注：《山海经校注》卷九《海经新释》，上海古籍出版社1980年版，第354页。
② 袁珂校注：《山海经校注》卷十三《海经新释》，第448页。
③ 何宁撰：《淮南子集释》卷四《地形训》，中华书局1998年版，第328—329页。
④ (宋)洪兴祖撰，白化文等校：《楚辞补注》，中华书局1983年版，第27—28页。

实生存基础的人间期待，这就是夫妻和谐、家族兴旺、射侯得爵。首先是夫妻和谐的连理寓意。木连理，是《宋书·符瑞志》中所载的福瑞征象之一。《隶释》载汉武都太守李翕《黾池五瑞碑》："黄龙、白鹿、木连理、嘉禾、甘露降"①；班固《白虎通义·封禅》："德至草木，则朱草生，木连理"②，可知其为祥瑞。木连理的祥瑞，武氏祠亦有。武梁祠祥瑞画像的榜题为："木连理，王者德纯洽，八方为一家，则连理生。"③ 这个记载，亦见于《宋书·符瑞志》所载："木连理，王者德泽纯洽，八方合为一，则生。"④ 由连理枝发展而来的连理树，亦极具有祥瑞的意味。汉画像所见的连理树有两个相对独立的枝干，在树顶枝叶处交错相连而成一棵枝叶繁茂的大树。又与群鸟、马、张弓射箭之人共同构图，如下：

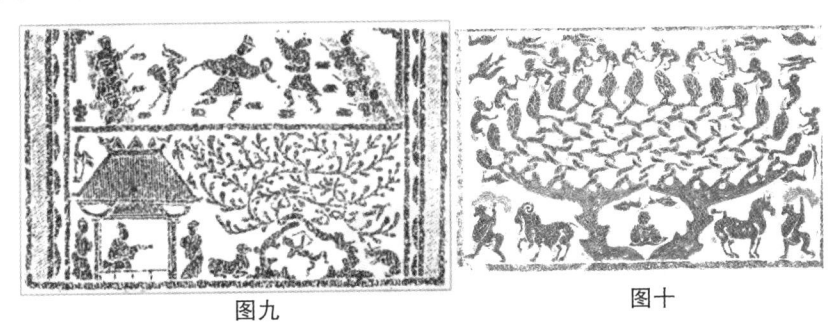

图九　　　　　　　　图十

此两图中连理树造型较为典型，图九⑤更加富于生活气息，似乎是现实生活的真实再现，两树交叉空间中仰面射击的人更像是在游戏，弹射偶尔落在树上鸟类；图十（微山县两城镇出土，今曲阜孔庙藏⑥）则是前图经过艺术加工的产物，是艺术化的充满祥瑞含义的连理树，寄托着夫妻和睦、阴阳和谐的寓意。夫妻和睦、阴阳和谐而至子孙繁衍不息，子孙繁衍不息而至家族人丁兴旺，这是世俗人间最为美好的祈愿，接近于武氏祠神树形象所展现的外在基本形态和传达的理想寓意。

---

① （宋）洪适：《隶释·隶续》，《隶释》卷四，中华书局1985年版，第53页。
② （清）陈立撰，吴则虞点校：《白虎通疏证》卷六《封禅》，中华书局1994年版，第284页。
③ （清）毕沅、阮元：《山左金石志》卷七"武氏石室祥瑞图二石"，嘉庆小琅嬛仙馆刻本。
④ （梁）沈约：《宋书》卷二十九《志·符瑞下》，中华书局1974年版，第853页。
⑤ 邢义田：《画为心声：画像石、画像砖和壁画》，中华书局2011年版，第151页，图14。
⑥ 赖非编：《中国画像石全集》（第二卷）《山东汉画像石》，第14页。

同时，不难发现，树下仰面张弓射击的人和树上群鸟、群猴（这一点在右图更为显著），构成了封侯得爵的寓意。封官得侯是俗人的心愿，武氏祠的神树形象更包含着世俗中人追求荣禄之心。而这一寓意融入连理树之前，已经有单独的画像石，如图十一为一人单腿跪地，张弓射鸟，作于东汉时期；① 图十二（米脂官庄墓室东壁右侧画像）为马上得猴图。②

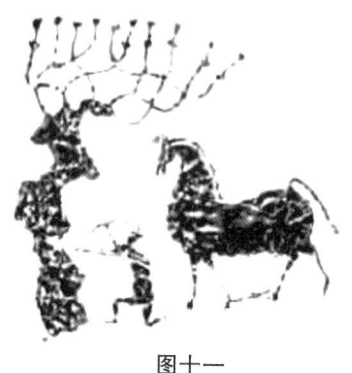

图十一　　　　　　图十二

邢义田先生在《画为心声——画像石、画像砖与壁画》一书中专门讨论过射侯得爵，其中指出："郑玄注《周礼·司裘》：'所射正谓之侯者，天子中之则能服诸侯，诸侯以下中之则得为诸侯。'……这样的认识以图像表现，就成了人在树下射猴，猴、侯谐音，'射猴'即'射侯'，……树下射猴的人，象征射取官位，盼能封侯富贵也。……画上没有猴，只有鸟，或既有猴又有鸟，所要传达的意思仍然是射'侯'取'爵'。鸟即是雀，雀、爵谐音。"③ 而树下的车马，邢义田先生给出如下解释，"这些车马可能有两种象征意义：一是为官的象征，为官者才能乘马车。空的马车正等待射官成功去乘坐。另有一个可能，树的一侧象征着墓主射官入仕，另一边则以空车象征着墓主告老，悬车致仕"④。笔者以为，这些解读是对"射爵射侯图"的较为准确的理解，荣禄加身，也是家族兴旺的标志之一，因而射爵得侯的寓意最终融入到夫妻连理树中，从而给神树崇拜赋予了更多的含义。

武氏祠的神树是东汉之前神树形象的集萃，这一点又是由其所处的重

---

① 赖非编：《中国画像石全集》（第二卷）《山东汉画像石》，第 74 页。
② 汤池编：《中国画像石全集》（第五卷）《陕西山西汉画像石》，第 29 页。
③ 邢义田：《画为心声：画像石、画像砖和壁画》，第 73—74 页。
④ 邢义田：《画为心声：画像石、画像砖和壁画》，第 75 页。

要位置所决定的。从1942年费慰梅所作的武梁祠配置复原图以及小龛复原图①来看，武氏祠的神树始终处在整个祠堂画像的中央位置。巫鸿在《武梁祠——中国古代画像艺术的思想性》中转述过费慰梅的话："在她所复原的武氏祠画像的位置中，这个场面总是处在建筑单元的中心。她觉得又对这一特殊位置，'重新解说或修正原有对这个画面内涵的解释，以便理解它在整体祠堂中的作用，就变得十分必要'。"② 在整个画面中，如果说树、鸟为核心的组合（可以外延为树鸟人；树鸟猴人；树鸟楼阁等组合）是固定的模板，用于表达特定的内容，那么这似乎可以称之为"有意味的形式"。李泽厚讲："美之所以不是一般的形式，而是所谓'有意味的形式'，正在于它是积淀了社会内容的自然形式。……正因为似乎是纯形式的几何线条，实际上是从写实的形象演化而来，其内容（意义）已积淀（溶化）在其中，于是，才不同于一般的形式、线条，而成为'有意味的形式。'"③ 笔者认为，武氏祠后壁和小龛画像石所展现的是汉代之前集大成式的神树信仰，与楼阁和谐共处构成楼阁拜谒图中的树木相比，实则是一个集合众多深邃子题含义的神树，是集东汉之前造型艺术的高峰。这棵树于东汉末年出现在以武氏祠画像石为代表的祠堂中，至少是一棵集萃了以下信仰理念与功能的神树：

（1）庇护死者灵魂之树；（2）引导灵魂的通天（仙）树；（3）长生树；（4）驻日树；（5）夫妻连理树；（6）生命繁衍树；（7）家族兴亡树；（8）射侯得爵树；（9）马上封侯树。

经由武氏祠的这棵神树，似乎能够一窥东汉及其之前的视觉图像所叙述的与树相关的民族理念的构成。这种方式，是直观的、形象的、表现的，同时又是隐秘的、朦胧的、感性的。一方面，这些观念是前代的观念在东汉人思想中的投射。图像的直觉呈现，更接近人类心理的原始状态，更接近一个民族审美的无意识状态。对神灵的直觉呈现，心灵虚构的幻想

---

① 巫鸿：《武梁祠——中国古代画像艺术的思想性》，生活·读书·新知三联书店2006年版，第22、24页。
② 巫鸿：《武梁祠——中国古代画像艺术的思想性》，第68页。
③ 李泽厚：《美的历程》，天津社会科学院出版社2001年版，第37页。

与想象，是前代文化的精神积淀；另一方面，更是东汉人所处时代流行的审美与思想的直接反映，传达的应该是当时一般人所共同理解的不言而喻的含义，是世俗期盼的生命长在、家族兴旺、夫妻和睦、个人荣禄等。

三

武氏祠神树蕴含的上述诸种功能、信仰，展示东汉鲁地风俗信仰与民间文化，传递了"儒主道辅"思想。首先，神树形象展示的诸如庇护死者灵魂之树，引导灵魂的通天（仙）树，长生树，驻日树等形象，是东汉早期道家思想在鲁地的积淀。道家的黄老之术在汉初纠正法家严苛峻急之弊、缓解社会情绪方面发挥了巨大的作用，有着广泛的群众基础。东汉末社会动荡衰退，道家得以发展机遇，在安抚人心、缓解生命困境层面颇得人心，武氏祠堂神树寓意中庇护死者灵魂之树、引导灵魂的通天（仙）树等传达了此种思想。汉人是坚信灵魂有知的，山东苍山汉墓题记载："立椁毕成，以送贵亲。魂灵有知，怜哀子孙，治生兴政，寿皆万年。"[1]死后要进入地府，是武氏祠所在鲁地民间接受的观念。但同时他们认为灵魂可以升仙，仙人是住在高处而不是地府，"仙人好楼居"，画像石中的楼阁造型可为此证。然既入地府，又进天界，显然是矛盾的。此时期的道教经典《太平经》合理地解释了这一点：

> 人居天地之间，人人得一生，不得重生也。重生者独得道人，死而复生，尸解者耳。……尸解之人，百万之人乃出一人耳。[2]

道教经典里宣扬的，百万之人才有一人尸解，可知升仙是可以实现的，虽然人数极少。这一点，似乎也可以解释升仙是世俗人（应该也包括统治者在内）的理想。神树形象在这其中发挥了重要的作用，既是升仙引导灵魂的通天树，退一步讲，不能够实现升仙，又可以是灵魂的庇佑者，发挥辟邪、保护的作用，如此两全其美，难怪其广泛出现在祠堂的中

---

[1] 方鹏钧、张勋燎：《山东苍山元嘉元年画象石题记的时代和有关问题的讨论》，《考古》1980年第3期，第271页。

[2] 王明编：《太平经合校》卷七十二，中华书局1960年版，第298页。

心位置了。同时，汉人的观念中，神和仙似乎归属为两个系统，武氏祠的神树崇拜，反映了东汉人对仙人的向往。世俗中人可以得道升仙，但不能成神，因而希望经由神树进入仙境列班实现长生的愿望。这一点，又与其神树形象的长生树的寓意相合。

同时，道家在维系个体生命长度方面有自己的体系和方法，不仅提倡长生，而且在现实生活中实践着养生，通过服食灵丹和一些技术的运用保存生命。而这，又多与树相关，徐坚《初学记》引《神仙传》等载：

偓佺好食松实，能飞行，速如走马。以松子遗尧，尧不能服。松者，横也。时受服者，皆至三百岁。[1]
赤松子好食柏实，齿落更生。[2]
药有松柏之膏，服之可以延年。[3]

松柏可以延年益寿，强身健体的功能，这正是道家思想赋予神树形象生命常青树所展示的。然而必须看到的是，神树形象更多展示了植根于现实基础的儒家思想的主导作用。道家虽然能够安抚民众，但并不利于帝国的长治久安。至西汉中期，董仲舒融合法家、黄老、阴阳五行等改造儒家思想，为武帝所尊，"罢黜百家、独尊儒术"使儒家成为官方的统治思想；至东汉末年，儒学已经成为社会文化、政治、思想生活中的支配性因素，而武氏祠堂画像所在的齐鲁之地是儒家文化的发源地，最大程度地诠释和传达着帝国中央政权的儒家统治思想。以弘扬儒教传统为己任的鲁地官员和士子儒生，在有足够的经济条件的前提下，更是热衷于通过宗族祠堂，以画像石形式展现儒家文化与思想。

具体到本文的神树形象，从形态和神树所处的位置（如前所述，神树所处的中心楼阁位置已经被证实曾有一个献祭的台座，以供祭祀使用）来看，这棵树中被寄予的对现实幸福的祈盼，即诸如开悟树、连理树、繁衍树、家族兴旺树、射侯爵树、马上封侯树等蕴含的夫妻和睦、生命繁衍、家族兴亡、个人荣禄等，远胜过道家的往生成仙的愿望；展示了对儒

---

[1] （唐）徐坚等：《初学记》卷二十八《松第十三》，中华书局1962年版，第686页。
[2] （唐）徐坚等：《初学记》卷二十八《柏第十四》，第688页。
[3] （唐）徐坚等：《初学记》卷二十八《柏第十四》，第688页。

家精神的笃信远胜道家。首先，神树及其持弓箭仰射的构图，承载了射爵封侯的含义，是武氏祠所蕴含的"儒主"思想的代表。"学而优则仕"、"建功立业"的入世进取思想是儒家所倡导而道家所反对的。神树下展现的则是东汉世俗中人的功名荣禄之心，射爵得侯也好，悬车致仕也罢，展现的都是读圣贤书的儒生期望入世有所作为的事功心态。时代发展至东汉，西汉以来社会上大规模的求仙热已经渐渐散去，人们对日常生活中生死存亡的态度更加务实，更强调现实的幸福。他们一方面相信灵魂有知，希冀成仙得道；然而另一方面对于未知的死亡世界，但见往者，未见来者，使得他们更加重视现实生活。对于武氏家族而言，射爵得侯，悬车致仕，与其说是对死者不合事实的夸耀（武氏家族中并无封侯者，且武斑、武荣等人均早逝），倒不如说是生者希冀祖先庇佑活着的人能够荣禄加身，在这一点上，儒家蕴含着儒家人事、功利、生存等诸多理念是远胜于道家的，也决定了神树形象反映了武氏族人营造武氏祠时的思想状态。

其次，展示了儒家的秩序原则。神树通过自身的树顶部分、树干部分，似可以清晰的划分天界、人间，而紧挨树干部分持弓箭仰射与马车的构图，则展示了现世与现实中的人们思想与心态。神树形象的有序组合不仅表达了外在秩序，而与整个武氏祠堂画像的秩序原则相和谐，更与《春秋繁露》所载"君臣、父子、夫妇之义，皆与诸阴阳之道。君为阳，臣为阴；父为阳，子为阴；夫为阳，妻为阴"[①]的三纲五常内在秩序原则完全一致。

再次，神树展现的神人交融的生命世界里，更加强调人的价值，这是儒家重人事、轻鬼神的理念。人与神、天界之间不再有不可逾越的鸿沟，神树作为通往天界的路，是为现实的人服务，树为人用，人才是主导。东汉末以神为主宰到以人为中心的视角转换，凸显了东汉人自我意识、生命意识乃至生存意识的转变，这是东汉末年以神为本的原始宗教向以人为本的成熟宗教嬗变的完成的结果。人们对生命和死亡有了更为清醒的认识与理智的思考，对作为个体的人的价值有了更深的思考。人"超然万物之上，而最为天下贵也。人，下长万物，上参天地"[②]，其地位仅次于

---

① （汉）董仲舒：《春秋繁露》卷十二《基义》，中华书局1975年版，第432页。
② （汉）董仲舒：《春秋繁露》卷十七《天地阴阳》，第597页。

"天"。"天地之精所以生物者，莫贵于人"①，人是天地精华结合而生，为万物之长。人是天的缩影和副本，人的一切均可与天数相对应，这些作为"天人感应"神学理论体系的内容，也暗含在神树形象之中。

儒教在其发源地齐鲁地区，以武氏祠画像石为代表的文化符号中，仍然能够在政治信仰与民众信仰之间占据主导位置，在妥协和平衡中维系着儒家思想的正统和主导地位。当然，不是所有的鲁地汉画像中神树形象能够鲜明展示"儒主道辅"思想。如东汉晚期安丘墓后室西间西壁画像，虽有类似的神树形象，但其传递的多是道家仙山树木与神人故事等。因而，武氏祠画像石所传达的"儒主道辅"思想是东汉鲁地的典型。武氏祠堂的神树形象展示了自武帝独尊儒术后至东汉末年三百余年的时间，儒道思想在鲁地发展、相争、相融的过程。由于作为孔孟之地儒家发祥地的特殊性、祠堂画像石所积淀信仰的稳固性等原因，东汉末的动乱并未动摇儒主道辅思想的格局，反而历久弥坚，成为一种文化、一种日常生活的习惯和范式。思想转变为意识形态需要政治权力的催化，而当它转变为人们自觉所遵循的准则，它便具有了文化的属性，成为人们沟通、交流、延续的信仰与理念，这也是武氏祠神树形象所传达的。

---

① （汉）董仲舒：《春秋繁露》卷十三《人副天数》，第439页。

《洛神赋》：幻觉体验与赴水隐喻

孙明君[*]

摘 要：在阅读《洛神赋》文本时，我们发现传统的"感甄"说和"寄心君王"说都有难以自圆其说之处。据现代精神医学知识可知，黄初四年（223）七月，遭受了巨大心灵创伤的曹植陷入了抑郁型心境障碍。在离开洛阳前往鄄城的途中，经过洛水之滨时，他有过一次短暂的精神幻觉体验，甚至出现过举身赴洛水的意念。稍后，他用千古名作《洛神赋》记录下了自己在痛苦巅峰时的心路历程。

关键词：曹植；《洛神赋》；幻觉；赴水；隐喻

李商隐《可叹》云："宓妃愁坐芝田馆，用尽陈王八斗才。"《洛神赋》是《曹植集》中读者关注度最高的作品之一；也是中国文学史上争论不休的作品之一。对《洛神赋》的争论主要集中在它的主题上。有两种流行甚广的说法，一为"感甄说"，二为"寄心君王"说。"感甄说"起源于尤袤本《文选》卷十九李善注引《记》。《记》曰："魏东阿王汉末求甄逸女，既不遂。太祖回与五官中郎将。植殊不平，昼思夜想，废寝忘食。黄初中入朝，帝示植甄后玉镂金带枕，植见之，不觉泣。时已为郭后谗死。帝意亦寻悟，因令太子留宴饮，仍以枕赉植。植还，度轘辕，少许时，将息洛水上，思甄后，忽见女来，自云：'我本托心君王，其心不遂，此枕是我在家时从嫁，前与五官中郎将，今与君王。遂用荐枕席，欢情交集，岂常辞能具为？郭后以糠塞口，今被发，羞将此形貌重睹君王尔。'言讫，遂不复见所在。遣人献珠于王，答以五佩，悲喜不能自胜，遂作《感甄赋》。后明帝见之，改为《洛神赋》。"将《洛神赋》与此《记》加以对照，两者雅俗不同，高低立现。《洛神赋》分明写曹植在

---

[*] 孙明君，清华大学人文学院教授。

洛水边初见宓妃，如此便与曹植甄氏恋情说和思念亡妻说划清了界限。直到今天感甄说的否定者和肯定者依然争鸣不已，互不相让。否定者断言：感甄说之荒谬已昭然若揭，很少有人再相信了。肯定者则反驳说否定者并没有提出坚强的证据。"寄心君王"说的境遇也与此类似，各有其支持者和反对者。在这两说之外，还有一些不同说法。[①] 有关《洛神赋》主题的讨论不仅没有趋于一致，反而歧解纷呈。笔者在学习前修时贤研究成果的基础上，通过文本细读和考察史实，拟从现代精神医学知识出发，谈点不成熟的看法，求教于学界同人。

一

《洛神赋序》："黄初三年，余朝京师，还济洛川。"曹植写作《洛神赋》时，到底是在黄初三年（222）还是黄初四年（223）朝京师，一直存有争议。李善在"余从京域，言归东藩"句后注曰："《魏志》云黄初三年曹植为鄄城王，四年徙封雍丘，其年朝京师；又《文纪》曰黄初三年行幸许，又曰四年三月还洛阳宫。然京域谓洛阳，东藩即鄄城。《魏志》及诸诗序并云四年朝，此云三年，误。"此后多数学者皆赞同李善之说，但也有人坚持黄初三年说。持黄初三年说的学者中，顾农先生的考证最为细密，他说："曹丕于黄初三年四月离开洛阳去许昌，而曹植在这以前已被打发回鄄城。《洛神赋》里提到'繁霜'，是此赋作于黄初三年的早春。"[②] 然而，"繁霜"与其说是早春的证据，不如说是早秋的证明。《三国志》把"七月"称为"秋七月"。与《洛神赋》同期完成的《赠白

[①] 例如，沈达材先生认为此赋"没有什么深意藏在里面"（沈达材：《曹植与〈洛神赋〉传说》，华通书局1933年版，第58页）；张文勋先生说："洛神是理想的象征"（张文勋：《苦闷的象征——〈洛神赋〉新议》，《社会科学战线》1985年第1期）；傅正谷先生认为："（《洛神赋》）一篇梦幻主义文学名作"（傅正谷：《〈洛神赋〉的梦幻辞赋史地位及当代论辩》，《社会科学辑刊》1986年第2期）；吴光兴先生提出："《洛神赋》是一次幻觉经验的记录，是我们民族的一个古老原型在曹植时代必然流露的一个实证"（吴光兴：《神女归来——一个原型和〈洛神赋〉》，《文学评论》1989年第3期）。还有"怀念亡妻"说（王书才：《曹植〈洛神赋〉主旨臆解》，《达县高等师范专科学校学报》2005年第3期）、"寄心山阳公"说（张爱：《〈洛神赋〉"寄心君王"说质疑》《南京师院学报》1983年第4期）、"寄心曹彰"说（刘伶：《曹植〈洛神赋〉与曹彰之死》，《美与时代》2009年第12期），等等。

[②] 顾农：《〈洛神赋〉新探》，《贵州文史丛刊》1997年第1期。

马王彪》写道:"秋风发微凉,寒蝉鸣我侧。"既然七月有秋风有寒蝉,自然也有秋霜。另外,《洛神赋》中有"常寄心于君王"一句,宓妃将曹植称呼为"君王"。据《三国志·魏志·陈思王传》:"(黄初)三年,立为鄄城王,邑两千五百户。"又据《三国志·魏志·文帝纪》:"(黄初三年)三月乙丑,立齐公叡为平原王,帝弟鄢陵公彰等十一人皆为王。……夏四月戊申,立鄄城侯植为鄄城王。"可知,在黄初三年四月前,曹植尚不能被称为"君王"。

对照文本,传统的"感甄"说和"寄心文帝"说似有难以自圆其说之处。《洛神赋》的正文可以分为三部分:第一部分写曹植东归,经过洛水之时,目睹岩畔丽人,于是他与御者进行了问答。第二部分是曹植对御者的陈述,这是《洛神赋》的主体部分。这一部分又可分为四段:第一段写洛神仪容服饰动作之美,第二段写君王向洛神的求爱及反悔,第三段写众神出场后五彩缤纷的游戏场景,第四段写洛神含情辞别君王。第三部分写洛神消失之后,曹植对她的思念和追寻。

首先,顺着传统的"感甄"说来阅读文本,我们会发现存在以下三处疑点:

疑点一:赋中的君王刚刚求爱成功便旋即反悔,这样的表现让人不可理解。曹植用一大段文字描绘完宓妃的美艳之后,接着写"余"与宓妃的互动:

> 余情悦其淑美兮,心振荡而不怡。无良媒以接欢兮,托微波而通辞。愿诚素之先达兮,解玉佩以要之。嗟佳人之信修,羌习礼而明诗。抗琼珶以和予兮,指潜渊而为期。执眷眷之款实兮,惧斯灵之我欺。感交甫之弃言兮,怅犹豫而狐疑。收和颜而静志兮,申礼防以自持。

这里的"余"——君王曹植是一个叶公好龙者。他偶遇佳人,一见钟情,为之心绪不宁,等不及找到良媒,便自己大胆向佳人求爱,送上玉佩作为信物。他告诉读者这位佳人不仅外貌昳丽,而且习礼而明诗。女神宓妃对曹植也一往情深,举琼珶以还礼,指深渊以为誓。这一番描写是合乎情理的。奇怪的事发生在此后,求爱刚刚成功,君王曹植却收起笑脸,转变立场,变为一个"申礼防以自持"的礼法之士。这种剧情的翻转不符合常情常理。爱情中两个人的分手事件并不鲜见，所以有"等闲变却故人心，却道故人心易变"的感慨。但是，在求爱成功的瞬间便马上反悔则不合人之常情。不论《洛神赋》是写曹植与甄氏的爱情，还是写曹植与神女的爱情，这都是一处让人疑窦丛生的地方。

疑点二：接下来写众神歌舞游戏，似乎游离于爱情的主题之外。《洛神赋》写："众灵杂沓，命俦啸侣，或戏清流，或翔神渚，或采明珠，或拾翠羽。……"如果从爱情的角度去看，在得知曹植出尔反尔之后，女神本该非常生气。可没有想到女神却若无其事，她与众多的女神一起载歌载舞、嬉戏欢闹。这一段与爱情主题相关的只有一句话："超长吟以永慕兮，声哀厉而弥长。"目睹女神舞蹈的曹植只有一个感受："华容婀娜，令我忘餐。"曹植如同一个局外人，在观看一场盛大的演出，他对自己的反悔没有任何歉意。

疑点三：写曹植和宓妃两人的告辞时，曹植表现得过于被动，几乎完全隐身。《洛神赋》云："（洛神）动朱唇以徐言，陈交接之大纲。恨人神之道殊兮，怨盛年之莫当。抗罗袂以掩涕兮，泪流襟之浪浪。悼良会之永绝兮，哀一逝而异乡。无微情以效爱兮，献江南之明珰。虽潜处于太阴，长寄心于君王。"这时舞台的主角是宓妃。宓妃恨人神之道殊，泣涕涟涟，表示自己会"长寄心于君王"。即使作为配角，这时的曹植似乎也应该有所表示。与宓妃的多情深情相较，我们看不到曹植与洛神的情感互动。

其次，再让我们顺着"寄心君王"说的观点看看此说是否有理。"寄心君王"说最大的问题在于人物关系的混乱。在儒士眼里，《洛神赋》最闪光的金句就是"长寄心于君王"六个大字，他们据此认定该赋表现了曹植对魏文帝曹丕的拳拳之心。但问题在于，《洛神赋》中是女神宓妃向"余"——君王曹植表示"长寄心于君王"，如果要说君王曹植表白忠爱魏文帝曹丕的时候，现实角色与作品角色就容易出现混乱。这时候首先需要回答的问题是究竟谁是君王，因为现实中的君王是曹丕，而作品中的君王是曹植。显然，混乱就出现在这里。

按照习惯性思维，"神尊而人卑"，应该以神仙宓妃喻君王曹丕，以凡人曹植喻臣下"余"。何焯《义门读书记》卷四十五："植既不得于君，因济洛川作为此赋，托辞宓妃以寄心文帝，其亦屈子之志也。""神尊而人卑，喻君臣也。""'虽潜处于太阴'，太阴犹言穷阴，自言所处之幽远也。君王谓宓妃，以喻文帝。"丁晏《曹集诠评》卷二："寄心君王，托之宓妃、洛神，犹屈宋之志也。"他们正是这样理解的。按照这样的说法，女神宓妃是曹丕的化身，臣下曹植要向他效忠。但是，赋中明明写的是宓妃表白要寄心于曹植。那就是说要曹丕寄心于曹植？这是万万不可的。所以这样理解就成了一个无法解释的硬伤。

于是，就有人用女神宓妃代指曹植，君王是曹丕。清人朱乾《乐府正义》卷十四："然则《洛神》一赋，乃其悲君臣之道否，哀骨肉之分离，托为神人永绝之词，潜处太阴，寄心君王，贞女之死靡他，忠臣有死无贰之志，小说家附会'感甄'，李善不知而误采之。"潘德舆《养一斋诗话》卷二曰："子建人品甚正，志向甚远。……即《洛神》一赋，亦纯是爱君恋阙之词。其赋以朝京师，还济洛川入手，以'潜处于太阴，寄心于君王'收场，情词亦至易见矣。盖魏文性残刻而薄宗支，子建遭逸谤而多哀惧，故形于诗者非一，而此亦其类也。首陈容色以表其才，次言信修以表其德，继以狐疑为忧，终以结交为愿，岂非诗人讽托之常言哉？不解注此赋者，何以阑入甄后一事，致使忠爱之苦心，诬为禽兽之恶行。千古奇冤，莫大于此。"按照上说法，贞女洛神摇身变为曹植，曹丕则变成了君王曹植，这样就可以说通"长寄心于君王"这一句了，但又与"神尊而人卑"的传统观念发生了冲突。且这样的改动不仅不符合作品原意，反而会把读者搞得一头雾水，无所适从。

如果以上解读没有错，那么不仅传统的"感甄"说不能成立，而且所有的爱情说均不能成立；不仅所谓的"寄心文帝"说不能成立，而且所有的政治立场说均不能成立。如果说曹植在黄初四年创作的《洛神赋》既不是一出凄美的爱情绝唱，也不是一篇心系君王的表白书，那么它是什么呢？

二

结合曹植作品和相关史料，我们有理由相信，黄初四年七月写作《洛神赋》之时的曹植患有抑郁型心境障碍。现代精神医学认为：心境障碍又称情感性精神障碍，它是以情感或心境改变为主要临床特征的一组精神障碍。心境障碍又表现为抑郁型或躁狂型两种类型。① 心境障碍严重时常伴有消极自杀的观念或行动。② 应激性生活事件是促发心境障碍的重要原因。促发心境障碍的主要应激性生活事件包括：可能危及生命的生活事件、负性生活事件（如家庭成员的突然病故和离别）、长期的不良处境（如家庭成员关系紧张）等。以上不良因素可以引起叠加致病作用。③ 作为患者的曹植不仅具有抑郁型心境障碍症状，甚至出现过自杀意念，多种应激性生活事件的叠加是他陷入心境障碍泥潭中的主要原因。

自杀，即使是自杀意念也是一个耸人听闻的词。黄初四年，曹植有自杀意念的文献证据有二：其一，《陈思王传》引《魏略》曰："初植未到关，自念有过，宜当谢帝。乃留其从官著关东，单将两三人微行，入见清河长公主，欲因主谢。而关吏以闻，帝使人逆之，不得见。太后以为自杀也，对帝泣。"知子莫若母，太后以为曹植已经自杀，并非无端猜测。其二，《陈思王传》载："（黄初）四年，徙封雍丘王。其年，朝京都。上疏曰：'臣自抱衅归藩，刻肌刻骨，追思罪戾，昼分而食，夜分而寝。诚以天罔不可重离，圣恩难可再恃。窃感《相鼠》之篇，无礼遄死之义，形影相吊，五情愧赧。以罪弃生，则违古贤'夕改'之劝，忍活苟全，则犯诗人'胡颜'之讥。'"可见"抱衅归藩"之后，曹植一直在"以罪弃生"和"忍活苟全"之间犹豫，始终没有放弃"以罪弃生"的念头。据此，我们说黄初四年的曹植一度具有自杀意念，并非厚诬古人。

毫无疑问，黄初年间（220—226）和太和年间（227—232）的曹植一直处在抑郁压抑当中。《陈思王传》："植常为琴瑟调歌，辞曰：'吁嗟此转蓬，居世何独然！长去本根逝，夙夜无休闲。东西经七陌，南北越九阡，卒遇回风起，吹我入云间。自谓终天路，忽焉下沉渊。惊飚接我出，故归彼中田。当南而更北，谓东而反西，宕宕当何依，忽亡而复存。飘飘周八泽，连翩历五山，流转无恒处，谁知吾苦艰？原为中林草，秋随野火燔，糜灭岂不痛，原与根荄连。'"一棵无根的转蓬，这是曹植对自己一生命运的总结。曹植一生作品甚多，而他后期常吟常诵的却只是这一首。命运掌握在曹丕父子手中，自己只能任人宰割。曹植《迁都赋序》中言：

---

① 江开达主编：《精神病学》，人民卫生出版社2010年版，第142页。
② 江开达主编：《精神病学》，第149页。
③ 江开达主编：《精神病学》，第147页。

"余初封平原，转出临淄，中命鄄城，遂徙雍丘，改邑浚仪，而末将适于东阿。"《陈思王传》引孙盛曰："异哉，魏氏之封建也！不度先王之典，不思藩屏之术，违敦睦之风，背维城之义。……魏氏诸侯，陋同匹夫。"《陈思王传》曰："于是封建侯王，皆使寄地空名，而无其实。王国使有老兵百余人，以卫其国。虽有王侯之号，而乃侪与匹夫。县隔千里之外，无朝聘之仪，邻国无会同之制。诸侯游猎不得过三十里，又为设防辅监国之官以伺察之。王侯皆思为布衣而不可得。""植每欲求别见独谈，论及时政，幸冀试用，终不能得。既还，怅然绝望。时法制，待藩国既自峻迫，寮属皆贾竖下才，兵人给其残老，大数不过二百人。又植以前过，事事复减半，十一年中而三徙都，常汲汲无欢，遂发疾薨，时年四十一。"比较起来，太和年间在生活上已经有了很大的改变，且没有刀悬在头顶的恐惧感。而在黄初年间，曹植时刻有性命之忧。在中国古代历史上，有谁体验过曹植这般的痛楚？这样一种从天空跌落泥塘的感受，除了陈叔宝、李煜等亡国之君，应该就属曹植了。

黄初元年到黄初四年期间，导致曹植形成抑郁型心境障碍的应激性生活事件有三：

一是曹丕对曹植的持续打压和迫害。建安时代，曹丕、曹植一度都有做太子的可能性。据《陈思王传》："每进见难问，应声而对，特见宠爱。……植既以才见异，而丁仪、丁廙、杨修等为之羽翼。太祖狐疑，几为太子者数矣。而植任性而行，不自雕励，饮酒不节。文帝御之以术，矫情自饰，宫人左右，并为之说，故遂定为嗣。"虽然曹植未必有争做太子的想法，但曹丕认定他是自己的头号竞争对手。《陈思王传》："（建安二十四年）太祖既虑终始之变，以杨修颇有才策，而又袁氏之甥也，于是以罪诛修。植益内不自安。"曹丕即王位后，马上诛丁仪、丁廙并其男口。又诛孔桂，因为孔桂以前也曾亲附曹植。曹丕一面清除曹植党羽，一面对曹植展开正面攻击：《陈思王传》载：黄初二年，"监国谒者灌均希旨，奏植醉酒悖慢，劫胁使者。有司请治罪，帝以太后故，贬爵安乡侯。"黄初三年，"东郡太守王机、防辅吏仓硕'诬白'曹植，使之又'获罪圣朝'，遂有朝廷'百寮之典议'，曹植被'议'成'三千之首先戾'，几遭'大辟'。此是曹植黄初中所受到第二次治罪。"[①] 据曹植《黄

---

① 徐公持：《曹植年谱考证》，社会科学文献出版社2016年版，第295页。

初六年令》可知，黄初四年在雍丘"又为监官所举"。这是曹植在黄初中受到的第三次治罪。黄初四年五月朝京都时，文帝令植独处西馆，不予诏见。《魏志》裴注引《魏略》曰："会植科头负鈇锧，徒跣诣阙下，帝及太后乃喜。及见之，帝犹严颜色，不与语，又不使冠履。植伏地泣涕，太后为不乐。"倘若没有太后的回护，曹植是不是会命丧黄泉？这个问题只有曹丕知道答案。曹植则如惊弓之鸟，终日战战兢兢，如履薄冰。

二是黄初四年六月，曹彰之死给曹植带来了巨大的精神创伤。曹植等诸侯王在京城期间，任城王曹彰突然"暴薨"。《魏氏春秋》曰："是时待遇诸国法峻。任城王暴薨，诸王既怀友于之痛。"曹植与任城王的关系不同诸王。《任城王传》裴注《魏略》曰：曹操去世后，"彰至，谓临菑侯植曰：'先王召我者，欲立汝也。'植曰：'不可。不见袁氏兄弟乎！'"《三国志·魏志·贾逵传》："时鄢陵侯彰行越骑将军，从长安来赴，问逵：'先王玺绶所在？'逵正色曰：'太子在邺，国有储副。先王玺绶，非君侯所宜问也。'"因为有以前的这些故事，曹彰的死就有了很多传说。《世说新语·尤悔》载：曹丕毒死曹彰后，"复欲害东阿，太后曰：'汝已杀我任城，不得复杀我东阿。'"此事之真假尚可探究。但曹彰"暴薨"给曹植带来的震惊是前所未有的。他在《赠白马王彪》中哭诉道："叹息亦何为，天命与我违。奈何念同生，一往形不归！孤魂翔故域，灵柩寄京师。存者忽复过，亡没身自衰。"他在为兄长哭泣，也在为自己哭泣。

三是曹植曹彪还国之时，监国使者不许二王同行，让曹植"意毒恨之"。《赠白马王彪》与《洛神赋》的写作时间最为接近。赵幼文《曹植集校注》（人民文学出版社 1984 年版）中将《洛神赋》与《赠白马王彪》一前一后排在一起。徐公持《曹植年谱考证》中，《赠白马王彪》居前，《洛神赋》在后。徐公持先生按曰："本篇撰于黄初四年七月曹植自洛阳返雍丘途中无疑，与《赠白马王彪》同时而稍后。……《洛神赋》中流露无限孤寂，惟有'御者''仆夫'在场，并为唯一对话对象，显然其时曹彪已不在场。"[①] 因此，《赠白马王彪》是我们解读《洛神赋》的重要参考文献。《魏氏春秋》曰："植及白马王彪还国，欲同路东归，以叙隔阔之思，而监国使者不听。植发愤告离而作诗。"诗即《赠白马王彪》，序曰："黄初四年五月，白马王、任城王与余俱朝京师，会节气。

[①] 徐公持：《曹植年谱考证》，第 319 页。

到洛阳,任城王薨。至七月与白马王还国。后有司以二王归藩,道路宜异宿止。意毒恨之。盖以大别在数日,是用自剖,与王辞焉。愤而成篇。"诗中写到了对曹丕爪牙的愤怒:"鸱枭鸣衡轭,豺狼当路衢;苍蝇间白黑,谗巧反亲疏。欲还绝无蹊,揽辔止踟蹰。"也写到了与曹彰的死别,还写到了与曹彪的生离:"玄黄犹能进,我思郁以纡。郁纡将何念?亲爱在离居。本图相与偕,中更不克俱。……丈夫志四海,万里犹比邻。恩爱苟不亏,在远分日亲。何必同衾帱,然后展殷勤。仓卒骨肉情,能不怀苦辛?……离别永无会,执手将何时?王其爱玉体,俱享黄发期。收涕即长涂,援笔从此辞。""离别永无会"五字透露出曹植对兄弟重逢的绝望,暗含着他对曹丕集团谋杀自己的担忧,也含有轻生的念头。这一年曹植只有三十二岁,他写出"年在桑榆间,影响不能追"时,让人误以为是两位老者在告别。

被当今皇帝视为眼中钉且给予雷霆万钧般的重压,同胞兄长曹彰突然"暴薨",眼前与曹彪永远不会重逢的离别,正是这一切条件叠加起来,让处在惊恐万状中的曹植陷入了抑郁型心境障碍。

三

换一个角度看,《洛神赋》中的人神相恋故事乃是一个心境障碍者的精神性幻觉,是一位具有自杀意念者的隐喻文字。心境障碍主要表现为情感高涨或低落,伴有幻觉、妄想等精神病性症状,[①]有时也会出现自杀意念。社会学家认为:"自杀意念是行为主体偶然体验到的自杀动机,对自杀产生幻想或打算自杀,但没有直接采取或实现自杀行为的外显行动。"[②]精神幻觉是一种无意识的状态,自杀意念是一种有意识的谋划,但在精神障碍者身上两者有可能会同期出现。

黄初四年七月,曹植逃离了令人恐怖的洛阳城,一路奔波,终于来到洛水河畔。夕阳西下之时,面对滔滔洛水,曹植进入了精神幻觉状态。《洛神赋》第一段写:

[①] 江开达主编:《精神病学》,第142页。
[②] 李建军:《自杀研究》,社会科学文献出版社2013年版,第121页。

> 余从京域，言归东藩。背伊阙，越轘辕，经通谷，陵景山。日既西倾，车殆马烦。尔乃税驾乎蘅皋，秣驷乎芝田，容与乎阳林，流眄乎洛川。于是精移神骇，忽焉思散。俯则未察，仰以殊观。睹一丽人，于岩之畔。乃援御者而告之曰："尔有觌于彼者乎？彼何人斯？若此之艳也！"御者对曰："臣闻河洛之神，名曰宓妃。然则君王所见，无乃是乎？其状若何？臣愿闻之。"

"精移神骇，忽焉思散"八个字明确告诉我们诗人进入了幻觉状态，以下都是幻觉状态的记录。在这种迷幻状态下，他看见一位丽人立于山岩之畔，并与她有了交往。等他半醒之时，手拉御者连续追问了两个问题："尔有觌于彼者乎？彼何人斯？"既然御者说什么也没有看见，就说明所谓丽人只是曹植的幻觉。知道御者什么也没有看见，还要追问"彼何人斯"，可见曹植此时意识不清楚。曹植对丽人最鲜明的记忆只有"若此之艳"四个字。从"余告之曰"以下一直到"忽不悟其所舍，怅神宵而蔽光"，是曹植对御者的讲述。

在幻境中，宓妃不仅美貌无比，且飘忽不定、变幻莫测："翩若惊鸿，婉若游龙。""仿佛兮若轻云之蔽月，飘摇兮若流风之回雪。""践远游之文履，曳雾绡之轻裾。""忽焉纵体，以遨以嬉。""神光离合，乍阴乍阳。""体迅飞凫，飘忽若神。凌波微步，罗袜生尘。""动无常则，若危若安。"神女宓妃宛如镜中之象，水中之月，恍惚迷离，只可远观，无法接近。接着作者又描绘了一个众神出场游戏的场面：

> 尔乃众灵杂沓，命俦啸侣，或戏清流，或翔神渚，或采明珠，或拾翠羽。从南湘之二妃，携汉滨之游女。叹匏瓜之无匹兮，咏牵牛之独处。……于是屏翳收风，川后静波。冯夷鸣鼓，女娲清歌。腾文鱼以警乘，鸣玉鸾以偕逝。六龙俨其齐首，载云车之容裔，鲸鲵踊而夹毂，水禽翔而为卫。

从一个神女的描写，转入对一群神女的描写。洛水女神竟然与湘水女神、汉水女神一起携手游戏，她们的身后有一支神仙亲友团为之鸣鼓清歌，如此奇妙的景象只能出现在梦境或幻境。

《洛神赋》中的宓妃本来是一个不幸溺亡的女鬼，后来才变成了光彩照人的女神。在这篇赋中，宓妃乃是一位死亡女神。序中说"古人有言，斯水之神，名曰宓妃"。《文选》五臣注："翰曰：'斯水，洛水也。宓如，伏羲氏女，溺洛水而死，遂为洛神。'"宓妃对曹植也说自己"潜处于太阴"。《文选》五臣注："济曰：太阴，鬼神道。"宓妃透露说自己长期生活在一个暗无天日的地方。当曹植接近洛水，自然会想到宓妃。在《洛神赋》中，不仅宓妃是一个溺死者，而且在传说中，"南湘之二妃"也是溺死者，鸣鼓的冯夷也是一个溺死者。一群溺水身亡者包围了曹植，让曹植惊慌失措，呆若木鸡。按照正常的生活逻辑，在宓妃接受了曹植的求爱之后，曹植不应该突然反悔。如果我们把宓妃看作一个死亡女神，曹植的反悔就很好理解了。由于生活的重压和创伤，曹植的精神濒临崩溃的边缘。他在洛水之滨时想到了自杀，他仿佛看见洛神——这个死亡女神向他走来，对他微笑，邀他共舞。他已经答应了她，就要与她同去了。这时候理智又让他苏醒，他不想离开现实世界。死亡女神看见曹植的犹豫，邀请来自己的同伴在曹植面前游戏起舞，诱导他跟她们同去，享受死亡的快乐。后来，看见曹植不为所动，死亡女神只好匆匆离去。宓妃说自己会"长寄心于君王"，乃是曹植意识到死亡女神会长久的跟随自己。整个黄初年间，死亡的幽灵时刻在曹植身边盘旋俯视。这所谓的依依惜别之情，其实是曹植内心深处弃世念头的投射。

赋的结尾写道：

> 于是背下陵高，足往神留，遗情想像，顾望怀愁。冀灵体之复形，御轻舟而上溯，浮长川而忘反，思绵绵而增慕。夜耿耿而不寐，沾繁霜而至曙。命仆夫而就驾，吾将归乎东路。揽騑辔以抗策，怅盘桓而不能去。

当神女离去，如果不是幻觉，就应该想到彼此赠送过礼物，看看佩玉是否还在自己身上，自己身边是否多出了琼琲。很明显，曹植知道宓妃只是一个幻象，刚刚经历的爱情只是一个幻境。但是在宓妃离去之后，他依然驾轻舟前去追寻，返回后又彻夜不眠，一直折腾到天亮。"夜耿耿而不寐，沾繁霜而至曙"，这一夜，曹植不是在追寻宓妃，而是徘徊在阴阳两界的边缘，他在痛苦地思考：生存还是毁灭？值得庆幸的是，经过彻夜的挣扎，最终理性战胜了非理性，曹植终于放弃了自杀意念，走上前往藩国的东路。一场精神的危机就这样过去了。

《洛神赋》中曹植的讲述可以分为两部分，一部分是对宓妃美貌的描绘，另一部分是曹植与宓妃的传奇故事。这一段讲述共778字，其中对宓妃的美貌的描写就占了352字，几乎占到了曹植述说的一半。赋中写道：

> 其形也，翩若惊鸿，婉若游龙。荣曜秋菊，华茂春松。仿佛兮若轻云之蔽月，飘飖兮若流风之回雪。远而望之，皎若太阳升朝霞；迫而察之，灼若芙蕖出渌波。秾纤得衷，修短合度。肩若削成，腰如约素。延颈秀项，皓质呈露。芳泽无加，铅华弗御。云髻峨峨，修眉联娟。丹唇外朗，皓齿内鲜，明眸善睐，靥辅承权。瓌姿艳逸，仪静体闲。柔情绰态，媚于语言。奇服旷世，骨像应图。披罗衣之璀粲兮，珥瑶碧之华琚。戴金翠之首饰，缀明珠以耀躯。践远游之文履，曳雾绡之轻裾。微幽兰之芳蔼兮，步踟蹰于山隅。于是忽焉纵体，以遨以嬉。左倚采旄，右荫桂旗。攘皓腕于神浒兮，采湍濑之玄芝。……扬轻袿之猗靡兮，翳修袖以延伫。体迅飞凫，飘忽若神，凌波微步，罗袜生尘。动无常则，若危若安。进止难期，若往若还。转眄流精，光润玉颜。含辞未吐，气若幽兰。华容婀娜，令我忘餐。

诗人为什么要用这么多的字句去描述女神之美？只有跟随死亡女神，举身赴洛水，才能得到彻底的解脱。自从曹植在河边有了自杀意念，他已经迷恋上了死亡女神宓妃。只有把死亡女神描绘得如此摄人魂魄，才能促使曹植下定决心离开这个丑恶的世界。从这里我们也可以推测曹植受到了庄子死亡观的影响。在曹植之前，还没有人去倾力描写死亡之美，只有庄子把让人惊惧恐怖的死亡描写得云淡风轻。《庄子·知北游》曰："生也死之徒，死也生之始，孰知其纪！人之生，气之聚也；聚则为生，散则为死。若死生为徒，吾又何患！故万物一也，是其所美者为神奇，其所恶者为臭腐；臭腐复化为神奇，神奇复化为臭腐。"《庄子·至乐》中不仅有妻子死后庄子"鼓盆而歌"的故事，庄子还向我们讲述了死亡之后的极度快乐：

> 庄子之楚，见空髑髅，髐然有形，撽以马捶因而问之，曰："夫子贪生失理，而为此乎？将子有亡国之事，斧钺之诛，而为此乎？将

子有不善之行，愧遗父母妻子之丑，而为此乎？将子有冻馁之患，而为此乎？将子之春秋故及此乎？"于是语卒，援髑髅，枕而卧。夜半，髑髅见梦曰："子之谈者似辩士。视子所言，皆生人之累也，死则无此矣。子欲闻死之说乎？"庄子曰："然。"髑髅曰："死，无君于上，无臣于下；亦无四时之事，从然以天地为春秋，虽南面王乐，不能过也。"庄子不信，曰："吾使司命复生子形，为子骨肉肌肤，反子父母妻子闾里知识，子欲之乎？"髑髅深矉蹙额曰："吾安能弃南面王乐而复为人间之劳乎！"

在庄子的笔下，死亡是自然的也是快乐的，死亡是一种陶醉和解脱。曹植继承了庄子的死亡意识，在此赋中他把死亡之神描绘成一位绝世的女子，他礼赞宓妃、追寻宓妃、渴望宓妃，都是在歌颂死亡。死亡的世界里没有君臣，没有俗务，只有相爱的女神陪伴在自己左右。只有死亡才可以彻底摆脱这个残暴而无处不在的皇帝，才可以告别这个冰冷而丑恶的社会。庄子可以笑对死亡，他也勘破了人间世，但他不会去主动选择自杀。从这个角度看，庄子思想启发曹植塑造出了死亡女神宓妃的动人形象，也让他最终拒绝了死亡女神之吻。

自杀意念多具有一定的隐蔽性。曹植也不想把自己的自杀意念公之于众，所以他在《洛神赋》中主动采用了隐喻方式。瞿蜕园先生解读序中的"黄初三年"时说："似乎作者有意不写真实年代，以表明所写的是寓言而不是事实。"[①]《洛神赋》序还说："感宋玉对楚王神女之事，遂作斯赋。"宋玉之赋只是一个梦境，他写楚王与神女的故事时采用代言体；而曹植写自己与神女的故事是一个幻象，且采用了自言体。按照我们上面的解读推测，作者这样说意欲借用楚王之梦来隐藏自己的真实意图，以扰乱读者的视听。自杀也好，自杀意念也好，对于最终没有投水自杀的曹植而言，毕竟不是什么光彩的事，不能去大力张扬。同时，作为具有"八斗之才"的曹植，他也不想让自己的苦闷烂在肚子里，就像什么都没有发生过一样，于是他采用了隐喻的方式描绘了自己在洛水河畔的精神挣扎。在曹植的一生中，那是一个与死亡女神擦肩而过的黄昏，让他终生难忘。

在阅读《洛神赋》文本时，不难发现传统的"感甄"说和"寄心君

---

① 瞿蜕园选注：《汉魏六朝赋选》，上海古籍出版社1979年版，第64页。

王"说皆有难以自圆其说的地方。从现代精神医学的视角看，黄初四年七月，遭受了巨大心灵创伤的曹植患有抑郁型心境障碍。在离开洛阳前往鄄城的途中，经过洛水之滨时，他有过一次精神幻觉体验，甚至还出现过举身赴河水的意念。如此看来，所谓宓妃，不是甄后的代称，而是死亡女神的象征。曹植用千古名作《洛神赋》记录下了自己在痛苦巅峰时的心路历程。

北朝五言诗雅俗观的变迁

陆 路[*]

摘 要：北朝本土文人五言诗的雅俗观既有对汉魏西晋五言诗传统的继承，也受到南朝新变文体观的影响，经过南北文人的创作实践，五言古诗和其后出现的五言新体诗的表现能力不断扩大，格调亦大幅提升，使五言成为文人诗的主要样式之一。五古和五言新体的雅俗之别也进一步模糊，二者的不同更主要是表现在风格上。

关键词：北朝；五言诗；雅俗观

汉晋时以四言为诗歌的正统体式，往往以之颂德言志，抒发较为正式严肃庄重的情感。五言诗则起源于街陌谣讴，往往为乐府民歌所采用，所以在当时人心目中五言就是流行歌曲，其表现的情感内容也来自乐府，最初多以之描述羁旅行役，游子思妇离别相思，游仙求道，感叹世态炎凉人情冷暖等私人的、非正式的或比较哀怨的情感内容，抒情也较四言坦率。四言诗因其雅正的地位而题材固化，五言诗因其为俗调不受身份限制反而能容纳更多的题材，一些新兴的题材如咏史、咏物、咏怀、送别、赠答等亦以五言为之。这些题材往往表现知识分子情怀，这样五言诗逐渐亦能言志抒怀，其表现的题材亦远超四言诗，而且格调不断提高，但时人仍根据诗歌表现情感的雅俗等来选择四言与五言，比如张华以四言写《励志诗》，而以五言写儿女情多的《杂诗》《情诗》。同样是赠答诗，陆机《赠冯文罴迁斥丘令》歌颂西晋以礼治国及冯文罴之才能，以四言为之，而五言《赠冯文罴》则是表达对冯文罴朋友间的思念。虽然时人心目中五言诗仍是流调，但日常生活的大多数情感内容的表达正由五言诗承担，

---

[*] 陆路，上海师范大学中文系讲师。

故实际已成为最主要的诗歌体裁，四言虽仍是雅正之体，但实际上使用面很窄。① 北朝本土文人五言诗雅俗观既有对汉魏西晋五言诗雅俗观的继承，也源于在与南朝的交流中伴随南朝诗歌的传入而受到相应文体观的影响。最能体现诗歌体式雅俗之别的是诗人在表达不同内容时对诗体的选择，常常同一位作者在表达不同内容时会选择不同的诗体，当然这种选择不是随心所欲的，受到当时社会约定俗成的对不同诗体雅与俗的认知，所以分析诗人的诗体选择正是分析当时社会对不同诗体雅俗观的途径，加之北朝文学理论留存极少，就更需借助具体作品的诗体选择加以考索。因此本文拟结合具体作品分析北朝本土文人五言诗雅俗观的变迁。南来文人的五言诗雅俗观是早年在南朝的文学环境中形成的，所以要说明北朝文人五言诗的雅俗观应以北朝本土文人的创作为考察重点。

一　四言与五言诗的雅俗之别

北朝前期文人继承了汉晋文人的诗体观。如，赠答诗亦以内容选择诗体，宗钦《赠高允》是歌颂高允的德行、文才、著述等。高允《答宗钦诗》称赞宗钦的才能，以西晋平吴得二陆比魏平凉得宗钦。段承根《赠李宝诗》歌颂了李宝的德行、功业。三诗表现的皆是非常正式的内容，并非私人间生活类的赠答，故皆使用四言诗。《魏书》卷五十二《段承根传》：承根好学、机辩，有文思，而性行疏薄，有始无终。司徒崔浩见而奇之，以为才堪注述，言之世祖，请为著作郎，引与同事。世咸重其文而薄其行。甚为敦煌公李宝所敬待。② 如果表现较为私人化情感的赠答诗，则倾向于选择五言诗，如《魏书》卷五十二《胡叟传》："在益土五六载，北至杨难当，乃西入沮渠牧犍，遇之不重。叟孤飘无所附之诚，乃为诗示所知广平程伯达。其略曰：'群犬吠新客，佞暗排疏宾。直途既以塞，曲路非所遵。望卫惋祝鮀，盻楚悼灵均。何用宣忧怀，托翰寄辅仁。'"③ 胡叟是诗抒发怀才不遇的感怀，非关政教，故使用五言。《魏书》卷六十

---

① 有关汉两晋南朝的五言诗雅俗观变迁，详见陆路《汉魏六朝五言诗雅俗观的变迁》，《江汉论坛》2016年第2期。故本文对汉晋南朝五言诗雅俗观仅据需要概述之。

② （北魏）魏收：《魏书》，中华书局1974年版，第1158页。

③ （北魏）魏收：《魏书》，第1150页。

《韩显宗传》:"新野平,以显宗为镇南、广阳王嘉咨议参军。显宗后上表,颇自矜伐,诉前征勋……兼尚书张彝奏免显宗官……显宗既失意,遇信向洛,乃为五言诗赠御史中尉李彪曰:'贾生谪长沙,董儒诣临江。愧无若人迹,忽寻两贤踪。追昔渠阁游,策驽厕群龙。如何情愿夺,飘然独远从?痛哭去旧国,衔泪屈新邦。哀哉无援民,嗷然失侣鸿。彼苍不我闻,千里告志同。'"① 韩显宗被免官,以诗赠中尉李彪,所表述的不得志的哀伤是私人化的情感,因此使用五言。而且五言表现这类情感较之四言,有流走之气,所以五言表现私人化的情感,不仅有体式雅俗的原因,也因为以五言体式写这些内容抒情更为流畅。

北朝诗人讽谏匡正之作,继承汉初韦孟以来的传统,亦多采用四言诗,如阳固《刺谗诗》《疾幸诗》,皆出于讽谏,《北史》卷四十七:"宣武末,中尉王显起宅既成,集僚属飨宴。酒酣,问固曰:'此宅何如?'固曰:'晏婴湫隘,流称于今,丰屋生灾,著于周易。此盖同传舍耳,唯有德能卒,愿公勉之。'显默然。他日又谓固曰:'吾作太府卿,府库充实,卿以为何如?'固对曰:'公收百官之禄四分之一,州郡赃赎悉入京藏,以此充府,未足为多。且有聚敛之臣,宁有盗臣,岂不戒欤!'显大不悦,以此衔固,又有人间固于显,因奏固剩请米麦,免固官。遂阖门自守,著演赜赋以明幽微通塞之事。又作刺谗疾嬖幸诗二首。"② 阳固二诗是对聚敛之臣的讽刺,所以并非简单的个人情感的宣泄,而是关系到为政,是非常正式的内容,固亦使用四言体式。

具有褒扬性质的作品亦继承汉魏传统选取四言,《魏书》卷九十二《列女传》:"勃海封卓妻,彭城刘氏女也。成婚一夕,卓官于京师,后以事伏法。刘氏在家,忽然梦想,知卓已死,哀泣不辍。诸嫂喻之不止,经旬,凶问果至,遂愤叹而死。时人比之秦嘉妻。中书令高允念其义高而名不著为之诗曰(即《咏贞妇彭城刘氏诗》)。"③ 高允该诗赞刘氏之义,犹如褒奖词,故亦使用四言。

高允《罗敷行》则继承汉乐府《陌上桑》传统使用五言。可见高允有明确的诗体雅俗观,《乐府诗集》中同一题名的排列是先南朝后北朝,

---

① (北魏)魏收:《魏书》,第1344页。
② (唐)李延寿:《北史》,中华书局1974年版,第1722页。
③ (北魏)魏收:《魏书》,第1978页。

南朝以萧子范为首，北朝以高允为首，萧子范为齐豫章王萧嶷第六子，时代上晚于高允，故从现有史料看，高允最早以《罗敷行》为题写秦罗敷之事，"邑中有好女，姓秦字罗敷。巧笑美回盼，鬓发复凝肤。脚着花文履，耳穿明月珠。头作堕马髻，倒枕象牙梳。姗姗善趋步，襜襜曳长裾。王侯为之顾，驷马自踟蹰"。并亦如《陌上桑》铺叙秦罗敷之装饰，保有民歌色彩。而萧子范之作"城南日半上，微步弄妖姿。含情动燕俗，顾景笑齐眉。不忧桑叶尽，还意畏蚕饥。春风若有顾，惟愿落花迟"。已采用五言八句新体诗，"春风"两句，更具有余不尽之味。此亦可见高允不仅诗体观念上继承汉晋传统，在表达方式上亦沿袭汉魏古诗的质朴。

北朝释奠诗继承汉晋传统使用四言，但作品留存极少，现存有北朝后期诗人李谐、袁曜等的《释奠诗》，皆使用四言。

崔鸿《咏宝剑》、冯元兴《浮萍诗》二诗继承了蔡邕以五言诗咏物的传统（蔡邕有《翠鸟诗》），二诗皆传承了屈原《橘颂》的传统，以咏物述志，并未受到南朝新体诗咏物以显才的咏物诗风的影响。

金城宗钦、武威段承根、安定胡叟为河西诗人，高允出于渤海高氏、阳固出于北平阳氏、李谐出于顿丘李氏、冯元兴为肥乡人为河北诗人，袁曜为河南诗人，崔鸿出于清河崔氏居于临淄一带属齐鲁诗人，而皆据表现内容而选择四言或五言，可知当时诗人普遍继承汉晋人的四言、五言雅俗的看法。

在以谢灵运为代表的晋宋山水五古的影响下，北朝山水诗创作逐渐复兴，代表诗人是郑道昭，郑道昭在永平间（508—511）任光州刺史期间作有《于莱城东十里与诸门徒登青阳岭太基山上四面及中巅扫石置仙坛》、《与道俗□人出莱城东南九里登云峰山论经书》、《登云峰山观海岛》等，三诗在山水描写中叙述游览路线，铺叙景象，基本对仗，结尾处有时抒发玄理，多有谢灵运诗的影子。

北朝后期，随着南北交流频繁，以及诗歌自身的发展规律的作用，五言诗已包含几乎所有的重要题材（现存北朝后期诗歌绝大多数为五言诗），如：赠答、游览、咏物、公宴、咏怀、应诏等。颂德、匡谏类的诗歌大幅度减少，这与四言诗的锐减互为因果。典重的四言诗在北朝后期很少见，一般在表达官方性的颂德内容时才使用四言，比如，北齐武平五年（574）阳休之抗表悬车之时，卢思道作《仰赠特进阳休之》赞扬阳休之的德行、功业，很有官方的褒扬意味，故采用四言。而卢思道《赠李若》

《赠李行之》《赠别司马幼之南聘》《赠刘仪同西聘》等表现的是私人间的情感，因此使用五言。可见卢思道非常清楚四言与五言诗表现内容的不同，也隐含着传统上对二者雅俗之别的认知。而应诏等诗中的颂德内容大多被移入了五言诗，因五言诗已成为主要的文人诗体裁，早非街陌谣讴。这类诗已非纯粹颂德，且其颂德内容与写景等配合（如温子升《从驾幸金墉城》、李德林《从驾巡游》等），与五言诗流畅的文体风格相契合。有的赞颂类题材已转为咏怀之作，则亦以五言诗表达，比如，《魏书》卷八十二《常景传》："常景淹滞门下积岁，不至显官，以蜀司马相如、王褒、严君平、扬子云等四贤，皆有高才而无重位，乃托意以赞之。其赞司马相如曰：'长卿有艳才，直致不群性。郁若春烟举，皎如秋月映。游梁虽好仁，仕汉常称病。清贞非我事，穷达委天命。'其赞王子渊曰：'王子挺秀质，逸气干青云。明珠既绝俗，白鹄信惊群。才世苟不合，遇否途自分。空枉碧鸡命，徒献金马文。'其赞严君平曰：'严公体沉静，立志明霜雪。味道综微言，端蓍演妙说。才屈罗仲口，位结李强舌。素尚迈金贞，清标陵玉彻。'其赞扬子云曰：'蜀江导清流，扬子挹余休。含光绝后彦，覃思邈前修。世轻久不赏，玄谈物无求。当途谢权宠，置酒独闲游。'"① 诗中对四君的吟咏，是以四君的有高才而无重位，来抒发自己有才而不受重用的愤懑，此类哀怨的情感已与承担颂德、教化功能的四言雅颂之音不合，亦非典重四言诗所能够表达。四诗名为赞，但主要内容是在咏史感怀，故选择五言流调更为契合。常景《四君赞》或许受到颜延之《五君吟》的影响，如颜延之《五君吟》之《阮步兵》：阮公虽沦迹，识密鉴亦洞。沈醉似埋照，寓辞类托讽。长啸若怀人，越礼自惊众。物故不可论，途穷能无恸。可见常景《四君赞》与颜延之《五君吟》在结构上已非常相似，首二句总述所咏人物，此后四句，描述所咏人物主要特点，末二句评论所咏人物，咏己之怀。当时南北交流频繁，颜延之诗传到北朝是很自然的。一方面常景是模仿了颜延之的诗，另一方面，北朝文人本继承了汉魏以来的文体意识，咏史怀古之作本以五言为之，《四君赞》之赞其实相当于咏，是咏史感怀之作，故本当使用五言。咏怀感遇之作，则连鲜卑文人亦知当以五言为之，如北魏孝庄帝元子攸《临终诗》、北魏济阴王元晖业《感遇诗》、北魏中山王元熙《绝命诗》等。

---

① （北魏）魏收：《魏书》，中华书局1974年版，第五册，第1802页。

二　五古与新体的雅俗之别

受到南朝民歌影响的圆美流转的齐梁新体产生后，与早已文人化又日益显现繁冗板滞的晋宋五言古诗之间又产生了表现情感、内容的雅俗之别。最初新体诗相对于古体诗而言是俗调，所以齐梁文人将闺情、咏物写入新体诗中（咏物在五古中本不兴盛，同时齐梁时期咏物诗越来越宫廷化，所咏物越来越细小化，亦鲜有寄托，很多咏物诗已经与闺情相联系，所以与闺情一起最先写入新体很正常。）原先五言诗是民歌，经常表现男女之情，五言诗文人化逐渐成为诗歌的主要形式后，早已忘其出身，闺情倒是成了乐府诗、七言诗等俗调的专属，不适合五言正体了，齐梁文人将闺情写入新体诗中，也与新体诗相对于五古来说较俗有关。齐梁诗人在体裁选择上正体现了五古与新体诗的雅俗之别。如谢朓诗中山水行旅、赠答等题材主要采用古体，而咏物、闺情等题材则基本使用永明新体。

在南北文化交流过程中，齐梁新体及五古与新体间的雅俗之别亦影响到北朝本土文人。由于北朝后期，五古已占诗歌主流，且随着表现范围的扩大，文体地位亦不断提高，故有关五古与永明新体表现内容不同、有雅俗之别的文体观也很易于为北朝文人所接受。如阳休之《春日诗》（8句）、《秋诗》（4句）、《咏萱草诗》（6句）描写景物细小亦几无寄托，故使用新体诗。温子升《从驾幸金墉城》（20句）采用五古，而《春日临池》（8句）、《咏花蝶》（8句）使用新体诗，可见温子升以五古写应诏、游览等题材，而以新体诗写景（尤其是细小的景物）、咏物。裴让之《从北征》使用新体诗，由于边塞诗原属乐府近于俗调，故以新体为之，而其《公馆燕酬南使徐陵》（24句），写接待使者，这是非常正式庄重的内容，故以已经雅化的古体为之。邢劭以古体咏怀，如《冬夜酬魏少傅直史馆》（30句）、《冬日伤志篇》（18句），而以新体诗写闺情、咏物之作，如《七夕诗》（12句）、《应召甘露诗》（6句）。魏收现存的诗歌主要是咏物、写景之作，故主要使用永明新体。卢思道以五古写游览之作，如《游梁城》（16句）、《从驾经大慈照》（20句），而闺情之作则以新体诗为之，如《夜闻邻妓》（8句）、《赋得珠帘》（8句）。李德林以五古写游览之作，如《从驾巡游》（20句）、《从驾还京》（16句），而以新体诗咏物，如《咏松树》（8句）。现存魏澹之诗主要是写景（细小之景）、咏物之作，故基本使用新体。李孝贞以五古写较为正式的官场间的唱和之作，如《奉和从叔光禄愔元日早朝》（16句），而以新体写闺情、咏物，如《酬萧侍中春园听妓》（8句）、《园中杂咏橘树》（8句）。隋炀帝杨广以五古写有关朝会的内容，如《冬至乾阳殿受朝》（20句），而以新体写景咏物，如《晚春》（8句）、《悲秋》（8句）、《冬夜》（8句）、《咏鹰》（12句）、《北乡古松树》（8句）等。阳休之出自北平阳氏、邢劭出自河间邢氏、魏收及魏澹出自钜鹿魏氏、卢思道出自范阳卢氏、李孝贞出自赵郡李氏、李德林为博陵安平人皆是河北诗人，裴让之出自河东裴氏是河东诗人，温子升原籍太原，但其祖父居于济阴遂为济阴人，可见北朝诗人已普遍接受南朝诗人对五古与齐梁体表现内容的定位。北朝诗人在学习新体诗时，有时只是采用其形式，在风格上仍保有北朝特点，如元子攸《临终诗》：权去生道促，忧来死路长。怀恨出国门，含悲入鬼乡。隧门一时闭，幽庭岂复光。思鸟吟青松，哀风吹白杨。昔来闻死苦，何言身自当。形式上是新体诗，质朴的语言、反映人命危浅又具有汉魏五古之风，别有特色。鹰作为一种猛禽并未成为在南朝文化氛围中成熟的传统咏物诗的歌咏对象，隋炀帝《咏鹰》是现可知较早的咏鹰之作，是北朝雄武贞刚的文化土壤的产物。

可见北朝文人倾向于以五古写较为正式的情感，描写较为壮丽的景象，而以新体诗写细小、清新的景象以及咏物、闺情之作。从中可见北朝文人在接受齐梁新体诗时，对其特点有十分明晰的认识。这样的文体观亦影响到唐初文人的诗体选择，如唐太宗即以古体写重大的题材、述怀言志（《经破薛举战地》、《登三台言志》等），而以新体诗咏物（《咏烛》、《赋得樱桃》等）、写景尤其是纤细之景（《初秋夜坐》、《赋得夏首启节》等），同样是写雪古体诗《喜雪》（22句）用赋的手法铺陈雪花落在楼宇、树木等形成的不同景象，俨然一篇具体而微的《雪赋》，表现了帝王对瑞雪兆丰年的喜悦，不管是写作手法还是题材皆适合使用古体，而《咏雪》（8句）仅描写雪花纷飞之貌，并无铺叙亦无寄托，故采用新体。魏徵《述怀》（20句）纪行中绘隋末战乱残破之景，抒发施展抱负的慷慨之志，手法和题材上皆适用古体，而《暮秋言怀》（8句）则抒发淡淡的乡愁，情感细小较为私性化，故使用新体。李世民是关陇集体文人，魏徵出于钜鹿魏氏按籍贯为河北文人，可见北朝文人五言诗古体、新体的文体观的延续性。

南朝后期文人以新体写乐府诗，打通了乐府和新体。如，谢朓乐府鼓吹曲十首、永明乐十首，已初步尝试将永明新体诗运用到乐府诗中，且让它承担原先属四言诗的颂德责任。萧纲诗中咏物、闺情、宫体诗几乎全使用新体诗（这类诗本身就是萧纲诗歌的主体），而且新体诗还可以写谈佛论道、咏史（其父萧衍、其兄萧统基本以五古写这类内容）、山水行旅等原先较多由五古写的内容。这样就扩大新体诗的表现范围，提升了新体诗的格调。北朝文人亦有此做法，如《白鼻䯄》（梁鼓角横吹曲）、《结袜子》（杂曲歌辞）、《安定侯曲》（杂曲歌辞）三曲现存诗作中温子升所作最早，或许为温子升创调，采用新体五言四句，偏于游侠题材。《有所思》汉铙歌之一本为杂言写闺情，南朝文人刘绘、王融等将其改为新体（五言八句）依然写闺情，北朝文人如裴让之、卢思道亦接受这一改编，亦采用新体（五言八句）。《思公子》（杂曲歌辞）王融首创以五言四句新体为之，邢劭亦用新体五言四句并咏本题，但更突出思妇对游子的思念。《蜀国弦》（杂曲歌辞）为梁简文帝创调，咏蜀地事，采用五古体有二十句，萧纲将咏史题材拓展到乐府，大约因咏史传统上使用五古，故在创该调时以五古作之，但卢思道以新体为之改为五言八句，则是将咏史题材拓展到新体诗中。萧诗因用长篇古体，对蜀地之事，多有铺叙，卢诗使用新体短章，侧重于写锦官城，仅以结尾两句"琴心若易解，令客岂难要"写卓文君司马相如事，且余音绕梁，启人遐思。可见卢思道对新体诗文体特点的熟悉。《短歌行》曹操所创原为四言，此后所作亦为四言，北周徐谦、隋辛德源以新体诗写该曲，二诗皆五言十句，辛德源在北齐待诏文林馆，其诗亦有可能作于北齐时，所以徐、辛二人孰先以新体写《短歌行》难以判断。徐诗表重友朋之情，辛诗述及时行乐。《猗兰操》（琴曲歌辞）采用四言，传为孔子所作，写高雅脱俗而不为时所用，辛德源以新体写之（五言八句），也抒发超凡脱俗的情怀。《成连》（琴曲歌辞）是辛德源的创调，采用新体五言八句，写征夫思妇这一传统题材。《芙蓉花》（杂曲歌辞）亦为辛德源的创调，采用新体五言八句，题材为咏芙蓉花。可见北朝文人以新体改编乐府旧体或创新调，包含以往五言诗的主要题材，如咏物、咏史、咏怀、闺情、边塞、游侠等，不仅拓展了新体诗的题材，而且以新体写乐府，极大开拓了新体诗的使用面。

三　结语

　　综上所述，北朝前期本土文人对五言诗的雅俗观，是沿袭汉晋以来的传统，以四言为雅正之体，主要表现颂德、进谏等比较正式、严肃的内容。五言为俗调，主要表现私人化的或不是非常正式的内容。以赠答诗为例，高允表达庄重、严肃的内容选择四言，而私人化的轻松的内容选择五言，与陆机赠答诗对四言与五言的选择如出一辙。是时北魏都城尚在平城，南北亦尚缺乏交流，高氏又为河北旧族，高允四言、五言的雅俗观当然是来自他说熟悉的汉晋传统。北朝后期，雅正的四言诗虽仍有雅正之名，其实使用面很窄。在南北交流中，五言诗虽无雅体之名，但高调已大大提高，已成为文人诗最主要的体裁，几乎可以表现各种主要内容，赠答、游览、咏物、公宴、咏怀、应诏等。齐梁新体传入北朝后，北朝文人亦接受了南朝在新体产生后形成的文人五言诗与深厚南朝民歌影响下的文人五言诗的雅俗之别，咏物（主要是咏细小之物、鲜有寄托、为显才而作）、闺情等往往以新体诗为之。到北朝末部分文人又接受了萧纲等扩大新体诗表现范围以提升其格调的做法，将传统的咏物、咏史、咏怀亦写入新体诗，提升了新体诗的品格，经过南北朝文人的共同的创作实践，到南北朝末期，五言新体诗几乎可以表现社会生活和情感的方方面面，五古和新体间的雅俗进一步模糊，二者的不同更主要是表现在风格上了。

李白《蜀道难》与《文选》赋之关系

张潇文[*]

摘 要：李白作为天才型作家，人们很容易注意他的才气，而忽略他对前人的学习。事实上，李白善于融化吸收古人经典，《文选》就是李白的借鉴对象之一。他的《蜀道难》为乐府诗歌，而《文选》赋为赋作，二者时代和文体不同，看似并无联系，却在构思、辞藻、句式上存在相似之处。这种相似，体现了李白在继承基础上的创新。正是因为对先人优秀成果的模拟与兼容基础上的拔高，李白的诗歌才会成为千古传颂的对象。而他"以赋为诗"的创作，也展现了文体的自我发展与完善。

关键词：李白；《蜀道难》；《文选》赋；以赋为诗；继承与创新

《蜀道难》是唐代诗人李白的代表作品。此诗袭用乐府旧题，全诗二百九十四字，文句参差，律体与散文间杂，集中体现了李白诗歌的艺术特色和创作个性。历代诗评家如殷璠、孟棨、沈德潜，都赋予它很高的评价。

而《文选》，又称《昭明文选》，是由南朝梁昭明太子萧统（公元501—531年）主持编纂的我国现存最早的完整诗文总集。《文选》收录了七百余篇作品，文体多达三十九类，几乎涵盖了先秦两汉至魏晋南北朝时期所有重要文体，其中也包括汉代时曾占据文坛主导地位的文体——赋。萧统编辑《文选》之前，当世就有许多学者编撰赋集，《隋书·经籍志》多有记载。不过，由于《隋书》著录的赋总集皆亡佚，萧统《文选·赋》便成为由"文集"看赋学最初也是最具价值的历史文献。萧统在《文选》

---

[*] 张潇文（1995— ），中国海洋大学文学与新闻传播学院2017级研究生，中国古代文学专业。

中选入的大量赋作,数量上约占全书的三分之一。他在《文选序》中首先评论赋,在结构的编排上把赋置于全书之首,可见萧统对赋类的重视程度。

《蜀道难》为乐府诗歌,《文选》赋为赋作,二者看似并无关联,其实诗、赋的发展始终在互相影响。东汉时,班固的《汉书·艺文志》提到过"不歌而诵谓之赋,登高能赋可以为大夫",并说荀子和屈原"皆作赋以风,咸有恻隐古诗之义"。他的《两都赋序》认为,"赋者,古诗之流也"。即是说,诗与赋有着共同的源流和功用。后世学者,多引用班固的话来说明"赋"的性质。尽管后来人们又将《诗经》"六艺"之一的"赋",作为论述诗赋关系的切入点,但不变的是,诗、赋文体确实有共同特点。在后世的文学创作中诗与赋也相互影响,"骈赋"的风格具有诗的韵味和特征,而诗歌的创作也曾出现"以赋为诗"的倾向。胡大雷《中古赋学研究》收录的《"以赋为诗"考辨》[①]一文,就分析了魏晋南北朝时期沈约、梁武帝等人"以赋为诗"创作的代表性作品。

尽管创作上诗与赋早已相互影响,但"以赋为诗"的概念,在古代典籍中并未出现。2006年,何锡光的《韩愈以赋为诗论》[②]首次提到"以赋为诗"一词;同年,王京州的《杜甫以赋为诗论》首次对"以赋为诗"进行定义:"以赋为诗指文学家的才思从内在的主观情感转移到外部的客观世界,用写赋的方法作诗使诗歌充溢着诗体本不常有的赋体特征,从而给读者带来深宏巨丽的享受。……当诗歌借鉴赋体的传统题材来拓宽诗体的表现领域,借鉴赋体的修辞艺术以丰富自身的艺术内涵,在结构上崇尚经纬交织的空间表现,在风格上推崇铺张扬厉的巨丽特征,即是我们要讨论的以赋为诗。"[③]

目前,关于"以赋为诗"的论文共有11篇,主要集中于对韩愈、杜甫、元稹、白居易、苏轼等人诗歌创作对"以赋为诗"的具体运用。比如王京州的《杜甫以赋为诗论》、何锡光的《韩愈以赋为诗论》、沈章明的《论苏轼以赋为诗的艺术表现》等。对《蜀道难》文本的研究论文有32篇,对李白赋作的研究论文有8篇,对《文选》赋的研究论文有60

---

① 胡大雷:《中古赋学研究》,广西师范大学出版社2011年版,第299页。
② 何锡光:《韩愈以赋为诗论(上)》,《周口师范学院学报》2006年第23期。
③ 王京州:《杜甫以赋为诗论》,《中国韵文学刊》2006年第4期。

篇，对李白与《文选》赋关系的研究论文共有 9 篇。总体来看，对于李白诗歌与赋的关系的专论还比较少。

其实，李白的诗歌创作，和《文选》所选赋在构思、字词、句法上有着紧密的联系。据詹锳《李白全集校注汇释集评》[①] 统计，除李白之作外，现存的乐府《蜀道难》作品尚有梁简文帝二首，刘孝威二首，阴铿一首，唐张文琮一首。这些人的生活年代都在李白之前，他们创作的《蜀道难》是单纯的五言诗或者七言诗的形式。李白的《蜀道难》虽是承袭乐府旧题，但与前人创作相比，篇幅增加了十倍之多，有铺张扬厉之气；律句与散句交错，句式更加多变，四言、五言、七言交相错杂。这种书写形式带有赋的创作特色，而前人评析《蜀道难》时很少论及此点。我们有必要对《蜀道难》如何"以赋为诗"进行具体阐释，细致分析此诗与《文选》赋之间的具体联系。

一 李白与《文选》赋的关系

"知人论世"是分析文学作品的常用方法，想要深入剖析作品，对其作家与时代的考证必不可少。因此，要分析《蜀道难》与《文选》赋的关系，首先要了解作者李白与《文选》、《文选》赋之间的关系。

(一) 李白对《文选》赋的接受与批评

《文选》自南北朝编纂成书以来，就广受重视。对《文选》的研究自隋代已经开始，萧统从子萧该的《文选音义》是第一部研究《文选》的著作。隋末唐初的曹宪是"《文选》学"的开路者，他撰《文选音义》十卷，收徒数百人教授《文选》，培养出许淹、李善、公孙罗等《选》学人才。此后，对文选的研究逐渐形成专门的学问——"文选学"。

唐代"文选学"大盛，出现专门为文选做注的诸家，其中有两个版本最为出名。一个是唐初李善的注本，一个是唐玄宗时的"五臣注"本。李善是《文选》研究的大家，他与老师曹宪一样收徒讲学，促进了《文选》由私学转为官学。他的注本征引广博、注释严谨，对选文大意解释不多。"五臣注"本，是唐玄宗开元六年吕延济、刘良、张铣、吕向、李

[①] 詹锳主编：《李白全集校注汇释集评》，百花文艺出版社 1996 年版，第 290 页。

周翰五人所作的《文选》注本。它主要是为了弥补李善注本的"析理"不足,"释述作意",但引用粗率,有穿凿附会之处。后世便将李善注本与五臣注本合为"六臣注",相互参考补充。

唐代人对《文选》的重视,不仅体现在学者的研究与推广上,更体现在它的实用功能上。姜维公的《唐代科举与〈选〉学的兴盛》说:"唐代《选》学的兴盛,实因俗重进士,而《文选》为士子所必习,因而《选》学大盛。"[①] 唐代科举逐渐发展成熟,诗文赋作成为取士的重要途径。《文选》精选先秦至魏晋南北朝的经典诗文作品,成了科举准备的重要参考与文人学习的标杆。张鹏飞的《唐人试律诗诗题与〈文选〉诗赋原句或李善注解比勘》对此做了细致分析:"士人以《文选》为科考范本,《文选》则是考官出题渊薮;试律以《文选》诗赋原句命题,限定了考生的写作题材、表达模式;士人作诗常借《文选》诗赋意旨,或连模拟附,或借古抒怀;《文选》李善注犹如典故大全,成为诗人用事用典的宝库。"[②] 在宋初,《文选》学习热潮更是蔚为大观,南宋陆游《老学庵笔记》记载:"国初……士子至为之语曰:《文选》烂,秀才半。"[③]

因为科举考试的推动,《文选》由学术研究而走向了民间,并广泛传播开来,得到文士的关注。有唐以来,无论是初唐的四杰、陈子昂,中唐的韩愈、柳宗元,还是晚唐的陆龟蒙,他们的创作背后都有《文选》的身影。而盛唐诗坛两颗璀璨的明星——李白与杜甫,也不可避免地受到了影响。杜甫的诗歌大量化用《文选》,他的《水阁朝霁奉简严云安》、《宗武生日》也敦促自己的儿子认真学《文选》。

李白比杜甫大十岁,他的青少年时代,正是李善《文选注》成书之后、《五臣注》仍未问世之时。李白出生前的咸庆三年(658),选学家李善已完成《文选》注并上表高宗。李白又与李善之子李邕有过交往,对李邕十分推重。结合唐代《文选》的传播与李白的交游,可以想见,李白年轻求学时期应当接触过李善注本的《文选》。李白十七岁时,正逢开元六年(718),吕延济等完成《文选》五臣注并上表玄宗,此时"文选

---

① 姜维公:《唐代科举与选学的兴盛》,《长春师范大学学报》1999年第1期。

② 张鹏飞:《唐人试律诗诗题取用〈文选〉诗赋原句或李善注解比勘——〈昭明文选〉在唐代科举诗中的应用发微之一》,《湖北师范学院学报》(哲学社会科学版)2010年第30期。

③ (宋)陆游:《老学庵笔记》卷八,中华书局1979年版,第100页。

学"已相当兴盛。对《文选》所选赋作的赞美与学习，李白的诗文有很多体现。比如，《古风五十九首（其一）》感叹"扬马激颓波，开流荡无垠"①，出蜀不久时所作的《淮南卧病书怀寄蜀中赵征君蕤》写他曾"朝忆相如台，夜梦子云宅"②，这都说明李白对司马相如、扬雄的钦佩。《东武吟》中"因学扬子云，献赋甘泉宫"③，《答杜秀才五松山见赠》的"昔献《长扬赋》，天开云雨欢"④体现出他对扬雄作品的关注；由《秋于敬亭送从姪耑游庐山序》的"余小时大人令诵《子虚赋》，私心慕之"⑤，《赠张相镐》的"十五观奇书，作赋凌相如"，⑥也可以看出李白年少时阅读和创作深受司马相如赋作的影响。

  肯定《文选》的赋作时，李白也对它们提出了批评。他的《大猎赋（并序）》有言："白以为赋者古诗之流。辞欲壮丽，义归博远。不然何以光赞盛美，感天动神？而相如、子云竞夸辞赋，历代以为文雄，莫敢低评。臣谓语其略，窃或偏其用，以《子虚》所言，楚国不过千里，梦泽居其大半，而齐徒吞若八九，三农及禽兽无息肩之地，非诸侯禁淫述职之义也。"⑦ 在此段，李白提出了他对赋的作用的看法，并对司马相如与扬雄的赋作提出批评。对此，学界有两种不同的解读。一方面，学者关注李白对"赋"之功能的看法，钱志熙《李杜赋合论》认为"李白的赋论，正是在继承历代赋论的批评传统中展开的，其主旨仍是强调赋与古诗的渊源关系，提倡丽则，批评丽淫"⑧。许结《中国辞赋理论通史》也说"李白对辞赋'辞欲壮丽''光赞盛美'的强调"，"既表现出自汉以来'献赋传统'以及其'颂上德'的功用，又彰显了赋体文学表达汉、唐盛世物态与精神的意义"⑨。许结还提到了李白的批评体现出"进化的体物观"与不断超群的"自我中心论"。"进化"或者"自我中心论"不一定存在，不过，李白对赋作的批评的确继承了汉代的观点，主要是从赋的功能

---

① 詹瑛主编：《李白全集校注汇释集评》，百花文艺出版社1996年版，第19页。
② 詹瑛主编：《李白全集校注汇释集评》，百花文艺出版社1996年版，第1886页。
③ 詹瑛主编：《李白全集校注汇释集评》，百花文艺出版社1996年版，第789页。
④ 詹瑛主编：《李白全集校注汇释集评》，百花文艺出版社1996年版，第2756页。
⑤ 詹瑛主编：《李白全集校注汇释集评》，百花文艺出版社1996年版，第4082页。
⑥ 詹瑛主编：《李白全集校注汇释集评》，百花文艺出版社1996年版，第1617页。
⑦ 詹瑛主编：《李白全集校注汇释集评》，百花文艺出版社1996年版，第3825页。
⑧ 钱志熙：《李杜赋合论》，《北京大学学报》（哲学社会科学版）2014年第51期。
⑨ 许结：《中国辞赋理论通史》，凤凰出版社2016年版，第44页。

出发，批评司马相如与扬雄的作品没有达到"禁淫述职"的作用。另一方面，周勋初的《李白"三拟〈文选〉"说阐微》[①]则关注到李白其实是批评汉末赋作"征实"的发展趋向，推动赋向着极致夸张的方向发展，此点论述颇有新意。

（二）李白作品与《文选》及《文选》赋的关系

李白本人阅读《文选》，对《文选》进行过评论，他的作品也有许多地方借鉴了《文选》。唐人段成式《酉阳杂俎》前集卷十二"语资"称："李白前后三拟词选，不如意，悉焚之，惟留《恨》、《别》赋。"[②] 虽然《酉阳杂俎》是一本笔记小说，但其中保存的事件很多可以作为正史的补充。段成式距离李白生活的年代较近，所以《酉阳杂俎》的记载仍有重要的参考价值。林英德曾经对各代阐述李白诗赋与《文选》关系的观点进行简单梳理，我们可以看到，唐代以后，许多学者对李白诗赋与《文选》的关系加以关注。

比如，宋人朱熹的《跋病翁先生诗》说："李、杜、韩、柳亦学《选》诗，然杜、韩变多，柳、李变少。"[③] 明人杨慎《升庵诗话》卷十三"学选诗"条说："李白始终学《选》诗。"[④] 清代潘德舆质疑"李白三拟《文选》"的说法，但他肯定李白的学古兼学《文选》，《养一斋李杜诗话》说："总之李、杜无所不学，而《文选》又唐人之所重，自宜尽心而学之，所谓'转益多师是汝师'也。若其志向之始，成功之终，则非《选》诗所得而囿。故谓太白学古兼学《文选》可，谓其复古为复《选》体则不可，谓其拟古屡拟《文选》则尤不可。"[⑤] 从以上几例可见，古代学者们基本都认同《文选》对李白诗赋创作产生影响，只不过他们想研究的问题有所不同。大部分学者论及李白与《文选》的关系，不是以李白的创作为讨论主体，而是想探讨李白诗文创作是否归于复古，进而对诗人创作中的"通""变""因""革"等涉及继承与创新的要素进行

---

① 周勋初：《李白"三拟文选"说阐微》，《郑州大学学报》（哲学社会科学版）2006 年第 39 期。
② （唐）段成式：《酉阳杂俎》，中华书局 1981 年版，第 116 页。
③ （宋）朱熹：《朱子文集》，商务印书馆 1937 年版，第 508 页。
④ 丁福保：《历代诗话续编》，中华书局 1983 年版，第 889 页。
⑤ 郭绍虞：《清诗话续编》，上海古籍出版社 1983 年版，第 2172 页。

阐释。

　　现代学者们的研究趋向精细化，他们会更多地从文本出发，讨论李白与《文选》之间的具体联系。詹锳《李白全集校注汇释集评》的前言总结道："杜甫说自己写诗'熟精《文选》理'，李白写诗也是如此。"① 在诗歌创作方面，吴书仪的《李白诗歌取法〈文选〉的诗艺研究》，运用各种诗歌例证分析李白主要从语词、诗句、主题与结构三个层面学习《文选》："《文选》对李白的诗歌创作亦带来了重大影响。李白诗歌中存在大量化用《文选》的例证。李白对《文选》作品的借鉴与模拟是公开而有意识。"②

　　而李白诗歌对《文选》字词的化用、句式的借鉴、主题的沿用、结构的参考，以其古风和乐府作品为代表。元人方回曾言："李白初学'选体'，第一卷古风是也。"③ 林英德的《李白〈古风〉五十九首探源——以〈文选〉为中心》具体论述了李白古风组诗对《文选》收录的《古诗十九首》、阮籍《咏怀》、左思《咏史》、郭璞《游仙》等经典诗作的借鉴。而在具体的用语上，李白大量化用《文选》赋作中的语句。比如《古风》其二"天霜下严威"化用潘岳《西征赋》"驰秋霜之严威"，其三十四"澹然四海清"化用扬雄《长杨赋》"使海内澹然，永亡边城之灾、金革之患"，其五十八"我行巫山渚，寻古登阳台"化用宋玉《高唐赋》等，可见"《文选》是李白《古风》五十九首的一个重要艺术渊源……李白和杜甫一样'熟精《文选》理'"④。而对于李白乐府诗对《文选》的借鉴，明代的胡震亨已经有了表述："太白于乐府最深，古题无一弗似。……尝谓读太白乐府者有三难……不读尽古人书，精熟《离骚》、《选》赋及历代诸家诗集，无由得其所伐之材与巧铸灵运之迹。"⑤ 周勋初的《李白"三拟〈文选〉"说阐微》⑥、张鹏飞的《从"邯郸学

---

① 詹锳主编：《李白全集校注汇释集评》，百花文艺出版社1996年版，第23—24页。

② 吴书仪：《李白诗歌取法〈文选〉的诗艺研究》，硕士学位论文，安徽师范大学，2016年。

③ （元）方回：《桐江集》，江苏古籍出版社1988年版，第329页。

④ 林英德：《李白〈古风五十九首〉探源——以〈文选〉为中心》，《重庆师范大学学报》（哲学社会科学版）2012年第2期。

⑤ （明）胡震亨：《唐音癸签》，上海古籍出版社1981年版，第87页。

⑥ 周勋初：《李白"三拟文选"说阐微》，《郑州大学学报》（哲学社会科学版）2006年第39期。

步"到"飘然不群"——李白学习〈文选〉诗赋的成功经验探源》① 作了具体讨论。周勋初的视野较宽，他认为李白乐府诗对《文选》的学习是李白学习整个汉魏六朝乐府创作的一个侧面，强调乐府诗在李白诗歌中的地位。张鹏飞则看到了李白模拟《文选》不断进步的过程。他认为从《白纻辞三首》到《行路难》，再到《蜀道难》，李白创作逐渐成熟。

在赋作方面，李白有《明堂赋》《大猎赋》《大鹏赋》《剑阁赋》《拟恨赋》《惜馀春赋》《愁阳春赋》《悲清秋赋》八篇作品传世。这些赋作与《文选》赋关系紧密。其中，最能体现出李白与《文选》之间学习关系的就是《拟恨赋》。《酉阳杂俎》"三拟文选"说法的可靠性，就在于李白确实有模拟江淹《恨赋》的《拟恨赋》留存。而《明堂赋》《大猎赋》《大鹏赋》三篇"大赋"，也与《文选》列于全书开头的宫殿、畋猎、郊祀等赋作的基本框架相合。《惜馀春赋》、《愁阳春赋》、《悲清秋赋》等抒情小赋，明显受到《文选》收录的楚辞类文章的影响。元代祝尧的《古赋辨体》，就关注过李白赋作与《文选》赋的比较。不过在当代，这方面的研究还比较零散。何展易、钱志熙、张波等人都写过专门研究李白赋的论文，也谈及对李白赋作与《文选》赋之间文本、框架的分析。张波的《李白对汉赋的学习及其赋学观》②、汪俊的《〈文选〉赋与诗在唐宋时代的接受》③，论述较为简单、宏观，简略地提到了李白作品与《文选》赋的关系。而周勋初的《李白"三拟〈文选〉"说阐微》④、张鹏飞的《从"邯郸学步"到"飘然不群"——李白学习〈文选〉诗赋的成功经验探源》⑤ 则细致地分析了李白赋作与《文选》赋在事类、句式、辞藻、层次、主题乃至写作目的、创作思想上的异同点，对李白与《文选》二者赋作的比较研究具有很大的参考价值。因为本文主题所限，

---

① 张鹏飞：《从"邯郸学步"到"飘然不群"——李白学习〈文选〉诗赋的成功经验探源》，《湖北师范学院学报》（哲学社会科学版）2012年第32期。

② 张波：《李白对汉赋的学习及其赋学观》，《黑龙江教育学院学报》2015年第7期。

③ 汪俊：《〈文选〉赋与诗在唐宋时代的接受》，《华南师范大学学报》（社会科学版）2011年第6期。

④ 周勋初：《李白"三拟文选"说阐微》，《郑州大学学报》（哲学社会科学版）2006年第39期。

⑤ 张鹏飞：《从"邯郸学步"到"飘然不群"——李白学习〈文选〉诗赋的成功经验探源》，《湖北师范学院学报》（哲学社会科学版）2012年第32期。

在此不一一列举。不过从前人研究中，我们可以得出结论：李白部分作品与《文选》及《文选》赋有着确实的继承与变革的关系。

二 《蜀道难》与《文选》赋的关系

前文论及李白乐府诗与《文选》赋的关系时曾提到，张鹏飞认为在李白乐府诗中，《蜀道难》是融化《文选》赋之精华的成熟作品。的确，它"以赋为诗"的架构与文风，对《文选》赋辞藻的化用体现了这一点。同时，《蜀道难》并不是对前人作品的拼贴，情感与风格的独特赋予了它作为诗歌的独特魅力。

（一）相同与继承：构思、句法、辞藻

提到李白"以赋为诗"，目前学界以此为主题的论文仅有一篇，为冷卫国在 2014 年发表的《李白〈蜀道难〉历代主题说平议——兼论李白与〈文选〉赋的关系及其"以赋为诗"的艺术特征》[1]。论文与周勋初、张鹏飞、张波等人对《蜀道难》的分析一样，指出《蜀道难》与《蜀都赋》二者在构思、用词上存在明显的继承关系。而"以赋为诗"观念的引入，则比较好地概括了《蜀道难》创作的独特之处及它与《文选》赋之间的联系。

结合胡大雷、何锡光、王京洲等人的文章，我们知道一首诗"以赋为诗"的基本特征，即它的篇章结构采用了赋的铺陈形式与层次架构，句式上则灵活多变。李白的《蜀道难》相比前代同名乐府作品，篇幅较大；写景状物有铺叙，有法度，有铺张扬厉之气；句式也参差不齐，灵活多变。这些都是赋作的基本特征。而在具体构思、句法与辞藻上，《蜀道难》又多处借鉴了《文选》赋。

首先，在构思方面，李白的《蜀道难》与西晋文学家左思的《蜀都赋》[2] 很接近。《蜀都赋》是左思《三都赋》的其中一篇，收入《文选》赋类"京都"一目之下。它按照汉大赋的基本行文架构，以西蜀公子与

---

[1] 冷卫国：《李白〈蜀道难〉历代主题说平议——兼论李白与〈文选〉赋的关系及其"以赋为诗"的艺术特征》，《中国海洋大学学报》（社会科学版）2014 年第 1 期。

[2] 赵逵夫：《历代赋评注（魏晋卷）》，巴蜀书社 2010 年版，第 422 页。

东吴王孙的问答引入，介绍蜀地兆基，之后以方位为轴叙述蜀地的地形、物产、风俗。而《蜀道难》则是以"危乎高哉"的感慨起始，介绍蜀地肇始，三复"蜀道之难"，谈蜀道之高、蜀道之险。在引入方面，《蜀道难》虽然只是感叹句，但结合全诗频频出现的问句与反问，可见它本质上也是对话形式；在行文架构上，都是以介绍蜀地的发源为开端，在总叙蜀地形势时，《蜀道难》的"蚕丛及鱼凫，开国何茫然"，基本上是概括了刘逵引扬雄《蜀王本纪》给《蜀都赋》所写的注语。二者层次相似，《蜀道难》以感叹之词开头和收尾，《蜀都赋》则以赞美都城之美好开头和结尾，都做到了首尾照应。

其次，在句法、辞藻上，《蜀道难》各句也移用《文选》诸多篇章。在比较文本之前，还要说明一下版本问题。本文采用的《蜀道难》文本，来自詹锳主编的《李白全集校注汇释集评》，而这本书的底本是宋蜀本《李太白文集》。事实上，李白的《蜀道难》在诗歌"异文"现象中是个典型。比如，学者论文中经常会认为《蜀道难》中的"上有六龙回日之高标"是化用了左思《蜀都赋》的"羲和假道于峻岐，阳乌回翼乎高标"。可是，唐代《河岳英灵集》《国秀集》《又玄集》中的《蜀道难》文本，都无"六龙回日之高标"，而作"横河断海之浮云"，宋代及以后的刻本才有了"六龙回日"一句。按照一般逻辑，唐代的刻本会更接近李白诗歌的原貌。不过这里要说明的是，即使"六龙回日"存疑，不作讨论，《蜀道难》文本中稳定的部分，仍有许多是源于《文选》赋。詹锳的《李白全集校注汇释集评》从第290页的"校记"部分开始，对《蜀道难》化用《文选》的部分做了详细统计。《蜀道难》中的辞藻，主要是来自《蜀都赋》《高唐赋》《上林赋》等几篇。比如，"蚕丛及鱼凫"化用自《文选》卷四《三都赋》刘逵注引扬雄《蜀王本纪》，"蜀王之先，名蚕丛、柏濩、鱼凫、蒲泽、开明。从开明上到蚕丛，积三万四千岁"；"冲波逆折"化用自《文选》卷八司马相如《上林赋》，"横流逆折，转腾潎洌"；"胁息"、"巉岩"化用自《文选》卷十宋玉《高唐赋》，"令人……胁息增欷"、"登巉岩而下望兮"；"争喧豗"化用自《文选》卷十二木华《海赋》、"冰崖转石"化用自《文选》卷十二郭璞《江赋》；而经典的"一夫当关，万人莫开"，化用自左思《蜀都赋》的"一人守隘，万夫莫向（李善注：《淮南子》曰：一人守隘，千夫莫向）"。

总的来看，铺陈推进的篇章架构、多种多样的词汇来源都证明了李白

《蜀道难》化用了《文选》赋的事实。而难得的是，李白的借鉴能够做到毫不凑泊，无迹可寻。从这一点来说，《蜀道难》一诗，担得上羚羊挂角、透彻玲珑二词。

（二）差异与创新：主旨、从艺术风格看创作

若仅仅是化用古人毫无痕迹，那可以说明李白本人艺术技巧高超，证明《蜀道难》的创作比较成熟。然而，《蜀道难》能够成为乐府诗歌的经典，靠的不仅仅是高超圆融的技艺，还因为它把握住了诗歌的重要特质——诗人之"情"与自身的独特风格。这是《蜀道难》与《文选》赋的根本区别，在此，我们仍要以《蜀道难》与《蜀都赋》对比，因为从构思到字词，《蜀道难》借鉴最多的赋作就是《蜀都赋》。

首先，从主旨上来说，《蜀都赋》侧重于宣扬赋的劝世功能，创作面向社会；《蜀道难》侧重于抒发诗人自身情感，创作面向内心。何以见得？第一，二者的体裁奠定了李白与左思创作的基本走向。陆机《文赋》有云："诗缘情而绮靡，赋体物而浏亮。"诗与赋虽然相互渗透，但是还有着它们自身的基本功能与倾向。第二，从内容上来说，二者确实存在诗人各自的思想差异。《蜀都赋》是《三都赋》的一篇。从《三都赋》的序可以看出，左思认为写赋的目的在于"颂其所见"。晏斌《左思"三都赋"的文化阐释》分析说："……及左思入洛之时，三家归晋，国家复归统一，文人对晋世中兴，不免报有殷切的希望。但其时实施分封制度，有分裂动乱之危机，又令知识分子不免疑虑，所以左思既主张统一，又反对分裂，左思的这一创作目的，在皇甫谧的《三都赋序》中也明确地表现了出来。"[1] 而《蜀道难》的主旨，历来众说纷纭。詹锳《李白全集校注汇释集评》引《李白诗论丛·李白〈蜀道难〉本事说》，认为《蜀道难》"从李白与贺知章的关系看，《蜀道难》的写作时间还是应在天宝元年"[2]，主旨有四：一、罪严武；二、讽玄宗幸蜀；三、讽章仇兼琼；四、即事成篇别无寓意。冷卫国的《李白〈蜀道难〉历代主题说平议——兼

---

[1] 晏斌：《左思〈三都赋〉的文化阐释》，《时代文学月刊》2009年第10期。
[2] 詹瑛主编：《李白全集校注汇释集评》，百花文艺出版社1996年版，第315页。

论李白与〈文选〉赋的关系及其"以赋为诗"的艺术特征》①对此进行了总结。它们分别来源于唐人笔记的"罪严武说",来源于宋人的"刺章仇兼琼说",来源于元人笺释的"讽玄宗入蜀说",来源于明人的"别无寓意说",来源于今人的长安送别友人入蜀说和感慨仕途坎坷、功名难求说。这六种说法中,前三种因为与孟棨《本事诗》、王定保的《唐摭言》等史料不符,基本可以排除。而后三种,指向的都是李白个人经历的描述与情感的表达。

同时,在艺术风格与创作上,《蜀道难》与《蜀都赋》也走向了不同的方向。《蜀都赋》侧重于"征实",尽量参照现实进行创作。司马相如与扬雄的汉大赋曾因富丽鸿大而受到欣赏,但是之后的创作者,也因为这种夸张的形式会造成"劝百讽一"而主张变革文风。左思就是变革的支持者。《三都赋序》认为作赋的目的是"居然而辨八方"②,他引用扬雄的"诗人之赋丽以则"说明赋的创作原则,认为"美物者贵依其本,赞事者宜本其实"。根据这个原则,他对前代辞赋大家如司马相如、扬雄、班固、张衡进行了分析和批判,他批评"相如赋《上林》'引卢橘夏熟',扬雄赋《甘泉》而陈'玉树青葱',班固赋《西都》而叹以出比目,张衡赋《西京》而述以游海若假称珍怪"③。也就是说,赋虽然要包罗万象,但是要描绘现实世界,而不能有过多的虚幻和夸张。而《蜀道难》,正是极致想象与夸张的代表,也是李白式浪漫神秘气质作品的代表。周勋初的《李白"三拟〈文选〉"说阐微》认为:"李白写作逞辞大赋时,以为司马相如等人夸张得还不够,因而发挥了他天才的想象力与'大言'的本能,这就说明李白的大赋是对汉代大赋的发展,而与魏晋之后赋家的发展道路不同。"④

周勋初的关注点细致入微,但对于李白《蜀道难》是受"大赋"的

---

① 冷卫国:《李白〈蜀道难〉历代主题说平议——兼论李白与〈文选〉赋的关系及其"以赋为诗"的艺术特征》,《中国海洋大学学报》(社会科学版)2014年第1期。

② 刘志伟主编,刘锋、刘翠红副主编:《文选资料汇编·赋类卷》,中华书局2013年版,第16页。

③ 刘志伟主编,刘锋、刘翠红副主编:《文选资料汇编·赋类卷》,中华书局2013年版,第15—16页。

④ 周勋初:《李白"三拟文选"说阐微》,《郑州大学学报》(哲学社会科学版)2006年第39期。

影响，对"大赋"有所发展的说法，笔者有不同的意见。总览《蜀道难》全篇，会发现全文的风格表面张扬激烈而内里深沉凄怆，其实不同于汉大赋的侈丽雄浑，而更具有骚体的特征。比如，它都用恐怖险恶的自然景观来劝阻行人，《蜀道难》对突出蜀道高与险的"畏途巉岩"、"悲鸟号古木"、猛虎长蛇、"磨牙吮血"的描写，与淮南小山的《招隐士》中森然可怖的"山气巃嵸兮石嵯峨""偃蹇连蜷兮枝相缭""猿狖群啸兮虎豹嗥"极其相似。而劝导的句子，《蜀道难》的"嗟尔远道之人胡为乎来哉"与《蜀都赋》"王孙兮归来，山中兮不可以久留"有异曲同工之处。二者都令人魂悸魄动，情感强烈，夸张色彩浓郁。尽管今人将汉大赋与骚体赋都归入"赋"，但是在《文选》中，"赋"与"骚"是分类而置的。《文心雕龙》在论述文体时，也将列《诠赋》、《辨骚》两篇，给予"骚"独特的地位。许结的《中国辞赋理论通史》提出："'诗赋'与'骚赋'是中国辞赋的两大批评传统，楚骚居中。"[1] 胡大雷的《中古赋学研究》也认为"以骚体制歌"是"以赋为诗"的起步[2]，并用刘勰《文心雕龙·乐府》中的"延年以曼声协律，朱、马以骚体制歌"作为依据。"骚体"在抒情的强度和带虚字的语言句式上都有着自己的特点，在诗与赋的互动中起着协调过渡的作用，它与诗、赋的互动关系，还有待我们发掘。

结　语

在历史和文本的梳理与比较中，《蜀道难》与《文选》赋的关系得以展现。我们也得以发现，其实作为"天才型"诗人代表的李白，也是一个善于学习的人。才华之外，对经典的借鉴也促成了这位大诗人的成长。如果外部的分析是推理与猜度，那么李白自己的诗歌——《上安州裴长史书》的"五岁诵六甲，十岁观百家……常横经籍书，制作不倦"[3] 也足以证明他向传统学习的历程。张鹏飞《从"邯郸学步"到"飘然不群"——李白学习〈文选〉诗赋的成功经验探源》就说到，李白与《文

---

[1] 许结·《中国辞赋理论通史》，凤凰出版社2016年版，第742页。
[2] 胡大雷：《中古赋学研究》，广西师范大学出版社2011年版，第307页。
[3] 詹锳主编：《李白全集校注汇释集评》，百花文艺出版社1996年版，第4025页。

选》的关系，是模拟与创新的结合。他的"模拟"是"模拟"优秀作品，而创新则是在兼容后拔群。

这种在继承基础上加以创新，又有着个人鲜明特色的创作，我们可以称之为"通变"。刘勰《文心雕龙·通变》有言："凭情以会通，负气以适变，采如宛虹之奋鬐，光若长离之振翼，乃颖脱之文矣。"[①] 技巧与知识是值得学习的部分，却不一定能作为恒久的魅力存在。融化前人经典，这是李白诗歌优秀的基础，但更因为这些作品是与李白的生命、情感、气质相通，所以无论词句千变万化，它们总是带着李白的鲜明色彩，被后人欣赏赞叹。

而在《蜀道难》与《文选》赋的关系的探讨中，也可以窥见文学的自我成长之路。首先，因为涉及"以赋为诗"，便关注了"诗""赋"各自的源流与发展历史。这使我看到了诗、赋、骚三类文体如何保其本质，与音乐从结合到分离再到互相影响，形成自身的韵律，并获得自身存在的意义与位置。同时，一个文体在固定下来以后，它的发展也不可能"闭关锁国"，"以赋为诗"的出现就是一个明证。正是在文体的兼容中，文体实现创新，获得发展的生命力。而如何在融合中保持本质，又如何在本质上加以发展，是值得在实践和理论中通过具体课题来继续探究的内容。

[①] 黄叔琳：《订文心雕龙校注》，中华书局2000年版，第400页。

杜甫的主体诗风是"沉郁顿挫"吗?

孙 微[*]

摘 要：目前通行的袁行霈本《中国文学史》中称杜诗的主要风格是"沉郁顿挫"，然而通过考察这种说法的历史演进过程可以发现，以元稹、宋祁、苏轼、王安石、元好问等为代表的历代论者在论及杜诗的风格时均承认其集成性与包容性，称为"集大成""千汇万状"，这种评价在整个杜诗学史上一直是主流和大宗，这才是公认的杜诗风格；与之相对应地，以"沉郁顿挫"概括杜甫诗风的论者不仅在杜诗学史上出现较晚，且一直是少数，并不占主流地位。而将杜诗的主体风格最终凝定为沉郁顿挫，主要发生在现当代文学史教材的编写中，有着较为复杂的历史文化背景。

关键词：杜甫；主要诗风；沉郁顿挫；千汇万状

袁行霈本《中国文学史》中，首先肯定了杜诗风格的丰富性，进而指出杜诗的主要风格是"沉郁顿挫"，同时又不乏"萧散自然"之作。[①]由于袁行霈本《中国文学史》近十几年来已经成为我国高校中文专业的通行教材，课本上的这种说法对学生们的影响广泛而深刻，甚至学界对此判断亦多奉为圭臬，信之不疑。然而本着"不疑处存疑"的学术原则，考察这种说法的来龙去脉，却发现其中有着较为复杂的历史文化背景与接受过程，有鉴于此，仍有必要对大家耳熟能详的杜诗主体风格问题加以辨析。

---

[*] 孙微（1971— ），男，河北唐山人，山东大学儒学高等研究院教授，博士生导师。主要研究唐宋文学。

[①] 袁行霈主编：《中国文学史》第二卷，高等教育出版社2005年版，第240—241页。

一 "沉郁顿挫"是杜甫形容自己词赋之风格,而非诗风

在司空图《诗品》中提到的雄浑、冲淡、纤秾、沉着、高古、典雅、洗练等二十四种风格中,并不包含沉郁顿挫在内。在杜甫之前,也从未见到诗论家以此风格评价诗人者。应该指出的是,"沉郁顿挫"最早是杜甫对其赋作的自我评价,属于"夫子自道",出自其《进雕赋表》:"臣之述作,虽不能鼓吹六经,先鸣数子,至于沉郁顿挫,随时敏捷,扬雄、枚皋之徒,庶可企及也。"① 杜甫向玄宗表白说,自己的赋作可以达到汉代赋家扬雄、枚皋那样沉郁顿挫、随时敏捷的程度。应该注意的是,杜甫这里是将沉郁顿挫与随时敏捷合起来谈的。悬揣杜甫之本意,沉郁顿挫似是指文章的思想内容与表现技巧,随时敏捷是说文章的顺应时势、切合时宜与才思的迅捷、即时可用,故而沉郁顿挫原本并非形容风格,而仅是杜甫对自己文章内容与形式特色的归纳。然而本是用于其赋作的评价,后世竟被拿来评价其诗风,这个转换过程颇值得引起治杜诗学史者之关注。

那么问题是杜诗中哪些诗歌具有沉郁顿挫的风格,这些诗歌在整部杜诗中又占据怎样的比重呢?文学史教材上举出的诗例有《自京赴奉先县咏怀五百字》《北征》《同谷七歌》《梦李白二首》《秋兴八首》等,姑且不论教材所举诗例是否恰当和全面(窃以为《秋兴八首》实在算不得沉郁顿挫之作),总的来看,具有沉郁顿挫风格的杜诗总计似不超过百首,这样的数量在1457首杜诗中所占比例并不算大,因此将之定义为主体风格或主要风格在逻辑上是难以讲通的。其实从后世诗人对杜诗风格继承情况来看,若将沉郁顿挫设定为杜甫的主体诗风,亦难以解释杜诗沾溉后人的广泛性。北宋王禹偁称"子美集开新世界",开始肯定杜诗的开拓意义及其影响。宋人孙仅《读杜工部诗集序》曰:

> 公之诗支而为六家:孟郊得其气焰,张籍得其简丽,姚合得其清雅,贾岛得其奇僻,杜牧、薛能得其豪健,陆龟蒙得其赡博,皆出公之奇偏尔,尚轩轩然自号一家,爀世烜俗。后人师拟不暇,矧合之

---

① (清)仇兆鳌:《杜诗详注》卷二十四,中华书局1979年版,第2172页。

乎！风骚而下，唐而上，一人而已。①

无独有偶，清代叶燮《原诗》中亦有类似说法，其曰：

> 杜甫之诗，包源流，综正变，自甫以前，如汉、魏之浑朴古雅，六朝之藻丽秾纤、澹远韶秀，甫诗无一不备；然出于甫，皆甫之诗，无一字句为前人之诗也。自甫以后，在唐如韩愈、李贺之奇崛，刘禹锡、杜牧之雄杰，刘长卿之流利，温庭筠、李商隐之轻艳；以至宋、金、元、明之诗家，称巨擘者无虑数十百人，各自炫奇翻异，而甫无一不为之开先。②

既然杜甫开后世诗人所有诗风，中晚唐乃至宋金元明许多著名诗人的不同诗风也均源自杜甫，而杜甫本人的主要诗风却只有沉郁顿挫这一种，那他又怎能做到沾溉后人呢？因此从继承和影响这一角度进行逆推就会发现，我们若认可后世诗人不同诗风均源自杜诗这一说法，就必须先承认杜诗风格具有涵浑百家的多元性才行，否则这种说法即是毫无根据之伪命题。此外，设若杜甫的主体诗风真是沉郁顿挫，后世众多诗人学杜，却衍生出"简丽""清雅""奇僻""豪健""赡博""奇崛""雄杰""流利""轻艳"等多种风格，而这些五花八门的风格中却单单没有沉郁顿挫，这种现象也不禁令人顿生疑窦，难道这些后世诗人均不愿去学杜甫的主体风格，却都不约而同地学了老杜的冷门风格么？这当然也是荒谬的、不合常理的。因此从逻辑上进行分析，必然可以得出老杜诗风具有兼收并蓄的丰富性这一结论，沉郁顿挫并非其主体诗风，充其量只是老杜众多风格之一种，不过此种风格对后代的影响却并不明显，从后世诗人继承沉郁顿挫诗风者亦颇为寥寥的情况中便可看出。那么杜诗究竟有没有主要风格，若有的话其主要诗风究竟是什么呢？

二 杜诗的主体风格是"千汇万状"，而非沉郁顿挫

由于杜甫能够"不薄今人爱古人""转益多师"，故其诗歌风格变化

---

① 华文轩编：《古典文学研究资料汇编·杜甫卷》上编，中华书局1964年版，第59页。
② （清）叶燮著，霍松林校注《原诗·内篇上》，人民文学出版社1979年版，第8页。

多端，极为丰富，难以用某种单一风格进行标识与归纳，因此古人在论述杜诗风格时多强调其集成性与包容性，如元稹《唐检校工部员外郎杜君墓系铭并序》曰：

> 予读诗至杜子美，而知小大之有所总萃焉。……至于子美，盖所谓上薄风骚，下该沈宋，古傍苏李，气夺曹刘，掩颜谢之孤高，杂徐庾之流丽，尽得古今之体势，而兼今人之所独专矣。使仲尼考锻其旨要，尚不知贵，其多乎哉！苟以为能所不能，无可无不可，则诗人以来，未有如子美者。[1]

在元稹这段著名的评论中，明确指出杜诗的风格几乎囊括了古今诗人之所"独专"者，并将其集大成般地总萃为一，可见杜诗风格具有极大的丰富性。此后宋祁《新唐书·杜甫传赞》曰："至甫，浑涵汪茫，千汇万状，兼古今而有之。"[2] 便明显是继承了元稹的"集大成"之说。类似的评价还有很多，下面试举几例。如苏轼《书唐氏六家书后》曰："鲁颜公书雄秀独出，一变古法，如杜子美诗，格力天纵，奄有汉、魏、晋、宋以来风流，后之作者，殆难复措手。"[3] 又《书吴道子画后》曰："诗至于杜子美，文至于韩退之，书至于颜鲁公，画至于吴道子，而古今之变，天下之能事毕矣。"[4] 秦观评杜诗曰：

> 杜子美之于诗，实集众家之长，适当其时而已。昔苏武、李陵之诗，长于高妙；曹植、刘公幹之诗，长于豪逸；陶潜、阮籍之诗，长于冲澹；谢灵运、鲍照之诗，长于峻洁；徐陵、庾信之诗，长于藻丽。子美者，穷高妙之格，极豪逸之气，包冲澹之趣，兼峻洁之姿，备藻丽之态，而诸家之作，所不及焉。然不集诸家之长，亦不能独至于斯也，岂非适当其时故耶？孟子曰："伯夷，圣之清者也；伊尹，圣之任者也；柳下惠，圣之和者也；孔子，圣之时者也。孔子之所谓

---

[1] （唐）元稹撰，冀勤点校：《元稹集》卷五十六，中华书局1982年版，第600—601页。
[2] （宋）欧阳修、宋祁：《新唐书》，中华书局1979年版，第5738页。
[3] （宋）苏轼著，孔凡礼点校：《苏诗文集》卷六十九，中华书局1986年版，第2206页。
[4] （宋）苏轼著，孔凡礼点校：《苏诗文集》卷七十，中华书局1986年版，第2210页。

集大成。"呜呼！子美亦集诗之大成者欤?①

王安石评杜诗曰：

  至于甫，则悲欢穷泰，发敛抑扬，疾徐纵横，无施不可。故其诗有平淡简易者，有绮丽精确者，有严重威武若三军之帅者，有奋迅驰骤若泛驾之马者，有淡泊闲静若山谷隐士者，有风流蕴藉若贵公子者。②

黄裳《陈商老诗集序》曰：

  读杜甫诗，如看羲之法帖，备众体而求之无所不有，大几乎有诗之道者。自馀诸子，各就其所长，取名于世，故工于书者，必言羲之；工于诗者，必取杜甫。盖彼无不有，则感之者各中其所好故也。③

郑卬《杜工部诗序》曰：

  读少陵诗，如驰骛晋楚之郊。以言其高，则邓林千岩，槚楠杞梓，扶疏摩云；以言其深，则溟波万顷，蛟龙鼋鼍，倘佯排空。拭眦极目，方且心骇神悸，莫知所以。或其甄别名状，实难为功。韩退之推其光焰万丈长，殆谓是矣。④

鲁訔《编次杜工部诗序》曰：

  少陵老人初不事艰涩索隐以病人，其平易处，有贩夫老妇所可道者。至其深纯宏远，千古不可追迹。其序事稳实，立意浑大，遇物为

---

① （宋）魏庆之编：《诗人玉屑》卷十四，上海古籍出版社1978年版，第300—301页。
② （宋）胡仔纂集，廖德明校点：《苕溪渔隐丛话》前集卷六，人民文学出版社1962年版，第37页。
③ （宋）黄裳：《演山集》卷二十一，台湾商务印书馆1983年影印《文渊阁四库全书》本。
④ 华文轩编：《古典文学研究资料汇编·杜甫卷》上编，中华书局1964年版，第324页。

难状之景，纾情出不说之意，借古的确，感时深远。若江海浩瀁，风云荡汩，蛟龙鼋鼍出没其间，而变化莫测，风澄云霁，象纬回薄，错峙伟丽，细大无不可观。①

王彦辅《增注杜工诗序》曰：

逮至子美之诗，周情孔思，千汇万状，茹古涵今，无有端涯，森严昭焕，若在武库，见戈戟布列，荡人耳目。②

胡铨《僧祖信诗序》曰：

少陵杜甫耽作诗，不事他业，讽刺、讥议、诋诃、箴规、姗骂、比兴、赋颂、感慨、忿懥、恐惧、好乐、忧患、怨怼、凌遽、悲歌、喜怒、哀乐、怡愉、闲适，凡感于中，一以诗发之。仰观天宇之大，俯察品汇之盛，见日月霜露、丰隆列缺，屏翳沆瀣，烟云之变减；云岩邃谷、悲泉哀壑，深山大泽。龙蛇之所宫；茂林修竹、翠筱碧梧，惊鹄之所家；天地之间，诙诡谲怪，苟可以动物悟人者举萃于诗。故甫之诗，短章大篇，纡馀妍而卓荦杰，笔端若有鬼神，不可致诘。后之议者至谓：书至于颜、画至于吴、诗至于甫，极矣。③

吴沆《环溪诗话》曰：

杜甫之诗，至二十韵、三十韵，则气象愈高，波澜愈阔，步骤驰骋，愈严愈紧，非有本者，能如是乎！唐史有言：诗人以来，未有如子美，浑涵汪洋，千汇万状，兼古今而有之也。④

张表臣《珊瑚钩诗话》称杜诗在艺术风格上兼备众体，既有含蓄、

---

① 华文轩编：《古典文学研究资料汇编·杜甫卷》上编，中华书局1964年版，第323—324页。
② （清）仇兆鳌：《杜诗详注》，中华书局1979年版，第2244页。
③ 曾枣庄、刘琳主编：《全宋文》第195册，上海辞书出版社2006年版，第268—269页。
④ （宋）吴沆：《环溪诗话》卷上，《四部丛刊初编》本，中华书局1985年版，第7页。

清丽，又有奋迅、清旷、发扬蹈厉、雄深雅健等风格。① 元好问《杜诗学引》曰：

  窃尝谓子美之妙，释氏所谓学至于无学者耳。今观其诗，如元气淋漓，随物赋形；如三江五湖，合而为海，浩浩瀚瀚，无有涯涘；如祥光庆云，行变万化，不可名状，固学者之所以动心而骇目。②

胡应麟《诗薮》曰：

  杜则精粗、钜细、巧拙、新陈、险易、浅深、浓淡、肥瘦，靡不毕具……其能会萃前人在此，滥觞后世亦在此。③

  从以上罗列的历代评论中可以看出，古人对杜诗风格的总结，多是从总体上着眼，强调杜诗风格兼收并蓄，具有集大成的包容性特征，认为杜甫诗风是"千汇万状""随物赋形""无所不有""包罗众美""茹古涵今""不可名状"，这种对杜诗风格的评价在整个杜诗学史上一直是主流和大宗，可见这才是杜甫公认的风格，且几无任何疑义。与之相对应地，以沉郁顿挫概括杜甫诗风的论者不仅出现较晚，且一直是少数，以下简要论之。

三　历代诗论家以"沉郁顿挫"称杜甫诗风者简述

  文献中最早以"沉郁"称杜甫诗风者是南宋的严羽，其《沧浪诗话·诗评》曰："子美不能为太白之飘逸，太白不能为子美之沉郁。"④ 不过严羽之评只及沉郁，而未涉顿挫。此后的宋代诗话中以沉郁称杜诗风格者多数是受了严羽《沧浪诗话》的影响，然却并未见以"沉郁顿挫"誉

---

 ① （宋）张表臣：《珊瑚钩诗话》卷一，何文焕辑《历代诗话》，中华书局 1981 年版，第 453 页。
 ② （金）元好问：《遗山先生文集》卷三十六，《四部丛刊初编》第 221—222 册，上海书店 1989 年版。
 ③ （明）胡应麟：《诗薮》内编卷四，上海古籍出版社 1979 年版，第 70 页。
 ④ （宋）严羽著，郭绍虞校释：《沧浪诗话校释》，人民文学出版社 1963 年版，第 168 页。

杜诗者。直至清初贺贻孙《诗筏》曰："子美诗中沉郁顿挫，皆出于屈、宋，而助以汉、魏、六朝诗赋之波澜。"① 王辉斌据此认为，贺贻孙是最早以"沉郁顿挫"四字连用称誉杜诗风格者。② 然而，贺贻孙此论亦应者寥寥，目前能够找到以"沉郁顿挫"评价杜诗的还有以下数家：清初邵长蘅《二家诗钞》曰："子美自许沉郁顿挫、碧海鲸鱼，后人赞其铺陈排比，浑涵汪茫，正是此种。"③ 康熙朝徐锡我《我侬说诗》曰："杜诗则笔笔顿挫，字字沉郁，此其所以轶绝诸家也。"④《四库全书总目》之《渔洋精华录》提要云："律以杜甫之忠厚缠绵，沉郁顿挫，则有浮声切响之异矣。"⑤ 方东树《昭昧詹言》曰："杜公所以冠绝古今诸家，只是沉郁顿挫，奇横恣肆，起结承转，曲折变化，穷极笔势，迥不由人。"⑥ 这些评论比贺贻孙稍晚，都可以看作贺贻孙所论之嗣响。另晚清陈廷焯在其《白雨斋词话》亦曾提及杜诗的风格，其曰："杜陵之诗，包括万有，空诸倚傍，纵横博大，千变万化之中，却极沉郁顿挫，忠厚和平，此子美所以横绝古今，无与为敌也。"⑦ 在以上诸家中，除了《四库全书总目》影响颇著外，贺贻孙、徐锡我、方东树、陈廷焯等人的在整个清代的影响力实在有限，其所持"沉郁顿挫"之论与元稹以迄元好问、胡应麟的"集大成"说与"千汇万状"说相比，只能算支流细响，直如爝火之于太阳，不可同日而语，所以并不能说他们数人之论就是学界的公论，而那些声称"沉郁顿挫"说已经得到杜诗学界公认者，并不符合文学史发展的客观事实。

通过梳理由宋迄清诗论家对杜诗风格之论可以发现，由唐代元稹至南宋严羽之前，从未有人以"沉郁顿挫"概括杜甫之诗风；至严羽方开始将沉郁作为杜甫特征性诗风提出，后人踵武其说者不仅人数较少、不成气候，而且多为清人，影响亦不算大。至清初贺贻孙方首次以"沉郁顿挫"

---

① （清）贺贻孙：《诗筏》，郭绍虞编选：《清诗话续编》，上海古籍出版社1983年版，第174页。
② 王辉斌：《杜甫"沉郁顿挫"辨识》，《杜甫研究学刊》2009年第1期。
③ （清）邵长蘅：《二家诗钞》，《四库全书存目丛书补编》第36册，齐鲁书社1997年版，第443页。
④ （清）徐锡我：《我侬说诗》，上海图书馆藏倪承宽钞本。
⑤ （清）永瑢等：《四库全书总目》卷一百七十三，中华书局1965年版，第1522页。
⑥ （清）方东树：《昭昧詹言》卷十四，人民文学出版社1961年版，第379页。
⑦ （清）陈廷焯：《白雨斋词话》卷八，人民文学出版社1959年版，第221—222页。

论杜诗，而在其之前，由唐至明的漫长历史时空中竟很难找到将"沉郁"与"顿挫"连用以论杜诗风格者。还需要指出的是，除了上面提到的个别清代人，几乎很少有人单独将沉郁顿挫作为杜诗的主体风格，并且这种情况一直持续到清末民初并未有多少改变。

四　新中国成立后诸种文学史对杜诗总体诗风的判断及嬗变过程

通览新中国成立前后的诸种文学史可见，将杜诗的主体风格凝定为沉郁顿挫，主要发生在现当代文学史教材的编写中。民国间编撰的几种较早的文学史，如黄人《中国文学史》和陆侃如、冯沅君《中国诗史》中，都没有对杜甫诗风进行概括和总结。郑振铎1932年出版的《插图本中国文学史》中卷第二十六章"杜甫"，在论及杜甫诗风时提到了集大成说，却未提沉郁顿挫诗风。编于1937—1948年的刘大杰《中国文学发展史》中也未见关于杜甫主体诗风的表述。1957年教育部编撰的《中国文学史教学大纲》中将"杜甫诗歌的人民性"单列为一节，但尚未涉及沉郁顿挫诗风。[①] 刘明华指出，《大纲》对文学史编纂的影响很快显现出来，以游国恩《中国文学史》为代表的几种文学史教材对杜甫诗歌的人民性的书写与《大纲》保持了高度一致。[②] 1963年柯剑岐《论杜甫诗歌的艺术风格》一文指出，"沉郁"是杜诗的基本风格，沉郁风格贯穿了杜甫的全部创作，其绝大多数作品都不同程度地体现了这种风格。[③] 这是较早定义杜诗基本风格者，然柯氏这里仅提"沉郁"，却未提"沉郁顿挫"。1963年，游国恩、萧涤非主编《中国文学史》曰："杜诗的风格，多种多样，但最具特征性、为杜甫所自道且为历来所公认的风格，是'沉郁顿挫'。时代环境的急遽变化，个人生活的穷丑困苦，思想感情的博大深厚，以及表现手法的沉着蕴藉，是形成这种风格的主要因素。"[④] 如前所述，称

[①] 中华人民共和国高等教育部审定《中国文学史教学大纲》，高等教育出版社1957年版，第97页。

[②] 刘明华：《中国现代学制文学教育中杜甫形象》，《文学遗产》2017年第2期。

[③] 柯剑岐：《论杜甫诗歌的艺术风格》，《杜甫研究论集》二辑，中华书局1963年版，第226—229页。

[④] 游国恩主编：《中国文学史》，人民文学出版社1963年版，第116页。

"沉郁顿挫"诗风为杜甫"历来所公认的风格"其实并无多少文献依据。不过游国恩、萧涤非等主编《中国文学史》自从20世纪60—90年代在国内高校风行三四十年,其论述已经成为一代人的集体记忆,影响颇大。而以萧涤非为代表的老一辈学人在教材中使用"沉郁顿挫"概括杜甫的特征与诗风其实是五六十年代意识形态选择的结果。在新中国成立初期的古典文学研究界,由于马列主义意识形态的导向作用,古代作家的阶级出身问题开始变得异常敏感,在此时代潮流和背景之下,以萧涤非、朱东润、傅庚生为代表的杜甫研究专家们非常希望给杜甫冠以"农民诗人"或"贫下中农诗人"的称号,可惜的是杜甫并非出身社会底层,若按阶级论的标准来看,他甚至可以算作一个富裕的地主,因此如何为杜甫贴一个适当的标签就成为当时一件令人非常头疼的事情。萧涤非等人只好退而求其次,将杜甫冠以"人民诗人"之头衔,强调其忧国忧民的思想以适应时代的价值取向。为了与之呼应配合,在杜甫千汇万状的风格中,便只好单单选出"沉郁顿挫"作为其最具特征性的风格,这是因为只有沉郁顿挫才最容易让人联想到愁眉苦脸、忧国忧民的诗人形象,所以"沉郁顿挫"便成为杜甫诗风的特定标签,并在以后的文学史撰写中被继承且逐渐放大。如章培恒、骆玉明主编《中国文学史》曰:"杜甫诗歌的艺术风格多种多样,最具有特征性的、也是杜甫自己提出并为历来评论者所公认的,是'沉郁顿挫'。"[1] 可以看出,这种描述几乎是游国恩、萧涤非本《中国文学史》的翻版。不过值得指出的是,游国恩本《中国文学史》只是将沉郁顿挫作为杜甫"最具特征性"的风格,却尚未定义为"主要风格",然而至1996年袁行霈本《中国文学史》则开始称杜诗的主要风格是"沉郁顿挫",此说将萧涤非的"最具有特征性"说,发展为"主要风格"说,在萧说的基础上又更进一步。袁行霈本《中国文学史》第二卷的编撰者为莫砺锋先生,他在《杜甫评传》中用了不少篇幅肯定杜诗风格多姿多彩的特征,但他同时认为"一位伟大的诗人又必定具有非常独特的主导风格,这种风格就是诗人艺术个性的标志。杜诗的主导风格是'沉郁顿挫'"。远自钟嵘的《诗品》开始,诗评家就常以三言两语简要地概括一个作家的风格特点,这确实是中国古典诗评的一种极为常见方式,然而这种常见的批评方式放在集大成的杜甫身上又恰恰行不通的,而

---

[1] 章培恒、骆玉明主编:《中国文学史》中册,复旦大学出版社1996年版,第119页。

将主导风格与艺术个性的标志等同为一的观念,便是导致《中国文学史》中以"沉郁顿挫"作为杜甫主导风格的根本原因。莫先生在《杜甫评传》中又说:"人们一提到'沉郁顿挫'就必然想起杜诗,可见这已经被公认是属于杜甫个人的。'沉郁顿挫',这就是杜甫的独特风格。"① 如前所论,"沉郁顿挫"是杜甫公认的风格的说法显然有悖于历史事实,以"沉郁顿挫"评价杜诗至清代的贺贻孙方才出现,而将这种风格定义为杜甫最具特征的风格则始于柯剑岐、萧涤非等人,从莫先生此论中外貌隐约可见游国恩本《中国文学史》的影子。如上所论,在由宋至清如此巨大的时空跨度中虽也有少数诗论家以"沉郁顿挫"称杜诗,但毕竟仅仅是少数,故而不能判定此说已为评论界所公认。不仅如此,目前学界对此说其实仍有不少异议,如张安祖《"沉郁顿挫"探源》一文认为,"沉郁顿挫"并非杜甫关于自己作品风格的夫子自道,而是强调自己的作品寓有深刻的讽喻意义。文学史家以"沉郁顿挫"概括杜诗风格的做法并不符合杜甫的本意。为避免概念运用的混乱,造成不必要的异说歧解,论者尽可以放弃以"沉郁顿挫"概括杜诗风格的习惯思路,而是根据个人体会从不同角度认识杜诗的创作特点。② 然而不管怎样,随着袁行霈本《中国文学史》的风行天下,此说目前已经逐渐变成学术界的主流之音,其影响极为广泛,甚至连原书中对杜诗风格多样性的客观论述都已被大学生读者所忽略,他们往往直接接受"沉郁顿挫"为杜诗主要风格说,这种接受层面的选择性变异,更使袁本《文学史》中原本客观全面的描述变得愈发走样。学界甚至还有人认为:"'沉郁顿挫'是贯穿杜诗前后期作品中共有的特色,用'沉郁顿挫'来概括杜甫诗歌的主体风格,已为古今研究者所一致认可。"③ "已为古今研究者所一致认可"云云实属大言欺人、矮人观场,是一种不负责任的说法,未能对杜诗接受中作认真的调查,当系对袁行霈本《文学史》之论点进行的随意发挥与放大。作为一个集大成的诗人却只有一种诗风,这难道不是滑稽与怪异的事吗?

总之,由唐迄清的历代论者论及杜甫诗风时多主集大成说,认为杜诗风格具有丰富性与包容性,而以"沉郁顿挫"称誉杜诗者则属于少数,

---

① 莫砺锋:《杜甫评传》,南京大学出版社1993年版,第262、272页。
② 张安祖:《"沉郁顿挫"探源》,《文学遗产》2004年第3期。
③ 王少良:《中国古代文学原理研究》,中国文联出版社2000年版,第222页。

尚未称公论。民国以迄新中国成立初期的文学史教材中，亦未见有将沉郁顿挫作为杜诗主要风格的说法。将杜诗总体风格贴标签式的冠以"沉郁顿挫"仅始于新中国成立以后的文学史教材中。因此"沉郁顿挫"为主要风格说是时代阐释的产物，此说在杜诗接受史上实属特例，似非客观公允之论，存在以偏概全的倾向，在解释杜诗对后世影响的广泛性时又难以讲通。我们目前的文学史撰写中，对杜诗总体风格的认识应抛开新中国成立初期仅以阶级性、人民性关注杜甫的偏颇眼光，同时应该认识到杜甫作为集大成式的诗人，具有千汇万状的多种风格，不宜简单地以某一两种风格进行总结和归纳，更不能将特征性诗风与杜诗的主要风格混为一谈。因此希望袁行霈本《中国文学史》的编者将有关杜诗主要风格部分的论述稍作调整，采用更加符合文学史事实的描述加以介绍，从而尽量避免学生们在接受过程中由于误读而产生更大的偏颇。

杜甫《潼关吏》中的"大城""小城"考证

左汉林[*]

摘　要：乾元二年（759）三月，杜甫自洛阳归华州，路过潼关，作《潼关吏》，表现了他对国事的忧虑和关心。关于《潼关吏》中"大城铁不如，小城万丈余"一句的含义和用法，学界约有三说，或以为指"大城"坚而"小城"高，或以为此二句是夸饰之语，或以为此二句为互文。通过对潼关一带山川地理及其防御体系的实地考察，本文认为杜诗中的"大城"是指潼关关楼，"小城"则是指禁沟边上的十二连城。

关键词：杜甫；潼关吏；潼关；禁沟；十二连城

杜甫的《潼关吏》是其著名的"三吏""三别"中的一篇。一般认为，此诗作于乾元二年（759）三月，时杜甫自洛阳归华州，路经潼关。他看到官军筑城，山高城坚，固觉欣慰，但想起三年前哥舒翰守潼关失守，又颇觉哀伤。杜甫叮嘱潼关将士认真把守潼关，勿蹈哥舒翰覆辙，表现了他对国事的忧虑和关心。《潼关吏》中有"大城铁不如，小城万丈余"之句，本文将对其中的"大城""小城"的含义略作考证。

一

关于杜甫《潼关吏》中"大城"和"小城"的含义及两句的艺术手法，前人主要有以下诸说：

第一，此二句意为"大城"坚，而"小城"高，"小城"之所以

---

[*] 左汉林，中央财经大学文化与传媒学院教授。

"高",是因为它建在山上。如仇兆鳌《杜诗详注》云:"铁不如,言其坚;万丈余,言其高。小城跨山,故尤见其高也。"即认为"小城"之高,是因为"跨山"之故。谢思炜先生也认为小城是"依山所修障堡"。①

第二,此二句使用了夸张的手法,并非写实。《九家集注杜诗》之杜田注云:"诗人好大其事。《学林新编》云:'按子美《潼关吏》诗曰:大城铁不如,小城万丈余。岂有万丈城耶?姑言其高。'……诗人之言当如此,而存中(沈括)乃拘以尺寸较之则过矣。"杜田认为,潼关之城虽高,却也没有"万丈余",杜诗称其"万丈余"只是一种夸张的说法,即所谓"诗人好大其事"。因此,不能认为杜甫此句为写实,如果信其为真,而"拘以尺寸较之",就会产生对杜诗的误读。

第三,此二句为互文。朱鹤龄《杜工部诗集辑注》注此二句云:"上语言坚,下语言高,其义互见。"清刘熙载《艺概》云:"杜诗又云:'大城铁不如,小城万丈余。'其意亦可相通相足。"钱钟书云:"《潼关吏》'大城铁不如,小城万丈余',注上句言其坚,下句言其高。按此互言也,大城何尝不高,小城何尝不坚,分解非是。"② 李炎《杜甫〈潼关吏〉赏析》云:"这两句诗是互文,夸张之词,极言潼关的险要地位。意思是说,潼关不论大城小城,都很坚固高峻。这就显出潼关的威武雄姿。"③ 程国煜《互文辞格》云:"'铁不如'指城墙之坚固,'万丈余'写城墙之高峻。大城小城均指潼关上的城。'大城''小城'为互文,句意是:潼关上的大城小城都很坚固、高峻,难以攻破。"④

关于《潼关吏》中"大城""小城"的含义约有以上三说,即或以为指"大城"坚,而"小城"高;或以为此二句是夸饰之语,并非写实,不能信以为真;或以为此二句为互文,谓潼关上的"大城""小城"都"铁不如"和"万丈余",即都很坚固和高峻。以上三说之中,以"互文说"最为学界所接受。

---

① 谢思炜:《杜甫集校注》,上海古籍出版社2015年版,第263页。
② 钱钟书:《钱钟书手稿集·中文笔记》,第19册,商务印书馆2011年版,第136页。
③ 李炎:《杜甫〈潼关吏〉赏析》,《渭南师专学报》1998年第4期,第87—89页。
④ 程国煜:《互文辞格》,《昭乌达蒙族师专学报》1993年第10期,第101—107页。

二

　　通过对潼关建关历史及其附近山川地理情况的考察，本文不同意以上三说。本文认为，杜甫《潼关吏》中的"大城"和"小城"有其确定的含义，"大城"指的是潼关关楼。

　　要考证杜甫《潼关吏》中的"大城"和"小城"，先要知道潼关的具体位置，因为潼关在历史上至少曾两次迁移。据严耕望先生《唐代交通图考》："潼关见史，盖始于曹操征韩遂。故关城在今旧关城（最近改名港口）东南四里之南原上（今杨家庄、城北村之间），尚有遗迹可寻。东临远望沟，西临潼河东源之禁沟，北去黄河岸三四里。隋时曾迁徙。唐武后时，更北徙近河为路，盖今潼关地。关西一里有潼水，北流入渭，故关以受名。"① 可见，潼关在汉唐至少迁徙两次。

　　关于不同时期潼关关城的位置，经当地学者实地考察，目前已较为清晰。据姚允文先生考证，"东汉创建的潼关古城在今秦东镇杨家庄、城北村城垣一带"②。其地"北距明潼关古城一公里，三面环沟，筑有城墙，地势险要"③。据《潼关》一书的作者袁玮实地考察，东汉的潼关城"东临原望沟，西临禁沟及潼谷"，在"今潼关县港口乡政府驻地东南塬上"，"上南门夯筑建筑犹在"。并且"这个城只有南墙和北墙"，北城墙遗址在陶家庄北侧，东西长约1公里，高约7米。南城墙在杨家庄南侧，城根（北）村北侧，与原望沟和禁沟之间的古道（长洛大道）交叉。④ 所述更为详细，而其所指之地与姚允文先生相同。

　　潼关城在隋炀帝大业七年（611）曾迁移至"坑兽槛谷"。据袁玮实地考察，其地在今"潼关县港口乡南四里"的"中咀坡下"，其地又称"禁沟口"，地处禁沟和潼水的交汇之处，"长洛大道从汉潼关城西行下坡必经这里"。现遗址不存，仅存烽火台一座。⑤

　　到唐代，潼关关楼的位置又迁移至黄河南岸的高塬上。姚允文先生指

---

① 严耕望：《唐代交通图考》（第一册），上海古籍出版社2007年版，第35页。
② 姚允文、胡长坤：《千古潼关》，三秦出版社2005年版，第9页。
③ 姚允文、胡长坤：《千古潼关》，三秦出版社2005年版，第11页。
④ 袁玮：《潼关》，吉林文史出版社2010年版，第42页。
⑤ 袁玮：《潼关》，吉林文史出版社2010年版，第45页。

出:"(潼关)唐天授二年迁到黄河南岸(今港口),建有关楼,城外挖有壕沟,南依高山,北濒黄河,形势极为险要。"① 袁玮也认为:到唐代,长洛大道改道,它不再绕行塬上,而是沿黄河南岸通行。为了控制此道,潼关城在武则天天授二年(691)迁到今潼关所在之处,西门据潼关一里,北墙紧挨黄河岸边,南墙在南塬半坡,东门在原望沟口东侧的黄巷坡内的金陡关。迁址之后,潼关"既可以控制东西大道,又可控制绕道塬上的古道"。②

潼关关城在唐天授二年(691)迁移之后再未改变位置,因此杜甫所经过的潼关,其具体位置正在此处。唐代的潼关主要是为了防御东方来犯之敌,故关城东侧的关楼是最为高大坚固的建筑。杜甫是自东向西经过潼关,他所能看到的最宏伟的建筑正是这座朝东的关楼。因此,这座规模最大、最坚固的潼关关楼,就是杜甫《潼关吏》中的"大城"。

三

除潼关关城外,潼关还设有其他防御设施,最著名的就是十二连城。本文认为,杜诗中的"小城"所指正是十二连城。

潼关十二连城的作用是防卫禁沟(又称禁峪、禁谷、禁坑)。据《陕西通志》卷十三《山川》:"禁峪,在城南三十里,谷势壁立,望者禁足,因名。近洛南界,亦功令禁人往来之地。……潼之右有谷,平日禁人往来,以榷征税,名曰禁坑。今人谓之禁沟,亦名禁谷,一名禁坑,又名禁沟。"

按禁沟是一条山谷,其地在唐潼关关城之南,南起秦岭之蒿岔口,北至禁沟与潼河交汇处,南北长15公里。从秦岭中的武关沿禁沟南行,可抵达潼关附近,也可绕过潼关进入关中。为防止潼关被偷袭,历史上在禁沟西侧建有十多个防御性建筑,与潼关关城一起构成完整的防御体系,称为十二连城。《大清一统志》卷一百九十《同州府》:"十二连城,在潼关厅南,禁沟西。旧时每三里设一城,凡设十二城,以防御禁沟之潜越,谓之十二连城,后废。"可见,每三里设置一个防御性建筑,正是为了防止

---

① 姚允文、胡长坤:《千古潼关》,三秦出版社2005年版,第9页。
② 袁玮:《潼关》,吉林文史出版社2010年版,第48页。

来自禁沟的偷袭。

在历史上,曾有经过禁沟攻陷潼关的战例。据《旧唐书》卷一百五十《黄巢传》:"朝廷以田令孜率神策、博野等军十万守潼关。……复任宦官为将帅,驱以守关。关之左有谷,可通行人,平时捉税,禁人出入,谓之禁谷。及贼至,官军但守潼关,不防禁谷,以为谷既官禁,贼无得而逾也。尚让、林言率前锋由禁谷而入,夹攻潼关。官军大溃。"《新唐书》卷二百二十五《黄巢传》:"巢攻(潼)关,齐克让以其军战关外,贼少却。……关左有大谷,禁行人,号'禁谷'。贼至,令孜屯关,而忘谷之可入。尚让引众趋谷,承范惶遽,使师会以劲弩八百邀之,比至,而贼已入。明日,夹攻关,王师溃。"可见,黄巢军正是通过禁谷进入潼关之西,然后与潼关之东的军队东西夹攻,从而攻陷潼关。

因此,对于防守潼关而言,防卫禁沟非常重要。对于此点,《陕西通志》卷九十四《艺文》所载杨端本《潼关连城说》述之甚详,其文云:"至潼关之守,则禁坑最为要地。昔黄巢从禁坑破关,明逆闯李自成亦由禁坑陷关,岂非一方不戒而失三险之明验乎?盖疏忽地理之要,而十二连城之废也。古设十二连城于禁沟之西,由南郊以抵山麓,计三十里,而十二城是三里一城也。每城设兵百人,而于中城益其兵,多设火器矢弩,连络呼应,疾若风雨,即有百万之众,岂能超越而飞渡耶?故守关而不守禁沟者,守犹勿守也。守禁沟而不建十二连城者,守犹未善也。"可见,为了防止来自禁沟的偷袭,才在禁沟的西侧建设了所谓的十二连城。这些城每三里设置一座,与关城一起构成完整严密的防御体系。每座"连城"设兵百人把守,只有"中城"士兵较多。城上的武器以火器、矢、弩为主,便于居高临下,攻击来自禁沟的偷袭者。

由此看来,这些所谓的"连城"只是百人把守的小城,为了能够凭高御敌,其中可能建有类似烽火台的建筑。现在,这些连城的遗址因其形状也被称为烽火台,但十二连城的作用在于御敌,而非传递信号,故其作用实与烽火台有异。据《通典》卷一百五十二《兵五》:"烽台,于高山四顾险绝处置之,无山亦于孤迥平地置。……台高五丈,下阔二丈,上阔一丈,形圆。上建圆屋覆之,屋径阔一丈六尺,一面跳出三尺,以板为上覆下栈。屋上置突灶三所,台下亦置三所,并以石灰饰其表里。复置柴笼二所,流火绳二条,在台侧近。上下用屈膝梯,上收下乘。屋四壁开觑贼孔及安视火筒,置旗一口、鼓一面、弩两张、抛石、礌木、停水瓮、干粮、麻蕴、火钻、火箭、蒿艾、狼粪、牛粪。每晨及夜平安，举一火；闻警，固举二火；见烟尘，举三火；见贼，烧柴笼。如每晨及夜，平安火不来，即烽子为贼所捉。一烽六人，五人为烽子，递知更刻，观视动静；一人烽率，知文书、符牒、转牒。"可见，烽火台的作用是传递军事信号，故其守卫者人数较少，只有五人。而潼关禁沟边所建的连城，其目的在于御敌，故其人数当比烽火台多，且其规模也更大。

目前，十二连城遗址尚在，我们在禁沟之中可以看到十多个高七八米、底边宽十余米的高台。这些高台被称为烽火台，也被称为十二连城遗址。本文认为，这些高耸在山塬上的建筑，正是杜甫诗中的"小城"，因其建在山塬高处，外形高耸，故杜诗中有"小城万丈余"之句。

前人因为不详潼关之山川地理，他们关于杜甫《潼关吏》中"大城""小城"的说法均有问题。如仇兆鳌认为："铁不如，言其坚；万丈余，言其高。小城跨山，故尤见其高也。"此说似不错，但仇兆鳌并不知道潼关建筑与地形的具体情况，也未说明杜甫此诗中的"大城"与"小城"何指。又杜田认为"大城铁不如，小城万丈余"是诗人夸饰之言，不当认真。按"小城"万丈云云，固然有夸张的成分，但此句是对潼关关城及十二连城所构成的综合防御体系的准确描述，其主要特征并不在于夸张。又有以此二句为互文者，认为潼关之大城、小城都"铁不如"，都"万丈余"。此仅是着眼于诗歌之句法，亦不详"大城""小城"之所指。实际上，杜诗中的"大城"指潼关关楼，"小城"则指十二连城。

四

如果要判定杜诗中的"大城"指潼关关楼，"小城"指十二连城，还有一个问题需要解决，那就是杜甫经过潼关时这里是否有十二连城。如果当时这里并没有十二连城，杜诗中的"小城"也就肯定不是指十二连城。本文认为，在杜甫经过潼关时，这里已经有十二连城了。原因如下：

第一，在唐代，潼关已经建成非常成熟的防御系统，十二连城是这个防御系统重要的组成部分。据《唐六典》卷六《尚书刑部》："京城四面关有驿道者为上关，上关六：京兆府蓝田关、华州潼关、同州蒲津关、岐州散关、陇州大震关、原州陇山关。"可见，潼关是唐代的六个上关之一，其重要性毋庸置疑。潼关是长安在东方的门户，防守长安必防卫潼关，防卫潼关必防守禁沟，而防守禁沟则一定会有类似于十二连城这样的防御性建筑。

第二，潼关的禁沟，在唐代之前就应设有十二连城这样的防御性军事建筑。如前所言，潼关在三国时期就是军事要地，其防守至关重要。当时的潼关关楼尚在今潼关之南，更近于禁沟。而行人及入侵者也都要从金陡关西行，然后转向南方，爬上高塬，再下到禁沟之中转而北行，再穿过潼关关楼继续往北抵达黄河岸边，继续往西进入关中。人们之所以选择这样的路线，是因为当时黄河水紧邻北岸的高塬，一侧是汹涌的黄河，一侧是险峻的高塬，中间没有道路，因此也无法通行，故只能转向南方，取道禁沟通行。所以，禁沟的地理位置就变得非常重要，为防卫禁沟，在长长的禁沟旁建设防御性建筑成为必然。因此，所谓的十二连城不仅唐代就已存在，其建成应在唐代之前。

第三，唐代的十二连城应有士兵把守。在唐代，因为黄河河道加深，河岸逐渐露出，成为一条可以通行的通道。人们不再需要走从高塬转禁沟的道路，而是直接沿黄河南岸通行，长安至洛阳之间的官道由此改道。为了防卫这条新路，潼关关楼从原址迁移到黄河岸边。但守卫潼关者都知道禁沟的重要性，实际上此时对禁沟的守卫显得更为重要。《旧唐书》卷一百四《高仙芝传》："仙芝至（潼）关，缮修守具，又令索承光守善和戍。贼骑至关，已有备矣，不能攻而去，仙芝之力也。"此文献中出现了一个名叫"善和戍"的地名，当是屯兵之所。严耕望《唐代交通图考》："又有善和戍，地近关，但其详不悉。……戍当在关左近。"[①] 此"善和戍"推测就是禁沟旁的防御性建筑之一。因此，潼关关楼迁移后，对禁沟的防卫并未放松，原来的十二连城当依然存在，并依旧有人把守。

对此，考古成果也可以予以证明。据《三秦都市报》报道，在2008年，"（陕西）省文物专家在潼关县'十二连城'一烽火台旁，发现汉代建筑遗迹，这次重要发现将为十二连城烽火台遗址年代定性，提供珍贵的第一手实物资料，意味着该遗址多年悬而未决的年代问题很有可能出现定论。潼关十二连城是当地著名文物遗址，又名烽火台，俗称墩台，位于距潼关县城东约3公里的禁沟西岸，属于省级文物保护单位，其时代原定为

---

① 严耕望：《唐代交通图考》（第一册），上海古籍出版社2007年版，第38页。

唐代到清代。后有学者认为其时代上限应在汉魏时期或早到西周"[①]。由此可见，所谓十二连城的建造年代，甚至可以上溯到唐代之前的汉魏甚至西周时期。

这样说来，在杜甫经过潼关时，这里已经建有十二连城当是毫无疑问的了。而此所谓的"十二连城"，正是杜诗中的"小城"。

五

还有另外一个问题，需要补充说明。据姚允文先生实地考察，发现禁沟一带保存完整的方形烽火台并非十二座，而是十七座（当有一些低矮的遗址未统计在内）[②]。那么，十二连城的遗址为什么有十七座呢？

本文认为，十二连城遗址不是十二座而是十七座，这是历代不断增建的结果。自唐代之后，宋、元、明、清各代的潼关关楼位置均未曾变更，鉴于禁沟被偷袭的教训，历代也都加强了对禁沟的防卫和把守，对所谓的十二连城不仅有重修，还有增建。

据明孙传庭撰《白谷集》卷二《题潼关设险合兵疏》："臣又查南原四十里，俱下临禁沟，深峻可凭。故臣与潼关道臣丁启睿筹划经年，议于原上建三堡，堡与堡相距约十里，各屯步兵二百名，扼守声援。又置一十五墩，墩与墩相距不三里，各宿火器手二十名，俾凭高击打，火炮之力彼此相及。其堡若墩俱傍禁沟筑建，又将沟旁樵牧小径划削壁立，但堡墩先完，各于前数置兵于内，贼即有十万之众，必不敢迫近沟下。此臣所谓设险乃能据险也。今墩已修完八座，臣又发屯课三百两，檄该道严督夫役并工修筑，刻日可以通完。"可见，在明代曾在禁沟之上修建三堡及十五墩，合计十八座建筑，其与现在的十七座建筑遗址数目基本相合。当然，明代所修建的建筑大部分并非新建，而是对前代十二连城遗址的重修和扩建。

在明代，十二连城每"墩"屯兵二十人，每"堡"屯兵二百人。推测唐代的十二连城屯兵或在数十人至百人。这也证明，现在禁沟旁的土台

[①] 张军建等：《潼关"十二连城"遗址发现汉代建筑遗迹》，《三秦都市报》2008年5月6日。

[②] 姚允文、胡长坤：《千古潼关》，三秦出版社2005年版，第29页。

不是烽火台遗址，而是十二连城遗址，其作用在于阻击从禁沟偷袭的敌人，而不是传递军事信号。

六

笔者重走杜甫之路，曾与高国明先生专程到潼关一带考察。就实地考察所见，更能证明杜诗中的"大城"当指潼关关楼，"小城"当指禁沟边上的"十二连城"。

就实地考察所见，潼关地处关中平原东部，位于陕西、山西、河南三省交界处，古称"桃林塞"。这里南依高峻的秦岭，北有渭河、洛河汇入黄河，东面是路途险隘的崤函古道，西面则多是坦途。

我们到达潼关时，潼关正在热火朝天地施工，建筑工地上拉砖石沙土的大型卡车来来往往，扬起滚滚烟尘。新建的潼关关楼依旧在黄河南岸的高塬上，已基本建成。因为使用了旧的建筑材料，看起来居然有一点古意。它坐西朝东，大门顶上有"潼关"二字。关楼北侧是滚滚黄河，寒冬时节，黄河上飘着大块的冰凌。关楼不远处杂草丛生，杂草中堆满古旧的砖瓦和石条，像是修潼关剩下的建筑材料。关楼前有两个巨大的石狮，依稀是前代的旧物。正在修建的潼关景区已经建成一个圆形广场，四周环立着十二生肖石像。还有一个仿古院落，主体建筑也已基本完工，像是一座寺庙。也许不久之后，这里将出现一个巨大的综合旅游景区。

潼关东南有禁沟，也称禁谷。现禁沟西岸有方形土台十多个，底边长11米许，高7米余，当地人说此为"十二连城"遗址。遗址上有唐代及明清时期残留的砖瓦，说明当时这里曾建有防御性的军事堡垒。所以，在唐代这里并非只有一座关楼，还有所谓"十二连城"与之完美配合。

当时我们就意识到，此"十二连城"就是杜甫《潼关吏》中所说的"小城"，而潼关的关楼就是所谓"大城"。大城和小城相互依靠，共同构成有纵深的防御体系。"大城"体量庞大，城墙厚实，无比坚固。"小城"建在禁沟边上，状如烽火台，无比高峻。因此，杜甫之"大城铁不如，小城万丈余"中的"大城"和"小城"，所指分别为潼关的关楼和十二连城，此乃是写实，不能以互文视之。

七

　　有了以上对潼关建筑和地理情况的整体认识，再来分析杜甫的《潼关吏》，我们就能得出更为清晰的认识。杜甫写《潼关吏》是在乾元二年（759）三月自洛阳归华州时，当时杜甫是自东向西经过潼关。

　　按照潼关一带的地理情况，在走近关楼之前杜甫要先经过"黄巷坂"。严耕望《唐代交通图考》云："自潼关东行约五里至黄巷坂，即潘岳赋所谓'溯黄巷以济潼'者，坂长十余里。其地南依高山，旁临绝涧，北临大河，为魏武、宋武故垒所在。"① 严耕望先生的叙述顺序是自西向东，而杜甫的行程是自东向西，故杜甫是先经过黄巷坂，然后再经过潼关。

　　如果说潼关是长安的门户，那么黄巷坂就是潼关的门户。黄巷坂是潼关关楼以东高塬中的一条狭窄通道，在通道入口建有防御性的关门，后世在此建有"第一关"，意为进入潼关地区的第一道门户。姚允文先生云："'第一关'又名'雍州第一关'，位于明清潼关古城东约三华里处，北邻黄河，南依高塬，筑有砖城，设有关门，是由关东进入潼关的第一道关口。第一关两面高塬夹道，仅容单车行进，五华里之间，仅见一线天，古人称'五里暗门'。"② 又云，第一关西边门额上有"金陡关"三字，乃清代乾隆帝所题。③ 可见这里当是古代的金陡关所在地。当然，金陡关设于唐代之后，现遗址尚存。

　　从历史照片看，第一关之内道路狭窄，两侧是陡峭的高塬，这正是杜甫《潼关吏》中所说的"窄狭容单车"的地形。显然，杜诗中所描写的正是金陡关和黄巷坂所在地。由此也可以推测，杜甫所在的位置在潼关关楼以东的黄巷坂一带。在黄巷坂附近仰望潼关的系列建筑，杜甫看到了坚固的潼关关楼，还看到了禁谷西侧高山上的十二连城。潼关关楼是这一带最大的建筑，故杜甫称之为"大城"，而十二连城相对小而高，故杜甫称之为"小城"。"大城"如此坚固，"小城"如此高峻，故杜甫在《潼关

---

① 严耕望：《唐代交通图考》（第一册），上海古籍出版社2007年版，第38页。
② 姚允文、胡长坤：《千古潼关》，三秦出版社2005年版，第26页。
③ 姚允文、胡长坤：《千古潼关》，三秦出版社2005年版，第26页。

吏》中有"大城铁不如,小城万丈余"之句。

杜甫《潼关吏》又云:"要我下马行,为我指山隅。连云列战格,飞鸟不能逾。"按"山隅"指山上。"战格",为守战之具,"连云",可见其位置之高。此句所写的正是高峻的十二连城上布满守战之具的情形。十二连城因为建在山上,故显得极为高峻,"飞鸟不能逾"一句所写的正是十二连城之高峻。

通观全诗,大略可分为三节:"士卒何草草,筑城潼关道。大城铁不如,小城万丈余。借问潼关吏,修关还备胡。要我下马行,为我指山隅。连云列战格,飞鸟不能逾。胡来但自守,岂复忧西都",此是全诗的第一节,是杜甫对潼关的关城及十二连城的远观。"丈人视要处,窄狭容单车。艰难奋长戟,万古用一夫",此四句为第二节,单写黄巷坂之险要地形,写这里道路狭窄,一夫当关,万夫莫开,此是近观。最后四句"哀哉桃林战,百万化为鱼。请嘱防关将,慎勿学哥舒",此是第三节,是杜甫对安史之乱中潼关失守的感慨,以及对当前潼关守将的嘱托。当我们明白了潼关的建筑格局及地理情况,再来读杜甫的《潼关吏》,便有豁然开朗之感。

在此顺便讨论一下此诗的作年。关于此诗的创作时间,有学者认为此诗作于乾元元年(758)冬。如迟乃鹏《读杜诗琐谈》认为:"不应排除《潼关吏》也写于乾元元年冬腊月的可能。……诗中的杜甫对潼关的防务赞美有加……诗中的潼关吏也从容镇定,不象是得知相州之败者。……倘若此诗写于杜甫乾元二年由洛阳回关辅,则时间已是相州之败后。潼关之吏怎敢夸言如此?杜甫又怎敢赞美如此?故此诗亦应作于乾元元年冬腊月。"[1] 从此诗的内容可以看出,杜甫是站在黄巷坂向西远望和指点潼关的"大城"和"小城",故其行走方向应是自东向西。也就是说,此诗当作于自洛阳返回华州途中,故其创作时间应是乾元二年(759)。另外,杜甫"三吏"的顺序是《新安吏》《石壕吏》《潼关吏》。新安县、石壕村、潼关,这也正是杜甫自洛阳返回华州的路线,亦可证明《潼关吏》创作于乾元二年(759)。

综上可见,前人关于杜甫《潼关吏》中"大城""小城"的说法并不准确。本文通过对潼关一带山川地理及其防御体系的考察,认为杜诗中的"大城"是指潼关关楼,"小城"则是指禁沟边上的十二连城。

---

[1] 迟乃鹏:《读杜诗琐谈》,《杜甫研究学刊》2008年第3期,第17—21页。

杜牧《阿房宫赋》异文辨证

冷卫国[*]　梁秋芬[**]

摘　要：《阿房宫赋》是杜牧的代表作。杜牧集至少在南宋刊刻时期就多有讹误，陆游已指出"惟牧之集谬误特甚"。《阿房宫赋》在流传的过程中，存在不少异文。通过对《四部丛刊》影印明翻宋本《樊川文集》、朝鲜刻本《樊川文集》夹注本、文渊阁《四库全书》本等版本的比对，本文探讨了《阿房宫赋》存在的异文及其原因。

关键词：杜牧；阿房宫赋；异文；《樊川文集》；版本

《阿房宫赋》是杜牧赋的代表作，此赋一出，家弦户诵，无不童而习之。然而，此赋在流传的过程中，存在许多不同的版本，究竟哪个版本更接近杜牧赋的原貌，需要进一步考证。包括《阿房宫赋》等三篇赋在内的《樊川文集》，在南宋刊刻时期，就多有错谬。陆游在《跋樊川集》就特为指出："唐人诗文，近多刻本，亦多经校雠，惟牧之集谬误特甚。予每欲求诸本订正，而未暇也。书以示子遹，尚成吾意。开禧丙寅十一月二十七日，放翁书。"[①] 其对《樊川集》之尤其措意，于此可见。

《阿房宫赋》是杜牧现存的三篇赋中最为著名的一篇，但是颇多异文。本文在前人的研究基础上，特别是在吴在庆先生《杜牧集系年校注》的基础上，对《阿房宫赋》的异文逐一覆按。吴著洞幽烛微，识见精卓，是目前最为完善的杜牧集整理本，然经过覆按之后，依然有可商之处。

要研究《阿房宫赋》的版本问题，首先要对《樊川文集》的版本系统。如所周知，《樊川文集》二十卷乃杜牧的外甥裴延翰在杜牧新殁后所

---

[*] 冷卫国，首都师范大学教授。
[**] 梁秋芬，首都师范大学中国国学教育学院2016级研究生。
[①] 马亚中、涂小马校注：《渭南文集校注》，浙江古籍出版社2015年版，第307页。

编，而《樊川别集》、《樊川外集》乃宋人所补编，其中混入许多他人之作。赵宋以来，有多种《樊川文集》的版本流传。现存通行本中，较好的版本有《四部丛刊》影印明翻宋本《樊川文集》二十卷、景苏园影宋本《樊川文集》（这两种本子均另附《樊川外集》和《樊川别集》各一卷），以及1997年由全国公共图书馆古籍文献编辑出版委员会影印出版的朝鲜刻本《樊川文集》夹注本，此本所依据的本子为南宋善本，刊刻于明正统五年（1440），是存世最早的杜牧文集的刊本。① 但除收入三篇赋外，不收文，也未收《樊川别集》诗。此外还有一些其他本子，其中有文渊阁《四库全书》本《樊川文集》。但此本因仅收文十七卷，不收诗等原因，故不为学者所重。从总体上说，丛刊本、景苏园影印本《樊川文集》的文字错讹、缺漏也是有的，但相较而言还是比较可靠的，而朝鲜刻本《樊川文集》夹注本，据学者研究，此本的作注者很可能是南宋中期以后之人，故其所见《樊川文集》及注释过程中所征引的各种资料多为宋本旧刻，全书仅为五卷，却有极高的文献价值②。

　　本文主要以《四部丛刊》影印明翻宋本《樊川文集》为底本，再校之以朝鲜刻本《樊川文集》夹注本、文渊阁《四库全书》本，另外参校《全唐文》、《唐文粹》、《文苑英华》以及吴在庆先生《杜牧集系年校注》来讨论《阿房宫赋》的异文问题。覆按以上版本，《阿房宫赋》的所有异文如下：

　　（1）"未雲"与"未霁"。吴在庆先生《杜牧集系年校注》作"未雲何龙"。《全唐文》卷七四八、《文苑英华》卷四七、《唐文粹》卷一、文津阁本、文渊阁本、《杜牧集系年校注》均作"未雲"，夹注本、《四部丛刊》影印明翻宋本均作"未霁"。在《阿房宫赋》的异文问题上，历来关于是"未雲何龙"还是"未霁何龙"这个问题的争论最多。关于这个问题的讨论，较早的有沈括在《梦溪笔谈》卷一四中谈到："晚唐士人，专以小诗著名，而读书灭裂。如白乐天《题座隅》诗云'俱化为饿殍'，作'殍'押韵。杜牧《杜秋娘》诗云'餍饫不能饴'，饴乃饧耳，若作饮

---

① 吴在庆、高玮：《文津阁〈四库全书〉本〈樊川集〉版本优劣谈——以〈四部丛刊·樊川文集〉等版本为参照》，《福建师范大学学报》2010年第1期。
② 吴在庆：《〈樊川文集夹注〉的文献价值——从一条稀见的杨贵妃资料谈起》，《中国典籍与文化》2001年第3期。

食,当音饮……此类极多。如杜牧《阿房宫赋》误用'龙见而雩'事,宇文时斛斯椿已有此谬,盖牧未尝读《周》、《隋书》也。"① 针对沈括认为"杜牧《阿房宫赋》误用'龙见而雩'事,宇文时斛斯椿已有此谬,盖牧未尝读《周》《隋书》也"这种说法,后代学者莫衷一是。王若虚亦持此观点:"杜牧之:《阿房宫赋》云:'长桥卧波,未云何龙?复道行空,不霁何虹?'或以'云'为'雩'字之误,其说几是。然亦于礼未惬,岂望桥时常晴,而观复道时必阴晦邪?"② 吴景旭在《历代诗话》中也说到:"吴旦生曰:《隐居诗话》:'牧谓龙见而雩,固用龙而比桥,殊不知龙者,龙星也。'余以《隐居》此辨甚确。齐源师谓高阿那肱:'龙见当雩。'阿那肱曰:'何处龙见?其色如何?'师曰:'龙星初见,礼当雩祭,非真龙也。'岂牧之文人,而亦有此失耶?后见《洪驹父诗话》载古本是'未云何龙',其义始安,乃知点画之讹,相去悬绝至此。《百川学海》云:'盖长桥之卧波上,如龙之未得云而飞去,若加以雩字,则龙乃星名,何有于长桥之势哉!'"③ 史绳祖在《学斋占毕》卷二中详细地论述了这个问题:"杜牧之《阿房宫赋》:'长桥卧波,未云何龙。'正本原是'雲'字,后人传写之讹云'未雩何龙',殊为无理。杜之意盖谓长桥之卧波上,如龙之未得雲而飞去,正如蛟龙得云雨恐终非池中物之义。若加以'雩'字,则不惟无义,兼亦错误读'龙'字了。《左传》'龙见而雩。'注谓龙星也,非龙也。龙星不见,则为之雩。今曰'未雩',则龙当未见,何形可见?龙又星名,何有于长桥之势哉?"④ 袁枚在《随园诗话》卷一里也认为:"杜牧《阿房宫赋》云:'未雲何龙。'用《易经》'雲从龙'也。《是斋日记》以为用左氏'龙见而雩'。宫中,非雩祭地也。"⑤ 以上这些诗话论述中有许多都引用了洪刍在《洪驹父诗话》里的观点:"牧之云'未雩何龙',鲍钦止谓予言,古本是'未雲何龙',当以此为是。"⑥ 然而在朝鲜刻本《樊川文集》夹注本中注释却是:"左传凡

---

① 胡道静校证,虞信棠、金良年编:《梦溪笔谈校证》,上海人民出版社2016年版,第379页。
② 王若虚:《滹南遗老集》,中华书局1985年版,第225页。
③ 吴景旭:《历代诗话》,中华书局1958年版,第222页。
④ 史绳祖:《学斋占毕》,《百川学海》本,第33页。
⑤ 袁枚:《随园诗话》,凤凰出版社2009年版,第14页。
⑥ 洪刍:《洪驹父诗话》,中华书局1987年版,第427页。

祀启蛰而郊，龙见而雩。《洪驹父诗话》杜牧《阿房宫赋》'长桥卧波，未雩何龙'，世皆谓牧之误用'龙见而雩'事，牧之不应尔。鲍慎由钦止谓予言古本是'未雩何龙'当以此为是。又见沈括《笔谈》。"① 这两个版本里，《洪驹父诗话》中的原话恰好相反，究竟以何者为是，殊难判断，由此更添一层迷雾。不过，《洪驹父诗话》多有辑佚的成分，可信度不高。因此，尽管以上所论纷纭，但是就杜牧的原本而言，古本是"未雲何龙"证据并不充分。

此外，从版本刊刻流传以及读者心理来说，把"雩"字误看作"雲"字的几率很大。而把"雲"字误看作"雩"字的概率则相对较小。因为从文字使用范围和频率来看，"雲"字是常用字，大部分人都认识这个字，而"雩"字是使用范围和频率较小的一个字，认识这个字的人相对较少。况且，当读者看到文本时，很容易下意识地把"雩"字下面的弯钩去掉，看作了"雲"字，但是却不会在看到"雲"字时把弯钩加上，认作"雩"字。从这一点来看，刻工在刊刻过程中把古本的"未雩何龙"刻成"未雲何龙"的几率是很大的。除以上两点外，从文本可信度来看，丛刊本、夹注本所依据的底本都是宋本，可信度很高，因此笔者在这里更倾向于从版本角度而不是从文章学的角度，认为古本应是"雩"字，"未雲何龙"反而应是后人传写之讹，即"未雩何龙"应是杜牧赋的原貌。

（2）"复道行空"与"复道横空"。吴在庆先生《杜牧集系年校注》作"行"。《文苑英华》本、《唐文粹》本、文渊阁本、丛刊本、夹注本均作"行"，夹注本校："一做横。"② 由此可见，此处异文由来已久，但历来争论不多，未见前人有专门的讨论性文字。盖因"行"字和"横"字都表现与地面平行的意思，因此"复道行空"和"复道横空"对理解文意影响不大，似亦无关宏旨。但是"横"表现的是一种静态，而"行"则是静中有动的一种状态。前文"长桥卧波"，一个"卧"字即是静中含动的一种状态。因此，就《樊川文集》的版本多作"行"来看，笔者认为"复道行空"更符合杜牧《阿房宫赋》的原貌。

---

① 佚名注：《樊川文集夹注》，明正统五年朝鲜全罗道锦山刻本，中华全国图书馆文献缩微复制中心1997年版，第4页。

② 佚名注：《樊川文集夹注》，明正统五年朝鲜全罗道锦山刻本，中华全国图书馆文献缩微复制中心1997年版，第5页。

（3）"不知西东"与"不知东西"。《全唐文》卷七四八、《文苑英华》卷四七、文渊阁本以及《杜牧集系年校注》都是作"西东",而丛刊本和夹注本等都是作"东西"。关于此处异文,历来争议甚大。在一些石刻里也有不同异文。武善树在《陕西金石志》里就有相关的论述:"《阿房宫赋》,唐杜牧撰,宋游师雄记,其后安宜之正书。杜赋家弦户诵,无不童而习之。校以石刻,有足正俗本相沿之谬者,俗本'未雲何龙',石刻'雲'作'雩';俗本'不知西东',石刻'西东'作'东西',与上'冥迷'、下'凄凄'叶韵,并为远胜。惟'工女'作'女工',乃安书误笔也。"① 像武善树这么说,石刻上的《阿房宫赋》除了"工女"与"女工"之误笔,其余都是牧之原文,那么这就证明了笔者前文对于"未雩何龙"的判断。石刻文字因其作为载体的形态相对固定,有足正俗本相沿之谬的作用,可视为纸质文献之外的一种补充。除了石刻文献,从版本角度来说,四部丛刊本和夹注本胜于他本。另外,"东西",与"冥迷"、"凄凄"叶韵是完全符合韵例的。综上所述,从版本可信度和韵例来看,笔者认为"不知东西"更接近杜牧赋的原貌。

（4）"宫车回也"与"宫车过也"。对于这两种说法,学界莫衷一是。《唐文粹》卷一、《文苑英华》卷四七、《全唐文》卷七四八、文津阁本、文渊阁本均做"过";四部丛刊本、夹注本和《杜牧集系年校注》均作"回"。且不说牧之原文应是"过"还是"回",仅从意思上来理解,"宫车过也"与"宫车回也"是两种不同的意思。"宫车过也",说的是"宫车驶过去了",这说明听者一开始就知道"雷霆乍惊"是宫车经过的声音,所以也就没有期待宫车会停在自己这里。后文的"辘辘远听,杳不知其所之也"在意义的表达上也很平常。"宫车回也",在文意理解上则不同。"雷霆乍惊,宫车回也",这声音是宫车回来的声音,那么听者在心理上会有一种期待,不知道这次宫车会不会停在自己这里。后面"辘辘远听,杳不知其所之也",宫车的声音听着越来越远了,看来它是不会停在这里了,只不知它要驶到什么地方去。在这过程中,听者的心理经历了从希望到失望的巨大落差,更容易给读者一种强烈的冲击。这也与后文的"一肌一容,尽态极妍,缦立远视,而望幸焉"相互呼应。而从版本角度而言,四部丛刊本、夹注本亦胜于他本。因此,无论是从文意理

---

① 武善树编:《陕西金石志》,三秦出版社2015年版,卷二二。

解上还是从版本角度来说，笔者都以为"宫车回也"为妥。版本上之所以有"回"、"过"之异，乃是繁体的"迴""過"形近而讹。

（5）"有不见者"，与"有不得见者"。《杜牧集系年校注》作"有不见者"。《文苑英华》卷四七、《唐文粹》卷一、《全唐文》卷七四八均作"有不得见者"。丛刊本、文渊阁本、夹注本作"有不见者"。二者在意义的表达上是一致的，皆指有些妃嫔甚至三十多年没见到皇帝。但是从"一肌一容"到"三十六年"结束，均为四言句式，而"有不得见者"则为五言句式，导致句式不齐。尤为关键的一个因素，从版本上说，丛刊本、夹注本皆作"有不见者"，因此，笔者认为此处宜作"有不见者"。

（6）"一旦不能有"与"一旦有不能"。《杜牧集系年校注》作"一旦不能有"，其依据当为《全唐文》卷七四八、文渊阁本。笔者覆按《文苑英华》卷四七、《唐文粹》、四部丛刊本、夹注本均作"一旦有不能"。此处确实难以遽断是非，但从版本可信度上来看，丛刊本、夹注本、《文苑英华》等更为可取。

（7）"金块珠砾"与"金瑰珠砾"。《杜牧集系年校注》作"金块珠砾"。《文苑英华》卷四七、丛刊本、文渊阁本、夹注本、《唐文粹》卷一作"金瑰珠砾"。关于此处异文也有争论，但意见相对一致，大多数学者均认为是"金块珠砾"，与上句"鼎铛玉石"相呼应。如潘淳在《潘子真诗话》里就说到："南丰先生曾子固言《阿房宫赋》'鼎铛玉石，金瑰珠砾，弃掷逦迤，秦人视之，亦不甚惜'，'瑰'当作'块'。盖言秦人视珠玉如土块瓦砾也。又言牧赋宏壮巨丽，驰骋上下，累数百言，至'楚人一炬，可怜焦土'，其论盛衰之变判于此矣。"① 吴景旭《历代诗话》中也持同样的观点："《潘子真诗话》云：'曾南丰言《阿房宫赋》'鼎铛玉石，金瑰珠砾，弃掷逦迤，秦人视之，亦不甚惜'，'瑰'当作'块'，盖言秦人视珠宝如瓦砾土块也。'盖此益知'雯'、'云'之讹，有自来矣。"② 在这个问题上，王若虚却持相反的观点："'鼎铛玉石，金瑰珠砾'，曾子固以为'瑰'当作'块'，言视金珠如土块、瓦砾耳。然则，'鼎铛玉石'亦谓视鼎如铛，视玉如石矣。无乃大艰诡而不成语乎？"③ 对

---

① 潘淳：《潘子真诗话》，中华书局1987年版，第303页。
② 吴景旭：《历代诗话》，中华书局1958年版，第222页。
③ 王若虚：《滹南遗老集》，中华书局1985年版，第225页。

王若虚的这一观点，笔者并不赞同。在笔者看来，视"鼎"如"铛"、视"玉"如"石"与视"金"如"块"、视"珠"如"砾"是非常相称的，如果换成"瑰"字则与原文意思不符，因为瑰乃石之次玉者。况且从版本角度来说，丛刊本、夹注本、《文苑英华》等均作"块"，因此，在这里应作"金块珠砾"为妥。"块"与"瑰"，亦是形近而讹。

（8）"工女"和"女工"。《文苑英华》卷四七作"女工"，其他如《唐文粹》、文渊阁本、丛刊本、夹注本、《杜牧集系年校注》均作"工女"。夹注本在此处有注："《汉书·郦食其传》'农夫叙耒，红女下机注，红读曰工'。"① 这样可进一步看出应作"工女"。"农夫"与"工女"是相对应的，也就是说"南亩之农夫"与"机上之工女"是牧之赋的原文。至于"女工"是在刊刻、流传过程中"工女"被误刻所致，杜牧赋原来应作"工女"为妥。

（9）"呜呼"与"嗟乎"的位置及是否为衍文。吴在庆先生在《杜牧集系年校注》校勘记里说"灭六国者"前原无"呜呼"二字，但《文苑英华》卷四七、《唐文粹》卷一、《全唐文》卷七四八上均有，因此在《杜牧集系年校注》里据补。对于这个问题，前代学者探讨不多，惟王若虚在《滹南遗老集》里有所议论："'灭六国者，六国也，非秦也；族秦者，秦也，非天下也。嗟乎！使六国各爱其人，则足以拒秦。使秦复爱六国之人，则递三世可至万世而为君。'多'嗟乎'字，当在'灭六国'上。"② 如此说来"灭六国者"前应当有感叹语气词，而"使六国各爱其人"前不当有感叹词。但《文苑英华》卷四七、《唐文粹》、丛刊本、文渊阁本、夹注本诸版本在"使六国各爱其人"前均有"嗟乎"一词，故从版本角度来说此处应保留"嗟乎"一词。至于"灭六国者"前有无"呜呼"一词，《文苑英华》卷四七、《唐文粹》卷一、《全唐文》卷七四八上均有，而丛刊本、夹注本均无。综上所述，此处当依丛刊本和夹注本。

（10）"拒"与"距"。《文苑英华》卷四七作"距"，下校："一作拒"。从《唐文粹》卷一、丛刊本、文渊阁本、夹注本等这些版本来说，

---

① 佚名注：《樊川文集夹注》，明正统五年朝鲜全罗道锦山刻本，中华全国图书馆文献缩微复制中心1997年版，第7页。

② 王若虚：《滹南遗老集》，中华书局1985年版，第225页。

作"拒"字的更多。其实"拒"字和"距"字古汉语里作"抵抗"意义时,两字可通用。《杜牧集系年校注》用的也是"拒",因此从版本可信度和通行情况来说,笔者认为作"拒"更好。

(11)"使秦复爱六国之人"有没有"使"字的问题。《唐文粹》卷一、《全唐文》卷七四八都无"使"字,像《文苑英华》卷四七、丛刊本、夹注本等都有"使"字。"使六国各爱其人"和"使秦复爱六国之人"这两个句式是一样的。因此,无论从句式还是版本角度来说,笔者更倾向于保留"使"字。

"使后人而复哀后人也"有没有"使"字的问题,王若虚《滹南遗老集》卷三六亦有讨论:"尾句云'亦使后人而复哀后人也',此亦语病也,有'使'字,则'哀'字下不当复云'后人',言'哀后人',则'使'当去。读者详之。"① 但是现今看到的大部分版本存有"使"字。对此问题,笔者认为如果去掉"使"字就成为"亦后人而复哀后人也",这样反而语句不通。况且,丛刊本、夹注本等集子都保留有"使"字。因此,笔者认为保留"使"字为妥。

清人段玉裁曾言:"校书之难,非照本改字不伪不漏之难也,定其是非之难。是非有二:曰底本之是非,曰立说之是非。必先定其底本之是非,而后可定其立说之是非。"② 这是段氏校书的经验之谈,亦深为学者服膺。笔者对《阿房宫赋》的有关异文逐一覆按,以上所论,未敢自是,祈请方家指正。

---

① 王若虚·《滹南遗老集》,中华书局1985年版,第225页。
② 段玉裁:《经韵楼集》卷一二,《与诸同志论校书之难》,凤凰出版社2010年版,第313—314页。

杜牧的古文创作与中晚唐儒学转向

李 伟*

摘　要：以韩、柳为代表的古文家逐渐谢世，中唐古文革新渐归低潮，随之而起的晚唐逐渐透露出骈文复盛的时代气息。在这种情势下，杜牧作为古文创作的大家地位显得尤为突出。对政治局势、制度建设和科举取士等社会重大问题深入阐释自己的观点，是杜牧古文的核心内容。相对于晚唐逐渐弥漫开来的绮靡文风，杜牧的古文迥出流俗，超拔不群，这不仅是杜牧家风家学的直接影响所致，更重要的是与中唐至晚唐初期儒学转型后日趋现实化的时代文化氛围密切相关。只有从这一学术思潮的时代转向角度去认识杜牧文章的价值，才能更加深刻地理解杜牧作为唐代古文殿军的文化意义。

关键词：杜牧；古文；儒学

文学史的一般印象是自韩、柳之后，中唐轰轰烈烈的古文运动逐渐陷入沉寂。但历史的发展并不是如此简单，晚唐初期以杜牧为代表的古文作家依然在古文创作方面值得称道，尤其是他的经世文章在当时古文流变的历史进程中所处的位置，虽有若干文章加以探讨，但其时代性、文化性和文学史意义仍有深入研究之必要。本文力图摆脱以往仅从晚唐时代认识杜牧创作的视角，而是将杜牧古文置于晚唐初期的时势发展中予以考察，并通过勾勒中唐到晚唐初期的学术思潮的演变线索，来确定杜牧古文创作的价值和意义。

---

* 李伟（1982—　），男，山东兖州人，文学博士，现为山东师范大学文学院教授，曾为中国社科院文学研究所高级访问学者，台湾东海大学访问学者。2017年入选"泰山学者青年专家计划"，主要研究方向为魏晋隋唐文学史和中国古典散文史。本文为国家社科基金青年项目"八至十世纪中国的文士转型与古文变迁研究"（项目号16CZW022）阶段性成果。并受"泰山学者工程专项经费"、中国博士后特别基金项目（2017T100484）资助。

一 杜牧古文创作的时间特征

文学史的嬗变呈现出多种样态，但归根结底是以作家作品的创作为中心，大作家的出现和重要作品的问世标志着一种文学现象发展进入高潮阶段，这些因素的消失也昭示着此种文学现象归于沉寂。以唐代的古文运动而言，韩愈和柳宗元这样的著名作家以其鲜明的理论倡导和颇具文学色彩的文章作品，主导了中唐古文革新的方向，但他们谢世之后，由于韩门弟子没有延续韩愈创作的优良传统，没有值得称赏的文章出现，这种情势正说明了中唐古文发展的逐渐消歇。对当时古文家的生卒年和创作时代进行一番排比，可以明显看出当时古文发展中作家先后变化的时段性。

韩愈——代宗大历三年（768）生，长庆四年（825）卒。古文代表作有《诤臣论》作于贞元八年（792）、《与孟东野书》作于贞元十六年（800）、《送孟东野序》作于贞元十七年（801）、《答李翊书》和《重答李翊书》作于贞元十七年（801）、《师说》作于贞元十八年（802）、《讳辨》作于元和三年（808）、《毛颖传》作于元和五年（810）、《送穷文》作于元和六年（811）、《进学解》作于元和八年（813）。

柳宗元——生于大历八年（773），卒于元和十四年（819）。古文代表作有《始得西山宴游记》、《钴鉧潭记》、《钴潭西小丘记》、《至小丘西小石潭记》，上述四文同作于元和四年（809），《袁家渴记》、《石渠记》、《石涧记》、《小石城山记》，上述四文同作于元和七年（812），以上八文即为"永州八记"。

樊宗师——约生于大历元年（766），长庆元年，征拜左司郎中，长庆四年（824）进谏议大夫，未拜卒。

李翱——生于大历九年（774），开成元年（836）卒。

皇甫湜——约生于大历十二年（777），约于大和九年（835）去世。

刘禹锡——生于大历七年（772），会昌二年（842）病逝于洛阳。

白居易——生于大历七年（772），会昌六年（846）卒于洛阳。

元稹——生于大历十四年（779），大和五年（831）去世。

就以上数位中唐作家生卒年的时间来看，上述中唐时期的代表作家都生于代宗大历年间，创作活动的主要时段在德宗和宪宗时期，这正是后世俗称的中唐时期。其中韩愈作为中唐古文运动中最杰出的古文家，卒于穆宗时的长庆四年，而其弟子樊宗师也于此年同时去世。其他两位学生李翱和皇甫湜则于文宗时的大和、开成年间去世。加上中唐另外一位古文大家柳宗元于宪宗时的元和十四年（819）去世。同时根据韩、柳这两位中唐古文运动中最著名的两位作家的古文作品创作时间来看，主要集中于德宗时的贞元后期和宪宗朝的元和年间，因此中唐古文运动的创作高潮应该处于德宗朝后期和宪宗时期。至文宗时甘露之变前后，中唐时的数位古文代表作家的相继谢世，标志着中唐古文运动到此也逐渐归于沉寂。此时贞元、元和时的另外几位重要作家白居易、元稹和刘禹锡等，虽然去世时间略晚于韩愈等古文家，但他们进入晚唐之后多流连于诗酒唱和，职位的升迁和仕途的磨砺促使他们失去了早年在政治上积极进取的锐气，文学创作方面则更多地表现出人生已近暮年的衰飒之气，因此其文学作品在这时的社会上很难再有当年新乐府等那样的影响规模了，更多的是文人群体之中小范围的流播和模仿。

随着中唐古文作家的离世，杜牧在晚唐初期作家中的重要位置就显而易见了。他生于贞元十九年，大和二年（828）进士登第，大中六年迁中书舍人，是年卒。[①]

由此可见，杜牧虽生于贞元末，但其科举登第已到晚唐初年了。而且此时韩、柳等中唐古文家多已去世，杜牧的许多古文作品如《罪言》《原十六卫》《战论》《守论》《上知己文章启》《李贺集序》《上淮南李相公状》《上李司徒相公论用兵书》《上李太尉论北边事启》《上李太尉论江贼书》等作于穆宗朝之后，因此从时间年代的角度来说，在中唐古文渐趋衰落时，杜牧的出现恰好填补了此段空白，他的作品也便代表了晚唐初期古文创作的最高成就。

二 杜牧古文的主要内容及其特点

后世所称的晚唐时期，可以唐宪宗去世为界。[②] 在其初期，经历了穆

[①] 杜牧生平详见缪钺先生的《杜牧传》（人民文学出版社1977年版）和《杜牧年谱》（人民文学出版社1980年版）。

[②] 关于唐代文学分期，历来主张四唐说，即初、盛、中、晚。这是延续了明代高棅《唐诗品汇》的看法。但对于各阶段的时间断限则莫衷一是。本文关于晚唐起始时间的问题取刘宁先生在《中国古代文学通论·隋唐五代卷》（辽宁人民出版社2005年版）的《晚唐五代诗歌概述》一节中的意见。

宗、敬宗、文宗、武宗和宣宗五位皇帝。相比于宪宗时的国势几于复振，晚唐的历史又重进入政局混乱、边患频仍、藩镇逞凶的态势。翻检史料中关于此时的记载，对王朝统治威胁最大的就是藩镇的动乱，如穆宗时的幽州、成德、相州和德州的军乱事变，以及宣武和镇海军的反叛，敬宗时的幽州卢龙的军乱，文宗时的李同捷叛乱，武宗时的刘稹叛乱。如此之多的藩镇乱事显然无法与宪宗时经过平定淮西后的稳定局势同日而语，而且这其中的幽州、成德等镇历来是河朔强藩，其连续不断的挑战中央权威已说明晚唐政局的混乱不堪。与此内忧相比，同时发生的还有来自周边少数民族的入寇，如穆宗时地处西北的吐蕃入寇，敬宗时南方的黄洞蛮入寇，文宗时西南的云南蛮和东北的奚蛮相继犯边，武宗时更是有回鹘、党项和獠等少数民族在会昌和大中年间扰乱边境，由此可见晚唐初始即有由内忧外患所带来的深刻的政治危机。而在王朝中央政权内部，延续多年的宦官专权依然存在，宪宗之死和晚唐初期的几位皇帝的登基多与宦官有着千丝万缕的联系，当时影响最大的事件莫过于发生于大和九年的"甘露之变"，郑注、李训、舒元舆和王涯等重臣被杀，京城长安因此陷于一片混乱之中。政局趋于稳定后，朝臣之间则是继续了以李宗闵和牛僧孺为首的和以李德裕为首的牛李党争，党魁每次的升迁和贬谪都会牵动着其他很多朝臣的仕途命运，他们彼此之间相互倾轧，这对此时的朝政产生了巨大的影响。①

晚唐初期的政局虽然从整体上说已进入无可挽回的衰败之中，再也没有一位皇帝可以像宪宗那样取得对藩镇的胜利，使得国势恢复，更遑论贞观和开元盛世的复兴。但五位帝王的功过是非并不能一概而论，据《新唐书》论曰："穆、敬昏童失德，以其在位不久，故天下未至于败乱，而敬宗卒及其身，是岂有讨贼之志哉！文宗恭俭儒雅，出于天性，尝读太宗《正要》，慨然慕之。及即位，锐意于治，每延英对宰臣，率漏下十一刻。唐制，天子以双日视朝，乃命辍朝、放朝皆用双日。凡除吏必召见访问，亲察其能否。故大和之初，政事修饬，号为清明。然其仁而少断，承父兄之弊，宦官挠权，制之不得其术，故其终困以此。甘露之事，祸及忠良，不胜冤愤，饮恨而已。由是言之，其能杀弘志，亦

---

① 上述史实见《旧唐书》卷十六全卷十八及《新唐书·穆宗、敬宗、文宗、武宗、宣宗本纪》。

足伸其志也。昔武丁得一傅说,为商高宗。武宗得一李德裕,遂成其功烈。然其奋然除去浮图之法甚锐,而躬受道家之箓,服药以求长年。以此见其非明智之不惑者,特好恶有不同尔。宣宗精于听断,而以察为明,无复仁恩之意。呜呼,自是而后,唐衰矣。"[1] 通过《新唐书》的评价可知,在这五位帝王中,穆、敬二帝享年太短,本身也"昏童失德",毫无作为。此后即位的文宗则堪称晚唐初期的明君,在政治上锐意进取,勤谨朝政,崇尚古学,因此大和年间国势稍有改观,但毕竟陈弊已深,积重难返,欲治理宦官专权,却酿成甘露之变。武宗虽任用李德裕取得了一些成绩,但盲目灭佛后又过度崇信道教,说明其并非贤明之主。宣宗"精于听断",但"无复仁恩之意",无法挽回颓势。由此可见,晚唐前期的政局在文宗朝和武宗任用李德裕的数年间最为清明,恰好杜牧古文创作的主要时期就在大和、开成、会昌之际,其科举登第在大和二年,其古文代表作如《罪言》《原十六卫》《战论》《守论》《上知己文章启》《李贺集序》《上淮南李相公状》《上李司徒相公论用兵书》《上李太尉论北边事启》《上李太尉论江贼书》等文章,并为兵书《孙子》作注,杜牧与晚唐政治局势的发展有如此紧密的联系绝不是偶然,这正说明了他深刻把握到此时的时势走向,运用平生所学,大力创作这些与治理叛乱、平定天下密切相关的古文。这种为国家建言献策的不断努力强烈地表现出杜牧力图实现自己建功立业的政治理想。

  中唐古文运动的一个突出表现就是面对变乱之后的满目疮痍,富有社会责任感的文人希望改革政治,满怀传统儒学的济世意识,借高举复兴儒学的旗帜,从思想文化方面维系人心,革除弊政,发挥文学对社会的积极参与作用,重建稳定而健全的社会秩序,以此实现士人经世致用和建功立业的社会理想。就当时古文家的创作来说,韩愈多从围绕恢复儒家道统,纯化儒道的角度入手,提升士人的道德素质,号召士人积极入仕。[2] 柳宗元则是在典章制度、礼乐刑政的方面提出新见,以求政治的革新和社会的改善,这种对现实问题充满关切的态度是中唐古文运动能够成功的主要原

---

[1] 《新唐书》卷八,中华书局1975年版,第253页。本文所引《新唐书》原文,均出自此书,以下只随文标注书名及页码。

[2] 参见葛晓音师《论唐代的古文革新与儒道演变的关系》,收入氏著《汉唐文学的嬗变》,北京大学出版社1990年版。

因。但到了韩、柳之后的李翱、皇甫湜等古文家那里，他们并没有继续韩、柳所开创的古文结合现实的创作精神，而是分途发展，李翱进入儒道本体的探讨，皇甫湜则更多地发展了韩愈古文艺术的怪奇风格，这两种倾向都是古文日渐远离现实的突出表现。

相比于此，生活于晚唐初期的杜牧在其创作的古文中大胆运用自己所接受的经史之学和关于财赋兵甲方面的知识，抓住当时国家亟待解决的现实问题直抒己见，而且能在分析中结合前代历史的经验教训并上升到国家兴亡的高度，这种文章的立论阐述自然就显得切中时弊、富有深度。如他的《罪言》就是愤慨于河朔三镇的割据跋扈而作。杜牧在文章中先是从历史经验出发说明河朔地区在政治、经济和军事等方面对于整个国家的重要作用，进而回顾安史之乱以来此地藩镇的骄横跋扈的种种弊端，最后指出削平藩镇，加强中央集权对于稳定国家政治秩序的重要意义。最可贵的是，杜牧还就具体策略展开了阐述，提出了"上策莫如自治，中策莫如取魏，最下策为浪战"的中肯意见。杜牧在本文中的这种看法有其借鉴所本，李渤在《上封建表》中曰："其上是感，其次是守，其下是战。又言感不成不失为守，守不成不失为战，此求庙战，为陛下万全之谋也。"[①]对照看来，李渤所言与杜牧的意见有着密切的渊源关系，但杜牧在《罪言》中的阐述要比李渤的分析更有针对性，李渤只是以大家熟知的儒家礼乐征伐之道布局谋篇，对儒道的运用更重视理论性，而杜牧则是从现实出发，由地理之势到藩镇之害，再到解决问题的办法，步步为营，其游刃有余的阐述过程严密而切题，在揭示问题的同时又能将之上升到历史演变和国家兴亡的高度，这就不仅是简单的就题论题，而是富有战略眼光的长远之见了。除此而外，他的《原十六卫》也是针对藩镇问题而发，但王夫之在《读通鉴论》中认为杜牧此文中以府兵制取代藩镇是"徒为卮言，贻后世以听荧耳"[②]，这是说杜牧之见只是照搬了已经不符合时势的过往制度，并非解决藩镇问题的良策。关于此点，唐长孺先生在《魏晋南北朝隋唐史三论》中论及"府兵制"时曾言中唐时人由于史料的匮乏而已

[①] （清）董诰等编：《全唐文》卷七百十二，中华书局1983年版，第7305页。本文所引《全唐文》原文，均出自此书，以下只随文标注书名及页码。

[②] （清）王夫之：《读通鉴论》卷二十六，中华书局1975年版，第794页。

经对府兵制不甚清楚，那么晚唐时的杜牧对此则更难有深入的了解。[①] 因此如果纠缠于杜牧对府兵问题的误解而否定其文章的价值，这就难免苛责古人了。就具体文章来说，杜牧通过古今对比来说明府兵制之重要和藩镇危害之甚，其中饱含着作者思考问题时的历史深度，撇开细节问题，杜牧在文中透露出的忧国济世之心还是值得后人称道的。与《罪言》作于同时的《战论》和《守论》进一步展开了杜牧在《罪言》中关于针对藩镇的策略，在论述了河北与国家的关系后，将"战"的方面归结为"治其五败"，措施具体得当，而《守论》则在批驳前代对藩镇姑息纵容的前提下指出"教笞于家，刑罚于国，征伐于天下，此所以裁其欲而塞其争也"的重要性，这几篇文章共同构成了杜牧对晚唐初期藩镇问题的集中思考，或从军事制度着眼，或就具体问题发言，结合历史经验，提出了极具针对性的建议。由于杜牧能够直面现实，出之己意，没有亦步亦趋地模仿前代文章，也没有将古文创新局限于艺术风格的一隅之地，而是在分析问题时随意所适，往来于历史和现实之间，从而使文章写得富有生气，在解决问题的同时表现出自己的经国济世之情。

杜牧古文中的另外一个重要内容是对兵事内容的强调。他在《注孙子序》首先批评了"分为二道，曰文曰武"的弊端，极力提倡"有文事者必有武备"，并从《左传》《国语》《尚书》《毛诗》和十三代史书的历史记载中总结出"见其树立其国，灭亡其国，未始不由兵也"的经验，并指出"主兵者圣贤才能多闻博识之士，则必树立其国也；壮健击刺不学之徒，则必败亡其国也。然后信知为国家者，兵最为大，非贤卿大夫不可堪任其事"，这就要求兵道与儒道的结合，才能对国家兴盛有所裨益，否则只会祸国乱政，可见杜牧对兵道的思考直接针对的就是当时那些毫无信义、只知争权夺利的藩镇中的骄兵悍将。只有推崇节义、博闻多识的将领才能有利于国家的稳定。这种思想进一步发展，杜牧在大中三年（849）所作的《上周相公书》中提出大儒须知兵事，[②]"伏以大儒在位而未有不知兵者，未有不能制兵而能止暴乱者，未有暴乱不止而能活生人、

---

① 杜牧将世袭兵混同于府兵制属于制度上的错误，参见唐长孺《魏晋南北朝隋唐史三论》，武汉大学出版社1993年版，第413页。

② 本文关于杜牧文章的系年若无特殊交代，悉从《唐五代文学编年史·晚唐卷》（辽海出版社1998年版）与吴在庆先生的《杜牧集系年校注》（中华书局2008年版）。

定国家者。自生人已来，可以屈指而数也"①。由此可见，杜牧从知识结构的方面对文士提出了新的要求，希望能够产生一批"活生人、定国家"的熟悉兵事的大儒，这种思想也是中唐古文家那里所没有的。与杜牧同时的王睿在《将略论》中表达了同样的见解，既批评了"近代文儒，耻言兵事"的缺陷，又希望能如孔子所言之"夫有文德者必有武备"那样，使文武之道不坠于地。另外，年代略早于杜牧的晚唐初期古文家沈亚之和庞严也有类似的看法，如沈文中的"诚愿使兵部之纲纪根于古道之要，兵部之令加于将帅之臣，则本久益大矣。何卒货不充于古哉！"（见于沈亚之《对贤良方正直言极谏策》，《全唐文》卷七百三十四，第 7578 页）庞文中的"经纬古今，文之业也；用之于武，武之德也。禁暴戢兵，武之业也；用之于文，文之辅也。不修其本而事其末，欲求其备，其可得乎？今苟各视其才以授其任，亦可以济天下之务矣。是以仲尼有四科以广其道，汉高有三杰以成其功。所以不求备于人，故能创业于前代，垂教于无穷者也"（《全唐文》卷七百二十八，第 7510—7511 页），可见杜牧的这种认识并不孤立。

而从杜牧生活的时代来说，当时的士人也不乏此类文武兼擅的优秀人才，他们的出现说明关注现实的精神在此时是有一定影响的。如《李诚元除朔州刺史制》："诚元家本北边，志气慷慨，将军之子，颇传父业，学万人敌，知四夷事。迹榆林之前政，寄马邑之名邦，仍留兼官，用震殊俗。夫车马甲兵，战之器也；礼乐慈爱，战所蓄也。"（《杜牧集系年校注》，第 1063 页）《薛淙除邓州任如愚除信州虞藏　徐邛州刺史等制》："淙以文科入仕，命守边郡，属当伐叛，兵于其郊，处剧不繁，事丛皆办。"（《杜牧集系年校注》，第 1066 页）《忠武军都押衙检校太子宾客王仲元等加官制》："忠武军节度右都押衙银青光禄大夫检校太子宾客兼殿中侍御史王仲元等。自艰难以来，言念许师，何役不行，何战不会？居常则长法知礼，临敌则致命争登。"（《杜牧集系年校注》，第 1112 页）此时在文事和军政方面兼得的最突出的人物就是宰相李德裕，史载李德裕为宰相李吉甫之子，元和元年，以荫补秘书省校书郎。穆宗即位，担任翰林学士，这表明李德裕在文才方面已受到时人的重视。同时李德裕又曾担任兵

---

① （唐）杜牧著，吴在庆校注：《杜牧集系年校注》，中华书局 1983 年版，第 843 页。本文所引《杜牧集系年校注》原文，均出自此书，以下只随文标注书名及页码。

部主官，大和年间历任兵部侍郎、义成军节度使、剑南西川节度使、兵部尚书等职。武宗年间入朝为相，力主安边削藩，沮遏朋党，辅佐武宗击败回纥乌介可汗，迎还大和公主，讨平擅自袭任泽潞节度使的刘稹，其武功方面的建树由此可见。周围有这样文武双全的同僚，还有如李德裕这样的宰相，此时内忧外患的频发，这都促使杜牧在坚持文章创作的前提下能深入思考文武两得之道。在其古文创作中，也曾留下了这方面的印记。如杜牧于会昌三年（843）所作的《上李司徒相公论用兵书》中从行军用兵的角度阐述了对平定刘稹之乱的意见，首先一针见血地指出以往征讨藩镇不利的错误所在，即"征兵太杂"，各自为战，号令不已，致使"每有战阵，客军居前，主人在后，势赢力弱，心志不一，既居前列，多致败亡。如战似胜，则主人引救以为己功，小不胜，则主人先退，至有歼焉"，进而提出了自己所认为的用兵良策，即"今者严紫塞之守备，谨白马之堤防，只以忠武、武宁两军，以青州五千精甲，宣、润二千弩手，由绛州路直东径入，不过数日，必覆其巢"。最难能可贵的是，杜牧提出的意见是建立在总结历史经验、现实地势和以前处理藩镇所得的教训基础之上的，"以古为证，得之者多"，因此杜牧详细列举了历史上前秦伐后燕和北齐攻后周的行军路线，从而得出自己的判断。加之对上党周围地势的分析并与宪宗时平定淮西一役作对比，这才胸有成竹地写出了给宰相李德裕的上书。《新唐书·杜牧传》载"俄而泽潞平，略如牧策"（《新唐书》卷一百六十六，第5097页），可见李德裕当时采纳了杜牧的意见才取得了对刘稹之乱的胜利，这又证明了杜牧之见的正确性。

　　随后两年，杜牧分别于会昌四年（844）和会昌五年（845）作《上李太尉论北边事启》和《上李太尉论江贼书》，对当时的回鹘边患和南方的地方治安提出了相应的对策。对这两篇文章，李德裕都予以称赏和采纳，如《新唐书·杜牧传》载"宰相李德裕素奇其才。会昌中，黠戛斯破回鹘，回鹘种落溃入漠南，牧说德裕不如遂取之，以为：'两汉伐房，常以秋冬，当匈奴劲弓折胶，重马免乳，与之相校，故败多胜少。今若以仲夏发幽、并突骑及酒泉兵，出其意外，一举无类矣。'德裕善之。"（《新唐书》卷一百六十六，第5097页）李德裕在《会昌一品集》有《请淮南等五道置游奕船状》即接受杜牧之策后所作。通过杜牧这几篇古文的创作以及在当时的影响可以看出，他于大中三年（849）在《上周相公书》中指出大儒须知兵事的观点是基于自己切身的从政体验而得出的，这也从一个侧面反映出杜牧对当时现实政治的深刻关怀之意。

除了制度方面的思考和对兵事的关注，杜牧在古文创作的内容上主要继承了中唐韩、柳所重视的士人科举问题。中唐之时，面对"以门地勋力进者"远多于科举之士，造成很多有才华的寒门士人无进身之阶，以韩愈为代表的中唐古文家极力强调国家的用人标准应以道德才学为上，朝廷取士即是要区分贤愚，确立道德为先、以贤役愚的新的社会秩序，从而为更多的寒门士人施展才华提供用武之地。这一趋向在中唐时得到多数出身寒微之士的拥护，但后来走向极端，造成了元和末年出现的进士考试中的"子弟、寒士"之争。在中唐古文运动的思想影响下，当时的一些主考官为了显示自己的公平取士而不敢录取子弟出身的年轻士人，"凡有亲戚在朝者，不得应举"[1]，这显然对那些出身门第高华而有才学的士人是一种无形的压制。此种情势在《登科记考》卷二十二中亦有反映，会昌四年（844）二月，中书门下奏："今定为五品俸入，四方有经术相当而秩卑身贱者，不可以超授。有官重而通《诗》达《礼》者，不可以退资。"[2] 这从反面就透露出当时已出现"有经术相当而秩卑身贱者"被主考官予以优擢，而那些出身门第之士在相同条件下受到"退资"的不公正对待。

针对这一不合理的风气，杜牧于会昌六年（846）所作的《上宣州高大夫书》中反复申明"选贤才也，岂计子弟与寒士也"的论点，一方面要坚持提拔那些出身低微却才华出众的士子，但同时也不能贴标签式地一概否定子弟之士的不学无术，其中门第出身的子弟还是有很多论圣贤德业、学有所成的优秀才士。杜牧提出这一观点时，还列举了自春秋到唐代的历史上很多有功于国家社稷却门第高华的贤士，如尧为天子子，禹为公子，文王为诸侯孙与子，武王为文王子，周公为文王子、武王弟，孔子为天子裔孙宋公六代大夫子，这些上古圣王都是生于公侯世家，春秋时则有出于三桓的季友、季文子、叔孙穆子、叔孙昭子和孟献子等，"良臣多出于公族及卿大夫子孙也"。战国四公子中的平原、信陵、孟尝也是王子王孙，唐代中的郝处俊、上官仪、张九龄、裴度等十九公，在杜牧看来都是

---

[1] （唐）范摅：《云溪友议》卷中《赞皇勋》，古典文学出版社1957年版，第51页。
[2] （清）徐松撰，孟二冬补正：《登科记考补正》卷二十二，北京燕山出版社2003年版，第890页。

忠节之士，"皆国家与之存亡安危治乱者"，杜牧以此来为那些道德贤明的子弟之士争取科举上的公平。杜牧自己出身世家，祖父杜佑为前朝宰相，但他在这里更多是出于公心而非己利。杜牧的《上宣州高大夫书》作于会昌六年（846），与《登科记考》中所反映出的情形在时间上相距不远，可见其文章应当有明确的针对性。除了要求在科举考试中对子弟和寒士一视同仁，杜牧在文章中又再次肯定了科举制对于选拔人才的重要意义，并以唐代许多忠义之士都是由科举进身为例，驳斥了将科举与浮薄之风联系起来的错误。所有这些意见都表明杜牧希望在坚持韩柳等中唐古文家得人进贤的取士原则基础上更加强调从道德才学出发，对士平等对待，而不应厚此薄彼，在身份上人为地抬高寒士而贬低子弟。

通过上述对杜牧古文创作主要内容的梳理，我们可以明显地看出：无论是从制度改革的层面加强国家统一，抑制藩镇，还是通过对用兵之道的分析来强调文人素质中文武之道的相辅相成，抑或是在科举制的利弊辨析中促使国家选拔人才的更加合理，都暗含着他对国家的发展有着更深的思考，那就是希望通过必要的方式积极恢复国家的统治秩序，比如加强文人军事素质的锻炼是为了培养更多具有道德品格的军事将领，并让他们取代藩镇中那些只知争权夺利的骄兵悍将，能够从容应对随时发生的战事，从而在根本上解决藩镇自立和中央集权之间的矛盾问题。而革除科举中的弊端则更成为自中唐以来多数士人希求以道德取代门第并重建"以贤役愚"的社会秩序的重要内容，这尤其代表了许多寒士文人的心声，而这一切又都深刻地反映出杜牧关注现实的经世致用之情，这种倾向与杜牧在文学批评中重事功的认识是一致的。①

三 杜牧古文内容特征溯源

杜牧古文中经世致用的内容特色如此鲜明，这与晚唐时代声色绮靡的风气完全不同。以往解释杜牧文章能够超出流俗的原因时，多数意见倾向于杜牧在《上李中丞书》的自述："某世业儒学，自高、曾至于某身，家风不坠，少小孜孜，至今不息。性颛固，不能通经，于治乱兴亡之迹，财

---

① 关于杜牧文学批评观念的分析，可参见罗根泽先生《中国文学批评史》中的内容，上海古籍出版社 1982 年版。

赋兵甲之事，地形之险易远近，古人之长短得失。中丞即归廊庙，宰制在手，或因时事召置堂下，坐之与语，此时回顾诸生，必期不辱恩奖。"（《杜牧集系年校注》，第860—861页）这其中固然说明了杜牧自身从家学那里所继承的关注政治、军事、制度方面的传统，但我们还必须看到中晚唐以来探索对王道政治的理解和如何达到治世的途径问题，以及对官吏才具看法的转变，才是左右这一阶段士人政治历史观念和文章创作内容的潜在关键，对杜牧古文内容的理解也应置于这一背景下才能得到更深刻的说明。

王道政治和盛世理想在中古时代的文学批评和文化建设中曾发挥着极为重要的作用，魏晋南北朝时期的政治风云变化莫测，当时一些有气节的士人为了抵御现实政治的污浊，在文章作品中经常深情描绘三代理想政治的图景，这当中蕴含着对当时混乱时局的深刻批判，有其重要的现实意义。这一风气延续到初盛唐时代，王道政治和盛世理想折射到文学作品中，与文质论等思想杂糅在一起，形成了一股大力推崇儒学经典、典谟正声的观念，这与初盛唐时期日渐走向鼎盛的政治形势相激荡，在当时的政治领域涌现出以张说、张九龄等"文儒"士人，他们的文化观念中最具代表性的特点就是高度称赞了雅颂正声的历史意义，从盛唐国运的高涨来看，他们的这一认识与现实是相对应的，而这些正是以礼乐缘饰政治、润色鸿业的思想的深刻反映，在中古时期有着非常悠久的传统。[①]

然而安史之乱后，开元盛世的繁华景象便一去不返，留给时人的除了邑里丘墟、满目疮痍的荒凉，就是要尽快重建稳定的统治秩序。在此政治形势和时代背景下，具有经世致用特征的儒家学说成为统治者在思想文化领域恢复权威、维系人心的首选。不过，由于世易时移，特别是面对战乱之后的百废待举，儒家学说与国家政治的关系也出现了不同于盛唐时代的根本性转变，这种变化主要发生于肃宗到代宗时期。肃宗在收复两京、取得对叛乱的初期胜利后，即至德三年（758），就迫不及待地大兴礼乐，接受尊号，[②] 但在当时，平叛尚未完全结束，局势还不明朗，因此肃宗的

[①] 参见拙文《李白〈古风〉其一再探讨》，《中国诗学》第十四辑，人民文学出版社2010年版。

[②] 《旧唐书》卷十，中华书局1975年版，第251页。本文所引《旧唐书》原文，均出自此书，以下只随文标注书名及页码。

这种作为对此时复杂的政治情势只能起到粉饰太平的虚美作用，而忽略了儒家学说所本应有的现实意义。后来的代宗在彻底取得平叛胜利后，进行了一系列复兴儒学的活动，如在永泰二年（766）即安史之乱平定后的第三年，恢复学校，开科取士，《旧唐书·代宗本纪》载：

> 治道同归，师氏为上，化人成俗，必务于学。俊造之士，皆从此途，国之贵游，罔不受业。修文行忠信之教，崇祗庸孝友之德，尽其师道，乃谓成人。然后扬于王庭，敷以政事，徵之以理，任之以官，置于周行，莫匪邦彦，乐得贤也，其在兹乎！朕志承理体，尤重儒术，先王设教，敢不虔行。顷以戎狄多虞；急于经略，太学空设，诸生盖寡。弦诵之地，寂寥无声，函丈之间，殆将不扫，上庠及此，甚用闵焉。今宇县乂宁，文武并备，方投戈而讲艺，俾释菜以行礼。使四科咸进，六艺复兴，神人以和，风化浸美，日用此道，将无间然。其诸道节度、观察、都防御等使，朕之腹心，久镇方面，眷其子弟，为奉义方，修德立知，是资艺业。恐干戈之后，学校尚微，僻居远方，无所咨禀，负经来学，宜集京师。其宰相朝官、六军诸将子弟，欲得习学，可并补国子学生。其中身虽有官，欲附学读书者亦听，其学官委中书门下选行业堪为师范者充。其学生员数，所习经业，供承粮料，增修学馆，委本司条奏以闻。①

与肃宗大兴礼乐之举不同的是，代宗更为强调儒学的学术思想和文行忠信的教化之义对于大乱之后的国家复兴具有其他思想学说不可替代的现实作用，正是在此意义上，代宗希望通过"日用此道"而使世人投戈讲艺、释菜行礼，以达到"神人以和，风化浸美"的正常秩序。这种对儒学的新理解也促使代宗进一步把王道思想引入自己的务学化俗行动之中，他在永泰五年（769）提出要行王道的思想，"朕受昊天之成命，承累圣之鸿业，齐心涤虑，夙夜忧劳。顾以不敏不明，薄于德化，致使旧章多废，至理未弘，其心愧耻，终食三叹。虽诏书屡下，以申振恤，且朝典未举，犹深郁悼。思与百辟卿士，励精于理，俾国经王道，可举而行，各宜承式，以恭尔位。诸州置屯亦宜停"（《旧唐书》卷十一，第296页），并把王道政治的

---

① 《旧唐书》卷十一，中华书局1975年版，第281—282页。

中心定位为圣贤遗训的德化教育和百官公卿的"励精于理",在此基础上才能使国家真正推行王道政治。两相对比,肃宗和代宗对儒学的不同理解在实质上反映了盛唐向中唐转变的思想轨迹。在初盛唐时,国家形势蒸蒸日上,在政治、经济和军事方面都取得了长足的发展,连续出现了贞观之治和开元盛世两个中国历史上的盛世时代,因此这样的时代环境对儒学的要求更多的是缘饰政治,王道理想的极致就是功成之后制礼作乐,肃宗在收复两京后所进行的大兴礼乐无疑是对此种儒学传统的重现。而安史之乱后国家亟须重建的时代背景则为儒学发挥其现实意义和作用提供了绝好的契机,代宗就是顺应了这种趋势,围绕重建新的统治秩序的问题,注重儒学在移风易俗方面的教化作用,并将王道理想定位于此,放弃了前代那种仅为现实政治起到缘饰作用的王道观念,从而保证了儒学和王道理想能对现实政治的革新和国家秩序的重建起到真正的推动作用。

由于代宗这种提倡儒学和王道理想的基调和思想,后来的德宗和宪宗及其当时的许多士人都沿着这样的思路,继续将如何发挥儒学的现实作用的思考引向深入。如果说代宗明确地提出了把儒学的现实意义和王道理想作为治国的基本思想的话,那么德宗和宪宗就进一步以此作为国家秩序重建过程中亟待解决的问题。其实这一问题的付诸实践在代宗朝已出露端倪。为了巩固代宗提倡的以儒学移风化俗和行王道的治国理想,当时的宰相杨绾"为太常卿,充礼仪使,以郊庙礼久废,藉绾振起之也,亦以观其效用"(《旧唐书》卷一百一十九,第3435页),利用自己精于礼学的优势,恢复了废弃已久的郊庙祭祀之礼,并对当时在京城出现的一股奢靡之风予以制止。杨绾这种与代宗在思想观念上的同声相应促使代宗在杨绾去世后作出了如下评价:"性合元和,身齐律度,道匡雅俗,器重宗彝。宽柔敬恭,协于九德;文行忠信,弘于四教。内无耳目之役,以孝悌传于家;外无车服之容,以贞实形于代。西掖专宥密之地,南宫领选举之源。以儒术首于国庠,以礼度掌于高庙,简廉其质,条职同休。"(《旧唐书》卷一百一十九,第3436页)代宗敏锐地抓住了杨绾"以儒术首于国庠,以礼度掌于高庙"的为政举措,这其中不仅是对杨绾的贴切评价,更是代宗对自己思想的总结,那就是此时的礼乐已不再是功成之后缘饰政治的表面文章,而是以其规范行为和移风化俗能对现实政治有所裨益,从而成为达到王道政治的重要手段。

可惜天不假年,杨绾为相不久即去世了,但代宗以礼乐通向王道理想的思想在德宗和宪宗朝仍得到君王和多数士人的继承。《旧唐书·德宗本纪》载史臣曰：

> 德宗皇帝初总万机，励精治道。思政若渴，视民如伤。凝旒延纳于谠言，侧席思求于多士。其始也，去无名之费，罢不急之官；出永巷之嫔嫱，放文单之驯象；减太官之膳，诫服玩之奢；解鹰犬而放伶伦，止榷酤而绝贡奉。百神咸秩，五典克从，御正殿而策贤良，辍廷臣而治畿甸。此皆前王之能事，有国之大猷，率是而行，夫何敢议。加以天才秀茂，文思雕华。洒翰金銮，无愧淮南之作；属辞铅椠，何惭陇坻之书。文雅中兴，夐高前代，《二南》三祖，岂盛于兹。然而王霸迹殊，淳醨代变，揆时而理，斟酌斯难。苟于交丧之秋，轻取鄙夫之论，历观近世，靡不败亡。德宗在藩齿胄之年，曾为统帅；及出震承乾之日，颇负经纶。故从初罢郭令戎权，非次听杨炎谬计，遂欲混同华裔，束缚奸豪，南行襄汉之诛，北举恒阳之代。出车云扰，命将星繁，罄国用不足以馈军，竭民力未闻于破贼。一旦德音扫地，愁叹连甍，果致五盗僭拟于天王，二硃凭陵于宗社，奉天之窘，可为涕零，罪己之言，补之何益。所赖忠臣戮力，否运再昌。虽知非竟逐于杨炎，而受佞不忘于卢杞。用延赏之私怨，夺李晟之兵符；取延龄之奸谋。罢陆贽之相位，知人则哲，其若是乎！贞元之辰，吾道穷矣。（《旧唐书》卷十二，第400—401页）

从这段评价中可见，德宗虽因不能妥当处理王霸的关系、加之用人失误导致严重后果，但其促使"文雅中兴"的努力却不容置疑。而且他的种种施政举措延续了代宗在礼乐方面的传统，如"励精治道""戒服玩之奢""御正殿而策贤良"等，在这种举措一致性的背后实质是对以礼乐致王道的认同，同时将礼乐的现实意义转化为具体的为政方法，从而使礼乐之道与此时的政治革新之间的关系更为紧密，这也成为此时古文运动走向成熟的重要背景。

不仅德宗本人如此，当时的多数士人也纷纷从王道理想如何实现的角度来思考礼乐问题。正如《旧唐书》中对德宗的评价所言："然而王霸迹殊，淳醨代变，揆时而理，斟酌斯难"，此时对王道理想的思考占据了策文的主要议题。贞元前期，深得德宗信任的陆贽在给制举所出《策问博通坟典达于教化科》的题目中对"工祝陈礼乐之器，而不知其情；生徒诵礼乐之文，而不试以事"深表不满，认为这种倾向的蔓延会导致士人们的思想远离现实。基于这种认识，陆贽认为立教之本应是"知本乃能通于变，学古所以行于今"，而从文质论的角度来看，文质彬彬的态势是陆贽所希望的政治局面。从这一代表德宗和陆贽思想的题目中可以看出，此时对王道理想实现的问题集中于对礼乐问题的认识。其中的"陈礼乐之器"和"诵礼乐之文"还是初盛唐士人对礼乐所持的缘饰"王道"的认识，而要探寻礼乐背后的"情"和要求礼乐能"试以事"才是中唐时期产生的对礼乐和王道理想关系的新认识。前辈学者已经指出盛中唐之际的儒道随着时代的剧变而出现了"从缘饰到明道"和"从礼乐到道德"的演变[1]，尤其是隐含其中的关于礼乐本身的观念也出现了相应的不同理解，这种差异不仅影响到礼乐与王道理想的关系问题，也随之对士人自身的素质提出了新的要求。

德宗时期的陆贽根据当时形势的要求，总结出"理乱之本，系于人心"，并主张"当今急务，在于审察群情。若群情之所甚欲者，陛下先行之；群情之所甚恶者，陛下先去之"，这一认识可谓是体察时变的洞见。结合此时的科举之文，可以明显发现士人对礼乐和王道之间关系的认识在这些文章深刻地反映出来，而且这些文赋之作在根本上是对陆贽"理乱之本，系于人心"认识的形象表现。贞元九年（793）的题目为《太清宫观紫极舞赋》，当年中进士的张复元和李绛都曾创作此题目的赋，由他们的文章来看，张赋开篇就点明主旨"乐者所以谐万国，舞者所以节八风"，既然乐舞是对盛世景象的充分表现，那么文章继之以对乐舞场面的铺叙："舞之作矣，应其度而展其容；乐乃遍焉，动于天而蟠于地。其始也，顾步齐进，蹁跹有序。既乍抑而复扬，遂将坠而还举。始蹑迹以盼睐，每动容于取与。陈器用之煌煌，曳衣裳之楚楚。观乎俯仰回旋，乍离乍联。轻风飒然，杳兮俯虹霓而观列仙。飘飖迁延，或却或前。清宫肃然，俨兮若披云雾而睹青天。惟紫也，取紫宫之清；惟极也，明太极之

---

[1] 参见葛晓音师《汉唐文学的嬗变》（北京大学出版社1990年版）中的《论唐代的古文革新与儒道关系的演变》和吴相洲先生的《中唐诗文新变》（学苑出版社2007年版）中的《中唐文的演变》，他在《对儒术现实意义的认识过程》中指出对儒术现实意义的阐发除经历了"从礼乐到道德"的转变外，还有"从缘饰到明道"的观念变化。

先。用之则邦国之光备,施之则中和之气宣。"(《全唐文》卷五百九十四,第6009页)渗透其中的是功成之后以乐舞来表现王道肃然的繁盛之意,舞姿的雍容典雅和礼器的煌煌其华无不彰显了歌舞升平、天下大同的王道理想。这种强调礼乐对王道的缘饰作用,就其根本是盛唐王道观念的延续,李绛的赋也大体如此,"申敬也,其恭翼翼;宣滞也,其乐融融。齐无声于合莫,感有情而统同。则其业之所肄,习之则利。作兹新乐,着为故事。享当其时,舞于此地。退而成列,周庙之干戚以陈;折而复旋,鲁宫之羽籥斯备。美乎!冠之象以峨峨,舞其容以佭佭。合九变之节,动四气之和。散元风以条畅,洽皇化之宏多。是时也,天地泰,人神会。舞有容,歌无外。故曰作乐以象德,有功而可大"(《全唐文》卷六百四十五,第6525页)。他们所关注的礼乐只是对王道理想的装饰之美,而其在现实中对人心治乱的实际作用则没有得到体现。到了贞元十年(794),以《进善旌赋》和《朱丝绳赋》为题,在当时的士人所创作的文章中开始出现礼乐观念的转变,如窦从直的《进善旌赋》:"至德在于求贤,救世资乎择善。则设旌之道也,为皇王之盛典。"他在这里特意标出达到王道理想的途径是求贤和择善,改善民俗,并以此树立新的社会风气,这与陆贽关注人心向背、审查群情的理乱之道是一致的。与窦从直同榜的进士王太真在《朱丝绳赋》中触及了对礼乐的认识:"乐匪在音,遂执中而有得。"这种认识就和贞元九年张复元和李绛的观念明显地区分开来,礼乐对王道的关键不是以往所强调的以音乐歌舞之美赞颂王道,而是要执中有得,发挥其对现实政治的革新作用,具体地说就是劝人为善,以君子的人格标准改革社会风俗,即"能贞而守正,劲以全真。含至和以不屈,抱孤直以谁邻?若刚克以自致,谅柔立而有因,齐达人之履道,比君子之修身。久而莫渝,岂红紫之见夺;劲而不挠,非纠缠之为伦。当其浼水初滋,势如未理,女工爰作,视其所以。如积微于秒忽,遂立质于经纪,察其本,同成经以自纶;喻乎时,表直道以如砥。挂端标以有准,持正色而为美,将配德于清壶,愿齐名于直矢"。由此可见,窦从直的"旌善"和王太真的"乐匪在音"、"齐达人之履道,比君子之修身"都是陆贽所注重的"系于人心"以达于王道的认识的反映,并从根本上不同于盛唐那种重视礼乐之美缘饰王道的观念。沿着这样的思路,贞元十五年(799)和贞元十六年(800)则出现了《乐理心赋》和《性习相近远赋》的题目。在这两年中榜的士人所作试文中都明确了礼乐对人心的现实作用,并以此达到王道理想，如独孤申叔的《乐理心赋》曰："知乐之为用也，不独逞烦手，謹俚耳。正心术而导淳源，非听其铿锵而已"（《全唐文》卷六百十七，第6229页），着意指出此时对礼乐的认识重在"正心术而导淳源"，并非"听其铿锵"的音色之美，这两种观念的差异正是中唐对盛唐礼乐观念内涵的革新。而《性习相近远赋》的主题则是为礼乐发挥对人心的导向作用提供了哲学意义上的基础，郑俞和白居易的这两篇赋主要陈述了"钦若奥旨，闻诸古先。习之则善道可进，守之则至理自全"的道理，人之本性相近，但在现实生活中会随着外在学习的差异而出现不同，因此必须"等善行之无辙，见大道之甚夷"，"袭慎而委顺，勿牵外以概名，在执中而克慎"，唯有如此，才能导人向善，最终达到民风淳朴的王道理想。郑俞和白居易的认识在实质上与此时礼乐观念的转变是一致的，"执中而克慎"就是坚持礼乐对人心的教化意义，它们就像朱丝绳墨那样在善恶之间划出标准，劝善而惩恶，通过对人心进行以仁义为核心的礼乐教化以达到理想中的王道政治。

正是源于礼乐观念趋于实用的变化，时人才逐渐明确了运用礼乐之道改革现实政治的意义。贞元后期，礼乐之道内部的"礼"和"乐"之间的差异逐渐引起士人的注意。首先是以权德舆为首团结了一批具有礼学背景的士人，如韦渠牟诗笔兼擅，著有《贞元新集开元后礼》，张荐撰有礼学专著《五服图》和《宰辅略》，另外仲子陵和刁彝、韦彤、裴茝等"邃于礼服，上下古今仪制，著《五服图》十卷，自为一家之言"，由于德宗时的礼仪之争成为朝政廷议的焦点，包括权德舆在内的这批士人运用礼学的"折衷廷议、损益仪法"来积极恢复当时的政治秩序，而这种选择则是礼乐观念的革新及其对现实政治发挥作用的鲜明体现。由此延展开，中晚唐礼学的著作大量增加，如据《新唐书·艺文志》中记载，"礼类"有成伯玙《礼记外传》四卷、王元感《礼记绳愆》三十卷、王方庆《礼经正义》十卷、《礼杂问答》十卷、李敬玄《礼论》六十卷、张镒《三礼图》九卷、陆质《类礼》二十卷、韦彤《五礼精义》十卷、丁公著《礼志》十卷、《礼记字例异同》一卷 元和十二年诏定、丘敬伯《五礼异同》十卷、孙玉汝《五礼名义》十卷、杜肃《礼略》十卷、张频《礼粹》二十卷，（见《新唐书·艺文志一》卷五十七）"仪注"类有颜真卿《礼乐集》十卷、韦渠牟《贞元新集卅元后礼》二十卷、柳逞《唐礼纂要》六卷、韦公肃《礼阁新仪》二十卷、王彦威《元和曲台礼》三十卷、《续曲台礼》三十卷、李弘泽《直礼》一卷、韦述《东封记》一卷、李袭誉《明堂序》一卷、李嗣真《明堂新礼》十卷、王泾《大唐郊祀录》十、裴瑾《崇丰二陵集礼》、王方庆《三品官袝庙礼》二卷、《古今仪集》五十卷、孟诜《家祭礼》一卷、徐闰《家祭仪》一卷、范传式《寝堂时飨仪》一卷、郑正则《祠享仪》一卷、周元阳《祭录》一卷、贾顼《家荐仪》一卷、卢弘宣《家祭仪》、孙氏《仲享仪》一卷、刘孝孙《二仪实录》一卷、袁郊《二仪实录衣服名义图》一卷、《服饰变古元录》一卷、王晋《使范》一卷、戴至德《丧服变服》一卷、张戬《丧仪纂要》九卷、孟诜《丧服正要》二卷、商价《丧礼极议》一卷、张荐《五服图》、《葬王播仪》一卷、仲子陵《五服图》十卷、郑氏《书仪》二卷、裴茝《内外亲族五服仪》、裴度《书仪》二卷、《书仪》三卷 砵俦注、杜有晋《书仪》二卷。(见《新唐书·艺文志一》卷五十八）能有如此多的礼仪著作问世，其中有的是关于朝廷典礼，有的是涉及日常礼仪，有的是对前代礼仪的总结，虽在应用对象方面不尽相同，但它们都具有在生活中规范行为、区别身份、维护社会秩序的内在精神，这足以反映出当时的士人希望借助礼学的规范作用来达到恢复国家秩序的迫切要求，这种重视礼的规范的认识其实隐含了"礼"和"乐"将要随着士人认识的深入而出现分化的趋势。

到了元和时期，士人在继续呼吁重视礼乐对政治的作用时，首先将礼乐与刑政联系起来，进一步强化了"礼乐"作为复兴王道的方法这一认识。《论语·为政篇》载："道之以政，齐之以刑，民免而无耻；道之以德，齐之以礼，有耻且格。"[1] 孔子在此将礼乐所具有的正面教化功能与刑政所代表的消极防范作对比，显然是在区分二者的基础上肯定礼乐而否定刑政。但在元和时期，许多士人在论述礼乐对政治的作用时与"刑政"相连，如李渤《上封事表》曰："明刑以行令，理兵以御戎。然后经之以礼乐，纬之以道德，推诚信以化之，播风雅以畅之。坐明堂，登灵台，休息乎祥气之间，陛下袭羲轩于上，公卿侪稷契于中，黎元欢鼓腹于下。挹甘露，漱醴泉，禽畜四灵，不为难矣。"他在这里就是把刑政和礼乐都看作最终王道实现的必要途径，从而肯定礼乐刑政均对现实政治具有重要作用。而将礼乐刑政并提的说法更比比皆是，如韩愈《后廿九日复上书》：

---

[1] （宋）朱熹注：《四书章句集注》，中华书局1983年版，第54页。

"天下之所谓礼乐刑政教化之具,皆已修理。"(《全唐文》卷五百五十一,第5585页)《送浮屠文畅师序》:"是故道莫大乎仁义,教莫正乎礼乐刑政。"(《全唐文》卷五百五十五,第5618页),刘禹锡《许州文宣王新庙碑》:"尝著书二百馀篇,言礼乐刑政,古今损益,统名曰:《通典》,藏在石室,副行人间。"(《全唐文》卷六百八,第6146页)白居易《韦绶从右丞授礼部尚书薛放从工部侍郎授刑部侍郎丁公著从给事中授工部侍郎三人同制》:"自礼乐刑政暨君臣父子之道,博我约我,日就月将,俾予今不至墙面,克荷丕训,大扬耿光,实绶、放、公著之力也。"(《全唐文》卷六百六十三,第6738页)韩、刘、白等元和士人的代表将礼乐和刑政连缀起来,这表明此时的礼乐在其心目中已与在政治生活中起实际作用的刑政并无二致,他们都是注重礼乐对于政治所起的现实意义。就其现实性的方面,礼乐确实和刑政有其共通之处,梁启超先生在分析我国的礼治和法治传统时曾说:"夫礼治与法治,其手段固沟然不同,若其设为若干条件以规律一般人之行为,则一也。"① 瞿同祖先生在分析礼治内涵时说:"礼之功用即在于借其不同以显示贵贱、尊卑、长幼、亲疏的分别,……严格说来,礼本身并不是目的,只是用以达到'有别'的目的。"② 梁、瞿两位先生的认识可以启发我们深入理解中唐时期儒学强调礼乐刑政的内涵,那就是受到刑政所具有的针对现实的特征影响,此时的礼乐被更多地赋予现实政治层面的具体作用,而不再过分追求像《论语》所说的那种差别,元和时期的这种礼乐刑政并举促使士人多从现实行政操作的方面考虑解决当时存在的诸多弊政,这种认识趋向就决定了在礼乐之间更趋于"礼"的现实意义而轻视"乐"。从与刑政的相似性角度论述"礼"的意义则隐约透露出时人更加重视"礼"的约束规范作用,并在强调其现实意义时又对具体的为政方法进行了深入的思考,这无疑是中唐初期儒学发生转向后继续开拓其现实性的集中体现。

在确认了新的礼乐之道中所突出的对现实的改革作用后,到了杜牧所生活的晚唐初期则在继承中唐思想演变的同时对礼乐的思考上升到了理论的高度,这以此时舒元褒和庞严的两篇策文为代表。庞严的策文作于长庆元年(821),其文章内容明显总结了元和士人对政治认识的思考成果。

---

① 梁启超:《梁启超法学论文集》,中国政法大学出版社2004年版,第70页。
② 瞿同祖:《中国法律与中国社会》,中华书局2003年版,第296页。

在这篇文章中，庞严首先赞美了上古三代之所以兴盛的原因，即"以道化者皇，以德教者帝，以礼乐刑政理者王。夫以处天下之尊，举四海之力，为皇为帝，为王为霸，致之一也，犹反掌之易。而况人之诚伪，时之厚薄，必由上而下者乎！帝王之道，高不降于天，厚不取于地，远不致于四夷，师友辅弼而已矣。师友辅弼，岂有他求哉！贤哲忠信而已矣"（《全唐文》卷七百二十八，第7510页）。明确指出道德教化是三代王道形成的根本原因，贤哲忠信之士的辅佐因素也不可轻视。接着庞严批评了"自中代已降，淳朴既漓，贤不肖混淆，莫能酌辨"的混乱，申明正是求贤取士之道的荒废和没有坚持以仁义治国致使此种局面的出现，可见庞严从正反两方面阐述了如何通向王道政治的手段和方法。策文的主体部分则是为政大端的六个建议：厚耕殖、和阴阳、明劝赏、慎刑罚、修文德和任忠贤，这是在具体操作的层面上列举了进一步落实如何走向王道政治的办法，从其内容来看，基本与元和时期士人的认识类似。随后舒元褒于宝历元年（825）所作的《对贤良方正直言极谏策》就将对礼乐刑政的认识上升到了理论的高度，围绕"礼""乐"和王道政治的关系明确指出"礼在其中具有的现实意义。舒元褒在开篇即提出王道政治和"理人之术"的密切关系，这就把如何走向王道政治的方法提到了为政的首要问题上，进而深入论述了这种方法就是"礼乐刑政"，"夫礼乐刑政，理之具也。礼乐非谓威仪升降，铿锵拊击也。将务乎阜天时，节地利，和神人，齐风俗也。刑政非谓科条章令，繁文申约也。将务乎愧心格耻，设防消微也"（《全唐文》卷七百四十五，第7708页）。这种对比分析表明了舒元褒已经从理论上改造了礼乐刑政和现实政治的关系，不再视礼乐为润色鸿业的表面缘饰，而是可以移风化俗的有力工具，刑政也不再是科章律令的繁文缛节，而是在现实中具有"愧心格耻、设防消微"之用。舒元褒极力发掘礼乐刑政对现实政治所共通的工具性特征为他进一步辨析"礼"和"乐"的关系作了准备，因而接下来便是"礼乐刑政，理天下之本也。三代之理，未始不先于礼。礼明，则君臣父子长幼尊卑识其分，而人伦之序正矣。人伦之序正，则和顺孝慈之庆感于上，所以阜天时也。贵贱之位别于内，则奢侈耗蠹之弊息于外，此所以节地利也。自然上下交泰，而天下之心悦，天下之心悦，因可以达于乐，乐达，则神人自然和矣。神人和，则风俗自然齐矣。仲尼曰：'安上理人，莫善于礼。移风易俗，莫善于乐。'此之谓乎！固非谓夫威仪升降，铿锵拊击也。伏惟陛下举三代礼乐而行之，而不以形声之为贵，则可以阜天时而节地利，和神人而齐风俗。"这里的"礼"就被赋予了与刑政相似的作用，它的维护贵贱差异和序正人伦的意义在舒元褒看来是保证社会秩序稳定的根本，只有在此基础上，才能整合人心，进而达到以"乐合同"为标志的王道政治。通过对其中"礼"、"乐"关系如何促使王道复兴的分析，我们可以看出舒元褒的这种认识首先是基于元和时代士人对"礼乐刑政"意义的内在联系，进而在理论上更为清晰地找到了"礼"本身具有的维系人心、保证社会秩序的现实作用，并与"乐"所代表的缘饰王道、点缀盛世的趋向作了明确的区分，厘清了二者之间的先后关系，解决了王道之所以兴的途径方式，不仅表明了此时士人对"礼"的强调实际暗含了对现实的积极改造之心，也从根本上回应了自中唐以来怎样复兴王道的时代主题。

　　既然在杜牧生活的时代逐渐实现了对礼乐和王道理想的观念转变，儒学的现实意义成为此时士人改革弊政的理论基础，那么在此观念影响下的士人对官员为政之道的看法也日益发生着改变。初盛唐之时，文儒型官员作为最能代表当时士人理想的群体，他们更多的是以高超的文学才能抒发对盛世的赞美之情，通过颂扬为主的骈文描绘当时歌舞升平、天下大同的繁华。这种揄扬风雅、润饰王业的意义，与其向往三代繁盛的王道理想和礼乐之道的认识是一致的。与此相关的是，文儒型士人对为官之道中的实际吏干有所忽视。然而随着中唐儒学内涵逐渐出现革新的迹象，代宗时的王道理想更为务实，礼乐在实现王道理想时所担负的现实作用也被更多的士人所接受，那么更加重视官吏在政治生活中的实际行政才能也就成为时势的必然结果。首先是中唐士人对一些与需要实际行政才能的官职予以充分的重视，这在以往是很少见的。如安史之乱后恢复经济的迫切要求为此时的很多具有经营财政才干的官员提供了用武之地，以元载、第五琦和刘晏为代表的财政官员成为这个时期深受皇帝重用的大臣，他们改革国家的盐铁经营权，改善从扬州到京城的漕运，并逐渐实行新的税收制度，这些恢复经济的举措都是为饱受战乱之苦的国家和民众创造尽可能多的物质财富，以求使政治更快地从危局中摆脱出来。因此要想顺利完成这种转变，就需要更多的具备实际施政才能的官员，尤其是类似经济、税收、漕运等工作的开展都从理财的方面对官员提出了很高的要求，而那些确实具备这方面才干的士人可以得心应手地在相应的职位上发挥更重要的作用，因此吏干之材的大量出现就成为时势使然。

到了德宗时期，盐铁度支之争和典礼之争成为朝廷瞩目的焦点[1]，贞元前期，藩镇叛乱的余波未平，战事方殷，国家急需大量钱财维持前线的作战之用，因此朝廷内部的各派势力都在想方设法地争夺财权，盐铁、度支和户部成为朝廷内最炙手可热的三大要职，很多具有理财经验的官员凭此跻身显宦之列，最著名的当属此时的宰相杨炎，他于780年对税收和财政制度进行了彻底的改革，完全废弃了以前的税收制度，代之以更有效和更公平的以财产和耕地计征的"两税法"，并取得了实际的成功，国家的财政因此而得到大大增加，以杨炎为代表的这些凭此进身的官员无疑都具有很强的实际为政才干。而在贞元后期，局势稍定，以权德舆为代表的一批士人则参与了典礼之争，礼学又成为此时许多官员进身入仕的方便之门，但这两者之间都具有同一背景，那就是那些能够发挥官员实际行政才干的官职得到前所未有的重视，由此可见这种认识自安史之乱后一直到德宗时期未曾中断，虽然其表现形式有所变化。

随着这些吏干之士日益在政治舞台上发挥重要作用，宪宗时的士人则对吏干的强调成为当时讨论的焦点，这其中以韦处厚在元和元年的策文最为突出。他在《对才识兼茂明于体用策》中指出"理国之本，富之为先；富人之方，劝农为大"，这种对富国的高度重视实质是对德宗时期强调财政对国家建设意义的延续。更为值得注意的是，韦处厚在论述西汉元帝和东汉光武帝为政之失时曰：

> 汉元优游于儒学，盛业竟衰；光武责课于公卿，峻政非美。二途取舍，未获所从，吾心浩然，益所疑惑。子大夫熟究其旨，属之于篇，兴自朕躬，无悼后害者。臣闻契者君之所司也，综其会归，则庶务随而振之；职者臣之所司也，践其轨迹，则百役通其流矣。委之于下者，委之职业也，非委其权；专之于上者，专其操持也，非专其事。赏罚好恶之出，生杀恩威之柄，此非权与操持乎？委之于下，则上道不行矣。提衡举尺，守器执量，此非事与职业乎？专之于上，则下功不成矣。不委其操持，安所用其私乎？不专其职业，孰虑无效乎？君收其大柄，臣职其所守。然大柄不得亢于上，臣得佐而成之；

---

[1] 参见蒋寅《权德舆与贞元后期诗风》，《文学史》（第2辑），北京大学出版社1995年版。

所守不可属于下，君得举而明之。(《全唐文》卷七百一十五，第7350页)

他在这里通过比较西汉元帝崇儒学而国衰和东汉光武帝兴峻政而未获的得失，从而得出君臣之间所应确定的位置，即臣下从帝王那里得到的是"委之职业"，而帝王坚持的是"赏罚好恶"和"生死恩威"的操持，换言之，就是韦处厚在此将官吏定位于"职业"的基础上，而帝王则行使大柄操持之权，二者各得其所，各行其是，才能充分发挥各自的效率，帝王不需事必躬亲，臣下不能越权操柄，否则即使坚持儒学的治国之道也无法获得应有的效果。由此可见，韦处厚对官员"职业"的定位抓住了代宗至德宗时期官吏为政的根本经验，从而把前代的吏干风气上升到理论的高度，并为后来杜牧生活之时的士人从政提供直接的借鉴。

与杜牧同时的庞严在士人为政方面的认识接续了韦处厚的观点，他在《对贤良方正能直言极谏策》中曰："臣以为文武之道虽不同，士农之业虽各异，而要归于修其职业而济于时也。"（《全唐文》卷七百二十八，第7510页）在庞严眼中，应举之士虽然有文武之道和士农工商的身份差异，但他们的根本共同之处则在"修其职业而济于时"，一方面是要能胜任自己所担任的职位，另一方面则是在任职基础上能够经世济时，二者之间，显然职业为官是济时的基础，济时则是职业为官的目标，由此可见，庞严对应举之士将来入仕之后的定位就是要"修其职业而济于时"，必须以充分的吏干能够在职位上担负重任。因此他又进一步强调："夫求贤取士，所以备官也，设官所以分理众务也。夫得一尺之木，将斫以用之，必使匠者；有一块之土，将埏而器之，必使陶者。今陛下选人以仁，天下皆归于仁矣；选人以义，天下皆归于义矣。夫理天下者，必以仁与义矣。今朝廷用人不以仁，而悯默低柔；进人不以义，而因循持疑。言有不符于行，才有不足于用矣。陛下虽欲精五事，五事何术而精？虽欲法九征，九征焉得而法？若是求众务之理者，是以材与陶，以土与匠，而求器用之得也，不亦难乎？今朝廷开取士之门，不为不广，其中选择精详，望为俊彦者，通于进士，中外之重，擢清秩选于是者十八九，诚有才有器，亦尽萃于中。然而所采者浮华之名，所习者雕虫之技。是以主教化者不道皇王之术，官牧守者不知疾病之源。岂其有任事之才而无任事之智乎？盖艺非而职异也。"（《全唐文》卷七百二十八，第7511—7512页）国家设科取士是为了选择能够为官的士人，而为官的要务就是"分理众务"，除了平日所重视的儒学仁义等道德素质，庞严在此更为突出了官吏所必备的"器用之得"的重要性，这是基于官吏职位设置针对的不同任务，官员的职责也就不一而同，科举取士的慎重就是体现在要根据职位要求选出那些确实能担当实际为政之职、具备行政才干的士人，而那些浮华之名和雕虫之技则不能作为取士标准。而对中晚唐儒学经世致用的认识具有总结意义的认识出于和杜牧同科考试的刘蕡，他在大和二年的《对贤良方正能直言极谏策》中首先指出："哲王之治，其则不远，惟致之之道何如耳"，说出了中唐以来儒学转向的特征，即由盛唐之时关注的王道颂美到如何实现王道理想的途径，这一转变则预示了此后对礼乐的不同认识，围绕如何复兴王道而注重礼乐的现实意义，就成为此时士人重新审视礼乐之道的焦点。既然王道理想作为推动现实政治改革的根本动力，礼乐之道又是实现这种改革的必要途径，两者的现实作用便逐渐被士人接受而运用到实际政治生活中去了。具体到实际的政治生活，刘蕡则继承了德宗以来士人有关官吏为政的思考，在坚持儒学仁义的大前提下，逐步重视官员的吏干才能，在官吏晋升时要"核考课之实，定迁序之制"，务使人尽其才，赏罚分明。最值得世人称颂的是刘蕡的这篇策文本身就是发挥礼乐之道的现实意义、彰显谏议才学的典范，他在策文中以春秋大义作为立论根本，逐条阐述对治国、教化、吏道、取士等方面的建议，最重要的是将祸国根源直接指向当时得势的宦官集团，指出"陛下所先忧者，宫闱将变，社稷将危，天下将倾，四海将乱"，可谓敢言人所不敢言，真正实现了"贤良方正能直言极谏科"取士的根本要求。从这个意义上说，刘蕡的这种勇气也是对其所倡导的官吏具备实际才能要求的最好回应。因此，与他同科考试的李郃听闻考官因畏惧宦官实力而没有录取刘蕡时，激切地发出了"蕡逐我留，吾颜其厚邪"（《新唐书》卷一百七十八，第5305页）的感叹。

作为与杜牧同时的重要士人，刘蕡和庞严的认识代表了中唐至晚唐初期为政观念探讨的主要内容，德宗以来士人日渐重视吏能在实际政治生活中的作用，并最终上升到以韦处厚的认识为代表的理论高度，得出官吏需重"职业"和实用的理念，因此杜牧不仅在自己的古文中着力突出关注现实、切实时弊的积极用世精神，以期对现实政治的改革起到推动作用，而且还在文章中极力推崇那些具有实际干才的官员，欣赏他们不仅精通王道大义，更有吏干为政之才，并能指出时弊，忠心进谏，如《陆绍除信州刺史封载除遂州刺史郑宗道除南郑县令等制》："以绍其先君子仍代作相，能以儒学缘饰吏理。"（《杜牧集系年校注》，第1073页）《高元裕除吏部尚书制》："始以御史谏官，在长庆、宝历之际，匡拂时病，磨切贵近，罔有顾虑，知无不为。"（《杜牧集系年校注》，第1023页）《崔璪除刑部尚书苏涤除左丞崔玙除兵部侍郎等制》："每师蘧瑗，常慕史鱼，抨弹之勇，正当时病。"（《杜牧集系年校注》，第1025页）《韦有翼除御史中丞制》："介特守君子之强，文学尽儒者之业，周历华贯，擢为诤臣。攻予甚专，言事颇切。"（《杜牧集系年校注》，第1025页）《卢籍除河东副使李推贤除殿中丞高除湖南推官薛廷杰除桂管支使等制》："其行道也，得以阜俗变俗；其行法也，得以刑人赏人。"（《杜牧集系年校注》，第1101页）《顾湘除泾原营田判官夏侯觉除盐铁巡官等制》："湘、觉本以文进，兼通吏理；从周暨鲁，皆称干能。"（《杜牧集系年校注》，第1105页）这些人物都是文儒而又兼通吏能的类型。由此可见，杜牧重视为官实际才干的观念正反映了当时人才类型已经发生重大转变的事实。

综上所述，杜牧古文内容的三个特点都是他经世致用之志的体现，这种关注现实、注重实际的情怀，除了透过他从家学渊源中汲取的精神，我们还应该注意中唐以来儒学思想中王道政治、礼乐之道等核心观念因应时势而发生的变化，以及由此而导致儒士的人才理想由初盛唐推重文儒型向中晚唐重视吏能型的转变。这些观念的变化直接影响了中晚唐士人对于文与道的思考，促使古文创作的内容与社会现实趋于紧密，因而杜牧的古文又是对中唐至晚唐初期儒学转型在文章创作上的鲜明折射，他密切联系晚唐初期的形势，以务实的精神提出了许多改革时弊的具体方案，正是在这一思潮背景下对于中唐古文运动传统的继承和发展。杜牧古文与中晚唐的儒学转型之间相辅相成的关系，成为此一时代文学、学术与政治复杂互动的文化生态的深刻展示，也预示了唐宋变革之际文化发展的时代走向。

经学、史学、文学的融合：
欧阳修传记文特征初探

柳卓霞*

摘　要：欧阳修是北宋著名的经学家、史学家和文学家，他对"人情事理"的关注贯穿于经学、史学和文学思想中。传记是欧阳修散文的重要组成部分，除《新五代史》和《新唐书》中的史传文，见于散传、祭文、碑志、行状等文体的传记文章近140篇。欧阳修传记所具有的义例严谨、简而有法、文采动人的特点，融合并集中体现了他经学、史学和文学中秉持的关注"人情事理"的特征。

关键词：欧阳修；传记；经学；史学；文学

欧阳修是北宋文学与学术的集大成者，是著名的政治家、文学家、史学家、经学家和金石学家，在多方面具有开创性贡献。在欧阳修的思想中，一以贯之的是对"人情事理"的关注。曾建林认为"欧阳修的政治、文学、史学上的成就是以其'人本'的儒家人学思想为基础的；身处汉唐'神本'与宋代'人本'儒家思想交替之际的欧阳修，实际起到了承上启下的作用。"[①]"宋初的儒学复兴运动、疑古新变的义理经学思潮的兴起与古文运动是宋初同一的儒学复兴的三个方面，而欧阳修可以说正是集这三者于一身的精神领袖。他的经学同宋初的儒学复兴运动与古文运动有密切的关系。"[②] 胡念贻指出："在欧阳修的文集中，也同其他散文家一样，大部分是应用文字。古人的应用文字很讲究文采。欧阳修和北宋其他

---

* 柳卓霞，文学博士，中国海洋大学文学与新闻传播学院讲师。本文为教育部人文社会科学后期资助项目"《新唐书》文学叙事研究"（18JHQ035）的阶段性成果。

① 曾建林：《欧阳修的"人本"的儒家人学思想》，《杭州大学学报》1997年10月增刊。

② 曾建林：《宋初经学的转型与欧阳修经学的特点》，《浙江大学学报》2002年第2期。

一些人所倡导的古文运动，其实践的意义突出地表现在应用文字方面。"①传记是欧阳修散文的重要组成部分，除《新五代史》和《新唐书》中的篇章，见于散传、祭文、碑志、行状等文体的传记文章约140篇，欧阳修传记所具有的义例严谨、简而有法、文采动人的特点，融合并集中体现了欧阳修经学、史学和文学中关注"人情事理"的特征。

本文采用杨正润先生在《现代传记学》中对中国古代传记的分类方法，主要包括史传、杂传、故事传记、年谱、书传、类传、人物表和言行录等。② 据此，欧阳修传记文主要包括三部分：一是《新五代史》和《新唐书》中欧阳修所撰写的史传文；二是散传、祭文、碑志、墓表等文章；三是《于役志》《欧阳氏图谱序》等作品。

一 关注人情事理

唐宋之际经学的新变，体现在从汉唐的章句训诂之学到对文章义理的体悟和身体力行的道德实践。在这一转变过程中，欧阳修起到了关键作用。苏辙在《欧阳文忠公神道碑》中评价："公于六经，长于《易》《诗》《春秋》，其所发明多古人所未见。"③《四库全书总目》对欧阳修所撰《毛诗本义》评价云："说《诗》者……至宋而新义日增，旧说俱废，推原所始，实发于修。"④ 欧阳修于经学发前人所未发，多有创见。欧阳修在《答李诩第二书》中指出："六经之所载，皆人事之切于世者"（《欧阳修全集》，第669页），认为"《易》者，文王之作也。其书则六经也，其文则圣人之言也，其事则天地万物、君臣父子夫妇人伦之大端也"（《欧阳修全集》，第301页），《春秋》是圣人"上揆之天意，下质诸人情，推至隐以探万事之元，垂将来以立王之法者"（《欧阳修全集》，第880页），"《诗》之作也，触事感物，文之以言，美者美之，恶者刺之，以发其揄扬怨愤于口，道其哀乐喜怒于心，此诗人之意也"

---

① 胡念贻：《欧阳修和他的散文》，《散文》1981年第9期。
② 杨正润：《现代传记学》，南京大学出版社2009年版。
③ 李逸安点校：《欧阳修全集》，中华书局2001年版，第2713页。以下引用该书文字，均出自此版本，随文标注页码。
④ 四库全书研究所整理：《钦定四库全书总目》（整理本），中华书局1997年版，第190页。

(《欧阳修全集》，第892页)。欧阳发在《先公事迹》中概括欧阳修的经学特色："其于经术，务明其大本而本于情性，其所发明简易明白。"(《欧阳修全集》，第2626页) 欧阳修于经学不再局限于文字训诂的解释，而是重在阐释其主旨与精神；并立足于日常的人情事理，以简练、通俗、易懂的语言进行阐发。曾建林指出："欧阳修的经学适应了宋初儒学复兴运动的需要，他的经学思想特点有三：以简易方法解读经典；以史实、'人情'证经；围绕人事，以人事为中心阐发经典。"[①] 关注人情事理，以之解释儒家经典，开启了宋代经学的新风。

在史学方面，欧阳修也注重从社会和人事方面进行考察。他认为，历史的发展和社会的变迁关键取决于"人事""人理"，而非"天命"。在《新五代史·司天考》中，欧阳修直言"予书本纪，书人而不书天"，"本纪所述人君行事详矣，其兴亡治乱可以见。至于三辰五星逆顺变见，有司之所占者，故以其官志之，以备司天之所考"[②]。《旧五代史》中的天命思想非常严重，如在《梁末帝本纪》中有"虽天命之有归，亦人谋之所误也"；《唐末帝本纪》有"属天命不祐，人谋匪臧"；《汉高祖本纪》有"虽曰人谋，谅由天启"。[③] 在《新五代史》中，欧阳修对此类说法一概不取，他明确指出五代时期从朱温至郭威，绝大多数建立政权的皇帝并非天命所归、运历所至，而是在社会混乱之际，这些人乘机而动，实际是政权的篡弑者。《新五代史》各纪传不但不书天命、祥异、灾变之事，而且还揭露了别有用心者利用谶纬之说迷惑民众的做法，如《刘延朗传》《吴越世家》中唐废帝、钱镠利用谶纬蛊惑人心。通过"人事"体现社会的兴衰治乱在欧阳修的史著中得到贯彻。《旧五代史·唐庄宗本纪》言："虽……光武膺图受命，亦无以加也。"[④] 《新五代史·伶官传序》则说："盛衰之理，虽曰天命，岂非人事哉！"通过唐庄宗前期励精图治为父报仇到后期沉溺于享乐得出兴乱之由，"祸患常积于忽微，而智勇多困于所

---

① 曾建林：《宋初经学的转型与欧阳修经学的特点》，《浙江大学学报》2002年第2期。
② (宋) 欧阳修撰，(宋) 徐无党注：《新五代史》，中华书局1974年版，第三册，第705页、第706页。
③ (宋) 薛居正等撰：《旧五代史》，中华书局1976年版，第一册，第152页，第二册，第668页，第五册，第1340页。
④ (宋) 薛居正等撰：《旧五代史》，中华书局1976年版，第二册，第479页。

溺","忧劳可以兴国,逸豫可以亡身"①。在《新五代史·晋家人传》中,欧阳修论道:"五代,干戈贼乱之世,礼乐崩坏,三纲五常之道绝,而先王之制度扫地而尽于是矣!如寒食野祭而焚纸钱,天子而为闾阎鄙俚之事者多矣!而晋氏起于夷狄,以篡逆而得天下,高祖以耶律德光为父,而出帝于德光则以为祖而称孙,于其所生父则臣而名之,是岂可以人理责哉!"②

在文章创作方面,欧阳修也注意切中人事,这与其经世致用的文学观密切相连。在《答吴充秀才书》中,欧阳修指出:"盖文之为言,难工而可喜,易悦而自足。世之学者往往溺之,一有工焉,则曰:'吾学足矣。'甚者至弃百事不关于心,曰:'吾文士也,职于文而已。'此其所以至之鲜也。"(《欧阳修全集》,第664页)在《与张秀才棐第二书》中,欧阳修言:"君子之于学也务为道,为道必求知古,知古明道,而后履之以身,施之于事,而又见于文章而发之,以信后世。"(《欧阳修全集》,第978页)在《与黄校书论文章书》中,欧阳修提出了"文章系乎治乱"(《欧阳修全集》,第988页)的主张。社会治乱和普通人情事理,是文学创作的本源。对于小说,欧阳修也持此观点,在《崇文总目叙释·小说类》中有:"《书》曰'狂夫之言,圣人择焉',又曰'询于刍荛',是小说之不可废也。古者惧下情之壅于上闻,故每岁孟春,以木铎徇于路,采其风谣而观之。至于俚言巷语,亦足取也。今特列而存之。"(《欧阳修全集》,第1893页)《宋史》记载欧阳修在滁州时的故事有:"学者求见,所与言未尝及文章,惟谈吏事,谓文章只于润身,政事可以及物。"(《欧阳修全集》,第2654页)民风民情、任官为吏之事,正是欧阳修所谓修身的重要方面,社会阅历和耳闻目见的"人事"是从事文学创作的源头活水。

欧阳修兼擅经学、史学与文学,是北宋时期出入于经史子集的一位集大成者,在《代人上王枢密求先集序书》中云:"某闻传曰:'言之无文,行而不远。'君子之所学也,言以载事,而文以饰言。事信言文,乃能表

---

① (宋)欧阳修撰,(宋)徐无党注:《新五代史》,中华书局1974年版,第二册,第397页。

② (宋)欧阳修撰,(宋)徐无党注:《新五代史》,中华书局1974年版,第一册,第188页。

见于后世。《诗》《书》《易》《春秋》，皆善载事而尤文者，故其传尤远（《欧阳修全集》，第984—985页）。"在欧阳修看来，道胜、事信、富有文采的篇章，才是上乘之作，提出道胜、事信、言文的观点。《四库全书总目提要》评价《新五代史》曰："唐以后所修诸史，惟是书为私撰，故当时未上于朝。修殁之后，始诏取其书，付国子监开雕，遂至今列为正史。大致褒贬祖《春秋》，故义例谨严。叙述祖《史记》，故文章高简。"又曰："修之文章，冠冕有宋。此书一笔一削，尤具深心，其有裨于风教者甚大。"[①] 不唯《新五代史》，欧阳修的优秀传记都是融经学、史学、文学于一体，力图达到道胜、事信、文言的篇章。传记文以叙述事实为先，是欧阳修通过人情事理阐发其经学思想的最有力手段，通过文字语言表达其经世致用观点的有利途径。

二　不著空言，义例严谨

在《春秋论》一文中，欧阳修曰："孔子何为而修《春秋》？正名以定分，求情而责实，别是非，明善恶，此《春秋》之所以作也。"（《欧阳修全集》，第307页）苏辙评价欧阳修："尝奉诏撰《唐本纪·表·志》，撰《五代史》，二书《本纪》法严而词约，多取《春秋》遗意，其《表》《传》《志》《考》，与迁、固相上下。"（《欧阳修全集》，第2713页）陈师锡在《五代史记序》中评价云："惟庐陵欧阳公慨然以此自任，盖潜心累年，而后成书。其事迹实录详于旧记，而褒贬义例仰师《春秋》，由迁固而来，未之有也。至于论朋党宦女、忠孝两全、义子降服，岂小补哉，岂小补哉。"[②]《新五代史》是欧阳修儒家理念的体现，在著述方面对《春秋》的仿效，可以从不著空言、义例严谨两方面窥见一斑。

欧阳修在《帝王世次图序》中言"君子之学，不穷远以为能，而阙其不知，慎所传以惑世也"（《欧阳修全集》，第591页），在《再与杜䜣论祁公墓志书》中言"所纪事，皆录实，有稽据"（《欧阳修全集》，第1021页），这正是孔子所谓的"多闻阙疑，慎言其余"。赵翼评价《新五

[①] 四库全书研究所整理：《钦定四库全书总目》（整理本），中华书局1997年版，第634—635页。

[②] 戴逸主编：《二十六史·总目》（简体字本），吉林人民出版社1998年版，第854页。

代史》:"欧史博采群言,旁参互证,则真伪见而是非得其真,故所书事实,所纪月日,多有与旧史不合者,卷帙虽不及薛史之半,而订正之功倍之,文直事核,所以称良史也。"①《四库全书总目提要》评价《新五代史》:"事实则不甚经意,诸家攻驳,散见他书者无论。"② 二者的评价甚为不同,其中一个重要的原因是欧阳修对于不同传记文体的不同态度。欧阳修在《崇文总目叙释·正史类》中言:"昔孔子删《书》,上断《尧典》,下讫《秦誓》,著为百篇。观其尧、舜之际,君臣相与吁俞和谐于朝而天下治。三代已下,约束赏罚,而民莫敢违。考其典、诰、誓、命之文,纯深简质,丁宁委曲,为体不同。周衰史废,《春秋》所书,尤谨密矣。非惟史有详略,抑由时君功德薄厚,异世而殊文哉。自司马氏上采黄帝,迄于汉武,始成《史记》之一家。由汉以来,千有余岁,其君臣善恶之迹,史氏详焉。虽其文质不同,要其治乱兴废之本,可以考焉。"(《欧阳修全集》,第1885页)在《崇文总目叙释·传记类》中言:"古者史官,其书有法,大事书之策,小事载之简牍。至于风俗之旧,耆老所传,遗言逸行,史不及书。则传记之说,或有取焉。然自六经之文,诸家异学,说或不同。况乎幽人处士,闻见各异,或详一时之所得,或发史官之所讳,参求考质,可以备多闻焉。"(《欧阳修全集》,第1890页)通过欧阳修对"正史类"和"传记类"的定位可以看出,正史一般是记载国之"大事",记载国君"功德薄厚"和"君臣善恶之迹"。传记是记载"小事",乃幽人处士"详一时之所得,或发史官之所讳",是"正史类"的补充。欧阳修在《帝王世次图序》中云:"孔子既没,异端之说复兴,周室亦益衰乱。接乎战国,秦遂焚书,先王之道中绝。汉兴久之,《诗》《书》稍出而不完。当王道中绝之际,奇书异说方充斥而盛行,其言往往反自托于孔子之徒,以取信于时,学者既不备见《诗》《书》之详,而习传盛行之异说,世无圣人以为质,而不自知其取舍真伪。至有博学好奇之士,务多闻以为胜者,于是尽集诸说,而论次初无所择,而惟恐遗之也,如司马迁《史记》是矣。"(《欧阳修全集》,第591—592页)欧阳修认

---

① (清)赵翼著,王树民校证:《廿二史劄记校证》(订补本),中华书局1984年版,第460页。

② 四库全书研究所整理:《钦定四库全书总目》(整理本),中华书局1997年版,第634页。

可《春秋》和《史记》文质不同，说明他对于经书和史书的文字语言风格、载录史事的定位亦不同。

欧阳修在《春秋论》中云："《春秋》辞有同异，尤谨严而简约，所以别嫌明微，慎重而取信，其于是非善恶难明之际，圣人所尽心也。"（《欧阳修全集》，第307页）欧阳修自觉承续《春秋》的义例褒贬之法。陈师锡称赞《新五代史》"褒贬义例仰师《春秋》，由迁固而来，未之有也"。赵翼《廿二史劄记》对《旧五代史》与《新五代史》评价道："（《薛史》）虽文笔迥不逮《欧史》，然事实较详。盖《欧史》专重书法，《薛史》专重叙事，本不可相无。"又说："不阅《旧唐书》，不知《新唐书》之综核也。不阅薛史，不知欧史之简严也。欧史不惟文笔洁净，直追《史记》，而以《春秋》书法寓褒贬于纪传之中，则虽《史记》亦不及也。"① 在《新五代史》中，欧阳修不但在名目分类上仿照《春秋》义例，依照道德标准设《死节》《死事》《朝臣》《杂传》等，而且"用兵之名有四：两相攻曰攻，如《梁纪》孙儒攻杨行密于扬州是也。以大加小曰伐，如《梁纪》遣刘知俊伐岐是也。有罪曰讨，如《唐纪》命李嗣源讨赵在礼是也。天子自往曰征，如《周纪》东征慕容彦超是也。攻战得地之名有二：易得曰取，如张全义取河阳是也。难得曰克，如庞师古克徐州是也。以身归曰降，如冯霸杀潞将李克恭来降是也。以地归曰附，如刘知俊叛附于岐是也。立后得其正者曰以某妃某夫人为皇后，如《唐明宗纪》立淑妃曹氏为皇后是也。立不以正者曰以某氏为皇后，如《唐庄宗纪》立刘氏为皇后是也。凡此皆先立一例，而各以事从之，褒贬自见。其他书法，亦各有用意之处……于此可见《欧史》之斟酌至当矣。"② 欧阳修模仿《春秋》义例的做法也受到了一些史学家的指摘，如赵翼同样也指出了"欧史失检处"，列出欧阳修不合义法之处。清人钱大昕认为："欧公修《唐书》，于《本纪》亦循《旧史》之例，如李林甫书薨，田承嗣、李正己书卒，初无异辞，独于《宰相表》变文，有书薨、书卒、书死之别，欲以示善善恶恶之旨。然科条既殊，争端斯启。书死者

---

① （清）赵翼著，王树民校证：《廿二史劄记校证》（订补本），中华书局1984年版，第二册，第451、460页。

② （清）赵翼著，王树民校证：《廿二史劄记校证》（订补本），中华书局1984年版，第二册，第460—462页。

固为巨奸,书薨者不皆忠悫,予夺之际,已无定论。紫阳《纲目》,颇取欧公之法,而设例益繁,或去其官,或削其爵,或夺其谥。书法偶有不齐,后人复以己意揣之,而读史之家,几同于刑部之决狱矣。"① 吴怀祺先生认为,欧阳修的史著"是他政治观点的另一种反映的作品,通过总结历史,思考解决社会危机的方案;表达出对现实政治的看法。而他在政治上的主张,不少能在史论中找到出处。他有一段话,可以看作是他修史动机的说明。他说:'今宋之为宋,八十年矣。外平僭乱,无抗敌之国,内削方镇,无强叛之臣,天下为一,海内晏然,为国不为不久,天下不为不广也。……然而财不足用于上而下已弊,兵不足威于外而敢骄于内,制度不可为万世法而日益丛杂,一切苟且,不异五代之时。'"② 欧阳修有感于宋代朝廷的危机,借史传褒贬五代史事人物来抒发政治见解,是其关注社会民生、注重人事的表现。

三 简而有法,文情兼胜

唐代史学家刘知几在《史通》中言:"夫史之称美者,以叙事为先。至若书功过,记善恶,文而不丽,质而非野,使人味其滋旨,怀其德音,三复忘疲,百遍无斁,自非作者曰圣,其孰能与于此乎?"③ 欧阳修在文学和史学方面都追求语言文字的简洁。朱熹在《朱子语类》卷一三八中曾谈到欧阳修注重修改文稿一事:"欧公文亦多是修改到妙处。顷有人买得他《醉翁亭记》,初说滁州四面有山凡数十字,末后改定只曰'环滁皆山也'五字而已。"④《说郛》载毕仲询《幕府燕闲录》云:"欧阳文忠公在翰林日,尝与同院出游,有奔马毙犬于前。文忠顾曰'君试言其事。'同院曰:'有犬卧于通衢,逸马蹄而杀之。'文忠曰:'使子修史,万卷未

---

① (清)钱大昕撰,陈文和、张连生、曹明升校点:《廿二史考异》,凤凰出版传媒集团、凤凰出版社2008年版,第571页。
② 吴怀祺:《中国史学思想通识·宋订金卷》,黄山书社2002年版,第48页。
③ (唐)刘知几著,刘占召评注:《史通评注》,中央编译出版社2010年版,第177页。
④ 黄士毅编,徐时仪、杨艳汇校:《朱子语类汇校》,上海古籍出版社2016年版,第3258页。

已也。''内翰以为何如？'文忠曰：'逸马杀犬于道。'"①

　　欧阳修的传记尤其注重文笔的简洁，主要体现在语言和剪裁两个方面。注意传主事迹的剪裁是欧阳修传记的一大特点。如《桑怿传》。桑怿是北宋时期的一位武官。宋仁宗康定二年（1041）春，陕西经略安抚副使韩琦命令任福统领军队迎击西夏，并以桑怿为先锋。桑怿率军追西夏军至六盘山下，遭西夏军伏击，桑怿力战而死。欧阳修在《桑怿传》中略去了桑怿的出身、世系、仕履等常规介绍以及他最后抵抗西夏为国捐躯的事迹，集中笔力以桑怿缉捕盗贼为中心组织材料，通过智擒盗墓者、入山招抚山贼王伯、化装捕捉23名惯盗以及功成让赏等生动奇特的人物事迹，刻画了一位智勇双全、品行高尚的有勇有谋的侠义之士，具有强烈的艺术感染力。在论赞中欧阳修道："余固喜传人事，尤爱司马迁善传，而其所书皆伟烈奇节，士喜读之。欲学其作，而怪今人如迁所书者何少也，乃疑迁特雄文，善壮其说，而古人未必然也。及得桑怿事，乃知古之人有然焉，迁书不诬也，知今人固有而但不尽知也。怿所为壮矣，而不知予文能如迁书使人读而喜否？姑次第之。"（《欧阳修全集》，第971—972页）乾隆皇帝爱新觉罗·弘历评价此篇传文："录此稗传，以见其史笔之大略，所谓尝鼎一脔。"② 关于欧阳修传记文的选材及剪裁特点，历来评论者论述较多，如宋代林之奇云："《五代史》记事简略而包括甚广，如《安重诲传》数句是一个议论。又载李克用临终以三矢授庄宗，才数语尔，包尽多少事。如此等叙事，东坡以下未必能之。"③ 明代文学家茅坤评欧阳修《文正范公神道碑铭》曰："欧阳碑文正公，仅千四百言，而公之生平已尽。苏长公状司马温公几万言而上，似犹有余旨。盖欧得史迁之髓，故于叙事处裁节有法，自不繁而体已完。苏则所长在策论纵横，于史家学或短，此两公互有短长，不可不知。"④ 茅坤又评价欧阳修《张希崇传》云：

---

① （元明）陶宗仪：《说郛》卷四一下，转引自张新科、任竞泽《褒贬祖〈春秋〉，叙述祖〈史记〉——欧阳修〈新五代史〉传记风格探微》，《陕西师范大学学报》2012年第2期。

② （清）爱新觉罗·弘历选：《唐宋文醇》卷二十二，转引自欧阳勇，刘德清编著《欧阳修文评注》，江西人民出版社2012年版，第179页。

③ 林之奇：《拙斋文集》，转引自王通《欧阳修史学思想在碑志创作中的表现及其影响》，《辽东学院学报》2015年第3期。

④ （明）茅坤：《唐宋八大家文钞》，王水照编：《历代文话》，复旦大学出版社2007年版，第二册，第1876页。

"此传亦整洁可诵。"① 欧阳修曾作《尹师鲁墓志》，有论者以为过于简略，欧阳修又撰《论尹师鲁墓志》以申明："《志》言天下之人识与不识，皆知师鲁文学、议论、材能。则文学之长，议论之高，材能之美，不言可知。又恐太略，故条析其事。再述于后。述其文，则曰简而有法。此一句，在孔子六经惟《春秋》可当之，其他经非孔子自作文章，故虽有法而不简也。修于师鲁之文不薄矣。"又："其大节乃笃于仁义，穷达祸福，不愧古人。其事不可遍举，故举其要者一两事以取信。"又有："修见韩退之与孟郊联句，便似孟郊诗；与樊宗师作志，便似樊文。慕其如此，故师鲁之志用意特深而语简，盖为师鲁文简而意深。"（《欧阳修全集》，第1045页）精于选材，善于剪裁，以典型事件表现传主的生平和性情，是欧阳修传记义的追求。

欧阳修传记情文兼胜，文采生动，以情感人。在整理古代碑志时，欧阳修曾为唐代田布碑深为感慨："布之事壮矣，承宣不能发于文也，盖其力不足也。布之风烈，非得左丘明、司马迁笔不能书也。故士有不顾其死，以成后世之名者，有幸不幸，各视其所遭如何尔。今有道《史》《汉》时事者，其人伟然甚著，而市儿俚妪犹能道之。自魏、晋以下不为无人，而其显赫不及于前者，无左丘明、司马迁之笔以起其文也。"（《欧阳修全集》，第2283页）欧阳修推崇《史记》，认为有许多奇功俊伟之士不能为后世所知，皆是因为记载的文字不像《左传》《史记》《汉书》一样精彩。欧阳修在传记上有学习和比肩《史记》的自觉。《朱子考欧阳文忠公事迹》中记载，欧阳修"亦尝自谓我作《伶官传》，岂下滑稽哉"（《欧阳修全集》，第2644页）。《新五代史》也被后世评论家认为可与《史记》媲美的纪传体史书。明代文学家茅坤云："西京以来，独称太史公迁，以其驰骤跌宕、悲慨呜咽，而风神所注，往往于点缀指次独得妙解，譬之览仙姬于潇湘洞庭之上，可望而不可近者。累数百年而得韩昌黎，然彼固别开门户也。又三百年而得欧阳子。予览其所次序，当世将相、学士、大夫墓志碑表，与《五代史》所为梁、唐二纪及他名臣杂传，

---

① （明）茅坤：《唐宋八大家文钞》，王水照编：《历代文话》，复旦大学出版社2007年版，第二册，第1897页。

盖与太史公略相上下者。"① 清代方苞云:"欧公志诸朋好,悲思激宕,风格最近太史公。"② 近代学人林纾云:"欧公之《泷冈阡表》即学班、马而能化者也。"③ 陈衍云:"世称欧阳公文为六一风神,而莫详其所自出……欧公文实多学《史记》。"④

  欧阳修传记文情感充沛,为历代读者所公认。明代茅坤评《一行传》曰:"欧阳公于《五代史》作《一行传》,语所谓风雨晦冥,鸡鸣不已也。而其言文,其旨远,予故录而出之。"⑤ 又明代薛瑄言:"凡诗文出于真情则工,昔人所谓出于肺腑者是也。如三百篇、楚辞、武侯《出师表》、李令伯《陈情表》、陶靖节诗、韩文公《祭兄子老成文》、欧阳修《泷冈阡表》皆所谓出于肺腑者也,故皆不求工而自工。故凡作文,皆以真情为主。"⑥ 欧阳修感人至深的传文如《泷冈阡表》《石曼卿墓表》《伶官传序》《文正范公神道碑铭》《桑怿传》《六一居士传》等名篇不胜枚举。祭文是生者对死者表示崇敬和怀念的一种文体,偏重叙述死者的功业。《祭石曼卿文》则侧重于从怀才不遇和声名不朽两方面抒发情感、发表议论,"呜呼"之感叹贯穿全文,表达了对石曼卿英年早逝的惋惜。"呜呼"一词的运用是欧阳修传记文的独特标志。欧阳修不惟在祭文、墓表等文章中大量运用这一感叹词,在史传中也是如此。中国古代传记文在叙事后往往以"论曰""赞曰""史臣曰""太史公曰"等字眼来发表议论。《史通·论赞》云:"《春秋左氏传》每有发论,假'君子'以称之。二《传》云'公羊子'、'穀梁子',《史记》云'太史公'。既而班固曰'赞',荀悦曰'论',《东观》曰'序',谢承曰'诠',陈寿曰'评',王隐曰'议',何法盛曰'述',常璩曰'譔',刘昺曰'奏',袁宏、裴子野自显姓名,皇甫谧、葛洪列其所号。史官所撰,通称史臣。其名万

---

  ① 高海夫:《唐宋八大家文钞校注集评·庐陵文钞》,三秦出版社1998年版,下册,第1497页。

  ② 高海夫:《唐宋八大家文钞校注集评·庐陵文钞》,三秦出版社1998年版,下册,第2599页。

  ③ 慕容真点校:《林纾选评古文辞类纂》,浙江古籍出版社1986年版,第440页。

  ④ 陈衍撰,陈步编:《陈石遗集》,福建人民出版社2001年版,下册,第1623页。

  ⑤ (明)茅坤:《唐宋八大家文钞》,王水照编:《历代文话》,复旦大学出版社2007年版,第二册,第1894页。

  ⑥ (明)薛瑄:《薛文清公读书录》,倪文杰、韩永主编《古今图书集成精华》,人民中国出版社1998年版,第二册,第1147页。

殊，其义一揆。必取便于时者，则总归论赞焉。"① 欧阳修传记则直接以感叹词"呜呼"领起，欧阳发在《先公事迹》中道："其于《五代史》，尤所留心，褒贬善恶，为法精密。发论必以'呜呼'，曰：'此乱世之书也'。其论曰：'昔孔子作《春秋》，因乱世而立治法；余述《本纪》，以治法而正乱君。'此其志也。"（《欧阳修全集》，第 2626 页）欧阳修认为五代为衰乱之世，人情、史事值得哀叹。"这种史论，从感慨中生发，笔锋常带有忧愤之情，形成一种哀伤咏叹的格调，尤其动人心弦。"②

欧阳修在《代人上王枢密求先集序书》中云："某闻传曰：'言之无文，行而不远。'君子之所学也，言以载事，而文以饰言。事信言文，乃能表见于后世。《诗》《书》《易》《春秋》，皆善载事而尤文者，故其传尤远。……故其言之所载者大且文，则传也章；言之所载者不文而又小，则其传也不章。"（《欧阳修全集》，第 984—985 页）在《与黄校书论文章书》中又言："见其弊而识其所以革之者，才识兼通，然后其文博辩而深切，中于时病而不为空言。盖见其弊，必见其所以弊之因，若贾生论秦之失，而推古养太子之礼，此可谓知其本矣。"（《欧阳修全集》，第 987—988 页）陈师锡《新五代史记序》中言："五代距今百有余年，故老遗俗，往往垂绝，无能道说者。史官秉笔之士，或文采不足以耀无穷，道学不足以继述作，使五十有余年间废兴存亡之迹，奸臣贼子之罪、忠臣义士之节、不传于后世，来者无所考焉。惟庐陵欧阳公，慨然以自任，盖潜心累年而后成书，其事迹实录，详于旧记，而褒贬义例，仰师《春秋》，由迁、固而来，未之有也。"③ 欧阳修主张以人情事理为经学之本，以治乱兴衰为史学之要，以经世致用为文学之用，提出道胜、事信、言文的创作要求。在创作实践中，欧阳修传记文所具有的精于选材、义例严谨、简而有法、文采动人、感人至深的特点，融合并集中体现了他经学、史学和文学方面的主张，可以说是表达其经学、史学和文学主张的最有力载体。

---

① （唐）刘知几著，刘占召评注：《史通评注》，中央编译出版社 2010 年版，第 95—96 页。
② 张新科、任竞泽：《褒贬祖〈春秋〉，叙述祖〈史记〉——欧阳修〈新五代史〉传记风格探微》，《陕西师范大学学报》2012 年第 2 期。
③ 戴逸主编：《二十六史·总目（简体字本）》，吉林人民出版社 1998 年版，第 853-854 页。

《全宋诗》中吕祖谦诗作误收为张栻佚诗举隅

许 丹[*]

摘 要：《全宋诗》录有张栻诗作八卷，其中，第八卷辑佚了22首诗，皆为张栻《南轩集》所不收。这22首佚诗中有11首应当是吕祖谦的诗作，却被误收于张栻名下，这11首诗是《全宋诗》从金履祥的《濂洛风雅》中辑佚而来，且使用的是《丛书集成初编》本《濂洛风雅》，初编本遗漏了部分作者署名，导致《全宋诗》蹈袭了这个硬伤，使得此类误收情况并非仅为个案。

关键词：《全宋诗》；《濂洛风雅》；张栻；吕祖谦；《丛书集成初编》本

《全宋诗》收录的张栻诗作[①]，以明嘉靖元年刘氏慎思斋刻《南轩先生文集》[②]为底本（共四十四卷，其中诗七卷），新辑了集外诗，编为第八卷，共22首诗：《十五日再登祝融峰用台字韵》《方广寺睡觉》《胡丈广仲与范伯崇自岳市来同登绝顶举酒极谈得闻比日讲论之乐》[③]《春日西兴道中五首》《晚春》《晚望》《八咏楼有感》《游丝》《题刘氏绿映亭二

---

[*] 许丹，东南大学中文系讲师、副系主任。

[①] 北京大学古文献研究所编：《全宋诗》第四十五册卷二四二一，北京大学出版社1995年版。下面不再出注。

[②] 张栻与朱熹并世而生，其弟张构在其身后"哀其故稿，得四巨编"，托朱子广事蒐集，严加取舍，编定而成《南轩集》，然而，朱子不收其早年之作及奏议类等文字，展示的是朱子所认为值得留下来的诗文，故《南轩集》是张栻诗文的选本，而非全本。刘永翔先生与本人共同校点的《南轩先生文集》充分尊重朱子的编辑意图，以清康熙四十五年锡山华氏剑光书屋刊本为底本，校以残宋本、明嘉靖元年刘氏翠岩堂慎思斋刻本以及文渊阁四库全书本等，不再拾遗补阙。参见《朱子全书外编》第四册，华东师范大学出版社2010年版。

[③] 以上辑佚于《南岳倡酬集》。

首》①《大云岩》《和故旧招馆》②《和友人梦游西山》③《过上天竺寺》④《荆湖望月》《登岳麓赫曦台联句》《落梅》⑤《句》⑥，分别辑佚于《南岳倡酬集》《濂洛风雅》《永乐大典》等文献。然而，细加考辨，发现这些诗作却并非皆为张栻所作。

据《全宋诗》张栻诗作整理者陈晓兰女士所言，《春日西兴道中五首》《晚春》《晚望》《八咏楼有感》《游丝》《题刘氏绿映亭二首》这11首诗作辑自于金履祥《濂洛风雅》卷五。

《濂洛风雅》是宋元之际金履祥编纂的宋代理学家诗集，六卷，共收录了48位理学家的诗作，如周敦颐、邵雍、张载、二程、朱熹、张栻、吕祖谦等，并冠以濂洛风雅世系。

金履祥《濂洛风雅》的编纂体例是，以诗体为纲，分为五言古风、七言古风、七言律诗等诗体。同一种诗体中，同一位诗人的诗作集中编在一起，第一首诗下方署作者名号，如朱晦庵、张南轩、吕成公等，而第二首诗以至于最后一首诗不再一一署名。

《濂洛风雅》主要有七卷本和六卷本两个系统，其实诗的数量、顺序是一样的，只是将卷四"七言古风"和卷五"五言绝句"合为一卷，如国图藏清抄本是七卷本，作者署名是完整的。《丛书集成初编》本是六卷本，经与国图清抄本校勘，发现此本存在一个巨大的硬伤，就是部分作者署名缺失，一旦某位作者署名缺失，就会导致该作者的所有诗作都归入前一位署名作者名下，而《全宋诗》恰恰选择了《丛书集成初编》本作为底本来辑佚，导致了大量诗作归属出现错误。如卷二朱熹署名缺失，《虞帝庙乐歌辞》即误入前面张载名下。卷四邵雍署名缺失，《仙乡》、《再和王不疑少卿见赠》等七首诗都误入前面程颢名下。同样，在卷五，如右图所示⑦，《春日西兴道中》下方本应如上图所示在诗题下方署名吕成公，然而此处署名却缺失了，故从这首诗至《题刘氏绿映亭》等11首诗皆误

---

① 以上辑佚于宋金履祥《濂洛风雅》。
② 以上辑佚于《永乐大典》。
③ 此诗辑佚于明张鸣凤《桂胜》。
④ 此诗辑佚于清梁诗正《西湖志纂》。
⑤ 以上辑佚于清张伯行《濂洛风雅》。
⑥ 此句辑佚于宋王象之《舆地纪胜》。
⑦ （宋）金履祥：《濂洛风雅》，《丛书集成初编》，商务印书馆1939年版，第82页。

收入前面张南轩即张栻名下。

这11首诗分别是《春日西兴道中五首》、《晚春》、《晚望》、《八咏楼有感》、《游丝》、《题刘氏绿映亭》、《又》，恰好就是《全宋诗》张栻诗集（下面简称"张集"）卷八的第四首至第十四首，顺序完全相同。这11首诗本应是吕祖谦诗作，见于吕祖谦《东莱集》[①]卷一，同时也全部见于《全宋诗》吕祖谦诗集[②]中，互勘可知，《东莱集》与《全宋诗》吕祖谦诗集中所载这11首诗完全相同。

然而，张集在误收这些诗时却与《东莱集》存在着不少出入，下面罗列这11首佚诗，与《东莱集》对勘：

一、《春日西兴道中五首》，《东莱集》题作《春日七首》，七首首句按顺序分别是"江梅已过杏花初""短短菰蒲绿未齐""岸容山意两溶溶""春波无力未胜鸥""络石寒毛涧底明""一川晓色鹭分去""檐铎无声鸟语稀"，而张集所收的《春日西兴道中五首》，五首首句按顺序分别是"短短菰蒲绿未齐""江梅已过杏花初""岸容山意两溶溶""一川晓色鹭分去""檐铎无声鸟语稀"，而"春波无力未胜鸥""络石寒毛涧底明"两诗被删，可见《濂洛风雅》在选诗时不仅缺失了部分作者姓名，而且还对组诗进行了删削，诗序也进行了调整，其中部分字词句也有差别，比如"江梅已过杏花初"诗第二句，《东莱集》作"尚怯春寒著萼疏"，而张集作"尚怯余寒著萼疏"。"短短菰蒲绿未齐"诗第二句，《东莱集》作"汀洲水暖雁行低"，而张集作"河洲水暖雁行低"，此诗后两句，《东莱集》作"柳阴小艇无人管，自送流花下别溪。一云归时须趁春光浅，待得春深意却迷。"张集作"归时须趁春光浅，待得春深意却迷。""一川晓色鹭分去"诗第二句，《东莱集》作"两岸烟光莺带来"，张集却作"两岸烟花莺带来"。

二、《晚春》，《东莱集》题作《晚春二首》，二诗首句分别是"卷地狂风殿晚春""风絮流花一任渠"，《濂洛风雅》仅录其一，张集因袭，亦录其一，即"卷地狂风殿晚春"诗，不过与《东莱集》字词仍有所出入，

[①] （宋）吕祖谦：《东莱集》，《景印文渊阁四库全书》第1150册，台湾商务印书馆1986年版。以下不再出注。

[②] 北京大学古文献研究所编：《全宋诗》卷二五二二，第四十七册，北京大学出版社1995年版。

此诗后两句在《东莱集》中是"向人不改故时面，惟有苍官与此君"，而在张集中作"向人不改旧时面，只有苍官无此君。"

三、《晚望》，第一句在《东莱集》中作"独立荒亭数过帆"，张集作"独上荒亭数过帆"，第三句在《东莱集》中作"故知不入豪华眼"，张集作"固知不入豪华眼"。

四、《八咏楼有感》，《东莱集》题作《登八咏楼有感》，诗句文字无出入。

五、《游丝》，《东莱集》与张集同。

六、《题刘氏绿映亭二首》，第一首第三句在《东莱集》中作"开窗小放前溪入"，张集却作"开帘小放前溪人"，此句最后一个字当作仄声，张集作"人"，于意不通，于声律亦不协，误。

以上11首诗，张集全部辑佚于《丛书集成初编》本《濂洛风雅》，因此本在卷五吕祖谦的诗作下没有署名，导致张集整理者误将吕祖谦的这11首诗全部当作了张栻的佚诗而予以辑录，应当全部删去。而且《丛书集成初编》本在收录吕祖谦这11首诗的过程中有不同程度的删改，张集也完全因袭了删改后的内容，从而导致与《东莱集》出入不小。

另外，除却张栻诗作外，《全宋诗》从《丛书集成初编》本《濂洛风雅》中还辑佚了其他诗人的诗作，如张载、朱松、徐侨、何基、吕大临、叶采、吕本中、曾极等，其中亦有部分诗作张冠李戴，如前文所言，张载《虞帝庙乐歌辞》实为朱熹诗作等，这类误收情况并非张栻诗集中出现的个别现象，其主要原因还是与《丛书集成初编》本《濂洛风雅》部分作者署名缺失相关，署名缺失导致书中若干诗作归属发生错位，而《全宋诗》的编纂人员从《丛书集成初编》本《濂洛风雅》中辑佚相关诗作时蹈袭覆辙，从而出现了较为集中的误收现象。

《全宋诗》在编纂过程中，由于卷帙浩繁，规模宏大，诗作难免存在误收、重出等问题，这类问题需要在研究过程中小心对待，学者们对此已多有辨析。《丛书集成初编》本《濂洛风雅》的署名错误对《全宋诗》辑佚的误导问题并不是个案，可以在此基础上再作进一步梳理和探究，将误收和重收的相关诗作剔除。

金代山水诗意象及其文化生成

孙 兰[*]

摘 要：金代山水诗的道教意象非常丰富。其中，道观类意象在王重阳等道教徒及一般文人的山水诗中均有体现，往往意在揭示道教义理、宣扬羽化升仙；轩亭类意象往往也充满了金人无处不在的道教思想，云鹤、松竹、烟霞、琴画等意象则有意无意地显示了金代归隐意象的逐渐仙化；海洋、海市等意象承载了金人对神秘仙境的敬畏与幻想。金代山水诗的这些意象中，有对道教的信奉，有对人世的不满，也有附庸风雅的社会时尚，与唐宋道教山水诗中高扬的生命热情与社会批判有一定距离。道教意象在金代山水诗中的生成，离不开全真教的崛起、王重阳等道教领袖的以诗歌作为传道手段等因素。

关键词：金代；山水诗；道教；意象；全真教；释道

金代文学因其国祚不长而历来关注不够。其实金代文学特别是山水诗意象十分丰富，体现了鲜明的时代和地域特色。金初遗民诗人山水诗思归意象，饱含着浓烈的易代之悲。中后期山水诗意象以巍峨险峻的名山居多，大气磅礴的海洋意象也得以发展，展现了本时期北地文学的雄奇豪放。而且金代题诗山水画较多，表现出一种隐逸的文化情结，僧人寺庙意象也有发展。本时期山水诗中的道教意象尤其值得关注，它典型体现了金人的文学思潮与社会风尚，本文试就此意象进行梳理，以期探究这一时期山水诗的独特表现。

---

[*] 孙兰，中国海洋大学文学与新闻传播学院副教授。

一

首先，金代山水诗中的道观、道士、真人、炼师、仙庙等意象非常普遍，这些意象于山水描写中多揭示道教义理，宣扬羽化升仙。以全真教王重阳及七真为代表的道教宗师，写了大量的道教义理诗宣传自己的学说。因为飞仙升天、炼丹养生、心性修养等道教教义与自然环境的密切关系，山水诗就成为宣传教义的一个突破口。上述意象大量出现于山水诗中：

躬参真圣望昆崙，峦影岚光锁太虚。秀气锐招闲客至，害风堪与彩云居。黄金铸就真灵性，白玉装成旧始初。休说终南山色好，神仙何处不如如。（王喆《题麻真人观》）[①]

玉金龙虎诚堪看，化作婴奼行路坦。王母洞天现彩云，九阳池内丹圆满。（马钰《立于瞳契遇庵，池名玉花、金莲、龙吟、虎啸、化生、奼婴、王母、洞天池上彩云桥、九阳、圆满池》）

此岩胜地古今稀，缓步烟霞昼景迟。三界圣贤垂顾盼，一方道德尽精持。双双童子擎花节，对对祥鸾舞玉墀。炼就大丹归不久，有缘相伴到瑶池。（王处一《师之旧隐璕岩朱北玉清观号曰小圣水。实为胜地，故有是诗》）

云溪高隐卧烟霞，默饮阳晶与月华。雾敛丹台生瑞草，云收灵腑结琼葩。青龙吐火烹金茗，白虎跑泉溉玉芽。龙虎媾交功九转，刀圭一粒捧丹砂。（谭处端《题云溪庵》）

在道观、道士等诗题的背后，可以感受到诗人浓重的道教教义阐发。诗人眼中的山水是仙界的昆崙。

太虚与海岛蓬瀛，胜地着眼于"炼就大丹"，庵内玉花、金莲、龙吟、虎啸、化生、奼婴、王母等池名均为道教典型意象，与普通人世的自然山水相去甚远。王吉昌弟子刘志渊、丘处机弟子尹志平均有此类诗作：

[①] 本文金诗均据阎凤梧、康金声主编《全辽金诗》，山西古籍出版社1999年版。《全辽金诗》王重阳作王喆。

金峰仙馆对孤岑，人自深铭道德心。感得庆云时复现，蓬宫眼底不难寻。(刘志渊《和步才卿金峰观》其一)

名山曾度无穷数，不似秋阳一景幽。去岁真仙曾此过，今冬闲客也来游。(尹志平《秋阳观作三首》其三)

这些意象除了宣传教义，还就道观周围自然风景附以道教祥瑞的理解。道教教义的阐述与其特定的仙山、丹药等意象结合，在一些帝君、真人赞诗中常常出现："占断终南一洞天，曾来东海领诸仙。只凭入圣超凡手，种出黄金七朵莲"(《重阳王真人赞》)，"磻溪炼就九还砂，道德文章第一家。三岛有期应去也，至今鸾鹤唳栖霞"(《长春丘真人赞》)，"处市居山任自然，静中参透易中玄。而今醉卧蓬莱上，万古人传太古仙"(《广宁郝真人赞》)①，秦志安真人赞组诗虽然不是山水诗，但终南、东海、三岛、鸾鹤、蓬莱等意象可见山水自然与道教的密切关联，因此它们常常被运用到山水诗中，固化为特定的道教意象。

道教真人丘处机可以说是道观类意象创作的大家，他的诗作不像其他人的纯粹说教，而是充满了自然山水之美：

山堂高洁倚天凉，天外清风入坐长。青鸟有时来顾盼，白云终日自飞扬。金坛玉宇知何在，绛阙琼楼古未详。争似山家休歇去，身心不动到仙乡。(《平山堂四首》其二)

山堂昼静客来稀，市坐亭亭列翠微。碧汉无瑕红日转，青山不动白云飞。参差万有彰神化，渺邈三灵合范围。终始盖由清净道，人能天地悉皆归。(《平山堂四首》其三)

《平山堂四首》作于栖霞太虚观，诗人在山水描写中融入了"青鸟""仙乡""神化""三灵"等意象，信手拈来，润物无声。在王重阳及七真等道教领袖的影响下，大部分金代诗人写道观类意象山水诗，有道教义理也有山水自然。"关西夫子"杨奂，曾写出"胡氏之春秋"《朝政近

---

① 秦志安此组真人赞诗中的《丹阳马真人赞》，据明正统本《道藏·金莲正宗记》卷三。《全辽金诗》又列为张神童《马丹阳》一诗，据清内府本《增补中州集》卷三十九刘神童后附录所引《金莲正宗记》。

鉴》，与赵秉义、李纯甫、元好问等名士交游，即有道观山水诗意象。著名文人杨宏道①，与元好问等皆以诗名，为北方巨擘，也有不少道观类山水诗。如：

> 终南住处小壶天，教启全真自此仙。道纪宏开山色里，通明高耸日华边。南连地肺花浮水，西望经台竹满烟。最爱云窗无事客，寂然心月照重玄。(杨奂《重阳观》)
> 山走西南气势尊，大神遗迹至今存。冰横涧下千年冻，云起岩前万里昏。既有威严彰赫赫，讵无厚福护元元。真人制行通天地，日月飞仙降殿门。(杨宏道《寄武当山人张真人》)

诗歌充满了浓重的道教气息。杨奂还有《延祥观》《遇仙观》只见"玄女""赤符""铅汞""羽客"等道教意象，不见自然风景。但他大部分山水诗清新可人，这样的道教山水诗并不多，当是特定背景酬唱之作。杨宏道也有其他的道观描写：

> 坳堂翠积草生平，时有中庭鸟雀行。日影满阶全不定，好风轻泛树头声。(《兴平道院》)
> 牵牛延蔓覆檐青，凉气著人如酒醒。天外晚风收积雨，石炉澄水白泠泠。(《迎祥观即事二首》其一)

这些精美的山水诗，如果不看题目很难与道观联系到一起，与前面的唱和酬答诗完全不一样，可见不同创作背景下的诗歌情趣。金人对自然审美与道教义理的转换非常娴熟，一般文人道观类意象也并非为解说义理，偶尔点题。元好问就有类似意象：

> 方外复方外，悠然心迹清。开窗纳山影，推枕得溪声。川路远谁到，石田平可耕。霜林不嫌客，留看锦峥嵘。(《阳泉栖云道院》)
> 相望不相见，山中君得知。南楼今夜月，也到洗参池。(《南楼月夕望凤山，有怀武炼帅子和》)

---

① 清人因避讳作宏道，本弘道。《全辽金诗》作杨宏道。

全诗可见道院的清新描写，但"方外复方外""也到洗参池"即呼应诗题。作为儒学大家，对道教意象也着力摹写，某种程度上透露出金代文人的普遍倾向。李汾为元好问"平生三知己"之一，举进士不第，由诗名被推荐入史院，因耿直被逐。其《上清宫三首》其一云：

> 忆昔秋风从茂陵，词臣忝预汉公卿。瑶池宴罢西王母，翠辇归来北斗城。石马嘶残人事改，劫灰飞尽海山平。唯余太一池边月，伴我骖鸾上玉京。

诗人借上清宫写政事（石马嘶残人事改，劫灰飞尽海山平），认为唯有云霞仙境可游，写得颇有气势。元好问盛赞其七言诗，认为其诗有幽并豪侠之气，可见道教意象的深层内涵。王庭筠也于道观写景悟道："偶寻溪水到仙宫，身世浑疑是梦中。风动霓旌高缥缈，烟笼瑶树郁青葱。会闻白鹤归华表，试为丹砂问葛洪。明日维舟重相访，桃花满路失西东"（《栖霞观》），全诗流畅自然，不似前面道教义理诗的枯燥，这也正是大部分文人道教诗与道士诗的区别。

金代山水诗中出现如此多的道观类意象，道教领袖们的引领起了非常大的作用。金代道教大家如此集中地创作道教诗，显得很特别。这与他们推行诗歌传教的方式有一定关系。道教初期也有歌谣仙诗、步虚词等，一如佛教的梵呗，这种方式便于民间传播。而金代道教领袖以儒学出身创作道教诗歌，颇为雅正，赢得了大部分文人的认可，这与魏晋时期玄言诗的流行有共通之处。文人作为文化传播的主流，必然为道教流行助力。诗歌作为正统文学历来是重要的文体，而山水诗又为文人抒发释道情怀提供了极好的契机。

二

除了道观、道士类山水诗意象，在赏心山水的轩亭类意象中，我们也常常感受到金人无处不在的道教思想。轩堂亭榭等本是唐宋文人用以摹写山水自然的最佳所在，但到了金代真人、道士这里，常离不开道教教义：

> 青白堂中一水泉，清灵澄湛又深渊。源源滚处流无竭，泼泼来时

润有缘。窗外透光穿玉液，门飙撒影弄金莲。馨香满室灵波聚，捧出明珠上碧天。(王喆《赴登州太守会青白堂》)

小轩山海尽方全，常足为名佚老年。好向此间闲自在，更于何处觅壶天。(尹志平《常足轩中自述二首》其二)

西轩云憩枕书眠，瓦鼎山檀袅瑞烟。一味清音偏贯耳，瑶琴风鼓自琅然。(李道玄《寥阳宫西轩三首》其三)

应该说，此类山水诗意象较道观、道士类意象已经有些世俗化了，让我们感受到了诗人眼中的山水自然之景。但在诗歌的某一个点上，诗人总会拈出"灵波碧天""觅壶天""瑞烟瑶琴"类似的道教字眼。

再如：

远山木末重重翠，细柳风中万万条。咫尺烟霞人不到，蓬壶仙路信非遥。(于道显《烟霞亭》)

高高云外睒公堂，闪闪云霞照洞光。千仞峰峦排左右，万株松柏互低昂。山翁不解谈今古，野客时来讲混茫。休道一生空打坐，也胜尘世走忙忙。(丘处机《易州西山睒公堂》)

诗人于烟霞亭中看到"蓬壶仙路"，于睒公堂里思"打坐"。侯善渊的《李仙问京山水晶堂》非常具有代表性，"灿烂水晶堂，玉兰满地妆。白云穿碧嶂，紫雾照金光。焕焕凝神室，煌煌出洞房"，作者于轩堂所见山水自然，皆与神灵相通，赏心山水之处成为传道的好地方。这正是金代道士处处于山水见道传道的魅力所在。

亭榭轩堂等是宋代山水诗中非常多的一种意象，是诗人于日常观赏山水的重要处所："池冰受日未全开，旋旋波痕百皱来。野鸭被人惊得惯，作群飞去却飞回"(杨万里《登净远亭》①)，"斜乌与落月，静影昼寒窗。光没影亦没，激水自淙淙"(梅尧臣《新沼竹轩》)，所写景物清新自然。从宋代轩堂山水的理趣化、世俗化到王重阳、丘处机等道教义理化，可以感受到金代全真教教徒于日常修身与传道的执着。当然，金代也有宋人这种轩堂意象山水诗的世俗赏心，如："山雨溪边过，山堂夜独

---

① 本文宋诗据傅璇琮等编《全宋诗》，北京大学出版社1991年版。

吟。悠悠松上月，照见壁间琴"（刘昂《山堂》），"颖上风烟天地回，颖亭孤赏亦悠哉。春风碧水双鸥静，落日青山万马来"（元好问《颖亭》），"芜台见一临清溪，锦树屏山四面围。一段烟霞人迹静，携筇独步看云飞"（洞明子《题峰山芜台见一亭二首》其一），这些轩亭意象连道士洞明子也写得生动自然。但处于道教盛行的时代，大部分文人难免受其沾溉：

  一派湍流漱石崖，九峰高倚翠屏开。笔头滴下烟岚句，知是栖霞观里来。（王庭筠《黄华亭六首》其六）
  青山万叠水萦回，山水中间几往来。风物不殊人世改，中州何处是昆台。（李俊民《富公草堂》）

  诗人于黄华亭赏心中引出栖霞观，于草堂寻觅昆台。宋代轩堂类山水诗意象多世俗化，诗人没有远离世俗，于乡村邻里看山看水。但金代此类意象多见于山林，于阳春白雪处感悟神灵。金人此类意象的高远与俗外之旨的道教追求是一致的。
  由金人此类诗作描写可以窥见日常山水诗道教意象之一斑。因为这些亭榭轩堂，大部分是用来观赏山水自然景色的，但金人却看到了别样壶天。这正是金代大部分道教山水诗的缩影，于平常山水见方外之志。试看下面山水诗描写：

  林泉养拙人情远，方寸无尘仙趣佳。信步闲游山与水，归来高枕卧烟霞。（洞明子《山居十三首》其八）
  兴来信手弹五弦，目送飞鸿下晴川。有时夜归月满船，浩歌长啸扣两舷。白鱼黄蟹不足穿，我意欲钓横海鳣。呜呼今公为飞仙，坡阳之名塞天渊。（王寂《李致道君别墅解鞍少驻》）

  这种赏心山水过程中的道教意象，占据金人道教山水诗意象的大部分，可以说是对轩亭类意象的延伸，虽然对道教因素一般涉笔较少且有意无意，但它们代表了一般金人的创作表现。而且这些山水诗，除了常有的道教祥瑞意象，还会有云鹤、松竹、林泉、琴画、烟霞、明月等意象交织：

溪山佳处多荒僻，豹雾蛟涎断人迹。纵能陟险一登赏，重茧百休疲峻陡。岂知城市有林泉，杖屦相从都咫尺……吾宗盘礴拊长松，似伤材大时难得。漳川野老气豪迈，陪谒龙颜祗长揖。琴书笑咏有真乐，不减仙翁戏巴橘。（王寂《王子告竹溪清集图》）

青山可望不可攀，长河镜里开烟鬟。浮云不见山顶相，想是落日孤云间。箭山峰头望碣石，东南海水不可极。六龙宾日半海红，长鲸驾浪掀天白……他年骑鹤归蓬莱，仰天却笑箭山小。（赵秉文《游箭山》）

笔头云景性中天，谁似仙舟有静缘？只合此间添此老，脱巾和月弄江烟。（元好问《跋紫微刘尊师所画山水横批四首》之《秋江待渡》）

这些意象自魏晋以来多为释道山水诗所用，虽然是道教诗，但从山水诗审美角度来说没有一般道观类意象的晦涩，从文学创作、道教传播角度来讲无疑都更成功。

因此，轩亭类意象为代表的这一部分道教山水诗，严格来讲除了道教领袖们的义理之说稍显浓厚，其他文人更多地是从道家到道教的倾斜。赵秉文目之为"二妙"的段克己、段成己，金亡后避乱龙门山中，时人赞为"儒林标榜"，二人就有道教山水诗描写。如段克己诗作《读张志和传》言："一叶轻舟一钓纶，朝廷无处觅玄真。太虚明月为知己，细雨斜风不着人"，段克己于道家逍遥之外，以太虚、明月等仙境意象摹写张志和。因而由真人、道士等意象摹写推及一般的道家要人，归隐意象自然进入了诗人的视野：

爱酒陶彭泽，映世清节耀……山堂久岑寂，晏坐度昏晓。倚壁一蒲团，幽人活计了。日高鼎茶鸣，风细炉烟袅。曳杖步庭除，看云头屡矫。安得谪仙人，神游八极表。（段克己《寄张弟器之》）

何官遗构山之隅，长松蔽映千万株。中有一径穿紫纡，冷风萧瑟无时无。人间赤日如洪炉，恍疑仙景来蓬壶。踪迹一堕声利区，回首自觉泥涂污。岁月因循归计迁，松溪想像劳形模。可怜尘梦今始苏，

空对溪山惭画图,一日来归聊自娱。①(段成己《松溪幽隐图》)

诗人推崇陶渊明隐居田园的节操,但已经从"映世清节耀",到了"神游八极表"。历来为文人吟咏的道家归隐图,诗人笔下已是"人间赤日如洪炉,恍疑仙景来蓬壶"的道教追求。传统道家归隐意象的仙化,成为一种普遍现象。段成己的《龙门八题》就有《神谷藏春》《仙掌擎月》《姑山夕照》三首关乎道教意象,可见时人的审美倾向。在经历了唐宋成熟的山水诗创作之后,金人此类意象让我们不自觉感受到了晋宋山水诗的"多蹶",这种"蹶"由玄学而至道教,或于末篇,或于首篇中篇,代表了时人创作的一种风尚。文人此类意象的娴熟摹写反映了有金一代道教思想的深入人心。

三

海洋是金代道教山水诗中又一重要意象。唐宋时审美多关注山川河流,海洋意象相对较少。金代山水诗人因其与道教仙境的密切关系,尤其关注海意象。如王重阳的《海》诗云:

> 方大水,敢谁猜。浪银涛,类大才。正三鳌,金体现。初九曜,锦纹开。通瑞气,明蓬岛。放祥岑,耸玉台。此波心,无地陌。川东注,傲然来。

诗中透露出对海洋的敬畏,同时写了海上瑞气、蓬岛、祥岑、玉台等道教意象。丘处机对海洋意象的描写更是用力:

> 大风时起北溟寒,万里惊涛辊雪山。怒色冲天昏气象,雷声出地骇尘寰。江神汹浪潜输款,河伯威灵溢汗颜。白马素车空有势,非仙无路可跻攀。(《海上观涛》)

这里的海洋意象已经没有王重阳对道教义理阐发的生硬,而是借海洋

---

① 本诗最后三句一联颇为特别,疑有脱佚。

意象的阔大与惊骇于结尾处揭示仙人道法的不可或缺。海洋意象在丘处机这里，除道教义理之外已经具有了自然审美。丘处机还有《望海吟并序》，其序云："余观天下，形势壮观，自潼关以东淮水以北无出登州，因作望海吟，用纪其实"，诗人认为海山气势壮观，值得赞美。诗曰：

> 蓬莱僻东隅，壮观天下绝。地邻仙圣域，山枕鱼龙穴。凭高望羲和，目极犹未彻。苍苍天水回，泛泛云霞泄。长风起波涛，万里卷霜雪。凭凌登岛屿，混莽失丘垤。

其中对海洋的辽阔与变化描写较多，但早就点明"地邻仙圣域，山枕鱼龙穴"，透露出一定的道教神仙色彩。他还有《秋风海上》：

> 蓬莱有客无家乡，身拟学仙游大方。大方洪水浸天阔，东极万里青茫茫。晓来雨过西风急，策杖凭高看呼吸。鸿雁连天剥枣晴，鱼龙戏水操舟入。千尺丝轮直下垂，碧波深处钓鲸鲵。纷纷鱼鳖不肯食，觿觿波澜空自迷。挂席未能超彼岸，乘槎再欲浮天汉。天汉高高万象明，白云谁是长生伴。

诗作较前篇对海洋波澜壮阔描写更多，开篇"蓬莱有客无家乡，身拟学仙游大方"，也是为道教思想定下基调。另有《海上述怀》也对"求仙采药"之事感慨颇多，还有《望昆嵛》《登蓬莱阁》都充满道教色彩。但其《望海》一诗很有气势："海色吞天色，风声杂水声。云翻鱼鳖骇，雷动鬼神惊。射激千岩险，汪洋万里平。时无钓鳌手，掷牲引长鲸。"这里道教意义已经淡了许多，诗人着眼于波涛汹涌的气势，将海洋盛景写得大气磅礴。《登胶水北山》"凭高望南海，极目天苍苍。天际白云起，凌空飞杳茫"，也写得清新自然，是难得的山水佳作。

丘处机出生于山东栖霞，特有的山海乡景成就了诗人的创作，诗歌中公山、蓬莱、崂山等意象颇多。如《公山余乡公山之阳，故作是诗十首》《公山春》《公山夏》《公山秋》《公山冬》等。特别是《东莱即墨之牢山，三围大海，背俯平川，巨石巍峨，群峰峭拔，真洞天福地，一方之胜境也。然僻于海曲，举世鲜闻，其名亦不佳。予自昌阳醮罢，抵丁王城永真观，南望烟霭之间，隐隐而见。道众相邀，迁延数日而方届，遂闲吟二十首，易为鳌山，因清畅道风云耳》（二十一首），将崂山描写得胜景难收："卓荦鳌山出海隅，霏微灵秀满天衢。群峰削蜡几千仞，乱石穿空一万株"（其一），"浮烟积翠绕山城，叠章层峦簇画屏。造物建标东枕海，云舒霞卷日冥冥"（其四），非常生动。但诗人更多从道教义理着眼：

> 三围大海一平田，下镇金鳌上接天。日夜潮头风辊雪，彩霞深处有飞仙。（其五）
> 华盖真人上碧霄，道山从此郁清标。至今绝壁幽岩下，尚有群仙听海潮。（其十五）

诗人还有《大安己巳胶西醮罢，道众相邀再游鳌山，复留题二十首》，其中《上清宫十首》《太清宫十首》，这些诗作通篇写道教海上仙境。应该说，金代诗人中，丘处机将山海道教意象发挥得最为淋漓尽致。如其诗曰：

> 醮罢归来访道山，山深地僻海湾环，棹船即向波涛看，化出蓬莱杳霭间。（《上清宫十首》其一）
> 清歌窈裊步虚齐，月下高吟凤舞低。谈笑不干浮世事，相将直过九天西。（《太清宫十首》其八）

其至连斋醮也不忘渲染北地冬日海洋的萧索："山阴积雪寒铺地，海上层冰冻接天。鸿鹄预辞千里塞，蛟龙深卧九重渊。"（《赴潍州北海醮（温迪罕千户请）》）除了王重阳、丘处机等道教领袖，一般文人怀着对海洋的敬畏，也有类似的描写：

> 登蓬莱兮，归鳌背些。明珠为宫，阙紫贝些。丛珍叠怪，璆琳琲些。松乔偓佺，戏浮彩些。日月出没，归墟会些。鹏鹍运化，天地大些。井蛙自囚，河伯隘些。九州涤源，入圣海些。（赵秉文《黄河九昭并引》之《入海》）
> 半夜东风搅邓林，三山银阙杳沈沈。洪波万里兼天涌，一点金乌出海心。（萧贡《日观峰》）

赵秉文还有《海月》一诗，也有仙界内容，但对自然着色较多，而萧贡则借神话意象描写海洋。

海洋意象中，海市蜃楼特别值得一提，此前这类意象很少见到，金人多从道教义理方面阐释这一现象。如王处一诗作：

> 暂别东牟，西游登郡，渐叩古黄西皋，遇海市垂光显异，乃与道合真也。故曰皇天发泄，大道舒张，披三光而下降，禀一气而上升，万化人间，莫知其道也。是乃长养诸天，大地冲和，四序炎凉，洞焕太空，化生玄象，混同万法之根源，符合大罗之眼目。因借东坡韵述怀。
>
> 水晶宫殿锁晴空，万象澄澄碧海中。月里姮娥观宝鉴，口中仙子玩珠宫。乾坤斡运明真理，混沌重开越胜工。万道毫光攒坎虎，千条赤气罩离龙。满空圣众扶圆盖，玉女金童策主翁。紫雾红霞才绽处，玲珑七宝现威雄。神风静默惊山鬼，万化参差世莫穷。光压水天无势力，吾真三界得冲融。放心天下无违碍，四大神洲饮几钟。虽说东坡真上士，足知大定胜元丰。古今诸胜钓鳌手，不论泥沙碎铁铜。以道治身功行满，大罗天上一家风。（《海市诗并序》）

诗人还有《复用前韵》再次赋诗。王处一的诗作充满了神秘的道教色彩，认为"遇海市垂光显异，乃与道合真也"，从道教仙界的角度对海市蜃楼这一海上奇观进行了细致描写，虽然基于对仙界的赞美，但某种程度上描绘了当时的海市奇景。另外，马钰《腊日海上见海市用东坡韵》也描写了这一盛景：

> 海家活路不知空，长在洪波大浪中。日日捕鱼招地狱，时时进橹背仙宫。因何却得心悔过，遇我穿凿胜良工。忻跃焚烧船与网，慈悲感动神与龙。海市呈空惊众目，于中诳倒白髯翁。时当腊八生异象，希奇造化现来雄。龙虎绕蟠吟不尽，神仙出没画无穷。宝殿珠楼水摇荡，琼林琪树气浮融。跨鹤金童敲玉磬，登坛玉女击金钟。嘉瑞重重衬天阔，庆云霭霭显年丰。悟来赤凤翅调金，倒把青牛尾秉铜。重遇重阳仙训诲，冰清玉洁乐真风。

马钰同时还有《宁海军判官乌延乌出次韵》《次韵》《复用前韵》《癸卯四月行化道过福山,因借坡公海市诗韵以述怀,赠诸道友》《予行化芝阳,特承蓬莱道众见访,相别索诗,为借坡公韵,藏头迭字赠焉》《黄邑修设黄箓,邀予作度师。既至,加持于全真庵,借东坡海市诗韵,以示道众》《勉赓彦济海市诗韵四首》等诗,借东坡韵摹写海市仙境。除了道教宗师眼中的海市意象,其他文人也有诗作:

>深期恍惚通仙灵,不见嘉祥□怀抱。是时巨海风涛息,万里涵空衬天碧。天边□气生紫烟,海上群山削□壁。层层异木当头现,甲马神兵随后变。云幢烟盖出山□,宝阁群楼浮水面。参差有若蓬莱宫,乍移三山出海东。鹤驾飘飖近西岸,来向清时振道风。(蒲察索《海市诗》)①

这里对于海市的摹写已经有写实的成分,"是时巨海风涛急,万里涵空衬天碧""云幢烟盖出山□,宝阁群楼浮水面"已经让我们看到了部分真实的海市景象。宋代苏轼早有《登州海市》名篇写海市胜景,但诗人认为"心知所见皆幻影","相与变灭随东风",而蒲察索用"紫烟""甲马神兵""三山""鹤驾"等渲染"道风",摹写仙界成分增加,但较王处一、马钰的描写要生动许多。

当然,除了道教意象对于海洋的关注,也有诗人从自然审美的角度进行了摹写,如赵秉文诗曰:"壮观天东第一游,晓披绝岛寄冥搜。烟中熊岳随潮没,天际辽江入海流"(《连云岛望海》),"潮落青鱼出,泥深白鸟行"(《连云潮退》),这里海洋意象多显自然之美,是对唐宋此类意象的发展。相比较唐宋而言,金人海洋意象在道教义理方面过之,承载着人们对神秘仙境的敬畏与幻想。试看唐宋海洋意象:

>旷哉潮汐池,大矣乾坤力。浩浩去无际,沄沄深不测。崩腾禽众流,泱漭环中国。鳞介错殊品,氛霞饶诡色。天波混莫分,岛树遥难

---

① 《全辽金诗》认为是蒲察索之诗,据文献称"蒲察大使索"。一说丘处机作,乃蒲察大使索要之意。参见马晓林《碑刻所见蒙元时期全真掌教印章及相关史事研究》,《西北师大学报》2017年第4期。

识。汉主探灵怪，秦王恣游陟。搜奇大壑东，竦望成山北。方术徒相误，蓬莱安可得。(宋务光《海上作》[①])

百川倒蹙水欲立，不久却回如鼻吸。老鱼无守随上下，阁向沧洲空怨泣。推鳞伐肉走千艘，骨节专车无大及。几年养此膏血躯，一旦翻为渔者给。无情之水谁可凭，将作寻常自轻入。何时更看弄潮儿，头戴火盆来就湿。(梅尧臣《青龙海上观潮》)

唐宋这一意象多从海洋的博大与神奇着眼，也有对仙界的描写，但对神仙之事常有否定。

四

无论是道观道士类、亭榭轩堂类还是海洋海市类，金代道教山水诗意象极大地丰富了金诗。道教诗创作一方面有宣传义理，另一方面有自然之美。一般文人创作道教山水诗，有对道教的信奉，有借道教意象颐养性情，也有酬和的社会风尚。金代因其复杂的政治背景，文人常借道教意象表达自己美好的希望，从而把归隐与道教融合。这正如早期游仙诗坎壈之情的抒发一样，屈原、郭璞、曹唐等摹写仙界来映衬世间污浊。除了道教徒，大多数金人并非真的信奉道教，而是借道教诗逃避现实或附庸风雅。这与李白"且放白鹿青崖间，须行即骑访名山"(《梦游天姥吟留别》)借仙界高扬生命的热情和苏轼"率然有请不我拒，信我人厄非天穷"(《登州海市》)的豪迈不同，也与"西上莲花山，迢迢见明星……流血涂野草，豺狼尽冠缨"(李白《古风》其十九)的大胆批判有距离。但此类道教意象的大量出现，流露了文人复杂的创作心态，是金代山水诗的一个特色。

另外，金代道教山水诗意象，除了具有鲜明的道教教义，它们与佛教寺庙和道家归隐关联尤其密切，体现了释道并存的社会风尚。一般诗人于山水见寺庙也见道观，甚至于道教徒也是如此。前言写道观诗的杨宏道就于《圆融庵》序说"余不解佛法，圆融庵主求说偈言，勉强应之，如造像生花，但得傍人言，仿佛其真可也。聊以此说自恕云耳"，

[①] 本文唐诗据彭定求等编《全唐诗》，中华书局1960年版。

这固然是谦辞,看其诗作即知。但金代诗人于山水诗的描写中同时流露释道思想确是一种普遍现象。诗人于寺庙道观等地不仅见山水见佛道,有时候也是抒发政治情怀所在,儒释道合一的思想让诗人于山水之景释放多种情愫。"出使宋朝,应对敏捷"的政治要人王渥就有大量的寺庙山水意象,如《开福寺》言"云献好山青入坐,雨添新涨绿平堤。树头树底见花发,山后山前闻鸟啼",写得非常生动。但诗人也会于寺庙见道教意象"仙源回首旌旗隔,一笛西风唤客愁"(《游丹霞下院,同裕之鼎玉分得留字》[①]),而且认为"嵩顶胜游谁得共,仙闻仙驭待知音"(《送裕之还嵩山》)。据王渥《送裕之还嵩山》附诗跋语,雷渊题记曰兴定庚辰夏六月,与元好问、李献能同游玉华谷少姨庙,得《古仙人辞》于壁间。元好问有诗《同希颜钦叔玉华谷分韵得军华二字二首》和词《水调歌头庚辰六月,游玉华谷,回过少姨庙》,是为对仙庙意象的回应。诗人当是借仙人辞中"崧顶坐啸垂直钩,只应惭愧刘幽州"的吟咏感慨,抒发施展抱负的情怀,王渥道家语或许也有深意。再看七真之谭处端、丘处机的寺庙之作:

闲闲云水访禅林,密密琅玕映碧岑。玉柱峰高尘不染,灵山寺隐境难寻。嫮交白雪匀铺玉,间隔黄花乱点金。清澈古潭秋静夜,桂华独现本来心。(谭处端《游灵山寺》)

杖藜欲访山中客,空水沈沈淡无色。夜来飞雪满岩阿,今日山光映天白。天高日下松风清,神游八极腾虚明。欲写山家本来面,道人活计无能名。(丘处机《赴龙岩寺斋以诗题殿西庑》)

前诗将寺庙写得亲切自然,完全看不出是一位道教大家所为,后诗写龙岩寺,但有"神游八极腾虚明"的道教意象。真人马钰竟然也说"色即是空空是色,色空空色两俱忘香"(《遇鄠郊汉陂空翠堂作诗赠耀州梁姑》),可见释道两家的密切关联。一般文人更是将寺庙与道教意象同写:

一别禅关二十秋,人非物是巨重游。云迷鹤径瀛洲远,雨歇只园

[①] 诗人自注:"丹霞下寺,土人以竹园头名之。"

海气收。黄叶乱飞山觉瘦，红尘不到境偏幽。同来仙侣宜乘兴，高步西岩最上头。(王庭筠《开化寺》)

行转青溪又别峰，马蹄终日认樵踪。翠微深处无人住，寺在深山何处钟。(赵秉文《答中山道士》)

王庭筠于开化寺感慨"云迷鹤径瀛洲远，雨歇只园海气收"，赵秉文答中山道士"翠微深处无人住，寺在深山何处钟"，这种佛道交织的意象描写，让我们于山水诗中看到了时人多样化的精神世界。金代诗人释道之外，与传统的儒家思想不可分割。全真教推崇三教合一，诗歌创作身体力行，理论阐释也处处可见：

儒门释户道相通，三教从来一祖风。悟彻便令知出入，晓明应许觉宽洪。精神炁候谁能比，日月星辰自可同。达理识文清净得，晴空上面观虚空。(王喆《孙公问三教》)

三教由来总一家，道禅清净不相差。仲尼百行通幽理，悟者人人跨彩霞。(谭处端《三教》)

总之，无论是纯粹道教义理的阐发还是释道并重的诗作，金代山水诗中的道教意象让我们感受到了时人浓重的道教情结。这一意象的生成当然与全真教的盛行有关。自东汉道教出现以来，文人于儒道佛之外，探寻到了人世之外的另一种精神追求。魏晋时期人们炼丹服药等追求长生，在游仙诗、步虚词中感受仙界的种种奇妙，以逃离人世的痛苦。唐宋没有玄学盛行时道教极端的发展，三教合一思想逐渐确立。"其道德教化的内容不但以儒家的伦理观为依据，还运用佛教的轮回之说作为说明，行忠、孝、义、慈是成仙的条件，成仙后即可跳出轮回，免俗世之苦。这里成仙、成佛、成圣已不再有任何差别了。"[①] 道教由早期的外丹成仙转向内丹，即从肉体长生转向内练丹田精神，从而飞升仙界。金代少数民族入主中原，这对汉族文人形成了极大的冲击。在儒家思想被践踏的同时，他们需要传统的道教来支撑自己的精神世界，而且统治阶级在扶持三教的过程中也要靠道教来缓和社会矛盾，全真教就是在这样的背景中应运而生。全真教的

---

① 任继愈主编：《中国道教史》，上海人民出版社1990年版，第459页。

要义在于个人内修从而传道济世，号召人人皆可成仙。内修有对道家思想的继承，同时学习了禅宗的修心。全真教对封建纲常也十分重视，把忠孝放在修行的首位。这样，全真教融合儒释道，迎合了特殊时代文人的心理。山水之吟历来是中国文人颐养性情的高雅之举，高山流水、"智者乐水、仁者乐山"的道德比附，再加上"用行舍藏"的儒道互补，都成就了这一意象。因此，金代道教山水诗为我们解读这一时期的文人心态提供了极好的借鉴。

另外，金代山水诗道教意象的生成也与道教领袖身体力行、倡导诗文传道有关。全真教宗师大都是士大夫出身，具有良好的文学素养。正如陈垣先生所言："全真王重阳本士流，其弟子谭、马、丘、刘、王、郝，又皆读书种子，故能结纳士类，而士类亦乐就之。"[①] 而且全真教弟子注重师承，体现出较强的流派意识。道教自东汉以来，较少有如此大规模的嫡传派系出现。这为道教思想和道教诗歌的发展提供了极好的养分，为普通文人接受道教提供了便利。正如佛教早期就以理论的译介进入中国一样，在上层士人中切磋思想、唱和吟咏，是助推思想传播的重要手段之一。因此，金代道教山水诗意象的大量出现成为必然。

当然，金代道教山水诗的发展，也有六朝、唐宋以来道教文学创作的影响。道教山水诗中的意象大部分是从老庄、楚辞作品以及《列仙传》《神仙传》乃至六朝唐宋志怪传奇故事、游仙诗、步虚词等发展而来。而且这些道教意象自产生时就与神奇的山水景物相连，这一切都为金代山水诗道教意象的发展提供了创作基础。

金代山水诗中的道教意象，呈现出较为丰富的内容，同时蕴含着复杂的思想内涵，为我们解读金代山水诗乃至金代文学有着特别的意义。金人道教意象于山水词作也多有发挥[②]，他们在理论上的探讨也有真人语录与论述[③]，但远没有诗的形式传播之广泛。尤其以山水诗的形式出现，既彰显出诗人的才学，又蕴含着他们的思想。道教文人深厚的学术素养可见金代道教传播的文化基础，这种理论与文学上的多重推助与以往道教的传播

[①] 陈垣：《陈垣明季滇黔佛教考·南宋初河北新道教考》，河北教育出版社2000年版，第585页。

[②] 左洪涛：《金元时期道教文学研究》，人民出版社2008年版。

[③] 詹石窗：《南宋金元道教文学研究》，上海文化出版社2001年版。

不甚相同，这必然也为我们解读金代诗歌提供了更多思考的空间。唐宋也有一些诗人信奉道教，如李白、白居易、李商隐、苏轼等，他们也写道教诗游走道观、酬和道人，但因为唐宋山水诗禅宗和理趣的高度发展，某种程度上弱化了山水诗的道教因素。

明初僧人愚庵智及的诗偈

赵 伟[*]

摘 要：愚庵智及是明初颇有影响的僧人之一，与梵琦、昙噩齐名。愚庵的作品以弘扬佛教为主，不太专注于文学类作品的写作，将文学作品称为末学取义。即使偶有诗歌作品，也是以阐扬佛教义理为主的诗偈。《愚庵智及禅师语录》有两卷诗偈，愚庵写作诗文时，被其同修者说成"甘作诗骚奴仆"，表明其有很高的文学创作水平。

关键词：愚庵智及；诗偈；宋濂；直探本根

愚庵智及与元末明初著名僧人梵琦同出于元末高僧元叟行端门下，是明初颇有影响的僧人之一，与梵琦和昙噩三人以佛教成就齐名当时，并"光鲜元叟家声"，成为当时佛教界的"狂澜砥柱"。明初文臣之首的宋濂，为之作序、传与塔铭，称赞其佛教成就。智及对纯文学类写作颇不重视，称之为末学取义，因此其诗文作品不多，《语录》中有两卷诗偈；但其稍一写作，就被说成是"甘作诗骚奴仆"，表明其写作水平还是颇高的，比如部分写景的诗偈颇能展现出悠远之心境。本文叙述愚庵智及的佛教成就与诗偈写作。

一

元末明初颇有影响的僧人梵琦去世后，比之稍晚的愚庵智及禅师作《悼楚石和尚诗》以纪之，诗有三首，之一云："潦倒奚翁的骨孙，高年说法屡承恩。麻鞋直上黄金殿，铁锡时敲白下门。烦恼海中垂雨露，虚空背上立乾坤。秋风唱彻无生曲，白牯狸奴亦断魂。"之二云："圣主从容

---

[*] 赵伟，青岛大学历史学院、国学研究院教授、副院长。

问鬼神，当机一默重千钧。茶毗直下金门诏，火聚全彰净法身。平地惊翻三世佛，等闲瞎却一城人。大悲愿力知多少，枯木花开别是春。"之三云："匡床谈笑坐跏趺，遗偈亲书若贯珠。木马夜鸣端的别，西方日出古今无。分身何啻居天界，弘法毋忘在帝都。白发弟兄空老大，刹竿倒却要人扶。"① 第一、二首都是说梵琦受到朱元璋的器重，第三首是对梵琦去世时情景的描写，全诗高度赞扬了梵琦的佛法。三首诗整篇都是在赞扬梵琦的佛法高深与受恩之重，其中并没有情感之语的流露，但《南宋元明禅林僧宝传》在引述本诗时云"愚庵以偈哭梵琦"，智及作此三首诗时泪流满面的情形可以想见，二人的情感应该是相当深厚的。

智及对梵琦有如此深厚的情感，一是在佛法上的惺惺相惜，更重要的原因是二人都出于元末高僧元叟行端的门下。愚庵禅师，名智及，又名超智，字以中，吴县顾氏子。《释鉴稽古略续集》载其简要行迹云："得法于元叟端公，历住于隆教、普慈二刹。帝赐以'明辨正宗广慧禅师'之号。已而陞净慈，遂主径山。四据高座敷扬佛法，以耸人天龙鬼之听，缁素相从如云归岫。弟子集其《四会语录》，宋文宪序之，极其赞颂，起人之敬信也。"② 宋濂为智及《四会语录》作序，又为之作塔铭。《明辩正宗广慧禅师径山和尚及公塔铭》中记其事迹及开悟云："姑苏之区，山川清妍，其所毓人物，性多敏慧。学禅那者，以攻辞翰、辨器物为尚，虽据位称大师，亦莫不皆然。自宋季以迄于今，提唱达摩正传、追配先哲者，唯明辨正宗广慧禅师一人而已……师之始生，灵梦发祥，及入海云院为童子，智光日显，释书与儒典并进，其师嘉之。同见闽国王清献公，都中公大赏异，留居外馆，抚之如己子，使其祝发，受具足戒。师闻贤首家讲法界观，往听之，未及终章，莞尔而笑曰：'一真法界，圆同太虚，但涉言辞，即成賸法，纵获天雨宝华，于我奚益哉。'遂走建业，见广智䜣公于大龙翔集庆寺，广智以文章道德倾动一世，如张文穆公起岩、张潞公翥、危左丞素皆与之游，以声诗倡酬为乐。师微露文彩，珠洁璧光，广智及群公见之大惊，交相延誉唯恐后。师之同袍聚上人诃曰：'子才俊爽若此，不思负荷正法，甘作诗骚奴仆乎？《无尽灯》偈所谓'黄叶飘飘'者不知

---

① （明）观通等编：《愚庵智及禅师语录》卷第九，《续藏经》第71册，第694页。又见（清）钱谦益《列朝诗集》闰集卷一，《续修四库全书》第1624册，第257页。
② （明）幻轮编：《释鉴稽古略续集》二，《大正藏》第49册，第914页。

作何见解?'师舌噤不能答,即归海云,胸中如碍巨石、目不交睫者踰月,忽见秋叶吹坠于庭,豁然有省,机用彰明,触目无障。师虽自庆幸,然不取正有道,恐涉偏执,于是杖策游虎林,升双径山,谒寂照端公,自列其所证甚悉。初寂照尝以法器期师,闻其言喜甚,因勘辨之,师随机而答,如隼落秋空而兔走荒原也,精神参会,不间一发。未几,命执侍左右,以便咨叩。"① 智及与梵琦、昙噩"同出元叟之门",《续灯正统》列"径山元叟端禅师法嗣",有灵隐竹泉法林禅师、径山古鼎祖铭禅师、国清梦堂昙噩禅师、天宁楚石梵琦禅师、径山愚庵智及禅师、万寿行中至仁禅师,智及、与梵琦和昙噩三人以佛教成就齐名当时,并"光鲜元叟家声",成为当时佛教界的"狂澜砥柱"。《南宋元明禅林僧宝传》称赞道:"楚石、愚庵、梦堂行道,际遇于离乱之秋,俱持风采,称为狂澜砥柱。暮年感有国者与交游,光鲜元叟家声,虽三公一时之方便,于法门则有力焉。"②

宋濂提到智及与元后期的重要文人张翥、危素等人有较多的交游。张翥有《寄智及上人》,诗中称智及为故人:"故人远在越江南,何日相寻过海帆。少借禅房一十笏,全翻经藏五千函。寒炉拨火宜煨芋,夜月裁诗定倚杉。拟结愿香归未得,碧莲花老补陀岩。"③ 诗中表达了寒夜围着火炉煨芋攻读佛教的愿望。智及有写给危素的离别诗,云:"护龙河上翻经日,西子湖头立马时。话尽山云并海月,此情只许白鸥知。"④ 诗中流露了与危素之间意会的并不可为外人所探知的情谊。智及的诗文作品不多,与危素等文人的交往显然是以佛法而非以诗文,可见其佛教成就颇为人所瞩目。宋濂《径山和尚愚庵禅师四会语序》以极其赞叹的文笔,叙述其佛教成就云:"或问于濂曰'世间至大者何物也',曰'天与地也';曰'至明者又何物也',曰'日与月也'。曰'然则佛法亦明且大也,其与天地日月齐乎',曰'非然也';曰'其义何居',曰:'天地日月寓乎形者

---

① (明)宋濂:《护法录》卷一《明辩正宗广慧禅师径山和尚及公塔铭》,《嘉兴藏》第21册,第615页。

② (清)自融:《南宋元明禅林僧宝传》卷十《楚石愚庵梦堂三禅师》,《续藏经》第79册,第630页。

③ (元)张翥:《蜕庵集》卷五,四库全书本。

④ (明)观通等编:《愚庵智及禅师语录》卷第九《次韵危太朴翰林钱塘留别》,《续藏经》第71册,第696页。

也，形则有成坏，有限量，虽百亿妙高山，中涵百亿两曜，百亿四天下。以至于恒河沙数，皆有穷也，皆有止也。此无他，囿乎形者也。若如来大法则不然，既无形体，又无方所，吾不为成，孰能为之坏？吾不为后，孰能为之先？吾不为下，孰能为之上？芒乎忽乎旷乎漠乎，微妙而圆通乎！其大无外，其小无内，真如独露，无非道者，所以超乎天地之外，出乎日月之上。大而至于不可象，斯为大矣，明而至于不可名，斯为明矣。是故以有情言之，则四圣以至六凡，或迷或觉，佛法无乎不具也。以无情言之，则水火土石与彼草木，或洪或纤，佛法无乎不在也。三乘十二分教，不能尽宣也，八万四千尘劳门，不能染污也。呜呼。假须弥山以为笔，香水海以为墨，书之以不可说不可说阿僧祇数劫，其能尽赞颂之美乎。然而，佛法固明且大也，其灵明之在人也，万劫虽远，不离当念，一念不立，即跻觉地，亦在夫自勉之而已。'"智及以在佛教上的"灵明"，宋濂认为"诚一代之宗师"①。智及在元末明初的禅宗传承中具有重要的地位和作用，"禅宗自元迄明，千岩、元叟、楚石、南堂、愚庵诸老以来，五宗一线，寸缕千钧"②。

作为元末明初极有影响的佛教高僧，智及对于明朝的宗教政策有可能发生着重要的影响。其影响在两个方面：一方面洪武癸丑（1373）年，朱元璋召佛教十高僧集京师大天界寺，智及"师实居其首"，却"以病不及召对"；乙卯（1375）朱元璋赐其还穹隆山；戊午（1378）年去世。智及入明十余年，其对于佛教功用的看法可能会影响到朱元璋。智及在《陆逊斋书〈华严经〉》中提到"观其发大信心，启大行愿，不翅阴翊王度"③，陆逊斋乃元代人，智及于至正壬寅（1362年）阅览《陆逊斋文集》时所作此文，即智及在朱元璋之前就提出了佛教有阴翊王度功用的看法。三教论方面，智及的看法也与朱元璋相同，《钱子善三教异同论》论三教云："三教学者，互相矛盾，其来远矣。屏山李公尝谓'儒释道之轩轾，非唯释道不读儒书之过，亦儒者不读释道之书之病也'，君子韪之。今观彭城支离叟《三教异同论》，穷理尽性，无党无偏，可谓撤藩篱于大方之家，汇渊谷于圣学之海，立一家之成说，扫末流之浮议，使三圣

---

① （明）观通等编：《愚庵智及禅师语录》卷首，《续藏经》第71册，第662页。
② （清）弘储：《南岳单传记》，《续藏经》第86册，第39页。
③ （明）观通等编：《愚庵智及禅师语录》卷十，《续藏经》第71册，第698页。

人之学凋瘵之秋,复将鼎峙,而不致偏仆其于圣教。"① 朱元璋后来一再阐述宗教能阴翊王度的功用以及相关政策的制定与施行,或许曾受到智及的启示。另一方面智及在明前期有个重要的门人道衍,道衍于永乐十一年作《径山南石和尚语录序》,序中言从智及参禅:"余三十时,值元季绎骚,遯迹岩壑间,乃得经径山愚庵及公,咨叩禅要。公以余性颇慧,不倦开发,命掌记,侍公左右三载,得尝鼎脔,而知其味矣。"②《释鉴稽古略续集》中也提到道衍从智及学禅:"《道余录》,少师别号逃虚子,著《道余录》,此自序曰'余曩为僧时,值元季兵乱,近三十从愚庵及和尚于径山习禅学'。"③ 道衍即辅佐朱棣夺得靖难之役胜利的姚广孝,在永乐时期具有极高的地位,智及的佛教观念可能会通过道衍在明代前期发挥着影响力。

二

智及在悼念诗中表现出与梵琦深厚的情谊,并一直赞扬梵琦弘扬佛法的努力,《次中竺韵送元藏主兼柬楚石和尚》诗中云"寄语秦川楚石翁,老骥腾骧当血汗"④。智及对于修净土极为尊重,《示白禅人》偈云"白业精修苦行坚",修行时需要"更加鞭",偈之后部分更说:"莫学少林空面壁,从教南岳自磨砖。铁牛掣断黄金索,鼻孔撩天不着穿。"⑤ 真正的佛教观念来看,二人有着很大的不同,梵琦偏于净土,智及重于禅学。在《次西斋韵赠定藏主》诗中,智及阐述自己的禅学见解:"如来四十九年说,偏圆半满无空阙。始终一字不曾谈,无端重把牢关泄。道人秉志事参方,勇猛精进光明幢。信手揭翻华藏海,树头惊起鱼双双。直得虚空失笑,万象拱立。又谁管你无位真人,常在面门出入。君不见,老赵州眼无筋,大王来不起身,有问'万法归一,一归何处',却道'我在青州,做

---

① (明)观通等编:《愚庵智及禅师语录》卷第十,《续藏经》第71册,第698页。
② (明)宗谧、妙门、复初、廷璨、良玓等编:《南石文琇禅师语录》卷首,《续藏经》第71册,第701页。
③ (明)幻轮编:《释鉴稽古略续集》二,《大正藏》第49册,第941页。
④ (明)观通等编:《愚庵智及禅师语录》卷第八,《续藏经》第71册,第689页。
⑤ (明)观通等编:《愚庵智及禅师语录》卷第九,《续藏经》第71册,第695页。

一领布衫,重七斤'"①。智及用梵琦之韵阐述禅学观念,看出他对于唐宋禅学公案极为熟悉,与梵琦大力宣扬净土有很大的不同。

上引文献中,智及在微露文彩时,聚上人诃其"甘作诗骚奴仆",智及显然受到了聚上人的影响,并没有在文学创作上前进。宋濂在塔铭中说:"师在天界时,濂颇获闻其绪论,于其殁也,上首弟子普庆住持道衍藉是之故自状其行,来请铭。夫圆明妙性,实具三千,四圣六凡,悉从中现,诸佛不得已而说经,雷动蛰惊,风行草偃者,为明此性也。诸祖不得已而忘经,绝其枝末,直探其本根者,亦明此性也。性在是则道在是矣,奈何道丧性乖,非惟学徒为然,至于师表当世者,一从事于末学曲艺之间,以资清玩,其去佛祖之道,盖亦远矣。有如师者可不表之,以为东南龟镜哉。"②文中"颇获闻其绪论"一句,表明宋濂对智及的观念是很了解。智及对宋濂也很认同,称其佛教观念为"金华学士禅",《用宋景濂学士韵送妥侍者回育王开本师塔铭》诗中云"乞得金华学士禅,绝胜荷毳狨纯绵"③。宋濂以禅学应"绝其枝末,直探其本根"以明心性,批评那些从事于"末学曲艺"以资清玩者,意在表明智及在禅学上直探心性之本根,非耗心于文艺。

《愚庵智及禅师语录》卷九、卷十是偈颂,这些偈颂基本上完全是宣扬与抒发他的禅学观念。从内容上看,智及的诗偈确实皆是直探本根之作,《示七闽鼎禅者》云"学佛要明心,参禅须见性"④。智及左说右说,完全是一副禅宗老婆舌之态。智及对当时禅学的状况颇为担忧,《次中竺韵,送元藏主兼柬楚石和尚》中云"少室门风苦寥落,要须努力扬余光"⑤,《弥首座还嘉禾,兼柬南堂天宁三塔兴圣资圣顾玉山诸老》中云"法弱魔强正此时,济北颓纲合扶起"⑥,都是禅学凋零的忧虑。姚广孝《径山南石和尚语录序》中也提到兀木禅学的廖廖然:"不数十年,诸大老相继入灭,禅林中寥寥然,一无所闻。纵有一人半人,号称善知识者,

---

① (明)观通等编:《愚庵智及禅师语录》卷第八,《续藏经》第71册,第689页。
② (明)宋濂:《护法录》卷一《明辩正宗广慧禅师径山和尚及公塔铭》,《嘉兴藏》第21册,第615页。
③ (明)观通等编:《愚庵智及禅师语录》卷第九,《续藏经》第71册,第696页。
④ (明)观通等编:《愚庵智及禅师语录》卷第八,《续藏经》第71册,第689页。
⑤ (明)观通等编:《愚庵智及禅师语录》卷第八,《续藏经》第71册,第689页。
⑥ (明)观通等编:《愚庵智及禅师语录》卷第八,《续藏经》第71册,第689页。

惟务杜撰僻说，胡喝乱棒，诳吓里夫巷妇，真野狐种类也，故识者之所哂而不道。祖翁命脉，一发而已，其可哀乎。间有俊杰之士，深伏草野而不肯出，虑世之泾渭不分、珠璧瓦砾之相混故也。"① 智及在诗歌中忧虑禅学凋零之外，还表达了振兴禅学的志意，其在传法中表现出来的老婆舍，就是他这样志意的表现。

偈颂中，智及大量使用之前禅宗的公案与典故用来说明直探心性之本根，如上引《次西斋韵赠定藏主》诗偈基本就是援引唐宋禅林中的著名公案，再如《次韵赠福藏主》偈中云："嘉州大象蓦翻身，陕府铁牛擗折角。子是龙河英俊流，何劳向外空驰求。五千余卷疮疣纸，十圣三贤茅涠筹。无本据，有来由，禾山只解打鼓，雪峰一味辊球。"② 上文聚上人所引《无尽灯》"黄叶飘飘"之语，出自唐代清了禅师《无尽灯记》，其中云"镜灯灯镜本无差，大地山河眼里花，黄叶飘飘满庭际，一声砧杵落谁家"③，智及由此可能对"黄叶"印象深刻，在多首偈颂中提到"黄叶"的典故，如《盈藏主归淮南》中云"丈夫胸中有天地，止啼黄叶非金钱"④，《读楞伽》中云"大品楞伽奥旨深，止啼黄叶胜真金"⑤。当然这里的"止啼黄叶"并非是《无尽灯记》中的"黄叶飘飘"，用的是黄叶止啼的典故。《大涅槃经》中云："又婴儿行者，如彼婴儿啼哭之时，父母即以杨树黄叶而语之，言'莫啼莫啼，我与汝金'，婴儿见已生真金想，便止不啼。然此杨叶实非金也。"⑥ 黄叶止啼成为禅宗中的著名典故之一，唐代公畿和尚因僧问"如何是道，如何是禅"而示偈曰"有名非大道，是非俱不禅，欲识箇中意，黄叶止啼钱"⑦。智及偈颂中对于"止啼黄叶"典故的使用，明显具有《大涅槃经》和禅宗公案两重来源。

引用《大涅槃经》中的典故，说明智及对佛教经典相当熟悉，但从禅学的观念出发，智及又主张摆脱经论的限制。《张居士血书〈法华〉》

---

① （明）宗谧、妙门、复初、廷璨、良玓等编：《南石文琇禅师语录》卷首，《续藏经》第71册，第701页。
② （明）观通等编：《愚庵智及禅师语录》卷第八，《续藏经》第71册，第690页。
③ （元）念常：《佛祖历代通载》卷第二十，《大正藏》第49册，第688页。
④ （明）观通等编：《愚庵智及禅师语录》卷第八，《续藏经》第71册，第689页。
⑤ （明）观通等编：《愚庵智及禅师语录》卷第八，《续藏经》第71册，第692页。
⑥ （北凉）昙无谶译：《大涅槃经》卷第二十，《大正藏》第12册，第485页。
⑦ （宋）普济：《五灯会元》卷第四，《续藏经》第80册，第100页。

文中，智及先是引用寂音尊者"世之人，疲精神于纸笔，从事于无用之学，是皆以刀割泥者也"，批评修禅者从经书字句上悟禅。接下来却又说："清河张居士，中年割弃尘累，笃志佛乘，沥娘生十指之鲜血，书《法华》七轴之真诠，是真精进，是名真法供养如来，端可谓善用其心者矣。"①《血书〈法华经〉报母》偈说："笔底红莲朵朵开，是名真法供如来。指端沥尽娘生血，全体何曾出母胎。"②这两处都说明书写经书对于佛法精进的作用，似乎与他的直探本根的禅学观念的冲突。其实，智及在这里表达的，应该针对的只是信仰之心，血书经书表现的是"真法供如来"。智及更为主张的是从经书中读出无文字相，《秦因二上人同书〈华严〉》云"披卷了无文字相，善财空走百城南"③便是此意。

智及一再说明，佛教之法本无言说，《无言》偈中云"始终一字不曾谈，开口分明落二三"④，佛陀的说法只是方便，《法城禅人化缘修碛砂经坊》云"大法本来无一字，释尊方便说三乘"⑤，《寄大慈学古庭讲主》中云"法王称性炽然说，终始未尝谈一字"⑥，都是要表达这样的观念，由此推出《盈藏主归淮南》"有口只堪高挂壁，本无一法可流传"⑦。所谓不执着于经论、大法本无一字等，智及是要强调真正的禅法是从胸襟中流出，《题白庵禅师三会录》云："向上一路，离言说相，离文字相，谛观白庵禅师《三会录》，一一从自己胸襟流出，言满天下，未尝道着一字。"⑧又如《义禅人归京口次屿云心西堂韵》云："直将直义报禅流，法法毋劳向外求。月满淮南江水白，角声吹彻瓮城秋。"⑨《震藏主归吴兼柬万寿行中法兄，次全室韵》表达同样的意义："五千余卷错流传，说性说心皆影响，拈花微笑本无旨，冷暖自知鱼饮水。"⑩

出于直探本根的观念，智及的偈颂几乎通篇都在敷扬禅理，在一些诗

---

① （明）观通等编：《愚庵智及禅师语录》卷第十，《续藏经》第71册，第698页。
② （明）观通等编：《愚庵智及禅师语录》卷第十，《续藏经》第71册，第696页。
③ （明）观通等编：《愚庵智及禅师语录》卷第八，《续藏经》第71册，第692页。
④ （明）观通等编：《愚庵智及禅师语录》卷第九，《续藏经》第71册，第693页。
⑤ （明）观通等编：《愚庵智及禅师语录》卷第九，《续藏经》第71册，第695页。
⑥ （明）观通等编：《愚庵智及禅师语录》卷第八，《续藏经》第71册，第688页。
⑦ （明）观通等编：《愚庵智及禅师语录》卷第八，《续藏经》第71册，第689页。
⑧ （明）观通等编：《愚庵智及禅师语录》卷第十，《续藏经》第71册，第699页。
⑨ （明）观通等编：《愚庵智及禅师语录》卷第九，《续藏经》第71册，第697页。
⑩ （明）观通等编：《愚庵智及禅师语录》卷第八，《续藏经》第71册，第691页。

歌中有时也能以景致描写收尾，增加偈颂的审美性，如《示严州用禅者》开篇一直是阐述禅理："但能善用其心，则获胜妙功德。乃先圣之格言，贵当人之不惑。展开七尺单，竖起生铁脊。脚下如临万仞坑，腕头何翅千钧力。前无释迦，后无弥勒。"结尾两句则是"昨夜桐江水逆流，钓台浸烂严光石"① 两句景致，将目光与胸怀放开，这种放开却是将禅理表达得更为清明。智及也有少数完全写景之作，如有诗云："开先寺里迎宾日，禅月堂前索偈时。客路如天春似海，子规啼断落花枝。"② 有诗偈是以景物描写悟后之境，如云："无奈雪霜苦，怕见杨花落，打破赵州关，清风满寥廓。"③ 这些诗偈以景物描写悟后之境，实际上仍然是禅悟诗。又如《中竺悟长老请》诗："老屋数椽春寂寂，长松万本昼阴阴。空山尽目无余事，时听黄鹂送好音。"④ 描写的也是禅静之境。

　　智及也有完全描写景色的诗偈，如《登五云山望江亭》："高亭注目正清秋，野旷天空事事幽。白鸟青山云淡淡，沧江斜日水悠悠。"⑤ 这是站在江边亭子上放眼远望所看到的景象，"正清秋""事事幽""云淡淡""水悠悠"等词颇能看出智及内心的悠远之境。写景诗最多的是《山楼秋夜》，之一云："月色白如昼，松阴多似云。窗虚山欲堕，灯灺夜初分。河影中天见，泉声隔树闻。小楼成独坐，此景与谁论。"之二云："衰草缘幽径，疏林出短墙。风回惊宿鸟，露下泣寒螀。历历无差互，头头自显扬。跏趺坐来久，重蓺瓦炉香。"之三云："秋半山楼好，匡床夜不眠。感时思佛果，抚景忆南泉。月下机何峻，更深语最玄。寥寥千古意，危坐独超然。"⑥ 这首组诗在景色中仍然掺入到了佛教之理，"此景与谁论"一方面是写对景色的欣赏，另一方面也是由景色体悟到佛教之理。虽然这组诗不如《登五云山望江亭》写景纯粹，却同样能体现出他"独超然"的心境。

　　智及的诗歌中也有与上述所言风格不同者，如口语化极其浓厚的诗偈《〈瞎牛歌〉赠韩公望》："隔垣见肝胆，自号为瞎牛，我歌瞎牛歌，万象

---

① （明）观通等编：《愚庵智及禅师语录》卷第八，《续藏经》第 71 册，第 689 页。
② 转引自（清）性音重编《禅宗杂毒海》卷二，《续藏经》第 65 册，第 64 页。
③ 转引自（清）集云堂编《宗鉴法林》卷十六，《续藏经》第 66 册，第 385 页。
④ （明）观通等编：《愚庵智及禅师语录》卷第十，《续藏经》第 71 册，第 697 页。
⑤ （明）观通等编：《愚庵智及禅师语录》卷第九，《续藏经》第 71 册，第 696 页。
⑥ （明）观通等编：《愚庵智及禅师语录》卷第九，《续藏经》第 71 册，第 696 页。

笑点头。瞎牛儿,人莫识,旷大劫来无等匹,异类中行得自由,眼处闻声耳观色。瞎牛儿,世希有,金毛师子唤作狗,祖父田园任力畊,异苗灵药时翻茂。瞎牛儿,无烦恼,谁管青黄赤白皂,一犁新雨陇头春,数声长笛江村晓。瞎牛儿,真快活,脚头脚尾乾坤阔,鼻孔撩天不著穿,生死无明俱透脱。瞎牛瞎牛听我歌,六根互用无偏颇,众生洞际只分寸,大千刹海庵摩罗。"① 韩公望是一位儒医,中年目眚,自号瞎牛,这首歌口语化比较重,阐明瞎牛能透脱"生死无明"。尽管在悼念梵琦的诗歌中流露深切之情,作为敷扬禅理者,智及在诗偈中只有理性地阐述禅理,绝不流露内心之情感,只有《师祖善权元翁和尚忌辰抚景感怀》一首稍稍不同,诗云:"薰风庭院日偏长,遍界明明不覆藏。今雨稚松争拔地,故园新竹已过墙。"② 诗作于元翁和尚忌日,本身就含有伤感之情,又以"抚景感怀"为题,抒情之意更为明了,后两句"今雨稚松争拔地,故园新竹已过墙"对亡故之人的怀念之情从内心发出。这使人感受到,智及也并非完全是以老婆舍宣扬禅理者,同样具有深厚的情怀。

---

① (明)观通等编:《愚庵智及禅师语录》卷第八,《续藏经》第71册,第688页。
② (明)观通等编:《愚庵智及禅师语录》卷第九,《续藏经》第71册,第693页。

清代王士禛诗歌选本及其诗学意义

贺 琴[*]

摘 要：清代王士禛诗歌选本数量众多，根据目前的王士禛诗学文献，可将清代王士禛诗歌选本分为别集类选本和总集类选本。清代王士禛诗歌选本的研究可揭示王士禛诗学经典化的过程，反映其诗学在不同时期、不同群体的接受情况，王士禛作为选者与被选者的双重身份，为清诗研究与王士禛诗学研究提供了新视角。

关键词：王士禛；选本；别集；总集；意义

王士禛诗学的研究20世纪以来取得了丰硕的成果，从文献的层面而言，近年来学界虽然关注其诗学文献，但主要探讨王士禛本人所编选的《唐贤三昧集》《神韵集》《古诗选》《渔洋诗话》等前代诗歌选本，而对清人编选的王士禛诗歌选本关注甚少。清代的王士禛诗歌选本数量较多，将其作为一个专题加以探讨，是对王士禛诗学研究的深化，本文叙录清代重要的王士禛诗歌选本，并阐发其诗学意义，以抛砖引玉，就教方家。

选本选录作品，以求"精"为主，有区分优劣的文学批评特性，与总集、别集不属于同一个范畴，但又有所交叉，总集与别集都可以成为选本的呈现方式。清代王士禛的诗歌选本即以别集与总集的方式呈现出来，清代王士禛的诗歌选本可分为两类：一类是别集类选本，指清人辑选的王士禛诗集，以别集的形式出现，如邹漪的《王贻上诗选》、吴之振的《阮亭诗选》、魏宪的《王阮亭诗选》等，别集类选本中有一些私人抄录本，无特定的选录标准，不在本文研究范围之内；另一类是总集类选本，指选入王士禛诗歌的清代全国性诗歌总集，如《诗观》《国朝诗别裁集》《清

---

[*] 贺琴（1985— ），文学博士，中国海洋大学文学与新闻传播学院讲师。

诗铎》等，特规定为"全国性"，是为了将王士禛诗学放在清诗学的宏观视野中，因此其他如唱和、通代、地域类总集等不在研究范围之内。对清代王士禛诗歌选本的研究可从文献考证和批评意识相结合的角度揭示清代王士禛诗学在清代的生成、流变和影响。

一 别集类选本

《王贻上诗选》一卷，邹漪选。邹漪，字流绮，江苏无锡人，吴伟业门人，交游广阔，选编、刻印了《启祯野乘》、《明季遗闻》《清初五大家诗抄》、《名家诗选》等。《王贻上诗选》是其所编《名家诗选》的一种，《名家诗选》选入清初诗人24家：金之俊、薛所蕴、程正揆、曹溶、周亮工、赵进美、彭而述、柯耸、姜真源、王锡琯、曹尔堪、刘孙芳、刘槭、董以宁、王崇简、魏裔介、杨思圣、卢紘、施闰章、王士禛、黄永、严沆、钱升、邹祗谟。24家虽皆冠以"名家"，但成就实则参差不一。《王贻上诗选》刻于康熙七年（1668），现藏上海图书馆，白口，左右双边，半页九行，行二十字。其中所选王士禛诗出自《琅琊二子近诗合选》，为王士禛少年之作，是时王士禛初入仕途，于诗坛亦属新人，其"神韵"诗尚处于探索、发轫阶段，邹漪将其列入"名家"，一定程度上反映了顺、康之际王士禛在诗坛的地位和影响。

《阮亭诗选》一卷，为吴之振所辑选《八家诗选》之一，吴之振，字孟举，号澄斋，晚号黄叶村农，浙江石门人，曾与吕留良编选《宋诗钞》，提倡宋诗。康熙十年（1671）入京，与宋琬、曹尔堪、施闰章、沈荃、王士禄、程可则、王士禛、陈廷敬等人往还酬唱，并辑选诸人诗为《八家诗选》。《八家诗选》刊刻在康熙十一年（1672），所选八位诗人，实际上是是时在京城交往密切、唱和频繁的一个诗人群体，吴之振选八家之诗并无特定且统一的诗学标准，而恰恰因八家诗风格、旨趣各不相同："今八家自不相为同，余之选八家也，非选其同于余，标一同之说以绳天下。斯不同者，多知吾之所谓不同，则可以同。此不同者正多也，其足以陵轹中州，摩荡风雅，亦在能诗者各求其自得而已矣，何必同？"①《阮亭诗选》有康熙十一年（1672）鉴古堂刻本，藏国家图书馆。黑口，四周

---

① （清）吴之振：《八家诗选》，国家图书馆藏康熙十一年鉴古堂刻本，卷首。

单边，双鱼尾，半页十二行，行二十二字，选入王士禛诗212首，既包括了其早期顺治年间的诗作，也包括康熙十年与施闰章、宋琬诸人的唱和之作，时间跨度20余年。《八家诗选》集中了康熙初年京城诗坛的主要力量，王士禛位列"海内八家"，确立了其诗坛地位，为后来领袖康熙诗坛奠定了基础。

《王阮亭诗》一卷，为魏宪所选《皇清百名家诗》之一，魏宪，字惟度，福建福清人，曾选清初诗为《诗持》。《皇清百名家诗》初刻于康熙十年（1671），为福清魏氏枕江堂刻本，另有康熙二十一年（1682）聚锦堂印本、康熙二十四年（1685）圣益堂印本。所选诗家"自天启甲子以后，康熙壬子以前，由缙绅迄方外，共得百人，人各立一小引，并列字号籍贯于前。其诗或以体序，或以类序，或以时与地序，各从原本。其登选则以得诗之先后为次，不拘行辈，而宪诗亦附于后焉"[①]。虽然名为百家，实则选入魏裔介、钱谦益、吴伟业、王士禛等91家，多为显宦，有声气标榜之习。《王阮亭诗》选入王士禛诗作64首，魏氏《小引》曰："去夏孝廉王我建自吴门寄示阮亭近诗，且道其谆谆之意，余伏读匝月，惊服其隽永清新、雄迈苍老，直欲入少陵堂奥；别开东阁，与沈、宋、储、孟、苏、黄诸君子揖让其间；彼元、白郊、岛辈且拜阶除不敢仰视矣。"[②] 王我建为王士禛顺治十七年（1660）司理扬州时期所取门人，曾为王士禛刻《渔洋集》。魏宪所选王士禛诗为王我建所提供，所录诗作以扬州时期为主，亦属王士禛早年作品。

《王氏渔洋诗钞》十二卷，为邵长蘅所辑《二家诗钞》之一，另一家为宋荦（《绵津诗钞》），刻于康熙三十四年（1695）。邵长蘅，字子湘，号青门山人，江苏武进人，十岁补诸生，因事除名，后为太学生，科举不利，以布衣终，与王士禛、施闰章、汪琬、陈维崧等交游，晚年为宋荦幕宾。《二家诗钞》邵氏序云："夫其所以为一代之宗者，其才足以包孕余子，其学足以贯穿古今，其识足以别裁伪体，而又有其地，有其时"[③]，王、宋二人皆五者兼而得之，且能挽时人学唐、学宋之弊，故推二人为一

[①] （清）永瑢、纪昀：《四库全书总目》，中华书局1997年版，第2724页。

[②] （清）魏宪：《皇清百名家诗》，参见《华东师范大学图书馆藏稀见丛书汇刊》第3册，北京图书馆出版社2006年版，第119页。

[③] （清）邵长蘅：《二家诗钞》，参见《四库全书存目丛书补编》第36册，齐鲁书社2001年版，第442页。

代宗工，《王氏渔洋诗钞》钞入王士禛诗作1475首。

《渔洋山人集》一卷，为聂先编《百名家诗钞》之一，聂先，字晋人，江右庐陵人。《百名家诗钞》共五十九卷，收入梁清标、王熙、熊赐履、李天馥、王士禛等59人诗作，每人一集，人各一卷，诸体毕备，各抄所长。刻于康熙中期，今藏国家图书馆。《渔洋山人集》黑口，左右双边，上单鱼尾，半页十一行，行二十一字，选入王士禛诗176首，在所钞诸家中数量较多，且多为其中年以前诗作。

《阮亭诗钞》八卷，邵圮、屠德修辑，《国朝四大家诗钞》之一，刻于乾隆三十一年（1692），今藏于国家图书馆。白口，四周单边，上单鱼尾，半页七行，行十五字。四大家为宋琬、施闰章、王士禛、朱彝尊，《阮亭诗钞》分体编次，卷一至卷五为古体，卷六至卷八为今体，选入王士禛诗286首。

《阮亭诗钞》二卷，为刘执玉所选《国朝六家诗钞》之一，六家为王士禛、朱彝尊、宋琬、施闰章、赵执信、查慎行，《阮亭诗钞》今有山东省图书馆藏本乾隆三十二年（1767）诒燕楼刻本，白口，左右双边，半页十行，行二十一字。其卷首云："阮亭早年登第，即弃帖括而从事于诗，后官扬州，又奉使西蜀南海，所至与贤士大夫游，取材既富，而气之浑灏流转，足以达之，即偶然涉笔，亦有搢笏垂绅风度，主盟骚坛，洵无愧色，后人或讥其优孟衣冠，亦可谓蚍蜉撼大树矣，兹于带经堂全集中，择其言尤雅者，离为二卷。"① 据《凡例》，此本编年排次，有朱墨句读，并有注释，其中选王士禛古近体诗489首。

二 总集类选本

邓汉仪《诗观》，包括《初集》十二卷、《二集》十四卷、《三集》十二卷，及《闺秀别集》二卷，共四十卷。分别刻于康熙十一年（1672）、康熙十七年（1678）、康熙二十八年（1689），收入诗人2000余人，诗歌15000余首。邓汉仪，字孝威，江苏台州人，工诗、交游广阔，康熙十八年（1679）举博学宏词科，官内阁中书，康熙初年与王士禛在扬州唱和频繁、交往密切。《诗观》三集中均收入王士禛诗作，共75首，

---

① （清）刘执玉：《国朝六家诗钞》，山东省图书馆藏乾隆三十二年诒燕楼刻本，卷首。

并有邓氏评语。

孙鋐《皇清诗选》三十卷,附御制诗一卷,首一卷,刻于康熙二十七年（1688）,分体编次,有诗评,卷前有所选诗人姓氏、籍贯,共收入1614人,是康熙时期一部大型的诗歌总集,其编纂"始于庚申（康熙十九年,1680）之秋,竣事于戊辰（康熙二十七年,1688）之夏,得诸家善本二十余种,专集杂稿数百部,其他或自邮筒,或因酬倡,逮至壁间扇头,悉供采择。"① 其中收入王士禛各体诗作33首。

陈允衡《国雅初集》不分卷,刻于康熙年间,收入魏裔介、龚鼎孳等清初诗人54家。陈允衡,字伯玑,江西南城人,明万历间举人,有文名,入清后寓居王士禛司李扬州期间与之交往颇深。《国雅初集》所选诗家多为顺康之际江南一带的遗民俊彦,诗作以顺治年间为主。卷前有王士禛康熙元年（1662）序,云:"九华顾氏发凡起例,作为《国雅》一书,其有功于风教甚钜……（陈允衡）蒐讨上下数十年中所为荐绅隐逸郊庙、赠答、缘情、赋物之作,复为《国雅》一书。"② 说明《国雅初集》为陈氏仿照明顾起纶《国雅》所编,并沿用其名。其中所录诸家数量上龚鼎孳最多,王士禛次之,共214首。

魏宪《诗持》四集,包括《一集》四卷、《二集》十卷、《三集》十卷、《四集》一卷,共二十五卷,前三集刻于康熙十年（1671）,四集刻于康熙十九年（1680）。收入诗人600余家,诗歌近4400首,其中《二集》中收入王士禛诗24首。

徐崧《诗风初集》十八卷,刻于康熙十二年（1673）,徐崧,自松之,江南吴江人,明遗民,明末清初曾选辑《江左诗风》《南字倡和诗》《诗南初集》等,多不存。《诗风初集》分体编次,选入诗人1500余人,诗作8000余首,选录标准"一以清正醇雅为主"③,其中选入王士禛诗作48首。

席居中《昭代诗存》十四卷,刻于康熙十九年,是集"始于乙卯

---

① （清）孙鋐:《皇清诗选》,参见《四库全书存目丛书·集部》第398册,齐鲁书社1997年版,第14页。

② （清）陈允衡:《国雅初集》,参见《四库全书存目丛书·集部》第398册,齐鲁书社1997年版,第2页。

③ （清）徐崧:《诗风初集》,参见《四库禁毁书丛刊补编》第56册,北京出版社2005年版,第631页。

（康熙十四年，1675）迄今庚申（康熙十九年，1680），岁凡六易"，所选"主于发潜德，表幽贞，其人可传，其事可传，其人之篇什可传"，其体例"惟序诗不序人，诗从体序，先古次律"①，选入 700 余位诗人 8000 余首作品，其中选入王士禛诗作 91 首。

陈维崧《箧衍集》十二卷，收入诗人 157 人，诗作 849 首。陈维崧，字其年，号迦陵，江苏宜兴人，工诗、词、骈文，与王士禛、朱彝尊等人交往密切。此集辑录了陈维崧所交游的顺治、康熙时期的诗人，分体排次，选录精严，评论精到。陈氏生前未刻，秘不示人，去世后，由蒋景祁整理，王士禛、宋荦鉴定，康熙三十一年（1692）刊刻，乾隆二十六年（1761）重刻。其中选入王士禛诗作 45 首。

刘然《诗乘》十二卷，又名《国朝诗乘初集》，刻于康熙四十九年（1710），收入诗人 224 家，1000 余首，间有评语，其中选入王士禛诗作 45 首。

吴翼《名家诗选》四卷，附闺秀诗一卷，刻于康熙四十九年（1710），所录诗人"上自台阁公卿，下及山林隐逸，以诗名家者，皆行选录"②，共 350 人。编排以得诗先后为序，各家诗作以古诗、律诗、排律、绝句的顺序排列。其中选入王士禛诗作 51 首。

陶煊、张璨《国朝诗的》六十卷，刻于康熙六十一年（1722），编者鉴于康熙时期的选本如《诗慰》、《诗观》、《诗持》等行世已久，未能囊括海内诗人，故此集所选诗人、诗作力求完备，收入诗人 2590 余家，可视作对顺、康时期全国诗人的一次总结。此集编排仿《诗经》遗意，分省编次，对清初诗学的地域分布有较清晰的反映，其中山东省二卷，选入王士禛诗作 39 首。

陈以刚《国朝诗品》二十五卷，刻于雍正十二年（1734），此集中所选录诗人亦为清初诗人，然由于成书在雍正时期，编者对康熙时期的诗坛、诗人有更全面、客观的观照，在此基础上反观《诗观》《诗持》等总集，认为"局于识解，不成大观，且集中所载止国初诸家，至近日名贤，

---

① （清）席居中：《昭代诗存》，参见《四库禁毁书丛刊补编》第 55 册，北京出版社 2005 年版，第 247 页。

② （清）吴翼：《名家诗选》，参见《四库禁毁书丛刊·集部》第 170 册，北京出版社 1997 年版，第 2 页。

如新城之王司寇、青门之邵隐君、广陵之王殿元、龙眠之二张相公、蓉城之吴学士，皆有鸿章巨篇，可以信今传后，而两集俱未及登载，岂足以昭示来兹？"其选编标准"以发抒性情、渊源理义为正宗"①。其中卷九整卷为王士禛诗作，共选入 123 首。

彭廷梅《国朝诗选》十四卷，刻于乾隆十二年，选入清初至乾隆时期 400 位诗人 2000 余首诗作。入选者既有满洲贵族，也有布衣隐士，范围较广。其选录标准，"以元穆冲淡为则，兹淘汰再三，务归大雅"②，选入王士禛诗作 28 首。

沈德潜《国朝诗别裁集》，是乾隆以后影响颇大的一部总集，其编选时间长达十六年，经过多次修订，初刻于乾隆二十四年（1759），乾隆二十六年（1761）修订重刻，为"教忠堂"本，并呈乾隆皇帝御览钦定，删去部分明清之际诗人如钱谦益、吴伟业、龚鼎孳等人。上海古籍出版社 1984 年排印"教忠堂"本，有沈德潜自序，称收入"九百九十六人，诗三千九百五十二首"③，然实际收入 999 人。其体例编排以人为主，有诗人小传及沈氏评语，持论公正，选诗主格调，尚温柔敦厚，"诗必原本性情，关乎人伦日用，及古今成败兴坏之故者，方为可存"④。其审美倾向则深受王士禛影响，好唐诗，好神韵清远，《国朝诗别裁集》中体现出沈氏对王士禛诗学的偏爱和接受，其中收入王士禛诗作 47 首，数量最多，对王士禛评价极高，言其生前"宇内尊为诗坛圭臬，突过黄初，终其身无异辞"，针对王士禛身后所遭非议，为之辩云"然独不曰欢娱难工，愁苦易好，安能使处太平之盛者，强作无病呻吟呼？"并选其"高华浑厚，有法度神韵者"⑤，为之改观。《国朝诗别裁集》对王士禛的推崇，是王士禛诗学作为经典在清中期确立的重要标志。

张应昌《清诗铎》二十六卷，刻于同治八年（1869），收入清初顺治至清末同治间诗人 911 人，诗作 2000 余首。此集卷首列出所诗人姓氏、

---

① （清）陈以刚：《国朝诗品》，参见《四库禁毁书丛刊·集部》第 39 册，北京出版社 1997 年版，第 519—520 页。

② （清）彭廷梅：《国朝诗选》，参见《四库禁毁书丛刊补编》第 56 册，北京出版社 2005 年版，第 279 页。

③ （清）沈德潜：《清诗别裁集》，上海古籍出版社 1984 年版，第 1 页。

④ （清）沈德潜：《清诗别裁集》，上海古籍出版社 1984 年版，第 2 页。

⑤ （清）沈德潜：《清诗别裁集》，上海古籍出版社 1984 年版，第 125 页。

里籍、著作,"是编本为吏治民风而辑,与他选之论世评诗者不同"①。所选诗作与以往总集不同,不重风云月露、山川草木之词,而推崇杜甫"三吏""三别",白居易新乐府讽喻之作,名曰"诗铎","以是为遒人之警路,以是佐太史之陈风览者,苟兴起其好善恶恶之心"②。故在编排上也按题材编排,如岁时、财赋、科派、兵事、灾荒等,意在匡时醒世,这种选编标准与清末纷乱的政治、社会环境有关。其中收入王士禛诗作9首。

三 清代王士禛诗歌选本的诗学意义

前文所录为清代较重要的王士禛诗歌选本,需要注意的是,王士禛的别集类选本与总集类选本也并不是界限分明,而是互有交叉,多数别集类选本本身就是大型总集的一种,如《王贻上诗选》为《名家诗选》的一种,《阮亭诗选》为《八家诗选》的一种,《王阮亭诗选》为《皇清百名家诗》的一种,等等,只是它们都以独立的别集形式出现,而使其中所选王士禛作品得以更为集中、直观地呈现出来。

从康熙初期至清末,王士禛的诗歌选本数量可观,选本既反映时代诗学思潮,又有其独特的批评特性,这些选本的编选目的虽不尽相同,但客观上在不同时期发挥了不同的作用,或标榜声气,或确立经典,或总结诗史,作为被选者的王士禛,其诗歌在清代不同时期的选本中有不同的呈现,反映出其诗学在清代的走向,以选本的批评特性为基础,清代王士禛诗歌选本的研究有重要意义。

其一,从诗歌选本的角度揭示王士禛诗学经典化的过程。从前文所录的选本来看,王士禛的诗歌选本主要集中在康熙、乾隆时期,而其诗学的经典化也主要在这一阶段。康熙时期的王士禛诗歌选本形态多样,数量众多,选诗的目的较为复杂,选本的批评质量也参差不一。而这些选本的出现又伴随着王士禛的诗歌创作及其诗学生成、发展的进程,故而多数选本

---

① (清)张应昌:《清诗铎》,参见《续修四库全书》第1627册,上海古籍出版社2002年版,第334页。
② (清)张应昌:《清诗铎》,参见《续修四库全书》第1627册,上海古籍出版社2002年版,第332页。

并不能全面、客观地反映王士禛诗学的面貌,如邹漪《王贻上诗选》选的是王士禛顺治年间的早期作品,吴之振《阮亭诗选》选的是王士禛康熙十年(1671)以前的作品,魏宪《王阮亭诗》所选亦为王士禛早年司理扬州时期的作品,邓汉仪《诗观》三次编刻,也仅收入王士禛中年以前的作品。这种不全面是康熙时期王士禛诗歌选本的固有缺憾,但也恰恰是这时的诗坛的实时、直观的反映,这种反映是伴随着王士禛诗学的生成、发展、变化而出现的,通过这些选本选诗的目的、标准、编排、评点等的研究,可以从选本的批评角度揭示康熙时期王士禛诗学的演变与流播。乾隆时期虽然王士禛诗歌选本数量较少,但却确立了其诗学的经典性。从邵玘、屠德修的《国朝四大家诗钞》到刘执玉《国朝六家诗钞》,清初国朝诗人的"六家"基本确立。沈德潜《国朝诗别裁集》以明确的批评意识、客观的评点阐释了其诗学观念,选诗、评诗体现出对王士禛诗学的推崇,奉为圭臬,影响深远,王士禛的"大家化",其诗学的经典化基本完成。

其二,以清代各时期诗歌选本为线索,反映王士禛诗歌、诗学在不同时期、不同群体中的接受情况。一方面,清人对王士禛诗学的褒贬评价受到各阶段社会政治环境、诗学思潮的影响,而一些清诗选本的形成往往是特定时期诗学思潮的产物,如陶煊、张璨《国朝诗的》反映康熙盛世下对《诗经》风雅传统的追慕,沈德潜以《国朝诗别裁集》阐释其"格调"诗学,张应昌《清诗铎》反映晚清风雨飘摇的社会政治环境下经世致用的诗学思潮等。不同时期、不同的选家各有其所秉持的选诗宗旨与标准,通过选诗数量、比例、评语、凡例等,既能揭示各时期选本所选王士禛作品的共性,也能反映不同时期诗学思潮影响下选家的审美偏好的差异。另一方面,即使在同一时期,由于选家选诗的目的不同,对王士禛诗学的选录与评价也会有所差异。有的选家选诗目的在阐发主张,有较强的批评意识,如吴之振《八家诗选》是宣扬宋诗风的一次尝试;有的选家目的在鼓吹盛世文治,如孙鋐《皇清诗选》是为鸣盛世之治;有的选家仅选交游所赠,出于性情,无关名利,评骘公允,如陈维崧《箧衍集》。这些选本在更深层次上反映的是宗唐与宗宋、"在朝"与"在野"等诗风诗潮,通过对它们的研究,也就能够揭示出不同诗学群体对于王士禛诗学的接受。

其三,王士禛既是选者又是被选者的双重身份,他与康熙时期选家的互动关系，是清代诗学中的一个特殊现象，为康熙时期的诗学研究与王士禛诗学研究提供了新的视角。王士禛本人就是选家、批评家，他的《唐贤三昧集》、《五七言古诗选》等选本有明确的批评意识，在清代影响甚大，《感旧集》选其同时代诗友之作，显示出广阔的诗坛交游。康熙时期的选家多与王士禛有交往，如邹祗谟顺治十八年（1661）曾与王士禛会面，王士禛《岁暮怀人绝句》有"花时曾过九龙山，第二泉边挹妙颜"怀之；陈允衡、邓汉仪在王士禛司理扬州期间与之修禊红桥，唱和颇多；陈维崧自顺治年间与王士禛交往二十余年；吴之振康熙十年（1671）左右在京城与王士禛、宋琬、施闰章等交游唱和。这些选家与王士禛交往密切，在选诗过程中或多或少受到王士禛的影响，吴之振《八家诗选》的编选，王士禛曾参与其中[①]，邓汉仪《诗观》二集编选所录皆为当时王士禛游览京城西山之作。陈允衡《国雅初集》中所选部分诗人作品，采自王士禛早年所编《神韵集》（《国雅初集》中汪琬、刘体仁的诗歌皆注明采自《神韵集》），故而这些选本一定程度上受到了王士禛本人的影响，这样实际上形成了王士禛诗学自我阐释和清人阐释的交流与碰撞，康熙时期王士禛诗学的生成、流变、传播就是在这样的双重影响下形成，这也正是选本这种特殊的批评方式提供给我们的一种新的视角。

[①] （清）施闰章《翰林院侍讲学士曹公顾庵墓志铭》载："初君客都下，余以事适至，与沈、宋、王、陈诸公为文字交甚欢。君会必有诗，诗必数首。新城王侍读士禛于时荟萃为八家诗，刻之吴中。"参见《愚山先生文集》卷十九，《清代诗文集汇编》第67册，上海古籍出版社2010年版，第168页。

日本汉学家入谷仙介及其王维研究

高倩艺[*]

摘　要：入谷仙介是日本的汉学家。本稿根据他的藏书及著作，尝试勾勒出日本汉学家治学的概貌。入谷仙介是一个典型个案，从中可以管窥到日本汉学界的治学方法、对专攻领域的严谨态度以及实事求是的精神。希望此个案从宏观上，有助于我国文学史及相关领域感知到日本中国学者成长、成熟和继往开来的历程；从微观上，对国内所掌握的王维研究有所补充。

关键词：日本中国学；入谷仙介；唐诗研究；王维研究；李白资料

本文根据《岛根县立图书馆藏入谷文库汉籍目录》重现日本学者入谷仙介的文献资料使用情况，并聚焦于他的王维研究，尝试勾勒出活跃在20世纪后半叶的一位日本中国学学者治学的概貌。

一　入谷架藏唐诗及相关文献

入谷仙介（1933—2003）来自淡路岛，自小患耳疾，一生与助听器和书籍为伴。入谷自称"铅字中毒"，常对夫人顺子说，"读书使人生快乐数倍"；他的同学、朋友都回忆说他是一个"书虫"。当然，书籍是爱好，更是研究的基础。入谷自学生时代就开始搜书治学，晚年将藏书赠给了工作了二十多年的岛根县。现在，县立图书馆内有被称为"入谷文库"的藏书。这份藏书的汉籍部分，由入谷的学生，京都大学的道坂昭广教授做了整理，辑成《岛根县立图书馆藏入谷文库汉籍目录》（以下简称"道坂目录"）。

---

[*] 高倩艺，名古屋大学文学博士，东华大学副教授。

从"道坂目录"可以看出，入谷文库的藏书，首先包括作为汉学学者所必备的、通用的"经史子集"以及各种字典、词典、百科事典等装备书籍。我们再从2000年在《村山吉广教授古稀纪念中国古典学论集》中刊载的论文《关于王维的应制诗》中，可以看出论文作者入谷对这些资料的使用情况。

这篇论文选取了两首作品。论述前，作者对每个作品的用词都进行了细致入微的考察。比如"阁道"一词，列了三条注释，两条来自《史记》，一条来自《文选》；"上苑"一词，列了四条注释，两条来自《汉书》，一条来自《史记》，一条来自庾信的文。"宇宙"一词，列了五条，分别来自《庄子》《淮南子》《文选》及陈子昂文。"九服"一词，列了三条，第一条为《周礼》中的"夏官大司马职方氏辨九服之邦国……"第二条为陆云的赋，第三条为《隋书·薛道衡传》。为了让读者读明白这两首诗，文中一共列了58条语汇注释。而论文未付梓之前，作者查阅的经史子集文献当然不止这些。注释中诸如"宇宙"这样的常用词汇，作者不但查阅了，而且查阅了不同的来源，体现了对文学语汇历史变迁和地域使用差异的高度警觉。

事实上，入谷自幼身患耳疾、需要靠助听器才能辨别到外界声音，生活、工作的困难是常人难以想象的。当时已经普及了互联网，但典故、出处的搜索仍然需要翻阅纸媒才能完成。2000年在学术上已有大成的入谷先生，一生坚守着来源于中国的传统治学方法，"锱铢必较"。总之，日本汉学家研究中国的第一步，也就是最基础的步骤：弄清文本本身。而为了弄清文本，所查阅的书籍就不能仅限于自己的研究专题上。

诗人王维是入谷博士学位论文的课题。唐诗及相关文献自然成为研究的最重要部分。这里列出入谷所收唐诗集、诗文评、诗话及词选的作者如下：初唐四杰、孟浩然、王昌龄、高适、王维、李白、杜甫、岑参、元结、刘长卿、钱起、韩翃、韦应物、卢纶、孟郊、王建、韩愈、张籍、刘禹锡、白居易、柳宗元、元稹、寒山、薛涛、贾岛、李贺、杜牧、李商隐、温庭筠、韦庄、聂夷中、韩偓、郑谷。

以李白的资料为例。尽管李白不是入谷先生的主攻方向，但他所收藏的资料仍然十分全面，不但包括改革开放后出版的书籍，还有较早的20世纪五六十年代的成果。新中国成立后出版的书，以《李白诗选》为题的就有两种，一种是1954年人民文学出版社出版的舒芜的《李白诗选》，另一种是 1961 年出版的。研究类书籍，入谷先生也有收藏：如王瑶的《李白》（1954）、王运熙的《李白研究》（1961）等。

改革开放后，出版界迎来了事业的春天。作为中国学学者的入谷先生也紧密追踪，收藏了《李白十论》（1981）、《李白丛考》（1982）、《李白和他的诗歌》（1984）、《李白诗论丛》（1984）、《李白文选》（1989）等。藏书中，甚至有类似《太白楼与李白》（1991）、《李白在山东诗文集》（1991）、《李白与四川》（1992）这样极具地方色彩的小众书。

除了以上所列大陆出版物，入谷还不忘搜集港、台等地区的书籍。1997 年出版的《天上谪仙人的秘密：李白考论集》，就是台湾商务印书馆出版的。

古代文学研究，文本是个基础课题。入谷提倡研究王维首推静嘉堂宋本。他在《王维研究》中指出：

> 我国东京静嘉堂文库藏有南宋麻沙本十卷……此书是我们可用的最早的本子。近期在学界中关注此本的是小林太市郎博士。可惜，此书未及在研究中得到博士的充分利用，博士却离开人世了。我有幸在日本学术振兴会的资金支持下影印了全书……我认为静嘉堂本是刘辰翁本以及以刘本延伸出的其他主要版本的祖本，在这点上，此本意义重大。

1973 年入谷仙介著《王维》所列参考书目，就写着"麻沙宋本王右丞集"。而对此本的进一步了解，他也是等待了很久。二十七年后的 2000 年，入谷先生在上述《关于王维的应制诗》一文的文末列注，第一条说，"静嘉堂本过去被认为是南宋麻沙本，……但近年傅熹年指出……是南宋初期的江西刊本"。

两年后，入谷带着数名年轻学者一起去东京静嘉堂，让他们亲眼见识了这部传世孤本。一起去了静嘉堂的内田诚一随后对傅熹年的发现进行了深入研究，于 2003 年，在《日本中国学会报》发表了题为《静嘉堂本〈王右丞文集〉刊刻年代考》的论文。

入谷藏王维集的文本，和他的其他藏书一样，分线装本和"洋装本"。"道坂目录"记线装本七条，洋装本九条。线装本的七条中，一种为 1982 年景印的北图藏宋刊本，一种为 1977 年静嘉堂文库藏宋刊本的景印本，一种为赵殿成笺注清刊本，一种为1926年景印的仿宋版石印本，一种为日本1590年刊刻的明刊本。还有两种明刊本。线装本详见"道坂目录"第二页和第三页。洋装本详见第四十九页。

日本自古以来，致力于从中国获取自己所欠缺的物质及精神产品，且速度惊人；按照时代的尺度，可以说几乎是同步的。藤原佐世撰《日本国见在书目录》就是一个典型物证。这部在有唐时代就成书的目录中录有王维的集子。入谷的藏书中当然不会没有如此重要文献的影印本。事实上，从入谷先生的汉籍藏书，可以感觉到日本人对学问汲汲以求的传统在现代的延续。

孙猛在《〈日本国见在书目录〉详考》1428条，列出了王维相关的书籍。比照孙猛的"详考"，现将入谷文未列书，从"道坂目录"中补充录下备考。

首先是线装本。

王摩诘集十卷 2册 明刊本 10行18字（线装）

王摩诘集六卷 2册 1926年 上海会文书局影印仿宋版石印（线装）

其次，洋装本。以下录自道坂目录"洋装本—新学部—9文学—中国文学—文学史"

王维评传 1册 刘维崇撰 1972年 台北 正中书局

王维和孟浩然 1册 王从仁撰 1983年 上海 上海古籍出版社 中国古典文学基本知识丛书

王维传 1册 卢渝撰 1989年 太原 山西人民出版社 三晋古代名人评传丛书

王维传 1册 毕宝魁撰 1998年 沈阳 辽海出版社 中国古代著名文学家传记丛书

王维研究第一辑 1册 中国唐代文学学会王维研究会〈王维研究〉编委会编 1992年 北京 中国工人出版社

王维研究第二辑 1册 师长泰主编 1996年 西安 三秦出版社

王维研究第三辑 1册 师长泰主编 2001年 西安 陕西人民教育出版社

以下摘自道坂目录"洋装本—新学部—9文学—中国文学—诗赋乐府词宝卷鼓词弹词　论文集诗话诗集"

王维诗选 1册 傅东华选注 1959年 香港 大光出版社

王维诗选 1册 陈贻焮选注 1959年 北京 人民文学出版社

王维诗选注 1 册 张清华选注 徐宗涛校阅 1985 年 郑州 中州古籍出版社

王维诗百首 1 册 张风波选注 1985 年 石家庄 花山文艺出版社

王维诗选 1 册 王福耀选注 1986 年 广州 广东人民出版社 中国历代诗人选集

王维诗研究 1 册 [韩] 柳晟俊撰 1987 年 台湾 黎明文化事业

王维诗选译 1 册 邓安生 刘畅 杨永明译注 1990 年 成都 巴蜀书社 古代文史名著选译丛书

王维诗歌赏析 1 册 陶文鹏选析 1991 年 南宁 广西教育出版社 中国古典文学作品选析丛书

大唐诗佛王维诗选 1 册 张健编选 1997 年 台北 五南图书出版

王维诗比较研究 1 册 [韩] 柳晟俊撰 1999 年 北京 京华出版社 中华传统文化精品丛书

王维诗歌论丛 1 册 金五德撰 2000 年 4 月序于长沙电力学院

王维孟浩然选集 1 册 王达津选注 1990 年 上海 上海古籍出版社 古典文学名家选集

以上出版物在中国不一定算是珍稀书籍,却能让我们看到入谷对待学术的态度。一个谦虚的学者不会贸然判断资料的价值,他会不遗余力,在资料收集上尽可能做到全面。而唯有资料完整,之后的研究才有可能做到不偏不倚。

二 入谷仙介的王维研究

"书虫"入谷仙介并非只消费书籍;他一生笔耕不辍,呕心沥血,为日本汉学宝库增添了自己的卷帙。《入谷仙介先生著作目录》[①] 中所列的成果,1951 年至 2004 年,共 302 条。他的研究成果可分为三个方面:一是对中国古代诗歌的研究[②],其中王维研究成就突出;二是有关《西游

---

① [日] 兴膳宏等编:《人生有素风》《入谷仙介先生追悼文集》,研文出版 2005 年。
② 《古诗选》朝日新闻社 1966、《宋诗选》朝日新闻社 1967、《寒山诗》与松村昂共著,筑摩书房 1970、《高启》岩波书店 1962、《王维》筑摩书房 1973、《王维研究》、《汉诗入门》中日出版 1979、《唐诗名作选》、《唐诗的世界》等。

记》的研究，著有《西游记的神话学》等；三是对日本人所作汉诗文的研究，著有《作为近代文学的明治汉诗》《赖山阳·梁川星岩》《柏木如亭》《中岛棕隐》等。由此可见，入谷仙介从唐诗宋词到日本汉诗，从中国神话到比较文学，均有涉猎。而与王维相关专著有：《王维》、《王维研究》及《泡温汤，读王维》。

三书概貌略述如下。《王维》由引言、天才少年、游历（上）、游历（下）、天下文宗、走进自然、人间天堂、囚徒与赎罪、结语构成；《王维研究》①，除序章、后记、附录以外，正文一共十四章，分别为：第一章 少年时代；第二章 王维的乐府；第三章 济州；第四章 放浪时代；第五章 右拾遗；第六章 凉州与开元末年；第七章 宫廷之人；第八章 王维的不遇感；第九章 送别；第十章 周围的人们；第十一章 王维与佛教；第十二章 自然；第十三章 辋川；第十四章 晚年的王维。《泡温汤，读王维》是一本普及性、为民众在睡前消遣的小书。

具体来说，入谷的王维研究，关于王维的生平，重点探讨了：（1）放浪时期的问题；（2）嵩山归隐的问题；（3）未再婚及其与唐代的风气。关于辋川庄，重点探讨了：（1）购买时期；（2）地理环境。关于王维的人际关系，重点探讨了：（1）与张九龄的关系；（2）与崔希逸的关系；（3）与孟浩然的关系。关于王维的思想轨迹，重点探讨了：（1）思想的两面性；（2）"自责"的文学；（3）对政治的关心及伪官的问题；（4）裴耀卿的影响；（5）阶级观念；（6）思想与生活·归隐与出仕·佛教；（7）宗教方面的成长。关于创作特点及对后世的贡献，重点探讨了：（1）从王维到杜甫；（2）与前代的继承关系（自然诗继承谢灵运，发端于少年时代，田园诗继承陶渊明，发端于济州时代）；（3）乐府的特点：最后的否定式；（4）宫廷诗人的定义。关于王孟自然诗的不同，重点探讨了：（1）创作特点的发展轨迹；（2）情景交融；（3）夕阳的观照。

20世纪，日本王维研究专家令人瞩目的有两位。在入谷之前，小林

---

① ［日］入谷仙介：《王维研究》，创文社1976年刊730页，卢燕平节译，中华书局2005年版。中译本目录为：序言（非原著序章）；第一章 少年时代；第二章 王维的乐府；第三章 王维的不遇感；第四章 送别；第五章 周围的人们；第六章 自然；第七章 辋川；第八章 晚年的王维；附录：关于王维的应制诗、王维诗的声音表现、译后记。

太市郎（1901—1963）已蜚声学界。以下通过与小林太市郎①的王维研究进行比较，论述入谷王维研究的特色与贡献。

小林太市郎在《王维的生涯与艺术》的序中，说王维：

> 不能像李白那样即刻仙化凡间，又不能像杜甫一样，穿越俗世的污浊，抵达美的彼岸。因而他选择了逃避，逃避到清静之地。

在另一部著作中还说：

> 杜甫安于儒，李白安于道。但儒、道不足以使维心安，其最终皈了释。②

无独有偶，《王维研究》的"序章"，先出现的不是王维，而是李白和杜甫：

> 中国诗史中，毋庸置疑，最伟大的时代是唐代。……盛唐以李白杜甫为两座高峰，孟浩然、曾参、高适、王昌龄、储光羲等名家辈出，其中为一方领袖熠熠闪光者，王维，字摩诘。因其最终官历尚书右丞，又被呼作王右丞。

和中国的研究者一样，二位域外的研究家也不约而同地提到李白和杜甫。这可以说是王维的荣耀，但也不得不说是他在接受史上的宿命。《王维研究》"辋川"这一章，入谷以《金屑泉》等诗作为契机，进一步探索了王维为何无法超越杜甫。入谷的结论是：因为他太过追求观念、幻想之美，脱离现实。而失去现实根基的文学，注定走不远。入谷对唯美主义进行了批判③。

尽管如此，在考察了王维从少年至晚年的一生、《王维研究》这部大

---

① ［日］小林太市郎，神户大学文学部教授。著有《汉唐古俗与明器土偶》、《支那思想与法兰西》、《王维的生涯与艺术》、《中国绘画史论考》、《禅月大师的生涯与艺术》、《唐宋人物画》、《艺术的理解》、《王维》（汉诗大系10）等。近世后有《小林太市郎著作集》问世。
② ［日］小林太市郎：《王维》，集英社《汉诗大系》10，第162页。
③ ［日］入谷仙介：《王维研究》，第625页。

作接近搁笔时，入谷还是认为：

> 我们在考虑王维的人生时，应将他与李白、杜甫同等对待。

得出上述结论前，入谷挖掘了诸多证据。如在仕宦方面，李、杜二人不可与王维同日而语。因而，入谷有一个切入点就是王维作为"官僚"的身份。为官，不仅是为了生计，对一个有良知有抱负的士大夫来说，更是一份责任和担当。王维一生为官，必定有其坚守的原因。

小林说王维：

> 一边以诗文之才侍奉朝廷，一边以山水之美修养身心。虽厌尘世而不能舍，荏苒蹉跎而安易度日。

王维的"虽厌尘世而不能舍"，事实上是历代王维论争的焦点，不独小林不解。但入谷对此迎难而上，给出了答案。入谷的王维研究时刻不忘王维的正业，即其"为官"的职业。作为大唐官僚，王维不是没有政治主张的。入谷指出，王维主张"无为""不战"和"任贤"。入谷认为王维使用其作为官员话语权，对改良政治已做到尽其所能，因而，加在王维身上的厌世逃避论是欠斟酌的。

小林说，"但儒、道不足以使维心安，其最终饭了释"，然而与佛教的关系，小林无暇深究。这一点，入谷又是迎难而上，在《王维研究》中，特撰了"王维与佛教"一章。入谷认为，王维在安史之乱的"苟活"以及乱后继续在朝做官，这些近乎自虐的坚守背后，是信仰的力量。

安史之乱时，王维被迫做了伪官。李唐复位后，王维只是象征性地被降了级而已，并未受到严惩。历史上，不乏类似"为什么不去死"的苛责。入谷认为，"死"意味着切断了一切可能性，包括赎罪的可能性。而王维带着屈辱苟活下来，等待赎罪的时机。恢复官职以后，在痛苦的自责中，他执刀笔为朝廷效力；在辞世前，撰《责躬荐弟表》，成功地举荐了胞弟王缙。在《责躬荐弟表》中，王维冷酷地将自己看作罪人，自发向帝王谢以不忠之罪，乞求赎罪：

> 王维临终前仍然笔耕不辍，殉职于文学和思想，为王维之所以成

为王维完成了最后一笔。

注意，入谷用的是"殉死"一词，意为殉情、殉职。王维把私产捐给了寺院，鞭策着佛教所说的并非实有的身躯，把文才献给了帝王和朝廷。

与各种"虽厌尘世而不能舍"的评价共现的，是另外两个词，即"纤弱"和"萎弱"[①]。小林也受了这些论断的影响。但入谷提出了质疑，认为王维"纤而不弱"。这是入谷考察了王维一生的仕宦、交往、庄园，以及他现存所有的诗作后得出的结论。王维经历了少年得志期，青年挫折期，中年腾达期以及晚年的悔罪期。安史之乱后，他对政治的认识、他的思想境界到达了新的高度，他的言行也都更具有目的性，考虑更多的是家国社稷。在文学方面，擅长的诗歌创作已然无以承载自己思想的表达，因而转向作文。这种转向是需要牺牲精神、勇气和信念的。包括上述王维冷酷地将自己看作罪人，不是一个纤弱的人能够做到的。入谷在回顾了有唐以前为数不多的几篇自我反省的作品后，认为王维的"自责"文学，"以佛教因果关系为根底的责任观结合儒教的忠诚观"。属于"中国精神史上的特例"。给予了高度评价。"纤而不弱"的王维，其晚年期写的文堪称名篇，成为后世古文运动的先鞭。在文学上如此顽强、做出如此贡献的人，不可能萎弱，也不可能厌世逃避。

入谷说"我们在考虑王维的人生时，应将他与李白、杜甫同等对待"，这是因为他尽管看上去柔弱，却有一条盛唐人的强韧粗线贯穿始终，从未离开半步。评论他的文学，必须以这条基准为出发点。

结语

入谷仙介是伴随着听力障碍的不便走来的。他克服了重重困难完成了从学士到博士的课程。长子诞生的第二年，也就是1968年，他才终于得到了岛根大学的教职。一生与助听器为伴的他作为少数人群的一员，长期以来形成了对强与弱、痛苦与快乐等世间的矛盾及其必要性的辩证认识。他的研究有这些认识的投影。入谷的王维研究，情理具茂，笔端谨慎但犀

[①] （宋）朱熹：《楚辞后语》卷二中云："其人既不足言，词虽清雅，亦萎弱少气骨。"

利，知难而进，为读者展现出王维的精神成长史。入谷的王维形象，虽不如小林那样立体（也没有必要重复勾画），但更具动态变化的脉络。另外，他对诗歌有敏锐感受力，是一位诗性的研究者。当然，入谷的学术免不了受到时代的局限，但白璧微瑕，他的王维研究必定是唐诗研究者不能忽略的。

学者入谷仙介是一个典型个案，从中可以看出20世纪后半期日本汉学界的文献视野、学者对专攻的严谨态度及实事求是的精神。

从崔岦诗看朝鲜时代对苏轼、江西诗派诗风的接受

张景昆[*]

摘　要：朝鲜时代诗人崔岦早年学习黄陈句法，诗风峭刻生硬，意深语新，在摹写人情物理方面取得了一定的艺术成就。后期师法对象多样化，尤其以苏济黄，语言张力由紧到松，诗意由密到疏。然而从宣祖初期开始，诗坛宗唐风气渐盛，崔岦求新求奇、以意为主、讲究句法的宋诗格调被认为"非正宗"。而且即使同为宗宋，朝鲜对师法苏轼、江西诗派的诗人评价也有高下扬抑之分。究其原因，主要由于诗学正宗观念主导朝鲜时代的诗坛。其理论内涵在于，坚持儒家传统主流诗学思想，主张道体文用、至法无法，提倡温厚和平、自然浑成的诗风。正是这种诗学观念影响了对崔诗的价值判断和崔岦本人的创作轨迹。

关键词：崔岦；苏轼；江西诗派；诗学正宗观念；以苏济黄

　　高丽王朝（918—1391）中期以来二百年间，诗坛主流诗风由师法苏轼而得。[①] 朝鲜时代（1392—1896）世祖朝以来不再满足苏诗的"波澜富而句律疏"[②]，对学苏诗而流行的粗豪率易诗风予以反思，汉诗开始呈现

---

[*] 张景昆（1986—　），女，文学博士，山西大学文学院讲师，硕士生导师。研究方向为朝鲜汉诗，出版专著《箕雅五百诗人本事辑考》（合著）。本文为国家社会科学基金重大项目《中朝三千年诗歌交流系年》（14ZDB069）阶段研究成果。

[①]　［朝鲜］徐居正（1420—1488）《东人诗话》："高丽文士专尚东坡，每及第榜出，则人曰：'三十三东坡出矣。'"（蔡美花、赵季主编《韩国诗话全编校注》，人民文学出版社2012年版，第一册，第185页。）高丽崔滋（1188—1260）《补贤集》引李允甫言："近世尚东坡，盖爱其气韵豪迈，意深言富，用事恢博，庶几效得其体也。"（蔡美花、赵季主编《韩国诗话全编校注》第一册，第112页。）

[②]　（宋）刘克庄：《后村先生大全集》卷九七《后村诗话》，《四部丛刊》本。

出精致化的趋势。金宗直（1431—1492）选《青丘风雅》，"稍涉豪放者，弃而不录"①，有意推崇雅正诗风。此后，汉诗沿两个方向发展：一方面李胄（？—1504）、姜浑（1464—1519）、金净（1486—1521）等诗人转向唐诗风，注重意境的提纯，至"三唐"诗人②为盛；另一方面李荇（1478—1534）、朴訚（1479—1504）、郑士龙（1491—1570）转学黄庭坚、陈师道，被称为"海东江西诗派"，从语言的锻炼方面寻求突破。后一流派反映出古代朝鲜汉诗对中国诗歌的学习和自身的发展，在解决了准确地表情达意和用典等问题之后，打破初期语言结构的平易，使用倒装、拗体等句法，是朝鲜汉诗艺术技法进步的表现。宣祖朝前期，卢守慎（1515—1590）、黄廷彧（1532—1607）等人延续了这一诗风，达到顶峰的正是崔岦。

然而这两条道路所遭遇的评价却不尽相同，前者以酷似唐音引起广泛效法，而崔岦的汉诗则被视为"非正宗"，在文学史上的地位远不及他的文章。③ 本文将分析个中原因，并由此分析朝鲜时代汉诗的美学趣味、诗学观念及其对苏轼和黄庭坚为首的江西诗派诗学的接受，就正于方家。

一　崔岦诗艺术特色及其对"黄陈句法"的借鉴

崔岦（1539—1612）字立之，号简易、东皋。本贯开城，著名性理学家李珥（1536—1584）门人。明宗十年（1555）中生员试、进士试，十六年（1561）文科壮元及第。因为门第寒微，又为人简亢，容易招致谤议，所以多为京外官。后为卢守慎知遇，声名大振。历任成均馆典籍、长渊县监、瓮津县监、成川府使、晋州牧使、长湍府使、安边府使、杆城

---

① [朝鲜] 成俔（1439—1504）《慵斋丛话》卷十，蔡美花、赵季主编《韩国诗话全编校注》第一册，第303页。

② "三唐"诗人指朝鲜王朝三位宗唐诗人崔庆昌（1539—1583）、白光勋（1537—1582）、李达（1539—1618）。

③ 崔岦文章师法班固、韩愈，晚好欧阳修，以有法度、善文辞著称。许穆《简易堂墓志》评"其文章闳深简严，古雅可法"（《记言》卷一八）。张维《简易集序》："议者谓公之文，气诎于乖崖（金守温——引者注）而法胜之，理逊于占毕（金宗直——引者注）而辞过之。截长续短，始可以鼎立。"（《溪谷集》卷六）当时他的文章与车天辂诗、韩濩书法号称"松都三绝"，与李山海、崔庆昌、宋翼弼、李纯仁等人并称"八文章"。南龙翼将他与金宗直、张维并列朝鲜王朝文章三大家（《壶谷诗话·东诗》）。

郡守、江陵府使等职。官至承文院提调。著有《周易本义口诀附说》、《洪范学记》、《汉史列传抄》等，今存诗文集《简易集》。

崔岦诗的艺术特色首先在于诗风矫健，与卢守慎、黄廷或属于同一风格类型。其《元正洞帐挽章》"瓌奇疾细妍"表达了他不喜纤细柔美诗风的取向。申钦（1566—1628）评其诗"精切矫健"、"奇健出人"（《晴窗软谈》卷下）；申纬（1769—1845）评其"险劲矫健"①。如宣祖十年（1577）出使中国途中所作《三月三日登望京楼辽阳城》：

> 城上高楼势若骞，危梯一踏一惊魂。遥空自尽无山地，淡霭多生有树村。北极长安知客路，东风上已忆乡园。闲愁万绪那禁得，料理斜阳酒一樽。

写惆怅的情绪，诗境阔大沉雄。起句高迈而突兀，以楼高如飞的气势和惊心动魄的感受乍起。"遥空自尽无山地"的瘦硬生新，对以"淡霭多生有树村"的舒徐闲雅，一重一轻，张弛有致。结句亦悲壮豪迈。

而崔岦比卢守慎、黄廷或"镵画矫健"的程度更深一层。金昌协（1651—1708）《农岩杂识》评崔岦诗："风格豪横，质致深厚不及苏斋，而镵画矫健过之。其警觉处，声响铿然若出金石，要非后来诗人所能及也。"② 崔诗"豪横镵画"，不及卢守慎（号苏斋）"质致深厚"，即南龙翼（1628—1692）所谓："诗亦峭刻，兼以调响。"（《壶谷诗话·东诗》）河谦镇（1870—1946）《东诗话》卷二也承袭金昌协观点，以"豪横镵画"③ 论崔岦诗，谓其峭刻生硬。

其次，尚奇是崔岦自觉的诗学追求。在平凡的日常生活中，他对奇人、奇语、奇功、奇诗、奇字等有很强的敏感性，尤其着重刻画造物之奇。庭试所作《银台二十咏》，其中咏四季花、老松、海榴、山榴、浮萍五首都注重在平常景物中挖掘奇特之处。即使晚年诗风转变，而尚奇的倾向不变，有"平处奇益见，语穷意未送"（《回金秀才和章》）的意味。

---

① [朝鲜] 申纬《东人论诗绝句三十五首》其十四"中宣后进开天是"注，见《警修堂全稿》册十七《北禅院续稿二》。本文所引朝鲜别集均出自韩国民族文化推进会《（影印标点）韩国文集丛刊》本，为省文，不另出注。

② 蔡美花、赵季主编：《韩国诗话全编校注》第四册，第2844页。

③ 蔡美花、赵季主编：《韩国诗话全编校注》第十一册，第9651页。

崔岦的尚奇首先表现为语奇，即诗歌语言奇峭，充满张力。如《竹西楼》："滞客愁相守，褰衣直溃围。楼光龙抱睡，洞翠鹤挐飞。一水横临断，诸峰徙倚非。分留物色少，总为后荷衣。"原注："本林石川韵，林亦号荷衣。"即林亿龄（1496—1568）。此诗起句便突兀不俗，耐人寻味。淹滞他乡的羁旅之愁，如重围包裹，提起衣裳，陡然冲破这层层围障。有形与无形、具象与抽象交织在一起，比喻奇特。颈联描绘竹西楼明洁有光，如龙团抱而睡；对以洞口青翠，群鹤乱飞，深化了诗境。"分留物色少"，本化自黄庭坚"尚将物色留分我，远近青山烟雨中"（《和裴仲谋雨中自石塘归》），但与下句连在一起，则意为林亿龄诗已恰如其分地形容过眼前佳境，自己能独立发挥的已经不多，反黄庭坚之意而用之。

其次，境奇。崔岦诗中频频出现地灵、地仙、山灵、龙、鲸、仙人等，以神话传说的意象构筑奇幻的诗境。如《白塔次韵》："仰饮银潢几丈蜺，旁流素晕了青齐。"将白塔比喻作虹蜺仰饮银河之水，而旁流之水淹没了青翠的齐国，意境雄奇。又《洛山寺八月十七朝》："玉宇迢迢落月东，沧波万顷忽翻红。蜿蜒百怪皆衔火，送出金轮黄道中。"以屈曲、衔火的百怪比拟翻涌的波涛，写出日出的雄奇、动荡。

此外，崔诗具有以意为主的突出特色。诗中有很多冷静理性且具有批判精神的议论，精要超诣，切中肯綮，可见其思力深刻，诗意深致。这与他师法宋诗的以议论为诗有关，更重要的取决于崔岦本人的分析性思维特点。崔岦更侧重在诗中知性地描述和分析问题，而不是触物起情，感性地再现外物或表现内心情感。

诗歌既以意为主，其艺术成就的高低便在于思致的浅深。崔诗意深，首先体现在对人情、物理、事理的深入领会和准确把握。概括物象特征，如《银台二十首》之《铜盥盆》："非云汝美称贤心，质取无文量取深。"写人生感悟，如"人情钟爱晚生儿"（《梦殇女二首》其二）；"平时谁贵出家人，乱世莫如云水身"（《题赠片云二首云乃南阳洪族也》其一）。

崔岦多次出使中国①，他的使行诗和酬赠诗对使臣情绪的提炼概括一

---

① 宣祖十年（1577）崔岦以宗系辩诬质正官出使中国，沿途诗作收入《丁丑行录》；十四年（1581）为宗系辩诬奏请使金继辉（1526—1582）质正官，有《辛巳行录》，明代陈仁锡（1581—1636）《明文奇赏》卷一九收其上礼部书；二十六年（1593）以谢恩使副使赴明，有《癸巳行录》；二十七年（1594）再次以奏请副使出使中国，有《甲午行录》。

语到位，能清晰洗练地道出"人人心中所有，人人笔下所无"，往往非常具有代表性、普遍性。如写对使臣而言出使中国的主要意义，"诵诗闻鲁国，观乐入周京"（《送谢恩兼陈奏使申圣与公》）；"肯惊中岁四千里，正试平生《三百诗》"（《送圣节使尹同知敬修》），效仿春秋外交场合赋诗言志，学习大国的礼乐文化，用语古雅而恰切。写使行途中种种不便，"人轻远客初逢淡，路苦多崎再到迷"（《将向丰润途中示同行林堂》）；"殊言一一凭人舌，苦况纷纷在客眉"（《次韵枕上》）①。写旅情，"东忆乡园西念路，此时临眺总情同"（《望京楼次韵》）。"士羞不识龙湾路，文欲相当凤诏臣"（《简远接一行江上》），则写出朝鲜文人以出使中国为荣的普遍心理。而且他的诗中可见其独立、辩证的思考，不盲目因循，具有怀疑精神。如"槐院文成赖疾书"（《送册储奏请使一行四首》其三），是对自己职事的反省和清晰认识。"别语欲悲翻强笑，边声多妄岂相惊"（《次韵送成敬甫以节使书状官先出还》），上句曲写人情，下句状饱经世事，无奈与澹定中流露出苦涩的沧桑感。"仁者未必寿，念此独衔悸"（《遥挽李古阜季献》），运用翻案法，反用《论语·雍也》"智者乐，仁者寿"，在大胆颠覆儒学经典中表达对逝者的追思。

另一方面，崔诗意深还体现在表达的层层转折，愈转愈深，甚至晦涩难解。李晬光（1563—1628）《芝峰类说》："其《三日浦》诗曰：'三日清游犹不再，十洲佳处始知多。'《海山亭》诗曰：'四仙未有留名迹，应负凭虚暂往还。'自以为平生得意句也。然语意似晦，而且未免拘牵，具眼者当知之。"② 安轴（1282—1348）《三日浦诗并序》："昔四仙游此而三日不还，故得是名。"③ 所以崔岦诗中承袭此意，"三日清游犹不再"，联想到仙人一去不返可能是远游他方，所以谓"十洲佳处始知多"。安轴又记："水南又有小峰，峰上有石龛，安石弥勒像。峰之北崖石面有丹书六字，'永郎徒南石行'云。小岛古无亭，存抚使朴公构亭于其上。"存抚使朴公所建亭子即为崔岦第二首诗所咏海山亭。其中"四仙未有留名迹，应负凭虚暂往还"

---

① ［朝鲜］权近《送日本释大有还国》："情怀每向诗篇写，言语须凭象译通。"（《阳村集》卷二）对使行中因语言不通产生的不便也很有概括性，可与崔岦此句对读。
② ［朝鲜］李晬光：《芝峰类说》卷九《文章部二·诗评》。
③ ［朝鲜］安轴：《谨斋集》卷一。

则否定了"永郎徒南石行"六字为当时四仙真迹①,笔锋一转,既然未题字,则四仙辜负此行,诗意经过了两次转折。洪万宗(1643—1725)《诗评补遗》上编也评崔岦《三日浦》"意深而语滞"②。

此外,崔诗意深还与他的用典习惯有关。崔岦继承黄庭坚评杜诗所称"无一字无来历"③的诗学精神,张维(1587—1638)《简易堂集序》谓:"其为文刻意湛思,一句字皆绳墨古作者,草稿不三四易不出也。"④

他尤其喜欢化用经史典故,以此增加诗歌的气骨。如《诗经》《论语》《左传》《战国策》与《史记》《汉书》、新旧《唐书》等正史中的人物典故和事典。每首诗中往往用一二前人不常用的典故,顿显诗风的古雅。如"揭妥前贤森陟降"(《次韵题道峰书院》),"陟降"即升降,出《诗·大雅·文王》:"文工陟降,在帝左右。"朱熹《诗集传》:"盖以文王之神在天,一升一降,无时不在上帝之左右,是以子孙蒙其福泽,而君有天下也。"

并且,崔岦用典的方式往往是将原句合并精简。如"藏修后学谨微危"(《次韵题道峰书院》),"微危"是《尚书·大禹谟》"人心惟危,道心惟微"的省简,"人心惟危,道心惟微。惟精惟一,允执厥中"是性理学十六字箴言,此处指敬义相持的心性修养。

意深与语新是崔诗的一体两面。崔岦诗的第四点艺术特色便在于诗歌语言着意出新,力避圆熟。

《光海君日记》和张维《简易堂集序》都认为崔岦诗得"黄陈句法",而且表述相同:"诗亦矫健有致,得黄陈句法。"⑤"句法"在古代的意义很宽泛,既指诗的语言风格,又指具体的语法、结构、格律的运用技巧⑥。二人当就崔诗语言风格的"矫健有致"而言,所谓"横空盘硬

---

① [朝鲜]崔岦《三日浦》其二小注:"浦南厓有丹书'述郎徒南石行'六字。郑西川认南石为四仙之一,恐谬。"

② 蔡美花、赵季主编:《韩国诗话全编校注》第三册,第2419页。

③ (宋)黄庭坚:《答洪驹父书》,《山谷集》卷一九,景印文渊阁四库全书本,台湾商务印书馆1986年版。

④ [朝鲜]张维:《溪谷集》卷六。

⑤ 《李朝实录》(五十六册),第三十二册,鼎足山本《光海君日记1》卷五十五,光海君四年七月十一日,日本学习院东洋文化研究所影印本。

⑥ 周裕锴:《宋代诗学通论》,上海古籍出版社2007年版,第203页。

语，妥帖力排奡"①，近于金昌协所谓的"豪横镵画"。而联系这两则诗论下文，从诗学渊源角度看，"得黄陈句法"这句话所指向的诗学意义能够更为丰富。

首先，崔岦与黄庭坚、陈师道的诗学追求相似，都着意创新，不与人同，追求戛戛独造之功。清方东树《昭昧詹言》卷十评黄庭坚："以惊创为奇，意、格、境、句、选字、隶事、音节，着意与人远。故不惟凡近浅俗、气骨轻浮，不涉毫端句下，凡前人胜境，世所程序效慕者，尤不许一毫近似之。"②崔岦曾自言"洗空恶句赋新探"（《次韵药老料理朴渊一赏，往复之作通十首。余之曾游在十年前，而药老未游也》其二），"不将凡语和"（《督运检察使柳西坰先生在弥串寄和道中韵四首今为谢》其四）也是夫子自道。《光海君日记》卷五五对崔岦也有类似的评价："用意太深，削除华藻，唯陈言之务去。"③张维《简易堂集序》："意过深而宁晦，毋或浅；语过奇而宁涩，毋或凡。"④与陈师道《后山诗话》"宁拙毋巧，宁朴毋华，宁粗毋弱，宁僻毋俗"⑤同一旨趣。

其次，崔岦师法黄庭坚、陈师道，讲究技巧法度，锻字炼句。之前朝鲜诗坛所模仿苏轼诗，苏诗"波澜富而句律疏"⑥，"放笔快意，一泻千里"⑦。新兴的宗唐诗风多推崇韦应物、柳宗元，也是因其平近易学。如李植（1584—1647）《学诗准的》："七言歌行最难学，才高学浅者韦、柳、张籍、王建，如权石洲所学，庶可企及，然未易学也。李、杜歌行雄放驰骋，必须健笔博才可以追蹑。然初学之士学之，易于韦、柳诸作，以其词语平近故也。必不得已，姑学李、杜，参以苏、黄诸作，以为准

---

① （唐）韩愈：《韩昌黎诗系年集释》（上册），钱仲联集释，上海古籍出版社1984年版，第528页。

② （清）方东树：《昭昧詹言》，人民文学出版社1961年版，第225页。

③ 《李朝实录》（五十六册），第三十二册，鼎足山本《光海君日记1》卷五十五，光海君四年七月十一日，日本学习院东洋文化研究所影印本。

④ ［朝鲜］张维：《溪谷集》卷六。

⑤ （宋）陈师道：《后山诗话》，（清）何文焕辑《历代诗话》（上），中华书局1981年版，第311页。

⑥ （宋）刘克庄：《后村先生大全集》卷九七《后村诗话》卷二，《四部丛刊》本。

⑦ （清）赵翼：《瓯北诗话》卷五，郭绍虞编选：《清诗话续编》（下），上海古籍出版社1983年版，第1201页。

的。"① 其实不只七言歌行，各体的情况也大致相同。朝鲜对中国古典诗歌的接受受到语言不同的限制，面临的首要问题是"辞达"，其次是风格、意境、气韵、格调等体貌的追求，在此基础上才是辞语洗练、生新和诗意深折之类在语言表达技巧方面锦上添花、超越前人的考虑。"海东江西诗派"诗人朴誾、李荇、郑士龙的师法对象由苏轼转至黄陈和杜甫，这是朝鲜时代汉诗表现技巧进一步发展的需要。卢守慎、黄廷彧也学黄陈，兼学杜，而崔岦在学黄陈的路上走得更彻底，更讲究法度与技巧。

最后，崔岦还由黄庭坚、陈师道一路向上，直承杜甫。黄陈句法得自杜甫②，崔岦诗中也可见到直接摹拟杜甫句法之处。如《海州道中》："黄知篱落近，白见障亭多。"明显承袭杜甫"碧知湖外草，红见海东云"（《晴二首》其 ）的句式。宋代范晞文《对床夜语》卷三谓"老杜多欲以颜色字置第一字，却引实字来"③，即以颜色字为句首，"不如此，则语既弱，而气亦馁"。又如《中秋夜阴》："海瘴刚侵夜，虫吟劣作秋。"也类于杜甫句法的半阔半细④。崔岦曾自言："诗堪包揽何须妙，语欲惊人思亦阑。"（《即事次杜遣闷韵》） 其诗学精神也承袭杜甫"为人性僻耽佳句，语不惊人死不休"（《江上值水如海势聊短述》）。

二 师法对象的多样化与崔岦后期诗风的转变

崔诗以矫健雄奇、意深语新为主导风格，不同时期有不同的表现和程度差别，呈现出一定的阶段性。后期因为宗法唐诗、苏轼，诗风由紧转松，而格力沉至。

---

① ［朝鲜］李植：《泽堂先生别集》卷一四。
② 陈师道谓黄庭坚 "得法于杜少陵，其学少陵而不为者也"（《后山集》卷九《答秦觏书》，《四部备要》本）。（明）胡应麟《诗薮》外编卷五："修水学老杜，得其拗涩，而不得其沉雄。"（上海古籍出版社 1979 年版，第 214 页）黄庭坚《答王子飞书》谈到陈师道："其作诗渊源，得老杜句法，今之人不能当也。"（《山谷集》卷一九，景印文渊阁四库全书本，台湾商务印书馆 1986 年版）
③ 见丁福保辑《历代诗话续编》（上），中华书局 1983 年版，第 423 页。
④ （明）李梦阳：《再与何氏书》："古人之作，其法虽多端，大抵前疏者后必密，半阔者半必细；一实者必一虚，迭景者意必二。此予之所谓法圆规而方矩者也。"（《空同集》卷六二，景印文渊阁四库全书本）

崔岦前期《焦尾录》、《丁丑行录》① 的意深语新主要依靠句法，如倒装等特殊句式、打破稳顺节奏等，着力于表达技巧和法度的外在形式层面。比后期峭刻生硬，更具有"豪横镌画"的艺术效果。

倒装，如"事随颜鬓改"（《送忠清李监司大仲》）、"藉甚当时功在国"（《为高山君次快胜亭燕集诸公诗韵二首》）、"人子孝于止"（《次韵使相和记梦之作》）等。这三句的原意本来简单显豁，类似散文句式，倒装之后造成诗意的深折，增加了理解的难度，也就能打破凡熟，造成生新的艺术效果。

五言诗通常采用二三的句式，七言诗通常采用四三的句式，长久的约定俗成已经使人们自动地按音节诵读，依句法会意。而崔诗"妒白鸥轻薄，羞明月渺茫"（《白沙汀》），采用上一下四的句式；"余力十三山参差"（《次和士纯二思》），第五字"山"本应和后二字连读，却和第三、四字存在语意上的联结。由此打破稳顺节奏，造成格律的生新、突兀。

崔诗还有某一字独立成义的。有首字可独立的"一字头"，如摹拟杜甫的"黄知篱落近，白见障亭多"（《海州道中》）。更多见的是"一字尾"，即律句的最后一字独立成义。杜甫有"谷口樵归唱，孤城笛起愁"（《十六夜玩月》），仇兆鳌《杜诗详注》卷二十特别注明："上四字一读，下一字另读。"崔岦的"一水横临断，诸峰徒倚非"（《竹西楼》），"一水横临""诸峰徒倚"意思本已具足，而音节稍事停顿之后的"断"与"非"又有进一步补充说明结果的意味，比之前的诗意更深一层。此外，有的单字加在名词后，在语法成分上充当后置定语。如"丈室婴儿斗果甘"（《圆通寺次韵前屯城中》）之甘果；"昨夜才收塞雨蒙"（《望京楼次韵》），"塞雨蒙"意指蒙蒙的边塞之雨。

崔岦在后期仍继续使用打破稳顺节奏这一手法，如"古北平城正月暮"（《永平迭韵》），前四字原属两个节奏单位，却因语意而连读；"非文章尚可"（《送朴秀才汝彬晋章东归三首》）和"桂酝盏愁蕉叶脆"（《金领府第宴会》），前三字连属。

---

① ［朝鲜］崔岦：《简易集》中的诗歌部分，往往依照创作地点单独成卷，并按年代先后顺序排列，依次为《焦尾录》《丁丑行录》《辛巳行录》《分津录》《晋阳录》《扈行录》《乱后录》《癸巳行录》《甲午行录》《公山录》《松都录》《骊江录》《麻浦录》《西都录》《还京录》《东郡录》《还朝录》《休假录》（一云《稀年录》）。

实际上，从宣祖十四年（1581）崔岦四十二岁时创作的《辛巳行录》开始，"豪横镌画"的诗风已经发生了变化，是为创作后期。

贬谪瓮津县监期间，他生活艰难，对杜甫诗有深切的共鸣，共次韵杜诗二十三首。诗中体现出狂傲自放的精神面貌，自言"不许门通不速客，为狂为傲挂渠唇"（《次杜拨闷韵》），"年来古绝又豪放"（《戏赠同行韩正郎景洪二首》其二）。

但这样狂放的状态没持续多久，很快就有了转向。"清"字在诗中出现的频率越来越高，甚至超过"奇"字。"清欢""清切""清游""清虚""清快""清无寐""清旷""清悠""清嘉"等，有的形容环境，有的形容一己心境。

《甲午行录》作于宣祖二十七年（1594），在以后的几年里崔岦有各种尝试，诗风多样化体现在《甲午行录》《公山录》《松都录》《两都录》等中。既有一贯的劲健，也有反映壬辰倭乱国难家愁的沉痛，还有一反平时滞涩的流畅诗风。宣祖三十一年（1598）所作《公山录》有几首宗唐诗歌，如《独乐八咏》富于情韵，而《题石阳正仲燮水墨画二幅》描摹画境，与初期题画诗的宋诗风形成鲜明对照①。也是在这时，崔岦写下了"分留物色少，总为后荷衣"（《竹西楼》），向宗唐诗人林亿龄致敬。这一时期还出现了为数不多的以景作结、有意境、有余味的诗作。如《月松亭》："十里寒沙月一襟，谁教画手着松阴。诗仙正自忘归去，鹤警三更露已深。"（《公山录》）又《送韩石峰还牛山》："匹马凌兢雪上行，相随落月背荒城。犹胜老子送君后，剪尽孤灯窗未明。"（《松都录》）

但崔岦对唐诗的模仿只是一时现象，分析性思维方式又使他回到了"以意为主"的诗路上。

崔岦后期诗风的变化还有另外一条线索。宣祖二十二年（1589）崔岦在晋州牧使任上，刊印"丽末三隐"之一李崇仁（1347—1392）诗集②。李崇仁诗"清新高古，而乏雄浑"（徐居正《东人诗话》卷上），与崔岦早期诗风不类，但刊刻李集却预示着他诗风的转向。也是从这一时

---

① 初期《题石阳正仲燮墨竹八幅》、《颙青山白云图二首》等，评判画艺、探究画家作画时的思维过程，以意为主。如"露滴看不见，竹垂觉露压"（《题石阳正仲燮墨竹八幅·露竹》）；"葱茏拥岸知林近，缥缈浮村觉水多"（《题青山白云图二首》其二）。

② [朝鲜]李崇仁：《简易集》卷三《新印陶隐诗集跋》。

期的《晋阳录》开始，崔岦诗中的虚词逐渐增多，语言的张力逐渐减少，诗意逐渐由紧到松，由密到疏。

崔岦年轻时为贫做官，因身世卑微，而宦途不达；因文成名，但才名与职位不相称，因此多有愤懑不满。官场失意和民族、家庭的乱离，每一次挫折遭遇都成为淬炼，最终放下孤愤和抗争，与这个世界和解。"豪横镌画"的诗风也变得更加舒徐，但好"奇"、劲健的追求一直未变。宣祖三十一年（1598）所作《西都录》中有集中创作的古体诗，形式的自由也带来了宽徐松裕之气。这一时期他与僧、道交往较多，多有题僧轴的作品，寄托出世之思。"应而曹溪洗我诗"（《次韵敬熙卷以下三道总摄赍进册纸若干贴回二首》其二），道出接近禅僧对诗歌创作存在的影响。他还以六十几岁的年纪游妙香山，到老心犹壮，诗也越发清壮。其《惠允卷韵》："平生喜见名山僧，乱后僧多住五陵①。安得太平身再健，名山随处共僧登。"这些经历都对他的诗风转变有一定影响。

崔岦后期这种语言张力由峭刻到疏朗的转变，还与学习苏诗相表里。宣祖二十七年（1594）所作《甲午行录》末尾自注："余非熟东坡诗。甲午如京，为本国书亡于兵火，仅购看苏律一本。及后海平公遇苏州人吴明济，偶示行录鄙作，则曰：'大有苏长公气格。'余不敢以欣以沮，而可见华人看诗不似我人等闲也。"虽然学习苏诗不是出自自觉的喜好，但随着对苏诗的阅读，尤其苏轼疏朗放逸之气毕竟与他内心节奏趋于舒缓相协调，因此更能冲淡学习黄陈造成的峭刻生硬，以至于吴明济在他的诗中读出了苏诗气格。

之前他曾编有中国诗歌选集《十家近体》，选李白、杜甫、韩愈、柳宗元、孟浩然、韦应物、杜牧、黄庭坚、陈师道、陈与义诗。其《十家近体诗跋》："十家之外，似可恨少者，李商隐、苏东坡二家。余亦未尝不喜，然或不善学焉，则其流得无失之艰与伤于易者乎！"②谓李商隐诗"失之艰"，用典偏僻，诗意艰深难解；而苏轼诗"伤于易"，粗豪率易，少锤炼，不合于意深语新的诗学追求。后期诗学观念转变，气更宽裕舒

---

① "五陵"指新罗始祖赫居世陵，在今庆州。《新增东国舆地胜览》卷二一《庆尚道庆州府》："赫居世陵，在云严寺傍，官禁田柴。世传王升天七日后，五体散落于地，国人欲合而葬，因蛇妖各葬之，遂号'五陵'，亦云'蛇陵'。"

② ［朝鲜］李崇仁：《简易集》卷三。

徐，才为接受苏轼提供了可能。海东江西诗派诗人先学苏，再学黄陈；崔岦则相反，诗学典范由黄陈上至杜甫，再到苏轼。苏轼诗的自由疏放正可以淡化崔岦学习黄庭坚和江西诗派形成的豪横镌画诗风。

师法对象方面以苏济黄，使崔岦诗从早年的峭刻生硬转为晚年"动止自随"的从容洒脱，从谨守法度达到随物赋形的自如。后期意深语新的主体风格不再依靠外在句法形式的突兀、生新，诗作情意沉至，格力厚劲，语言通俗、浑融而不堕凡近，正是诗人艺术表现技巧纯熟的体现。如《通前数诗缄奉西坰行史》："题诗春尚早，信使病难将。我自如前滞，公应似旧忙。归兵迷塞草，乱国少江杨。何处风烟着，相望一断肠。"语言更平易流畅，而格力深至，这也正是黄庭坚所追求的"句法简易，而大巧出焉"（《与王观复书》）①的境界。

崔岦转益多师，终自成一家。洪万宗《小华诗评》卷下："许筠以为简易诗本无师承，自创为格，意渊语杰，非切磨声律、采掇花草者所可企及。"② 申纬《东人论诗绝句三十五首》其十四有"中宣后进开天是"，自注："崔简易险劲矫健，自辟门户。"

三　朝鲜时代的正宗诗学观念与崔岦诗的历史评价

崔岦诗歌的艺术成就不容置疑，但从读者接受的角度来看，他的作诗方法和艺术风格与当时的主流诗风不同，甚至一直不被朝鲜诗论家认为是正宗的。

首先，宣祖初年诗坛已经被新兴起的宗唐风气所笼罩。朴淳（1523—1589）为当时引领风气的人物，于宣祖元年（1568）典文衡，提倡摹拟唐诗，以唐诗为正宗。许筠（1569—1618）《惺叟诗话》："公（黄廷彧——引者注）少日在玉堂时，李伯生、崔嘉运、河大而辈俱尚唐韵，咏省中小桃篇什甚多。"③ 黄廷彧、李纯仁（1533—1592）、崔庆昌（1539—1583）、河应临（1536—1567）四人中，李纯仁及第最晚，在宣祖五年（1572）。崔庆昌宣祖九年（1576）出为灵光郡守，从此不在朝廷

---

① （宋）黄庭坚：《山谷集》卷十九，景印文渊阁四库全书本。
② 蔡美花、赵季主编：《韩国诗话全编校注》第三册，第2350页。
③ ［朝鲜］许筠：《惺叟诗话·黄廷彧诗》，见《惺所覆瓿稿》卷二五《说部四》。

任职。则材料所言四人咏省中小桃、李纯仁等三人宗唐，当在宣祖五年（1572）至九年（1576）。崔庆昌后来成为宗唐诗人的中坚力量，"三唐"诗人之一。综合起来看，宣祖初年宗唐风气就已经很兴盛了。

而崔岦诗求新求奇、以意为主、讲究句法，是典型的宋诗格调，是在继承上一阶段"海东江西诗派"诗学追求基础上的深化和最后的辉煌。与讲究兴象、意境的唐诗风大不相类，自然会受到时人的排斥。朝鲜郑斗卿（1597—1673）《东溟诗说》："赵宋诸诗，虽多大家，非诗正宗，不必学也。初学之士，熟习浸淫，则体格渐堕。"[①] 代表当时以宋诗风为非正宗的风格取向。

其次，即使同为学宋诗，崔岦在诗歌史上的地位与之前"海东江西诗派"的李荇、朴誾等不能相比，这实际反映了朝鲜时代对儒家传统主流诗学思想的坚持，主张道体文用、至法无法，提倡温厚和平、自然浑成的诗风，持守正宗的诗学观念。以下分而述之。

首先，朝鲜更为保守地遵照"诗言志""吟咏情性"等儒家传统主流诗学思想，以及理学道体文用的观念，在诗法观方面秉承"道进乎技"的思想，认为形而上超越形而下，形成对具体技法的轻视。崔岦对杜甫和黄陈句法的执守悖离了这一思想。

其次，朝鲜时代以温厚和平的诗风为正宗。近代诗论家河谦镇《东诗话》卷一："诗以温厚有余味为贵，清新俊逸次之，而沉吟之余，或作诡辞拗字以逞其巧，是亦一体也。"[②] 虽然河谦镇对雕章琢句以逞技的诗风持包容态度，但也可以看出朝鲜诗坛最推崇的仍为温厚有余味的诗风。洪万宗《诗评补遗》卷上："世人看诗，精深奇古则以谓险怪，生弱卑近则以谓佳裕，可笑也。"[③] 金春泽（1670—1717）《论诗文》："东人之文，大率伤于《四书注疏》。其自以守正者，多支离缓弱；其尚奇者，以支离缓弱之资地，而稍取明人糟粕，以假饰其字句而已。惟简易尚奇而不假饰，溪谷守正而不缓弱，宜其并跱词坛哉！"[④] 二人虽然为崔岦鸣不平，但也反映了诗坛大风气对崔岦的不认同。朝鲜时代以性理学立国，渗透到

---

① 蔡美花、赵季主编：《韩国诗话全编校注》第二册，第1407页。
② 蔡美花、赵季主编：《韩国诗话全编校注》第十一册，第9614页。
③ 蔡美花、赵季主编：《韩国诗话全编校注》第三册，第2423页。
④ ［朝鲜］金春泽：《北轩居士集》卷一六《杂稿》。

文学领域，要求以经传为诗文根本，秉承温柔敦厚的诗教，因此要求诗风平正和易。

崔岦追求语言生新奇险，力避圆熟，将黄陈峭刻生硬的诗风推进至"豪横镌画"，与儒家传统美学思想在风格和语言力度方面背道而驰，自然得不到普遍的接受和推崇。尤其前期诗歌将词语发挥到极致，充满张力和锋棱。虽然更具有与众不同的个性和更高的辨识度，但连崔岦自己也对其评价不高，甚至在《十家近体诗跋》中自言早年"不事诗律"①。

此外，朝鲜时代重自然浑成，无意为诗。申钦《晴窗软谈》集中阐述了自然为文与有意为文的高下之别："诗必得无声之声、无色之色，浏浏朗朗，澹澹澄澄，境与神会，神与笔应而发之，然后庶几不作野狐外道。故历观往匠闲居之作胜于应卒，草野之音优于馆阁。盖有意而为之者，不若得之于自然也。"②洪万宗《诗评补遗》上编也认为："凡诗有意而作，不若得之于自然，则可入妙境。"③崔诗有矜心作意的嫌疑，过于讲究法度、技巧，尤其句法在早期占有重要地位，刻意求新求奇，锤炼又未纯熟，尚带有斧凿痕迹，与自然浑成的正统美学观念相悖。他出使中国时曾见到王世贞，王世贞评价他的诗文"有意于作"④。洪万宗《诗评补遗》下编引张维语："东皋诗乃苦境，不必学。"⑤指其苦吟求工，违背了自然浑成的诗学审美理想。

在正宗的儒家诗学观念视域之下，朝鲜时代扬苏抑黄，重朴訚、李荇而轻崔岦，就不难理解了。

苏轼与黄陈虽同为宋人，苏轼"冲口出常言，法度去前轨"⑥，在诗中表现真实的性情；而黄陈偏重技法，是美学意义上的宋诗风格的典型代表，也招致更多批评。宋末以来，中国对黄庭坚与江西诗派代表的典型宋

---

① [朝鲜]崔岦：《十家近体诗跋》："余素不事诗律，晚乃喜古人所为。"（《简易集》卷三）
② 蔡美花、赵季主编：《韩国诗话全编校注》第二册，第1373页。
③ 蔡美花、赵季主编：《韩国诗话全编校注》第三册，第2408页。
④ [朝鲜]朴趾源（1737—1805）：《热河日记·避暑录》："（崔岦）袖出所著文请教。弇州曰：'有意于作者，但读书不多，闻见未广。可归读昌黎文中《获麟解》五百遍，当识作文蹊径耳。'"（《燕岩集》卷一四）此事又见于李德懋《清脾录》卷一："及出其所为文一卷以求教，元美阅一遍曰：'有意于作者之体，但读书不多，闻见未广，才力不逮。归读《原道》五百遍，宜有益耳。'"
⑤ 蔡美花、赵季主编：《韩国诗话全编校注》第三册，第2443页。
⑥ （宋）周紫芝：《竹坡诗话》引苏轼语，（清）何文焕辑《历代诗话》（上），中华书局1981年版，第348页。

诗风格进行反思。刘克庄认为黄庭坚诗歌"锻炼精而情性远"①。张戒认为黄诗主要以用事、押韵、补缀奇字取胜，则"不知咏物之为工，言志之为本，风雅自此扫地矣"②。钱谦益评黄庭坚学杜为"旁门小径"③，不足为正宗。

朝鲜虽然有时苏、黄合称以代指江西诗派④，但对由学苏、学黄形成的诗风有不同评价，学苏诗之"辞达"⑤是适应朝鲜对汉诗实用功能定位的需要，学黄陈形式上求新求奇则不被视为正宗。

朴訚、李荇虽被申纬誉为"海东江西诗派"⑥，实则其诗歌风貌并不局限于江西诗风，并且因为合乎温厚和平、自然浑成的审美理想，仍被朝鲜诗家视为正宗。朴訚虽开由苏转黄的风气，但题材以写景体物为主，并且保留唐诗因物兴感的观照方式。因此金昌协谓其"虽师法黄陈，其神情兴象犹唐人也"。正祖李祘认为他的诗"以唐人之情境，兼宋人之事实"，因此"最得正声"⑦。李荇虽"入杜出陈"，但不失温厚和平，所以被许筠推举为"国朝第一"，其《惺叟诗话》："我朝诗当以李容斋为第一，沉厚和平，淡雅纯熟。"⑧

申钦《晴窗软谈》卷下总结朝鲜时代中期诗坛风气，除李荇的和平淡雅、朴淳等宗唐诗风外，"如讷斋朴祥、湖阴郑士龙、苏斋卢守慎、芝

---

① （宋）刘克庄：《后村诗话》，《后村先生大全集》卷九七，《四部丛刊》本。

② （宋）张戒：《岁寒堂诗话》卷上，丁福保辑《历代诗话续编》（上），中华书局1983年版，第452页。

③ 清代周亮工《书影》卷二引钱谦益语："鲁直之学杜也，不知杜之真脉络，所谓前辈飞腾，余波绮丽者，而拟议其横空排奡，奇句硬语，以为得杜衣钵，此所谓旁门小径也。"（周亮工《书影》，中华书局1958年版，第44页。）

④ 马金科：《朝鲜诗家对江西诗派的接受——以高丽后期至李朝前期朝鲜诗话为中心》，民族出版社2006年版，第154页。

⑤ （宋）苏轼：《与谢民师推官书》："孔子曰：'言之不文，行而不远。'又曰：'辞达而已矣。'夫言止于达意，即疑若不文，是大不然。求物之妙，如系风捕影，能使是物了然于心者，盖千万人而不一遇也，而况能使了然于口与手者乎？是之谓辞达。辞至于能达，则文不可胜用矣。"

⑥ ［朝鲜］申纬：《东人论诗绝句三十五首》其十六："学副真才一代论，容斋正觉入禅门。海东亦有江西派，老树春阴挹翠轩。"（《警修堂全稿》册十七《北禅院续稿二》）李荇号容斋，朴訚号挹翠轩。自申纬后，"海东江西诗派"的概念为学界袭用，并增加郑士龙等人。

⑦ ［朝鲜］李祘：《弘斋全书》卷一六五《日得录五·文学五》。

⑧ ［朝鲜］许筠：《惺叟诗话·我国诗当以李容斋为第一》，参见《惺所覆瓿稿》卷二五《说部四》。

川黄廷彧、简易崔岦，以险瑰奇健为之能，至于得正觉者犹不多"①。朴祥等人因为学习宋诗，追求"险瑰奇健"的诗风，而被申钦认为悖离正宗。金昌协《农岩杂识》也发明申钦观点，认为"简易文章名世，人谓诗非本色，而要亦苏、芝之流"②。即崔岦与卢守慎、黄廷彧同为宗宋求新求奇，非"正觉"③、非本色，不符合正宗诗学观念的要求。

一言以蔽之，崔岦诗在摹写人情物理方面取得了一定的艺术成就，但是朝鲜时代追求正宗的诗学观念影响到诗论家对崔岦诗的价值判断。同时也正是因为深植于儒家传统主流诗学观念之中，崔岦后期也自觉或不自觉地回归苏轼诗风，以苏济黄，峭刻生硬的诗风有所转变。

---

① 蔡美花、赵季主编：《韩国诗话全编校注》第二册，第1398页。
② 蔡美花、赵季主编：《韩国诗话全编校注》第四册，第2844页。
③ 正觉，佛教术语，意指真正觉悟。

附录：本书未收录的会议论文目录

1. 魏崇新、张洪波：《当代西方中国文学史编纂观念之比较》
2. 史伟：《西学东渐中的观念、方法与民国时期中国文学研究》
3. 陈岸峰、夏志清：《〈中国现代小说史〉建构的"大传统"及其不足》
4. 王早娟：《古典文学四大研究范式与大文学史观时代的文学史书写》
5. 王立增：《乐府诗史的建构——兼论文学史书写过程中的诸种悖论》
6. 卢燕新：《〈河岳英灵集〉选评李颀诗及其诗歌史意义》
7. 陈才智：《从醉白池的诗境建构看文学史空间维度的拓展》
8. 龙珍华：《先唐灾害诗歌史简论》
9. 许建业：《援史学入诗学：胡应麟〈诗薮〉的诗学历史化》
10. 张淘：《余冠英与刘大杰的〈中国文学发展史上卷〉》
11. 张景昆：《文化生态与中国影响：朝鲜汉诗史研究谫论》
12. 刘曙初、姚孟振：《〈中国文学史〉与早期中国文学史写作的转型》
13. 魏学宝：《"比兴"概念阐释的经学、诗学视阈互动及其他》
14. 曾智安：《汉乐府相和歌〈江南〉古辞新论》
15. 张振龙：《汉魏之际文学中"以文会友"观念的新变》
16. 朗净：《"桂棹容与歌采菱"——试析战国至南北朝时期诗歌中的"菱歌"与"采菱"意象》
17. 俞艳庭：《文学与经学的互动——以阮籍为中心的考察》
18. 刘少帅：《北魏迁洛后元氏贵族的不同走向与温子升〈白鼻䯎〉诗》

19. 李剑锋：《陶诗阐释的经学化、经典化与意境化》
20. 兰翠：《论唐诗中的"夷"——兼及诗人的文化体验》
21. 刘怀荣、徐盈：《论顾况诗歌的主观化特性》
22. 朱兴和：《"力"的诗学及其"人""文"关切——论〈驼庵诗话〉对〈人间词话〉的阐发与改造》
23. 鞠岩：《论韩愈元和年间诗风之变》
24. 李婧：《章黄学派在二十世纪选学上的贡献》
25. 黄君良：《论孔子的道德情感》
26. 唐旭东：《论〈尚书·多方〉创作时地考论》
27. 唐旭东：《〈尚书·顾命〉〈康王之诰〉文体研究》
28. 张玥阳：《〈论语·侍坐〉新解》
29. 汪泽：《从俳优到高士：文学史视域下的司马相如故事角色演变》
30. 于俊利：《唐代选士标准与社会贤能观念的变迁》
31. 刘磊：《盛中唐之间的馆阁书风与文学复古》
32. 张瑞娇：《元稹与元九登高节俗考辨》
33. 龙成松：《新出石刻与唐代民族文学研究》
34. 杨朗：《苏轼〈书蒲永昇画后〉的三重转化》
35. 王一帆：《大足石刻"证道牧牛颂"考》
36. 刘飞：《赵汝谈及其文学活动考》
37. 谢灵睿：《元杂剧中的岁时节日民俗》
38. 李子薇：《从〈闲情偶记〉看李渔的生活化审美》
39. 姚春敏：《明清小说、笔记、方志中所载女巫的二元特征》
40. 李扬、陆慧玲：《近年西方学界广西民间文学研究举隅》
41. 薛海燕：《"鸳鸯蝴蝶派"女作家吕韵清生平著述论略》
42. 潘文竹：《论古代文学的"空间"研究》
43. 刘梦盼：《再论"点铁成金"》
44. [马来西亚]孙彦庄：《生态美育视角下的马华散文探索》
45. [泰国]黄君中：《〈封神演义〉对泰国艺术的影响》
46. 周凌云：《清初戏曲理论研究》